페미니즘
리부트 시대

다시,
고정희

페미니즘 리부트 시대, 다시, 고정희

초판인쇄 2022년 12월 20일 **초판발행** 2022년 12월 25일

지은이 김난희 · 김문주 · 김승희 · 김양선 · 김정은 · 김진희 · 문혜원 · 박주영 · 양경언 · 윤인선 · 이경수 · 이소희 · 이은영 · 장서란 · 정은귀 · 정혜진 · 채연숙 · 최가은

펴낸이 박성모 **펴낸곳** 소명출판 **출판등록** 제1998-000017호

주소 서울시 서초구 사임당로14길 15 서광빌딩 2층

전화 02-585-7840 **팩스** 02-585-7848

전자우편 somyungbooks@daum.net **홈페이지** www.somyong.co.kr

값 48,000원 ⓒ 이소희 · 이경수 외, 2022

ISBN 979-11-5905-746-5 93810

페미니즘 리부트 시대

다시,

고정희

이소희
이경수
외 지음

The Age of Feminism Reboot, Again, Goh Jung Hee

1

　동인 모임 『또 하나의 문화』의 고정희 친구들은 그의 추모 2주기가 되
는 1993년 6월 10일 『너의 침묵에 메마른 나의 입술―여성해방문학가
고정희의 삶과 글』을 엮어내면서 "이 책은 체계적으로 문학을 논하는 책
이 결코 아니다"라는 점을 강조하였다. 동시에 "이 책은 그러한 체계적 논
의를 하기 위해 필요한 기초 작업으로서, 고정희의 활동과 문학을 어떠한
맥락에 넣어서 보아야 할지를 일러주는 책"이라고 그 성격을 규명하면서
이 시점에 이 책을 펴내는 이유로 "그의 가까운 동지였던 우리의 기억이
생생할 때 그것을 기록해야 한다고 생각해서 이 책을 펴내게 된 것"이라
고 명백하게 밝혔다.[1] 그리고 이 책의 발간이 다음 세대에게 미칠 영향과
기대에 대해서 아래와 같이 구체적으로 표현하였다.

　우리는 그가 남기고 간 문학적 광맥을 캐는 일을 해낼 여성해방문학 연구가
들과, 그가 했던 것처럼 시적 언어를 통해 삶을 바꾸어 갈 수 있는 여성 문인들
이 많이 나오기를 바라면서, 그래서 여자와 남자가 진정으로 서로를 이해하고
사랑하며 민주적으로 살아갈 세상이 빨리 오기를 기도하면서 이 책을 그의 기
일에 맞추어 낸다.[2]

1　조형 외편, 『너의 침묵에 메마른 나의 입술―여성해방문학가 고정희의 삶과 글』, 또하
　　나의문화, 1993, 33쪽.
2　위의 글, 34쪽.

그러나 "고정희가 남기고 간 문학적 광맥을 캐는 일"은 그리 쉽게, 또 빠르게 진행되지 않았다. 30여 년이 지난 지금에서야 드디어 추모 20주기와 30주기 학술대회에서 발표된 연구 결과물들을 이 한 권의 책 『페미니즘 리부트 시대, 다시, 고정희』로 엮어내게 되었다.

한국 문학계에서 지난 20여 년간 활발하게 진행되어온 70, 80년대 민중 관련 연구와 여성문학 태동기인 80년대 연구에 힘입어 '고정희 연구자'라고 지칭할 만큼 연구자의 수적, 양적 증가가 진행되어 왔다. 유신정권 치하인 70년대에 다시 등장한 '민중' 담론에서[3] 민중시는 '주체 구성의 장이자 언어의 재현이 착종되는 장으로서의 텍스트'였다.[4] 따라서 민중시는 정서적 공감대를 확장시키며 민중을 하나의 실체로서 재현하였고 동시에 역사적 주체로 호명하였다. 그러나 이 시기 민중시의 보편적 서사구조에서 시적 화자는 모두 남성적 주체를 상정하였으며 여성들은 산업사회 노동력으로 편입되거나 식모, 여공, 매춘여성으로서 자본주의적 현실에 노출되는 누이의 모습으로 형상화되었다.[5] 그러므로 민중시에 등장하는 '여성'은 침묵 당한 타자로서 '남성의 말'을 위한 도구적 장치로, 또 민중적 이념의 표현 수단으로 등장하기 때문에 '여성'은 민중으로서의 존재 자체가 부인되었다. 오히려 매춘여성의 이미지를 통해 남성 화자의 민중적 자아를 부조해 내거나 남성 시각의 강화를 조장하는 효과를 가져

---

3 '민중' 개념은 20세기 초반 신채호에 의해 제시된 이래 다양한 의미로 사용되어왔다. 70년대 중반 역사학계로부터 촉발된 비판적 지식인의 민중 (재)발견은 산업화, 근대화를 내세우며 반공-민족주의를 표방했던 정부에 대한 비판의 일환이었으며 이때 '민중' 개념을 규명하는 가장 중요한 성격은 '역사발전의 주체'라는 점이었다.

4 김나현, 「1970년대 민중시의 주체 구성−민중시를 둘러싼 몇 가지 분할에 대하여」, 『한국시학연구』 53, 한국시학회, 2018, 10쪽.

5 곽명숙, 「1970년대 시의 젠더화된 하위주체」, 『여성문학연구』 19, 한국여성문학학회, 2008, 403쪽.

왔다.[6] 이러한 경향은 80년 5·18 광주민주화운동 이후 민중 담론과 민주화운동 전반이 혁명을 전제한 사회변혁 추구 방향으로 선회한 후에도 변하지 않았다. 이러한 민중시 담론에 '젠더'를 주요 요소로 등장시켜 삽입한 것은 오로지 고정희가 있었기 때문에 가능하였다. 역사적 주체로 '남성'을 상정했던 70, 80년대 민중 담론에 틈과 균열을 내고 '여성' 및 '여성-민중' 역시 역사적 주체가 될 수 있다는 상상력을 가능하게 한 것은 '여성주의 문학의 선구자 고정희'의 빛나는 문학적 업적이다.

고정희는 '여성'과 '여성-민중'의 목소리를 문학적으로 어떻게 효과적인 발화주체로 표기할 것인가에 대해 끊임없이 고민하였다. 그의 초기 작품에 해당하는 『초혼제』[1983]에서는 당시 사회에서 '대항 공론장'의 역할을 했던 마당극 형식을 차용하여 민중의 목소리를 대변하였다.[7] 당시 마당극 운동가들은 마당극 의례를 헤게모니와 투쟁의 정치 속에 위치시켰는데 이들은 곧 "상징과 의례의 세계 속에서 변혁을 유도함으로써 현실 세계를 변화시키려고" 했다.[8] 70년대 광주 YWCA 활동과 한신대 재학시절을 거치면서 기독교와 민중에 초점을 맞추어왔던 고정희의 관심은 80년 5·18 민주화운동과 84년 이후 『또 하나의 문화』 활동을 거치면서 점차 무교巫俗와 여성 민중으로 옮겨갔다. 이러한 고정희의 변화과정은 광주항쟁이 민중운동의 역사적 이정표가 된 이후 민중운동권 내의 문화운동가

---

6   허혜정, 「유신여성과 민중시의 성담론 연구」, 『한국근대문학연구』 18, 한국근대문학회, 2008, 388·400쪽.

7   이남희는 70년대 민중운동에서 마당극이 차지하는 위상에 대하여 "대항공론장의 또 다른 표현으로 볼 것"을 제안하면서 "대항 헤게모니적 문화정체성을 모색하던 과정의 산물"인 동시에 "급속한 근대화와 권위주의적 통치에 대한 저항의 한 형태"로 정의하였다. 이남희, 『민중 만들기-한국의 민주화운동과 재현의 정치학』, 후마니타스, 2015, 300·306쪽.

8   위의 책, 323쪽.

들이 "민중을 어떻게 재현할 것인가. 즉 그 민중의 복합성과 다양한 열망을 기존의 상투적이거나 정형화된 묘사에 의거하지 않고 어떻게 재현할 것인가"를 고민했다는 점과 맞닿아있다.[9]

89년에 발표한 『저 무덤 위에 푸른 잔디』는 죽은 원혼을 달래는 씻김굿의 형식적 절차를 차용하여 청자가 발화주체로 참여할 수 있는 마당굿시 형식으로 발전되었다. 마당굿시 형식은 "1980년대 고정희와 하종오 등 일군의 시인들에 의해 집중적으로 쓰여진 특이한 문학양식"으로 "무가와 마당극을 이중적으로 패러디하는 형식"을 취하는데 "이 문학양식이 이른바 '마당굿시'라는 명칭으로 널리 불린 까닭은 바로 여기"에 있다.[10] 그러나 고정희가 마당굿시 형식을 자신의 시 창작에 차용한 보다 근본적인 이유는 민중시라는 문학적 영역을 벗어나 민중운동권 진영의 문화운동 변화과정에 민감하게 반응했기 때문이다. 당시 민중운동권 내부의 문화운동가들이 정치적 긴장이 폭발하던 1980년대 중반 이후 마당극을 떠나 '마당굿'으로 옮겨갈 것을 제안한 점과 밀접한 관련이 있다. 그들이 '마당굿'을 고집한 이유는 "급진주의적 연극 언어를 새로운 정치적 비전과 결합하기 위해서"였다. 즉 (수동적으로 관람하는) 연극에서 (사건에 대한 변혁적 참여인) 의례로의 전환을 꾀하고자 했던 것이며 궁극적인 목적은 "관객을 변혁시키는 것"이었다. 이는 서로 떨어져 있는 개인인 관객을 "새로운 정치적, 문화적 공동체에 대한 비전을 공유하고 이에 참여하는 집단의 일원으로 변화시키고자" 했던 것이다.[11] '마당굿'의 이러한 정치적 비전은 고정희의 마당굿시에서 다양한 문학적 변용을 거치는 데 가장 주목할 점

---

9   위의 책, 327쪽.
10   고현철, 『한국 현대시와 장르 패러디』, 현대미학사, 1996, 137쪽.
11   이남희, 앞의 책, 323~324쪽.

은 발화주체의 변화와 이동이다. 특히 이 시에서는 사람으로서의 어머니와 신적 존재로서 어머니의 목소리가 시적 화자인 무당을 통해 발화됨으로써 구체적이고 살아있는 언어로 가부장제의 낡은 것들을 부정하는 여성중심적 언어를 적극 활용하고 있다. '여성-민중'을 발화주체로 상정해온 고정희의 창작 여정은 1991년 발간된 유고 시집『모든 사라지는 것들은 뒤에 여백을 남긴다』에 실린 「몸바쳐 밥을 사는 사람 내력 한마당」이라는 질펀한 마당굿시에서 절정을 이룬다. 평생을 성노동자로 살아온 육십 대, 오십 대, 사십 대의 '여성-민중'을 발화주체로 등장시켜 가부장제의 모순과 자본주의의 비정한 현실 경제 구조가 어떻게 오랜 세월 동안 성 억압 기제로 작동해왔는가를 신랄하게 비판한다. 이러한 설정은 '여성-민중'도 정치적 비전을 소유한 역사적 주체가 될 수 있다는 점을 상징적으로 보여주는 것이다.

고정희는 1990년 2월『문학사상』에 발표한 글 「여성주의문학 어디까지 왔는가?—소재주의를 넘어 새로운 인간성의 실현으로」에서 여성문학은 그 창작과정에 따라 고발문학의 단계, 비판적 재해석의 단계, 참다운 비전을 제시한 단계, 이렇게 세 단계로 전개될 수 있는데 이 세 단계가 한 작품 속에서 형상화될 수 있을 때 참다운 남녀 해방의 비전을 획득할 수 있다고 주장하였다. 그리고 "이제 창작과정에서 치열하게 탐구되어야 할 것은 '과연 해방된 세계관을 담은 문학 양식은 어떤 것이어야 하며 새로운 인간성의 출현과 체험은 어떻게 실현될 수 있는가'를 예시적으로 보여줄 수 있어야 한다"고 말하였다.[12] 그로부터 1년여가 지난 1991년 6월 8일(토) 생애 마지막 공식자리인『또 하나의 문화』월례논단에서 자신

---

12 고정희, 「여성주의 문학 어디까지 왔는가?—소재주의를 넘어 새로운 인간성의 실현으로」, 조형 외편, 앞의 책, 205쪽.

이 추구했던 "해방된 세계관을 담은 문학양식"의 예로 '여성민중주의적 현실주의'에 기초한 '문체혁명'을 제시했다.[13] 이러한 과정으로 미루어 볼 때 고정희의 여성주의 문학의 핵심에 '여성-민중'이 자리잡고 있었음을 알 수 있다. 이러한 인식은 필리핀에서의 6개월 체류를 끝내고 돌아온 고정희를 '아시아의 페미니스트 시인'으로 일컬을 수 있을 만큼 그의 시세계를 아시아 여성-민중에게로까지 확장, 심화하는 원동력이 되었다. 고정희 친구들은 "고정희 시인의 문학적 삶을 살펴보면 우리 모두가 겪어 왔던 1980년대가 그대로 드러나 있다"[14]라고 했는데 이는 그의 시 내용에만 해당되는 것이 아니다. 그의 시 전체에 나타난 언어적 실천과 형식은 80년대 민중운동권 내 문화운동의 변화과정을 반영했던 민중시의 특징들을 보여주는 동시에 이러한 정치적 비전을 포용할 수 있는 시 창작 작업과 마주한 고정희의 고뇌가 고스란히 스며들어 있다. 이 책에 게재된 논문 18편은 바로 이러한 관점에서 "고정희가 남기고 간 문학적 광맥을 캐는 일"을 '따로 또 같이' 진행한 연구 결과물들이다.

지난 30여 년간 고정희 연구는 비약적으로 발전해왔다. 그의 사후 20여 년 동안 개인 연구자 차원에서 진행되어왔던 연구들이 축적되어 온 결과 추모 20주기가 되는 2011년 6월에는 하루종일 학술대회를 개최할 수 있을 만큼 다양한 연구 주제와 '연구자 커뮤니티'가 형성되었다. 때마침 『또 하나의 문화』에서도 추모 20주기를 맞이하여 여성주의 문화운동의 일환으로 『고정희 시전집』 1·2권의 발간을 목표로 300여 명이 참여하는 기부 릴레이를 진행하였는데 이러한 시전집 출판은 그 후 고정희 연구를 활성화하는 데 결정적인 영향을 미쳤다. 2010년 4월 필자가 회장

---

13 조혜정, 「그대, 쉬임없는 강물로 오리라」, 조형 외편, 앞의 책, 229쪽.
14 위의 책, 31쪽.

을 맡고 김승희 교수가 부회장을 맡고 있던 국제비교한국학회에서는 창립 20주년 기념 학술대회를 기획하면서 '고정희 추모 20주기 학술대회'로 개최하기로 결정하고 발표자 섭외 등 준비작업을 시작했다. 한국문학 분야 여성시 전공자들뿐만 아니라 외국문학 분야 여성시 전공자들까지 12명을 섭외하였고 또 다른 한편으로는 한국연구재단으로부터 소규모연구회 지원을 받아 학술대회 논문 발표를 위한 워크숍을 매월 진행할 수 있는 발판을 마련하였다. 이때 외국문학 연구자들을 발표자로 초청한 것은 고정희의 시세계 및 창작 기법을 외국 여성 시인들과의 비교연구를 통해 그의 시세계의 독창성을 글로벌한 관점에서 바라보겠다는 의도가 담겨 있었다. 연구회에서는 고정희 사후 20년 동안 발표된 관련 연구자료를 함께 공유하고 공부하였으며 조옥라 교수 등 고정희 연구에 필요한 정보를 제공해 줄 수 있는 연사들을 초청하기도 하였다. 특히 외국문학 연구자들과 한국문학 연구자들이 함께 공부할 수 있는 모임이었다는 점이 추후 연구논문을 작성하는 데 큰 도움이 되었다. 2011년 6월 11일(토) 서강대학교에서 '고정희 추모 20주기 학술대회'가 '고정희와 여성문학—여성적 글쓰기와 시적 언어'라는 주제 아래 개최되어 12편의 논문이 발표되었고 이 논문들은 국제비교한국학회가 발간하는 학술지 『비교한국학Comparative Korean Studies』 19권 2호2011.8.31 발간와 19권 3호2011.12.31 발간에 게재되었다. 돌이켜보면 이 학술대회는 고정희 연구가 활성화될 수 있는 매우 중요한 계기가 되었으며 그 후 10년간 양적 팽창과 질적 향상이 함께 진행되었다. 무엇보다도 가장 중요한 결실은 차세대 신진 연구자들의 등장을 촉진하는 계기가 되었다는 점이다. 그 결과 2021년 6월 5일(토) 개최된 고정희 추모 30주기 학술대회는 차세대 신진 연구자들의 발표가 다양한 주제 아래 진행되었다.

'고정희 추모 30주기 학술대회'는 뜻밖에도 연구자들이 전혀 예상하지 못했던 지점으로부터 촉발되었다. 2020년 8월 31일 해남의 땅끝문학회 김경윤 회장으로부터 필자에게 연락이 온 것이다. 2021년 6월 고정희 추모 30주기 행사를 위하여 해남군청 등 지역단체들이 재원을 마련 중인데 그중 학술대회 개최를 위한 재원을 마련할 테니 논문발표자 섭외 등 프로그램 구성을 맡아 달라는 것이었다. 물론 필자는 흔쾌히 승낙했고 2021년 1월 초부터 발표자 섭외를 진행하였다. 이를 위하여 '고정희 추모 20주기 학술대회'를 위한 연구회 모임부터 참여했던 이경수 교수와 의논하였다. 이때 우리는 이미 고정희 관련 연구논문을 1편 이상 발표했거나 학위논문 주제를 고정희 관련 연구로 선택했던 연구자들을 섭외하였고 우리가 초청한 발표자들 모두 수락하였다. 그리하여 '고정희 추모 30주기 학술대회'는 2021년 6월 5일(토) '페미니즘 리부트 시대, 다시, 고정희'라는 주제 아래 해남 땅끝순례문학관 주최, 전남대학교 호남학연구원 주관으로 해남문화예술회관 다목적실에서 개최되어 총 7편의 논문이 발표되었다.[15] 이와 같이 '고정희 추모 30주기 학술대회' 개최 과정을

---

15 고정희 추모 30주기를 맞이하여 그의 고향인 해남에서는 '고정희 시인 30주기 추모 문화제'가 고정희기념사업회 주최, 고정희 30주기 행사위원회(위원장 최은숙, 이경자) 주관, 전라남도, 해남군, 광주전남작가회의, (사)또 하나의 문화, 해남민예총, 김남주기념사업회, 땅끝문학회, 한울남도생협, ㈜일상판타지 후원으로 다양하게 진행되었다. 2021년 6월 5일(토) 위와 같이 '고정희 추모 30주기 학술대회'가 개최되었으며 같은 날 오후 7시부터 '따뜻한 동행'이란 주제로 '고정희 시인 30주기 포엠 콘서트'가 해남꿈누리센터 공연장에서 진행되었다. '고정희 시인 30주기 시그림전, 시손글씨전'은 6월 1일(화)부터 6월 20일(일)까지 고산윤선도유적지 녹우당 충헌각에서, 또 '고정희 시인 아카이브전'은 6월 1일(화)부터 7월 11일(일)까지 땅끝순례문학관 기획전시실에서 전시되었다. 그리고 6월 6일(일) 오전 10시 고정희 생가 뒤에 있는 묘소(삼산면 송정리)에서 '고정희 시인 30주기 추모제'가 추모사, 추모시, 추모공연 등으로 진행되었다.

자세하게 기록하는 이유는 이러한 과정 자체가 고정희가 세상을 떠난 지 30여 년이 지났음에도 불구하고 아직도 그는 많은 사람들의 가슴 속에 살아 있음을, 그래서 여전히 '여성주의 문학의 선구자'로 기억되고 있음을 확인할 수 있는 과정이기 때문이다.

이 책에 실린 총 18편의 논문은 고정희 추모 20주기 및 30주기 학술대회에서 발표된 논문들이기 때문에 10년에 걸친 고정희 연구 경향의 특징을 비교해 볼 수 있다. 우선 20주기 발표 논문들은 모두 시 텍스트만을 분석대상으로 삼은 반면 30주기 발표논문들은 고정희의 시 창작 활동뿐만 아니라 여성주의 문화운동 활동가로서의 면모까지 분석대상으로 삼고 있으며 생전 고정희 삶의 다양한 면면까지 들여다보고 있다. 20주기 학술대회 때 이러한 주제의 발표자 섭외를 시도했다가 실패한 경험이 있는데 결국 이 주제에 대한 연구는 더욱 다양하고 많은 연구 결과의 축적과 이러한 연구를 요구하는 사회적 분위기가 선행조건이었음을 확인할 수 있다. 30주기 발표논문들의 또 다른 주목할 만한 특징은 페미니즘 리부트 시대에 차세대 신진 연구자들이 왜 '다시, 고정희'를 찾게 되었는지, 그리고 그들이 고정희의 삶과 문학세계로부터 무엇을 '페미니스트 유산 legacy'으로 의미화하면서 받아들이고 있는지가 보인다. 2015년을 기점으로 '리부트'된 페미니즘과[16] 2016년 강남역 살인사건을 계기로 촉발된 페미니즘 담론의 내용과 운동의 양상을 살펴보면 '강남역 세대'[17] 여성들이

---

16 손희정, 「페미니즘 리부트─한국 영화를 통해 보는 포스트-페미니즘, 그리고 그 이후」, 『문화과학』 83, 2015, 14~47쪽.

17 '강남역 세대' 용어는 2022년 6월 18일(토) 개최된 한국여성학회 춘계 학술대회 라운드테이블 세션 제목 "'강남역 세대' 여성들이 지금 여기를 살아내는 방식"에서 인용한 것이다. 2016년 강남역 10번 출구 인근에서 발생한 여성혐오 살인사건은 우리 사회 2030 여성들로 하여금 자신의 안전과 생존이 위협받고 있는 상황을 자각하는 계기가 되었으며 이 사건의 1주기 슬로건 "우리의 두려움은 용기가 되어 돌아왔다"가 이러한

일상에서 마주하는 여성혐오적 언행과 편견이 얼마나 다양하며 그에 대응하는 생존전략과 자원이 얼마나 필수적 요소인가를 알 수 있다. 이들에게 '페미니스트'란 그저 살면 되는 것이 아니라 '살아내야 하는' 것이기 때문에 '우리'와 '연대'라는 생존 키트가 필요한 것이다. 1980년대 한국 사회에서 '여성-민중'을 역사적 주체로 상징화하려고 했던 고정희의 시 창작은 2015년 이후 한국 사회에서 '여성'을 정치적 주체로 내세우고자 하는 '강남역 세대' 여성주의자들에게 어떤 의미로 다가오고 있는가? 바로 이러한 맥락에서 고정희는 1980년대 과거의 민중 시인이 아니라 2022년 '지금, 여기'에서 '우리'와 함께 호흡하면서 '연대'의 삶을 이야기하는 페미니스트 시인으로 되살아나고 있다.

고정희 연구영역과 연구자 커뮤니티는 지금도 나날이 확장 중이다. 이책에 게재된 논문들이 그러한 변화과정을 가시적으로 보여준다. 김승희교수는 2011년 6월 고정희 추모 20주기 때 발간된 『고정희 시전집』 발문에서 "그녀의 작은 겨자씨는 큰 나무로 자라 땅 위 여기저기에 무성히가지를 드리우고 공중의 새들을 그 몸 안에 풍성히 깃들게 하고 있었다"고 이미지화했다.[18] 그로부터 10여 년이 지난 오늘날에도 이 나무는 여전히 튼튼하게 뿌리를 내리면서 무럭무럭 자라고 있다. '페미니즘 리부트시대'에 '다시, 고정희'를 읽는 2030 연구자와 독자들에게 고정희가 새로운 직관intuition과 자매애의 힘을 느낄 수 있는 페미니스트 유산으로 다가가길 바란다. 그리하여 개별화된 주체로서 다양한 종류의 차별적 언행과 부정적 편견에 저항하고 있는 '강남역 세대' 여성들에게 '자기돌봄'을

점을 잘 보여주고 있다.
18   김승희, 「발문-근대성의 판도라 상자를 열었던 시인 고정희」, 『고정희 시전집』 2, 또하나의문화, 2011, 572쪽.

위한 위로와 희망과 임파워먼트empowerment의 메시지로 받아들여지기를
바란다.

2022년 12월

저자들을 대표해서

이소희 씀

2

조금 거슬러 올라가서 이야기를 시작해 볼까 한다. 1991년 6월 9일 여느 때처럼 켜 둔 텔레비전 9시 뉴스 화면에서 속보로 '고정희 시인 지리산에서 실족사'라는 문구가 지나가고 있었다. 눈으로 보고도 믿을 수 없는 글자였다. 지리산을 마실 다니듯 올라다녔던 시인으로 알고 있었던지라 지리산에서 다른 이도 아니고 고정희 시인이 실족사했다는 사실이 당시로서는 믿기지 않았다. 세상 경험이 짧은, 대학을 졸업한 지 얼마 되지 않은 스물넷의 나에겐 더더욱 그러했을 것이다. 그로부터 얼마 후 시 쓰고 소설 쓰던 선후배들과 지리산 종주에 나섰다. 당시까지만 해도 제대로 정상을 밟아본 산이라고는 삼악산과 주왕산 정도였던 것을 생각해 보면 다소 무모한 도전이었지만 제대로 된 준비도 없이 산행에 나섰던 기억이 난다. 나름대로는 고정희 시인을 추모하는 마음을 얹은 채로. 그로부터 17년쯤 흐른 뒤에 「물속의 지리산」이라는 시를 써서 당시의 마음을 기억하고자 했던 일도 문득 떠오르고 말았다.

독자로서 고정희 시인의 시를 읽은 것 외에 고정희 시인과의 기억은 그 정도가 전부였던 나에게 연구자로서 고정희 시인과 맺은 첫 인연은 공교롭게도 2011년 고정희 시인 20주기를 맞아 기획된 학술대회에서였다. 2011년은 고정희 시인의 서거 20주기가 되는 해였는데 고정희 연구사에서도 기념할 만한 의미 있는 사건 두 가지가 일어난 해이기도 했다. 고정희 20주기를 기념해 '또하나의문화'에서 『고정희 시전집』을 두 권으로 기획해서 출간했는데, 고정희 시인을 기억하고자 하는 마음을 지닌 연구자와 독자들이 기부 릴레이로 마음을 모아 전집 출간이 이루어졌다는 점은 한국 시문학사에서도 기억할 만한 사건이라고 하지 않을 수 없다.

『고정희 시전집』 출간과 동시에 서강대학교에서 20주기 기념 학술대회가 크게 열렸는데 2011년에 벌어진 이 행사를 준비하기 위해 사전에 고정희 시와 연구사를 함께 읽는 세미나 팀이 조성되기도 했다. 당시 나는 1년가량의 투병의 시간을 지나가고 있었다. 사실 대부분의 일상을 그대로 유지하고 있었던지라 가까운 지인을 제외하고는 잘 모르고 있었지만 개인적으로는 고정희 20주기 기념 학술대회를 통해 학계로 복귀한다는 상징적인 의미를 부여하게 되었던 것도 사실이다.

그 때문이었을까? 고정희 시인이 좀 더 각별하게 느껴지기 시작했다. 그 무렵부터 학부 3학년 전공 강의 현대 시인론 수업에서 고정희의 시와 삶에 대해서 강의를 하기 시작했던 것 같다. 한 학기에 6명 정도의 시인을 다루곤 했는데 1980년대를 대표하는 시인으로 고정희를 강의하고 고정희에 대한 이야기를 학생들과 나누곤 했다. 의외로 고정희 시인을 모르는 학생들이 많아서 고정희라는 시인을 알려야겠다는 마음도 점점 커져 갔다. 2021년 이소희 선생님과 의기투합해 고정희 시인의 30주기 기념 학술대회 기획에 참여하게 되었고, 어쩌다 보니 20주기 학술대회에서 발표한 연구자 중 유일하게 30주기 학술대회에도 발표자로 참여하게 되었다. 이 책은 그 인연에서 시작된 셈이다.

20주기 학술대회를 기점으로 고정희 시에 대한 연구는 폭발적으로 늘어났다. 20주기에 맞춰 『고정희 시전집』이 출간된 것이 연구를 활성화하는 데 크게 영향을 미쳤고 대대적으로 열렸던 20주기 학술대회 발표 논문들이 당시 국제비교한국학회에서 간행된 학술지 『비교한국학』에 두 차례에 걸쳐 실리면서 더 많은 연구자들이 고정희 시에 대한 연구 성과를 공유할 수 있게 되었다. 물론 그 이전에도 고정희 시에 대한 연구사들이 축적되어 있었지만 2011년은 고정희 연구사에서 커다란 전기를 마련하게 된다. 고정희 시인과 동시대를 살면서 『또 하나의 문화』 동인으로도 함께 활동했던 김승희, 이소희 선생님 등 1세대 고정희 연구자를 중심으로 기획된 20주기 학술대회와 고정희 시를 기억하고자 하는 독자들이 마음을 모아 출간한 『고정희 시전집』이 고정희 연구사에 의미 있는 전환점을 마련한 셈이다.

2015~2016년 페미니즘 리부트 이후 고정희 연구는 시에 한정되지 않고 여성운동가로서의 고정희, 문화 네트워크로서의 고정희 문학이 지니는 의미로 확장된다. 무엇보다도 새로운 세대의 고정희 연구자들이 대폭 늘어났다는 데서 의미를 찾을 수 있다. 2021년 30주기 고정희 학술대회를 여는 것이 가능했던 이유는 바로 여기에 있다. 땅끝순례문학관이 주최하고 전남대학교 호남학연구원이 주관한 30주기 학술대회 '페미니즘 리부트 시대, 다시, 고정희'는 젊은 연구자들을 중심으로 고정희 연구가 어떤 방향으로 확장되고 있는지를 확인할 수 있는 장이었다.

20주기와 30주기 학술대회에서 고정희 연구사에서 의미 있는 논문들이 많이 발표되었는데 그것이 한 권의 책으로 묶이지 못한 점이 아쉬웠던 차에 여러 연구자들이 뜻을 모아 최근 10여 년의 고정희 연구사를 한눈에 볼 수 있는 책을 준비하게 되었다. 더구나 올해는 '세계 일본군 위안부 기림일' 10주년을 맞이하는 해이기도 해서 고정희 연구서를 출간하는 일이 더욱 뜻깊게 느껴진다. 이제 고정희 연구는 국문학, 여성문학의 범주를 넘어서 여성학, 문화학, 사회학의 범주로까지 확장되고 있다. '시'라는 범주 안에 갇힐 수 없었던 고정희 시인의 폭넓은 문학세계를 이 한 권의 연구서를 통해 보여줄 수 있게 되어 무엇보다 기쁘고 뿌듯하다.

이 책의 구성은 다음과 같다. 먼저 20주기와 30주기 학술대회에서 발표한 여러 연구자들의 논문을 중복되지 않게 1편씩 선별해 실었다. 1부에는 '고정희와 여성적 글쓰기'라는 주제 아래 20주기 학술대회에 발표되었던 논문들 중 7편의 논문을 수록했다.

김승희의 「고정희 시의 카니발적 상상력과 다성적 발화의 양식」은 고정희의 후기 시집 『여성해방출사표』1990에 나타난 카니발적 상상력과 발화 양식의 다성적 양상을 탐색하고자 한 논문이다. 『여성해방출사표』의 세계를 담론과 담론이 충돌하여 다성적 목소리가 공명하는 카니발적 세계로 규정하고 카니발적 세계를 이루는 공간성과 시간성, 텍스트의 잡종적 양상, 다성적 발화의 양식이 생성되는 구조를 탐색했다는 점에서 의미를 지닌다. 고정희의 『여성해방 출사표』를 카니발적 세계관과 다성성을 보여주는 한국 최고의 페미니즘 텍스트로 규정한 점이 특징적이다.

김진희의 「시詩로 쓰는 여성의 역사」는 고정희가 시를 통해 여성의 역사를 재구성하려 했다는 데 착안해 시로 쓰는 역사로서의 의미와 의의를 밝히고자 한 논문이다. 역사를 재구성하는 고정희의 시편들 중에서 '이야기 여성사' 연작을 중심으로 미학적 특성 및 여성주의적 문제의식을 규명해보고자 한 것이다. 고정희의 역사 시편들은 역사와 문학의 경계에서 남성 중심의 역사에 대한 비판을 수행하고, 여성-어머니의 가치라는 삶의 원리에 대한 지향을 통해 미래 역사에 대한 창조적 전망과 상상을 보여준다고 이 논문은 평가하고 있다.

김문주의 「고정희 시의 종교적 영성과 '어머니 하느님'」은 고정희 시가 명확하게 기독교적 관점 아래 정초되어 있다는 점에 착안해 고정희의 시에서 기독교적 세계관이 민중과 여성이라는 축을 어떻게 전유해 자신의 사유와 비전을 탐색해 가는지를 살핀 논문이다. 암담한 역사적 현실 인식과 수난 형상이 주를 이루는 고정희 시에서 종교적 영성이 어떤 역할을 담당하고 기독교 세계관의 지평이 어떻게 개진되는가를 분석함으로써 고정희의 시가 보여준 모성적 신관이 예수의 삶을 이념적 지표로 삼아 민중의 고난을 살고자 한 민중신학의 수난의 영성의 일환이자, 새로운 해방-신학의 정초임을 확인하였다.

김난희의 「고정희 '굿시'에 나타난 기호적 코라의 특성—『저 무덤 위에 푸른 잔디』를 대상으로」는 『저 무덤 위에 푸른 잔디』를 기독교적 세계관에서 '어머니 민중'으로의 시적 전환을 가져온 시집으로 평가하면서, 크리스테바의 '기호계적 코라the semiotic chora' 개념을 통해 고정희의 굿시에 나타난 언어적 특성을 살펴본 논문이다. 이 논문에 따르면 언어의 육체성과 물질성을 극대화시키는 '육발肉勃'의 언어가 잃어버린 에너지를 굿판에 되살리고 사랑의 윤리를 적극적으로 실천하면서 여성 민중들의 온전한 삶의 에너지를 회복하고자 하는 언어적 실천으로 나아간다.

윤인선의 「고정희 시에 나타난 현실에 대한 재현적 발화 양상 연구—시적 발화를 통한 아이러니의 기호작용을 중심으로」는 고정희 시의 현실에 대한 재현적 발화 과정에서 나타나는 시적 언어의 특징과 그 기호작용에 관해 연구한 논문이다. 고정희가 자신이 인식한 현실을 '어떻게' 발화하고 있는지 살펴봄으로써 발화수반력과 발화효과력이 각각 현실에 대한 발화와 종교를 통한 발화로 나타남을 확인할 수 있었다. 이 논문에서는 이러한 기호작용의 모습을 아이러니로 간주하며 고정희의 시 쓰기가 시적 언어들 간의 아이러니적인 기호작용을 통해 현실을 인식하고 발화하는 전복적이고 이데아 지향적인 과정이라고 해석한다.

문혜원의 「고정희 연시의 창작 방식과 의미—『아름다운 사람 하나』를 중심으로」는 『아름다운 사람 하나』를 중심으로 고정희 연시의 창작 방식과 의미를 살펴본 논문이다. 시집 수록시 중 개작된 시들은 원래의 시가 가진 특정한 사회적 사건이나 개인적인 경험을 삭제하거나 간접화함으로써 시의 내용을 일반적인 상황으로 바꾸고 일정한 형식과 구절을 반복함으로써 대중성을 확보했음을 알 수 있었다. 개인적인 사랑에서 출발해서 더 큰 사랑으로 옮겨가는 과정을 보여준 고정희의 연시는 시인의 이념적 지향이 발전되고 체화되어 가는 과정을 '사랑'이라는 주제로 형상화한 시편들이라고 이 글에서는 평가한다.

이소희의 「연작시 「밥과 자본주의」에 나타난 '여성민중주의적 현실주의'와 문체혁명─「몸바쳐 밥을 사는 사람 내력 한마당」을 중심으로」는 「밥과 자본주의」 연작시 중 「몸바쳐 밥을 사는 사람 내력 한마당」을 중심으로 고정희의 '여성민중주의적 현실주의'와 문체혁명이 지니는 의미를 밝힌다. 고정희는 '여성민중주의적 현실주의' 글쓰기 형식을 우리 자연과 일상 생활문화에 뿌리를 둔 전통구비 장르에서 차용해 왔는데 형식적으로는 전통적 가치를 계승하면서 이념적으로는 억압된 여성의 권리를 찾는 데 주력하며 이를 조화시킨 고정희 시의 성취에 이소희는 특히 주목한다. 역사성과 능동성을 갖춘 '여성' '민중' 주체의 형상화는 '여성민중주의적 현실주의'를 반영한 문체혁명의 일례를 보여준다는 것이 이 논문의 관점이다.

2부에는 '고정희와 여성시의 실천'이라는 주제 아래 30주기 학술대회에서 발표한 논문들 중 6편의 논문을 수록했다. 20주기 학술대회로부터 10년이라는 시간이 흐른 뒤 고정희 시에 대한 최근의 연구 경향을 확인할 수 있는 논문들이 주를 이룬다. 페미니즘 리부트 시대를 통과하며 고정희 문학이 오늘의 한국 사회에서 어떤 요청 아래 놓여 있는지를 확인할 수 있다는 점에서도 눈여겨볼 만한 논문들이다.

양경언의 「고정희의 「밥과 자본주의」 연작시와 커먼즈 연구」는 「밥과 자본주의」 연작시를 커먼즈commons의 실천으로 보는 관점에서 출발한다. 1990년대 초반에 쓰인 「밥과 자본주의」 연작에는 제국주의적 자본주의가 뿌리내리는 과정이 사람들의 체질을 어떻게 바꿔나가는지에 대한 예리한 성찰이 담겨 있다는 것이 이 논문의 판단이다. 특히 고정희 시가 '밥'을 둘러싼 관계에 참여하는 존재들의 목소리가 스스로 살아나는 현장을 그렸다는 데 주목한다. 「밥과 자본주의」 연작의 파급력은 많은 이들의 목소리가 울려 퍼져 모두의 노래로 불리게 하는 데 있다고 본 것이다.

이은영의 「고정희 시에 나타난 불화의 정치성—마당굿시를 중심으로」는 랑시에르의 개념을 빌려 고정희의 마당굿시가 정치적인 것의 불화를 일으키는 텍스트임을 분석한다. 고정희 마당굿시의 형식은 치안의 질서 안에서 합의된 몫의 나눔에 대해 이의를 제기하고 몫의 재분배를 위해 기존의 인식과 긴장을 일으키며 불화를 경험하게 한다는 것이다. 『실락원 기행』의 「환인제」, 『초혼제』의 「사람 돌아오는 난장판」, 『저 무덤 위에 푸른 잔디』를 통해 1980년대 고정희의 마당굿시가 기존의 분할된 질서에 균열을 내며 여성, 노동자, 민중이 평등한 존재임을 끊임없이 감각하게 하는 정치성을 드러낸다고 평가한다.

장서란의 「고정희 굿시의 재매개 양상 연구—『저 무덤 위에 푸른 잔디』를 대상으로」는 고정희의 장시집 『저 무덤 위에 푸른 잔디』를 중심으로 재매개re-mediation 개념을 통해 고정희 굿시의 간매체성을 밝히고 굿시가 지닌 문학적 저항성을 규명하고자 한다. 굿시는 굿의 제의성을 전유하고 굿의 양식을 변용하는 것은 물론 시의 매체성을 통해 굿의 현장성을 확장함으로써 참여자의 범위를 넓히고 현실 문제의 해결을 꾀한다. 이처럼 굿시의 가치는 굿이 지닌 상징적 씻김, 즉 텍스트 너머의 '열린 씻김'을 추구한다는 데 있다는 점에서 『저 무덤 위에 푸른 잔디』를 재매개된 굿-시로 보는 것이 이 논문의 관점이다.

이경수의 「고정희 시의 청각적 지각과 소리 풍경」은 고정희의 시에서 두드러지게 '소리'가 포착된다는 사실에 주목해 고정희 시집 전체를 대상으로 고정희 시에 나타나는 청각적 지각을 세 가지 유형으로 분류해 그 의미를 살펴본 연구이다. 소리가 직접 나타나는 유형의 시, 1980년대를 표상하는 소리들이 시대의 소리 풍경으로 나타나는 시, 마당굿 형식을 차용한 시에서 들려오는 타인의 목소리라는 세 가지 유형을 통해 여성 주체로서 바깥의 소리에 반응하는 태도와 시대의 소리 풍경, 여성주의적 말하기 방식으로써 창안해 낸 소리 풍경 등을 살펴볼 수 있었다. 이를 통해 종교와 시대와 여성주의적 문제의식이 교차하는 고정희 시의 성취를 다시 한번 확인할 수 있었다.

김정은의 「1980년대 여성주의 출판문화운동의 네트워킹 행위자로서 고정희의 문화적 실천」은 여성주의 출판문화운동에서 여성들의 네트워크를 활성화하려고 고정희가 한 역할을 살펴보기 위해 고정희가 『또 하나의 문화』에서 『여성해방의 문학』을 발간하기 위해 했던 문화적 활동을 네트워킹 행위를 중심으로 살펴보았다. 고정희는 여성 지식인 주체들을 연결하는 등 페미니즘 문화의 '봇물을 트기' 위해 노력했고 이는 『여성신문』을 통한 출판문화운동으로 연결되었다. 특히 고정희가 믿었던 '여성연대'의 힘과 여성들의 네트워크는 고정희의 사후에도 작동하고 있음에 주목하며 고정희를 여성이 여성과 연결될 때 생기는 힘을 보여주는 중요한 페미니즘적 유산legacy으로 보고자 한 관점이 인상적이다.

정혜진의 「고정희 시의 섹슈얼리티와 '페미니즘의 급진성'」은 체험·경험의 동일성이 아닌 자매애의 가능성을 모색하고 규범적 이성애 섹슈얼리티에 대한 문제의식을 페미니즘 의제로 구성한 고정희의 여성해방론을 고찰하고자 한 연구이다. 고정희가 내적 분할에 대한 앎으로서의 '여성 동일시'를 여성해방 주체화의 전략으로 삼고, '정상 섹슈얼리티' 규범을 문제화하는 주체로서 '독신자'를 여성해방의 역사에 위치시키는 장면에 주목함으로써 고정희 시가 성별 이분법을 극복하는 페미니스트 실천으로 전개되고 자매애를 여성해방 주체의 원리로 재구성함을 규명했다. 급진주의 페미니즘의 이념을 구성하는 연대의 원리로 「다시 오월에 부르는 노래」를 해석한 것도 이 논문의 성과이다.

3부에는 '고정희와 문화 번역'이라는 주제 아래 20주기와 30주기에 발표된 논문들 중 고정희를 문화 연구나 비교문학, 번역이라는 관점에서 살펴본 논문들을 실었다. 두 차례의 학술대회에서 발표된 논문은 아니지만 새로운 세대의 고정희 문학에 대한 관점을 보여주는 논문을 함께 싣기도 했다.

박주영의 「신화·역사·여성성—이반 볼랜드와 고정희의 다시 쓰는 여성 이야기」는 아일랜드의 여성 시인 이반 볼랜드Eavan Boland와 한국 여성해방문학의 독보적 시인 고정희의 시가 전통적인 가부장적 시각에 대한 첨예한 비판적 인식을 지니고 여성 이야기를 '새롭게 바라보기'를 통하여 가부장적 이데올로기와 문학 전통을 전복하는 새로운 여성시의 영역을 어떻게 보여주는지 탐구한다. 이반 볼랜드와 고정희의 시들은 남성 중심적인 시각에 의해 왜곡된 여성의 이미지를 여성주의적 관점에서 재해석할 수 있는 가능성을 보여주며, 역사 안에서 침묵하던 여성의 목소리를 복원하여 형상화한다. 리치가 역설한 여성시인들의 '새롭게 바라보기' 시 쓰기는 볼랜드와 고정희가 구현한 시적 주제라고 이 논문은 평가한다.

정은귀의 「땅의 사람들을 기억하고 살리는 목소리 ― 고정희와 조이 하조의 생태시학」은 생태시학의 관점에서 고정희와 아메리카 인디언 시인 조이 하조Joy Harjo를 함께 읽으려는 작업이다. 두 시인의 시에는 땅 위에서 살다 죽어간 존재들에 대한 보살핌과 품어냄의 시선이 나타나는데 이는 탈식민주의, 여성주의적 문제의식과 결합된 언어로 빚어졌다. 또한 이들의 시는 일상에서 사용하는 익숙한 구어를 동원해 낮은 시선에서 얻어지는 혁명성을 성취하고 있다. 정은귀에 따르면 고정희의 한국어와 조이 하조의 영어는 땅의 리듬과 결합하여 보살핌, 품음, 희생, 사랑의 원리에 새로운 의미를 부여함으로써 시의 실천적 의미를 부각시킨다.

김양선의 「민주화 세대 여성의 실천적 글쓰기와 80년대 여성문학비평 ― 고정희의, 고정희에 대한 여성문학비평이 남긴 것」은 이십대에 『여성해방출사표』를 읽으며 선명한 여성해방 의식을 다졌던 여성 주체가 근 이십 년이 지나 고정희의 「사십대」를 다시 읽으면서 공감하게 되는 과정을 민주화 세대로 불리는 지식인 여성의 경험과 글쓰기 실천의 맥락에서 객관화해 보고자 한 연구이다. 민주화 세대 지식인 여성의 사회체험과 문학체험의 맥락에서 80년대 여성문학 논쟁을 고정희의, 고정희에 대한 비평이라는 우회로를 거쳐 비판적으로 검토한 이 글을 마무리하면서 「우리 동네 구자명 씨」에서 여성의 고단한 삶을 드러낸 "저 십 분"이 환기하는 절박함을 핍진하게 읽는 일하는 중년 여성의 실감을 고백한 부분이 인상적이다.

채연숙의 「문화적 기억과 문학적 기억으로서의 여성시 ― 고정희 시인과 힐데 도민의 시를 사례로」는 문화권은 서로 다르나 정치적인 억압의 시대를 살아온 한국의 고정희 시인과 제2차 세계대전 후 시대적 전환점을 돌아 나왔던 독일의 힐데 도민 사이의 상관관계를 문화적 기억과 문학적 기억이라는 관점에서 살펴보고자 한 논문이다. 사실과 역사적 사건들은 시간이 지남에 따라 점차 퇴색하는 것이 아니라 오히려 더 가까워지고 생생해진다는 사실을 두 여성 시인이 알려준다고 이 논문은 말한다. 고정희와 도민의 시가 보여준 문화적 기억은 고통의 시대를 희망의 시대로 부활시키는 '망자 추모'의 기림에 있으며, 이들의 시야말로 시대를 초월해 살아남은 문화적 기억의 실체임을 피력한 글이다.

최가은의 「여성-민중, 선언-『또 하나의 문화』와 고정희」는 『또 하나의 문화』와 『여성(과 사회)』간의 논쟁과 그들의 활동이 이룩한 여성문학 담론의 성취와 한계를 살펴봄으로써 여성 억압의 주요 모순을 무엇으로 볼 것이냐에 따라 나뉜 이분법적 가름으로는 포섭되지 않는 균열에 주목한다. 정치적 주체가 될 권리를 요구하는 페미니즘적 '선언'의 형식이 지니고 있는 근본적인 역설이자 이 역설을 언어적 역량으로 활용한 사례로서 고정희의 텍스트를 살핌으로써 '인간=민중'이라는 명제와 '여성=정치적 주체'라는 명제를 선언한 고정희의 텍스트들을 비민중, 비여성이 처한 자리를 지시하는 문제적 장소이자 저항의 기점이 되는, 여전히 존속 중인 운동의 장으로 해석해 낸다.

3부에 걸쳐 총 18편의 논문을 모아 놓고 보니 고정희 연구사의 흐름과 성과를 개관할 수 있었다. 고정희 연구가 특정 세대에 갇히지 않고 오히려 최근으로 올수록 젊은 세대의 연구자들에 의해 새로운 관점으로 확장되고 있다는 점은 무엇보다도 고무적이다. 1991년 여름, 고정희 시인이 불의의 사고로 세상을 뜬 지 30년이 넘었지만 고정희 시인은 시간이 지날수록 더욱 강렬하게 우리의 마음속에 살아 숨 쉬고 있다. 고정희 시와 문학에 새 생명을 불어넣는 젊은 연구자들과 독자들에 의해 앞으로도 고정희 시는 더 많은 독자들에게 읽히고 공감을 얻을 것이다. 시인이 꿈꾸었던 세상은 아직 요원하지만 그 꿈을 이어받아 꾸며 실천의 자리로 나아가는 사람들은 점점 더 늘어나고 있다. 앞으로도 고정희의 시는 더 많이 읽히고 기억될 것이다. 고정희 시에 응답하는 "마주 잡을 손 하나"가 끊임없이 이어지며 더 나은 세상을 향한 지치지 않는 연대를 이어갈 수 있을 거라는 바람을 이 책에 실어 본다. 책이 나오기까지 도움을 준 중앙대학교 국어국문학과 박사과정에 재학 중인 전명환 연구자와 어려운 시기에 마다하지 않고 책을 멋지게 만들어 주신 소명출판 박성모 대표와 공홍 편집장, 박건형 편집자께도 각별한 마음을 전한다. 여러 사람의 노고와 정성으로 빚어져서 이 책의 의미가 더욱 빛날 것이다. 고정희 시를 읽고 연구하고자 하는 미래의 독자들에게 이 책이 "고요한 여백"으로 남을 수 있기를 기대한다.

2022년 12월
저자들을 대표해서 이경수 씀

차례

고정희 시의 카니발적 상상력과
다성적 발화의 양식

김승희

1. 『여성해방 출사표』와 카니발'적 상상력

『여성해방 출사표』는 고정희 시인의 역정歷程 중 후기에 속하는 시집 1990이라 할 수 있다. 첫 시집 『누가 홀로 술틀을 밟고 있는가』1979에 이어 『실낙원 기행』1981, 『이 시대의 아벨』1983, 『초혼제』1983, 『지리산의 봄』1987, 『저 무덤 위에 푸른 잔디』1989, 『광주의 눈물비』1990 등에서 주로 군부 독재와 자본주의가 가하는 민중 억압, 인간 억압, 여성 억압에 대한 고발과 정치 현실에 대한 비판, 광주와 민중 시위의 희생자들에 대한 씻김굿과 같은 시들을 썼다면 『여성해방 출사표』에 이르러 고정희는 '성차별이 없는 유토피아로서의 여성들의 공간'을 꿈꾼다. 러너에 의하면 여성문화는 남성문화의 하류 문화나 저류 문화가 될 수 없고 여성이라는 대다수가 하부 문화 안에서 살아간다는 것은 불가능하다고 하면서 그러므로 "여성들은 일반 문화의 구성원으로서 그리고 '여성문화의 참여자'로서 이중적인

---

1 카니발리스크란 미하일 바흐친의 용어로 당대의 지배적 스타일이나 규범, 분위기를 유머와 카오스로 전복시키고 해방시키고자 하는 문학적 양식을 말한다.

삶을 살아간다"[2]고 했다. 아드너는 여성문화의 모델을 제시하고 여성문화의 특성을 제시할 수 있는 다른 용어를 모색하고자 하면서 "여성이 그들의 문화와 현실의 경계가 중복되는 하나의 '무언 집단'을 이루었지만 '지배 집단'에게 전적으로 포함되지는 않는다"고 지적한다. 또한 지배 집단과 무언 집단의 관계를 도형으로 제시하면서 여성문화의 공간을 황무지의 땅, 남성이 없는 땅, '초승달의 공간'이라 규정하고 있다.[3] 프랑스 페미니스트 비평가들은 이러한 황무지를 여성의 차이에 대한 이론적 근거로 삼고 싶어 하면서 '황무지는 억압된 모든 것들의 언어를 위한 공간이며 혁명적 여성 저작물을 위한 공간'이 된다[4]고 지적한다.

『여성해방 출사표』의 세계는 그러한 '황무지, 혹은 여성 공간'으로서의 여성의 영역을 노래하는 시집이다. 남성문화와 여성문화가 공유하는 부분을 제외하고 여성/남성문화가 합쳐질 수 없는, 황무지와 같이 알려지지 않은 '초승달의 영역'으로서의 여성문화의 세계[5]를 노래하는 시집이 바로 그것이다. '초승달의 영역'은 남성들과 체험을 공유할 수 없는 여성들만의 세계, 여성들만의 공간을 말한다.

그러나 『여성해방 출사표』는 바로 그런 '초승달의 영역에서의 여성들끼리의 대화'라고 부를 수 있으면서도 그 여성들은 완전히 '여성들만의 세계'에만 속하는 것이 아니라 "여성들은 일반 문화의 구성원으로서 그

---

2   일레인 쇼왈터, 「황무지에 있는 페미니스트 비평」, 크리스테바 외, 김열규 편, 『페미니즘과 문학』, 문예출판사, 1988, 48쪽. 러너에 의하면 일반문화란 '남성과 여성이 공유하고 있다고 생각되는' 보편적 문화를 말하지만 일반 문화 속에는 가부장제가 '보편성'이란 이름으로 광범위하게 퍼져 있다고 함.
3   일레인 쇼왈터, 앞의 글, 48쪽.
4   위의 글, 49쪽.
5   크리스테바 외, 앞의 책, 49쪽.

리고 '여성문화의 참여자'로서 이중적인 삶을 살아간다"[6]라고 말한 러너의 말처럼 일반문화와 여성문화의 참여 사이에서 이중적 정체성을 가지고 이중적 삶을 살아가는 경계선적 존재로서의 이중적 존재이다. 그리하여 그러한 이중성 안에서 말하는 여성 인물들의 발화의 양식은 단선적이거나 직선적일 수는 없으며 반어적이거나 역설적이거나 이중적 맥락 안에서 담론의 충돌을 보여주는 다성성을 지닐 수밖에 없다. 그러한 다성성의 발화 안에서 일반문화로서의 가부장제에 속한 정체성과 그것을 뒤집는 반 언술 사이에서 카니발적 대화 공간이 열리고 기존의 가치와 규범이 전복되고 풍자와 반어와 유머로 이분법적 체계가 무너지고 혼합되는 이질혼성적 카니발의 상상력이 열리게 된다.

이 시집은 4부로 이루어져 있는데 시인은 서문에서 "1부와 2부는 조선조 여자들이 직면했던 성 억압 구조에 온몸으로 도전한 네 여자들, 즉 황진이기방, 조선 중종 때, 이옥봉서녀 출신, 첩살이, 조선 선조 때, 신사임당정실부인, 1504~1551이나 허난설헌명문가의 여자 두보, 1563~1589 등의 목소리를 통해 오늘의 산천에 재접목하려고 했으며, 3부는 오늘 우리를 둘러싼 보수대연합 정치 이데올로기가 현대 여성들의 삶을 어떻게 규제해왔는가에 초점을 맞추었다. 4부는 '이러저러한 이유로 여성해방 메시지를 담으려고 애썼던' 행사시와 목적시가 주류를 이루고 있다"[7]라고 스스로 시집의 세계를 정리하고 있다. 이 글에서는 행사시와 목적시가 주류를 이루고 있는 4부를 포함하여 『여성해방 출사표』에 나타난 카니발적[8] 상상력과 그 발화 양식의 다성적 양상을 탐색하고자 한다.

---

6   일레인 쇼월터, 앞의 글, 48쪽.
7   고정희, 『여성해방 출사표』, 동광출판사, 1990, 6~7쪽.
8   김욱동, 『대화적 상상력, 바흐친의 문학 이론』, 문학과지성사, 1988, 241쪽.

카니발적 세계란 바흐친에 의하면 "자유와 평등이 지배하는 세계다. 카니발이 진행되는 동안은 일상적인 삶, 즉 비非 카니발적인 삶의 구조와 질서를 결정하는 법률과 금지, 그리고 제약들이 모두 정지된다. 무엇보다도 여기서는 모든 계급 구조, 그리고 그것과 관련되는 모든 형태의 공포와 존경심과 경건함과 예의 — 다시 말해서 사회적 성적 계급적 불평등이나 혹은 사람들 사이에서 그 밖의 다른 형태의 불평등으로부터 비롯되는 모든 것이 정지되는 것이다"라고 정의된다.[9] 그렇듯 카니발은 그동안 그 사회를 지배해오던, 이성중심주의의 권력에 의해 규범으로 만들어진 공식적 법칙이나 형식을 깨뜨린다. 규정된 질서를 뒤집고 성/속, 권력자/민중, 성직자/광대, 남/녀, 이성/광기, 고귀/비천함 등의 이분법적 패러다임을 전복시킨다. 모든 것이 평등하고 모든 것이 상대화되며 경건한 것이 조롱 되고 권위로부터 자유롭게 해방된, 말하자면 '제2의 삶'인 것이다. 그리하여 홀퀴스트가 카니발을 가리켜 "사회라고 하는 직물에 갈라진 틈"이라고 부르고 있는 것은 바로 그 이유 때문이다.

필자는 고정희의 시집 『여성해방 출사표』의 세계를 담론과 담론이 충돌하여 다성적 목소리가 공명하는, 그리하여 이성중심주의적 세계의 담론의 위계질서가 전복되는 카니발적 세계로 규정하면서 그러한 카니발적 세계를 이루는 공간성과 시간성, 텍스트의 잡종적 양상, 다성적 발화의 양식이 생성되는 구조를 탐색해 본다.

---

9   김욱동, 앞의 책, 137쪽.

2. 공간, 시간, 그리고 스타일의 카니발적인 것

『여성해방 출사표』에서는 남성중심 가부장제가 신분 질서를 지배하고 있던 조선조의 맥락과 더불어 페미니즘의 목소리가 시대정신으로 부상하던 1980년대 후반 '시대정신'의 맥락이라는 이중의 맥락 위에서 네 명의 여성들이 조선조 가부장적 상황 속의 비극적 여성 현실을 진술하고 비판하고 있다. 고정희가 진단한 1980년대의 시대정신이란 다음과 같다.

70년대란 지난 십수 년간 문학은 이 기능질문을 다 하기 위해, 느리지만 나름대로 치열한 반성과 전진을 거듭해왔다. 예를 들면 60년대의 '순수, 참여 논쟁', 70년대의 '민족 문학 혹은 민중 문학 논쟁', 그리고 80년대의 '노동 해방 문학', '여성문학' 논의가 그 좋은 본보기이다.

창작의 기능에서 따지자면 70년대는 현장 문학, 르포 문학이 가장 왕성했던 시기이며 80년대는 문학주의의 해체혹은 귀족문학의 해체설이 노동문학으로 초점을 모으면서 '민중주의'의 대중성 확보와 선전의 극대화가 문학적으로 어느 정도 성공을 거둔 시기이다. 확실히 삶의 증언과 고백에 초점을 둔 민중문학의 활성화는 문학주의의 폐쇄성과 귀족문학의 허위의식을 허무는 데 전위의 역할을 하였으며 열린 문학의 지평을 확보하는데 크게 기여하였다.

그러나 여기서 리얼리즘 문학 혹은 민중 문학이 고수하는 민중주의는 실제 민중의 대다수를 차지하는 여성 민중의 시각이 어느 정도 수용되고 있는가에 본격적인 의문이 제기되기 시작하였고 남성중심적인 '민중주의의 해체와 반성'은 '여성해방 문학'의 등장을 가능하게 했다.[10]

위의 지적과 같이 시인에게 1980년대의 시대정신, 문학 정신은 문학주의의 해체와 민중주의의 대중성 확보, 여성해방 문학의 등장으로 요약된다. 남성중심의 민중주의에 대한 의혹과 더불어 '여성해방 문학의 등장'이 가능하게 되었던 시대라는 것이다. 그러한 여성해방의 시대정신, 문학정신의 맥락 위에서 쓰여진 『여성해방 출사표』에서는 조선조 시대의 대표적 여성 인물들인 황진이, 이옥봉, 사임당, 허난설헌 등이 등장하여 일인칭 고백 화법으로 자신의 '전기傳記성의 허구'를 고백하면서 그것을 비판적으로 조롱하거나 해체하고 자신의 개인 신화를 현대적 시각으로 '다시 보는re-vision' 전복성의 목소리를 들려준다. 그러기에 『여성해방 출사표』는 여성들끼리 여성들에게 저승/이승의 대립을 떠나 여성들만 존재하는 초승달의 공간에서 1980, 90년대적 여성해방적 기운에 힘입어 봉건시대의 규범적 질서를 비판, 조롱하는 카니발적 성격을 가지고 있을 뿐만 아니라 이미 '발화 인물들의 시대/저술되는 시대의 시대정신'이라는 이질적 맥락의 충돌에서 만들어진 다성적 코드를 가지고 있기 때문에 이질적 담론이 충돌, 혼합되는 카니발적 다성악적 성격을 가진다.

따라서 『여성해방 출사표』는 공간적으로 죽음/삶의 경계선적, 문지방의 공간에서 발화된다. 저승/이승은 절대 격리가 아니라 편지 왕래나 소포의 주고받음과 서로 간의 대화도 활발한 접촉의 공간성이다. 저승에 있는 황진이, 이옥봉, 사임당, 난설헌이 이승의 현실 상황을 소상히 알고 비판하거나 개입한다거나 저승에서 저승에 있는 존재들끼리의 서신 왕래도 매우 활발하며 이승에서 저승으로 소포를 보내는 일도 가능하다. 저승과 이승의 영역이 겹치고 저승에서 이승으로, 이승에서 저승으로의 연락

---

10   고정희, 「여성주의 문학 어디까지 왔나?」, 조형 외, 『너의 침묵에 메마른 나의 입술─여성해방문학가 고정희의 삶과 글』, 또하나의문화, 1993, 191~192쪽.

과 개입이 활발한 이 이중의 대화적 영역은 경계선적, 문지방의 성격을 가지고 있기에 카니발적 공간이라 부를 수 있다.

그 공간성을 요약하면 다음과 같다.

1부 : 저승의 공간에서 발화. 저승=이승의 혼합과 교류. 여성들끼리의 초승달의 영역.

2부 : 저승의 공간에서 발화. 저승=이승의 혼합과 교류. 2부의 끝에서 난설헌이 출사표를 들고 여남평등의 미래로 진군. 초승달의 공간에서 일반 문화의 현실공간으로 이동.

3부 : 시적 화자, 현실 공간으로 이동

4부 : 시적 화자, 현실 공간에서 현실 비판

1부에서는 저승에 있는 황진이가 저승에 있는 이옥봉에게 '봄 편지', '여름 편지', '가을 편지', '겨울 편지'를 4통 쓰고 이옥봉이 황진이에게 '요사이 한반도 여자해방', '월나라 여자 서시', '여자를 모르는 남자 셋 ','지승문의 딸 어우동', '조선조 공창 폐지 반대론' 등 5통의 답장을 보낸다. 2부에서는 사임당이 허난설헌에게 '사임당상이라니 기상천외이외다', '정실부인론을 곡함', '남자들이 싫어하는 여자 세 가지', '여자는 최후의 피압박계급?', '어즈버 하늘이 낸 시인 난설헌'이라는 5통의 편지를 보내며 난설헌은 해동의 딸들에게 '해동란집에 대하여', '삼한삼원三恨三怨의 서슬 청초 우거진 골에 푸르렀으니', '여자 제갈공명이 동아시아에서 깃을 치는 이유?', '여자해방 투쟁을 위한 출사표' 등 4통의 편지를 보낸다. 난설헌의 편지는 발신자인 사임당에게 되돌려지는 답신 형식의 편지가 아니라 '해동의 딸들에게' 보내는 다른 방향성의 편지다. 난설헌 편지의 수신자는 '해동의 딸들'이며 미래의 딸들로 강력하게 초점화되어 있다. 2부에서 난설헌은 "하늘은 내게 / 천기를 다스리는 재능만 주시고 / 시대를 주시지 않았더이다"라고 영화 〈아마데우스〉에서 살리에르의 독백을 패러디하며 자신의 시대를 한탄하기도 한다. 그러나 이제 "해동의 딸들이 시대를 얻었고 / 인연의 때를 점지받았으므로 / 조선 여자 해방길 닦아야 할 것이외다"라고 때를 성찰한다. 그리하여 2부 마지막 시에서 "가자, 가자, 가자, 딸들이여 / 기만으로 죽맞은 헌정사 끝장내고 / 생명세상 개벽천지 살길을 마련하자 / 대범 해동 조선 여자 따님 일어섰도다"라고 말하며 해동의 딸들의 여성해방 행동을 촉구한다.

난설헌의 출사표를 이어받아 초승달의 공간에서 일반문화의 공간으로 이동한 3, 4부의 시적 화자는 1990년대의 한국 정치, 사회, 여성계를 여성주의적 시각으로 분석하고 자신의 목소리로 노래하는데 구어체를 주로 사용한다. 3부에서는 "여성해방 출사표"를 들고 현대로 들어선 여성 화자의 시선으로 먼저 여성해방을 가로막는 장벽들을 노래한다. 여성도 보수/진보, 부르주아/민중 계급으로 분리되어 있기 때문에 그러한 여성 내부의 대립, 갈등이 먼저 지적된다. 중산층 부르주아 여성을 '정실부인'으로 부르며 그들의 현실추수적 안정희구적 자세를 90년대 새해 벽두에 발표된 정치적 야합인 '보수대연합'으로 칭한다. 결국 여성해방을 가로막는 것은 여성 내면의 보수지향, 안정희구 등임을 시적 화자는 지적한다. 4부는 목적시이기 때문에 여성 화자는 직접 호명되는 집단여성신문사, 한신학보, 교육 개혁을 촉구하는 시위 현장, 부산여대 등에 속해있는, '여성주의 공동체'라고 추정되는 여성들을 청자로 가정하며 발언한다. 1980년대, 90년대적 현실과 여성문화에 대한 강력한 비판이나 여성주의적 단합, 개혁의 목소리를 제시함으로써 1부, 2부에서 대화적으로 주고받은 여성중심 담론이 직접 현실에 개입하여 수행을 촉구하고 목적을 고취하는 행사시나 기념시가 된다. 목소리는 극히 메시지 중심이기 때문에 다성성이나 대화성을 점점 상실해 가며 4부에서는 상당히 단성적 주장, 독백의 목소리가 된다.

공간의 카니발성과 함께 시간의 카니발성도 지적할 수 있다. 카니발의 속성으로 '통시성의 공시화'를 들 수 있다. 통시성의 공시화를 볼 수 있는 것으로는 조선조 네 명의 여성 인물들이 400여 년을 뛰어넘어 1990년대 초, 『여성해방 출사표』라는 예술적 공간 안에서 자신의 목소리로 자신이 살았던 시대정신과 자신의 정체성을 페미니즘적 용어로 비판, 해체하고 있는 데서 두 시간대의 겹침이 나타난다. 역사적 인물들이 현재에 개입하며 현재의 용어로 과거를 해체하는 데서 통시성의 공시화를 볼 수 있는 것이다. 그러한 의미에서 『여성해방 출사표』의 시간성은 통시성의 공시화이자 카니발적 시간성이다.

두 번째로 통시성의 공시화는 2장에서도 지적했지만 이질적인 맥락과 코드의 혼합, 충돌에서 빚어진다. 예를 들어 고정희 시에서는 조선조 시대의 맥락과 1980년대 페미니즘적 맥락의 충돌, 유교라는 이데올로기 코드와 1980년대의 군부독재 시대의 정치적 코드, 페미니즘이라는 코드의 혼합, 충돌이 자주 일어난다. 그 자체가 이미 카니발적이며 다성악적[11]인 것이다. 예를 들어 황진이는 '삼종지도'를 '남자 집권 보안법'이라 말하고

---

11 "다성적 문학을 한마디로 정의한다면 그것은 하나 이상의 의식이나 목소리들이 완전히 독립적인 실체로서 존재하는 문학을 가리킨다. 이 경우 작중 인물은 단순히 작가에 의해 조종되는 수동적 객체가 아니라 어디까지나 작가와 나란히 공존하는 능동적인 주체이다. 작품에 표현된 관념이나 이데올로기 역시 작가 자신의 것이라기보다는 예술적으로 형상화된 관념이나 이데올로기의 그림자에 지나지 않는다." 김욱동, 앞의 책, 163쪽. 그러한 다성적, 잡종적 성격은 소설에서 가장 잘 드러난다고 바흐친은 지적하는데 좁은 의미의 서정시가 아닌 확장된 시, 즉 인물이나 서사, 서술이 들어가는 시에서는 가능할 수도 있다고 필자는 생각한다.

'현모양처'의 신화인 신사임당은 자신의 입으로 '현모양처' 신화를 허구라 부른다. "대저 일부일처제란 무엇이니까 / 여자를 소유로 보자는 내막이외다 / 정실부인이란 무엇이니까 / 소실과 첩을 엄중히 처단하잔 여자율법이외다 / 소실과 첩이란 무엇이니까 / 기둥서방 문화의 희생물이외다 / 기둥서방 문화란 무엇이니까 / 무릇 남자의 성기 밑에 / 여자의 자궁을 예속시키자는 / 영원무궁한 음모이외다"라고 고백한다. '기둥서방 문화'라는 현대의 용어를 고전 전통 사대부가의 엄격한 결혼문화에 들이대며 '현모양처 신화'의 허상을 통렬하게 폭로한다. 다른 언술을 곁눈질하는 언술의 혼합된 이중성이다. 봉건과 현대가 뒤섞이고 유교 시대와 근대화 시대, 페미니즘 시대가 뒤섞인다. 통시성의 공시화가 발생하여 카니발적 효과를 만들어낸다.

그리하여 가부장제가 수립한 '여성 신화'의 권위를 조롱하고 그것의 뒤집기를 감행하여 대항 담론의 통렬성과 카니발적 전복의 유쾌함을 드러낸다. 가부장제를 기둥서방 문화라고 비하시키면서 조롱하는 것이나 '일부일처제'를 '남자의 성기 밑에 여자의 자궁을 예속시키는' 등으로 비천한 신체의 언어로 비하하는 것 등이 다 카니발적 세계관을 특징짓는 중요한 특징이다. 그러한 카니발적 세계는 해방감을 주는데 바로 1980년대적 시대정신의 맥락에서 조선조 사대부 여성의 삶을 재해석하여 성/속, 귀/천, 고귀/비천 등의 위계질서를 뒤바꾸어 놓고 비천한 것들이 '고귀'를 밀쳐내고 모욕하고 조롱할 때 느껴지는 충격과 웃음이 해방감을 발생시킨다. 이러한 담론의 통시성의 공시화는 다음 3장에서 더 자세히 분석하겠다.

또한 그러한 카니발적 상상력의 문학적 구현에서는 스타일과 이질적 목소리들이 중요해진다. 일반 서정시와는 달리 스타일상의 통일성을 배제하고 오히려 스타일상의 다양성과 잡종적 양상이 주로 드러난다. 따라서 이 작품에서는 서간체적 형식이나 여성시인들의 시조 작품들, 편지나 발견된 원고, 고문서, 굿이나 시위 현장의 재현 등이 함께 잡종적으로 나타난다.[12] 「이옥봉이 황진이에게」에서도 월나라 서시의 노래나 성종 때 문단의 영수 성현이 쓴 「용재총화」의 일부나 이장호의 어우동 영화나 어우동의 의금부 판결 기록 등이 소개된다.

3부는 「정실부인회와 보수대연합」, 「여자가 하나되는 세상을 위하여」와 「하늘에 계신 우리 어머니」 등 3개로 나누어져 있고 「어느 정실부인과 독신녀 이야기」, 「무엇이 그대와 나를 갈라놓는가」 13편의 시로 이루어져 있는데 그동안 1, 2부에서 등장하던 역사적 여성 인물들이 직접 화자로 등장하지는 않고 1980, 90년대적 시위 현장을 극적으로 재구성하거나, '자라는 아이들이 평등 평화 길이라네'에서처럼 굿판을 재현하거나 한다. 시위나 굿을 이끌어가는 일인칭 화자의 목소리는 구어체, 경어체로 이루어져 있다. 여성 시위를 극적으로 재구성하고 있는 부분에서는 개인이나 단체인 이인칭 청자들을 대상으로 구어체로 존댓말을 사용하여 진술하고 있기 때문에 독백적이기 보다는 대화적이며 대화를 유도하는 청유형 어미를 자주 사용한다.

(선창)
우리 여자도 해방이 되려면 먼저
여자 목에 달린 고양이 방울을?
(합창)

---

12 김욱동, 앞의 책, 184~185쪽.

떼야 한다, 떼야 한다, 떼야 한다

(선창)

무릇 여자 목에 달린 고양이 방울을 떼러 갈 제

하자 있는 여자가 앞장 서는 것을?

(합창)

거부한다, 거부한다, 거부한다

(선창)

대저 하자있는 여성이란 어떠한 여성이든가

(합창)

본처가 시퍼렇게 살아있는데도

돈 많은 남자 덕에 머물든 여자

권력높은 남자 덕에 해외유학 다녀온 여자

내노라하는 남자 소실이 된 여자

지적 미모 뽐내며 첩실이 된 여자

여필종부하지 않고 이혼한 여자

정실의 생존권을 위협하는 독신여자!

— 「정실부인회와 보수대연합」 중

시위 현장을 모방, 재현하고 있는 이러한 텍스트 양상은 이질적인 비시적인 것, 저급하다고 기피되는 것들을 시에 전유해옴으로써 카니발적 잡종성을 만든다. 여성들에게 친근하지만 비하되어온 서간체나 구어체 사용이라든가 여러 잡문서들을 인용하는 기법도 또한 텍스트의 잡종성을 만든다. 또한 1부와 2부를 주로 흐르는 조선조 규방의 격식 있는 고아古雅체의 어미語尾 사용도 표면적으로는 순종적이고도 단아한 어조이지만 내용적으로는 반가부장적, 체제 반란적, 불순한 발언을 담고 있는데 그 불일치가 주는 모순의 공존이 이질적인 것을 뒤섞는 카니발적 세계관을 형태적으로 보여준다. 이러한 스타일의 잡종성이 고정희 시인이 비판해온 문학주의, 문학적 형식주의, 남성 민중주의를 전복하고 열린 해방공간을 열고자 하는 카니발적 문학관의 특성이라고 하겠다.

3. 발화 주체의 자기 정체성 해체와 맥락, 코드의 충돌로 인한 카니발적 혼합

『여성해방 출사표』는 공간적으로, 시간적으로, 텍스트 양식상으로 카니발적 세계관을 보여주고 있다는 것을 2장에서 분석하였다. 여성인물들이 고대 / 현대의 경계선을 넘어 저승 / 이승이 겹쳐지는 경계선적, 문지방적, 초승달의 공간에서 여성들끼리의 대화를 통해 조선조/ 한국 사회에서 절대성을 가지고 여성을 억압해온 남녀차별 이데올로기를 해체, 조롱, 풍자, 전복하고 있는 카니발적 텍스트가 『여성해방 출사표』의 세계다. 그렇다면 발화 주체들의 언술 상황에서 카니발적 특성인 담론들의 혼합, 다성성이 어떻게 생성되고 있는지를 살펴보기로 한다.

그것을 야콥슨의 '커뮤니케이션에서의 언어의 6가지 기능'의 도식[13]에 따라 분석해 보면 다음과 같다.

---

13 야콥슨, 「언어학과 시학」, 이정민 외편, 『언어과학이란 무엇인가』, 문학과지성사, 1977, 149쪽.

c. 맥락^{context}

a.발화자^{adresser} ——— f. 메시지^{message} ——— b. 수신자^{adressee}

d. 접촉^{contact}

e. 신호 체계^{code}

a. 발화자는 맥락, 연관 상황에 따라 두 개의 a.가 존재할 수 있으며 자서전自敍傳성을 가진 a-1과 그것을 페미니즘적으로 성찰하고 해체하는, 1980년대 시대정신을 가진 a-2로 구분 지을 수 있다. a-1은 자신의 자서전적 요소들을 재현하거나 모방하는 발화자이며 자신의 시조나 한시, 옛 문서 등을 인용하기도 한다. 그러한 자신의 삶과 시대를 재현해서 들려주는 발화자 a-1과 그것을 1980, 90년대의 페미니즘적 담론 안에서 비판적으로 논평하는 a-2는 공존하면서 분열, 이중적으로 드러난다. a-1, a-2의 분열은 앞서 말한 바와 같이 "여성들은 일반 문화의 구성원으로서 그리고 '여성문화의 참여자'로서 이중적인 삶을 살아간다"[14]는 지적에 부합한다. 미메시스적 자아와 그것을 비판, 해부하는 페미니즘적 자아다.

b. 수신자도 이중적 수신자로 구분할 수 있다. b-1 즉 제1 청자는 서간체 안에서 그 서간을 받는 수신자_{예를 들어 이옥봉, 황진이, 허난설헌, 사임당}들이다. 제1 청자는 저승에서 저승으로 발화한다. 그러나 제1 청자는 실제로 발화가 이루어지는 시공간 안에 현존해 있는 어느 한 개인이 아닐 수도 있다. "만약 실제 청자가 없을 경우 청자는 화자가 속해있는 사회집단을 흔히 대표하는 사람으로 추정된다."[15] 이는 상상적인 청자라고 할 수 있다. 또한 글로 쓰여진 발화의 경우_{인쇄된 언어적 수행} b-2는 책의 독자이다. 따라서

---

14   일레인 쇼왈터, 앞의 글, 48쪽.

15   김욱동, 앞의 책, 136쪽.

b-1은 서간체 공간 안에서 직접적으로 그 편지를 수신하는 인물이며[부에] 서는 이옥봉, 황진이, 2부에서는 허난설헌, 사임당 b-2는 상상적 청자로서 1980, 90년대에 그 텍스트를 읽는 여성주의적 감수성을 가진 독자공동체로서의 상상적인 청자 공동체이다. 그것을 시인은 '해동조선의 딸들'이나 '출사표를 들고 일어선 조선의 딸들', '생명 세상 개벽천지 살길을 마련하고자 일어선 미래의 딸들'이라고 명명한다. 발화자 앞에 현존하지는 않지만 이들은 모두 화자와 함께 발화에 참여하는 사람들이다. 따라서 『여성해방 출사표』의 b-2는 1980, 90년대의 여성주의적 이데올로기를 가진 독자로서 발화자의 발화에 참여하는 사람이다. 이러한 제2의 청자 외에 또 다른 청자가 존재하는데 '초超 수신자' 혹은 '초超 청자'[16]라고 할 수 있다. 그 용어가 암시하듯이 제3의 청자는 발화 행위가 이루어질 때 화자가 의식적으로 염두에 두고 있는 보다 높은 차원의 청자다. 초 수신자는 '신'이나 '절대적인 진리', 혹은 '초연한 인간의 양심'의 형태로 나타난다. 제3의 청자는 결코 신비롭거나 형이상학적 존재가 아니라 어디까지나 전체적인 발화의 구성 요소에 해당된다. 제랄드 프린스의 '이상적 독자'나 라캉이 말하는 '다른 사람'의 개념과 일맥상통한다[17]고 하는데 『여성해방 출사표』의 경우 이옥봉이나 황진이, 난설헌이나 사임당이라는 제1 수신자, 청자가 존재함에도 불구하고 제2 청자는 페미니즘에 관한 충분한 지식을 가지고 삶을 여성주의적으로 구현하며 세상을 바꿀 꿈을 가진, '보다 더 진보된 여성 의식을 가질 것이 예상되는 1980, 90년대 여성 독자'이며 초超 청자는 '성차별을 부당하다고 인식하고 있는 인류의 양심'이라고 볼 수도 있겠다. 고정희는 진리나 인류의 양심이라고 볼 수 있는 초超 청자에 대한

---

16 위의 책, 137쪽.
17 위의 책, 136~137쪽.

윤리적 믿음을 강력하게 가지고 있는 듯 보인다.

d.는 서간을 통한 접촉이자 인쇄된 텍스트를 통한 접촉이다. 고정희 시인은 발화자와 수신자 사이의 접촉 기능을 매우 중히 여기는데 일상적인 사람들이 일상생활 속에서 사용하는 친근한 구어체를 사용한다든가 민중이 흔히 쓰는 비어나 속어를 많이 쓰고 수신자에게 동의의 답변을 유도하는 질문을 던지는 의문문이 많이 나타나는 것이 접촉 기능을 중히 여긴다는 것을 보여준다. e. 신호 체계도 이중적 신호체계로 읽혀진다. 하나는 조선조 시대 유교 이데올로기의 신호 체계요 또 하나는 시가 쓰여진 당대의 페미니즘적 신호 체계다. 이데올로기적 코드라고 부를 수 있다. 남녀 차별적 신분제 이데올로기/페미니즘적 이데올로기의 코드 충돌과 혼합이 다성성을 만들어낸다.

'사랑의 기녀'의 상징인 황진이나 '현모양처'의 신화를 가진 사임당, 여자 두보와 같은 천재이자 봉건 윤리의 비극적 희생자인 난설헌이 스스로 자기 정체성을 공격, 부인하고 1980년대의 페미니즘 코드나 정치적 코드로 자신의 정체성을 해체한 뒤 새로운, 여성해방적 여성상으로 다시 태어난다는 것 그 자체가 바로 카니발적 전복성을 보여준다. 자신이 몸담고 살았던 조선조 중기, 가부장제 신분사회 안에서 절대적 상징이었던 것을 1980년대적 페미니즘적 담론으로 해체하고 유쾌한 상대성의 세계로 개방하는 것이 카니발적 효과를 만든다.

『여성해방 출사표』 1부 「황진이가 이옥봉에게―봄편지」에서 발화자인 황진이는 "황진이는 아직도 가끔가끔 / 이승의 하늘에 저녁노을로 걸려있는 / 조선여자들의 눈물과 비원을 읍소하다가 / 여남해방세계 수지건곤으로 맞이하옵소사 빌어보곤 합니다. / 최근의 외신보도에 의하면 / 지금의 조선 한반도 여자들은 / 안팎으로 힘이 세지고 슬기로워 / 학식이나 주장으로 실천능력 어느 면인들 / 남성에 견줄 바가 아니라지요?"라고 이옥봉에게 말함으로써 그녀의 삶이 그녀가 살았던 조선 중종 무렵16세기 중반의 시공간을 뛰어넘어 1990년 무렵에까지 이승의 현실을 주시하면서 1990년대의 여성들의 세계를 여성해방적인 것으로 긍정적으로 인식하고 있음을 드러낸다.

"농자천하지본이라는 말이 부끄럽게 / 해동의 옥토는 여자농민들이 떠맡다시피 하고 / 여자노동자들 또한 대동단결하여 / 여성해방운동의 흐름을 이끌며 / 지식인 여자들도 학문이 고강해져 / 평등세상 땅고르기 한창이라지요? 규방일 관청일 출입문 따로없고 / 밥짓기 빨래하기 남녀가 구별없고 / 벼슬길 풍류마당 신분차별 없다지요? / 얼마나 학수고대하던 세상입니까"라고 현대 사회에 대한 긍정적 인식을 보여준다. 그러나 '농사일을 여성농민에게만 맡기는' 현대를 은연중 비판하고 있기도 하다. 이러한 황진이의 발화를 통하여 황진이가 살던 시대 현실에 대한 비판적 인식이 함께 드러나는데 조선조 중기에는 '규방일/관청일'의 남녀구별, 벼슬길, 풍류마당에서의 남녀차별 등이 극심했음을 우회적으로 비판한다. 자신의 노력을 '허세 허욕 허물천지 반가의 수염을 / 시적으로 희롱하듯 쥐어뜯다 보낸 세월'이라 칭하며 그러한 여성해방의 노력이 헛되지 않았음을 스스로 상찬한다. 그러나 "아직 낙관은 이르외다 // 무릎을 칠 만한 여남해방세상 시가 조선에는 아직 없는 듯 싶사외다 / 천지의 정기를 얻은 것이 해방된 여자요 / 해방된 몸을 다스리는 것이 해방의 마음이며 / 해방된 마음이 밖으로 퍼져나오는 것이 해방의 말이요 / 해방된 말이 가장 알차고 맑게 영근 것 / 그것이 바로 시이거늘 / 그런 해방의 시가 조선에는 아직 없습니다"라고 현대의 여성시가 여남해방의 강한 기운을 담지 못하고 있음을 비판한다. 이 대목에서 시적 인물인 황진이의 입을 빌어 시인인 고정희가 1980년대 자신의 시대의 여성문학을 비판하고 있는 것으로 보인다.

「황진이가 이옥봉에게─여름편지」에서는 저승/이승의 경계를 넘나드는 황진이의 존재가 1980년대의 '황진이 연구자'들에 대해 예리한 비판을 던지며 자신의 자서전自敍傳성에 대해 '새로 보기'를 시도한다. 그동안의 전통적 연구자들이 황진이의 전기傳記적 삶에 대해 관습적 읽기를 해온 시각을 과감하게 비판하고 부정한다. 자신의 입을 열어 자신의 삶이 "후배 허영자가 내 시를 논하고 / 후학 장덕순과 김용숙, 이가원이 / 송도 삼절 황진이 운운……했어요. / 그 마음 씀씀이 다습고 곡진해서 / 고마울 뿐이다 말해야 옳겠지만 / 한 가지 짚을 게 없지는 않더군요 / 내 시에 대한 애정은 과하지만 / 뜻을 다 헤아리지 못했구나 싶어요 / 아직도 조선의 남녀 문사 머릿속엔 / 우리가 그토록 지긋지긋해 하던 / 가부장제 허세가 은연중 남아있어요 / 내가 서녀 출신이라 기녀가 되었다느니 / 혹은 나를 사모하다 죽은 총각 때문에 기녀가 되었다느니, 또 / 애수와 체념의 회청빛 여류시인 황진이라는 허명은 / 목구멍에 꿀떡 넘어가질 않아요"라고 강력하게 자신에 대한 상징화된 고정관념에 거부의 감정을 토로한다. 후대 연구자들에 의해 고정된 허명, 즉 '사랑의 화신', '서녀 출신 기녀', '해방과 자유의 여성' 등의 정체성을 해체하고자 한다. 그러면서 자신의 자서전성에 대해 나름의 해석을 주장하는데 그것은 '남녀우열 체제폭력' 등 1980년대적 페미니즘 용어들로 구성된다.

"아리따운 열여덟 살 어머니 현금과 / 형용이 단아한 아버지 황진사가 / 개성 병부다리 아래서 물과 술로 인연을 맺어 / 송도 황진이가 태어났다지만 / 스스로 머리 얹고 기방에 적을 둔 사연 / 출신성분 따위가 아니외다 / 내 나이 여덟 살에 천자문 떼고 / 열 살에 열녀전 효부전 읽고 / 열세 살에 사서삼경 소학 대학 독파한 후 / 열다섯 살에 율과 부 짓기를 밥 먹듯 하며 / 거문고 타고 묵화 치다 홀연히 내다본 조선조 하늘 / 거기서 나는 / 조선조 여자들의 무섭고 암울한 운명의 멍에를 보았습니다"라고 자신이 받은 유교적 정통 교육과 천부적 문사로서의 천재성을 고백한다.

조선조 여성의 봉건적 삶의 규범이 들어있는 열녀전과 효부전을 읽고 소학, 대학을 독파한 끝에 율과 부를 짓고 거문고 타고 묵화 치며 재능을 뽐냈으나 결국 자신에게 다가오는 '운명의 멍에'는 "반상을 막론하고 여자들이란 / 팔자소관 작두날을 타고 있었어요"라고 '팔자소관'의 운명성뿐임을 직시한다. "삼종지도 칠거지악이라는 / 무지막지한 남자집권 보안법 아래서 / 여자도 사람인데, 눈뜨는 순간 / 남자독점 오복허구 눈뜨는 순간 / 남녀우열 체제폭력 눈뜨는 순간. 바로 그 순간에 바로 현모양처 재갈이 물리고 / 여필종부 부창부수 철퇴 내려치지 않았습니까"라고 당대 봉건의 윤리와 80년대적 남성패권주의적 정치 용어를 뒤섞는다. c-1^{조선조}과 c-2$^{1980년대 군사 독재}$, e-1$^{유교적 코드}$과 e-2$^{1980년대적 정치 코드}$의 혼합이 발생한다. 전통적 미덕인 '삼종지도, 칠거지악'을 '남자집권 보안법'으로, '남자독점 오복의 허구'를 각성하고 '남녀우열 체제폭력=현모양처'라는 가부장제하의 재갈을 거부하고 '여필종부 부창부수에 철퇴'를 내려치기 위하여 기방으로 들어갔다는 것이다. 봉건제하의 가부장제적 미덕을 현대의 페미니즘적 용어와 '보안법' 등의 정치적 용어로 전환되어 조선조=1980년대적 군사독재 시대라는 맥락의 혼합을 꾀하는 데서 황진이의 자서전성이 정치성과 만나게 되고 맥락의 혼합으로 인한 이질적 대화의 혼성성이 발생한다는 점은 2장에서 지적한 바와 같다. c-1, c-2와 e-1, e-2의 충돌과 혼합이다.

그리하여 황진이의 삶의 새로운 의미는 "세상에 속하나 구속받지 않는 길 / 풍류적인 희롱으로 희롱으로 / 양반사회 체면치레 확 벗겨내는 일 / 그것이 바로 기방이었습니다 / 그곳에서 나는 실로 / 시적인 혁명을 꿈꾸다 꿈꾸다…… / 까마귀 밥이 된들 어떠랴 작심했습니다"라고 봉건을 희롱하는 정치적 진보성과 시적 혁명을 동일한 것으로 선포한다.[18]

「이옥봉이 황진이에게―이야기 여성사 2」에서 이옥봉은 '조선조 공창 폐지 반대론'에서 조선조 반가 여성들에게는 '정절 이데올로기'가 덧씌워진 반면에 남성들은 성적 자유가 오히려 독려 되었음을 다음과 같이 노래한다.

여자의 정절 율법이 하늘을 찌른 조선조 시대에
우리 반가의 여자들이란 어우동이 될 용기도 없었고
기방에 적을 둘 뚝심도 없었으니
여자로 태어남에 한을 품고
기다림과 그리움에 목을 매지 않았더이까
……

그 때에 주읍의 창기를 없애려는
대신들의 논쟁이 있었다 하더이다
한쪽에선 없애 마땅하다 하였고

---

18 줄리아 크리스테바, 『시적 언어의 혁명』, 김인환 역, 동문선, 크리스테바는 예술성과 정치성을 동일한 과정의 두 양식이라고 주장한다. 어느 분야에서의 혁명도 언어학적이든 정치적이든 혹은 양쪽 다이든, 생산의 과정을 강조하는 기호계(the semiotic)의 도입을 통해 일어난다. 크리스테바는 한 분야에서의 혁명은 다른 분야에서의 혁명이기도 하다고 시사한다.

한쪽에선 책으로 그 법을 만들었으되

허문경 공만 일축을 가하였으니

누가 이 책을 만들었는가

남녀관계는 사람의 본능으로써

법이 금할 수 없도다

주읍 창기는 모두 공가의 물건이니

취하여 모방하다 하겠으나

만약 금법을 엄하게 하면

나이 젊은 조정 선비들이나 많은 영웅준걸들이

사가의 여자들을 빼앗아

허물에 빠지게 될 터인즉

장차의 일을 누가 감당하리요, 하여

마침내 공의 뜻을 좇았다 하더이다

오호라 통제라

조정 선비들과 영웅준걸이라는 것

정치협상과 바이어 접대라는 것

여자 간 빼먹던 수작이 아닐는지요

여기에서도 c-1, c-2의 맥락의 혼합이 발생한다. c-1의 조선조 여자 정절 율법이 하늘을 찌르던 그 시대에 쾌락의 도구로서 공창에 대한 사대부들의 적극적 비호의 상황과 c-2의 쾌락의 도구로서 바이어 접대 기생 관광이 판을 치던 1980년대 산업화 상황의 맥락을 혼합시켜 놓음으로써 결국 '사대부=기생관광 사업가'라는 신분 질서의 전복과 혼란을 생성하는 것이다. 사농공상의 서슬퍼런 위계질서를 전복시키는 절대성의 상대화를 통해 그 절대적 가치를 비웃고 격하시키는 카니발적 효과를 드러낸다. 그것은 신사임당의 경우에도 드러난다. 2장의 「사임당이 허난설헌에게—이야기 여성사 3」에서 신사임당은 '경번당 허자매'에게 현대 한국에서 수여되는 '신사임당 상'에 대해 조롱과 분노를 발한다. "조선의 정실부인들이 모여 해마다 / 신사임당 상이라는 것을 주고 받으며 / 원삼 족두리 잔치를 벌이고 / 여자 예절 교육 본으로 삼고 있다 하는 / 비보를 접했기 때문이외다 / 아니 이는 분명 흉보 중의 흉보요 / 재앙 중에 재앙이라 아니할 수 없사외다" 이와 같이 자신의 이름을 빌어 수여되는 '최고의 여성상'에 대해 흉보나 재앙이라 칭한다. 남성 가부장제에 의해 '허구적으로 상징화된' 자신의 개인 신화를 해체하는 것이다.

이렇듯 '일부일처제', '현모양처', '정실부인', '여자 팔자', '정실보수대연합', '보수-대연합-백색혁명', '보수-대연합-총성없는 쿠테타' 등의 의미가 e-1, e-2, 즉 고전적 신분제 코드 / 여성주의적 코드에 따라 의미가 달라지게 되며 이중적 의미를 발생시킨다.

> 넘겨짚는 소리일지 모르지만
> 정실부인회와 보수대정치연합
> 이건 아무래도 좀 닮지 않았습니까
> 선진 어쩌고 하는 오늘날까지
> 여남평등 통일민주 세상이란
> 옷 잘 바꿔입는 정치꾼과 정실부인 사이에서 짐짓
> '이루고 싶지 않은 확실한 희망사항' 아닐는지요
>
> —3부 「정실부인회와 보수대연합」 중

'학실한'이란 발음을 통해 야당 지도자에서 보수대연합으로 변신한 '김영삼'을 조롱하며 그를 주축으로 한 정치적 불륜행위인 '보수대연합 =정실부인'과 등식화함으로써 가부장제하에서 부르주아 이데올로기를 가진 여성들도 남성보수정치 집단 못지않게 사적 이익 추구와 배신, 야합에 동조하고 있다는 현실을 비판한다. 그리하여 맥락 c-1, c-2의 혼합과 정실부인 부덕 이데올로기 e-1과 보수대연합의 정치적 야합 이데올로기 e-2가 이질적 착종을 일으키면서 원래의 가부장제적 권위를 가진 정실부인의 위엄과 의미가 손상, 조롱되고 절대 진리와 같았던 부덕의 절대 위상이 뒤집어지며 전복되는 쾌감이 발생하게 된다. 이러한 c-1, c-2, e-1, e-2의 착종과 혼합으로 생겨난 다성악적 관계, 이중적 맥락 등의 활용으로 인해 f. 메시지 층위는 항상 불안정하고 유동적이다. 한 개의 고정된 의미, 한 개의 고정된 의식이 아니라 시대에 따라 위계질서가 뒤집히고 과거의 현실을 통해 당대를 성찰하고 당대의 의식을 통해 과거를 비판, 풍자, 조롱, 패러디함으로써 대립적이고 모순적인 상태에 있던 것들이 혼합되어 서로 공존하게 됨으로써 신성모독적인 효과를 이루고 고정관념을 파괴하고 낡은 것이 해체되고 새로운 다의적 의미가 발생하는 축제적 웃음의 해방을 이루는 것이다.

앞에서 본 바와 같이 1부와 2부에서는 조선조 여성 영웅들의 자기-상징성 해체와 현대의 페미니즘적, 정치적 용어로 여성 현실을 비판하는 이중성, 전복성이 담론 공간을 축제화하고 있고 2부의 끝에서 난설헌은 '해동의 딸들'에게 "출사표를 들고 함께 일어서라, 나아가자"고 하며 역사 속의 희생자 여성들과 해동의 딸들을 다 호출하여 불러 모아 전열을 정비한다.

이제 해동 조선의 딸들이 일어섰도다

위로는 반만년 부엌데기 어머니의 한에 서린 대업을 이어받고

아래로는 작금 한반도 삼천오백만 어진 따님 염원에 불을 당겨

칠천만 겨레의 영존이 좌우되는

남녀평등 민주세상 이룩함을

여자해방 투쟁의 좌표로 삼으며

여자가 주인되는 정치평등 살림평등 경제평등을 바탕으로

분단 분열 없는 민족 공동체 회복을

공생 공존의 지표로 삼는다

이제 우리의 나아갈 바를 다지고

세계 공영의 가치를 오늘에 되살려

청사에 길이 빛날 법치의 으뜸을 두나니

안으로 조선 여자 해방을 실현함은

남녀분열 남북분단 청산하는 하나의 조국을 되찾는 지름길이요……."

출사표를 들고 나아가는 투쟁 선포 마당에서 다른 언술을 곁눈질하는 언술, 즉 '국민교육헌장'의 언술 형식의 전유가 나타난다. 국민교육헌장을 전유하여 그 내용을 1990년대적 시대정신에 따라 패러디함으로써 웃음을 폭발시키고 유신시대의 남근중심주의적 억압의 정치성을 조롱하고 전복시키는 카니발적 기능을 보여준다. 가장 엄격한 가부장적 군사정권의 담론으로 이루어진 '국민교육헌장'을 남녀평등의 코드로, 남북분단 없는 해방 세상의 코드로, 지배복종 없는 세계 인민 해방의 코드로 전환시킴으로써 $c-1$, $c-2$, $e-1$, $e-2$의 혼합과 착종이 일어나고 다성적 혼란이 이루어진다. $c-2$를 곁눈질하는 $c-1$의 언술과 "위로는 반만년 부엌데기 어

머니의 한에 서린 대업을 이어받고"에서 '대업'이라는 말의 e-1과 e-2의 충돌과 모순의 혼합 같은 것들이 전복적 웃음을 만들고 카니발적 전복성을 획득한다.

또한 "원나라 몽고족에 헌납된 고려의 딸들이여 / 삼천오백만 자매의 이름으로 / 사대주의 선비정신 위선을 교수형에 처하노라 // 왜놈제국 세계침탈 색욕에 능욕당한 정신대 딸들이여 / 삼천오백만 자매의 이름으로 / 지사주의 매국충정 혈통을 참수형에 처하노라 // 매판자본 정경유착 아방궁에 바쳐진 기생관광 딸들이여 / 삼천오백만 자매의 이름으로 / 친일 친미 매국노 전통을 화형에 처하노라"와 같이 역사 속에서 호명한 희생자-여성들, 고려 공녀들, 정신대 딸들, 기생관광 딸들을 다 불러 모아 출사표를 들고 나아가는 난설헌은 1980년대 운동권의 시위 현장을 억울하게 살다 죽은 여성들의 축제 마당으로 전환시킨다. 과거의 진혼과 미래의 해방이 합쳐진 카니발적 여성 마당이 펼쳐지는 것이다.

3부는 '정실부인회와 보수대연합', '무엇이 그대와 나를 갈라놓았는가'에서 보여주듯 여성들끼리의 분열을 지적하며 중산층 부르주아 여성들은 정치적 불륜으로 평가되는 1990년 벽두에 발생한 보수대연합과 등식화되며, 정실부인 / 독신녀 사이의 대립을 날카롭게 부각한다. 결국 정실부인들의 강고한 현실추수주의는 '결혼'을 패티쉬화 시키고 있기 때문에 독신녀들의 가치관을 경멸하고 조롱한다고 시적 화자는 느끼는데 그러한 여성들끼리의 대립, 갈등, 몰이해, 상호 경멸이 결국 여성해방을 가로막는 장애가 된다. 그러나 시적 화자는 "슬픔의 한 자락 붙드는 모습에서 / 간간이 주눅드는 인간 냄새에서 / 두 눈엔 가득 고이는 상처에서 / 나는 동지의 그리움을 만납니다"와 같이 상처를 통해 동지애를 발견한다. 결국 여성들의 화합은 상처를 통한 통합이다. "우리 할머니와 어머니가 걸어갔고 / 우리 이모와 고모가 걸어갔고 / 오늘은 우리가 걸어가는 이 길, / 내일은 우리 딸들이 가야 할 이 길, / 이 길에 울연한 그대 모습 마주하여 / 나는 동지의 뿌리를 만납니다 / 우리 서로 한순간의 포옹 속에서 / 억압 끝, 해방무한 동지를 만납니다." 그리하여 3부의 후반부에서 '살림의 여자들'이라는 용어를 발견하며 '여자가 뭉치면 새세상 된다네'에서 "남자가 모여서 지배를 낳고 / 지배가 모여서 전쟁을 낳고 / 전쟁이 모여서 억압세상 낳네 // 여자가 뭉치면 무엇이 되나? / 여자가 뭉치면 사랑이 된다네 / 여자가 뭉치면 사랑을 낳는다네 // 모든 여자는 생명을 낳네 / 모든 생명은 자유를 낳네 / …… / 모든 평등은 행복을 낳는다네"와 같이 '여성'을 집단명사화한다. 이러한 '여성'의 개인성을 무시하는 추상성이 드러나기 시작하면서부터 『여성해방 출사표』의 세계는 카니발적 세계관이 위축되고 강력한 이데올로기가 울리는 단성적 발화 공간으로 변화해 간다.

그리하여 4부 목적시의 공간에서는 시적 화자의 일방적 주장의 단성적 목소리가 상승되며 대화성이 약화되고 일방향적, 미래지향적 전진의 의지를 보여준다. 그러나 텍스트적 재미와 해방감을 생성하던 카니발적 세계는 감소되고 웃음의 해방감 보다는 의지의 비장함이 고취된다. 개방적이고 미결정적인 특성을 가지고 있는 웃음의 카니발이 사라지고 일방향적, 이데올로기적 주장이 압도적으로 나타날 때 담론의 전복성이나 의사소통의 개방성이 사라지며 새로운 세계의 구현에 대한 의지만이 독백적으로 울려 퍼지게 됨을 『여성해방 출사표』의 4부는 보여준다.

그러나 고정희의 여성주의적 이상은 '우리 봇물을 트자'에서 나타나듯 "치마자락 휘날리며 휘날리며 / 우리 서로 봇물을 트자 / 옷고름과 옷고름 이어주며 / 우리 봇물을 트자 / …… / 우리 서로 봇물을 터서 / 제멋대로 치솟은 장벽을 허물고 / 제멋대로 들어앉은 빙산을 넘어 가자 / …… / 하나보다 더 좋은 백의 얼굴이어라 / 백보다 더 좋은 만의 얼굴이어라 / 자매여, 형제여 / 마침내 우리 서로 자유의 물꼬를 터서 / ……"와 같이 남/녀, 상/하, 빈/부, 성/속의 봇물을 터서 평등, 살림, 통합, 카니발적 화합과 생명의 세상을 창조하는데 있었다. 발화 양상에서의 다성악적 구조는 a-1, a-2의 분열과 이질적 맥락 c-1, c-2의 혼합과 충돌, 이데올로기적 코드 e-1, e-2의 혼합과 충돌에서 발생하여 이질적인 목소리들의 다성적 혼합과 풍자, 해학이 발생하여 절대적인 것들의 상대화, 폭발하는 웃음의 카니발적 효과를 만들어 내는데 4부에서 대화적 다성성이 약화되고 단선적이고 이데올로기적 주장이 되풀이되어 카니발적 효과와 다성성을 약화시킨다. 그러나 결국 시인의 이상은 남성중심주의 형이상학의 이분법적인 대립을 허물고 "봇물을 트는 것"처럼 대립적인 것들을 포용하는 카니발적 혼합과 경계선을 허무는 사랑에 있다는 것을 '우리 봇물을 트자'는 보여주고 있다.

4. 나가며

『여성해방 출사표』는 1부와 2부의 카니발적 공간성과 시간성 안에서 황진이, 이옥봉, 신사임당, 허난설헌 등 4명의 여성의 목소리로 조선조 시대의 유교 사회와 가부장제, 여성 억압을 현대 페미니즘의 용어로 비판하며 현대여성들의 '여성해방의 꿈'이 진정한 여성해방에 도달할 수 있도록 촉구한다. 1부와 2부는 매우 다성적이며 대화적이어서 공간의 카니발성과 함께 시간의 카니발성도 강력하게 드러난다. 2부의 끝에서 '출사표'를 들고 미래의 딸들에게 나아가는 사람은 가부장제 하에서 가장 고난받고 가장 비극적 삶을 살았던 천재 허난설헌이다. 3부와 4부에서는 여성해방의 출사표를 받고 현실로 나선 현대 여성인 시적 화자가 진정한 여성해방을 가로막는 장면을 현실적으로 분석, 해부해 나가는 것을 노래한다. 4부는 기념시, 목적시이기 때문에 주로 여성해방의 당위를 소리 높이 외치는 부분인데 3부와 4부에 이르러 카니발적인 다성성, 대화성은 약화되고 시적 화자의 목소리만 단성적으로, 독백적으로 홀로 상승한다. 그것은 1부와 2부의 조선조 여성인물들이 지배하던 카니발적, 초승달의 공간성이 소멸됨으로써 출사표를 들고 홀로 일반문화가 지배하는 현실 공간에 나선 고독한 시적 화자가 현실공간에서 여성해방의 꿈의 실현이 어렵다는 것을 인식한 절망 때문이 아닌가 한다. 고정희의 『여성해방 출사표』의 세계는 공간, 시간, 스타일, 발화 주체 a-1, a-2의 분열, c-1, c-2의 맥락의 혼합과 충돌, e-1, e-2의 이데올로기적 혼합과 충돌들을 통해 카니발적 세계관과 다성성을 보여주는 한국 최고의 페미니즘 텍스트라고 할 수 있다.

시詩로 쓰는 여성의 역사

김진희

1. 서정의 확장과 역사의 시화詩化

고정희 시인은 1983년 시집 『이 시대의 아벨』에 역사를 소재로 한 시 「현대사 연구 1」을 게재했고 1986년 『눈물꽃』에는 「현대사 연구 1」을 포함하여 「현대사 연구 14」까지 현대사 연구 연작을 발표했다. 『눈물꽃』에서 '문화적 위기와 지성의 뿌리에 관한 문제의식을 갖게 되었다'는 고정희 시인의 관심은 한 사회 문화가 가진 뿌리, 즉 역사에 대한 관심으로 자연스럽게 옮아간 것으로 이해할 수 있다. 이후 1987년 『지리산의 봄』에는 '여성사 연구'라는 부제가 붙은 연작 시 6편이 발표되었고, 1990년 『여성해방출사표』에는 '이야기 여성사'라는 부제가 붙은 7편의 서사적 장시가 게재되었다. 여성주의적 관점에서 보면 1980년대 초반에서 1980년대 후반으로 갈수록 역사 전반에 대한 비판의식으로부터 '여성'역사의 범주로 구체화되고 있음을 알 수 있다.

'역사'에 대한 고정희의 시작詩作은 문학이나 역사의 측면에서 주목할 만한 작업이다. 우선 1980년대라는 정치 역사적 현실을 생각할 때 당대 정치 현실에 대한 비판을 함축하는 시 창작은 폭력적인 정권을 향한 도전의 의미를 지녔다. 특히 여성사에 대한 관심은 선구적이라 할 수 있는데, 1980년대 한국 역사학계의 여성사 연구의 수준은 거의 초보였으며, 1990년대 중반에 가서야 비로소 영향력을 발휘하기 시작했기 때문이다.[1] 이런 상황을 고려할 때 여성의 역사에 대한 고정희의 시적 탐구는 문학과 역사에서 여성을 부각시킨 중요한 작업이라 할 수 있다.

여성사는 여성의 시점으로 다시 쓰고, 기존 역사학의 학문적 범주와 이론에 의문을 제기한다는 점에서 새로운 역사학이며 실천적 역사학이다.[2] 이런 의미에서 여성사는 1980년대 이후 포스트모더니즘 시대의 탈근대 서사, 즉 거대 담론으로서의 역사 서술에 대한 대안 양식과 맥락을 같이한다. 근대 역사의 총체성 개념을 비판하는 포스트모더니즘은 거대 이론의 폭력을 비판함으로써,[3] 총체성을 추동해 온 가부장 권력에 대한 비판과 만날 수 있었다. 따라서 페미니즘은 여성을 본질적으로 보이지 않게 하는, 보이는 데도 보이지 않는 것으로 거짓말하는 가부장적, 식민적, 총체적 담론의 횡포와 그에 대한 투쟁의 흔적을 기록하는 소서사를 통해 과학적 지식과 역사발전의 대서사가 기도해 온 총체성과 그 권력 효과에 대항할 수 있었다.[4] 고정희의 작품 연구에서 시의 미학적 특성이 1980년

1　이진옥,「여성사 연구의 현주소 그리고 희망」,『역사와 경계』66, 부산경남사학회, 2008.
2　가다 러너, 강정하 역,『왜 여성사인가』, 푸른역사, 2006; 천성림,「새로운 여성사-쟁점과 전망」,『역사학보』200, 역사학회, 2008.
3　마단 사럽 외, 임헌규 편역,『데리다와 푸꼬, 그리고 포스트 모더니즘』, 인간사랑, 1994, 160~161쪽.
4　포스트 모더니즘 철학자 료타르는 탈근대적 대안으로 소서사라고 부르는 담론 양식들과 이것이 생산하는 서사적 지식을 제안하며 소서사의 몇 가지 특징을 지적하고 있다. 소서사는 자기 진술의 진리치를 확인하고 검증해야 하는 지시적 언술행위가 아니므로 자체 정당성을 문제 삼지 않고 지식의 총체화를 추구하지 않는다. 소서사는 보편적 합의에 의해 도달하는 하버마스식의 이상적 언어공동체의 허구성을 지양한다. 료타르의 탈근대 소서사 이론은 여성 언어와 언어 공동체에 대한 역사적 전망을 제시한다. 그러

대의 반미학주의, 해체시 등과 광범위한 관련성을 갖는다는 논의들이 있는데[5] 기존 역사에 대한 비판적 관점, 또 역사 다시 쓰기, 시로 쓰는 역사 서술의 새로운 형식의 추구 등의 저변에 탈근대적 의식이 놓여 있음을 알 수 있다.

고정희가 시를 통해 여성의 역사를 재구성하려 했다는 점에서 역사로서의 의미와 의의를 밝힐 필요가 있는 것이지만, 그 역사가 서사 장르가 아니라 서정 장르를 통해 재구성되고 있음 역시 주목해야 할 특성이다. 즉 '시'로 쓰는 '역사'라는 측면에서 문학의 장르적 특성을 고려하면서 역사의 시화詩化에 주목할 필요가 있다. 원래 서정장르는 내면을 고백하는 장르이다. 이런 점에서 고정희의 역사 시는 주관적인 정서를 압축적으로 토로하는 내면의 서정을 역사-서사로 확장하여 새로운 시 양식, 일종의 이야기시-서술시 양식을 보여주고 있다. 서정시에서 이처럼 서사적 요소를 수용함으로써 서정시 장르의 쇄신, 확대 혹은 현실에 대한 응전력을 확보하는 것으로 이해할 수 있을 것이다.[6] 또한 역사라는 사실事實의 기록이 아니라 '시詩'라는 창조적 언어로 기술되는 역사를 통해 독자가 얻는 것은 무엇인지 생각해볼 필요가 있다.

역사 관련 시편에 대한 연구는 그간 고정희 시에 관한 전체적인 평가 속에서 부분적으로 이루어져 왔는데, 고정희 시에서 역사 시편이 차지하는 의미나 여성문학과 역사에서 여성사 시가 갖는 의의를 생각할 때 이 시편들은 형식적 특성이나 미학, 그리고 그 실천적 의미 등이 독자적으로

나 료타르는 여성과 여성해방이라는 통합적 명령어로 여성 주체의 다양한 목소리를 억압하는 것도 경계한다. (마단 사럽 외, 위의 책; 김성례, 「여성의 자기 진술의 양식과 문체의 발견을 위하여」, 김경수 외 『페미니즘과 문학비평』, 고려원, 1994.)

5   송명희, 「고정희의 페미니즘시」, 『비평문학』 9, 한국비평문학회, 1995.

6   오성호, 『서정시의 이론』, 실천문학사, 2006, 377쪽.

연구되어야 한다. 이 글에서는 위와 같은 문제의식들을 토대로 고정희 시에서 역사를 재구성하는 시편들[7] 중에서 '이야기 여성사' 연작을 중심으로 미학적 특성 및 여성주의적 문제의식을 규명해보고자 한다.

2. 여성의 언어-역사의 탐구

언급했듯 고정희의 역사 소재 시편들에 대한 평가는 전체 시세계의 평가안에서 이루어져 왔으나, 특히 역사에 관한 비판의식과 창작 활동을 중심으로 언어적 실천성을 밝히는 논의들에 주목할 필요가 있다. 정효구는 『여성해방 출사표』에 이르러 여성문제에 대한 시인의 안목이 깊어지면서 구체성이 획득되고 있음을 지적하면서 고정희가 페미니즘의 핵심 문제를 한국을 넘어 아시아 여성들의 삶과 수난사에서 찾으려 한다고 했다.[8] 이후 이어지는 연구[9]에서는 고정희가 여성사를 재발견하고 재해석하고 있음을 논의하면서 황진이, 신사임당, 허난설헌 등에 대한 남성주의

---

7   고정희가 역사에 주목하는 작품들을 간략히 소개하면 시집별로 아래와 같다.
     ① 『이 시대의 아벨』(1983) : 「현대사 연구 1-아름다움에 관하여」 아름다운 말이란 무엇인가에 대한 비판적 성찰의 성격을 가짐.
     ② 『눈물꽃』(1986) 「현대사 연구 1~14」 : 모든 시에 부제가 있는 작품들로 1980년대 한국사회 현실에 대한 비판적 목소리가 주를 이룸.
     ③ 『지리산의 봄』(1987) : 작품의 제목 뒤에 여성사 연구 1-6이라는 부제가 붙은 시들로 여성수난사로부터 주체적 여성을 조명하는 데까지 나아감.
     ④ 『여성해방출사표』(1990) : 『지리산의 봄』(1987)에 실렸던 '여성사 연구' 연작 6편이 재게재 된 것으로 '이야기 여성사'라는 부제를 붙여 총 이야기 여성사 7편이 장시로 게재되었음. 과거와 현재를 통합적으로 엮어 여성의 삶과 역사를 이야기로 재구성한 작품들임.
8   정효규, 「고정희론-살림의 시, 불의 상상력」, 『현대시학』, 현대시학사, 1991.
9   정효구, 「고정희 시에 나타난 여성의식」, 『인문학지』 17, 충북대 인문과학연구소, 1999.

적 시각과 여성주의적 시각을 대비적으로 설명하였다. 정효구의 이 연구는 여성사 관련 작품에 대한 독립적인 연구는 아니지만 고정희 시가 기존의 역사를 어떻게 새롭게 여성의 입장에서 재구성하여 다시 쓰고 있는가를 소상히 밝히고 있다.

한편 송명희의 연구[10]는 '여성언어와 여성미학의 수립'이라는 관점으로 고정희가 정통서정시의 형식을 통해서는 표현할 수 없다고 파악한 여성의 삶을 장시나 연작시로 창작하고 있음을 이야기하면서 『여성해방 출사표』가 서간체, 내간체, 패러디 등을 통해 여성 글쓰기의 특성을 보여준다고 논의한다. 김승희의 연구[11] 역시 『여성해방 출사표』를 중심으로 여성글쓰기의 특성을 밝히고자 하는데, 이 시집에서 고정희가 기독교적 민중 주체에서 여성주의적 주체로, 하나님 아버지에서 하느님 어머니로, 구어체나 굿거리 리듬, 여성사Herstory의 조각보quilting 만들기 전략을 수행하고 있음을 논의한다. 따라서 이야기 여성사는 세계의 중심부에 위치한 여성 — 어머니의 이야기, 여성사 다시 쓰기, 조선 역사 속의 위대한 여성들의 이야기 등이 언어의 조각보로 만들어진 커다란 기획임을 밝히고 있다.

정통적인 역사 서술은 남성과 남성의 언어를 중심으로 기록되어 왔다. 여성들은 역사에서 선택적 기억의 희생자로 다만 흔적으로서의 역사로 남아 있다. 이런 의미에서 역사와 언어에서 소외된 여성들이 자신의 역사를 기술한다는 것은 어떤 언어로 기술할 것인가의 문제 역시 고려하게 만든다. 그러나 본질적으로 여성적인 것은 없다. 다만 남성 지배 사회

---

10   송명희, 앞의 글.
11   김승희, 「상징 질서에 도전하는 여성시의 목소리, 그 전복의 전략들」, 『여성문학연구』 2, 한국여성문학학회, 1999.

에서 여성 자신들이 어떻게 억압받고 있는가에 대한 자의식에 기초하여 여성들의 언어에 주목할 수 있을 것이고,[12] 고정희의 작품에서도 역시 여성의 경험과 연관된 여성의 문체에 관심을 둘 수 있을 것이다. 이런 의미에서 연구자들 역시 여성의 독특한 경험과 자의식이 여성 언어의 새로운 형식을 창조하는 데 기여하고 있음에 주목하면서, 전통적으로는 이런 언어적 특성이 남성 중심의 언어나 역사서술 체계에서 변두리화된, 여성들이 향유해온 특성임을 강조하고 있다. 그러나 구술, 이야기, 서간체 등의 특성을 여성의 것만으로 전유할 필요는 없을 것 같다. 문학사에서 이와 같은 방법들은 여성문학을 넘어 사용되고 있었으며, 특히 리얼리즘적 전통 안에서 이런 특성들은 강조되어 왔다. 이런 의미에서 정통적인 문학적 장치들이 여성문학에서 어떻게 활용되고 있는가를 보는 것도 중요하다. 따라서 시의 주제의식과 연관하여 새로이 시도되는 시의 미학과 창조적 언어 전략이 무엇인지 살피는 작업이 필요할 것이다.

고정희는 여성 역사 쓰기라는 새로운 주제를 시화詩化하기 위해 우선적으로 기존 언어에 대한 성찰을 수행한다. 역사 비판에 관한 첫 번째 작품이 현재 언어의 부정不淨과 오염을 문제시하는 작품이었음은 생각해볼 만하다. 폭력과 억압으로 점철된 역사에 아첨하는 언어는, 그 언어가 존재하는 역사의 부패 속에서 탄생한다. 그러므로 새로운 역사를 상상하는 것은 바로 새로운 언어를 상상하는 일에 다름 아니다.

어여쁜 말들을 고르고 나서도 저는
같은 생각을 했습니다

---

12   김성례, 앞의 글.

모나고 미운 말

건방지게 개성이 강한 말

누구에게나 익숙치 못한 말

서릿발 서린 말들이란 죄다

자르고 자르고 자르다보니

남은 건 다름아닌

미끄럼 타기 쉬운 말

찬양하기 좋은 말

포장하기 편한 말뿐이었습니다

썩기로 작정한 뜻뿐이었습니다

그러므로 말에도

몹쓸 괴질이 숨을 수 있다면

그것은 통과된 말들이 모인 글밭일 것입니다

〈이것을 깨닫는 데 서른 다섯 해가 걸렸다니 원〉

—「현대사 연구 1—아름다움에 대하여」 부분

　그동안 부패한 역사를 용인해 온 언어는 문제적 현실을 미끄러트리고, 부패를 찬양하고, 그럴듯하게 포장하는 썩은 말이었음을 깨닫는 시인은 이제 모나거나, 건방지거나, 서릿발 서린 말들의 글밭을 만들어야 함을 강조한다. 따라서 "시문詩文이란 본디 선하기 때문에 / 추한 속세를 논해서는 안되고 / 민중 같은 말 따윈 말려 태워버려야 하고 / 아예 뿌리꺼정 뽑아버려야 하고 / 참된 예술이란 어디까지나 / 우주나 영원이나 사랑이 근본이니 / 속세의 잡사에서 발을 떼야 한다"는 허위의식에 저항한다.「현대사 연구 10-경건주의 시인에게 쓰는 편지」 고정희 시인에게 "아름다운 창조나 자유로운 상상이란 / 천한 이름 찾아내어 귀한 이름 만들고 / 죽은 맥 짚어내어 피를 통하게 하고 / 세계의 고통에 입 맞추는 힘"으로 인식된다. 이는 바로 천한 이름으로 살아온 '여성'을 포함한 민중의 존재를 역사에 복원하고 그들의 고통과 함께한다는 의식에서 비롯된다. 그러므로 이런 의식의 각성에는 '우주', '영원', '사랑' 등의 공중누각 같은 추상어가 아니라 살아 숨쉬는 언어에 대한 추구가 놓여 있어야 한다.

> 사람은 모름지기 근본을 따르고
>
> 무릇 만인평등이 삼라의 뜻이거늘
>
> 그러나 아직 낙관은 이르외다
>
> 무릎을 칠 만한 여남해방세상 시가
>
> 조선에는 아직 없는 듯싶사외다
>
> 천지의 정기를 얻은 것이 해방된 여자요
>
> 해방된 몸을 다스리는 것이 해방의 마음이며
>
> 해방된 마음이 밖으로 퍼져 나오는 것이 해방의 말이요
>
> 해방의 말이 가장 알차고 맑게 영근 것
>
> 그것이 바로 시이거늘
>
> 그런 해방의 시가 조선에는 아직 없습니다
>
> ─「황진이가 이옥봉에게─이야기 여성사 1」부분

만인평등을 꿈꾸는 시인은 남녀를 여남으로 명명하여 불평등한 현실을 뒤집고, 인간의 평등과 자유를 구현할 수 있는 언어를 '詩'로 인식하면서, 이딴 조선에서 해방시를 만들어야 함을 강조한다. 이런 의미에서 『여성해방 출사표』는 해방된 여성 언어가 시로 구체화된 것으로 이해할 수

있다. 즉 여성의 삶과 역사를 노래하는 시편들은 해방과 평등에 관한 새로운 역사의 출현이며 이런 의미에서 『여성해방 출사표』는 여성해방을 향한 새로운 언어-형식 실험의 장場이라고 할 수 있다.

3. 중심 언어의 전복과 여성 '들' 의 목소리

역사란 과거-현재-미래가 대화한다는 점에서 항상 서로 다른 시·공간이 교차하고 다양한 언어들이 혼종하는 텍스트라 할 수 있다. 역사 텍스트가 갖는 이런 특성은 고정희의 시에서 강조되어 나타나 텍스트의 다성성이나 상호 텍스트성을 통해 사실史實을 재구성하고, 재해석하여 새로운 읽기가 가능케 한다.

① 황진이의 사랑법은 이러합니다
　사랑이 명월의 문전에서 원하되,

② 명월이 만공산하니
　흐르는 벽계수가 쉬어갈까 하노라

명월이 원을 받아 답하되,

③ 흐르는 벽계수에 명월이 잠길손가
　머무는 바다에 명월이 잠기도다

이리하여 그리움이

푸른 물결 이룰 때

물굽이에 명월이 내려앉아 속삭이되,

④ 청산리 벽계수야 수이감을 자랑마라

일도창해하면 돌아오기 어려우니

명월이 만공산하니 쉬어 간들 어떠리

이렇듯

흐름과 머묾이 마주치는 그곳에

나의 계약결혼이 있었습니다.

— 「황진이가 이옥봉에게 — 이야기 여성사 1」 부분

위의 작품은 황진이의 진보적 사랑법이 계약 결혼의 선택으로 이어졌
음을 드러내는 구조로 짜여 있다. 인용 시의 마지막 부분에서 황진이가
자신의 목소리로 '나의 계약 결혼이 있었다'는 진술을 강조하기 위해 앞
부분부터 그가 사랑을 선택하게 되는 과정을 다양한 텍스트와 목소리를
교차시키면서 보여준다. 자세히 읽어보면 ① 에서 ④ 에 이르는 목소리의
주인공은 물론 그들의 욕망 역시 모두 다르다는 것을 알 수 있다. ① 에는
시적 화자, ② 에는 벽계수 ③, ④ 에는 명월이의 목소리가 등장한다. 이는
이야기가 흘러가는 서사과정을 반영하는 한편, 인물의 목소리가 극적 특
성을 만들기도 한다. 작품이 갖는 이런 구조적 특성을 통해 황진이의 시
조 ④ 가 창작되는 과정에 대한 이해, 그리고 황진이와 '사랑'이라고 일컬
어지는 남성과의 관계, 그리고 그 관계의 성격에 대하여 새로운 이해가

가능해진다. 이런 텍스트의 특성은 다음의 작품에서도 읽을 수 있다.

> 덧없고 덧없는 일이어라
> 권력의 돌계단에 희생된 여자들
> 사랑의 숨결로 창과 칼 막았건만
> 나라의 영웅들은 싸움으로 망하네
> 기러기 되어 세상을 등지려 하나
> 만남과 이별의 자취가 날 부르네

서시가 부르는 이 노래 속에서 나는 한 나라 흥망의 제물로 바쳐진 모든 여인들의 통곡을 듣사외다. (…중략…) 조선이라 해서 이와 다를 바 있는지요 원나라에 바쳐진 고려 여자들, 왜정 치하에 바쳐진 정신대 여자들, 외세 자본주의에 바쳐진 기생관광 여자들이 한반도 지사주의 축대가 아닌지요 권력노예 출세노예 산업노예 시퍼렇게 살아있으니 이 어찌 나라 재앙 원흉이 아니리까.
— 「이옥봉이 황진이에게 – 이야기 여성사 2」 부분

위의 작품에서는 화자인 조선 이옥봉의 목소리로 월나라 서시의 노래가 인용되고 있는데, 이옥봉은 이 노래와 조선, 고려, 현대의 여성들의 애환을 겹쳐 놓는다. '나'라고 인용될 때 그 인물은 '이옥봉'인데, 어느새 이 목소리는 현재 시인의 목소리와 겹쳐져 역사의 시·공간을 교차하고 있다. 이는 시·공간이 바뀌어도 여성 삶의 질곡은 같은 무게로 계속 덧씌워지고 지속되고 있음을 보여준다. 때문에 시인은 "20년 동안 무심히 까발려진 한강에서 / 사내들은 모래에 삽질을 하고 / 사대문 안에서는 / 허울좋은 보도들이 / 시골 풍년장치와 놀아나는 시월, / 어인 일인가 / 조선국 충렬왕조에 공출나갔던 / 고려 여자들이 돌아오"는 환영을 본다.「현대사 연구 14-가을 하늘에 푸르게 푸르게 흘러가는 조선 여자들이여」

한편 텍스트의 교차는 다음과 같은 방식으로도 진행된다. 일종의 패러디[13]로 논의된 특성에 주목해보면 이 작품은 텍스트의 겹침, 상호 텍스트성을 통해 원텍스트의 이데올로기를 비판, 해체하는 패러디 텍스트의 효과를 인식할 수 있도록 한다.

이제 해동 조선의 딸들이 일어섰도다

위로는 반만년 부엌데기 어머니의 한에 서린 대업을 이어받고

아래로는 작금 한반도 삼천오백만 어진 따님 염원에 불을 당겨

칠천만 겨레의 영존이 좌우되는

남녀평등 평화 민주세상 이룩함을

여자 해방 투쟁의 좌표로 삼으며

여자가 주인되는 정치 평등 살림평등 경제평등을 바탕으로

분단 분열 없는 민족 공동체 회복을

공생 공존의 지표로 손꼽는다

　　　　　　　　　　　—「허난설헌이 해동의 딸들에게—이야기 여성사 4」 부분

위의 작품은 가부장제-남성-민족 중심의 언어로 쓰인 '국민교육헌장'을 원텍스트로 하여 그 위에 여성의 언어를 덧씌우고 있다. 이에 독자들은 패러디 텍스트가 남성 중심의 민족과 역사의 언어로 쓰인 '국민교육헌장'을 문제 삼고 있음을 인식하게 된다. 시인은 반쪽만의 공동체를 진

13　송명희, 앞의 글.

정 남녀 공존의 공동체로 만들기 위해서는 여성을 주인으로 인식하는 남녀평등의 민주세상을 이룩해야 함을 강조한다. 여성들은 이런 세상을 얻기 위한 출사표를, 남성이 만들어 온 이데올로기와 그 언어를 전복하는 방식으로 제출한다.

4. 이야기의 전달과 서사 전략

'현대사 연구', '여성사 연구', '이야기 여성사' 등의 시편들은 모두 그것이 사史인 한, 일정한 에피소드, 이야기, 사실 등을 전제한다. 따라서 시편들은 자연스럽게 서사적 특성을 갖는다. 이야기 여성사에서는 특히 여성의 삶이 본격적으로 서술되는데, 이런 특성은 서정시에서 서사적 특성에 대한 논의를 촉발시킨다. 일반적으로 서사성을 도입한 서정시에서는 묘사의 측면은 약화되고 서술의 측면이 강조되는 경우가 많다.

서정시에서 서사성의 도입은 리얼리즘 시의 전통이 되어 왔다.[14] 주관적인 정서를 압축적으로 토로하는 서정시 양식만으로는 현실의 문제를 표현하기 힘들기 때문에 시문학사에서 1920년대 단편서사시를 비롯하여 서사성의 문제는 항상 현실을 담보하려는 서정시의 장르적 확장을 의미했다. 고정희 시의 경우도 민중 및 여성의 억압적 현실에 대한 형상화는 내면의 서정만으로는 가능하지 않았을 것이다. 따라서 시에서 이야기를 도입하여 인간의 행위나 생생한 삶의 모습을 드러내고 인간적 의미나 감정을 표현했다. 이야기 시는 삶의 장면들을 리얼하게 반영함으로써 서

---

14   김준오, 『시론』, 삼지원, 1997, 93쪽.

사적 흥미와 함께 삶에 대한 관심을 불러일으킨다. 특히 이야기는 이야기하는 사람의 경험이 시간의 지연 없이 직접 전달된다는 생각 때문에 이야기의 진실성이 쉽게 전달된다. 고정희의 시는 역사가 가진 이야기, 시인이 선택하는 여성 삶의 이야기를 효과적으로 드러내기 위해 다음과 같은 서사 전략 등을 사용한다.

1) 서간체와 정서적 유대감의 획득

시 작품 안의 화자와 청자의 존재는 그들이 특정한 존재가 아니더라도 문학 자체가 서간문적 성격과 관련되고 있음을 보여준다. 서간문의 특성은 무엇보다 수신자를 상정하고 있으며, 그에게 전달될 메시지가 중요하게 다루어진다는 점이다. 그러므로 이러한 서간문의 특성이 여성의 역사를 노래하는 시에 사용되고 있다는 점은 작가의 전략과 연관하여 읽어야 할 것이다.

서간문은 원래 교환을 목적으로 쓰이지만 '이야기 여성사' 연작에서 서간문 형식은 언술적인 장치로 사용되고 있다. 이야기 여성사 1~4까지는 '발신자가 수신자에게'라는 구조가 보이며, 이 중 이야기 여성사 1의 경우에는 소제목들에 봄-겨울까지의 네 계절의 편지임이 밝혀지고 있다. 수신인을 지칭하는, '이자매^{이옥봉}', '경번당 허자매^{허난설헌}' 등이라고 직접 부르든가 이옥봉이 황진이의 편지를 염두에 두고 '옥서'라고 표현하는 것, 또 사임당이 자신의 편지 쓰기를 '꾸밈없는 속이야기 봉하다'라고 비유하는 것 등을 보면 1~4까지의 작품이 서간문의 형식을 전제하고 있음을 알 수 있다. 이야기시에서는 메시지가 독자에게 감응력있게 전달되게 하기 위해 사적인 편지글체의 메시지 전달 방법이 효과적이며 특히 소설이 아닌 시에서 복잡한 이야기의 구조를 선택할 수 없으므로 단순한 서사구조를 포용할 수 있는 서간체 화법이 적절한 것이라 할 수 있다. 특히 전통적으로 여성의 글쓰기에서 서간체는 사적인 글로 여성의 글이 갖는 사적 특성을 잘 보여주는 형식으로 여성 상호 간의 의사소통에 주요한 역할을 하는 것으로 논의되어 왔다는 점에서 여성의 내면 경험과 정서를 드러내는 주요한 방식이라 할 수 있다. 따라서 시 안의 화자가 진술하는 상황을 중심으로 정서적 유대감이 강조될 수 있다.[15]

> 아아 그리고 오늘날
> 생존권 투쟁에 피뿌리는 딸들이여
> 민족민주 투쟁에 울연한 딸들이여
> 무엇을 더 망설이며 주저하리
> 다 함께 일어나 가자
> 남자들의 뒷닦이는 이제 끝났도다
> 우리가 시작하였고 그대가 완성할
> 해방 세상의 때가 임박하였도다
> 우리의 길은 오직 하나
> 여자 해방 투쟁 드높은 신명으로
> 언님들의 어진 땅 어진 하늘 되살려 옴이니
> ——「허난설헌이 해동의 딸들에게—이야기 여성사 4」 부분

---

15 실제적으로 고정희 시인은 편지를 통해 자신의 생각을 지인들과 자주 교환했다고 한다. 고정희의 서간체는 시인의 현실적인 삶과도 깊숙이 연관되어 채택된 형식적 특성으로 보인다. (조형 외편, 『너의 침묵에 메마른 나의 입술—여성해방문학가 고정희의 삶과 글』, 또하나의문화, 1993 참조). 편지라는 형식은 개인적인 전달 매체라는 점에서 그 내용에 대한 상대의 높은 감응력과 빠른 정서적 유대감을 확보할 수 있다.

특히 작품 안에서 화자가 시의 이야기를 듣는 수신자에게 '우리'임을 강조하며, 청유형의 문장을 사용하고 있다는 사실은 편지의 내용을 통해 수신자의 생각이나 행동의 변화까지도 촉구하고 있는 것으로 읽히게 한다. 위의 작품에서는 수신자를 '해동의 딸들'이라는 복수로 상정하고 있다. 이때 해동의 딸들은 텍스트 안에 존재하는 과거 고려, 조선의 여성으로부터 현재 매판자본주의를 살아가는 여성뿐만 아니라 텍스트 밖, 현실의 독자까지 확장된다. 즉 시의 이야기를 전달하는 방식으로서 서간체 화법은 시안의 청자수신자뿐만 아니라 광범위하게 작품 밖의 청자, 즉 독자를 상정할 수 있다는 점에서 독자의 참여를 유도하고, 화자가 수신자를 상대로 대화하고 있다는 점에서 그 시간성은 늘 현재성을 띤다. 시안의 내용은 과거이더라도 그것이 발화되는 순간의 시간성은 현재이므로 시가 담고 있는 이야기에 대한 독자의 감응을 높일 수 있다.

2) 장면 제시와 독자의 참여

소설의 표현 방식은 단적으로 말하기와 보여주기라고 할 수 있는데, 일반적으로 시에서는 장황하게 사건이나 상황을 묘사하여 보여주기보다는 화자가 자신의 정서를 잘 드러내 주는 상황을 요약적으로 이야기하는 방식으로 서사가 실현된다. 고정희 시 역시 서간체의 화법을 사용하고 있음은 화자가 그 자체로 독립적인 사건을 기술한다기보다는 화자의 정서와 의식을 잘 드러내 줄 수 있는 단편적인 이야기들을 전달하고자 하는 목적과 연관되어 있다. 그럼에도 또 흥미로운 것은 화자의 생각을 유보한 채 하나의 장면이나 대화하는 상황을 제시하여 독자의 참여를 유도하고, 그 사건의 의미를 묻고 있는 경우도 있다.

────여자란 결혼한 여자와

　　결혼 안한 여자가 있을 뿐이다?

가을이 끝나가는 어느 날이었습니다

제삼세계 여자인권과 정의-평화 문제를 논하는 자리에

독신녀 두어 명이 끼여 있었습니다

공식회의가 끝나기가 무섭게

회의를 이끌던 어느 정실부인께서, 돌연

한 독신녀에게 화살을 돌렸습니다

이봐요, 결혼은 저엉말 안할 꺼예요?

내 당신을 사랑해서 하는 말인데,

(…중략…)

싸잡아 궁지에 몰린 듯한 한 독신녀가

진담 반 농담 반 말을 받았습니다

　　　　　　　─「여자가 하나되는 세상을 위하여─이야기 여성사」 부분

　고정희는 가부장제 안에서의 정실부인이라는 위상이 오히려 또 다른 여
성 억압의 단초가 되고 있음에 주목하고 있는데, 위의 작품에서는 독신녀
와 그를 걱정하는 정실부인들의 대화를 통해 결혼에 대한 맹목적인 지지
와 또 결혼을 통해 여성이 성숙한다는 편견이 갖는 문제점을 보여주고 있
다. 한 장면을 그대로 보여주는 이런 진술 방식은 이 상황이 인위적이라는

흔적을 지우고 화자가 그림을 그리듯이 사건을 제시함으로써 독자가 자력으로 스토리를 발견하고 이야기의 공간에 능동적으로 참여하여 그 의미를 깨닫게 해준다는 점에서 능동적인 독자, 주체적인 읽기를 가능하게 한다. 시인은 비일비재하게 일어나는 이런 상황의 한 장면을 그대로 옮겨놓음으로써 독자들이 그 상황에 직접 참여하면서 여성에 대한 그런 인식이 얼마나 문제적이고 또 넌센스한 것인지 직접 깨닫도록 유도하고 있다.

3) 여성 주인공의 개성과 역사성

『여성해방출사표』에 실린 '이야기 여성사'에서 역사 앞에 수식어 '이야기'라는 표현은 역사에서 무게감을 빼고 쉽게 역사에 다가가게 한다. 그리고 그 이야기를 '전달하는' 화자 혹은 주체의 존재를 떠올리게 한다. 전통적으로 이야기의 세계는 실제 세계와 마찬가지로 인물들이 살아가는 시공간 속에서 구현된다.[16] 따라서 이야기에서 인물은 빼놓고 생각할 수가 없다. 이야기 여성사 1~4장까지는 역사를 살다 간 특정한 여성 인물들이 등장한다. 이들은 역사적 측면에서 보면 실제 인물이지만 한편으론 텍스트를 이끌어 가는, 일정한 역할을 맡은 주인공, 화자이기도 하다. 서정시에서는 시인이 자신과 구별되는 제3의 인물을 내세우기도 한다. 이런 경우 '배역시'라는 말을 사용하는데,[17] 이 같은 시 형식은 시인이 다양한 개성을 창조해서 자신이 창조한 개성으로 하여금 시의 내용을 진술하도록 만든다는 점에서 시적 진술의 다양화에 기여한다. 배역시에서 중요한 것은 창조된 시적 개성에 대해 시인이 거리를 유지하여 시적 개성 스스로 말하도록 하는 일이 중요하다. 배역시가 갖는 이런 특성은 고정희

16　나병철, 『문학의 이해』, 문예출판사, 2004, 262쪽.
17　오성호, 앞의 책, 367쪽.

시의 주인공들이 수행하는 역할에 대한 논의의 단서를 제공한다. 황진이, 이옥봉, 신사임당, 허난설헌, 남자현, 구자명 등 실제의 혹은 가상의 인물들은 고정희의 역사 시편들에 등장하여 시인 대신, 가상의 목소리로 자신의 이야기를 전달한다. 시인 내면의 고백, 즉 '나'의 직접 발화가 아니라 특정한 인물 설정을 통해, 그것도 역사적 인물의 입을 통해 여성 삶에 관한 진술이 이루어진다는 것은 작품의 내용에 관한 객관성을 확보하는 계기가 된다. 즉 배역시에 등장하는 인물은 특정한 개인의 모습으로 나타나지만 그 속에는 그와 비슷한 처지에 있는 수많은 사람들의 체험이 농축되어 있으며 그들의 목소리를 대변한다. 개별 여성 인물의 형상화를 통해 여성 공동체의 형상을 완성하는 것으로 이해할 수 있다.

그러나 고정희는 여성 인물의 비범함과 영웅화에만 집중하지 않았다. 오히려 그들의 고민을 보여줌으로써 진정성을 획득하고 있다. 예를 들어 허난설헌은 자신의 뛰어난 문학적 재능과 현모양처적 삶이 충돌하는 지점에서 문학적 재능으로 현실의 고뇌를 극복하고자 하는 시도를 보인다. 고정희는 인물을 통해 한 여성으로서 혹은 한 인간으로서 겪는 갈등과 고통의 생생함을 보여줌으로써 그들 삶의 개성과 역사성을 동시에 확보한다. 이처럼 여성의 삶과 역사를 이야기하는 시는 역사와 문학, 서사와 서정의 경계 부분에서 새로운 창조적 힘을 발휘하고 있다.

혹자는 난설헌을
하늘이 낸 시인
하늘이 낸 천재
하늘이 낸 절세가인이라 하지만
아니외다 아니외다 아니외다

곤륜산맥 황하에 넋을 눕힌들

이승의 규방 아자문에 자지러진

삼한삼원의 서슬 아직

청초 우거진 골에 푸르렀으니

하늘은 내게

천기를 다스리는 재능만 주시고

시대를 주시지 않았더이다

하늘은 내게

사랑에 대한 갈망만 주시고

인연을 주시지 않았더이다

하늘은 내게

산고의 쓰라림만 주시고

모성의 열매를 주시지 않았더이다

—「허난설헌이 해동의 딸들에게—이야기 여성사 4」 부분

허난설헌의 목소리를 통해 그의 삶에 관해 진술하는 위의 작품에서 독자는 '나'라고 하는 주인공의 내면의 목소리를 듣는다. 하늘이 낸 시인, 하늘이 낸 천재, 하늘이 낸 절세가인이라는 세상의 평가 이면에 놓인 허난설헌의 고통과 고독의 목소리는 절규하듯 울린다. '않았더이다'라고 반복되는 결핍의 상황은 허난설헌의 삶이 갖는 무게, 그리고 고통의 진정성에 읽는 이를 참여시킨다. 서정시가 가진 내면의 울림과 깊이는 허난설헌이라는 시적 자아의 목소리를 통해 독자에게 전달된다. 그러면서 한편으론 시의 언어로 진술된 그 삶이 개인에 국한되는 것이 아니라 이야기 역사

를 통해 여성-인간 삶의 역사적 국면으로 확장 인식되는 순간 독자는 시와 역사의 경계에서 깊이와 넓이를 가진 시의 언어와 마주하게 된다.

5. 여성, 미래 역사의 창조적 주체

여성사가 여성의 관점을 통해 기존 역사 서술이 지향해온 가치에 의문을 제기하고 새로운 역사 서술을 시도한다는 것은 곧 새로운 미래 가치, 대안 가치를 만드는 일이기도 하다. 따라서 여성사에서는 여성이 그간 침묵하고 억압받아왔던 수난사에 대한 증거도 중요하지만, 나아가 역사 속에서 선택적으로 삭제된 주체 여성으로서의 가능성을 기술하는 것 역시 중요하다. 이런 성찰 속에서 여성이 중심이 되는 혹은 여성적 가치가 중심이 되는 미래역사의 비전을 제시할 수 있을 것이다. 고정희 시인은 여성 억압사에 대한 규명뿐만 아니라 그런 삶의 질곡을 딛고 올라선 여성의 힘에 주목하고 있다.

대저 하늘 아래 사람은 남녀가 일반이라
우리는 조선의 여자로 태어나
학문과 나라일에 종사치 못하고
다만 방직과 가사에 골몰하여
사람의 의무를 알지 못하옵더니
근자에 들리는 소문에 의하면
국채 일천삼백만 원에 나라의 흥망이 달려 있다 하오니
대범 이천만 중 여자가 일천만이요

여자 일천만 중 반지 있는 이가 오백만이라

반지 한 쌍에 이 원씩 셈하여

부인 수중에 일천만 원 들어 있다 할 것이외다

기우는 나라의 빚을 갚고 보면

풍전등화 같은 국권회복 물론이요

여권의 재앙 말끔히 거둬내고

우리 여자의 힘 세상에 전파하여

남녀동등권을 찾을 것이니

대한의 여성들이여,

반만년 기다려온 이 자유의 행진에

삼종지덕의 가락지 벗어던져

새로운 세상의 징검다리 괴시라

　　　　　　　　　　ㅡ「반지뽑기부인회 취지문ㅡ여성사 연구 2」 전문

　위의 작품은 1907년 국채보상운동의 일환으로 진행된 여성들의 반지 헌납에 관한 실화를 바탕으로 하고 있다. 고정희는 이 역사적 사실을 통해 당대 여성들의 진보적 사유를 밝히고자 한다. 공적인 분야에서 배제되어 가정에만 활동을 국한당해 온 여성의 현실, 국권회복에 남성과 똑같은 권리와 책임이 있다는 의식, 반지가 가부장제라는 구습을 상징한다는 점에서 이를 뺀다는 행위는 여권을 획득하는 정치적 행위가 될 수도 있음을 이야기한다. 이런 취지문의 전제에는 여성의 억압적 현실이 놓여 있는 것이지만 이보다 더 주목하게 되는 것은 20세기 초 여성들의 선진적인 의식과 주체로서의 자각이다. 고정희의 시를 통해 역사 속에 묻혀온 그녀들의 목소리가 복원된다. 이외에도 고정희는 '남자현'이라고 하는 평범한 여성이 대한여자독립원이 되는 과정을 시로 쓰기도 한다.「남자현의 무명지 −여성사 연구 3」 이처럼 고정희는 역사 속에 묻힌 여성의 삶에 주목하는데, 이는 가부장제 문화 아래서 자신의 능력을 제대로 펼치지 못한 수많은 여성 주체들에 대한 애도와 흠모를 의미한다.

> 딸들이여
>
> 그대들이 취해야 할 세 사람
>
> 여자 제갈공명이 평등 세상 다림줄 놓기 위하여
>
> 동아시아로 파송되었사외다
>
> 여자 율곡이 평등 정치 주춧돌 세우기 위하여
>
> 동아시아로 파송되었사외다
>
> 여자 관음보살이 생명의 강 일으키기 위하여
>
> 동아시아로 파송되었사외다
>
> 보통 여자들로 태어난 그들을
>
> 어디서 어떻게 찾을지는
>
> 그대들의 몫이어야 할 것이외다
>
> 이에 오등의 나아갈 바를 밝혀
>
> 조선여자 해방투쟁을 위한 출사표를 적어두는 바입니다
>
> —「허난설헌이 해동의 딸들에게−이야기 여성사 4」 부분

이런 의미에서 위의 작품에 등장하는 여자 제갈공명, 여자 율곡, 여자 관음보살은 가부장제가 아니었으면 충분히 자신의 이름으로 세상을 이끌어갈 수 있었던 여성 인물들이 역사 속에 있었음을 의미하고 이런 역

사에 대한 자각이 여성해방의 전제임을 강조하고 있다.[18] 그 역사를 시인
은 "우리 할머니와 어머니가 걸어갔고 / 우리 이모와 고모가 걸어갔고 /
오늘은 우리가 걸어가는 이 길, / 내일은 우리 딸들이 가야 할 이 길"로 인
식한다.「여자가 하나 되는 세상을 위하여—이야기 여성사 6」부분

그리고 미래 역사가 추구해야 하는 주요한 가치로 '여성-어머니'를 설
정한다.

여자 속에 든 어머니가 매를 맞는다

여자 속에 든 아버지가 매를 맞는다

여자 속에 든 형제자매지간이 매를 맞고 쓰러진다

여자 속에 든 할머니가 매맞고 쓰러지고 피를 흘린다

여자 속에 든 하느님이 매맞고 쓰러지고 피를 흘리며 비수를 꽂는다

여자 속에 든 한 나라의 뿌리가

매맞고 피흘리고 비수를 꽂으며 윽하고 죽는다

　　　　　　　　　　　　　—「매맞는 하느님—여성사 연구 4」부분

고정희는 위의 시에서 여성 억압의 역사가 곧 인간의 삶과 문화에 대
한 억압의 역사임을 점진적으로 보여준다. 즉 여성에 대한 폭력과 여성의
죽음은 삶의 가치와 원리로 비유되는 '하느님'의 죽음을 의미하는 것으로

18　고정희는 여성을 남성지식인의 이름으로 소환하면서, 남성이 지식과 권력을 독식하는
시대 속에서 배제된 여성의 존재가 있었을 것이라는 인식을 보여준다. 따라서 시에서
율곡 등은 단지 남성지식인의 대표명사일 뿐이다. 이런 인식은 버지니아 울프가 작가
로 성장할 수 없는 사회문화적 상황에 놓인 여성작가의 불행한 운명을, 셰익스피어와
재능과 외모가 닮은 주디스를 통해 비판 논의한 바와도 그 인식을 같이 한다.(버지니아
울프, 오진숙 역, 『자기만의 방』, 솔, 1996, 90~93쪽.)

상상한다.[19] 그런데 다음의 시에서는 그 자리에 '여성-어머니'를 앉혀놓는다.

> 아아 그리운 어머니
>
> 내게 최초로 혈육의 비밀을 알게 하시고
>
> 작별하는 뒷모습의 쓰라림을 알게 하신 어머니는
>
> 그러나 내 마음이 식었을 때 찾아와 주시는
>
> 모닥불이요 내 가슴 속에 숨어 있는
>
> 노여움의 칼날
>
> 반역의 칼날을 뽑아
>
> 푸른 융단을 빚으시는 손입니다
>
> ―「하늘에 계신 우리 어머니―이야기 여성사 7」 부분

고정희가 상상하는 여성-어머니는 인간에게 열정을 일깨우는 모닥불이기도 하고, 노여움과 반역이라는 예리한 칼날을 어느새 부드럽고, 푸른 평화의 융단으로 만드는 마술적인 존재이기도 하다. 그 어머니들은 일곱 달 된 아기를 돌보며, 간밤에는 시어머니 약시중을 들고, 새벽녘 만취해서 돌아온 남편을 위해 잠을 헌납하면서도 일터로 나가는 우리 동네 구자명 씨 같은 여성들이다. 그들 여성의 힘은 자본주의적 일상이 우리에게 가하는 죽음같은 잠을 향하여 거부의 화살을 당기고 있다.「우리 동네 구자명

---

19 하나님이 아니라 하느님에 유의해서 볼 필요가 있다. 고정희의 시에는 기독교적 상상력이 많이 쓰이지만, 그는 기독교적 의미의 하나님이 아니라 삶을 주재하는 절대적 가치나 원리, 힘으로써의 하느님을 상정한다. 이런 의미에서 어머니 하느님 역시 미래의 대안 가치로 설정된다.

씨-여성사 연구 5」이처럼 어머니에게 부여되는 특성들은 가부장제가 어머니에게 덧씌워 온 모성 신화와 맞닿아 있는 지점들이 있을 것이며, 또 남성적 가치와 대비되는 여성적 가치에 대한 편향 역시 지적할 수 있을 것이다. 그러나 1980년대 여성주의와 여성시의 현실을 생각할 때 이런 특성은 자연스러워 보인다. 또한 여성주의적 관점에서 배제되어온 여성적 가치와 문화를 탐구한다는 측면에서 여성적 원리에 집중하는 것 역시 고려되어야 할 것이다. 그러나 궁극적인 것은 이런 포용과 희생의 가치가 여성에게 환원되는 것은 아니라는 점이며, 해방세상을 살아가기 위해 추구해야 할 모든 인간의 삶의 원리와 가치라는 사실이다.

이와 같이 고정희의 역사 시편들은 역사와 문학의 경계에서 남성 중심의 역사에 대한 비판을 수행하고, 여성-어머니의 가치라는 삶의 원리에 대한 지향을 통해 미래 역사에 대한 창조적 전망과 상상을 보여준다. 이런 점에서 고정희의 역사 시에 드러난 역사와 언어에 대한 실천적 감각과 열정은 여성사가 부재하고, 또 기득권 중심의 역사-언어 서술이 주를 이루던 1980년대를 넘어 21세기 현재와 미래에도 여전히 문학이 추구해야 할 해방과 창조라는 상상력의 토대가 되고 있다.

고정희 시의 종교적 영성과 '어머니 하느님'

김문주

1. 기독교 문학과 고정희 시의 특이성

고정희의 시세계는 크게 페미니즘·민중·기독교의 관점에서 논의되어왔지만, 주로 페미니즘적 시각에서 접근한 것이 많고 이러한 연구 성과는 대체로 여성 연구자들에 의해 이루어진 것이었다. 많은 논자들이 인정하는바 고정희는 한국 페미니즘 문학의 개척자이자 여성 현실의 개혁운동에 주도적으로 참여한 실천가였다는 점을 고려할 때, 여성주의 관점에서 그녀의 시를 조명하는 연구들이 많은 것은 자연스러운 일로 보인다. 그러나 이러한 연구 경향은 시의 의미를 입체적으로 조명하거나 시세계의 의의를 풍요롭게 사유할 수 있는 가능성을 제한할 수 있다는 점에서 문제적이다. 이러한 우려는 그녀의 시를 특정한 테마 중심의 세계로 구획하거나 후기시에 본격적으로 부각되는 모성성을 평면적인 관점에서 평가하는 연구들을 통해 실제로 현실화되고 있다. 고정희가 '페미니즘 문화정치학'의 핵심 결절結節로서 중대한 실천적 기지 역할을 수행해 왔다는 점[1]을

---

1   이소희, 「"고정희"를 둘러싼 페미니즘 문화정치학」, 『젠더와 사회』 6, 한양대여성연구소, 2007.6, 13쪽.

생각한다면, 오히려 다양한 관점에서의 접근이 '기지로서의 고정희 시'의 가능성, 나아가 '여성주의 문학'의 개방적 가능성을 확대할 수 있는 방법이라고 생각된다. 고정희 시의 중요한 자양들, 이를테면 여성·민중·기독교는 분절된 계기나 시인의 상이한 관심사를 반영하는 단층이라기보다 함께 운동하며 상승하는 나선적 구조의 핵심 형질로 작용하고 있다고 판단되는바,[2] 이러한 점에서 고정희 시의 세 요소는 서로의 입지를 지지해 주는 상호 긴장과 협력의 축이라고 보는 것이 온당해 보인다. 이 논문은 고정희의 시에서 기독교적 세계관이 민중과 여성이라는 축을 어떻게 전유하며 자신의 사유와 비전을 탐색해 가는지를 살피고자 한다.

기독교는 한국의 근대와 한국근대문학 형성에 지대한 영향을 미쳤지만, 한국의 격동적 현실을 충격·대응하는 문학작품 생산의 기지로서 작용하는 데는 충분하지 못했다. 이는 우리에게 기독교 세계관을 문화적 혈맥으로 삼을 만한 시간이 부족했고, 이로 인해 기독교를 소재가 아닌 문제로서 추구할 수 있는 정신적 여건이 마련되지 않았기 때문이기도 하다. 그러한 점에서 대체로 한국기독교 문학은 자신들의 종교적 교리를 받아쓰거나 신앙을 고백하는 호교문학護敎文學의 수준에 머물러 왔으며, 그러한 차원에서 인식되어 왔다. 부정적 현실의 바깥에서 교리적 내면에 충실한 문학이라면, 결과적으로 파행적 현실을 추인·강화하는 보수적 관점으로 인식되는 것은 당연하다. 신앙의 유무에 따라 기독교 문학에 대한 관심이 갈리는 중요한 이유 역시 기독교의 이러한 자기-내면화 현상과

2　나희덕은 고정희 시의 핵심을 이루는 기독교·민중·여성이라는 세 층위가 서로 친연성이 있으면서도 그것들이 각기 다른 세계관을 기초로 하고 있어서 자주 갈등을 보인다고 지적하고, 그 충돌과 긴장을 그녀의 시가 정신의 고유한 동력으로 삼고 있다고 강조하면서 세 층위가 갈등·통합·변화하는 과정을 '죽음'을 통해서 살펴보고 있다.(나희덕, 「시대의 염의(殮衣)를 마름질하는 손」, 『창작과비평』, 창비, 2001년 여름.)

닿아 있다. 고정희의 시에서 기독교 세계관이 매우 중요한 요소임에도 불구하고 이에 대한 연구 성과가 많지 않은 것은 한국문학사의 이러한 정신사적 맥락이 가로놓여 있기 때문으로 판단된다.

고정희의 시는 명확하게 기독교적 관점 위에 정초되어 있다. 성서의 내용과 세계관이 전^全시기 작품들에 두루 투사되어 있으며, 기독교적 사유가 문제의식의 중심에 지속적으로 반영되어 왔다. 이러한 기독교 세계관보다 그녀의 시에 좀더 광범위하게 자리하고 있는 것은 현실에 관한 부정적 인식으로 내용의 측면에서 볼 때 현실성은 시세계 전체를 관통하는 가장 본질적인 속성이라고 할 수 있다. 일상사나 자연, 언어와 순수 정념 등 현실로부터 비켜선 주체를 고정희의 시에서 발견하는 일은 결코 쉽지 않다. 그리고 그 현실은 시인이 통과한 한국의 역사를 배후에 두고 있으며, 수난이나 비판의 시선을 동반한다. 고난과 억압, 타락과 소외의 현실이 기독교 세계관과 만나는 자리에 그녀의 시는 건설되어 있다. 특기할 만한 것은 부정적인 현실과 수난의 테마가 시세계에 넓게 자리 잡고 있고 지속적인 주제를 이루고 있음에도 불구하고 신앙의 대상에 대한 희원이나 구원의 비전, 혹은 기독교 세계관에 대한 (부분적) 회수의 대목을 찾아보기 어렵다는 사실이다. 현실 세계를 주관하는 기독교 신의 섭리가 전경화前景化되는 법도 없고, '부재하는 신神'에 대한 회의나 분노가 본격화되지 않으면서도 기독교적 수난의 카니발, 혹은 '기독교적 안티고네'[3]의 비극성과 서사가 시세계를 지배하고 있는 셈이다.

그러한 점에서 그녀의 시는 한국기독교문학, 나아가 한국문학의 매우 예외적인 지점이라고 할 수 있다. 그녀는 기독교 신앙을 시적 사유의 핵

---

3   김승희, 「상징 질서에 도전하는 여성시의 목소리, 그 전복의 전략들」, 『여성문학연구』 2, 한국여성문학학회, 1999, 143쪽.

심 동력으로 삼고 있다는 점에서 김현승과, 고난의 기독교적 전유라는 점에서 윤동주와 비교할 수 있지만, 세계관의 균열이라는 점에서 전자와 다르고 개인적 차원을 넘어선 수난이라는 점에서 후자와 갈린다. 신과 마주선 인간의 개인적 실존과 고뇌를 평생에 걸쳐 집요하게 탐색하였던 김현승의 경우 신앙의 대상에 대한 전면적 회의를 노정한바 있지만, 오히려 도저한 수난의 현실 형상을 견인堅忍/牽引해 가는 고정희에게서는 기독교 세계관에 대한 균열의 지점을 발견하기 어렵다. 한편 기독교적 수난을 암담한 현실에 대한 개인의 내적 대응으로 이전해간 윤동주와 달리, 고정희는 수난 의식을 민중적 구원의 비전으로, 나아가 새로운 신학적 사유의 영토로 전유한다.

기독교 신앙의 핵심 대목이라고 할 수 있는, 개별 인간과 현실 세계를 관장하고 다스리는 통치자로서의 신의 존재에 대한 믿음이나 비전 대신, 타락한 자본의 현실에 대한 비판과 고난받는 이들의 수난 형상이 주를 이루는 고정희의 시가 기독교 세계관을 기각하지 않고 부정적 현실을 견인해가는 힘은 어디에서 오는가. 이 논문의 문제의식은 여기에서 시작된다.

이 글은 고정희의 시에서 고난은 어떠한 의미를 갖고 있으며, 그것이 그녀의 시세계의 도달점이라고 할 수 있는 '어머니 하느님'과 어떻게 만나고 맥락화 되는가를 살피고자 한다. 이 대목은 고정희의 문학이 역사적 현실 속에서 기독교 세계관의 지평을 어떻게 열어가는지, 아울러 신에 대한 새로운 호명을 통해 어떠한 종교적 영성[4]의 도래를 요청하는가를 확

---

4   영성(靈性, Spirituality)이란 광범위한 의미에서 '비물질적 실재들을 믿는 것이나 이 세계에 내재하는 초월적인 성품을 경험하는 것'을 뜻하는바, 여기에서는 이러한 의미를 바탕으로 하여 '삶에 영감을 주고 삶의 방향을 알려주는 원천으로서의 종교적 경험'이

인하는 과정이라고 할 수 있다. 이는 종교적 영성이 현실을 새롭게 사유하고, 그래서 변혁해내는 중요한 기지가 될 수 있는지를 생각하는 문학적 사례가 될 것이다.

2. 수난의 영성과 민중

고정희는 제2 시집 『실락원 기행』의 서문에서 자신에게는 늘 두 가지의 고통이 따르고 있는데, "하나는 내가 나를 인식하는 실존적 아픔이며, 다른 하나는 나와 세계 안에 가로놓인 상황적 아픔"이라고 피력하면서 성서 「창세기」 3장 16절과 24절[5]을 제시한다. 전자는 여성적 존재로서의 자기 인식을, 후자는 타락한 현실 속에서의 고통과 구원의 비전에 관한 고민을 담고 있는 것이라고 할 수 있다. 이에 앞에 첫 번째 시집의 후기에서는 "너그러움이 다 사랑은 아니며 아픔이 다 절망은 아니라는 것이다. 때문에 내 실재實存의 겨냥은 최소한의 출구와 최소한의 사랑을 포함하고 있다"고 밝힌 바 있다. 이러한 시인의 말들은 고정희 시세계의 핵심 주제 ― 현실의 문제와 고통, 그리고 고통의 비전을 선험적인 관념의 내용에 이양移讓하지 않으려는 그녀의 태도를 분명히 보여준다. 자신을 둘러싼 구체적 현실의 문제에 집중하되, 그 고통의 비전을 초월적인 내용으로

라는 의미로 사용하였다.(매튜 폭스, 김순현 역, 『영성―자비의 힘』, 이화여대 출판부, 2006; 길희성, 『마이스터 엑카르트의 영성사상』, 분도출판사, 2003 참조.)

5 "또 여자에게 이르시되 네가 네게 잉태하는 고통을 크게 더하리니 네가 수고하고 자식을 낳을 것이며 너는 남편을 사모하고 남편은 너를 다스릴 것이니라 하시고"(「창세기」 3장 16절), "이같이 하나님이 그 사람을 쫓아내시고 에덴 동산 동편에 그룹들과 두루 도는 화염검을 두어 생명나무의 길을 지키게 하시니라"(3장 24절).

해결하지도 않겠지만 고통의 현실성에 매몰되지도 않겠다는 이러한 의지는 고통의 감내를 가능하게 하고 새로운 종교적 영성을 구성하는 내발적內發的 비전의 핵심 동력이라고 할 수 있다. "나의 시가 관심하는 문제는 삶 자체이지 결코 이념의 문제가 아니"『이 시대의 아벨』의 표사라는 시인의 거듭된 태도 표명은 고정희에게 종교적 세계관이 선험적인 방식으로 작동하는 이념이 아님을 강조한 것이다.

　기독교적 관점에서 고정희의 시를 살핀 연구들은 이 문제를 크게 세 가지 층위에서 바라보는데, 하나는 **기독교의 구원의 비전이** 고통의 배후에 있다는 입장,[6] 다른 하나는 '보이지 않는' 영적 세계로의 감행 없이 현실 사회의 부조리와 내면의 모순을 통일하는 실존적 기투企投로서의 기독교 정신이 내재되어 있다는 입장,[7] 그리고 나머지 하나는 현실의 부정성에 대한 수세적守勢的 혹은 수동적 응전이라는 입장[8]이다. 상이한 견해를 보여주고 있음에도 불구하고 이러한 연구들은 공통적으로 당대적 고통을 바라보는 고정희의 현실 이해가 선험적인 관념에 침잠해 있지 않고, 그때의 현실이란 민중의 삶에 속해 있다는 사실에 동의한다. 그녀에게 종교적 영성은 사회 현실을 이해하고 대응하는 내면적 바탕인 것이다. 이것의 구체적 내용을 확인하기 위해 고정희 시의 정신적 거점據點/기점起點이라고 할 수 있는 '수유리 시기'의 고민을 담은 시편을 살펴보자.

　　오 아벨은 어디로 갔는가

6　김주연, 「高靜熙의 의지와 사랑」, 『이 시대의 아벨』, 문학과지성사, 1983, 120~121쪽.

7　유성호, 「고정희 시에 나타난 종교의식과 현실인식」, 『한국문예비평연구』, 한국문예비평학회, 1997, 94쪽.

8　김현, 표사글, 고정희, 『실락원 기행』, 인문당, 1981; 김승구, 「고정희 초기시의 민중신학적 인식」, 『한국문학이론과 비평』, 한국문학이론과비평학회, 2007, 266쪽.

너희 안락한 처마밑에서

함께 살기 원하던 우리들의 아벨,

너희 따뜻한 난롯가에서

함께 몸을 비비던 아벨은 어디로 갔는가

너희 풍성한 산해진미 잔치상에서

주린 배 움켜 쥐던 우리들의 아벨

우물가에서 혹은 태평성대 동구 밖에서

지친 등 추스르며 한숨짓던 아벨

어둠의 골짜기로 골짜기로 거슬러오르던

너희 아벨은 어디로 갔는가?

믿음의 아들 너 베드로야

땅의 아버지 너 요한아

밤새껏 은총으로 배부른 가버나움아

사시장철 음모뿐인 예루살렘아

음탕한 왕족들로 가득한 소돔과 고모라야

(…중략…)

너희의 어둠인 아벨

너희의 절망인 아벨

너희의 자유인 아벨

너희의 멍에인 아벨

너희의 표징인 아벨

낙원의 열쇠인 아벨

아벨 아벨 아벨 아벨 아벨……

— 「이 시대의 아벨」(『이 시대의 아벨』, 1983) 부분

이 작품에는 고정희 시 전체를 관통하는 핵심적인 문제의식이 매우 강렬한 신의 어조를 빌어 형상화되어 있다. 창세기 4장에 기록된 '카인과 아벨의 서사'를 배경으로 하고 있는 이 작품은 그녀의 시세계 전체를 관통하는 테마, 즉 소외와 수난의 인간에 대한 책임의식이 선명하게 노정되어 있다. 인간 세상의 최초의 갈등 사례라고 할 수 있는 '카인ㅡ아벨의 서사'에서 카인에 의해 죽임을 당하는 '아벨'은 고통 받고 버려진 이들을 상징하는 인물이다. 이 시에서 아벨의 행방을 찾는 구약舊約의 신 야훼의 음성은 신의 맞은편에 선 모든 인간들, 2인칭 "너희"를 향해 있다. "오 아벨은 어디로 갔는가", 이 목소리는 표면적으로는 부패한 자본과 종교를 향하고 있지만 실제로는 '아벨'에 속하지 않은 모든 이들의 내면을 향해 던지는 물음이다. 시인은 이 '아벨'이 '어둠'이자 '절망'이고 '멍에'이면서, 동시에 '자유'이고 '표징'이며 "낙원의 열쇠"임을 주장한다. '아벨'에 대한 후자의 지칭은 인간의 정체성과 역사에 대한 시인의 인식을 단적으로 보여주는 대목이다. 다시 말해 고정희는 억압과 소외의 문제, 지상의 현실에 대한 인간의 의식과 행동을 구원의 비전과 연관지어 생각한다. 이러한 문제의식은 고정희 시세계의 시원에 해당하는 '수유리 정신'의 핵심 내용이라고 할 수 있다. 특기할 만한 것은 인간의 현실 의식과 행동을 구원의 중요한 관건으로 생각하면서도 그러한 소명이 종교적 대상을 통해 발원하고 있다는 점이다. 이는 고정희의 현실·역사의식이 이상세계를 향한 해방의 이데올로기와 결정적으로 갈리는 대목으로서, 이 지점이야말로 그녀의 시적 고유성이 발원하는 영성靈性의 원천이라고 할 수 있다.

하느님을 가진 내 희망이
이물질처럼 징그럽다고 네가 말했을 때

나는 쓸쓸히 쓸쓸히 웃었지

조용한 밤이면

물먹은 솜으로 나를 적시는

내 오장육부 속의 어둠을 보일 수는 없는 것이라서

한기 드는 사람처럼 나는 웃었지

영등포나 서대문이나 전라도

컴컴한 한반도 구석진 창틀마다

축축하게 젖어 펄럭이는 내

하느님의 눈물과 탄식을

세 치 혀로 그려낼 수는 없는 것이라서

그냥 담담하게 전등을 켰지

(…중략…)

하느님을 모르는 절망이라는 것이

얼마나 이쁜 우매함인가를

다시 쓸쓸하게 새김질하면서

하느님을 등에 업은 행복주의라는 것이

얼마나 맹랑한 도착 신앙인가도

토악질하듯 음미하면서, 오직

내 희망의 여린 부분과

네 절망의 질긴 부분이 톱니바퀴처럼 맞닿기를 바랐다

(…중략…)

우울한 이 세계 후미진 나라마다 풍족한 고통으로 덮이시는 내

하느님의 언약과 부르심을

우리들 한평생으로 잴 수는 없는 것이라서, 다만

이 나라의 어둡고 서러운 뿌리와

저 나라의 깊고 광활한 소망이

한몸의 혈관으로 통하기를 바랐다

— 「서울 사랑 — 절망에 대하여」(『이 시대의 아벨』, 1983) 부분

비슷한 현실 의식을 공유하고 있는 '너'를 향해 말을 건네는 형식으로 이루어진 위의 시는 고정희의 세계관을 매우 분명하게 보여준다. "하느님을 모르는 절망이라는 것이 얼마나 이쁜 우매함"이며 "하느님을 등에 업은 행복주의라는 것이 얼마나 맹랑한 도착 신앙인가"라는 화자의 물음은, 고정희의 시가 형상화하는 수난과 그 배후에 기독교 신앙이 깃들어 있다는 것, 그리고 그녀의 기독교가 현실 교회와는 다른 지향 위에 놓여 있음을 확인시켜 준다. 이러한 관점에서 '아벨'의 행방에는 관심을 두지 않은 채 행복을 추구하는 현실 교회의 기복주의祈福主義나 초월성은 비판의 대상이 되며, 진보사회를 향한 인간의 이념 역시 다른 기지 위에 정초한 세계가 되는 것이다.

하나 더 생각할 대목은 이 시에 형상화된 신의 형상이 "눈물과 탄식" 속에 휩싸여 있고, "하느님의 언약과 부르심"이 "풍족한 고통" 속에 도래한다는 인식이다. 다시 말해 고정희의 기독교 영성은 고통스러운 현실과 더불어 현실 속에서 발현되는 것이다. 그러한 점에서 고통의 현실은 소명을 확인하고 신의 내면을 되사는 계기라고 할 수 있다. 그녀의 시에서 신은 "눈물과 탄식" 속에 있는 자이며, 고통 속에서 자신을 드러내는 존재이다. 고정희의 시에 "억압을 받아들이려는 무의식적인 속성이 있다"는 김현의 지적은 그녀의 시에 편재하는 이러한 수난의 영성을 가리키는 것이다. 위의 시에 배후인 '수유리'는 그녀에게 "하느님의 언약과 부르심"을 확인

하고 결단하는 영성의 처소이며, 이는 "고통으로 덮이시는" 신의 세계, 그 고난에 통합되고 동참하는 영성의 영토인 셈이다.

> 그러나 우리에게 출구는 없었다
> 우리 자신만이 곧 출구임을 알았을 때
> 우리는 이제 길이 되기로 했다
> 그것은 수유리의 운명이었다
> 수유리는 이제 수유리가 아니었다
> 그것은 길이고 수난이었다 아니
> 그것은 꿈이고 순결이었다
> 그런데 친구여
> 우리가 길이 되기로 작정한 그날
> 교수들이 우리 손 꼭 쥐어주던 그날
> 스승과 제자의 일체감 속에서도
> 나는 들을 수 있었다
> 나와 육친들
> 나와 친구들
> 나와 노년의 부모님을 갈라세우는
> 무서운 붕괴의 소리를 들었지
> 무섭고 음습하고 아득한 비명을 들었지
> (오 야훼님, 꼭 이 잔을 마셔야 하나요?)
>
> ─「化肉祭別詞」(『초혼제』, 1983) 부분

"수유리의 운명"이란 "하느님의 언약과 부르심"에 응답하는 길이며, 절망적인 현실에 출구가 되는 삶을 사는 일이다. 그것은 스스로가 길이 되는 삶을 선택하는 일이며 수난을 받아들이고 고난에 동참하는 삶이다. 이는 "나와 육친들 나와 친구들 나와 노년의 부모님을 갈라 세우는", 이기적 관계를 넘어 민중 속으로 자신을 개방하는 삶이다.[9] 물론 이와 같은 삶의 태도는 근본적으로 예수의 삶을 모델로 한 것으로서 "이 잔을 마셔야 하나요?"라는 화자의 물음은 십자가상의 예수가 '아버지 하느님'과 자신을 향해 던졌던 질문을 스스로에게 되묻는 물음이다. 이와 같은 태도를 우리는 1974, 5년에 발표된 한국신학대학 졸업생들의 성명서와 재학생들의 기도문에서도 확인할 수 있다.[10]

여기에서 고정희의 민중관을 점검해볼 필요가 있다.

여기서 말하는 '민중'이란 어떤 특정한 계층을 지칭하는 말이기보다는 우리가 지향하고 도달해야 될 이념체계, 혹은 가치체계를 형성해 가는 주체세력을 의미한다. 그러므로 우리는 '민중'을 신분이나 계급으로 규정짓는 것이 아니라 그의 결단의 자리, 그의 신념의 방향에 의해 좌우되는 문제로 가정해 보았다.

---

9   「마가복음」3장 31~35절에는 예수의 어머니와 형제들이 예수를 찾아왔을 때 "누가 내 모친이며 동생들이냐" 하시고 둘러앉은 자들을 향해 "보라, 내 모친과 내 동생들을 보라"는 내용의 일화가 소개되어 있다.

10   "우리는 우리 주님의 뒤를 따라 박해당하고, 가난한 자와 더불어 살며, 정치적 박해에 저항하며, 역사적 책임을 질 것을 결단했다. 까닭은 이것이 하느님 나라 선포의 유일한 길이기 때문이다. 여기서 분명해진 것은 '너를 위해 산다'는 그리스도인의 존재는 특히 '눌린 자와 가난한 자들을 위해 산다'는 것! 이 길을 그리스도를 따르는 자는 피할 수 없다"(성명서), "우리는 그리스도의 수난을 고백하며 우리가 고난 중에 있는 이웃을 우리의 이웃으로 보지 않은 것을 회개합니다. 지금 고난 속에서 매질을 당하면서 십자가에 달린 그리스도가 우리를 부릅니다. 이제 우리는 수난당하는 자들의 고난이 바로 우리의 수난임을 고백합니다."(기도문) 이 두 글은 안병무의 『민중과 성서』(한길사, 1993) 351~352쪽에 수록되어 있음.

우리 모두가 지향하는 가치이념이 '참된 민주적 공동체의 형성'이라면 이를 실현하기 위해 여기에 자기 삶의 중심을 두고 있는 개체, 그것이 곧 '민중'인 것이다. 다시 말해서 민중의 힘은 신분에 있지 않고 공동체의 형성에 있다고 보는 것이다.[11]

한 앤솔로지의 서문에서 밝히고 있는 고정희의 민중 개념은 현실 변혁을 도모하는 진보적 이데올로기의 그것과 다르다. 인용문에 따르면 민중은 "신분이나 계급으로 규정짓는 것이 아니라" '결단과 신념에 의해 좌우된다'는 것, 하여 민중이란 "참된 민주적 공동체의 형성"에 가치의 우선을 두고 행동하는 주체세력이라는 것이다. 이러한 관점에서 앞에서 살폈던 아벨의 삶, 즉 소외와 억압, 가난과 고통 가운데 있는 이웃들의 고난에 참여하여 그 삶을 자신의 것으로 살아가는 것, 그것이야말로 "고통으로 덮이시는 하느님"의 "언약과 부르심"에 응답하는 일이며 민중의 삶을 사는 길이 된다. 이러한 논리에서 민중은 삶의 조건으로서 고난 속에 처해 있는 자들, 그리고 이들의 고통을 자신의 것으로 살아가는 이들을 두루 포함하는 개념이 된다. 이는 1970, 80년대를 지배했던 변혁이데올로기의 민중 개념과 매우 상이한 것으로서, 고정희 시의 현실성의 의미를 웅변하는 대목이라고 할 수 있다.

---

11   고정희 편, 『예수와 민중과 사랑 그리고 詩』, 기민사, 1985, 8쪽.

3. 수난을 사는 예수와 역사의식

고정희의 종교적 영성은 민중신학의 성서적 근거라고 할 수 있는 '지상의 예수'로부터 기원한 것으로써 그녀는 예수의 삶에서 고난의 의미를 발견한다.

한 사나이가 골고다 언덕을 오르고
오르고 오르고 오르다 쓰러지고
맨살의 등줄기에 매섭고 긴 채찍이
수없이 내리치고 있었습니다.
사나이는 쓰러지고
불볕 같은 햇빛 아래 사내는 지쳐 쓰러지고
(…중략…)
예수 그리스도 그 사내는
대학을 다닌 적도 없습니다.
부귀를 누린 자도 아닙니다.
권력을 가진 적도 없습니다.
(…중략…)
가난한 거리와 버림받은 이웃과
냄새나는 유대의 거리 그 천한 백성들의
눈물과 한숨이 있었을 뿐입니다.
(…중략…)
마지막까지 세상 죄 다 짊어지고
피 한 방울 남김 없이 다 쏟아 버린

그 사내가 성금요일 오후 세시

마지막 숨을 거둘 때

성당의 휘장이 갈라지고,

그를 본 영혼들은 한꺼번에 쩍,

금이 가고 있었습니다.

　　　　　　　　　　　—「히브리 傳書」(『이 시대의 아벨』) 부분

히브리는 이집트 민족의 노예를 지칭하는 어휘로서 민족의 이름이 아닌 밑바닥 계급을 나타내는 말인데, 희랍어로는 '오클로스', 현재적 개념으로는 민중에 해당하는 표현이다.[12] 위의 시는 예수의 정체성과 그의 삶의 의미를 형상화하고 있는데, 여기에서 예수는 소외되고 고난 당하는 자들과 철저하게 일치되는 삶을 산다. 시인은 자신의 삶을 온전히 고난 당하는 자로서 산 예수에게서 하느님의 구원의 비전을 보고 있다. "한꺼번에 쩍, 금이" 간 영혼의 형상은 예수의 삶에서 자기-생의 방향과 비전을 본 자들의 회심回心의 충격을 그려낸 것으로서 시인에게 끼친 예수의 절대적 영향력을 시사해준다.

안병무는 「마태복음」 25장에 기록된 심판날의 비유[13]를 해석하면서 고난당하는 자와 자신을 일치시키는 예수의 말을 통해 고난에의 동참이 예수와 하나가 되고 연대하는 구체적인 삶의 길임을 설명한다. 그는 고난이 예수의 삶을 되사는 길임을 강조하면서 십자가는 민중수난의 극치이며

12　안병무, 『역사와 해석』, 한길사, 1993, 34쪽.
13　「마태복음」 25장은 천국에 관한 예수의 비유를 소개하는 내용으로 구성되어 있다. 심판날의 의인과 악인을 나누는 장면을 그리고 있는 이 대목에서 예수는 "너희가 여기 내 형제 중에 지극히 작은 자 하나에게 한 것이 곧 내게 한 것이"라고 강조하면서 자신을 소외된 이들과 동일시하고 있다. (「마태복음」 25장 31~46절).

예수와 예수 당대에 예수를 쫓아다녔던 이들을 "주객으로 구별하지 말고 그것을 통째로 더불어 사는 그 관계에서 민중을 찾아야 한다"고 주장한다.[14] 이와 같은 안병무의 '민중'은 "지향하고 도달해야 할 이념체계, 가치체계"와 관련하여 민중의 개념을 제시했던 고정희의 그것과 상통한다. 한국신학대학의 교수로서 한국민중신학의 이념을 정초하고 고정희의 신앙관이 정립되는 데 지대한 영향을 주었던 안병무의 이와 같은 관점은 수난을 종교적 영성의 핵심 형질로 인식했던 고정희의 시의식을 이해하는 데 매우 중요한 단서를 제공해준다. 수난은 고정희에게 민중으로서 사는 삶의 길이었으며, 고난당하는 이들과 자신을 일치시켰던 예수의 삶을 되사는 통로인 셈이다. 다시 말해 수난은 민중과 기독교적 영성을 관통하는 우주적 테마인 것이다. 안병무의 저작에 자주 등장하고 고정희에게도 많은 영향을 주었던, 나치 정권에 저항했던 신학자 본회퍼의 견해는 이러한 의식의 내부를 좀더 구체적으로 생각하게 해준다.

신은 자신을 이 세상으로부터 십자가로 밀어냅니다. 하느님은 이 세상에서는 약하고 무력합니다. 그것이 하느님이 우리와 함께 하며 우리를 돕는 바로 그 방법이며 유일한 방법이지요. 마태복음 8장 17절에는 그리스도가 그의 전능에 의해서가 아니라 그의 약하심과 고난에 의해서 우리를 도우신다는 말씀이 분명히 나타나 있소.

하느님과 우리의 관계는 예수의 존재에 참여하므로 '남을 위한 현존' 안에서 하나의 새로운 생명이 됩니다. 그것은 무한한 불가능한 과제가 아닙니다. 언제

---

14   안병무, 『민중과 성서』, 한길사, 1993, 336·337쪽.

나 주어진 내 손이 닿을 수 있는 이웃이 바로 초월적인 대상입니다.[15]

약하고 무력한 존재로서의 하느님이 "약함과 고난에 의해서 우리를 도우신다는 말"은 보잘것없는 존재 방식 속에 연대의 능력이 깃들어 있음을 강조한 것이다. 이는 고난에 온전히 자신을 내어준 예수의 삶이 그 무력과 연약함으로 인해 소외된 자들에게 위로가 되고, 이러한 정서적 연대를 바탕으로 하여 새로운 역사의 주체로 일어설 수 있다는 의식이 내재되어 있다. 물론 여기에는 두 가지의 전제가 가능한데, 하나는 이러한 약한 자들의 비폭력적 연대 속에 신의 능력이 작용한다는 믿음이고, 나머지 하나는 민중적 연대 자체가 역사를 변화시키는 동력이라는 의식이다. 본회퍼나 안병무, 그리고 고정희의 사유의 맥락에서 볼 때, 이들은 비폭력주의 신념과 상통하는 약한 자들의 연대에 의한 역사의 변화를 생각했던 것으로 보인다. 그들에게서 현실과 역사는 초월적인 대상에 의해 운용되는 섭리의 체계가 아니라 인간들에 의해서 변화하는 세계로 인식된 듯하다. "내 손이 닿을 수 있는 이웃이 바로 초월적인 대상"이라는 것은 이들의 종교적 영성이란 현실에서 비롯되고 현실로 귀환하는 것임을 뜻한다. 이때의 현실은 초월을 전제로 한 경유지점이라기보다 그 자체로써 종교적 영성을 내장한 세계로 판단된다. 물론 이러한 현실·역사의식이 인간 세계 전체에 대한 신의 의지를 배제한 것은 아니다.

고정희의 다음 시편에서 우리는 인간들의 연대와 신의 시간이 깃드는 의미 있는 시간으로서의 역사의식을 확인하게 된다.

---

15   도널드 고다드, 『죽음 앞에서』, 청년사, 1977, 327·362쪽.

인생의 시간이 크로노스라면

만남의 시간은 카이로스입니다

그러므로 우리가 무수한 시간 속에서

크로노스인 나로 서서

다가오는 카이로스 너를 발견할 때

오직 '너와 나'로 세상을 걸어갈 때

비로소 '존재'에 이르는 것이지요

이것이 인간의 역사입니다

신은 인간 속에 거하시기 위하여

신의 시간 아이온을 더 첨가하였는데

우리가 '너와 나'로 세상을 바라볼 수 있을 때에만

'불멸의 시간' 아이온을 허락하셨습니다

―「환상대학시편 · 4」(『이 시대의 아벨』) 부분

　마르틴 부버의 『나와 너』에 수록된 문장―"우리가 오늘 만나지는 사람과 최후의 애인처럼 마주 앉을 때 그가 바로 나를 완성시키는 너이다"―을 제사로 달고 있는 이 시는 존재들 사이의 연대, 즉 민중에게서 의미 있는 역사적 시간의 도래가 이루어진다고 보고 있다. 여기에서 유의미한 카이로스의 시간은 존재들이 '너와 나'로서 관계를 구성할 때 비로소 개진되고 그 속에서 구원의 비전이 허락된다는 것이다. 여기에서 핵심은, 의미 있는 역사적 진보와 영원한 종교적 비전을 맞아들이기 위해서는 두 존재가 '너와 나'로서 관계를 맺는 일이 전제되어야 한다는 점이다. 이를 위해 자기 본위에서 벗어나야 하는 것은 당연한 일인 것이고, 그러한 점에서 자기를 낮추고 비우는 수난에의 동참이 필요한 것이리라. 청빈淸貧과 비움을 생활의 지표로 삼았던 고정희의 삶의 태도는 스스로를 고난의 난장으로 개방함으로써 온전히 민중이 되었던 예수의 삶을 모델로 하여 타인들을 '너'로 초대하고 "불멸의 시간 아이온"을 역사적 현실 속으로 맞아들이려는 웅대의 자세였다. "온 존재를 기울여 '너'에게 나아가고" "모든 것을 '너'안에서 보는 관점"[16]의 정립은 '불멸의 시간' 아이온, 그 영원한 구원의 비전을 환대하여 들이는 방법학이라고 할 수 있다. 관건은 '너와 나'의 관계를 구성하는 것으로서, 시적 논리를 고려하면 그것은 고난의 현실에 동참하는 일, 그리하여 고난의 연대를 구성해가는 일을 통해 실현될 수 있을 것이다. 기억할 것은 이렇게 수난에 자신을 내어주고, 그래서 고난의 연대를 구성하는 일이 단순히 수동적 태도를 뜻하는 것이 아니라 의미 있는 역사적 국면을 맞아들이기 위한 관계학의 일환이라는 사실이다. 다시 말해 비움과 수난은 현실의 억압에 대한 대응이라기보다 민중을 구성하고 민중의 연대를 일구어내는 방법인 것이다.

　　가까이 오라, 죽음이여
　　동구밖에 당도하는 새벽 기차를 위하여
　　힘이 끝난 폐차처럼 누워 있는 아득한 철길 위에
　　새로운 각목으로 누워야 하리

　　　　　　　　　　　　　　　　　　—「땅의 사람들 1」 부분

　　히틀러와 같은 해에 태어나
　　생명의 어머니 하느님을 만난 뒤

16　마르틴 부버, 표재명 역, 『나와 너』, 문예출판사, 1977, 102쪽.

거짓말을 발음해보지 않았다는 코르자코프,

그가 일렬종대로 아이들을 이끌고

아우슈비츠로 향하던 모습을 생각했습니다

조금만 더 가면, 아들아

하느님의 축제에 들어가게 된다

—「지리산의 봄 10」 부분

"동구밖에 당도하는 새벽기차를 위하여" "힘이 끝난 폐차처럼 누워 있는 아득한 철길 위에 새로운 각목"이 되어 몸을 눕히는 저 연대의 형상은 수난 속에서 '카이로스'를 만들고, 궁극적으로는 "불멸의 시간 아이온"을 맞아들이는 영성의 풍경이다. 이와 같은 영원한 시간에 대한 감각은 고통을 지나면 "하느님의 축제에 들어가게 된다"는 진술에서 보다 분명하게 형상화된다. 여기에서 기억할 대목은 수난이 신의 개입을 부르는 초월의 지렛대 기능으로서 작용한다기보다 민중의 삶 자체로서 수락된다는 사실이다. 다시 말해 수난 속에 초월의 힘이 개입하는 것이라기보다 고난을 사는 것을 기독교적 삶으로 인식하고 있다는 점이다.

위의 시편에 형상화된 고난 뒤에 "불멸의 시간"이 있다는 의식은 당대 사회주의 이데올로기와 고정희의 시학이 분명하게 갈리는 지점이다. 진보 이념이 민중의 혁명을 통한 이상적 사회에의 꿈을 꾼다면, 고정희를 비롯한 일군의 민중신학 진영은 민중 자체의 삶이 역사적 현실이 되고 구원의 비전이 되는 세계를 바라보고 있는 듯하다. 수난과 민중을 사유하는 고정희의 시의식의 심층에는 본질적으로 이러한 영원의 시간에 대한 영성이 자리하고 있는 것으로 짐작된다.

이와 관련하여, 기독교 공동체의 근거에 관한 안병무의 견해를 살펴보자.

하느님에 대한 신앙은 하느님에게 예속됨을 뜻하는 것이 아니라 그것이 인간이 인간으로 살기 위한, 인간의 존엄성을 수호하기 위한 길이기 때문이다. 인간의 생명이 천하보다 귀하다는 것은 하느님만을 주로서 할 때만 가능하다. 예수는 너희는 무엇을 먹을까 입을까 염려하지 말라고 하고 먼저 그 나라를 구하라고 했다. 이것은 굶어도, 입지 않아도 좋다는 뜻이 아니라 먹을 것과 입을 것 때문에 어떤 것에 노예가 되어서는 안 된다는 뜻이다.[17]

위의 논리로 보면 하느님의 존재는 인간 존엄의 핵심 기지이다. 하느님을 주로 섬기라는 것은 재력이나 권력을 주인으로 삼지 말라는 것이고, 그것은 하느님 이외에는 어떤 것도 인간 위에 있어서는 안 된다는 명령을 담고 있는 것이다. 그러한 점에서 하느님은 인간이 어떤 것의 수단이 되거나 한 인간이 다른 인간에 종속되는 불행을 방지하는 절대적 근거가 된다. 여기에서 신은 휴머니티 실현의 근거로써, 휴머니티는 신의 존재 이유이자 신의 뜻이 되는 것이다. 인간이 인간적인 존재로서 살아가기 위해 전제되어야 할 조건, 그것이 바로 신인 셈이다. 안병무의 기독교 공동체의 구성 원리는 지상의 공동체와 하느님 나라 사이의 연관성,[18] 혹은 민

---

17 안병무, 『민중과 성서』, 465쪽.
18 「암하레츠 연작」(『광주의 눈물비』)에 형상화된 민중들의 모습에서 우리는 공동체의 이상적 모습을 유추해 볼 수 있다. "대문 열고 곳간 열었다 / 시장 열고 가게 열었다 / 담장 헐고 빗장 뽑았다 / 서로서로 나눠주고 / 서로서로 쥐어주며 / 서로서로 실어주고 / 서로서로 밀어주며 / 형제자매 사랑으로 만리장성 쌓는 땅 // 주먹밥 백스물두 광주리 단지무 열두 동이로 / 해방구 백만시민 배불리 먹이고 / 백스물두 광주리 남아 / 크게 크게 웃는 땅 // 오 그런 땅이 여기 우르르쾅 열렸다 / 오 그런 사람들이 여기 우르르쾅 솟았다 / 일찍이 보지도 듣지도 못했던 세상 / 이룰 수도 꿈꿀 수도 없었던 땅 / 어머니 하느님 나라가 / 이미 시작되었다 / 어머니 하느님이 이 땅에 오셨다(「십일간의 해방구―암하레츠 시편 10」) 이 시에 형상화된 민중 공동체는 궁극적으로 지상에 실현된 '하느님 나라'라고 할 수 있다.

중과 의미 있는 역사적 시간카이로스, 아이온의 도래 사이, 민중 속에 실현되는 '카이로스와 아이온의 시간'의 구체를 사유하는 의미 있는 참조점이 될 수 있을 것이다.

4. 모성과 '어머니 하느님', 그리고 구원의 비전

고정희의 시에 편재한 고통의 감수성은 당대 현실의 반영이면서, 동시에 민중으로서의 삶을 살아가는 한 징표이기도 하다. '아벨'이 되어 살아가는 삶, 당대의 고난에 참여하는 삶은 창녀·세리·병자·가난한 자에게로 찾아와서 무력한 방식으로 자신을 고통에 내어준 예수의 생을 되사는 길이다. 고정희의 시에는 당대적 현실에 대한 통렬한 비판과 애도가 토로되어 있으면서도 지향할 실천의 방향이나 바람직한 민중의 삶에 관해 서술된 부분은 거의 없다. 그녀의 시에서 화자는 민중과 분리되지 않은 채 삶의 고통을 말하고 그려낸다. 고난받는 민중적 감수성은 『지리산의 봄』1987에서 '어머니'로 집중되고, 이후 수난의 절정을 형상하는 『광주의 눈물비』1990에 이르러 '어머니 하느님'으로 전환됨으로써 역사의식과 기독교적 영성을 결합하는 매우 독보적인 형상으로 발전해 간다.

큰어머니 뒤에 작은어머니
작은어머니 뒤에 젊은 어머니
젊은 어머니 뒤에 종살이 어머니
종살이 어머니 뒤에 씨받이 어머니 (…중략…) 시국 난리에 죽은 어머니 들어오시고

칠년 대한 왕가뭄에 죽은 어머니 들어오시고

구년 치수 물난리에 죽은 어머니 들어오시고

약 한 첩 못 쓰고 죽은 어머니 들어오신다 (…중략…) 산 설고 물 설은 몽고
땅으로 끌려가던 우리 어머니 (…중략…) 약지 잘라 혈서 쓰던 독립군 어머니
아니신가

젖가슴 폭탄 품고 밤길 가던 우리 어머니

반지 뽑아 국채보상

조선독립 여자독립

아들 남편 비보 받고 통곡하던 우리 어머니 (…중략…) 일제치하 정신대 우
리 어머니 아니신가 (…중략…) 자유당 부정에 죽은 우리 어머니 (…중략…)
옥바라지 홧병에 죽은 우리 어머니 아니신가 (…중략…) 광주민중항쟁 때 죽
은 우리 어머니 아니신가

—「지리산에 누운 어머니 구월산에 잠든 어머니」
(『저 무덤 위에 푸른 잔디』, 1989) 부분

여성들의 한을 해원解寃하는 자리에서 호명된 어머니의 삶은 가부장제
사회의 희생물이면서, 동시에 한반도 수난의 역사를 구성하는 생생한 자
료이다. 이 시의 "어머니"는 우리 사회의 억압과 고통들이 모여드는 수난
의 지층대로써, 차례차례 호명되는 어머니들의 삶에서 우리는 이 땅에서
자행된 온갖 소외와 수난의 양상들, 고통의 역사를 생생히 목도하게 된
다. 이러한 어머니들의 삶의 형상은 이전 시기 고정희의 시에 중심을 이
루는, 수난받는 민중의 가장 적나라한 전형이라고 할 수 있다. 뿐만 아니
라 이 어머니는 단순히 고난 당하는 민중을 넘어, 자신을 비움으로써 고
통을 안고 또 다른 세계로 건너가는 영성과 초월성의 주체인 것이다. 『저

무덤 위에 푸른 잔디』[1989]의 후기에서 고정희는 '어머니'에 관해 다음과 같이 피력하고 있다.

> 이 시집에서 나는 우리의 삶 구석구석에 스며있는 '어머니의 혼과 정신'을 '해방된 인간성의 본'으로 삼았고 역사적 수난자요 초월성의 주체인 어머니를 '천지신명의 구체적 현실'로 파악하였다. 눌린 자의 해방은 눌림 받은 자의 편에 섰을 때만 가능하다. 그런 의미에서 눌림 받은 여성의 대명사인 어머니는 잘못된 역사의 고발자요 증언의 기록이며 동시에 치유와 화해의 미래이다

"역사적 수난자요 초월성의 주체"로서의 어머니는 고난 속에서 '카이로스'를 맞아들이고 '아이온'으로 들어설 수 있는, 수난의 힘을 지닌 존재이다. 이 어머니의 이미지에서 고정희는 민중 해방의 이념과 기독교 세계관의 비전을 실현하는 주체 형상을 발견한다. '어머니'는 '카이로스'와 '아이온'을 통합한 역사의식, 시인의 세계관을 가장 적실하게 드러낼 수 있는 주체인 셈이다. 이때의 어머니는 "눌림 받은 자", 즉 민중의 전형이면서, 한편으로는 고통과 불행을 다독이고 치유하는 존재이다. 그녀는 수난의 현실을 "화해의 미래"로, '눌림'을 '해방'으로 전환시킬 수 있는 자이다. 이 지점에 이르러 고난은 소극적이고 부정적인 상태를 넘어서는 역동적인 혁명의 동력이 된다. 여기에서 '어머니'는 고통, 희생, 인고, 치유, 화해 등 종전의 모성의 관념을 내포하고 있지만, 새로운 시대를 소환하는 민중적 주체로서 갱신되었다는 점에서 의미 있는 변화의 형상이라고 할 수 있다. "더운 피 서늘하게 거르시는 어머니 / 달빛보다 무심한 어머니" "이 세계의 불행을 덮치시는 어머니"의 모습은 수난에 갇혀 있는 민중이 아니라 현실과 역사적 미래를 바라보는 주체이다. "하느님을 낳으신 어머

니"^{땅의 사람들 8-어머니, 나의 어머니}(『지리산의 봄』, 1987), 역사를 만들어가는 근원적 존재는, 그래서 가능한 것이 된다. "회임할 수 없는 것들"은 "이 세상의 고통에 닿지 못"^{입추}(『아름다운 사람 하나』, 1990)한다는 시적 언술, 구원의 비전이 여성성에 있다는 시적 발언은 모성성에 대한 고정희의 강한 긍정을 보여주는 것이다. 물론 이러한 수난의 모성성이 어떻게 구원의 비전을 성취하는 계기가 되는가에 대한 구체적 과정을 그녀의 시에서 확인할 수는 없지만, 이 지점이 현실 변혁의 이데올로기와 고정희의 해방의 영성이 분기하는 대목으로 판단된다.

얼굴없는 시신을 가슴에 파묻으며

광주의 누이들이 울부짖었다

어머니 하느님이 울부짖었다

— 「통곡의 행진-암하레츠 시편 7」 부분

어머니 하느님
한 세기의 가을이 저물고 있습니다

— 「이 가을에 드리는 기도」 부분

한반도는 어머니로 구원받으리
딸 예수 태어나며 고함칩니다

— 「여자학대 비리청문회」 부분

『광주의 눈물비』[1990]에 집중적으로 등장하는 '어머니 하느님'은 1980
년대 한국의 여성신학계에 소개된 용어로서 페질스[Elain H. Pagels]나 맥페이
그[S. McFague], 류터[R. Reuther] 등 진보적인 여성신학자들에 의해 제기된 개념
이다. 한국문학사에 최초로 등장하는 이 기독교 '모성-신'의 호명은, 성역
으로 인식되어온 종교적 절대 관념 속에도 착취와 억압의 이데올로기가
작동하고 있음을 반성하게 한다. 당연하게 받아들여져 온 '아버지 하느
님'이라는 은유-이름은 하느님을 남성적 존재로 인식하게 함으로써 현
실의 남녀관계를 규정하는 척도의 관념으로 작용하게 된다는 것, 나아가
이러한 하느님의 이미지와 관념이 가부장적 착취 구조를 공고히 하는 이
데올로기적 억압의 수단으로 기능하고 있음을 성찰하게 한다. 이러한 신
의 호명 속에는 여성신학의 핵심적인 문제의식[19]이 담겨 있는 셈이다. 뿐
만 아니라 이러한 부성적 신관은 '하느님과 인간'의 관계를 특정한 관계
속에 감금함으로써 기독교적 세계관과 영성을 남성중심적인 것으로 일
면화하고 제한한다는 점, 아울러 역사적 현실에 대한 인식과 대응을 일정
한 방식으로 규율한다는 점에서 문제적이다.

이와 같이 고정희의 '어머니 하느님' 속에는 주류신학 전체를 회의하게
할 수 있는 잠재력이 내장되어 있지만, 그녀의 시에서 그 이후의 시적 전
개를 확인할 수는 없다. 여기까지가 고정희 시의 역사이며, 그녀의 시적
역사가 도달한 경계라고 할 수 있다. 그러나 고정희의 '어머니 하느님'은,

---

19 "여성해방을 위해 이 신학이 갖는 발견적 열쇠는 남성-여성의 이원론적 신학적 인간학
    이 아니며, 양성보완이라는 개념도 아니고, 여성우월이라는 형이상학적 원리도 아니다.
    오히려 이 신학은 성(gender)이 사회적으로, 정치적으로, 경제적으로, 그리고 신학적으
    로 구성되어 있으며, 그같은 사회구조가 지상에서 가장 가난하고 천대받는 모든 여성
    에 대한 가부장적 착취와 억압을 영속화시키는 데 기여한다고 하는 근본적(radical) 가
    정에 근거하고 있다"(엘리자벳 휘오렌자, 「여성해방을 위한 성서해석 방법」, 이우정 편
    역, 『여성들을 위한 신학』, 한국신학연구소, 1985, 98쪽).

남성 우위의 현실을 유지하고 강화하는 희생과 인내의 모성상에 머물지 않았으며, 그렇다고 '심오한 힘'을 가진 승화된 '성모聖母'의 이미지를 가져오지도 않았다. 그녀의 시세계가 도달한 '어머니-하느님'은 약하고 가난한 자들의 고난 속으로 들어와 이 수난의 연대를 통해 마침내 해방의 역사와 종교적 구원의 비전을 실현하는 영성적 민중 형상이라는 점에서, 고정희가 차지하는 한국문학사의 독보적 영토를 웅변적으로 보여주는 지점이라고 할 수 있다.

5. 나가면서

한국 페미니즘 문학사에서 중대한 위치를 차지하고 있는 고정희에 관한 연구는 주로 여성주의 관점에 치우쳐서 전개되어 온 게 사실이고, 이와 같은 편향성은 고정희 시세계의 구조적인 특성을 입체적으로 조명하는 데 별로 유익하지 않았던 것으로 판단된다. 그녀의 시를 이루고 있는 세 가지 형질 — 여성·민중·기독교는 이질적 단층으로서가 아니라 맞물려 운동하며 개진되는 '얽힌 근간根幹'으로 작동한다. 기독교 세계관의 운동 양상을 중심으로 '여성'과 '민중'을 살펴보고자 한 이 논문에서 주목한 것은, 암담한 역사적 현실 인식과 수난 형상이 주를 이루는 고정희의 시에서 종교적 영성이 어떤 역할을 담당하고 어떤 방식으로 기독교 세계관의 지평이 개진되는가 하는 점이었다. 이는 현실 세계를 주관하는 절대적 존재신(神)의 섭리를 강조하거나 그를 향한 희원希願의 형식을 취하지 않고, 또한 불의한 현실에서 확인할 수 없는 신의 부재에 대한 회의나 분노도 없이, 고통받는 민중적 수난 형상을 견인해가는 매우 독특한 종교적 영성의 특성을 탐색하는 작업이라고 할 수 있다. 이와 같은 작업은 고정희 시가 도달한 '어머니-하느님'까지의 내적 여정을 추적하는 과정이며, 그 정신지리학의 동맥을 살피는 과정이라고 할 수 있다.

이와 같은 작업을 통해 우리는 고정희의 시가 보여준 모성적 신관이 예수의 삶을 이념적 지표로 삼아 민중의 고난을 살고자 한 민중신학의 수난의 영성의 일환이자, 이를 신학적으로 전유하고자 한 새로운 해방신학의-신학의 정초定礎임을 확인할 수 있었다. '어머니-하느님'은 수난의 전형으로서, 아울러 고난을 새로운 지평으로 이월하는 신앙적 동력으로서 사유하고자 했던 고정희 시의 최종적인 영성의 지점이다. 이는 한국시사에 새롭게 등장한 종교적 영토라고 할 수 있다. 그녀가 보여준 수난의 영성, 모성적 신관이 어떤 관점에서 고난을 구원의 비전으로 사유했는가는 다른 자리를 통해 좀 더 집중적으로 논의할 필요가 있어 보인다.

고정희 '굿시'에 나타난 기호적 코라의 특성

『저 무덤 위에 푸른 잔디』를 대상으로

김난희

1. 들어가며

고정희의 시 세계는 기독교적 세계관과 민중적 세계관, 그리고 여성해방적 세계관의 세 층위로 나뉘어 주로 언급된다.[1] 그리고 이 세 가지 층위의 각기 다른 시 세계를 보여주는 언어적, 형식적 실험은 서로 간의 갈등과 통합, 변형을 이루어왔다고 평가받는다.[2] 이 글에서는 이 세 가지 층위 가운데 민중과 여성을 동시에 겨냥하여 여성 민중의 '눌림'과 '맺힘'을 '굿시'[3] 형태로 체현한 『저 무덤 위에 푸른 잔디』를 대상으로 그 언어적 특성과 의미화 실천 과정을 살펴보고자 한다.

고정희가 전통적인 민중 장르 양식에 기대어 당대의 민중적 세계관을

---

[1] 김주연, 「고정희의 의지와 사랑」, 『이 시대의 아벨』, 문학과지성사, 1983.
　　김정환, 「고통과 일상성의 변증법」, 『초혼제』, 창작과비평사, 1983.
[2] 나희덕, 「시대의 염의를 마름질하는 손―고정희론」, 『창작과비평』, 창작과비평사, 2001.6.
[3] 여기서 언급하는 '굿시'는 일반적인 장르 개념이라기보다는 문학 담론 내부에서 붙여진 수사적 차원으로 받아들여야 할 것이다. '굿시'는 굿의 문학적 사설인 무가 장르를 차용하여 쓴 시이다. 따라서 '무가시'라고 부를 수도 있지만, 실제 작품들이 연희성을 강하게 띠고 있으므로 널리 통용되고 있는 '굿시'라는 명칭이 일반적으로 받아들여진다.(고현철, 『현대시의 패러디와 장르이론』, 태학사, 1997, 137쪽.)

시회詩化했던 작업은 시집 『초혼제』창작과비평사, 1983에서부터 시작된다. 이 시집의 후기에서 고정희는 "형식적으로는 우리의 전통적 가락을 여하히 오늘에 새롭게 접목시키느냐가 최대의 관심사였다. 나는 우리 가락의 우수성을 한 유산으로 접목시키고 싶었다"[4]라고 주장한 바 있다. 그러한 고민의 결과로 생겨난 시가 이 시집에 실린 「사람 돌아오는 난장판」, 「환인제」 같은 마당굿시였다. 고정희의 시 세계를 통시적으로 볼 때 이 시집에 실린 일련의 마당굿시는 초기 시의 '기독교주의', '고통주의', '고독주의'로부터 벗어나 민중 속에서 고통을 발견하고 그것에 동참하는 3인칭의 바다로 나아가는 것으로서, 김정환은 이 시기 고정희의 시세계를 '고향 정신'과 '풍자 정신'의 획득이라고 평한다. 그리고 삭막한 예언정신에서 풍요로운 공동체 정신으로 나아가는 과정에서 탈춤, 굿 등의 건강한 민중적 형식을 상당 부분 채용해온 것으로 본다.[5]

이 '고향정신'과 '풍자정신'의 결합으로 드러나는 고정희의 민중적 시 세계는 '또 하나의 문화'와의 만남을 통해 여성해방적 세계관과 조우하게 되는데,[6] 이 시기에 고정희는 여성문제를 단순한 남녀 차별의 문제로 보기보다는 인간해방의 차원에서 비판해야 한다는 시각을 갖게 된다. 이를 위해서는 여성을 억압하고 비하시킨 사회구조와 시대적 이데올로기가 지니고 있는 신비와 은폐성을 과감하게 폭로하는 한편, 종속과 소외를 정당화했던 관습과 제도를 인간해방적 차원에서 비판해야 한다고 본다.

4   고정희, 『초혼제』 후기, 창작과비평사, 1983.
5   김정환, 「고통과 일상성의 변증법」, 『초혼제』, 창작과비평사, 1983.
6   이소희는 고정희의 페미니스트 의식이 꽃피우기 시작한 것은 주로 페미니스트 사회학자들로 구성된 동인 모임 '또 하나의 문화'의 구성원들과 교류를 시작하게 된 1983년부터라고 할 수 있으며, 이때의 경험은 그의 여성주의적 인식을 발전시키는 결정적 계기가 되었다고 본다. (이소희, 「엘리자베스 바렛 브라우닝과 고정희 비교 연구─사회비평으로서 페미니스트 시 쓰기」, 『영어영문학 21』 19(2), 2006, 128쪽.)

따라서 '누르는 자'와 '눌림 받은 자'의 부조리한 정황을 '개인의 사건'으로 보는 것이 아니라 '역사적 사건'으로 조망하는 혜안이 무엇보다도 필요하다고 주장한다. 아울러, 지금까지 주종의 관계로 일반화된 남녀를 함께 구원하려는 해방적 차원을 지닌 동시에 새로운 사회의 비전을 제시하는 것은 '모성적 생명문화'라고 주장한다.[7] 이러한 세계관의 문학적 실천은 『저 무덤 위에 푸른 잔디』창작과비평사, 1989에서 전면화되어 나타난다.

『저 무덤 위에 푸른 잔디』는 기독교적인 세계관에서 이 땅의 민중 가운데서도 가장 고통받는 '어머니 민중'으로의 시적 전환을 가져온 시집으로 볼 수 있다. 이 시집의 후기에서 고정희가 "어머니의 혼과 정신을 해방된 인간성의 본으로 삼았고 역사적 수난자요, 초월성의 주체인 어머니를 천지신명의 구체적인 현실로 파악하였다. (…중략…) 잘못된 역사의 회개와 치유와 화해에 이르는 큰 씻김굿이 이 시집의 주제이며 그 인간성의 주체에 어머니의 힘이 놓여있다"고 밝힌 것처럼, 그는 '또 하나의 문화'를 통해 접하게 된 여성 문제를 역사적이고 보편적인 시각에서 접해보고자 하는 의도에서, 그리고 남녀 공히 해방된 인간성의 본을 어머니에서 찾고자하는 의도에서 '어머니 민중'의 역사성과 해원성, 모성성을 보여주는 한바탕 '굿판'을 조직한 것이다. 이를 통해 고정희는 잘못된 역사의 회개와 치유와 화해를 꾀하고자 했다. 이 시집은 우리 사회의 응어리를 해소하고, 새로운 에너지의 충전을 가능케 하는 '굿'의 일반적인 기능을 담보하는 언어적, 형식적 특성을 지닌다.

---

7   고정희, 「여성주의 문학 어디까지 왔는가?─소재주의를 넘어 새로운 인간성의 실현으로」, 조형 외편, 『너의 침묵에 메마른 나의 입술』, 또하나의문화, 1993, 190~205쪽 참조.

2. 고정희 '굿시'에 나타난 기호적 코라와 언어적 실천

일반적으로 굿은 '풀이'인 바, 굿을 통하여 사회적 공동체는 재앙이나 질병 따위의 맺힘結의 상태에서 풀어짐解의 상태로 이동한다고 한다.[8] 그 과정은 사회적 응어리, 생리적·심리적 응어리들이 해소되는 현장인 것이다. 이러한 굿판에서 발화되는 주술적 언어는 어떤 개념이나 논리로 파악되지 않은 것, 지금 일어나는 그대로의 것, 총체화되지 않으며 어떤 메타적 반성도 허용하지 않을 만큼의 직핍한 것, 상황 자체와 가장 가까운 것이 말로 표현되는 것이라고 할 수 있다. 따라서 주술적 언어는 말의 논리적 사용을 버리고, 물질적이고 감각적인 사용법을 찾아야 하고 호흡의 에너지가 깃든 말의 진동하는 힘과의 관계를 살려야 하는데[9] 고정희의 '굿시' 텍스트에서 드러나는 음의 고저, 박자, 리듬, 직설적 언어 등의 물질적이고 육체적인 언어는 분절 언어가 잃어버렸던 에너지를 굿판 안에 되살리는 주술적 효능을 통해 집단적인 해소 기능을 발휘한다. 이 해소의 과정은 일반적으로 사용되는 상징적인 지시체계의 언어로는 구현되기 어려운 것인 바, 이 상징적 언어체계를 뚫고 나오는 몸의 기운이자 심적 에너지의 움직임을 포착하고 해명할 수 있는 차원에서 시적 언어를 해명하고자 했던 줄리아 크리스테바Julia Kristeva의 '기호적 코라the semiotic chora' 개념은 유용한 도구가 된다.

---

8   주강현, 「마을 공동체와 마을굿·두레굿 연구」, 민족굿회 편, 『민족과 굿』, 학민사, 1987, 59쪽.
9   박형섭·신현숙 외, 『아르또와 잔혹 연극론』, 연극과 인간, 2003, 147쪽.

1) 기호적 코라 the semiotic chora 와 '육발(肉勃)'의 언어

굿판의 해소 과정에서 사용되어지는 언어가 청자들의 감각을 일깨우고, 청자와의 감각적 일치를 하나의 힘으로 응결시키면서 집단적인 해소 기능을 이루어내는 주술적 언어와 관련이 있다면, 이는 무엇보다도 상징 체계를 뚫고 나오는 육체성과 물질성을 담보해내는 언어가 되어야 한다. 그리고 이 언어는 소리라든가, 리듬, 억양, 박자 등을 통하여 텍스트상에 표지화된다. 이것은 크리스테바가 언어적 의미화의 두 가지 양태로 분류한 상징계 The Symbolic 와 기호계 The Semiotic 중 후자에 해당되는 언어적 특성이라고 볼 수 있다.

의미화 과정 속의 언어에 주목할 때, 크리스테바는 언어가 작동하는 양태를 상징계와 기호계, 두 가지로 분류한다. 이때 상징계는 정립상 phase thetic 과 주체의 동일시, 대상으로부터의 구분과 기호 체계들의 성립을 내포한다. 즉 상징적 과정들은 기호와 통사론, 문법적이고 사회적인 속박들, 상징적 법칙들의 성립에 대응되는 것이다.[10] 따라서 이 양태는 분명하고 규범적인 의미의 표현에 조응하는 담론에 주로 쓰이는 반면, 기호계는 말하는 주체의 에너지와 충동의 방출을 뜻한다고 볼 수 있다. 달리 말해서, 말하는 주체의 무의식적 충동을 표현하는 영역으로 볼 수 있는데, 이는 크리스테바가 플라톤의 『티마이오스』에서 빌려온 '코라 chora' 크리스테바는 코라를 생성하는 에너지, 요컨대 의미화 과정을 활성화하는 에너지로 이해하려 한다 의 개념[11] 에서 유추

---

10 Julia Kristeva, *Revolution in Poetic Language*, New York : Columbia University Press, 1984, p.24.

11 크리스테바는 고대 그리스 철학자 플라톤이 만든 이 용어를 가져다 썼다. 『티마이오스』라는 저서에서 플라톤은 '코라(chora)'라는 단어를 통해 우주가 어떻게 창조되었는지 설명하는데, 그것은 저장소와 양성소를 모두 의미한다. 즉, 만물이 존재하기 이전, 만물이 존재하는 순간에 우주를 담는 그릇이자 우주를 낳는 생산자를 의미한다. 플라톤은 『티마이오스』에서 코라가 명명하 거나 증명할 수 없고, 혼성적이며, 명명과 단일성, 아

해볼 수 있는 것처럼 상징계 이전의 육체적인 움직임과 순간적으로 이루어지는 유동적인 분절리듬이 이루어지는 장이다. 크리스테바는 이 두 가지 양태가 서로 교차하면서 기호화하는 과정으로서 의미화 과정이 이루어진다고 본다. 즉 기호계와 상징계 사이의 끊임없는 교호작용으로 의미작용이 이루어진다는 것이다.[12]

이때 기호계적 언어, 즉 '기호적 코라the semiotic chora'는 상징화 과정 속에 삭제된 말하는 주체의 충동을 언어 속에 자리 잡게 하는 것으로 볼 수 있는데, 이것은 말하는 주체의 충동의 배치변형을 통하여 운율법으로, 또는 리듬을 갖춘 음향으로 조직화되어 나간다. 즉 코라는 음소, 형태소. 어휘소, 문장에 선행되는 리듬과 억양, 그리고 음성, 어휘, 통사의 변형과 아울러 어조 등으로 나타나는 것이다.[13] 따라서 이것은 로고스에 의한 단일 주체, 통일된 주체가 아니라 기호계와 상징계 사이에서 끊임없이 충돌하는 과정 중의 주체, 상징계에 저항하는 주체를 드러낸다. 동시에 이 주체는 이미 조정되어 충동적 과정에서 영원히 분리된 현실을 표상하는 것이 아니라, 육체적 충동을 통하여 그 과정 자체를 실험하거나 실천한다.

고정희의 '굿시' 텍스트에 드러나는 언어의 육체성과 물질성의 전면화도 이 '기호적 코라' 개념에 기대어 유추해보자면, 언어적 상징화 과정 속

버지에 선행하는, 따라서 '음절의 구분조 차 불가능'할 만큼 어머니와 밀착된 저장소라고 말한다. 플라톤의 '코라'는 우주의 기원적 공 간, 혹은 저장소를 의미했지만, 크리스테바는 그/그녀가 개인적 정체성의 명확한 경계를 발전시 키기 이전에 각 개인에게 속하는 육체적 충동과 연관지어 언급한 듯하다. 또한 크리스테바는 '코라'를 '기호적'이라는 용어와 연결지어 사용하는데, 그녀가 쓴 '기호적 코라(the semiotic chora)'라는 용어는 코라가 의미생산의 공간이라는 점을 지시한다.(노엘 맥아피, 이부순 역, 『경계에 선 줄리아 크리스테바』, 엘피, 2007, 50~51쪽 참조.)

12 Julia Kristeva, op. cit., pp.25~71 참조
13 위의 책, 86쪽.

에서 삭제된 주체의 충동을 언어 속에 자리 잡게 하는 것으로 해석 가능하다. 또한, 이미 조정되어 충동적 과정에서 영원히 분리된 현실을 표상하는 것이 아니라, 충동의 배치변형을 통하여 언어적 상징계와 주체와의 충돌 과정을 보여주는 하나의 실험 내지, 실천으로 볼 수 있다.

굿이 참여자들에게 신들림의 상태를 몸으로 감염시키면서 청자들의 억압된 기운을 해소시키는 것이라면, 고정희의 '굿시' 텍스트는 코라적 충동의 회귀를 통해 여성 민중의 대명사라 할 수 있는 '어머니'의 억압된 기운을 방출시키고 억압된 상징 아래 묻혀있던 '어머니'의 힘을 회복시켜 내는 것으로 볼 수 있다. 이 충동적 에너지의 방출로 말미암아 '어머니'의 눌림과 맺힘은 해소되는데, 이때 '무당'이라는 신의 대리인이면서도 동시에 학대받는 여성인 이중적 주체의 육성은 기존의 남성적 언어_{상징계적 언어}를 파열시키면서 눌림과 맺힘, 억압과 지배, 삶과 죽음의 모든 족쇄를 풀어주는 주술적 언어요, 향락의 언어가 된다. 즉 고통의 최전선에서 희생당한 여성 민중의 한을 풀어주는 '육발肉勃' 언어의 에너지가 청자들에게 감염되면서 막혀있던 기운이 뚫리고 새로운 에너지의 충족이 가능해지는 해소기능을 담당한 것이다.

2) 코라적 충동과 '어머니'의 해원

고정희가 『저 무덤 위에 푸른 잔디』에서 "새로운 인간성의 출현과 체험의 모델"로 삼고자 했던 '어머니'는 "눌림받은 여성의 대명사"요, "역사적 수난자"요, "초월성의 주체"이자, "천지신명의 구체적인 현실"이다. '어머니'가 지닌 이러한 의미의 복수성複數性은 상징계에 대한 기호적 코라의 저항과 충돌로 의미생성을 이룬 것이라 볼 수 있다. 따라서 이 시집이 제시하고 있는 '어머니'라는 의미의 복수성, 다층성은 결국 상징계의 정립상을 거부하고 주체로 하여금 기호계적 맥박을 통해 어머니의 육체성을 텍스트에 각인시키는 가운데 생성된 언어적 실천으로 볼 수 있다.

'어머니'라는 의미화 실천의 이 같은 특성은 이 시집의 주된 발화자인 '무당'의 존재와도 관련이 있다. 이 '무당'은 우리 사회에서 양가적인 존재이다. 이들은 반체제적이면서도 동시에 체제 수호적이다. 이들이 반체제적이라 함은 사회적으로 포섭되지 못한 존재들이기 때문에 그 불안정성이 기존의 문화적 질서를 위협하기 때문이다. 그들의 행위는 소속된 사회의 구성원들을 동요시키고 기존 질서의 틈새를 드러냄으로써 그것의 구조 자체를 위협한다. 따라서 사회의 구성원들은 이들이 가지고 있는 비위치성에 기대어 집단의 차원에서 실현 불가능한 것을 타협하게 해주고 '상상의 이동자'가 될 것을 요구한다.[14] 그런 과정에서 무당은 이승과 저승이라는 허구적 여행까지 감행하게 되는 것이다. 그러나 무당의 제의적 역할은 한편으로는 체제 수호적인 성격을 띠게 되는데 이는 무당의 굿이 사회 구성원들이 지닌 억압의 일시적인 '해소'를 불러오는 역할을 하기 때문이다.[15] 따라서 무당은 교란이면서도 질서이다. 무당의 이러한 복수적인plural 성격은 고정희 '굿시'텍스트에서 '어머니'라는 기표로 전위되면서 이승과 저승, 역사와 초월, 천지신명과 구체적 현실이라는 의미의 복수성plurality을 실현한다.

---

14 엘렌 식수 · 카트린 클레망, 이봉지 역, 『새로 태어난 여성』, 나남, 2008, 21~22쪽.

15 정신분석학에서 언급하는 '해소'란 환자가 외상적 사건의 기억과 결부되어 있는 정동으로부터 해방되는 감정의 방출을 뜻한다. 그것을 통해 환자는 발병을 하거나 발병된 상태에 머무르지 않게 된다. (장 라플라슈 · 장 베르트랑 퐁탈리스, 임진수 역, 『정신분석 사전』, 열린책들, 2005, 524쪽.)

①

가문 지키는 문전따리

전답 지키는 청지기 따리

조상 지키는 선영따리

어른 받드는 선영따리

남편 받드는 순종따리

장자 받드는 희생따리

장손 받드는 수발따리

　　　　　　—『저 무덤 위에 푸른 잔디』, 「둘째 거리—본풀이 마당」 중에서

②

벙어리 삼년 세월 듣자판

귀머거리 삼년 세월 참자판

눈멀어 삼년 세월 말자판

여자 한 몸에 이고지고 세상 시름 넘어갈제

만석꾼인들 무엇하며 금은보화면 무엇하리

먹어를 보았나 입어를 보았나

굴비구이 발라주고 오골계탕 뼈추스리고

보약이면 달여주고 곰탕이면 고아주고

솜옷이면 대령하고 명주옷이면 다듬이질 하고

달란대로 준비하고 남는대로 보관하고

육탈 덜 된 무덤같이 세상 한 번 번창하리

　　　　　　—『저 무덤 위에 푸른 잔디』, 「둘째 거리—본풀이 마당」 중에서

③

아가 아가 며늘 아가

내 말 좀 들어봐라

나 죽거든 제일 먼저 이내 가슴 열어봐라

간이 녹아 한강수요

쓸개녹아 벽계수라

간과 쓸개 무사한가 어디 한 번 꺼내봐라

여자 평생 살림 평생 아니더냐

뒷방 살림 안방 살림 부엌 살림 광방 살림

돌발 살림 허드렛 살림 집안 살림 바깥 *살림*

나 죽거든 저승까지 살림 뒤따라 나오나 봐라

　　　　　　　—『저 무덤 위에 푸른 잔디』, 「둘째 거리—본풀이 마당」 중에서

④

매맞아 죽은 어머니 들어오시고

칼맞아 죽은 어머니 들어오시고

총맞아 죽은 어머니 들어오시고

시국 난리에 죽은 어머니 들어오시고

칠년 대한 왕가뭄에 죽은 어머니 들어오시고

약 한 첩 못 쓰고 죽은 어머니 들어오신다

반가워서 들어오고 못 잊어서 들어오고

목메어서 들어오고 삼삼해서 들어오고

궁금해서 들어오고 사무쳐서 들어오고

살아생전 백팔번뇌 즈려밟고 들어오신다.

구름타고 바람 타고

구만리길 들어오신다.

— 『저 무덤 위에 푸른 잔디』, 「셋째 거리—해원마당」 중에서

　『저 무덤 위에 푸른 잔디』의 구성은 대체로 씻김굿의 절차로 이루어져
있다. 씻김굿에서의 본풀이는 죽은 자의 살아생전 모습을 생생하게 보여
주고 그의 내력을 설명해주는 절차이다. 본풀이에서의 '본'이란 근본·본
원·내력을 의미하고 '풀이'란 설명을 의미해, 결국 본풀이란 죽은 자의
삶의 내력을 풀이하고 설명하는 절차인 것이다.[16]
　위의 텍스트에서는 본풀이 내용을 통해 '어머니'의 구체적인 삶과 내력
을 알 수 있다. 여기서의 풀이는 신의 대리자이자 소외된 여성 주체인 무
당의 넋두리를 통해 이루어지고 있다. 넋두리란 귀신이 하는 말이라고 할
수 있다. 이 넋두리는 귀신의 목소리이지만 로고스적인 유일신, 남성의
신이 아니라 모성적 율동을 간직한 '어머니 신'의 목소리이다. 이 '어머
니 신'은 '신'이면서 한편으로는 남성적 권위에 억압받는 '어머니 민중'이
기도 하다. 이 본풀이가 의미가 있는 것은 '어머니 민중'의 고난을 남성적
신의 권위에 의해서가 아니라 바로 여성 자신의 목소리로 그 '눌림'을 풀
어주었다는 점에 있다.
　위의 텍스트는 교차대구법[17]을 통해 어머니들의 억압 상황을 풀어내고

16　주강현, 「마을 공동체와 마을굿·두레굿 연구」, 민족굿회 편, 『민족과 굿』, 학민사, 1987,
　　59쪽.
17　교차대구법, 혹은 교착대구법(chiasmus)은 수사학에서 쓰이는 문체의 일종이다. 대구
　　와 어순전환 을 합친 어법이다. 이 어법은 반복되는 요소들의 순서를 뒤바꿈으로써 대
　　립되게 하는 반복의 문체이다. (Philip Kuberski, *Chaosmos*, New York : State University
　　Press, 1994, p. 71.)

있다. 위의 텍스트 ①에 나타난 교차대구법은 어머니를 억압하는 남성 중심의 문자어가문/문전, 전답/청지기, 조상/선영, 남편/순종, 장자/희생, 장손/수발와 어머니의 육체성을 드러내는 반복구문의 리듬성"따리", "지키는", "받드는"의 반복을 교차시킴으로써 선조성을 파편화시키면서 여성의 타자성을 드러내는 장치로 기능한다. 이는 인과연쇄적인 단순한 풀이 과정 속에 기호계적인 육체성을 삽입시킴으로써 죽은 자의 한을 풀어주는 '몸'말이 된다.

②에서는 "~판", "보았나"와 "~주고", "~하고"의 반복되는 교차대구법을 통해 여성이 받은 고통에 대한 풀이 과정을 남성적 상징체계에 의존하는 것이 아니라 코라적 리듬에 의지해 언어의 육체성을 체현하고 있다. '풀이'라는 인과연쇄적인 사건의 이야기화는 이 '어머니'의 리듬에 의해 교란되면서 그 과정에서 죽은 자의 한에 대한 파토스가 더욱 더 극대화되어 드러난다. 특히, "~주고", "~하고" 등의 연속성을 드러내는 연결어미의 반복은 어머니가 당한 수많은 사건을 회상하게 하여 그것을 말로 표출하게 함으로써 가슴에 쌓인 한을 씻어내리는 일종의 해소, 즉 한풀이 기능을 한다. 본풀이 과정에서 드러나고 있는 이같은 기억회복의 과정은 반복을 통해서 '외상의 공포로부터 벗어나기'[18]의 과정이라고도 할 수 있는 기억의 여정인데, 이는 기억을 말로 바꾸는 것을 통해서, 그리고 이 말 속에 충동을 연루시킴으로써 '잃어버린 시간'을 되찾고 주체를 쇄신시키는 기제라고도 할 수 있다. 이는 고통스러운 기억을 억압하거나 부인하지 않고 그것들을 풀어놓음으로써 그 기억으로부터 해방되는 과정이다.

③에서는 "~봐라"와 "살림"의 반복을 통해 실현되는 음악성이 언어의 신명성을 드러낸다. 이 텍스트에서의 신명은 맺힘을 푸는 과정에서 신과

---

18 줄리아 크리스테바, 유복렬 역, 『반항의 의미와 무의미』, 푸른숲, 1998, 73쪽.

인간의 만남과 가난과 수난으로 점철된 역사와의 만남이 상호교차적으로 이루어지고 있지만, 이 언어의 신명성으로 인해 망자의 응어리는 풀어지고 억압받는 자의 심리적 해소가 이루어진다. 즉 이 텍스트상에 나타나고 있는 '풀이'과정은 전반적으로 어머니의 몸, 코라적 리듬을 통해 상징계적인 문법성을 약화시키고 그 두터운 사회적 억압 장치를 풀어주는 것이다.

④에서도 "~고", "~며"와 같은 반복음은 "종살이", "씨받이", "매맞아 죽은", "칼맞아 죽은"과 같은 '어머니'의 고난에 찬 이야기의 긴장을 푸는 역할을 한다. 또한, 자음의 격한 파동과 유음의 부드러운 울림이 조화를 이루어 동시적으로 울리면서 연결시키는 일종의 하모니를 구성한다. 특히, "어머니"와 "들어오신다"의 반복적 대구, 등가적 통사구조의 나열은 코라적 리듬을 형성하여 '몸'의 언어로 기능을 한다. 이 과정을 통해 '눌림받은 여성의 대명사'요, '역사적 수난자'인 '어머니'의 억압은 해소된다.

3) 비천체^{abject}로서의 '어머니'와 '사랑'의 윤리

『저 무덤 위에 푸른 잔디』의 셋째 마당까지가 '어머니' 개인의 수난에 관한 풀이와 해원의 과정이라면 넷째 마당인 「진혼마당」에서의 어머니는 오월 광주민중항쟁을 배경으로 한 비천체^{abject}[19]로서의 '어머니'이자, '사랑'의 구현자로 드러난다. 「진혼마당」에서 펼쳐지는 오월 항쟁 희생자

---

19 아브젝트(abject)는 유아가 자신과 타자 사이의 경계를 개발하려고 타자들과 자신을 분리하기 시작할 때 자신의 일부인 것처럼 보이는 것을 몰아내는 과정(아브젝시옹:abjection)에서 버려진 것들, 경계 밖으로 제외된 것들을 말한다. 이것들은 주로 통제할 수 없는 무질서의 불결한 요소들로서 오물, 똥, 정액, 침, 땀, 피 등과 같은 육체적 오염물들이고 부패, 감염, 시체 등과 같이 문화적·개인적으로 공포를 일으키는 메스꺼운 것들의 총체이다. (노엘 맥아피, 이부순 역, 『경계에 선 줄리아크리스테바』, 앨피, 2007, 92~93쪽.)

들에 대한 사무치는 애도는 역사가 금지하고, 배제시킨, 그래서 항쟁 이후 수년이 지나도록 방치된 타자들, 그 타자를 몸으로 껴안고자 하는 사랑의 진혼곡이다. 고정희는 이 진혼곡을 통해 가부장적 군부독재와 이에 야합하여 수많은 폭력과 위선을 저지른 남성적 지배정치에 대한 폭로를 감행한다. 이는 억울하게 죽어간 타자들을 굿판에 불러들여 소외된 희생자들에 대한 기억을 살려냄으로써 우리 사회의 망각에 저항하는 행위이기도 하다.

(1)
애간장 찢는 호곡소리
음산한 구천에 비길 바 아닌지라
태어나는 목숨에
피를 주고 살을 주는 어머니여,
에미 가슴 속에 묻어둔 시체
육탈도 안되고 썻김도 안된 시체
살아있는 등짝에 썩은 살로 엉겨붙어
어머니 원풀어주세요,
호령을 했다가
육천마디 모세혈관에 검은 피로 얼어붙어
어머니 우리 진실 밝혀주세요,
구곡간장 찢는 소리에 세월 이웁니다
내려놓을 수도 벗어놓을 수도 없는 시체
도망갈 수도
외면할 수도 없는 시체

시체 썩는 냄새로 일월성신 기웁니다.

—『저 무덤 위에 푸른 잔디』, 「넷째거리 –진혼마당」 중에서

(2)

보고잖거 보고잖거

우리 애기 **보고잖거**

얼굴이나 한번만

봤으면 원 없겠네

(…중략…)

철아 이놈아 에미가 왔다

네가 나를 찾아와야제

내가 너를 찾아오다니

철아 이놈아

에미 가슴에 무덤 만들어 놓고

새가 되어 날아갔냐

물이 되어 흘러갔냐

—『저 무덤 위에 푸른 잔디』, 「넷째거리–진혼마당」 중에서

"태어나는 목숨에 피와 살을 주는 어머니"는 아직 육탈도 안 되고 씻김도 안 된 시체를 내려놓을 수도 없고 벗어놓을 수도 없어서 보듬고 지낸다. "도망갈 수도 없고 외면할 수도 없는" 시체를 껴안고 부르는 진혼곡은 부권적인 폭력과 억압 속에서 중음신으로 떠도는 어린 넋들을 거두어들이는 '어머니'의 육체성을 강렬하게 드러낸다. '어머니'가 항쟁 중에 억울하게 죽은 시체를 등에서 떼내지 못하고 어린 아들·딸들의 혼백을 부르

는 것은 역사와 문화에서 억압된 자, 군부독재와 그들이 외치는 '정의사회구현'이라는 위선적인 정치문화 속에서 추방당했던 자들의 귀환을 알리는 처절한 절규다.

문화와 사회로부터 추방된 자(1)의 어두움, 비천함, 더러움 등은 명증하고 초월적인 로고스 중심주의에서는 인간이 자기 주체성을 세우기 위해 상징계로 진입해야 할 때 반드시 추방해버려야 하는 아브젝트abject이다. 즉 수많은 죽임을 자행한 군부독재의 잔악함을 위장한 채 '정의사회구현'을 외치는 상징계적 법질서 차원에서 보자면 광주 항쟁 희생자들의 죽음은 '더럽고 부적절한 것'으로서, 아브젝시옹abjection의 대상에 다름 아닌 것이다. 이 비천한 것들을 불러들여 껴안는 존재는 초자아의 승화된 상징인 남성적 존재가 아니라, 아이가 스스로 어머니로부터 분리되어 나가길 바라면서 스스로 비천해지는 전前 오이디푸스적인 '어머니'이다. 그렇기 때문에 이 '어머니'는 "육천마디 모세혈관에 검은 피로 얼어붙은" 비천한 몸으로 미처 육탈되지 못한 희생자의 시체를 아직 분리되기 전의 자신의 아이인 양, 스스로 비천해지면서 상징계적 지배질서로부터 추방당한 이들을 껴안고 절규하며 그들의 이름을 불러낸다.

아브젝트abject의 공간은 주체와 객체의 분리가 이루어지기 전의 접경지대이다. 따라서, 이곳에서 이루어지는 언어도 부권적 상징계와 어머니적 육체성의 기호계 사이에 존재하는, 고정적이고 안정된 언어가 될 수 없다. 이 공간에서 이루어지는 언어적 수행에는 '어머니'의 육체적 충동을 담아내는 기호계적인 언어 패턴이 부상한다. (2)의 텍스트 내에 기입된 호격이나 전라도 사투리, 동일구문과 동일운의 반복은 모두 다 '어머니'의 육체적 충동성이 상징계적인 문자성의 두터운 세계를 뚫고 나와 죽음신으로 떠도는 역사적 타자와의 혼융을 이루고자 하는, 상징계와의 치열한 투쟁과정 속에서 수행되는 기호계적 코라의 언어라고 할 수 있다. 이 과정에서 드러나는 '어머니'의 비천한 언어"보고 잖거", "에미", "무정한 놈아"는 가부장적 권력에 의해 타자화된 '어머니'의 영역을 되찾게 해주고, 억압된 상징 아래 묻혀버린 '어머니'의 힘을 회복시키는 기제가 된다.

대견하다 아들아

장하다 딸들아

느히들이 우리 죄업 다 지고 가는구나

우리 시대 부정을

느희들이 다 쓸어내는구나

식당조바 우리 아들들……

호남전기 생산부 우리 딸들……

넝마주이 우리 아들들……

황금동 홍등가 우리 딸들……

전기 용접공 우리 아들들……

술집 접대부 우리 딸들……

구두닦이 우리 아들들……

야간학교 다니는 우리 딸들……

무의탁 소년원 우리 아들들……

방직 공장 우리 딸들……

　　　　　　　—『저 무덤 위에 푸른 잔디』, 「넷째거리─진혼마당」 중에서

'어머니'에 의한 호명으로 말미암아 상징계적 지배질서 속으로 당당하게 귀환한 타자들은 '대견하고 장한 아들·딸들'로 자신의 위치를 부여받

는다. 그동안 억압당했던 이들의 당당한 자리매김은 '어머니'에 의한 언어적 실천의 결과물이기도 하다. 이 언어적 실천은 우리 사회에서 아버지의 이름근대화, 산업화, 정의사회구현 등으로 추방당한 비천체"식당 조바 우리 아들들", "넝마주이 우리 아들들", "구두닦이 우리 아들들", "무의탁 소년원 우리 아들들" / "황금동 홍등가 우리 딸들", "술집 접대부 우리 딸들, 방직공장 우리 딸들"들의 귀환을 알리는 것이다. 이들의 귀환은 부권적 지배질서의 잔인함과 완강함을 뛰어넘는 '어머니'의 힘, '사랑'의 힘 때문에 가능했던 것이다.

이 '사랑'의 힘은 역사가 금지하고, 현실이 배제하거나 인정하지 않는 타자일지라도 그 타자를 보존하고 타자와의 공존을 시도하는 것으로 나타나는데, 이를 통해 역사와 사회는 타자를 수용하는 윤리를 실현할 수 있게 된다. 따라서 「진혼마당」에서 이루어지는 처절하고도 치열한 '어머니'의 애도 작업은 상징계의 이분법적인 논리에 의해 배제되고 추방된 것들을 불러옴으로써 상징계의 벽을 무너뜨리고 상처입고 훼손된 것들에 대한 '사랑'의 윤리를 실행하는 자리가 된다.

3. 나가며

시인 김승희는 고정희의 언어적인 측면에 주목하여 그녀의 시가 타자화된 여성의 위치로부터 벗어나 기존의 남성적인 언어를 전복하는 전략적 차원에서 여성시의 영역을 넓혔으며, 특히나 구어체나 굿거리 리듬을 통하여 귀족주의적, 단아한 형식주의적 미학을 해체하고 남성 중심의 언어보다는 구어체 어머니의 말들을 시의 중심부에 위치시키는 혁명을 감수했다는 평가를 한 바 있다.[20] 즉 고정희는 구어체, 굿거리체 등의 주변 부적인 여성 민중의 목소리를 통해 기존의 기독교적인 세계관에서 벗어나 부권父權적인 상징질서를 거부하고, 민중해방과 여성해방의 세계를 추구하고자 하였는데, 이의 문학적 실천은 『저 무덤 위에 푸른 잔디』에서 가장 뚜렷한 형태로 드러난다.

이 글에서는 크리스테바의 '기호계적 코라the semiotic chora'의 개념을 통해 고정희 '굿시'에 나타난 언어적 특성을 살펴보았는데, 이는 고정희의 '굿시'텍스트에서 나타난 언어의 육체성과 물질성을 해명하는 단서가 되었으며 '굿시'의 주술적 언어가 갖는 특성을 해명할 수 있는 기제가 되었다. 그것은 코라적 맥박을 통한 음의 고저, 박자, 리듬, 억양, 어조, 직설적 언어 등으로 표지화되면서 언어의 육체성과 물질성을 극대화시키는 '육발肉勃'의 언어로 드러나는데, 이 '육발'의 언어는 분절 언어가 잃어버렸던 에너지를 굿판 안에 되살리어 청자들의 감각을 일깨우고, 청자와의 감각적 일치를 이루는 에너지의 전이를 통해 집단적 공명성을 이룬다. 또한 스스로 비천체가 되는 언어적 실천은 아브젝트들의 귀환과 자리를 찾아주는 '사랑'의 윤리를 적극적으로 실천하는 기제가 된다. 이 아브젝트의 시학은 당대의 가부장적 권력으로부터 배제되고 추방당한 타자들을 불러들여 당대 사회가 강요해온 정체성과 동일성에 교란을 꾀하면서 권력이 강요했던 단일한 주체성을 거부하고 여성 민중들의 온전한 삶의 에너지를 회복하고자 했던 언어적 실천이 된다.

이 시집을 발판으로 하여 고정희는 『광주의 눈물비』동아, 1990, 『여성해방출사표』동광출판사, 1990 등에서 민중의 역사성과 사회성, 그리고 여성 문제

---

20   김승희, 「상징 질서에 도전하는 여성시의 목소리, 그 전복의 전략들」, 『여성문학연구』 2, 한국여성문학학회, 1999, 12쪽.

를 자본주의와 제국주의적 현실로까지 확장시켜 그야말로 '여성시의 영역을 드넓게 확장'시키는 모습을 보여주었다. 고정희 시세계의 변모를 가져왔던『저 무덤 위에 푸른 잔디』에서의 언어적 실천이 이들 시 세계에서 어떤 양상으로 변주되어 나타나는지에 대한 연구는 차후 과제로 꼭 필요할 것이다.

고정희 시에 나타난
현실에 대한 재현적 발화 양상 연구
시적 발화를 통한 아이러니의 기호작용을 중심으로

윤인선

1. 현실에 대한 재현적 발화—모방을 넘어 커뮤니케이션으로

이 글은 고정희 시의 현실에 대한 재현적 발화 과정에서 나타나는 시적 언어의 특징과 그 기호작용에 관해 연구한다. 이를 위해 고정희가 시를 쓰는 과정에서 자신이 인식한 현실을 '어떻게' 발화하고 있는지에 초점을 맞추어 논의를 전개할 것이다. 다시 말해, 대상으로서의 현실을 있는 그대로 모방하여 전달하는 것이 아니라, 시인 스스로가 지각하고 인식한 현실을 독자와 커뮤니케이션하려는 과정에서 나타나는 발화 전략에 관해 논의할 것이다.

고정희는 1979년 첫 시집 『누가 홀로 술틀을 밟고 있는가』에서부터 1991년 6월 지리산 뱀사골에서 실족사하기 전까지 모두 11권의 시집과 1권의 유고시집을 남겼다. 이러한 시작 활동에 있어 고정희는 시인이기 이전에 생활인으로서 스스로가 살아가고 있는 그리고 인식하고 있는 현실의 모습을 시적 언어로 표현한 대표적인 시인이라고 할 수 있다. 다시 말해, 고정희 시의 근간은 대상으로서 존재하는 현실을 자신의 삶 안에서 바라보고 그것을 시적 언어로 표현하는 것이었다. 따라서 고정희가 인식한 현실의 범위는 그의 삶 안에서 마주치게 되는 정치적인 것에서부터 일상적인 것, 사랑과 삶에 관한 것에 이르기까지 다양하게 존재한다. 하지만 그동안 고정희에 대한 연구는 이러한 다양한 삶의 모습을 몇 가지 선험적 어휘로 규정하려 해왔다.

첫째 고정희는 지금까지 우리 시사 속에서 여성 문제를 가장 앞자리에서 폭넓게 탐구한 시인 (…중략…) 둘째 고정희는 기독교적 세계관 및 상상력을 한국의 구체적인 역사 현장과 결합시킨 현실 참여적 기독교 시인 (…중략…) 셋째 고정희는 피지배자의 주체적인 입자에서 역사와 현실을 재해석하고 그것을 토대로 세계의 변혁을 꿈꾼 시인.[1]

이러한 관점은 고정희가 바라본 현실을 여성/기독교/현실 참여와 같은 몇몇 측면으로 환원시키는 경향을 보여준다. 이는 그동안 고정희 시를 연구할 때, '무엇'에 초점을 맞추었기 때문에 일어난 것이라고 할 수 있다. 하지만 이 글에서는 '무엇'이 아닌 현실을 '어떻게' 소통하려 하고 있는가에 초점을 둘 것이다. 다시 말해, 고정희 시의 중요한 소재가 생활인으로서 바탕을 두고 있는 현실에 있다고 할 때 그동안의 시선이 '어떻게'가 '무엇'에 종속되는 양상을 보였다면, 이 글에서는 현실의 양상을 세분화하기보다는 다양한 현실 자체를 '어떻게' 발화하고 있는지를 중심으로 논의를 전개할 것이다. 이를 위해 이 글에서는 퍼스 기호학Peircean Semiotic의 근간을 이루는 삼항성에 바탕한 기호분류체계와[2] 발화행위speech act의

---

1   정효구, 「고정희 시에 나타난 여성의식 연구」, 『인문학지』 17, 충북대 인문과학연구소, 1999. 43~44쪽.
2   퍼스는 기호의 유형을 범주론에 근거하려 구분하였으며 이러한 구분은 삼항성을 지니

맥락에서 현실을 재현한 고정희의 시적 언어가 지닌 자질에 대해 논의할 것이다. 퍼스에 따르면 현실은 대상으로 존재하는 일차성의 자질을 띤다.[3] 하지만 이것이 타자에게 지각되어 반응하게 되는 과정, 즉 시인을 통해 시적 언어로 표현되는 과정에서 이차성과 삼차성의 자질로 획득하여 발화될 수 있다. 다시 말해, 시인이 인식한 일차성의 현실에 구체적이고 지표적인 시공간을 부여하게 된다면 이것은 이차성의 자질을 띠게 되는 것이며, 상징적인 메시지로 코드화되어 발화된다면 삼차성의 자질을 띠게 되는 것이다.[4] 이러한 과정을 통해 대상의 차원에서 일차성으로 존재하는 현실은 구체적인 시공간을 지닌 무엇 혹은 상징적 메시지로 독자와 커뮤니케이션을 할 수 있게 되는 것이다. 이때 이차성과 삼차성의 자질을 지닌 발화는 대상인 현실을 '어떻게 말하고 있는가'의 문제와 직결된다. 즉 '대상에 어떻게 구체적인 시간과 공간을 부여하고 있는가 혹은 대상을 어떻게 상징화시켜 이야기하고 있는가의 양상에서 발화되는 것'이다. 그리고 이러한 문제는 '발화행위locutionary act'[5]에 관한 언급이기도 하다.[6]

며 다음과 같다.

3 퍼스에 따르면, "일차성이란 다른 어떤 것과도 무관하게 그 자체로 있는 존재의 양식이다. 그것은 전형적인 관념은 느낌의 자질들 혹은 외관과 같은 것이다. 기억되거나 지각되는 것과는 다른 독자적인 자질이며 분석될 수 없는 전체적인 인상을 통해 우리에게 전달된다." 이상의 정의를 바탕으로 고정희가 시 쓰기를 위해 인식하고 지각하는 모든 현실들을 일차성의 자질로 볼 수 있을 것이다(송효섭,『문화 기호학』, 아르케, 2000, 77쪽).

4 이윤희,「퍼스 기호학적 접근으로 본 서사적 커뮤니케이션」,『기호학연구』25, 한국기호학회, 2009, 472~480쪽.

5 이 글에서 상정하고 있는 발화행위(speech act)는 언어철학자 J.L. 오스틴의 논의에 바탕을 한다. 그는 의미를 가지는 발화행위, 어떤 것을 말하는 가운데 어떤 힘을 가지는 발화수반행위(illocutinary act)와 어떤 것을 말함으로써 어떤 효과를 성취하는 발화효과행위(perlocutinary act)를 구분하여 논의하고 있다. 이 글에서는 이러한 오스틴의 논의를 바탕으로 고정희 문학에 나타난 발화행위에 관해 논의를 전개할 것이다. 오스틴, 김영진 역,『말과 행위 ─ 오스틴의 언어철학, 의미론, 화용론』, 서광사, 1992. 152쪽 참조.

따라서 이 글은 고정희가 현실을 시적 언어로 표현하는 과정에서 나타나는 발화행위의 특징에 주목할 것이다. 발화행위 특히 현실에 대한 발화행위는 현실에 대한 '재현'의 문제로 이어진다. 그리고 그동안 고정희 문학에서 일어나는 현실에 대한 재현의 양상은 암암리에 문제적인 현실을 있는 그대로 보여준다는 전통적인 재현관에 입각한 평가를 받아왔다. 하지만 앞서 제시한 퍼스의 관점에서 본다면, 이는 단순한 재현관을 넘어서게 된다. 다시 말해, 허천Hutcheon의 논의에서도 확인할 수 있듯이 재현은 단순히 모방의 영역을 넘어서며, '의사소통을 가능하게 해주는 기호들을 보낼 수도' 있게 되는 것이다.[7] 그리고 커뮤니케이션이란 발신자가 나름의 방식으로 인식하여 표현한 기호들이 효과적인 전달을 위한 전략을 지니고 수신자에게 소통되는 과정이다. 따라서 현실에 대해 고정희가 시적 언어를 형성하여 이루어지는 재현은 단순히 현실에 대한 모방이라 아니라 작가의 관점에서 독자들에게 현실을 통해 커뮤니케이션하기 위한 이차성과 삼차성의 자질을 지니는 기호를 생산해내는 일련의 활동이며, 이 과정에서 작가의 숨겨진 발화 전략을 확인할 수 있는 것이다. 이때 이 글은 고정희가 현실을 인식하고 발화하는 방법을 크게 현실에 '대해' 이야기하는 양상과 지각한 현실을 종교라는 형식을 '통해' 이야기하는 양상을 나누어 생각해 볼 것이다. 전자의 경우가 현실에 대해 이야기하는 과정은

---

6   고정희 문학을 발화행위와 유사한 관점에서 연구한 것으로 박현정(2002)을 들 수 있다. 이 논문은 고정희 문학을 초기 시와 후기 시로 구분하여 전자를 화자-지향적 발화로 후자를 청자-지향적 발화로 나누어 설명하고 있다. 이러한 연구는 발화행위 자체를 통해 들어나는 시어의 자질보다는 그 수신자에 초점을 맞추고 있다. 하지만 이 글에서는 이러한 시대적 구분을 넘어서 화자가 발화하는 시적언어의 모습과 그에 따른 발화 효과에 초점을 맞추어 논의를 전개할 것이다. 박현정, 「고정희 시 연구─상상력과 언술 방식을 중심으로」, 이화여대 석사논문, 2002.

7   린다 허천, 장성희 역, 『포스트모더니즘의 이론과 전략』, 현대미학사, 1998. 56~57쪽.

일차성의 자질을 지닌 현실에 시인 스스로가 구체적인 시간과 공간을 부여하여 이차성의 자질로 표현하는 것이라면, 후자의 경우 현실을 종교적인 형식을 통해 삼차성의 자질로 표현하는 것이라고 할 수 있다. 그리고 작품 안에서 이러한 두 발화 양상이 이루는 기호작용은 현실을 어떻게 표현하는가에 대한 시인의 발화 전략의 맥락에서 논의될 수 있을 것이다. 따라서 이 글은 고정희의 시 중 현실에 대한 인식을 직접적으로 다룬 작품을 중심으로 그 발화양상에 관해 논의할 것이다.

2. 현실에 '대해' 수행된 시적 언어의 지표성과 발화수반력

고정희는 작품 활동을 통해 생활인으로서 자신이 경험한 현실의 다양한 양상에 대해 시적 언어로 발화해 왔다. 특히 자신이 처해 있는 현실의 부조리한 모습뿐만 아니라 지리산에서의 경험에 이르기까지 구체적인 시공간을 확보하여 보여주는 다양한 시적 발화행위가 존재한다. 하지만 이 글의 전제에 따라서 이러한 양상을 '어떻게 보여주고 있는가'로 정리한다면 크게 두 가지 모습을 확인할 수 있다. 즉 현실을 구체적으로 보여준다는 것은 일차성의 대상으로 존재하는 현실에 시인 스스로가 구체적인 시간과 공간을 부여하여 이차성의 자질로 표현한다는 의미이며, 이때 어떠한 방식으로 구체적인 시간과 공간을 부여하는가에 대한 차이는 크게 두 가지 모습으로 확인할 수 있다.

마닐라 베이로 들어오는 유일한 출구였던 만, 그래서 잔혹한 침략군과 유격

대가 들어오는 문이었던 코레히도 아일랜드에는 한 나라의 서럽고 억울한 근
세사가 고수란히 보관되어 있습니다. 죄 없는 필리핀 백성의 가슴을 겨냥한 아
흔한 대의 미제 포탄기지가 고을도 저 말없는 푸른 하늘을 향해 예 모습 그대
로 장전되어 있는가 하면 (…중략…) 나는 제국주의의 희생양이 된 만 오천여
명의 전몰장병 위령탑 앞에 발걸음을 멈추고 살아있는자들의 손끝으로 새긴
비문을 음미했습니다.

— 「코레히도 아일랜드의 증언」

위 시는 세계대전이 필리핀에 남긴 전쟁의 상흔과 그 현실에 관해 이
야기하고 있다. 이런 세계대전의 모습은 일면 고정희의 현실과는 무관해
보인다. 하지만 이 시를 그녀가 필리핀의 한 학술회의에 다녀온 후 그곳
과 우리의 모습을 비교하며 인식한 현실을 시적 언어로 발화하고 있다는
맥락을 통해 볼 때 현실을 인식하는 과정에 대한 시적 발화라고 생각해
볼 수 있다. 이때 시인은 주어로 '나'를 등장시켜 자신의 삶의 경험을 통
해 이야기한다. 즉 시인인 내가 속한 구체적인 시간과 공간을 시 안에 투
사하고 있는 것이다. 하지만 이는 적극적으로 의견을 주장하는 양상의 발
화행위는 아니다. 단지 나의 시선을 통해 지표성 있게 사건을 보여주며
구체성을 띠게 되는 것이다. 이는 고정희 현실과 물리적으로 가까운 공간
에서 체험한 사건을 관찰자의 시선을 통해 이야기하는 발화 전략을 취하
고 있는 것이다. 다시 말해, 현실에 대한 발화는 시인 스스로가 놓여 있는
구체적인 시간과 공간에 대한 '인접성을 바탕으로 한 투사'가 일어나는
것이다.

다음으로 자신이 인식한 현실에 대한 허구적 상황을 설정하여 주인공
의 시점에서 이야기하는 양상을 생각해 볼 수 있다.

조국의 근대화가 나와 무슨 상관이며

산업발전 지랄방광 나와 무슨 상관이리

의지가지 하나 없는 인생이 서러워

모래밭에 혀를 콱 깨물고 죽은들

요샛말고 나도 홀로서기 좀 해보자 했을 때

아이고 데이고 어머니이

수중에 있는것이 몸밑천뿐이라

식모살이도 이제 싫고

머슴살이이도 이제 싫소

애기데기 부엌데기 구박데기 내 싫다.

깜깜절벽 외나무다리에

검부락지 같은 줄 하나 잡으니

그게 바로 구멍 팔아 밥을 사는 여자 내력이라(허, 좋지)

—「몸바쳐 밥을 사는 사람 내력 한마당」

위 시는 서술하는 주체가 주인공의 시선을 띠고 있다. 따라서 이 시의 발화행위는 앞서처럼 사실성을 담보하여 현실을 보여주는 것이 아니다. '구멍 팔아 밥을 사는 여자'로서 자신의 삶의 모습을 감정 이입적으로 이 야기하고 있다. 위 시는 고정희가 인식한 여성의 삶에 대한 허구적인 설 정을 통해 그려내고 있지만 그 안에서 일어나는 발화행위 양상은 자신의 이야기를 한편의 독백처럼 말을 하고 있으며, 현실에 대해 감정 이입적 정서를 통해 심리적 공감을 확보하고 있다. 특히 말미에 '허, 좋지'라는 취 임새를 통해 이러한 감정 이입의 정서를 극단적으로 보여준다. 이러한 발 화 양상은 발화 과정에서 일어난 '유사성에 바탕을 둔 시공간에 대한 창출'로서 생각해 볼 수 있다. 다시 말해, 시인은 비록 허구적일지라도 자신의 인지 체계 안 존재하는 것과 혹은 이미 스키마적으로 알고 있는 체계와 유사성을 띤 시간과 공간을 새롭게 창출하여 현실을 지표적으로 발화하고 있는 것이다.

이처럼 고정희는 스스로가 인식한 현실에 구체적인 시간과 공간을 부여하여 지표성을 지닌 시적 언어를 발화하고 있다. 이때 지표성을 지닌 발화는 독자들에게 자신과 관련 없다고 느낄 수도 있는 작가가 인식한 현실의 모습을 독자들이 경험적 차원의 결여 없이 즉, 정서적 거리를 최소화시켜 받아드리도록 이끈다.[8] 다시 말해, 고정희가 현실에 대해 발화하는 시적언어는 인접성과 유사성의 원리를 바탕으로 구체적인 시간과 공간을 통한 지표성을 지니고 있는 것이다. 그리고 인접성과 유사성을 바탕으로 지표적 시적 언어는 독자에게 경험적 결여 없이 소통하는 것을 가능하게 하는 수사적 기제로 작동하게 된다.[9] 하지만 이러한 발화행위 현실에 '대한' 발화를 통해 현실을 보여주고 있을 뿐 그것을 통해 직접적인 해석이나 행위의 변화를 요구하고 있지 않다. 즉 독자의 경우 이러한 지표기호로 전달되는 현실의 모습에서 지표성을 통한 구체화와 명확한

8　이윤희, 앞의 책, 476쪽.

9　유사성과 인접성을 통해 형성된 시적 언어가 커뮤니케이션의 맥락에서 독자의 경험적 거리를 줄이는데 기여한다는 것은 유사성을 바탕으로 한 은유와 인접성을 바탕으로 한 환유를 인식하는 과정을 통해 이해할 수 있다. 김욱동에 의하면 "은유에서 유사성을 밝히는 데에는 유추의 과정이 필요하며 환유에서 인접성을 찾아내는 데에는 유추보다는 연상 작용이 효과적이라고 한다." 이때 유추와 연상 작용에는 모두 독자의 입장에서 수사학적으로 표현된 시적 언어를 자신의 맥락에서 해석하는 과정이 개입하게 된다. 이러한 맥락에서 독자가 시를 읽는 행위는 지표성을 지니고 표현된 인접성과 유사성의 시공간에 연루되어 해석에 참여하는 과정이며, 이 과정에서 혹시라도 독자가 느끼게 될 경험적 결여는 극복될 수 있는 것이다(김욱동, 『은유와 환유』, 민음사, 2004, 262~264쪽).

인식은 가능하겠지만, 이러한 과정에서 직접적 해석이나 행위의 변화를 요구하고 있지는 않는 것이다. 이러한 발화행위를 이 글에서는 발화수반 행위illocutinary act로 간주할 수 있을 것이다.[10] 다시 말해, 앞서 살펴본 현실에 '대한' 발화행위의 경우 문법적, 표현적, 일차적 의도에 집중하여 청중에게 그것의 의미를 파악하게 하고 전달하는 것을 목적으로 하는 의미론적 발화인 것이다.[11] 그리고 이러한 목적을 위해 시인은 인접성과 유사성을 바탕으로 한 구체적인 지표의 투사와 창출을 통해 지표성을 지닌 시적언어를 사용하고 있는 것이다. 따라서 고정희의 문학에 나타난 현실에 '대한' 발화행위는 청중의 적극적인 참여보다는 있는 그대로의 현실을 구체적으로 드러내며 그것을 독자들에게 경험적 결여 없이 인식하도록 이끌어 주고 있다.

3. 종교를 '통해' 수행된 시적 언어의 상징성과 발화효과력

고정희의 현실 인식에 대한 시적 발화행위 중 본 장에서는 현실 인식을 종교를 '통해' 발화하는 양상에 대해 논의하겠다. 앞 장에서 살펴본 고정희의 현실 인식에 대한 발화는 현실을 지표기호를 통해 구체적으로 보

---

10   오스틴은 발화수반행위 차원에서 나타날 수 있는 양상을 다음과 같이 분류하여 설명한다. 정보를 제공하거나 보증하거나 경고함 / 판결이나 의도를 알림 / 형을 언도함 / 임명 혹은 공소 혹은 비판을 함 / 동일함을 증명하기 또는 기술하기. 이상의 논의를 통해 고정희의 현실에 '대한' 발화양상은 '정보제공, 보증. 경고함'의 측면에서 발화수반행위가 일어나고 있음을 확인할 수 있다(오스틴, 김영진 역, 앞의 책, 128쪽).

11   위의 책, 128~130쪽, 참조.

여주는 차원에서 이루어졌다. 하지만 고정희가 현실을 보여주는 것에서 그쳤다면 단순한 현실 고발적 시인에 머물렀을 것이다. 따라서 이 글에서 는 현실을 인식하되 그것을 보여주는 것을 넘어서는 맥락에서 일어나고 있는 발화행위의 양상을 고찰할 것이다. 이를 위해 종교의 형식의 맥락을 통해 상징적 메시지로 재현되는 시적 언어에 주목해 볼 것이다. 이때 고 정희가 인식한 현실의 모습에는 종교적 현실의 모습 역시 포함되기 때문 에[12] 발화행위의 맥락에서 '어떻게'의 측면이 강조될 수 있는 '종교적 형 식'을 차용하는 발화에 주목할 것이다.

1) 성서와 기도문 형식의 패러디를 통한 시적 언어

먼저 현실을 성서의 구절과 기도문의 형식의 패러디를 통한 나타낸 시 적 언어에 관해 생각해 보겠다.

> 권력의 꼭대기에 앉아 계신 우리 자본님
>
> 가진자의 힘을 악랄하게 하옵시매
>
> 지상에서 자본이 힘있는 것같이
>
> 개인의 삶에서도 막강해지이다

---

12 고정희 문학에 있어서 종교 역시 문제적인 현실의 한 단면이었다. 따라서 현실 인식 대 한 시적 발화 양상에서 종교적 현실에 대한 부분도 어렵지 않게 찾아 볼 수 있다. "대답해 주시지요 하느님, 당신은 지금 어디 계신지요 (…중략…) 이 곤궁한 시대에 / 교 회는 실로 너무 많은 것을 가졌습니다 / 교회는 너무 많은 재물을 가졌고 너무 많은 거짓 을 가졌고 너무 많은 보태기 십자가를 가졌고"(행방불명되신 하느님께 보내는 출소장) 이처럼 고정희는 교회의 모습 역시 비판적으로 인식한 현실 중의 하나였다. 따라서 이 글에서는 고정희에게 있어서 종교를 단순히 기독교에 국한시키지 않고 폭넓은 '종교' 의 맥락에서 볼 것이며 종교를 '통한' 발화 역시 이러한 맥락에서 비판하는 현실적인 교 회의 종교가 아닌 '종교성'을 통한 발화로 정의할 것이다.

> 나날이 필요한 먹이사슬을 주옵시매
>
> 나보다 힘없는 자가 내 먹이사슬이 된 것같이
>
> 보다 강한 나라의 축재를 복돋으사
>
> 다만 정의나 평화에서 멀어지게 하소서
>
> 지배와 권력과 행복의 근본이 영원히 자본의 식민통치에 있사옵니다.
>
> ──「새 시대의 주기도문」

위 시는 '주기도문'을 원텍스트로 하는 패러디 기도문이라고 할 수 있다. 위 시에서 확인할 수 있는 고정희가 인식한 현실은 자본이 마치 신과 같은 권력을 지니고 있는 상황이다. 이때 시에서 '하늘에 계신 우리 아버지'는 '권력의 꼭대기에 앉아 계신 우리 자본님'이 되고 하느님이 베푸는 자애와 사랑은 자본님이 휘두르는 먹이사슬과 식민통치로 치환된다. 이처럼 자본주의의 현실을 제시하기 위해 원텍스트의 의도와는 완전히 다른 의미로 주기도문을 패러디하여 사용하고 있다. 이러한 패러디는 원텍스트의 고유한 신성함에 빚을 지는 것과 동시에 원텍스트를 낯설게 하여 거리를 둠으로써 고정희가 발화하고자 하는 현실의 인식을 더욱 명확하게 드러내게 되는 것이다. 즉 기도문의 형식과 내용을 통해 이미 숙지하고 있는 의미와 전혀 상반된 의미를 병치한 패러디 기도문을 제시함으로써 기도문을 외우면서 신성을 인식하고 강화하는 것과 마찬가지로 자본주의의 악성을 반복하여 인식할 수 있게 해주는 것이다. 이러한 발화행위 양상을 통해 패러디가 원텍스트를 단순히 비꼬는 차원에서 유머로 머물지 않게 되는 것이다.

이외에도 성서 구절에 대한 패러디를 통해 발화하는 현실 인식 역시 확인해 볼 수 있다.

그때에 예수께서 자본시장을 둘러보시고
부자들을 향하여 말씀하셨다

자본을 독점한 사람들아 너희는 행복하다
너희가 부자들의 저승에 있게 될 것이다

땅을 독점한 사람들아 너희는 행복하다
너희가 땅 없는 하늘나라에 들지 않을 것이다. (…중략…)

너희는 행복하다 너희는 행복하다
너-희-는-불-행-하-다

—「가진 자의 일곱가지 복」

위 시는 "마음이 가난한 사람들아 너희는 행복하다. 하늘나라가 너희의 것이다."라는 성서 구절에 대한 연속적인 패러디이다. 이러한 모습 역시 앞서 살펴본 기도문의 패러디와 마찬가지로 원텍스트의 신성함을 바탕으로 하지만 동시에 그 텍스트에 대한 거리두기를 통해 고정희가 인식한 자본주의의 현실에 대해 발화하고 있다.

이러한 성서와 기도문 형식의 패러디를 통한 발화행위는 패러디가 지니고 있는 전복적인 힘을 확인할 수 있게 한다. 다시 말해, 자신이 패러디하는 대상에 대한 합법성 — 이 경우에는 신성함 — 에 대해 인정한 다음 그 형식을 다른 것으로 채움으로써 전복시킨다. 이러한 전복적인 발화는 "패러디를 제대로 사용한다면 그것들은 이데올로기 비판이나 새로운 정치형태의 탄생에 기여할 수도 있다"는 라카프라[LaCapra]의 말을 인용한 허천의 논의와 일맥상통한다.[13] 이처럼 자본주의와 같은 현실적인 모습을 성서와 기도문의 형식을 통해 패러디로 발화한 시적언어의 경우 그것을 해석하는 과정에서 '종교성'이라는 신성함에 기대어 그것과는 전혀 다른 현실에 대해 비판적이고 참여적인 날^{edge}을 세울 수 있게 하는 가능성이 존재하는 것이다.

2) 굿 형식의 사용을 통한 시적 언어

고정희 문학에 있어서 종교를 '통한' 현실에 대한 발화양상은 굿 형식의 차용을 통한 시적 언어의 형성에서도 찾아볼 수 있다. 특히 굿 형식은 『초혼제』와 『저 무덤 위에 푸른 잔디』와 같은 장시집을 비롯하여 짧은 단편 형태에 이르기까지 다양하게 존재한다. 이때 굿 형식을 통한 발화행위의 특징은 두 가지 차원에서 생각해 볼 수 있다. 먼저 굿 형식은 참여를 바탕으로 한다. 즉 굿의 발화는 혼자서 이루어지는 독백이 아닌 청자에 대한 끌어들임의 양상을 필수로 하며 이를 위한 다양한 전략을 준비해두고 있다. 다음으로 사적 고백이 중심이 된다. 굿은 열린 장소에서 벌어지는 일련의 행위이지만 이 안에서 이야기되는 방식은 사적 언어를 통한다. 다시 말해, 아무리 국가적인 차원에서 이루어지는 굿이라 하더라도 궁극적으로 발화행위의 차원에서는 개인적이고 구체적인 발화에서 시작해야만 하는 것이다. 이러한 모습은 고정희가 현실에 대해 굿 형식을 통해 발화하는 경우에도 찾아볼 수 있다.

옹헤야 — (옹헤야)

---

13   린다 허천, 장성희 역, 앞의 책, 168쪽.

옹헤야 — (옹헤야)

금수강산(옹헤야) 통일산천(옹헤야) (…중략…)

상하구별(옹헤야) 구별없고(옹헤야)

좌우귀천(옹헤야) 구별없다(옹헤야)

남녀차별(옹헤야) 없는세상(옹헤야)

어허허허(옹헤야) 잘도간다(옹헤야)

— 「몸통일 마음통일 밥통일이로다」 中 '뒤풀이'

　고정희가 인식한 현실은 '상하구별'과 '좌우귀천'이 '구분있고' '남녀차별'이 '있는세상' 이다. 하지만 마당굿 안에서는 이런 부도덕이 없는 세상은 발화하고 있다. 이것은 굿의 뒤풀이라는 특성상 굿이 마치고 벌어지기에 그 안에서 기원한 것들이 전달되어 해결되었다는 맥락에서 이루어진 발화라고 볼 수 있지만 '남남북녀 초례청'으로 시작하는 마당 굿에 나타난 발화양상은 줄곧 어려움이 해결될 것이라는 희망적인 발화를 중심으로 전개되고 있다. 이는 굿이라는 종교적 형식을 통해 인간의 바람이 이루어지기를 바라는 간절함을, 다시 말해 고정희가 인식한 현실과는 다르지만 그렇게 되기를 희망하는 현실에 대한 간절함을 바탕으로 한 발화로 생각해 볼 수 있다. 즉 제의를 사회극의 리미널한 과정으로 보는 터너의 관점[14]을 따를 때, 적어도 굿 안에서는 부정적인 현실 인식이 사라진 것

14　터너는 제의의 과정으로 리미널한 속성을 제시한다. 이는 사회적 모순이나 차별이 일시적으로 사라진 상황을 의미하며, 굿의 과정은 이러한 제의의 리미널한 측면이 발현되는 장으로 볼 수 있다(빅터 터너, 이기우 역, 『제의에서 연극으로』, 현대미학사, 1996, 115~129쪽).

처럼 발화하고 있는 것이다. 그리고 이러한 과정에서 '옹헤야'와 같은 전통적인 장단을 통해 메기고 받는 양상은 굿의 발화에 청중을 자연스럽게 끌어드리는 전략을 띠고 있다. 이처럼 굿 형식을 통한 발화행위에서는 고정희가 인식한 현실과는 상반된 발화를 이어가고 있지만, 이는 굿의 발화가 지니고 있는 리미널리티의 속성 안에서 청중을 발화맥락 안으로 끌어들여 실제 현실 너머의 이상적 현실을 바라보게 해주는 것이다.

굿 형식의 이러한 측면뿐만 아니라 사적 고백을 통해서 이루어지는 발화 역시 찾아볼 수 있다.

이 넋을 받아
칼날을 꺾으소서
묘지번호 96번 박현숙
생멸 아니 열여덟
신의여고 3학년
군부도재 총칼 아래 산화한 넋

이 넋을 받아
칼날을 꺾으로서
묘지번호 83번 손옥례
생멸 나이 열아홉
송원여고 3학년
계엄군 총에 맞아 암매장단한 넋

— 「넋이여, 망월동에 잠든 넋이여」

위 시에서 고정희가 인식한 현실은 5·18 광주민주화운동 기간 중 억울하게 사람들이 죽어간 모습이다. 고정희는 이러한 민족적이고 집단적인 문제 현실을 '박현숙'과 '손옥례'라는 지극히 개인적인 사연을 통해 발화하고 있다. 이러한 발화 안에서 우리 민족이 경험한 문제적 현실은 더 이상 추상적인 것이 아닌 구체적이고 사실적인 차원으로 다가오게 된다. 이러한 발화 양상은 앞서 2장에서 살펴본 지표성을 지닌 감정 이입적인 발화와 유사해 보인다. 하지만 굿이라는 종교적 형식의 맥락을 통해 발화함으로써 이들의 구체적인 사건은 단순히 보여주는 것을 넘어서 기억하고 위로해야 하는 무언가로 변화하게 되는 것이다. 다시 말해, 굿이라는 형식을 통한 현실에 대한 발화는 굿 형식이 담지하는 리미널한 속성으로 인해 일방적으로 시인이 말하는 발화가 아닌 청중에게 공감을 얻도록 대화하는 양상이며 동시에 구체적이고 분명한 사건에 대해 굿을 통해 풀어내야 할 현실로서 발화되고 있는 것이다.

이처럼 고정희가 종교의 형식적인 측면을 빌려와서 발화하고 있는 현실의 모습은 그것을 보여주는 것을 넘어서 적극적인 인식과 해결에 대한 방향성 혹은 가치를 추론하고 이에 따라 행동할 것을 독려한다. 그리고 이러한 과정은 종교 형식의 맥락에서 상징기호를 해석하는 과정에서 가능해지는 것이다. 다시 말해, 독자의 입장에서 종교라는 맥락에서 사용되는 시적 언어라는 점을 인식한 후, 그 안에서 커뮤니케이션되는 상징기호의 기호작용을 해석하는 과정에서 가능해지는 것이다. 이러한 발화의 양상은 앞서 설명한 발화효과행위로 생각해 볼 수 있다. 현실 인식에 대해 종교라는 형식을 통해 발화하고 있는 시적 언어의 경우 '종교성'이라는 초월적이고 이데아적인 '발화의 맥락'에 기대어 단순히 현실을 보여주는 것에 머무는 것을 넘어서 궁극적으로 추론하고 특정한 행동으로 이르게

끔 하는 것이다. 다시 말해, 고정희는 성서와 기도문 형식의 패러디와 굿 형식을 차용한 시적언어를 통해 독자에게 자신이 인식한 현실을 이야기 해주는 것을 넘어서 현실을 어떻게 치유해야하고 해결하고 행동해야하 는지에 관한 지향점에 대해 추론하고 행동할 수 있도록 하는 발화를 하 고 있는 것이다.

4. 현실에 대한 재현적 발화를 통해 형성되는 아이러니적 기호작용

이 글은 이상의 논의를 통해 퍼스의 기호 분류에 관한 인식론과 발화 행위이론을 바탕으로 고정희의 현실에 대한 발화가 지니고 있는 시적언 어의 특징과 그것이 형성하는 발화수반력과 발화효과력의 양상에 관해 생각해 보았다. 이러한 과정은 다음과 같이 정리할 수 있다.

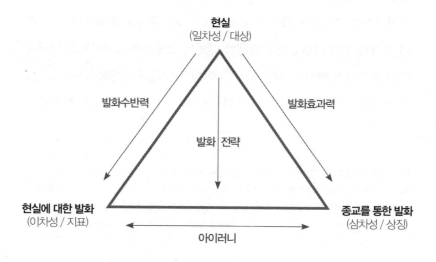

이 글을 마무리하며 이러한 두 발화행위의 자질을 지니고 있는 시적 언어를 통해 형성되는 기호작용에 관해 생각해 볼 필요가 있을 것이다. 이 글에서는 이러한 기호작용의 모습을 아이러니로 간주할 수 있을 것이다. 아이러니란 표현에 대한 수사학적 측면을 이른다. 하지만 표현에 아이러니적인 모습이 있다는 것은 그 표현이 기반하고 있는 시인의 인식론적 차원 역시 아이러니적인 면이 존재한다고 생각해 볼 수 있다. 따라서 이 글에서는 고정희의 현실을 바라보고 발화하는 과정에서 나타난 시적 언어가 지니고 있는 아이러니적 기호작용은 궁극적으로 앞서 설명한 두 발화행위를 가능하게 했다고 생각해 볼 수 있다.

뮤케에 따르면 아이러니는 드러낸 것을 통해 드러나지 않은 의도를 추론하도록 이끄는 수사법이다.[15] 고정희의 현실을 재현하는 발화행위 역시 이러한 맥락에서 생각해 볼 수 있다. 다시 말해, 일차성의 대상으로서 '현실'이라는 인식의 공통 준거점을 놓고 한쪽에서는 현실에 '대해서' 심리적 거리감을 줄이며 지표성을 지닌 구체적인 모습으로 보여주고 있다. 하지만 동시에 다른 한쪽에서는 이러한 현실의 모습을 종교를 '통해서' 이야기하며 그것을 지배하는 코드를 해석하는 과정을 통해 신성함에 기댄 풍자와 굿의 리미널한 발화맥락 안에서 고정희가 직접적으로 말하지 않은 궁극적인 발화의 지향점 혹은 이데아에 대해 추론하게 하는 상징적 발화를 하는 것이다.[16] 그리고 이러한 점은 들뢰즈가 말하는 아이러니

---

15   뮤케, 문상득 역, 『아이러니』, 서울대 출판부, 1980, 11쪽.
16   이점에 대해서는 고정희가 인식하는 종교성의 맥락에서 추가적인 논의가 필요할 것이다. 하지만 한 가지 분명한 것은 단순히 기독교적인 측면을 넘어선다는 것이다. 다시 말해, 교조주의적 권위주의적 종교가 아닌 낮은 자의 하느님으로 대변할 수 있는 차원일 것이다.

가 지닌 이데아에 대한 상승지향적 의식과도 일맥상통한다.[17] 이런 과정에서 '발화맥락을 통해 형성되는' 발화효과력은 청중을 단순히 현실을 보는데 머물게 하는 것이 아니라 그러한 이데아적인 측면에 실천적으로 개입할 수 있도록 독려한다. 다시 말해, 종교를 통한 현실을 재현하는 발화에 나타난 발화효과력을 지닌 시적 언어들은 현실에 대한 발화수반력을 지닌 시적 언어의 존재를 통한 상대적/대비적 관계를 통해 형성되는 아이러니적 기호작용을 보여줄 수 있는 것이다. 이러한 맥락을 통해 고정희의 발화행위가 형성하는 의미구조는 아이러니가 지니고 있는 비평적 날 Irony's Edge를 세울 수 있게 되는 것이다.[18]

이처럼 고정희의 시 쓰기의 의미는 단순히 현실의 모습을 보여주고 그것에 대해 직접적인 참여를 독려하는 측면을 넘어서며, 시적 언어들 간의 아이러니적인 기호작용을 통해 현실을 인식하고 발화하는 전복적이고 이데아 지향적인 과정이라 할 수 있다.

---

17 특히 성서에 대한 패러디에서 이러한 패러디가 해학이 아닌 아이러니로 갈 수 있는 이유는 해악은 가치론적인 면에서 하강지향적인 반면 아이러니는 이데아에 대한 상승의식을 담보하는 수사학이기 때문이다.
    신지영, 『들뢰즈로 말할 수 있는 7가지 문제들』, 그린비, 2008, 122~126쪽.
18 L. Hutcheon, *Irony' edge : the theory and politics of Irony*, London & Newyork : Routledge, 1995.

고정희 연시戀詩의 창작 방식과 의미

『아름다운 사람 하나』를 중심으로

문혜원

1. 들어가며

고정희의 시집『아름다운 사람 하나』는 1990년 출판사 들꽃세상에서 출간되었다.[1] 이 시집에 실려 있는 시들 중 많은 시들이 이전 시집에 실렸던 시들을 재수록한 것이다. 수록된 시들은 사랑과 관련된 내용을 담은 것만으로 이루어져 있어서 의도적으로 연시집의 성격을 부각시키려 한 것으로 보인다. 때문에 이 시집은 고정희의 시집 중에서도 이질적이며 예외적인 것으로 취급되어 왔다.[2]

---

[1] 『아름다운 사람 하나』는 들꽃세상 시집 2권으로 출간되었다. 들꽃세상 시집 1권은『제 몸속에 살고 있는 새를 꺼내주세요-문정희 연시집』, 3권은『오월은 푸르고나 民自네 세상-송제홍 정치풍자시집』, 4권은『이슬맺힌 노래-이시영 서정시집』이다. 이 중 1, 2권이 1990년에 출간되었다. 따라서 이 시집은 고정희가 타계하기 이전에 기획되고 출간된 것으로서 고정희 자신의 의지와 구상에 의해 마련된 것이다. 그러므로 이것을 고정희 사후에 지인들이 묶은 선시집으로 보는 것(이경희,「고정희 연시 연구」,『돈암어문학』20, 2008, 220~221쪽)은 잘못된 것이다.

[2] 고정희의 연시에 대한 기존 연구로는 박혜경,「연시와 통속성의 문제」,『한길문학』8, 1991.3; 김영혜,「고독과 사랑, 해방에의 절규」,『문예중앙』, 1991 가을; 이명규,「고정희 시 연구」, 명지대 석사논문, 2000; 정효구,「고정희론-살림의 시, 불의 상상력」,『현대 시학』, 1991.10; 서석화,「고정희 연시 연구」, 동국대 석사논문, 2003; 이경희,「고정희

제1부 / 고정희와 여성적 글쓰기

시집의 특징을 연시집으로 한 것은 일차적으로 출판사 사정과 관련된 것으로 추정된다.[3] 그러나 시집의 구성이나 내용을 찬찬히 살펴보면 이것이 단순히 외부적인 요청에 의해 만들어진 것이 아님을 알 수 있다. 이 시집을 '연시집'이라고 규정하고 수록된 시들을 '연시'라고 명명한 것은 고정희 자신이었다. 그녀는 '책 뒤에'[4]에서 여기에 실린 시들을 '연시편'이라고 스스로 규정하고, 이것이 '모든 이의 고통과 슬픔을 승화시키는 노래가 되기를' 그리고 자신이 '더 큰 사랑의 광야에 이르는 길'이 되기를 바란다고 적고 있다.

여기서 두 가지 주목할 만한 사실을 추출할 수 있다. 고정희 자신이 '연시'라는 성격을 의도하고 있었다는 것과 이 시들에 나타나는 사랑이 개인적인 것이 아니라 모든 이에게로 확산되기를 바란다는 것이다. 이는 그녀가 이 연시들에 나타나는 사랑을 방법론적인 것으로 규정짓고 있다는 것을 보여주는 것이다.

이것은 『아름다운 사람 하나』의 구성에서도 증명된다. 목차를 보면 이 시집은 '1. 다시 무정한 이여, 2. 쓸쓸한 날의 연가, 3. 꿈꾸는 가을 노래, 4.

연시 연구」, 『돈암어문학』 20, 돈암어문학회, 2008 등이 있다.

3 들꽃세상은 송기원을 담당했던 전직 형사가 설립한 출판사였다. 이를 감안할 때, 고정희가 이 출판사에서 연시집을 출간하게 된 것은 출판사의 경제적인 사정을 고려한 송기원의 요청에 의한 것이었을 가능성이 높다. 송제홍과 이시영이 '책 뒤에'에서 송기원에 대해 감사를 표하고 있는 사실에서도 이러한 상황을 추정할 수 있다.

4 '책 뒤에'의 내용은 다음과 같다. "이 시집, 사랑하고 또 사랑하는 당신께 바칩니다. 당신을 향한 나의 믿음, 신뢰, 소망, 기쁨, 고통, 노여움, 그리고 사랑과 힘이 이 시집의 기록입니다. 시 편편 글자마다 나와 이 세계의 문으로 상징되는 당신이 살아 숨 쉬고 있음을 행복하게 생각합니다. 어느 한 편도 눈물 없이 쓰여질 수 없었던 이 시편들, 그러나 사랑의 화두에 불과한 이 연시편이 모든 이의 고통과 슬픔을 승화시키는 노래가 되기를, 그리고 내가 더 큰 사랑의 광야에 이르는 길이 되기를 빌어봅니다." 이 글은 들꽃세상에서 출간된 『아름다운 사람 하나』에서는 '책 뒤에'라는 이름으로 시집 맨 뒤에 실려있지만, 푸른숲에서 발간한 시집에서는 '自敍'라는 이름으로 시집의 맨 앞에 놓여 있다.

하늘에 쓰네, 5. 사랑의 광야에 내리는 눈, 6. 따뜻한 동행'이라는 6개의 부분으로 나뉘어 있다. 각 부의 제목은 사랑의 아픔과 상실^{다시 무정한 이여, 쓸쓸한 날의 연가}을 그리다가 이것이 점차 극복되면서^{꿈꾸는 가을 노래, 하늘에 쓰네} 더 큰 사랑의 형태^{사랑의 광야에 내리는 눈, 따뜻한 동행}로 옮겨가는 내용으로 되어 있다. 즉 사랑의 상처를 극복하고 더 넓은 광야에 이르기까지 그리고 사랑하는 대상과의 동행에 이르기까지의 과정으로 이루어져 있는 것이다.

이 글은『아름다운 사람 하나』에 실려 있는 시들이 재수록된 것이 많다는 점에 착안하여 원래의 시와 개작된 시를 비교하고 그 차이점을 살펴볼 것이다. 이를 통해 고정희의 연시가 어떠한 방식으로 창작되었는지를 밝히고, 연시 창작이 고정희의 시 세계에서 어떤 의미를 가지는지에 대해서 고찰할 것이다.

2. 원작과 개작 비교를 통한
   고정희 연시의 창작 방식과 기능

『아름다운 사람 하나』에는 특히『지리산의 봄』에서 재수록된 시가 많다.[5] 그중에는 원래 발표된 시와 재수록된 시의 제목과 내용이 동일한 것도 있지만, 제목이 변경되거나 내용에 부분적으로 수정을 가한 경우도 있다. 시인이 '연시'라는 성격을 표방했다는 점에 비추어 볼 때, 개작된 시들은 '연시'라는 형식을 염두에 두고 원래의 시를 수정한 것이라고 추측해 볼 수 있다.

---

5   원래 시와 개작 시의 비교 표는 논문 마지막 부분에 제시했다.

개작시에서 눈에 띄는 변화는 '땅의 사람들'이나 '천둥벌거숭이노래', '편지', '프라하의 봄' 등 원래 연작시에 속했던 시에서 연작의 제목을 없애고 부제를 제목으로 하거나 새로운 제목을 내세우고 있다는 점이다. 이는 연작시에 포함됨으로써 해석이 제한되는 것을 방지하고 시 한 편마다의 독립성을 살리기 위한 것이다.

이 과정에서 제목이 바뀌는 경우도 있는데, '땅의 사람들 5', '땅의 사람들 7', '천둥벌거숭이 노래 2', '천둥벌거숭이노래 6'이 각각 '그대의 시간', '지상의 양식', '그대 음성', '이별 노래'로 바뀌어 있다. 이 중 「지상의 양식」이나 「그대 음성」, 「이별 노래」는 제목만 바뀌었을 뿐 연작이었던 원래의 시와 내용상의 차이가 없고 의미의 변화 또한 거의 없다. 문제는 제목이 바뀌면서 의미에 변화가 있거나 내용이나 형태에 변화를 보이는 경우이다.

1) 의미의 확장을 통한 일반화

한시에는 신새벽 건너오는 바람이더니

세시에는 적막을 뒤흔드는 대숲이더니

다섯시에는 만년설봉 타오르는 햇님이더니

일곱시에는 강물 위에 어리는 들판이더니

아홉시에는 길따라 손잡는 마을이더니

열한시에는 첫눈 내린 날의 석탄불이더니

열세시에는 더운 눈물 따라붓는 술잔이더니

열다섯시에는 기다림 끌고 가는 썰물이더니

열일곱시에는 깃발 끝에 걸리는 노을이더니

열아홉시에는 어둠 속에 떠오르는 둥근 달빛이더니

스물한시에는 불바다로 달려오는 만경창파이더니

스물세시에는 빛으로 누빈 솜옷이더니

스물다섯시에는 따뜻하고 따뜻하고 따뜻한 먼 나라에서[6]

아름다운 사람 하나 잠들고 있다

— 「땅의 사람들 5 — 떠도는 자유에게」, 『지리산의 봄』

한시에는 신새벽 건너오는 바람이더니

세시에는 적막을 뒤흔드는 대숲이더니

---

6 이하, 인용 시에서 원작과 개작 사이에 변화가 있는 부분은 사선으로, 삭제된 부분은 고
딕체로 표시한다.

다섯시에는 만년설봉 타오르는 햇님이더니

일곱시에는 강물 위에 어리는 들판이더니

아홉시에는 길따라 손잡는 마을이더니

열한시에는 첫눈 내린 날의 석탄불이더니

열세시에는 더운 눈물 따라붓는 술잔이더니

열다섯시에는 기다림 끌고 가는 썰물이더니

열일곱시에는 깃발 끝에 걸리는 노을이더니

열아홉시에는 어둠 속에 떠오르는 둥근 달빛이더니

스물한시에는 불바다로 달려오는 만경창파이더니

스물세시에는 빛으로 누빈 솜옷이더니

스물다섯시에는 *따뜻하고 따뜻하고*

따뜻한 먼 나라에서

아름다운 사람 하나 잠들고 있다

　　　　　　　　　　　　　　　—「그대의 시간」, 『아름다운 사람 하나』

인용된 「땅의 사람들 5−떠도는 자유에게」와 「그대의 시간」은 제목이 바뀌면서 시의 의미 영역 또한 바뀐 경우이다. 마지막 부분의 행 나눔이 약간 달라졌지만 그것이 시의 해석에 영향을 미치지는 않으므로 두 시의 내용은 동일하다고 볼 수 있다.

원래 시 「땅의 사람들 5−떠도는 자유에게」의 제목에는 '그대'라는 말이 없고 부제로 '떠도는 자유에게'라는 말이 붙어있다. 이를 감안하면 이 시의 '아름다운 사람'은 단순히 사랑하는 사람이 아니라 사회적이고 공적인 성격을 가지고 있음을 알 수 있다. 시각時刻에 따라 제시된 '바람', '대숲', '햇님', '들판' 등 다양한 상관물들은 자유를 쟁취하기 위한 투쟁의 시간 혹은 행위들을 비유한 것으로 볼 수 있다. 이러한 투쟁의 시간과 행위들이 축적되어 '아름다운 사람'이 '따뜻하고 따뜻하고 따뜻한 먼 나라'에서 잠들 수 있도록 하는 결과를 이끌어내는 것이다. '아름다운 사람'을 '자유'라고 한다면, 그가 잠드는 '따뜻한 먼 나라'와 '스물다섯시'는 완전한 자유가 있는 유토피아적인 시공간이라고 할 수 있다.

그러나 「그대의 시간」을 원래의 시와 독립된 시로 읽으면, 이 시는 '그대'에 대한 개인적인 사랑을 노래한 시로 읽힌다. '그대의 시간'이라는 제목을 고려하면, 시각마다 달라지는 형상바람, 대숲, 햇님 등은 화자의 심적 정황이나 생각의 흐름에 따라 느껴지는 '그대'의 주관적인 인상들이다.[7] 즉

7　이는 「지울 수 없는 얼굴」에도 동일하게 나타난다. 이 시에서 당신은 화자의 정황에 따라 '냉정한 당신', '얼음 같은 당신'이 되기도 하고 '부드러운 당신', '따뜻한 당신'이 되기

'그대'는 신새벽을 건너오는 바람과 같은가 하면 적막을 뒤흔드는 대숲과 같고, 만년설봉에 타오르는 햇님과 같은 것이다. '아름다운 사람'을 '그대'와 동일시해서 읽어도 큰 무리가 없다. '스물다섯시'라는 시계 외의 시각은 그대에 대한 화자의 사랑이 영원한 것이라는 점을 보여주는 장치이다. '따뜻한 먼 나라'는 그대가 있다고 추정되는 공간인 동시에 화자가 바라보는 '그대'의 성질따뜻한 먼나라와도 같은을 간접적으로 설명하는 수식어이다.

이러한 변화는 시의 의미 영역을 확장시키는 효과가 있다. 원래의 시는 자유를 향한 갈망을 담은 것이지만, 제목을 연시 형태로 바꾸면서 개인적인 연시로도 읽힐 수 있는 것이다. 그렇다고 해서 이 시의 원래 의미가 사라지는 것은 아니다. "신새벽 건너오는 바람", "적막을 뒤흔드는 대숲", "불바다 달려가는 만경창파", "빛으로 누빈 솜옷"이라는 표현들을 통해 '아름다운 사람' 혹은 '그대'가 단순히 개인적인 사랑의 대상이 아니라 사회적인 맥락을 거느리고 있음이 감지되기 때문이다. 사회적인 맥락으로 읽으면 "신새벽 건너오는 바람", "적막을 뒤흔드는 대숲", "불바다 달려가는 만경창파", "빛으로 누빈 솜옷" 등은 '아름다운 사람'의 행적을 적은 것으로 해석할 수도 있다. '땅의 사람들'이나 '자유'라고 했을 때 이 시의 내용은 이처럼 사회적인 의미에 한정되지만, '그대의 시간'이라고 했을 때는 사회적 의미와 더불어 개인적인 의미까지를 더하게 되는 것이다.

다음은 원래의 시가 개작되어 실린 경우이다. 「너를 내 가슴에 품고 있으면」은 원래의 시에서 부제를 빼고 제목만 남긴 경우인데 시의 내용에

도 한다. 화자의 심리적 정황에 따라 '당신'의 속성이 규정된다는 것은 동일하지만, 「지울 수 없는 얼굴」에서 '당신'은 상반되는 성질이 공존하는 것으로 그려지는 반면 「그대의 시간」에서 '당신'은 긍정적인 속성만이 부각되어 있다. 「지울 수 없는 얼굴」이 화자의 주관적인 심리적 정황을 표현하는 데 초점을 맞추고 있는 반면, 「그대의 시간」은 '그대'를 설명하는 것에 더 집중하고 있다는 것도 다른 점이다.

도 변화가 있다는 것이 특징이다.

고요하여라
너를 내 가슴에 품고 있으면
무심히 지나는 출근버스 속에서도
추운 이들 곁에
따뜻한 차 한 잔 끓는 것이 보이고
너를 내 가슴에 품고 있으면
여수 앞바다 오동도쯤에서
춘설 속의 적동백 두어 송이
툭 터지는 소리 들리고
너를 내 가슴에 품고 있으면
쓰라린 기억들
강물에 떠서 아득히 흘러가고

울렁거려라
너를 내 가슴에 품고 있으면
물구나무 서서 매달린 희망
맑디맑은 눈물로 솟아오르고
너를 내 가슴에 품고 있으면
그리운 어머니
수백 수천의 어머니 달려와
곳곳에 잠복한 오월의 칼날
새털복숭이로 휘어지는 소리 들리고

눈물겨워라

너를 내 가슴에 품고 있으면

중국 산동성에서 돌아온 제비들

쓸쓸한 처마, 폐허의 처마 밑에

자유의 둥지

사랑의 둥지

부드러운 혁명의 둥지

하나 둘 트는 것이 보이고

— 「너를 내 가슴에 품고 있으면 - 편지 9」, 『지리산의 봄』

고요하여라

너를 내 가슴에 품고 있으면

무심히 지나는 출근버스 속에서도

추운 이들 곁에

따뜻한 차 한 잔 끓는 것이 보이고

울렁거려라

너를 내 가슴에 품고 있으면

여수 앞바다 오동도쯤에서

춘설 속의 적동백 화드득

화드득 툭 터지는 소리 들리고

눈물겨워라

너를 내 가슴에 품고 있으면

중국 산동성에서 돌아온 제비들

쓸쓸한 처마, 폐허의 처마 밑에

자유의 둥지

사랑의 둥지

부드러운 혁명의 둥지

하나 둘 트는 것이 보이고

— 「너를 내 가슴에 품고 있으면」, 『아름다운 사람 하나』

개작된 시는 원래의 시에 비해 길이가 훨씬 짧아졌고 내용 또한 많이 변화한 것을 볼 수 있다. 원래 시에서는 '오월'이라는 단어가 표면에 드러나 있어서 이 시가 광주민주화항쟁과 연결된 내용임을 알 수 있다. 그러나 개작된 시에서는 이 부분을 삭제하고 1연의 '쓰라린 기억'이라는 구절도 삭제함으로써 사회적인 사건과 상처를 간접화하고 있다. 3연에 '자유', '혁명' 등의 단어가 나오긴 하지만 구체적인 사회 역사적 사건과 직접적인 연관 관계를 맺고 있지는 않다. 그 결과 이 시는 특정한 사건과 사실만이 아니라 일반적인 자유와 혁명을 기리는 것이 되어 보다 일반적인 의미망을 확보하게 된다.

이는 특정한 경험 내용을 일반화함으로써 독자가 공감할 수 있는 폭을 넓혀 대중성을 확보하는 효과를 가지고 있다. 일반적으로 연시는 구체적인 연관성이 제거된 추상적이고 주관적인 진술로 이루어져 있다. 이러한 추상성은 독자들의 공감의 폭을 넓히는 역할을 한다. 개작시가 특정한 사건 맥락을 삭제하고 일반적인 진술 형태를 취하는 것은 연시의 이같은 특징을 살린 것이다. 원래 시에서 '너'는 자유 혹은 타자에 대한 사랑, 희망 등 사회적인 의미를 지닌 것이 분명하지만, 개작시에서 '너'는 개인적인 사랑의 대상인 연인이라는 느낌이 강하다. 물론 이 두 가지가 합쳐져서 '너'가 개인적인 사랑의 대상이면서 뜻을 같이하는 동지일 수도 있다. 이외에도 독자는 자신의 개인적인 상황이나 조건에 따라 다양한 해석을 할 수 있다.

2) 선택과 반복을 통한 강조 효과

「너를 내 가슴에 품고 있으면」의 형태 변화는 의미망을 확대한다는 기능 외에 선택과 반복이라는 연시 고유의 특징을 보여주기도 한다. 개작시는 원래의 시 1, 2연에서 "너를 내 가슴에 품고 있으면"이 반복되는 부분을 삭제하고, 각 연의 앞부분에 "~하여라 / 너를 내 가슴에 품고 있으면"이라는 구절을 동일하게 한 번씩만 배치하고 있다. 그럼으로써 내용이 단순해지는 대신 시의 인상은 한결 선명해진다. 또한 "~하여라 / 너를 내 가슴에 품고 있으면"이라는 부분이 반복되면서 암송하기에 쉬운 형태가 되고 감상을 용이하게 한다. 이같은 과정을 통해 독자의 접근성은 훨씬 높아진다.

「네가 그리우면 나는 울었다」 역시 부제를 삭제하고 제목만 남긴 경우로서 원래의 시에서 많은 부분을 삭제하고 있다.

길을 가다가 불현듯
가슴에 잉잉하게 차오르는 사람
네가 그리우면 나는 울었다
목을 길게 뽑고
두 눈을 깊게 뜨고

저 가슴 밑바닥에 고여 있는 저음으로

첼로를 켜며

두 팔 가득 넘치는 외로움 너머로

네가 그리우면 나는 울었다

너를 향한 기다림이 불이 되는 날

나는 다시 바람으로 떠올라

그 불 다 사그러질 때까지

어두운 들과 산굽이 떠돌며

스스로 잠드는 법을 배우고

스스로 일어서는 법을 배우고

스스로 떠오르는 법을 익혔다

네가 태양으로 떠오르는 아침이면

나는 원목으로 언덕위에 쓰러져

따스한 햇빛을 덮고 누웠고

달력 속에서 뚝, 뚝,

꽃잎 떨어지는 날이면

바람은 너의 숨결을 몰고와

측백의 어린 가지를 키웠다

그만큼 어디선가 희망이 자라오르고

무심히 저무는 시간 속에서

누군가 내 이름을 호명하는 밤,

나는 너에게 가까이 가기 위하여

빗장 밖으로 사다리를 내렸다

수없는 나날이 셔터 속으로 사라졌다

내가 꿈의 현상소에 당도 했을때

오오 그러나 너는

그 어느 곳에서도 부재중이었다

달빛 아래서나 가로수 밑에서

불쑥불쑥 다가 왔다가

이내 *바람*으로 흩어지는 너,

네가 그리우면 *나는 울었다*

—「네가 그리우면 나는 울었다─편지 10」, 『지리산의 봄』

길을 가다가 불현듯

가슴에 잉잉하게 차오르는 사람

네가 그리우면 나는 울었다

너를 향한 기다림이 불이 되는 날

나는 다시 바람으로 떠올라

그 불 다 사그러질 때까지

어두운 들과 산굽이 떠돌며

스스로 잠드는 법을 배우고

스스로 일어서는 법을 배우고

스스로 떠오르는 법을 익혔다

네가 태양으로 떠오르는 아침이면

나는 원목으로 언덕위에 쓰러져

따스한 햇빛을 덮고 누웠고

누군가 내 이름을 호명하는 밤이면

나는 너에게 가까이 가기 위하여

빗장 밖으로 사다리를 내렸다

달빛 아래서나 가로수 밑에서

불쑥불쑥 다가왔다가

이내 *허공중에* 흩어지는 너,

네가 그리우면 *나는 또 울 것이다*

　　　　　　　　—「네가 그리우면 나는 울었다」, 『아름다운 사람 하나』

　　원래 시에서 삭제된 부분^{강조 부분}은 공통적으로 '나'의 상황을 부연 설명하고 있다. '나'가 어떻게 울었는지를 설명하거나^{"목을 길게 뽑고~나는 울었다"}, 너를 그리워하는 '나'의 시간들이 얼마나 고통스러웠는지를 설명함^{"달력 속에서~시간 속에서"}, "수없는 나날이~부재중이었다"으로써 '나'의 슬픔이 얼마나 큰 것인지를 토로하는 부분이다. 개작시는 이 부분을 삭제함으로써 울음의 상황을 담담하게 서술하고 있다. 네가 그리울 때 '나'가 한 행위들^{울거나 바람으로 떠오르거나 원목으로 쓰러져 햇빛을 덮거나 사다리를 내리는 것들}은 나타나지만, 그것이 결국 '너'의 부재로 끝났다거나 그 때문에 절망했다는 내용은 나오지 않는다. 개작시에서 강조되는 것은 네가 그리워졌을 때 '나'가 하는 행위의 적극성이다. '나'는 너를 향한 기다림의 불을 스스로 잠재울 때까지 스스로 잠들고 일어서고 떠오르는 법을 익히고, '너'라는 태양을 받기 위해 원목이 되어 눕고, 빗장 밖으로 사다리를 내린다.

이러한 행위는 원래 시에서도 동일하게 나타나 있지만 행위의 시적인 의미는 다르다. 원래 시에서 그것들은 '너'를 향한 그리움의 시간들을 표현하는 것으로서만 의미를 지닌다. 즉 이러한 행위들을 하며 '너'를 기다리지만 '너'는 어느 곳에서도 부재중이었고 '나'는 다시 울게 되는 것이다. 원래의 시 3연에서 이러한 내용이 길게 서술되어 있는 것은 기다림의 행위와 좌절과 다시 기다림의 과정이 하나로 연결되어 계속 반복되고 있음을 보여주는 것이다.

이에 비해 개작시는 훨씬 안정된 형태를 갖추고 있다. 총 4연 중 1연과 4연이 '네가 그리우면 나는 울었다'는 내용을 반복함으로써 수미상관의 형식을 취한 가운데, 2, 3연에는 '너'를 그리워하는 '나'의 행위들이 나뉘어 배치되고 있다.

특별히 주목되는 점은 1연의 "네가 그리우면 나는 울었다"가 4연 마지막 부분에서는 "네가 그리우면 나는 또 울 것이다"라는 형태로 바뀌어 있다는 점이다. 즉 상황의 수동적인 수용에서 적극적인 의지로 바뀌고 있는 것이다. 유사한 진술이 전혀 다른 의미로 변화되는 근거는 2, 3연에 있다. 개작시는 원래 시의 3연을 두 개의 연으로 나누고 설명 부분"달력 속에서~시간 속에서"과 부정적인 진술"수없는 나날이~부재중이었다"을 삭제한 후 3연에 '나'의 행위만을 배치하고 있다. 원래 시 3연에서는 '나'의 행위에도 불구하고 결국 '너'가 부재함으로써 행위가 무위로 끝나버리지만, 개작시 3연에서는 행위의 결과가 어떠했는지는 나와 있지 않다. '나'의 행위의 결과로 '너'가 왔는지가 중요한 것이 아니라 너에 대한 그리움을 주체적이고 적극적으로 해결해나가는 '나'의 행위 자체에 초점이 놓여 있는 것이다. 이러한 해결의 과정, 견딤의 시간을 거쳐서 '나'는 스스로 그리움에 대한 해결책을 찾아낸다. 4연의 '울음'은 그 결과물이다. 따라서 울음은 그냥 우는 것이 아니라 '울 것이다'라는 의지형으로 표현되는 것이다. 그것은 너에 대한 그리움을 견디는 방법론으로서 선택된 것이다.

'~하면 ~한다' 라는 형식은 이러한 발상의 전환을 효과적으로 뒷받침하고 있다. 이때 '~하면 ~한다'는 조건절의 형식을 취하고 있지만, 사실상 조건과 결과는 필연적인 인과 관계를 가지고 있지 않다. "그대를 만나고 돌아오다가 / 안양쯤에 와서 내가 꼭 울게 됩니다"「다시 왼손가락으로 쓰는 편지」의 경우도 마찬가지다. '(네가) 그리우면 (나는) 운다'나 '안양쯤에 오면 울게 된다'는 필연적 인과관계가 아니라 시인의 개인적인 습관 혹은 주관적인 인과 관계일 뿐이다.

그러나 독자들은 이러한 주관적이고 단정적인 진술에 오히려 공감하는데, 그것은 독자가 시적 상황에 자신의 경우를 대입시키기 때문이다. 독자는 '그리우면'이라는 추상적인 조건에 자신의 상황을 대입시키고 스스로 '운다'는 결론을 도출해낸다. 구체적인 그리움의 상황이나 사연, 대상은 비워져 있기 때문에 그 부분을 독자 자신의 특별한 내용으로 채우고 그 결과를 '운다'라는 시적 결론에 맞추는 것이다. 독자가 시인의 주관적 진술에 공감하는 것은 진술의 타당성 때문이 아니라 진술의 맥락 혹은 상황에 감염되기 때문이다.

이 시는 단정적인 진술 형식을 변화를 주어 반복함으로써 대중성을 확보하고 있는 것이다. 유사한 형태의 반복은 시의 내용을 단순화시키고 기억하기 쉽게 하여 독자의 접근성을 높인다. 인상적인 한 구절이 반복되면 독자들은 그 구절을 암송하게 되고 그러면서 자연스럽게 시를 기억하게 되는 것이다.

3. 연시 창작의 의미 – 공감의 확대와 타자성의 승인

이상에서는 고정희의 연시가 어떠한 방식으로 창작되었으며 그것이 어떠한 기능을 하는지를 살펴보았다. 그녀의 연시는 특정한 사건이나 감정을 삭제하여 개인적인 경험을 일반화함으로써 의미의 확장을 꾀하거나 고정된 형식을 변주 혹은 반복함으로써 기억하기 쉽게 하는 특징을 가지고 있다. 그럼으로써 독자가 공감할 수 있는 여지를 넓히고 독자의 접근성을 높이는 것이다. 이는 자신의 연시가 "모든 이의 고통과 슬픔을 승화시키는 노래가 되기를" 희망했던 고정희의 생각이 반영된 결과이다. 이 절에서는 연시 창작이 고정희 시 전체에서 볼 때 어떤 의미를 지니는지를 살펴보고자 한다.

고정희의 시에서 사랑이 중요한 주제로 등장하는 것은 『이 시대의 아벨』[1983]부터이다. 그 이전에 출간된 『누가 홀로 술틀을 밟고 있는가』[1976], 『실락원 기행』[1981], 『초혼제』[1983] 등은 대부분 죽은 자들의 원혼을 달래는 내용으로 되어 있다. 여기 실린 시들은 개인의 창작물이라기보다는 빙의한 무당의 목소리를 취하고 있다. 대상이 죽은 자일 때, 타자와의 관계는 일방적이고 완료된 것이기 때문에 관계 양상이나 대응 방식이 따로 문제가 되지 않는다. 진혼이나 추모, 기억 등의 행위는 살아있는 자의 일방적인 행위이지 상호적인 것이 아니다.

이에 비해 사랑은 현실적인 삶에서의 관계이며 '나'와 타자와의 관계가 전제된 상호적인 것이다. 그것은 남녀 간의 일상적인 사랑일 수도 있고, 동지애 혹은 자매애, 부모와 자식 간의 사랑, 사회적 약자에 대한 배려, 자유에 대한 갈망 등 다양한 색깔의 감정들을 포함한다. 사회적인 상상력에 바탕한 시에서 사랑은 종종 당위적인 명제로 나타난다. 그것은 일방적인 헌신이나 믿음과 같이 자명한 것이어서 갈등을 일으키는 원인이 되지 않는다. 시인이 공공의 곡비哭婢임을 자처하거나 대의를 향해 나아가는 투사를 자처할 때, '나'는 타자와 동일시되며 그 대리인이 된다. 이 경우 타자와의 관계는 일방적인 것이고 사랑 또한 당연한 것이다.

그러나 시인의 사적인 얼굴이 표출되는 시에서 실제적인 타자와의 관계는 종종 부담과 혼란을 안겨주는 원인이다.

> 그러나 친구여
> 기도회가 끝난 수유리의 새벽 네시,
> 우리의 얼굴엔
> 어제보다 더 짙은 피곤이 서리고
> 반짝이던 두 눈엔 고드름이 열린 채
> 어제와 다름없는 타인으로 악수했어
>
> ─「서울 사랑─말에 대하여」, 『이 시대의 아벨』 부분

억압적인 사회와 부패한 현실을 비판하는 기도회에 참석해서 밤새 야훼를 부르며 철야 기도회를 마친 후 돌아가는 길에서, 화자가 발견한 것은 너와 나의 관계가 '어제와 다름없는 타인'이라는 것이다. '우리'는 말과 분리된 '한무데기 로봇'에 불과하다는 것, 즉 내용 없는 말을 되풀이하는 공허한 관계일 뿐이라는 깨달음이 화자를 절망스럽게 한다. 이때 '우리'는 경험에서 얻어진 믿음에 바탕한 것이 아니라 같은 이념으로 모인 관념적인 집단일 뿐이다. 개인적인 얼굴이 진솔하게 드러나는 시에서 나타나는 시인의 자화상은 외롭고 쓸쓸하다.

가끔 복도에 낭랑하게 울리는

그 가족들의 윤기 흐르는 웃음 소리,

유독 군건한 혈연으로 뭉쳐진 듯한

그 가족들의 아름다움에 밀려

초라하게 풀이 죽곤 했는데,

그 분이 배려해 준

영양분 가득한 밥상을 대하면서

속으로 가만가만 젖곤 했는데,

파출부도 돌아간 후에

그 집의 대문을 쾅, 닫고 언덕을 내려올 땐

이유 없이 쏟아지던 눈물.

혼자서 건너는 융융한 삼십대

— 「객지」, 『이 시대의 아벨』 부분

　같은 길을 걷고 있는 동지로 짐작되는 '그 분'의 집에서 화자가 느끼는
것은 고독감과 쓸쓸함이다. 같은 이념을 가진 동지이지만 가족이라는 관
계 앞에서 '나'는 홀로된 타인일 뿐이다. '그 분'의 배려에도 불구하고 화
자는 외로움을 떨쳐버리지 못한다. 타자와 '나'사이에 놓여있는 어쩔 수
없는 거리감, 소통의 단절 거기에서 오는 절망감과 고독 등은 종종 남녀
간의 이루어지지 않는 사랑으로 표현되기도 한다.
　『아름다운 사람 하나』의 시들은 애증과 기다림, 그리움, 안타까움, 원
망 등 전형적인 사랑의 감정들을 주제로 하고 있다. '사랑'은 자유를 향한

열망이나 사회적 약자에 대한 배려와 연민, 같은 이념을 가지고 함께 하는 동지에 대한 믿음과 같은 공적인 것「쓸쓸함이 따뜻함에게」, 「봄비」, 「사랑의 광야에 내리는 눈」 등일 때도 있고, 남녀 간의 일상적인 사랑일 때도 있다「지상의 양식」, 「그대 생각」 등. 남녀 간의 일상적인 사랑이 주제가 될 때, 그것은 여느 사람들의 것처럼 시인을 들뜨게 하고「지상의 양식」, 상대를 소유하고 싶다는 욕망을 불러일으키기도 한다「사랑법 여섯째」.

그러나 사랑의 대상이 공적인지 사적인지에 상관없이 공통적인 것은 '사랑'이 대부분 이루어지지 않는 것으로 그려지고 있다는 것이다. 대부분의 시에서 사랑은 '나'의 일방적인 그리움과 기다림으로 그려진다. '나'가 당신을 간절하게 사랑하는 것과 달리 당신은 '나'의 사랑에 답하지 않는다.

이것은 연시의 일반적인 특징에 부합되는 것이다. 연시의 내용은 현재 진행되고 있는 사랑의 기쁨보다 떠나간 사람에 대한 그리움이나 이별의 아픔 등을 그리는 경우가 더 많다. '나'를 돌아보지 않는 무심한 당신 그럼에도 불구하고 오직 당신만을 향해 있는 '나'의 속절없는 그리움, 끝을 알 수 없는 맹목적인 기다림 등이 연시에 자주 등장하는 주제들이다.

이는 연시가 독자의 공감을 이끌어내는 중요한 조건이기도 하다. '공감'이라는 측면에서 보면, 화자인 '나'는 일단 사랑하는 대상과의 공감에 실패한다. '나'는 일편단심 대상당신, 그대, 님을 바라보고 있지만 사랑하는 사람은 무정하고 무심하다. 여기서 시적 화자의 비극이 발생한다. 그러나 이루어지지 않는 사랑에 가슴 아파하는 화자를 바라보는 독자는 그 때문에 화자의 비극에 공감한다. 이루어지지 않는 사랑을 경험해보지 않은 사람은 실상 거의 없기 때문이다. 독자는 화자의 사랑의 아픔에 공감하며 스스로의 아픔을 위로받는다. 여기서 역설이 발생한다. 시적 화자혹은 시인가 고통스러울수록 그것을 읽는 독자는 위로받고 정화되는 것이다. 이 공감의 역설이야말로 연시가 대중성을 확보할 수 있는 가장 큰 요소인 셈이다.

또한 연시는 대부분 독백 형식으로 되어 있는데, 이것은 당신에 대한 '나'의 사랑을 더욱 지고지순하고 헌신적인 것으로 보이게 하는 효과를 가지고 있다. 이 독백은 당신을 향한 것처럼 보이지만 사실은 스스로를 위로하는 말이기도 하다.[8] 연시가 대중적으로 널리 읽히는 것은 이러한 형식적 특징과도 밀접한 관련이 있다. 독백 형식은 시적 진술이 마치 독자 자신의 상황인 것처럼 여겨지게 하는 효과가 있다. 독자는 시를 읽으면서 시적 화자의 독백을 되풀이하고, 그 과정을 통해서 자신의 아픔을 위로받는다.

고정희의 연시 또한 이러한 조건들을 만족시키고 있다. 이 시집에 실린 시들은 당신과의 사랑을 갈망한다기보다는 당신을 향한 사랑을 견디는 '나'의 모습을 그리는 것에 초점이 맞추어져 있다. 사랑을 달성하기 위해 '나'가 하는 행위는 편지를 쓰거나 혼자 그리워하거나 울거나 견디는 소극적인 것이다. 이러한 행위들은 그 자체가 상호적인 것이 아니라 자신을 향해 있는 독백과도 같은 것이다. '나'는 항상 왼손가락으로 당신에게 편지를 쓰는데「아파서 몸져누운 날은」,「왼손가락으로 쓰는 편지」,「다시 왼손가락으로 쓰는 편지」, 그것은 공적인 오른손의 것이 아닌 사적인 사랑을 상징하는 것이면서 처음부터 '나'의 사랑이 외로울 것임을 당연시하는 것이기도 하다.[9] 즉 '나'는 사

---

8   서석화는 이러한 성격을 "화자의 모든 발화는 결국 화자 자신에게로 향하는 독백이라고 할 수 있으며, 그런 독백이야말로 사랑에 임하는 자신의 모습이 적나라하게 투영된 자기고백적 영상"이라고 설명한 바 있다. 서석화,「고정희 연시 연구」, 동국대 석사논문, 2003, 23쪽.

9   서석화 역시 '왼손가락'을 '가질 수 없는 꿈', '불가능', '소통 부재', '기적을 바라는 서툰

랑이 당신에게 미치지 못할 것이라는 사실을 이미 알고 있는 것이다. 심지어 화자는 당신과의 사랑을 일부러 억제하는 것처럼 보이기도 한다.

> 그대 향한 내 기대 높으면 높을수록 그 기대보다 더 큰 돌덩이 매달아 놓습니다 부질없는 내 기대 높이가 그대보다 높아서는 아니 되겠기에 기대 높이가 자라는 쪽으로 커다란 돌덩이 매달아놓습니다.
> 그대를 기애와 바꾸지 않기 위해서 기대 따라 행여 그대 잃지 않기 위하여 내 외롬 짓무른 밤일수록 제 설움 넘치는 밤일수록 크고 무거운 돌덩이 가슴 한복판에 매달아놓습니다
>
> ―「사랑법 첫째」 전문

이 시에는 당신과의 거리감이 사실은 화자에 의해 의도된 것임이 드러나 있다. '나'는 그대를 향한 기대가 높아질수록 커다란 돌덩이를 매달아 자신을 갈무리한다. 기대가 높아질수록 그대를 향한 욕심이 커지고, 그것은 결국 그대를 그대 아닌 것으로 만들어서 잃어버리게 하는 일이기 때문이다. '나'가 경계하는 것은 '사랑'이라는 미명하에 상대방을 억압하는 사랑의 이기적이고 폭력적인 속성이다. '나'는 사랑이 나 자신을 위한 이기심이 되지 않도록, 상대를 구속하는 폭력이 되지 않도록 스스로를 다스리고 있는 것이다.

이것이 고정희의 연시가 대중적인 다른 연시들과 구별되는 지점이다. 일반적으로 연시에서 화자는 자기 자신을 망각하고 사랑하는 대상에 몰입한다. 대상과 '나'의 가치는 사랑의 크기에 반비례한다. 즉 그대를 사랑

꿈' 등을 암시한다고 보고 있다. 위의 글, 24쪽 참고.

하면 할수록 '나'의 존재 가치는 점점 작아지고, '그대'는 더욱 고귀하고 높은 존재가 된다. 화자는 당신을 향한 무조건적인 헌신과 인내, 자기비하 등 소극적이고 자기부정적인 방식으로 대상에 대한 자신의 사랑을 증명한다.[10] 상대방에 대한 헌신과 자기비하는 자신의 사랑의 순결성과 진정성을 증명하는 표지로 사용된다. 그러나 이러한 일방적인 사랑에서 '그대'는 실체가 없는 즉 그 자체의 고유성을 잃어버리고 '나'의 사랑에 의해 만들어진 허상일 뿐이다. 결국 연시에 나타나는 대상에의 몰입과 자기망각은 사실상 가장 강력한 자기 몰입과 자기애의 다른 표현일 뿐이다.

고정희는 연시의 자기부정적인 사랑의 방식 대신 '나'와 사랑하는 대상 사이의 거리를 인정하고 받아들이는 길을 택한다. '나'와 '그대'가 결코 하나가 될 수 없고, 고유한 두 사람이 각각 자신의 삶을 살아갈 수밖에 없다는 것을 인정하는 것이다. 그것은 이루어질 수 없는 사랑에 대한 합리화나 현실 도피와는 다르다. 현실적으로 사랑이 이루어지지 못했기 때문에 '나'와 '그대'가 하나가 될 수 없는 것이 아니라 열렬하게 사랑하는 관계에서조차 어쩔 수 없는 고유한 타자성을 받아들이는 것이다.

> 그대 독자적인 외로움과 추위를 마주하며
> 집으로 돌아오는 나는 처절합니다
> 되돌아나가기엔 나는 너무 멀리 와버렸고
> 앞으로 나가기엔 나는 너무 많은 것을

---

10 "너는 눈부시지만 나는 눈물겹다"(이정하, 「사랑의 이율배반」), "모자랄 것 없는 그대 곁에서 / 너무도 작아보이는 나이기에"(원태연, 「때로는 그대가」) 등에서 나타나는 자기부정적인 진술들이 그 예이다. 이것은 대중가요인 김수희의 「애모」의 가사 "그대 앞에만 서면 나는 왜 작아지는가"와 동일한 화법으로서, 자기를 비하함으로써 상대방을 향한 자신의 사랑이 더할 수 없이 크고 소중한 것임을 나타내는 네거티브한 진술 방식이다.

그대 땅에 뿌려놓았습니다

막막궁산 같은 저 어둠 어디쯤서
내 뿌린 씨앗들이 꽃피게 될른지요
간담이 서늘한 저 외롬 어디쯤서
부드러운 봄바람 나부끼게 될른지요

기우는 달님이 집 앞까지 따라와
안심하라, 안심하라, 쓰다듬는 밤
열쇠를 끄르며 나는 웃고 맙니다
눈물로 녹지 않을 설화는 없다!!
불로 녹지 않을 추위는 없다!!

—「다시 왼손가락으로 쓰는 편지」 부분

'나'는 그대가 지닌 '독자적인 외로움과 추위' 앞에서 아무것도 해줄 수가 없다는 사실에 절망한다. 그대의 외로움과 추위는 독자적인 것이어서 오직 그대만이 해결할 수 있는 것이다. 그대의 고독 앞에서 '나'는 나의 사랑이 봄바람처럼 조금이나마 그대를 위로할 수 있기를 기원할 수 있을 뿐이다.

그러나 '나'는 마지막 연에서 이 안타까움을 스스로 극복해낸다. '안심하라, 안심하라'고 쓰다듬는 것은 달님이 아니라 '나'의 마음속에 있는 또 다른 자아이다. '안심하라'에는 그대에 대한 화자의 믿음이 함축되어 있다. 화자가 다시 웃게 되는 것은 그대가 '눈물'과 '불'을 다해서 지금의 외로움과 추위를 끝내 극복할 것임을 믿기 때문이다.

진정한 사랑이란 단독자끼리의 대등한 만남이며 고유한 타자성을 인정하는 것이다. 그것은 타자를 자기 안으로 흡수하여 동일화시키는 것이 아니라 어떤 경우에도 나에게로 통합시킬 수 없는 절대적인 다름, 절대적인 타자성을 인정하는 것이다. 레비나스는 동일자에로 환원 불가능한 타자성·이질성·타자-규범을 지닌 외재적인 존재를 말한다. 타자가 동일자 안으로 내포될 수 없는 이유는 타자는 나와 절대적 다름, 무한성의 차원을 지니고 있기 때문이다.[11]

자아와 타자의 관계는 하나가 다른 하나에 종속되거나 포함되는 것이 아니라 서로 거리를 유지하면서 얼굴을 맞대고 있는 것이다. 그것은 타자의 외재성을 자아 안으로 동화하거나 통합하는 관계 또는 표상의 관계가 아니라 타자의 절대적인 다름인 타자성을 보존하는 관계이다.[12] 인간 간의 진정한 연합 또는 함께함은 종합의 합이 아니라 마주 보면서 함께 하는 것이다. 고정희의 시에서 대상에 대한 기다림이 절망으로 끝나지 않는 이유는 타자와의 관계에 대한 이러한 깨달음을 얻고 있기 때문이다.

다음 시는 이러한 관계성에 대한 생각이 직접 드러나 있는 시이다.

해거름녘 쓸쓸한 사람들과 흐르던
따뜻한 강물이 내게로 왔네
봄 눈 파릇파릇한 숲길을 지나
아득한 강물이 내게로 왔네

이십 도의 따뜻하고 해맑은 강물과

---

11   김연숙, 『타자윤리학』, 인간사랑, 2001, 95~96쪽.
12   위의 책, 101쪽.

이십 도의 서늘하고 아득한 강물이

서로 겹쳐 흐르며 온누리 껴안으며

삼라의 뜻을 돌아 내게로 왔네

(…중략…)

사십 도의 따뜻하고 드맑은 강물 위에

열두 대의 가야금소리 깃들고

사십 도의 서늘하고 아득한 강물 위에

스물네 대의 바라춤이 실렸네

그 위에 우주의 동행이 겹쳤네

— 「따뜻한 동행」 부분

'나'와 당신의 만남은 성질이 정반대인 두 강물이 만나는 것과 같다. 이 시에서 '나'가 '강물'로 표현된 당신과의 만남에 성공할 수 있는 것은 뜨거움이 아니라 따뜻함의 의미를 파악했기 때문이다. 자아중심적인 '나'의 사랑은 뜨겁게 타오르는 사랑, 신열 등으로 묘사된다. 활활 타올라 자신을 태우고 어쩌면 당신까지 태울지 모르는 사랑. 불타오르는 사랑의 열정이 파괴적인 성질을 가지고 있는 것과 달리, '나'와 당신의 사랑은 이십 도의 사랑을 합쳐서 사십 도를 만들어내는, 그러면서도 원래의 자신의 성질을 잃지 않는 사랑이다. 이십 도와 이십 도를 합쳐서 만들어진 사십 도의 강물은 따뜻하고 드맑으면서 동시에 서늘하고 아득한 것이다. '나'와 당신 모두 단독자로서의 고유성을 잃지 않은 채 상대방과 겹쳐지며 더 뜨겁고 넓은 사랑으로 확대되는 것이다. 타자성에 대한 상호 인정이야말로 서로를 발전시키고 나아가 더 큰 사랑으로 연결되는 진정한 사랑의 조건인 것이다.

이 깨달음에 도달하면서 사랑으로 인한 갈등과 고통은 승화되고, 개인적이고 일상적인 사랑은 보다 보편적인 "더 큰 사랑의 광야"로 열리게 된다. "더 큰 사랑의 광야"는 개인 간의 성숙한 사랑을 포함하여 사회적 약자와의 공감과 연대, 자연 만물과의 공존 공생, 여성주의 연대 등 다양한 함의를 지닌다. '사랑'의 성격 또한 주제에 따라 다양화되고 심화된다. 결국 고정희의 연시는 '사랑'이라는 주제를 통하여 개인적인 고민과 갈등을 다스리고 자신이 꿈꿔온 사회적 연대를 타자성의 승인이라는 방식으로 체화해가는 중요한 실험적 장이었다고 할 수 있다.

4. 나가며

『아름다운 사람 하나』에 실려 있는 시들은 의도적으로 연시 형태를 취하고 있는 것으로 보인다. 개작된 시들은 원래의 시가 가진 특정한 사회적 사건이나 개인적인 경험에 해당하는 부분을 삭제하거나 간접화함으로써 시의 내용을 일반적인 상황으로 바꾸고 있다. 또한 분량을 줄이고 일정한 형식과 구절을 반복함으로써 쉽게 기억할 수 있도록 하고 있다. 이는 시의 의미 영역을 확장함으로써 보편성을 획득하고 접근성을 높임으로써 대중성을 확보하게 한다.

내용상으로 볼 때 이 시집은 개인적인 사랑에서 출발해서 더 큰 사랑으로 옮겨가는 과정을 보여준다. 당신에 대한 끊을 수 없는 사랑으로 갈등하는 '나'와 무정하고 무심한 당신의 관계는 연시에서 흔히 볼 수 있는 사랑의 구도이다. 이 부분에서 독자는 화자의 비극에 공감하며 그 과정을 통해 자신의 아픔을 치유한다.

그러나 고정희의 연시는 단순히 사랑의 비극성만을 강조하는 것이 아니라 그것을 극복하고 온전한 사랑의 방식을 보여주는 단계까지 나아가고 있다. 그것은 상대방을 소유하거나 '나'의 기대에 맞추는 것이 아니라 상대방의 고유한 타자성을 승인하는 것이다. 이 과정을 통해서 '사랑'은 개인적인 것에서부터 자연과의 공생, 사회적 연대 등 좀더 넓은 차원으로 확산되어간다.

이런 면에서 고정희의 연시는 그녀의 이념적 지향이 발전되고 체화되어 가는 과정을 '사랑'이라는 주제로 형상화한 시편들이라고 할 수 있다. 따라서 고정희의 연시를 대중적이고 상업적인 목적을 가진 예외적인 시들이라고 폄하해온 기존의 견해들은 수정되어야 한다.

이 시집에 재수록된 시와 원래 발표된 시집을 비교하여 표로 만들면 아래와 같다.

『아름다운 사람 하나』의 제목	원래 발표된 제목	발표 시집	비고
사랑법 첫째	사랑법 첫째	이시대의 아벨	
관계	관계	눈물꽃	
시인	시인	눈물꽃	
묵상	묵상	눈물꽃	
프라하의 봄-85년의 C형을 묵상함	프라하의 봄 7-C형을 묵상함	눈물꽃	
그대의 시간	땅의 사람들 5-떠도는 자유에게	지리산의 봄	제목 변경
봄비	땅의 사람들 6-봄비	지리산의 봄	
지상의 양식	땅의 사람들 7-호산나, 주의 이름으로 오시는 이여	지리산의 봄	제목 변경
사랑	땅의 사람들 9-사랑	지리산의 봄	
지리산의 봄-뱀사골에서 쓴 편지	지리산의 봄 1-뱀사골에서 쓴 편지	지리산의 봄	
그대 음성	천둥벌거숭이 노래 2	지리산의 봄	제목 변경
이별노래	천둥벌거숭이노래 6	지리산의 봄	제목 변경
부재	부재	지리산의 봄	

『아름다운 사람 하나』의 제목	원래 발표된 제목	발표 시집	비고
강물	강물-편지 1	지리산의 봄	
편지	이별-편지 3	지리산의 봄	
소외	소외-편지 4	지리산의 봄	
고백	고백-편지 6	지리산의 봄	
오늘같은 날	오늘같은날-편지 7	지리산의 봄	
너를 내 가슴에 품고 있으면	너를 내 가슴에 품고 있으면-편지 9	지리산의 봄	개작
네가 그리우면 나는 울었다	네가 그리우면 나는 울었다-편지 10	지리산의 봄	개작

연작시 「밥과 자본주의」에 나타난 '여성민중주의적 현실주의'와 문체혁명

「몸바쳐 밥을 사는 사람 내력 한마당」을 중심으로[1]

이소희

1. 고정희와 민중, 그리고 여성

고정희는 1991년 6월 8일(토) "여성주의 리얼리즘과 문체혁명"이라는 주제로 열린 『또 하나의 문화』 월례논단[2]에서 자신의 삶을 오늘에 이르게 한 세 개의 행운이 있는데 그것은 광주와 수유리, 그리고 『또 하나의 문화』와의 만남이라고 하였다. 즉 자신은 "광주에서 시대의식을 얻었고 수유리 한국신학대학 시절의 만남들을 통하여 민중과 민족을 얻었고 그 후 『또 하나의 문화』를 만나 민중에 대한 구체성, 페미니스트적 구체성을 얻게 되었다"고 말하면서 이 만남들이 "분리가 아닌 상호 보완의 관계에 있으며 그것이 바로 나의 한계이며 장점"이라고 평가하였다.[3] 조형 교수는

---

1 '여성민중주의적 현실주의'란 고정희가 1991년 6월 8일(토) "여성주의 리얼리즘과 문체혁명" 주제로 진행된 『또 하나의 문화』 월례논단에서 여성해방문학가로서 자신의 입장을 '여성민중주의적 현실주의'로 명명했다는 점에 주목한 것이다.

2 이 월례논단을 마친 후 고정희는 "5월말에 피었을 철쭉맞이가 좀 늦었을까 조바심하며 횅하니 지리산으로 향했다. 그리고 다음 날, 그가 그리 사랑하던 뱀사골 계곡 물과 하나가 되었다." 조형 외편, 『너의 침묵에 메마른 나의 입술―여성해방문학가 고정희의 삶과 글』, 또하나의문화, 1993, 76쪽.

3 박혜란, 「토악질하듯 어루만지듯 가슴으로 읽은 고정희」, 『또 하나의 문화 제9호―여자

생전의 고정희가 친구들에게 보낸 편지를 분석하면서 고정희에게 있어서 '민중'은 '여성'보다 더 먼저 그의 삶에 들어왔으며 "고정희는 그의 뇌리에서 '민중'의 고달픈 삶과 작은 환희들을 지워 본 적이 없는 것 같다"고 말한다. 고정희에게는 그들의 삶이 가장 객관적인 삶의 형상이었고 또한 자신의 삶의 모습이라고 생각했다는 것이다. 특히 그는 민중이 행동하는 현장에는 어디라도 쫓아다녔고 그들과 함께 했으며 그의 시에 담았다. 또 친구에게 쓰는 편지에서도 그가 만나는 '민중'의 여러 모습과 그때의 즉각적인 느낌들을 적어 넣었다는 점을 상기하며 고정희를 " '민중'을 사랑한 이 시대의 시인!"이라고 한마디로 표현했다.[4] 1988년 여름 고정희와 함께 유럽 여행을 했던 조혜정 교수는 그가 유럽 여행에서 유일하게 행복했던 모습을 보인 것은 아일랜드의 주막에서였다고 전하면서 "거대한 이웃 나라 영국에 시달려온 아일랜드 사람들에게는 정이 가는 모양"이었고 술집에서 고래고래 고함치며 노래하는 것을 보면서 "그는 집에 온 듯이 행복해했다"고 전했다.[5] 이와 같이 고정희의 친구들이 전해주는 다양한 모습들을 종합해 보면 고정희에게는 항상 '민중'이 '여성'보다 우선하였음을 알 수 있다.

고정희는 1980년대 한국 사회에서 여성 시인으로서의 사회적 책임, 즉한국 여성들의 집합적 주체성을 형상화하기 위하여 댐, 강, 봇물 등과 같은 메타포를 사용하여 새로운 시적 이미지를 창조해 냈다. 『또 하나의 문화』 제3호 『여성해방의 문학』에 권두시로 발표했던 「우리 봇물을 트자」를 살펴보면 고정희가 이 단행본을 통하여 어떠한 점을 추구하였는가를

로 말하기, 몸으로 글쓰기』, 또하나의문화, 1992, 61쪽.
4   조형 외, 앞의 책, 39쪽.
5   조혜정, 「시인 고정희를 보내며…」, 조형 외, 앞의 책, 233쪽.

쉽게 짐작할 수 있다.[6] 즉 여성해방 문학이 집합적인 여성적 주체성을 형상화 해낼 수 있도록 여성의 경험과 목소리를 모으는 역할을 할 것으로 기대했다는 점이다. 이 시를 통하여 가장 먼저 알 수 있는 점은 고정희가 한국 여성의 역사를 찾고 세우기 위하여, 또 자신의 역사의식과 당시 여성들의 일상적 삶을 연결하기 위하여 노력하고 있다는 점이다. 고정희에게 있어서 여성 시인의 사회적 책임이라는 개념은 집합적인 여성적 주체성을 위한 새로운 이미지들을 만들어 내고 그것을 주장하는 단계로까지 확장된다.[7] 이 시기 고정희 시에 나타나는 가장 두드러진 특징은 '나'를 강조하기보다 '우리'를 강조하고 있으며 이는 『여성신문』의 초대 주간을 맡아 1988년 12월 2일 발간한 창간호의 「독자에게 보내는 편지」 "따뜻한 동행"에 잘 나타나 있다. 고정희에게 있어서 『여성신문』은 당연히 여성운동의 매개체이자 바로 현장이었다. 1993년 고정희 2주기에 즈음하여 고정희의 삶과 글에 대해 『또 하나의 문화』 동인들이 엮어낸 단행본[8] 『너의 침묵에 메마른 나의 입술』에서 고정희의 친구들은 "그때 고정희가 여성운동의 독특한 방식으로 지니고 있던 생각 중 하나가 '자매애' 임이 곳곳에 드러난다"고 적고 있으며 한 걸음 더 나아가 "여성신문 발간 그 자체도 자매애의 결실이라 하였고 독자와의 연관도 자매애적이기를 갈구한 듯하다"고 적고 있다.[9] 이때에도 고정희에게는 '민중', '여성' 역시 중요한 자매로 여겨졌다. 1989년 2월 10일 『여성신문』 제10호 「독자에게 보내는

---

6   고정희가 주축이 되어 만든 또문 동인지 3호 『여성해방의 문학』은 이 분야에서 국내 처음으로 발간된 단행본이다.

7   이소희, 「엘리자베스 바렛 브라우닝과 고정희 비교 연구―사회비평으로서 페미니스트 시 쓰기」, 『영어영문학 21』 19(2), 21세기영어영문학회, 2006, 146~149쪽.

8   이 단행본은 고정희와 함께 활동했던 『또 하나의 문화』 1세대 동인들이 중심이 되어 엮어낸 것으로 그와 주고받은 편지 등 그의 삶과 글에 대한 사실적 기록에 초점을 맞추었다.

9   조형 외, 앞의 책, 68~69쪽.

편지」의 제목은 "여성 민중의 시대는 오는가"이다. 1989년 벽두 우리나라 최대, 최초의 사회운동 단체인 '전국민족민주운동연합^{전민련}'의 발족을 맞이하여 고정희는 "바야흐로 민중이 사회변혁의 주체가 되는 시대를 예고한다"고 평가하면서 그 역사적 의미를 다음과 같이 술회하고 있다.

> 그러나 여기서 우리는 '전민련'에 한가지 질문을 던지지 않을 수 없습니다. 모름지기 지식인 중심에서 민중 중심으로 자리매김을 한 민중운동의 연합체 '전민련'이 여성민중의 해방을 위하여 어떠한 방향과 전략을 가지고 있느냐 하는 것입니다. 과연 여성 민중의 시대는 오는가? 이 기대를 우리는 전민련에 걸어 봅니다.
>
> —『너의 침묵』, 67쪽

조형 교수는 이 글에 대해서 고정희가 당시에 생각하고 있던 여성문제와 여성운동의 방향 및 방식의 일면을 엿볼 수 있는데 그것은 "고정희가 여성문제를 여성 전체의 보편적인 문제가 아니라 여성 민중의 문제로 보고 있음을 확인할 수 있다"는 점이다. 즉 "여성운동의 주체이고 여성운동이 해결하려는 여성문제는 민중의 반이면서 특수한 민중인 여성들, 특히 여성 농민, 여성 노동자, 주부들의 문제로 보고 있다"고 평가한다.[10] 그러므로 고정희에게 있어서 '민중'은 '여성'보다 우선하는 개념이었으며 고정희 의식의 가장 밑바닥에는 항상 '민중'이 자리 잡고 있었다. 조형 교수의 표현대로 "역사를 거슬러 올라가도 그의 눈에 보이는 특권층의 민중 억압은 사면에서 그의 숨을 멈추게 한다"는[11] 점은 1991년 1월 8일 방콕

---

10   위의 책, 68쪽.
11   위의 책, 54쪽.

의 그랜드 팔래스의 부처님을 보고 난 후 쓴 편지에도 잘 나타나 있다.

特히 부처님의 옷을 국왕이 손수 갈아입힌다는
에메랄드 템플의 호화스러움에는 기가 질리고 말았습니다.
이탈리아의 기독교 유적들을 보면서
'이건 노예 문화다'라고 탄식했던 제 송곳니는
이곳에서 아주 입을 다물어야 했습니다.
유럽이나 아시아나 특수층과 왕족들이
극락 영생을 위해 절간에 유골을 묻고 있는 처지는 같은 것이라 하겠으나
구라파가 끝까지 얼굴의 권위를 내세우는데 비해
아시아는 '자연미'로 습합되고 있어서
거부감이 덜했습니다.

—『너의 침묵』, 54쪽

　　조형 교수는 고정희에게 문학과 문화운동 일반은 "민중의 삶의 상황과
사회구조에 대한 철저한 인식에 바탕해야 하는 것은 당연한 귀결"이며 "자
신의 시가 행여 민중을 기만하거나 욕되게 하는 일이 없을지에 대해 끊임
없이 자기 성찰을 하고 때로는 이것이 두려움이 되기도 한다"고 지적하였
다.[12] 그렇지만 지금까지 진행된 고정희의 시에 대한 연구는 '민중'의 관점
보다는 '여성'의 관점에서 주로 진행되어왔다는 점을 부인할 수 없다.
　　고정희를 여성시, 여성문학의 관점에서 한국현대시사에 자리매김하는
작업은 그간 활발하게 이루어져 왔다. 그러나 여성문학 연구자들도 고정

12　위의 책, 54~55쪽.

희를 여성문학이라는 사유 틀 안에만 자리매김할 수 없다는 점에 대해서는 그동안 동의해온 바이다. 송지현은 1999년에 발표한 논문 「불의 魂, 물의 詩－고정희 論」에서 고정희가 우리에게 펼쳐 보인 시세계는 그 규모나 소재, 분량 면에서 다양한 모색을 멈추지 않은 살아있는 정신과 역동적인 힘을 보여주었으며 시인으로서 시 형식에 대한 끊임없는 탐구의 자세와 시도의 노력에서도 타인의 추종을 불허할 정도라고 말한다. 그 다양성과 역동성은 물론 서정성과 열정까지도 두루 갖추었다는 점에서 고정희는 분명 "큰 시인"이며"큰 사람"이었다고 평가한다.[13] 정효구는 지금까지 고정희 연구를 진행해온 한국문학 분야 연구자들 중에서도 고정희의 문화 및 사회운동 활동의 중요한 영향에 주목했던 연구자이다. 그는 1999년에 발표한 논문 「고정희 시에 나타난 여성의식」에서 고정희가 시 창작을 통해서 뿐만 아니라 문화 및 사회운동을 통해서 여성문제에 힘을 쏟았던 시인이라는 점에 주목하였다. 따라서 여성문제와 관련된 고정희의 전모를 파악하기 위해서라면 시 창작의 측면과 문화 및 사회운동사의 차원에서 함께 접근하는 것이 필요하다고 역설한다. 그러나 본인의 연구는 시 분야의 논문이기 때문에 고정희의 여성문제 탐구의 실상과 의미를 주로 시 작품에 근거를 두고 살피고자 한다고 말한다.[14] 김승희 교수는 1999년에 발표한 논문 「상징 질서에 도전하는 여성시의 목소리, 그 전복의 전략들」에서 고정희가 필리핀에서 식민주의자들의 유산과 그에 대항하는 필리핀 여성들의 저항적 문화를 체험하면서 쓴 마지막 시집 『모든

---

13 송지현, 「불의 魂, 물의 詩－고정희 論」, 『韓國言語文學』 42, 한국언어문학회, 1999, 151쪽.
14 정효구, 「고정희 시에 나타난 여성 의식」, 『인문학지』 17, 충북대 인문학연구소, 1999.2, 44쪽.

사라지는 것들은 뒤에 여백을 남긴다』의 의의를 논하면서 "스피박이 말하는 하위 주체로서 아시아 여성의 문제에 직핍적으로 도전해 들어가는 공격적 모습을 보인다"는 점을 지적한다.[15] 한국 여성문학사의 관점에서 볼 때 고정희는 "현대 여성주의 시의 야성적 개척자이자 인간을 억압하는 독재와 남근중심적 자본주의의 재앙을 외쳤던 카산드라적 존재"라는[16] 평가를 받고 있다. 이와 같이 고정희는 자신의 자전적 체험을 바탕으로 여성시인으로서는 보기 드물게 날카로운 사회역사의식을 갖고 있었으며 이러한 의식을 갖게 된 데에는 1980년대 한국 사회의 사회운동 및 사회문화적 담론의 영향을 빼놓고 논의할 수 없다. 그리고 이러한 고정희 시 창작의 핵심에 바로 '민중'이 위치한다.

김승구는 2007년에 발표한 논문 「고정희 초기시의 민중신학적 인식」에서 지금까지 학계에서 진행되어온 고정희 시에 대한 평가는 페미니즘 같은 가치 범주에서 평가되어왔다는 점을 지적하고 이러한 평가를 어느 정도 긍정하면서도 "1980년대 한국 현대 페미니즘 시의 선구자"라는 평가만으로는 고정희에 대한 온당한 평가가 될 수 없다고 주장한다. 즉 "고정희의 창작 과정이나 정신적 배경을 고려할 때 고정희는 서구의 중산층 페미니즘의 잣대로 평가할 수 없는 다양한 영향관계와 맥락 속에서 정신적 고투를 벌여왔다"고 주장했다. 고정희는 기본적으로 전남 해남 농민가정 출신이라는 배경과 5남 3녀중 장녀라는 위치를 갖고 있었다는 점, 어린 시절부터 기독교를 신봉한 신앙인으로서 한국신학대학에서 민중신학

---

15 김승희, 「상징 질서에 도전하는 여성시의 목소리, 그 전복의 전략들」, 『여성문학연구』 2, 1999, 150쪽.
16 김승희, 「발문─근대성의 판도라 상자를 열었던 시인 고정희」, 『고정희 시전집』 2, 또하나의문화, 2011, 567쪽.

의 영향을 받은 진보적 신학도였다는 점, 또 1980년 광주의 역사적 사건을 침묵 속에서 지켜볼 수밖에 없었던 전라도 사람으로서의 정체성을 끝내 부정하지 못했다는 점을 지적하였다. 1980년대의 고정희는 『목요시』 동인으로서 '민중적 지식인'으로서의 글쓰기를 고민했던 시인이며 『또 하나의 문화』를 만난 이후 페미니즘 시를 다수 창작했지만 "이들 시마저 전적으로 서구적 페미니즘의 수용에서 생산된 결과물이라고 보기는 어렵다"는 것이다. 그러므로 여성주의에 관한 고정희의 후기 시를 떠받치고 있는 것도 "대학 시절에 논리화된 민중신학적 논리 구조였다"고 주장했다.[17] 이러한 김승구의 주장은 지금까지 진행되어온 고정희 관련 연구가 고정희의 다양한 면모를 드러내 주기에는 매우 미흡하다는 점을 여실히 반영하는 것이다. 필자 역시 김승구의 평가를 긍정적으로 받아들이며 그 중에서도 특히 "서구 중산층 페미니즘의 잣대로 평가할 수 없는 부분에서 정신적 고투를 벌여왔다는 점"에 주목하여 이러한 고투의 결과가 가장 많이 드러난 고정희 시적 자아의 마지막 단계를 가장 잘 보여주고 있는 연작시 「밥과 자본주의」[18] 중에서 「몸바쳐 밥을 사는 사람 내력 한마당」을 고정희 자신이 명명한 '여성민중주의적 현실주의' 관점에서 분석하고자 한다.

---

17 김승구, 「고정희 초기시의 민중신학적 인식」, 『한국문학이론과 비평』 11(4), 한국문학이론과비평학회, 2007, 271쪽.

18 이 시는 연작시 형태로 구성되어 있으며 「민중의 밥」으로부터 시작하여 「밥을 나누는 노래」로 끝나는 총 26편의 시로 구성되어 있다. 이 연작시 중 앞의 네 편, 「민중의 밥」, 「아시아의 아이에게」, 「브로드웨이를 지나며」, 「아시아의 밥상문화」를 제외하고는 모두 고정희 생전에 미발표된 작품들이다.

2. 틈새공간-『여성해방출사표』와『광주의 눈물비』 사이

조혜정 교수는 고정희 장례식에서 읽은 조사 「그대, 쉬임없는 강물로 다시 오리라」에서 고정희의 삶을 "한편에서는 여성의 고통을 가볍게 아는 '머스마'들에 치이고, 다른 한편에서는 민족의 고통을 가볍게 아는 '기집아'들에 치이면서 그 틈바구니에서 누구보다 무거운 십자가를 지고 살던 너"라고 표현했다.[19] 『여성신문』 주간으로 활동하던 시기에도 '민중'과 '여성'을 모두 껴안고 가려는 그의 굳은 신념과 성급함은 주변 사람들에게도 뼈를 깎는 강행군을 요구했고 확산의 속도가 더디어지자 조바심만을 더하게 했으며 이러한 과정을 거치면서 그의 『여성신문』 생활은 일 년 만에 청산되었다. 다음 해인 1990년 여름 고정희는 두 개의 시집 『여성해방출사표』와 『광주의 눈물비』를 거의 동시에 출판하고 마닐라로 떠났다. 『여성해방출사표』와 『광주의 눈물비』는 여성, 민중, 사회비평에 대한 고정희의 의식과 함께 마닐라로 떠나기 전 고정희의 심경을 가장 잘 보여주는 시집이다. 『여성해방출사표』 서문에서 고정희는 80년대 사회변혁운동과 여성운동의 틈새 공간에 서 있는 자신의 입장에 대하여 다음과 같이 자세하게 설명하고 있다.

우리나라 사회변혁운동에서 '여성주의 시각'이 보편적으로 등장한 것은 지난 80년대 중반 이후부터의 일이다. 따라서 해방의 주체를 '여성민중의 삶과 수난'으로부터 끄집어내려는 여성주의 시각은 지난 80년대 여타의 사회변혁운동에서 자유로울 수 없다.

---

19 조혜정, 「그대, 쉬임없는 강물로 다시 오리라」, 조형 외, 앞의 책, 229쪽.

그러나 나는 사회변혁운동과 페미니즘운동 사이에서 나름대로 심각한 갈등을 겪어왔다. 예를 들면 민중의 억압구조에는 민감하면서도 그 민중의 '핵심'인 여성민중의 억압구조는 보지 않으려 한다든지, 한편 성억압에는 첨예한 논리를 전개하면서도 '민중'이라는 말로 포괄되는 역사적이고 정치적인 억압구조에는 무관심한 듯한 현실 등이 그것이다. (…중략…)

민중의 해방이 강조되는 곳에 몰여성주의가 잠재되어 있다든지, 여성해방이 강조되는 곳에 몰역사, 탈정치성이 은폐되어 있다면 이것이 사회변혁운동으로써 총체성을 획득하기엔 너무 뻔한 한계를 드러내고 있는 것이다.5~6쪽

이와 같이 고정희는 80년대 사회변혁운동 내의 틈새 공간에서 '민중'과 '여성'을 함께 껴안고 씨름했다. 또한 자신은 "여성주의 시각의 핵심을 한국에서, 그리고 아시아 여성들의 삶과 수난에서 찾으려 하는 사람 중의 하나"라고 정의하면서 한국의 정치 역사 현실 속에서 "성억압이 얼마나 비참하고 참혹하게 전개되어왔는가"하는 출발점을 "원나라에 바쳐진 '고려 공녀 사건'에 두고 있으며 왜정치하 위안부로 군수공장에 끌려간 '정신대 여자 사건'을 그 정점으로 삼고 있다"고 역사주체로서 자신의 관점을 분명하게 드러낸다. 그러나 곧 이어서 "유감스럽게도" 자신은 "**이 여성문제 시점에서 '고려 공녀 사건'과 '정신대 사건'을 본격적으로 다루지 못했다**"필자 강조라고 적고 있다. 이 시집의 서문 끝부분에서 고정희는 마닐라로 떠나는 자신의 기대감을 다음과 같은 말로 표현하고 있다.

이제 나는 다시 내 자신의 한계에 도전하기 위하여 새로운 출발을 서두르고 있다. 지금까지 내 삶의 집착이며 애증의 토대였던 이 땅과 잠시 이유기를 갖는 일이 중요한 의미로 승화될 수 있기를 바라는 맘 간절하다.7쪽

즉 마닐라로 떠나는 고정희에게 "이 땅과 잠시 이유기를 갖는 일"은 "내 자신의 한계에 도전하기 위한 새로운 출발"로 여겨졌다고 볼 수 있다. 비슷한 시기에 출판된 『광주의 눈물비』 앞부분의 「시집머리 몇마디」에 나타난 고정희의 심경은 『여성해방출사표』에 나타난 것보다 훨씬 더 절실하게 "외롭고 쓸쓸하다"고 표현되어 있다. 또한 이러한 외로움과 쓸쓸함은 개인적인 것이 아니라 사회적인 것임을 밝히고 있다.

이 여덟 번째 시집을 엮고 나서도 나는 조금 외롭고 쓸쓸하다. 그러나 그 외로움과 쓸쓸함은 그 어느 때보다 골이 깊은 것임을 느끼고 있다. **이 골 깊은 외로움과 쓸쓸함**은 지난 팔십년대 마지막 밤에 벌어진 역사적 해프닝, 이른바 '오공비리 청문회'에서 덧난 후 아직 아물지 않고 있다.^{필자 강조, 2쪽}

이 '오공비리 청문회'는 고정희에게 매우 첨예한 정치의식, 특히 우리 사회의 곳곳에 스며들어 있는 정치적, 문화적 식민주의에 대한 의식을 제공한 것으로 보인다. 그래서 이어지는 글에서는 거의 분노에 찬 어조로 다음과 같이 자신의 심경을 토로하고 있다.

나는 실로 최초로 역사적 진실에 대하여 절제하기 어려운 **노여움**을 품게 되었고 내가 지금까지 소망을 가졌던 일에 대하여, 신념에 대하여, 대상에 대하여 짙은 회의를 갖게 되었다. 거기 조금씩 비겁해지고 조금씩 변절했으며 조금씩 파국의 구렁 속으로 발을 내밀고 있는 구십년대의 초상이 서 있었다. 아니 거기 신보수주의의 탈을 쓴, 신귀족주의의 가면을 쓴 문화식민들이 서 있었다. 그리고 나는 들었다.^{필자 강조, 3쪽}

그런데 이러한 "노여움"[20]이 자신의 시 쓰기에도 영향을 미쳤으며 이는 "이미 말로 표현할 수 없는 선택의 차원을 넘어선 '정면대결'"이라고 표현하고 있다.

> 서툴면 서툰대로 모났으면 모난대로 반란을 일으키는 감정들을 토악질해내지 않고는 견딜 수 없다는 악발에 북받쳐 시를 썼다. 그러므로 이 시집은 대망의 구십년대를 온순하게 맞이하고 있는 한 시인의 정신적 방황의 기록이며 도큐먼트이다. 여기에는 이미 어떤 시가 좋다거나 나쁘다는 말로 표현할 수 없는, 선택의 차원을 넘어선 '정면대결'이 있을 뿐이다.4쪽

그러므로 이 구절은 그 후 고정희 시에 나타난 시어들과 시적 발화를 이해하는 데 매우 중요한 단서를 제공해 주고 있다. 이 두 시집의 서문을 읽어보면 마닐라를 다녀온 고정희가 그토록 급진적인 연작시 「밥과 자본주의」를 썼다는 점이 그의 시적 자아의 자연스러운 발달과정이었음을 알 수 있다. 마닐라에서 서구 남성중심의 신식민주의가 자본주의 체제 안에서 어떻게 아시아 여성들을 수난으로 몰고 가는가를 구체적으로 경험한 고정희에게는 '오공비리 청문회'보다 더욱 크고 무거운 여성억압 체제를 인식하는 계기가 되었을 것이다. 이러한 경험은 「몸바쳐 밥을 사는 사람 내력 한마당」에 등장하는 급진적 내용의 사설 대목들을 '마당굿시' 형식에 담아 민중과 강력한 공감을 일으키도록 발화하게 하는 결과로 나타난다. 『또 하나의 문화』 친구들 역시 그가 필리핀 체류 기간 중 막바지 즈음

---

20 나는 이 지점에서 고정희가 그동안 얘기해 왔던 "외로움과 쓸쓸함"이 "노여움"으로 바뀐 점에 주목하며 이러한 변화는 이후 그의 시 창작과 시 쓰기에 매우 큰 영향을 미쳤다고 생각한다.

인 1990년 12월과 1991년 1월 중 마닐라에서 보낸 편지들을 토대로 "성과 사랑의 문제로 한정하지만 그는 여성문제를 급진주의 여성해방론에 입각하여 볼 수밖에 없다는 반半 결론을 내리고 있다"라고 평가하고 있다.[21] 조혜정 교수는 "마닐라의 빈민가를 둘러보고 제3세계 민중의 또 다른 모습을 보고 온 그대의 시는 더욱 서슬 시퍼런 칼날을 세우고 있어 우리를 섬찟하게 했다"라고 쓰고 있다.[22] 이러한 점들을 종합해 볼 때 연작시 「밥과 자본주의」, 그중에서도 「몸바쳐 밥을 사는 사람 내력 한마당」에 나타난 고정희의 시 쓰기는 그가 1991년 6월 8일, 『또 하나의 문화』월례 논단에서 밝힌 "여성주의 리얼리즘과 문체혁명"의 일례를 보여주는 것이며 자신의 문학적 입장을 '여성민중주의적 현실주의'로 명명했다는 점과 매우 밀접한 관련이 있다는 점을 알 수 있다. 조혜정 교수는 그 마지막 월례 논단에서 고정희가 자신의 문학적 입장에 대해서 구체적으로 어떻게 말했는가를 다음과 같이 상세하게 전하고 있다.

그대 얼굴을 마지막으로 대하게 된 월례논단에서도 그대의 '과격함'은 여전했다. 그대의 '민족주의'는 치열했다. "이제 우리 문학은 우리 것을 거두어들이는 시기로 들어섰다. 난 이제 더 이상 외국의 이론 따위는 읽기도, 보기도 싫다. 남의 것은 에너지가 되지 못한다. 우리 시대의 고백을, 우리의 체험을, 우리말로 **풀어내는 진정한 민중 문학을 만들어 가야 한다**"고 운을 뗀 열정어린 그대, 민족문학가 고정희. 앞으로의 "여성해방 문학은 현 민족 문학이 지닌 '혁명적 낭만주의'라는 낙관적 대답을 넘어서서 **더 많은 민중의 한숨을 끌어안는 열린 질문, 비판적 리얼리즘을 포용하는 방향으로 나아가야 한다**"던 어진 님 그대. 여성해방

---

21   조형 외, 앞의 책, 70~71쪽.
22   조혜정, 앞의 글, 229쪽.

문학가 고정희. 그대는 자신의 입장을 '**여성민중주의적 현실주의**'로 이름하며 다음 책에서 보다 나은 민중 문학을 보여주자고, 새로운 여성해방 문학의 장을 열어가자고 잔잔한 미소로, 그러나 열을 품고서 말했다. 필자 강조, 228~229쪽

이 지점에서 우리는 연작시 「밥과 자본주의」의 출판 의사를 고정희 자신이 출판사에 전달한 시점을 상기할 필요가 있다. 유고 시집의 「편집 후기」에서 이시영은 "이 시집은 고 고정희 시인이 시집 발간을 목적으로 청서해 놓은 원고로 이루어졌다"는 점과 고정희가 타계하기 일주일 전인 1991년 6월 1일경 편집자에게 찾아와 "신작 시집 원고를 정리해 놓았다고 하면서 이를 간행해 줄 것을 부탁한 바 있다"고[23] 하였다. 그러므로 현재 출판된 형태는 고정희가 그로부터 일주일 후, 『또 하나의 문화』 월례 논단에서 주장했던 문체혁명의 일례로서 '여성민중주의적 현실주의'를 반영한 시 쓰기였음을 미루어 짐작할 수 있다.[24]

---

23 이시영, 「편집 후기」, 고정희 지음, 앞의 책, 201쪽.

24 유고 시집의 「편집 후기」에서 이시영은 이 시집의 출판과정 중 원고를 획득한 과정에 대하여 아래와 같이 비교적 자세하게 밝히고 있다. "고정희 시인의 장례 후 유족과 함께 안산 집으로 가 유품 등을 정리한 조용미 시인의 말에 의하면 이 원고들은 초고 노트와 함께 서랍 속에 따로 정리되어 있었다고 하며 우리는 이번 시집 제작과정에서 원고와 초고 노트를 일일이 대조하여 시인의 최종 육필이 가해진 원고를 원본으로 삼았다. (예를 들면, 초고 노트에는 「밥과 자본주의」 연작에 번호가 붙어있었으나 원고에는 번호들이 빠지고 순서도 더러 바뀌었음)" 이시영, 앞의 글, 201쪽.

3. 연작시 「밥과 자본주의」-「몸바쳐 밥을 사는 사람 내력 한마당」

1) 여성 민중시의 언어적 실천과 발화주체

1980년대 한국 사회에서 '민중'과 '여성'을 껴안고 씨름해 온 고정희의 필리핀 여행은 자본주의와 제국주의의 폐해가 아시아 민중, 그중에서도 특히 아시아 '여성', '민중'들에게 어떠한 폐해를 끼쳐왔는가를 여실히 목격하고 체험하는 계기가 되었으며 연작시 「밥과 자본주의」가 바로 이에 대한 고정희의 반응이었다. 그러므로 고정희의 필리핀 여행 보고서 역할을 하고 있는 이 시는 "아시아 민중 여성의 수난사"라는 부제를 붙일 만한 작품이다. 조옥라 교수는 고정희가 필리핀에서 귀국하던 날 「밥과 자본주의」 중에서도 "구멍 파는 여자 이야기" 시를 들고 『또 하나의 문화』 동인들 앞에 나타났을 때 동인들은 "그 적나라함에 놀라기도 하고 그가 엮는 덕담에 배를 잡고 웃기도 했다"고 전했다.[25] 그러나 고정희 자신은 필리핀에서 목격한 현실을 "몸 전체로 받아들이면서 분노하고" 있었으며 그중에서도 특히 고정희를 "가장 전율스럽게 한 것은 가난한 여성, 매춘 여성들의 실태였기 때문에 이에 대한 분노가 「밥과 자본주의」 전체에 번뜩이고 있다"고 지적한다.[26] 앞에서 이미 언급한 바와 같이 조혜정 교수도 필리핀 여행 이후 고정희의 시는 "더욱 서슬 시퍼런 칼날을 세우고 있어 우리를 섬찟하게 했다"라고[27] 말하고 있다. 이 두 사람의 표현을 보면 고정희가 필리핀에서 돌아왔을 때 얼마나 많이 분노하고 있었는가를 쉽게 짐작할 수 있다. 그렇다면 우리의 다음 관심사는 고정희가 이러한 분노를

---

25   조옥라, 「발문-고정희와의 만남」, 고정희, 앞의 책, 197쪽.
26   위의 글, 196쪽.
27   조혜정, 앞의 글, 229쪽.

어떠한 문학적 형식, 즉 어떤 문체에 담아내고 싶어 했는가이다.

가부장적 자본주의의 초기 사회였던 1840년대 영국의 여성작가들에게 '타락한 여성fallen woman' 주제는 매우 친숙하고 널리 알려진 주제였다. 그러나 '타락한 여성' 자신이 문학작품 속의 화자로, 그것도 발화주체로 등장하는 예는 매우 드물었다. 1857년 엘리자베스 바렛 브라우닝Elizabeth Barrett Browning의 장시 『오로라 리Aurora Leigh』에서 여성 시인으로 등장하는 오로라 리가 거리의 '타락한 여성' 마리안 얼에게 말할 수 있는 기회를 제공한 예는 매우 예외적인 경우로 꼽힌다.[28] 이러한 현상은 요즈음 발표된 한국문학, 또는 한국계 미국문학 작품도 결코 예외가 아니다. 제2차 세계대전 당시 일본군 위안부였던 한국 여성들을 소재로 한 문학작품들 중에서 전 세계적으로 가장 많이 읽힌 한국계 미국작가 노라 옥자 켈러Nora Okja Keller의 『종군위안부Comfort Woman』1997에서도 종군위안부였던 김순효는 실제 현실 생활에서 하와이 주류사회에 편입되지 못하고 최하층으로 살아가다가 결국 영매와만 대화가 가능해서 점장이로 생계를 유지하는 것으로 그려진다. 또 이창래의 『제스처 인생A Gesture Life』1999에 등장하는 위안부 K는 남성 일인칭 화자 프랭클린 하타의 관점에서만 묘사될 뿐 자신의 입장을 강력하게 대변할 수 있는 언어조차 갖지 못한다. 이는 한국문학인 윤정모의 위안부 소설 『에미는 조센삐였다』1983에서도 마찬가지인데 지금까지 위안부였던 경험을 감추고 살아온 어머니는 죄인으로 묘사될 뿐이다. 하지만 다소 예외적인 경우를 김정한의 단편소설 「오끼나와에서 온 편지」1976에서 발견할 수 있다. 이 경우는 오끼나와에서 술집을 경영하

---

28   당시 맨체스터에서 목사의 부인이자 여성작가로 실제로 '타락한 여성'들을 위하여 봉사활동을 했던 엘리자베스 개스켈(Elizabeth Gaskell) 조차도 자신의 문학작품 속에서는 이들을 일인칭 화자나 발화주체로 등장시키지 않았다.

며 기백당당하게 살아가는 상해댁으로 묘사되는 여성이 등장한다. 그러나 이 역시 주인공의 편지글에 대상으로만 등장할 뿐 자신의 언어로 자신의 의사를 강력하게 표현하는 언어적 주체가 되지 못한다.[29] 그러므로 고정희가 "몸바쳐 밥을 사는 사람"으로 육십대, 오십대, 중년 여자, 이렇게 세 명의 여성 발화주체를 등장시켜 이들의 "내력 한마당"을 '마당굿' 형식으로 재현한 이 시는 한국과 한국계 여성문학사 내에서 매우 독보적인 위치를 차지하는 작품이다. 여기서 우리가 또 하나 특별히 주목할 사항은 이 "내력 한마당"에 등장하는 여성 발화주체가 각기 다른 점 역시 고정희가 창안해 낸 상징계와 상상계를 넘나드는 자매애에 기초한 문학적 기법이라는 점이다. 조옥라 교수는 이 시에 나타난 고정희의 자매애와 여성주의 의식에 대하여 다음과 같이 말한다.

'구멍 파는 여성' 문제를 고발하고 있는 그의 현실 인식 속에서 나는 우리가 그렇게 그를 설득하려고 했던 '자매애'의 실현을 본다. 처음 그를 만났을 때 여성의 힘을 어머니에게서 찾으려 하는 것이 얼마나 우리 사회 여성에 대한 고정관념을 재확인하는 것인지에 대하여 설명하니까 우리의 지나친 여성주의에 대하여 강력히 반발하던 게 바로 어제 일 같다. 그런데 그는 어느 날 성큼 우리를 앞서가고 있다.[197]

이러한 문학적 형상화 과정을 살펴볼 때 이 시에서 "몸바쳐 밥을 사는 사람"으로 등장하는 세 명의 여성들은 우리 사회에서 가장 소외된 '여성' '민중'임에도 불구하고 강력한 발화주체로 등장한다는 점에서 매우 독특

---

29 So-Hee Lee, "Diasporic Narratives in Korean *Wianbu* Literature", 『비교한국학(*Comparative Korean Studies*)』 11(2), 2003.12, 65~66쪽.

한 인물들이다.

고정희는 국내뿐만 아니라 영어권 여성작가들과 비교해도 훨씬 급진적인 방식으로 "몸바쳐 밥을 사는 사람"을 주목할 만한 발화주체로 재현하고 있다. 이 시에서 처음으로 등장하는 육십대 여성은 자신의 매춘 경험을 여성 개인의 불행으로만 묘사하지 않고 신식민주의, 자본주의, 제국주의 등으로 얼룩진 20세기 한국의 근대사와 함께 엮어서 마당굿의 형식을 빌어 사설조로 풀어놓고 있다. 그 후 이어지는 이 "내력 한마당"은 다음과 같은 세 개의 대목으로 구성된다. 육십 대 여자가 **아니리조**로 풀어놓는 "구멍 팔아 밥을 사는 여자 내력 한 대목"에 이어 오십 대 여자가 나와서 **중모리 풍**으로 "구멍밥으로 푸는 똥 내력 두 대목"을 늘어놓고 난 후 보다 젊은 중년 여자가 나와서 **자진모리 풍**으로 자신의 매춘 경험과 정치, 경제, 사회구조를 모두 연결하여 "허튼 밥으로 푸는 매춘 내력 세 대목"을 늘어놓는다필자강조.[30] 무엇보다 가장 흥미로운 점은 고정희가 아시아인들의 주식인 '밥'을 서구유럽에서 유래된 경제 체제인 '자본주의'와 연결시켰다는 점이다. 결국 "구멍 팔아 밥을 사는" 주체인 개별 성노동자 여성으로부터 출발한 자본주의의 폐해와 모순 구조는 아시아 대륙 전체로까지 확대되어 나간다. 「밥과 자본주의」 연작시들 중에서도 고정희가 명명했던 '여성민중주의적 현실주의'의 문학적 특징은 "몸바쳐 밥을 사는", "사람", "내력 한 마당"이라는 이 제목에 나타난 세 개의 범주에 고스란히 나타나 있다. 이제부터 우리가 듣게 될 사설 대목은 오늘날 자본주의 사회에서 "몸바쳐 밥을 사는" 경제활동으로 자신의 삶을 꾸려가는 "사람"인데 이 "사람"

---

30 이들의 사설 세 대목이 아니리조, 중모리풍, 자진모리풍과 같이 각기 다른 가락과 장단에 맞추어 진행된다는 점은 이들의 발화 내용과 형식이 함께 어우러져 관객들에게 전달되는 공연이라는 점을 염두에 두고 쓰인 것임을 보여준다.

의 성젠더은 '여성'이고 계급은 '민중'이다. 여기서 고정희가 '여성'이라는 성 정체성으로만 한정하지 않고 보다 넓은 개념의 '사람'으로 명명한 데에는 '민중'이라는 계급적 정체성을 함께 포괄하고 싶었기 때문일 것이다. 그리고 그 내용은 '마당굿시'의 한 형식인 "내력 한마당"을 통해서 사설조로 읊어질 것이라는 점을 암시하고 있다. 이 시에서 고정희는 가부장적 자본주의 사회에서 팔 것이라고는 자신의 몸 외에 어떤 것도 갖고 있지 못한 "구멍 팔아 밥을 사는 사람 내력"을 정면으로 다루고 있는 것이다.

조선 여자 환갑이믄 세상에 무서운 것 없는 나이라지만
내가 오늘날 어떤 여자간디
이 풍진 세상에 나와서
가진 것 없고 배운 것 없는 똥배짱으루
사설 한 대목 늘어놓는가 연유를 묻거든
세상이 묻는 말에 대답할 것 없는 여자,
그러나 세상이 묻는 말에 대답할 것 없는 팔자치고
진짜 할 말 없는 인생 못 봤어
내가 바로 그런 여자여
대저 그런 여자란 어떤 팔자더냐 (장고, 쿵떡)

— 『모든 사라지는 것들은 뒤에 여백을 남긴다』, 82쪽[31]

육십대 여성을 첫 번째 발화주체로 내세운 고정희의 전략은 유교 중심의 한국 사회에서 "나이 든" 여성이 갖는 무성적asexual이면서 동시에 기존

---

[31] 앞으로의 본문 인용은 모두 이 책에 의거한 것이며 이후로는 쪽수만 표기함.

의 성 이데올로기로부터 자유로운 입장을 가장 효과적으로 사용하기 위한 것이다. 그러므로 "세상에 무서운 것 없는" 이 환갑의 조선 여자는 "가진 것 없고 배운 것 없는 똥배짱"을 강조하며 '민중'으로서 자신의 정체성을 확고히 한 후 앞으로 "사설 한 대목 늘어놓을" 것이라는 점을 공언하고 있다. 그래서 미리 관객들에게 이제부터 진행될 사설에서 발화주체로서 자신의 위치성position을 확실하게 자리매김한다.

> 내 팔자에 어울리는 말로 뽑자면
> **(유식한 분들은 귀 좀 막아!)**
> ……
> 씹구멍 바다 뱃길 오만 리쯤 더듬어온 여자라 (장고, 쿵떡)필자 강조, 84쪽

이 부분에서 가장 해학적인 표현은 "내 팔자에 어울리는 말로 뽑자면"이라고 한마디 던진 후 다시 "유식한 분들은 귀 좀 막아"라는 표현을 사용하여 '마당굿시'의 공연에서 느낄 수 있는 관객들과의 대화 행위 효과를 극도로 높인 후 곧바로 급진적인 표현을 사용하는 것이다. 자신은 "씹구멍 바다 뱃길 오만 리쯤 더듬어온 여자"라 이제부터 자신의 사설은 자신의 경험으로부터 우러나온 것임을 명확하게 제시하여 관객독자들의 흥미를 유발한다. 이와 같이 관객독자들에게 마음의 준비를 시킨 다음에는 아래와 같은 매우 과격한 언어 표현도 가능해진다.

> 내 배를 타고 지나간 남자가 얼마이드냐,
> 손님 받자 주님 받자
> 이것만이 살 길이다,

눈 뜨고 받고 눈 감고 받고

포주 몰래 받고 경찰 알게 받고

주야 내 배 타기 위해 줄선 남자가

동해안 해안도로 왔다갔다 할 정도였으니

당신들 계산 좀 해봐

황석영의 삼포 가는 길에선가 용산 가는 길에선가

그 여자 배 위로 지나간 남자가

한 개 사단 병력이었다고 하는디

내 배 위로 지나간 쌍방울은

어림잡아 백 개 사단 병력 가지고도 모자라 (얼쑤---)

개중에는 별별 물건 다 있었제

말이라면 하늘의 별도 딸 수 있는 물건

돈이라면 처녀불알도 살 수 있는 물건

만원 한 장이믄 배 수 척 작살내는 물건

여자 배타고 하늘입네 하는 물건

들어올 때 다르고 나갈 때 다른 물건

돈만 내고 가겠네 하다가 꼭 하고 가는 물건

한 구멍 값 내고 다섯 구멍 넘보는 물건

하 동정입네 하면서 동정받고 가는 물건…

이런저런 물건들이

그 잘난 좆대가리 하나씩 들고

구멍밥 고파 찾아오는 곳이 홍등가여

그러니까 홍등가는 구멍밥 식당가다, 이거여 84~86쪽

　이 "환갑의 조선 여자"는 "어림잡아 백 개 사단 병력"을 상대한 몸의 체험을 바탕으로 "그 잘난 좆대가리"들이 보여주는 다양한 허위의식과 비열한 양태들을 흥거운 가락과 장단에 맞추어 격렬하게 조롱하고 질편하게 희화화하며 철저하게 비웃는다. 그러나 그들이 "구멍밥 고파 찾아오는" 홍등가는 "구멍밥 식당가"인 동시에 그것도 다 "정부관청 인가받은 업소"86쪽임을 강조한다. 이 단락에서 이 육십대 여성은 가부장 사회를 떠받치고 있는 남근중심주의 사상의 중핵에 매우 강력한 언어 폭탄을 투척하여 그 핵심에서부터 해체하고 있다. 게다가 남도 민요 가락에 따라 진행되는 이 사설의 와중에 "(얼쑤--)"라는 추임새를 넣어 마당극 형식의 연희성을 강조함으로써 1980년대 민중시에서 흔히 볼 수 있는 언어적 실천을 차용하고 있다. 이러한 문학적 기능의 사용은 이 육십대 여성의 사설이 개인적인 한풀이가 아니라 많은 관객들과 공감할 수 있는 공동체적인 장에서의 발화라는 점을 암시하여 "나"의 발화가 "우리"의 발화로 확대되어 가는 과정을 보여준다. 이 장면에서 여성화자의 언어는 마치 흑인여성 작가이며 공연자인 마야 안젤로우Maya Angelou의 무대 위 공연을 보는 것 같다. 백인들의 영어로 자신들을 표현할 수 없다고 생각하는 흑인여성 작가들은 그들 나름대로 흑인여성 고유문화에 기초한 창조적인 방식으로 "여자로 말하기, 몸으로 글쓰기"를 표현하고 있는데 남성중심적인 시 문학 언어 내에서 자신의 경험을 표현할 언어를 갖지 못한 육십대 여성의 사설 한 대목은 마치 마야 안젤로우의 "몸으로 글쓰기" 무대공연을 보고 듣는 것 같은 느낌으로 다가온다.32

　또한 이 여성화자의 사설은 남성중심적인 국가 권력을 조롱하고 비

웃으며 그들의 정책을 비난하는 단계로까지 나아가고 있다. 그녀는 "조국 근대화가 나와 무슨 상관이며 / 산업발전 지랄발광 나와 무슨 상관이리"83쪽라고 말하면서 한 개인 여성의 삶에 한국의 경제발전과 근대화가 어떠한 영향도 미치지 못했다는 점을 강조한다. 또 한국의 대기업 재벌들이 비공식적으로 더러운 사업 거래를 하는데 비해서 "구멍 팔아먹는 장사"를 하는 자신이 오히려 "정직한 밥장사"86쪽라고 말한다. 이 구절은 『광주의 눈물비』에서 고정희가 "이 골깊은 외로움과 쓸쓸함"이라고 표현하면서 얼마나 절망했었는가를 감안한다면 가장 통쾌한 방식으로 다시 시적 자아로 돌아온 것을 축하해야 할 지경이다. 조옥라 교수의 언급처럼 고정희는 "가장 큰 절망 속에서도 강한 생명력을 보여준다."[33]

이 첫 번째 사설의 마지막 부분에 이르면 "구멍밥 장사로 백팔번뇌 넘은" 이 육십대 여성은 "밥과 인생에 대해 / 명예박사학위 서넛쯤"과 맞먹는 "구멍으로 쓰는 논문"을 읊을 것이라고 공언한다89쪽. 고정희는 이 대목에서 우리 사회의 다양한 여성 민중 중에서도 가장 소외된 성노동자 매

---

32 마야 안젤루우(Maya Angelou) 역시 8세에 의붓아버지로부터 성폭행을 당한 뒤 이 경험을 그녀의 첫 번째 작품인 『나는 새장안의 새가 왜 노래하는지를 안다(I Know Why the Caged Bird Sings)』(1969)에 적고 있으며 흑인여성들이 경험하는 이중의 가부장적 억압을 백인들의 영어가 아닌 흑인들의 영어로 표현한 앨리스 워커의 『컬러 퍼플(The Color Purple)』 역시 고정희가 고민했던 문체혁명 주제와 연결되어 있다. 마야 안젤루우의 경우는 더 이상 언어로 흑인여성들의 억압적 경험을 표현할 수 없다고 판단한 결과 관객들과 폭넓게 공감할 수 있는 무대 위에서의 즉흥적인 몸 공연(Body Performance)으로 서서히 옮겨갔다. 나는 고정희가 고민한 문체혁명과 '여성민중주의적 현실주의' 역시 흑인여성으로서의 억압적 경험을 백인들이 사용하는 영어와는 차별화되는 어떠한 언어적 표현과 문학적 형식에 담아낼 수 있을까를 고민했던 흑인여성작가들의 고민과 방법론적인 측면에서 맞닿아있다고 생각한다. 이와 관련된 자세한 내용은 이소희, 「침묵과 기억의 성 정치학―『나는 새장 안의 새가 왜 노래하는지를 안다』와 『컬러 퍼플』을 중심으로」, 『영어영문학』 13(2), 미래영어영문학회, 2008, 1~21쪽 참고할 것.
33 조옥라, 앞의 글, 197쪽.

춘여성에게 언어 권력을 부여하면서 이 여성이 사회적 주체로서 가장 자유롭고 강력하게 발화할 수 있는 조건을 제공한다. 그와 동시에 관객독자들에게는 앞으로 "똥 내력이 뚜렷해질" 내용을 듣게 될 것이라고 두 번째 사설에 참여할 마음의 준비를 시키고 이에 관객들은 "(허, 시원하게 벗겨봐)"라고 이 여성화자의 사설을 적극 환영하고 힘을 실어준다. 곧이어 등장하는 오십 대 여자의 사설은 "구멍으로 쓰는 논문"답게 한국사회를 분석 대상으로 삼아 "따져보면 엄연한 옳고 그름 있으니 / 그 먹고 싸는 밥과 똥 연유"에 대한 것을 남도 가락과 장단에 맞추어 읊는다.

아이고 아이고 아이고오
물밥 말아먹고 물똥 싸는 인생
야합밥 말아먹고 피똥 싸는 인생
꼭두밥 말아먹고 하수인똥 싸는 인생
낚싯밥 말아먹고 도토리똥 싸는 인생
개밥 말아먹고 쉬파리똥 싸는 인생
변절밥 말아먹고 앵무새똥 싸는 인생
분단밥 말아먹고 피눈물똥 싸는 인생
매판밥 말아먹고 매국똥 싸는 인생
양키밥 말아먹고 칼똥 싸는 인생
착취밥 말아먹고 바늘똥 싸는 인생
유착밥 말아먹고 저승똥 싸는 인생
권력밥 말아먹고 음모똥 싸는 인생
부정밥 말아먹고 사자똥 싸는 인생
사단밥 말아먹고 차별똥 싸는 인생

인맥밥 말아먹고 지역똥 싸는 인생

가부장밥 말아먹고 하늘똥 싸는 인생

(아 하늘이 왜 똥을 싸 똥을 싸긴!) 91~92쪽

이와 같이 이 '여성' '민중' 화자는 밥과 인생, 먹고 싸는 밥과 똥 연유에 빗대어 한국 사회에서 횡행하고 있는 더러운 정치경제 거래에 대해서 온갖 풍자와 조롱과 야유를 퍼붓는다. 게다가 "가부장밥 말아먹고 하늘 똥 싸는 인생" 대목에 이르러 듣게 되는 "아, 하늘이 왜 똥을 싸 똥을 싸긴!" 이라는 추임새는 이러한 풍자적 효과를 배가한다.

김영순은 고정희 페미니즘 시의 형식적 특징을 크게 두 가지로 나누었는데 남성중심 이데올로기와 문화를 해체하기 위한 풍자적 형식과 훼손된 여성성의 복원을 위한 여성적 글쓰기^{말하기}로 규정할 수 있는 사설적 형식이 그것이다.[34] 고정희의 풍자적 형식은 전통적 풍자형식과 1980년대 민중문학의 흐름 속에서 재정립된 풍자양식을 모두 수용하였다. 위에서 "똥 내력" 등에 대한 표현은 민중문학의 풍자양식을 수용한 대표적인 예로써 김지하의 풍자시 「똥바다」를 연상시킨다.[35] 고정희의 풍자는 허위의식으로 가득찬 남성중심주의와 마주하였을 때 그 신랄함이 더욱 날카로워지는데 특히 남성적인 폭력성과 위선을 맞닥뜨리면 비판적이고 냉소적인 야유가 주된 어조로 등장한다. 결국 고정희의 풍자적 기법과 형식

---

34 김영순, 「고정희의 페미니즘 시 연구-형식적 특성을 중심으로」, 동국대 석사논문, 2000, 9쪽.

35 김지하의 시 「똥바다」는 일본의 신군국주의와 경제 침략 및 일본인에 빌붙는 친일군상의 추악상을 비판한 시로 패망한 일본인 분삼촌대(糞三寸待)가 지금껏 참아왔던 똥을 광화문 한복판에 강렬하게 내지르면서 온통 똥바다가 되어버린 한반도의 정황을 보여주고 있는 대목은 가히 충격적이다. 이 시에 대한 민중시로서의 언어적 실천에 대한 분석으로는 김난희의 논문 43~55쪽을 참고할 것.

은 남성성을 비판함으로써 남성중심주의의 허구적 성격을 공격하는 것이 목표임을 알 수 있다.[36] 그러나 「몸바쳐 밥을 사는 사람 내력 한마당」에 오면 중년 이상의 오십 대, 육십 대 여자들이 남성중심주의를 공격하는 풍자적 언어는 훨씬 강도를 높여서 "어찌하여 구멍밥 먹는 놈은 거룩하고/ 구멍밥 주는 년은 갈보가 되는 거여?"라고 되묻는다. 그리고 오히려 자본주의 사회에서 몸이 아니라 "지 혼 파는" 잣대를 들이댄다. 자신들처럼 "구멍팔아 밥을 사는 팔자 중에 / 지 혼 파는 여자 아무도 없어"라고 말하면서 그 이유로 "구멍밥 장사는 비정한 노동"인 동시에 "**물건 대주고 밥을 얻는 비정한 노동**"필자 강조, 88쪽이라는 점을 강조한다. 그러나 "혼 빼주고 밥을 비는 갈보"인 "정치갈보", "권력 갈보"로 오면 여성 민중시의 언어적 실천은 그 수위가 훨씬 높아지고 강력해지며 그래서 그 풍자적 효과는 매우 위협적이고 공격적이다.

혼 빼 주고 밥을 비는 갈보로 말하면야
여자 옷 빌려입고 시집가는 정치갈보
지 영혼 팔아먹는 권력갈보가 상갈보 아녀?
아 고것들 갈보 데뷔식도 아주 요란벅적해
금테두른 이름표 하나씩 달고
염색머리에 유리잔 부딪치면서
정경매춘 꽃다발 여기저기 꽂아놓고
백성의 오복길흉이 마치
정치갈보 권력갈보 흥망에 달려있는 것처럼

---

36 김영순, 앞의 글, 16쪽.

오구잡탕 거드름을 떨어

(장고, 쿵떡) 88쪽

앞의 『광주의 눈물비』 서문에 나타난 '노여움'의 원인이 이 시에 와서
는 풍자적으로 조롱과 야유의 대상이 되고 있음을 알 수 있다. 이러한 조
롱과 야유, 냉소와 비웃음은 "구멍밥으로 푸는 똥 내력 두 대목"에 가면
발화주체와 관객들의 대화 행위를 통해 희곡성과 연희성의 효과를 더더
욱 높이면서 민중시로서 언어적 실천의 효과는 극대화 된다.

아이구 구린내야 아이구나

똥-- 천-- 하-- 지본이야

개도 마다하는 이 똥천지를 보자보자 하니

그 입에서 노는 혓바닥과 똥이 매 한쌍이라

(허, 쳐라) 92쪽

그 이전 시들에서 고정희는 민중문학 관점에서 민중의 위치를 여성의
위치로 대체시키고 여성에 대해서는 해학을 중심으로, 그 반대편에 있는
남성에 대해서는 풍자를 중심으로 대처해왔다.[37] 이 시에서도 이러한 풍
자기법의 일례로써 "위로 먹고 아래로 싸는 똥냄새 식별할 제 / 백폐만상
인생 내력이 바로 똥 내력이로구나"라는 오십대 여성의 사설에 관객들이
"(추임새- 허, 똥 내력이로구나)"라고 맞장구침으로써 그 풍자적 기법의 효과
를 더욱 확대해 나간다. 이 '여성' '민중'시의 세 여성화자들이 사용하는

---

37 위의 글, 17쪽.

풍자적 기법의 양상은 한국문학 사상 유례가 없을 정도로 남성 지배문화에 위협적이다. '여성'과 '민중'을 함께 껴안고 남성 지배권력 계급을 향한 고정희 풍자의 언어적 실천은 이 장면에 와서 최고의 정점에 달한다.

2) 마당굿시의 형식적 특성과 집단적 신명

산업화의 모순이 나타나기 시작한 70년대 중반 이후 박정희 정권의 유신체제를 비판하던 지식인들은 당시 민중사학의 영향을 받아 신채호의 "민중" 개념을 재소환하였으나 이때의 "민중" 개념은 "역사적 주체"로서 역사발전을 가늠하기 위한 좌표에 머물렀다. 그러나 "지난 100년의 흐름을 좌우한 분수령"으로[38] 일컬어지는 80년 5월 광주항쟁 이후 "민중" 개념은 보다 명확하고 심화된 개념으로 발전하여 사회변혁운동의 주체이자 역사발전의 주체로 확장되며 민중운동의 핵심 세력으로 부상하였다. 이제 "민중"은 "역사와 정치의 주체"라는 강력한 개념으로 변환되었으며 혁명적 급진화 과정을 거쳐 민중 중심의 미래 공동체를 기획하고 상상하는 것이 가능하게 되었다. 70년대 이후 반정부세력이 주도하는 "대항공론장"으로서의 역할을 해왔던 마당극은 "대항헤게모니적 문화정체성을 모색하던 과정의 산물"로서 풍부한 극적 요소와 사회비판적 가능성에 힘입어 새로운 주체성을 표출하는 장이었다.[39] 게다가 광주항쟁 이후 민중운동은 사회변혁에 대한 추구로 이동하기 시작하였고 이제 마당극은 민중운동에서 없어서는 안될 필수적인 부분이 되었다. 80년대 중반 이후

---

38 서중석, 「〈발제〉 광주학살·광주항쟁은 민족사의 분수령이었다」, 『역사비평』 7, 1989, 39쪽.

39 이남희, 유리·이경희 역, 『민중 만들기—한국의 민주화운동과 재현의 정치학』, 후마니타스, 2015, 299~301쪽.

마당극의 주제와 미의식은 "새로운 혁명적 미의식과 정치적 유효성에 대한 요구"로 바뀌었다.[40] 게다가 상황에서 급진주의적 연극적 요소를 새로운 정치적 비전과 결합하기 위해서 탄생한 것이 바로 "마당굿"이다. "민중을 어떻게 재현할 것인가"의 고민은 관객들을 수동적으로 연극을 관람하는 관람자의 위치에서 연극적 사건에 직접 참여하는 경험을 통해 관객을 변혁시키려는 목적으로 변환, 발전되었다. 즉 서로 떨어져 있는 개인에서, "새로운 정치적, 문화적 공동체에 대한 비전을 공유하고 이에 참여하는 집단의 일원"으로 변화시키고자 함이었는데 이 전이영역의 변혁적 힘이야말로 민중운동이 가장 필요로 하는 것이었다.[41] 그러므로 80년대에 '여성' '민중'을 화두로 시 창작 활동을 했던 고정희가 "마당굿시" 장르를 차용한 것은 이러한 80년대 사회변혁운동의 문화정치적 배경을 참고할 때 자연스러운 현상이라고 말할 수 있다.

고정희는 전통적인 사설 형식 중에서 여성적 특성을 가장 잘 살린 굿 형식을 차용함으로써 여성적 글쓰기를 형상화하고자 하였다. 굿 형식을 활용한 시 쓰기에 대한 고정희의 관심은 그에게 '대한민국 신인상'을 안겨준 세 번째 시집 『초혼제』[1983]에서부터이며 이후 광주항쟁에서 희생된 망자들의 넋을 위로하는 씻김굿 형식의 『저 무덤위에 푸른 잔디』[1989]를 거치면서 더욱 발전한다.[42] 고정희는 『초혼제』 후기에서 "형식적으로는 우리의 전통적 가락을 여하이 오늘에 새롭게 접목시키느냐가 최대의 관심사였다"고 밝히면서 "나는 우리 가락의 우수성을 한 유산으로 활용하고 싶었다"라

---

40 위의 책, 301쪽.

41 위의 책, 321~322쪽.

42 고정희가 『저 무덤위에 푸른 잔디』에서 사용한 씻김굿 형식의 언어적 실천에 대해서는 김난희의 박사학위 논문 「한국 민중시의 언어적 실천 연구−1970·80년대 민중시에 나타난 '부정성'의 의미와 양상을 중심으로」를 참고할 것.

고 적고 있다.[43] 이를 뒷받침하는 일례로『초혼제』에 실린「사람 돌아오는 난장판」은 "마당굿을 위한 장시라는 부제"가 붙어있어 마당굿 공연을 위한 대본 형식이라는 점을 강조하고 있다. 이는 고정희가 80년대 초부터 굿시의 형식에 깊은 관심을 갖고 있었을 뿐만 아니라 의미있는 형식으로 받아들이고 있었음을 시사하는 대목이다. 고정희는「몸바쳐 밥을 사는 사람 내력 한마당」에서도 굿 형식을 차용함으로써 굿판의 주체가 되는 세 여성의 풍자와 사설조의 시어를 통해서 이 땅의 여성들의 일상적 삶과 혼을 담은 여성시가 지향해야 할 형식적 특성을 시도하였고 또 적극적으로 실험하였다. 실제로 고정희는 한국 현대시 문학사에서 1980년대 '마당굿시' 장르를 개척하고 발전시킨 시인으로 평가받고 있다.

'굿시'는 "1980년대에 고정희와 하종오 등 일군의 시인들에 의해 집중적으로 쓰인 특이한 문학적 양식"이다.[44] 굿시는 일반적으로 현대시가 굿의 문학적 사설인 무가 장르를 패러디하는 경우를 말하는데 엄밀하게 말하면 사설조인 무가와 공연 양식인 마당극을 이중적으로 패러디하는 형식을 취한 것이다. 1980년대의 굿시는 바로 이러한 이중의 패러디 형식을 갖는데 이 문학 양식이 이른바 '마당굿시'라는 명칭으로 널리 불린 것이다. '마당굿시'는 굿시에서 희곡성 내지 연희성이 강화된 양식이다. 마당굿은 상황적 진실성과 집단적 신명성, 그리고 현장적 운동성과 민중적 전형성을 바탕으로 하고 있는데 '마당굿시'는 이를 시대현실의 형상화에 활용한다. '마당굿시'는 무속의 무가와 민중의 전통 연희 갈래인 마당극을 수용하되 시대현실의 의미를 부각시키기 위해 그 내용에 대화와 행위, 즉 희곡성을 넣는다. 그러므로 굿시는 1980년대의 비민주적인 지배 이데

---

43   고정희,『초혼제』, 창작과비평사, 1983, 173쪽.
44   고현철,『현대시의 패러디와 장르 이론』, 태학사, 1997, 137쪽.

올로기와 폭압적인 정치체제에 저항하는 반항적인 주체들의 담론양식이다. 고정희의 굿시들은 대체로 실제의 연희를 염두에 둔 마당굿 대본 형식을 취하고 있으며 따라서 이들 작품들의 전체 구성은 현장성과 운동지향성을 갖는다.[45] 그러므로 '마당굿시'의 "연희성이라는 제시 형식과 운동지향성은 그 자체가 공적인 전달 목적을 띠는 것이므로 민중문학의 한 정점"이 되며[46] 그 문학사적 의의는 1980년대 사회변혁운동의 한 흐름으로 문학을 인식하는 계기를 뚜렷이 마련해준 것이다.

「몸바쳐 밥을 사는 사람 내력 한마당」 역시 마당굿 대본 형식을 따르고 있는 '마당굿시'이다. 세 여성화자의 사설 대목을 따라가다 보면 "(장고, 쿵떡)"과 같은 효과음, "(허, 그래)", "(허, 좋지)", "(얼쑤---)", "(허, 시원하게 벗겨봐)", "(추임새---허, 똥 내력이로구나)", "(허, 얼쑤! 지화자 꼬르륵)"과 같은 다양한 추임새들이 옆에 표기되어 있어 마당굿 공연을 염두에 둔 대본 형식임을 금방 알 수 있다. 뿐만 아니라 나이가 각기 다른 세 명의 여성 화자들이 등장하는 각각의 사설 대목마다 효과음악 역할을 하는 장단들에 대해서 매우 구체적으로 표기되어 있다. 예를 들면 맨 첫 대목의 시작 장면에서는 "(쑥대머리 장단이 한바탕 지나간 뒤 육십 대 여자 나와서 아니리조로 사설)"이라고 표기하였고 두 번째 대목의 시작 장면에서는 "(삼현청 장단 자지러지면 오십 대 여자 나와 중모리 풍으로 사설)"로 표기하였으며 세 번째 대목의 시작 장면에서는 "(휘몰이 장단이 한바탕 지나간 뒤 중년 여자 나와 자진모리 풍으로……)"라고 표기하였고 마지막 세 번째 화자의 사설이 최고로 극에 달하면서 "허튼사랑밥 세상이로다"가 발화될 때에는 "(휘몰이 장단에 칼춤……)"이라고 마치 독

---

45   위의 책, 137~138쪽.
46   김준오, 『한국 현대 장르 비평』, 문학과 지성사, 1990, 192쪽.

자인 우리가 마당굿 공연현장에 관객으로 참여하여 그들의 사설 대목을 몸 전체로 느낄 수 있도록 매우 세심하고 자세하게 표기하였다. 따라서 「몸바쳐 밥을 사는 사람 내력 한마당」은 세 개의 굿판으로 이루어진 마당굿이며 각 굿판마다 사설을 푸는 여성주체도 "육십 대 여자", "오십 대 여자", "중년 여자"로 각기 다르지만 그들의 공통점은 "몸바쳐 밥을 산다"는 점이다. 더불어 그들이 각기 주관할 굿판에 등장할 때마다 그들의 사설 내용에 따라 각기 다른 장단이 사용되고 있어 효과음악 또는 배경음악으로서의 역할을 톡톡히 하고 있다. 그러므로 이러한 마당굿 대본 형식은 이 시가 마당굿으로 공연될 경우 관객들과의 공감코드를 치밀하게 분석하여 제시한 것으로 볼 수 있다.

굿의 사회적 기능은 공감의 집단의식을 바탕으로 사회통합 기능을 수행하는 면이 있지만 사회 비판과 교정 및 치유 기능을 수행하는 면도 있다. '마당굿시'에서는 이러한 사회적 기능이 이중적인 사회비판과 교정 및 치유기능에 집중되어 있다. 고정희는 '마당굿시'라는 형식적 특성을 최대한 활용하여 "몸바쳐 밥을 사는" 여성 민중들의 사설을 결코 개인적 한풀이 차원에 머물지 않고 사회적 차원으로 승화시켰으며 이 시에서는 사회비판과 집단적 신명을 불러일으키는 효과에 더 중점을 두고 있다. 그러므로 굿거리 한마당을 주관하는 여성화자 세 명은 매우 자신에 찬 어조로 직설적이고 수다스러운 사설 세 대목을 늘어놓고 있으며 '마당굿시'라는 문학적 형식은 '여성' '민중'의 글쓰기말하기를 위한 실험적 시 쓰기의 일례로 평가할 수 있다. 왜냐하면 굿판의 언어는 "일상적 커뮤니케이션을 이탈한 표현성을 극대화한 언어"인 동시에 "집단의 공명성을 이루어내는 사회적 기능"을 갖고 있으므로[47] 그 과정에서 발화되는 언어를 통해 감정을 사회화하고 또 그 현장에 있는 관객들의 사회적 결합을 견고히

하는 역할을 한다. 이 시에서 고정희는 '마당굿시'에서 사설조로 발화되는 형식적 특성이 어떻게 '여성' '민중'시로서의 언어적 실천과정과 연계될 수 있을까에 대해서 고민한다. 그리고 바로 이 지점에서 이 시가 추구하는 '신명', 즉 '여성' '민중'들의 삶에 근거하고 그들이 주체가 되어 만들어내는 '집단적 신명'을 불러일으키는 고정희 글쓰기의 독특한 특성이 나타난다.

'신명'은 "민중적 생활표현의 예술적 원천"이며 "민중적 미의식의 중심원리"이고[48] 개개인의 경험을 합해서 형성되는 것이 아니라 이 개별적인 경험들이 집단적으로 승화되어 나타나는 과정이다. 민중의 생존과 삶의 방식은 공동체적인데 이렇게 공동체적으로 살게 되어 있는 사람들이 개체로 떨어져 있을 때는 서로 소모, 유실되던 생명 에너지가 하나의 지향점을 중심으로 집단적으로 묶였을 때는 본래 생명체가 갖고 있는 온전한 생명 에너지의 충족을 경험하며 바로 이 순간에 '신명'이 움직인다.[49] 그러므로 민중적 미의식의 중심이 되는 '신명'이란 원래부터가 집단적이고 "생명 에너지의 고양된 충족", 또는 "생명력이 밝고 화안하게 트인 해방과 자유의 경지", "자기 마음의 내발적 발현이며 역동적인 노동활동 속에서 육발肉發하는 동선動禪의 경지"라고도 말할 수 있다.[50] 따라서 '신명'을 불러일으킨다는 것은 바로 민중의 잠재된 신명을 조직해낸다는 뜻이다. 그러한 신명풀이의 조직을 통해서 더 큰 집단력을 형성할 수 있으며 이렇게 확보된 집단적 힘을 바탕으로 할 때 비로소 공동체 문화운동의 과제인

---

47   김난희, 앞의 글, 154 · 158쪽.
48   채희완, 임진택, 「마당극에서 마당굿으로」, 정이담 외, 『문화운동론』, 공동체, 1985, 117쪽.
49   김지하 외, 「민중미학 심포지움」, 『공동체 문화』, 3집, 1986, 37쪽.
50   민중예술위원회 편, 「민중예술의 아름다움」, 『삶과 멋』, 공동체, 1985, 89쪽.

민중, 민족공동체의 가능성이 열리는 것이다.[51]

김지하는 "민중문학의 형식문제"라는 주제의 강연에서[52] 민중적 삶의 핵심에는 반드시 모든 민중의 부분적 삶을 통일하여 중심적 전체로서 활동하는 자유가 살아있는데 이것이 바로 "민중문학의 형식문제", 즉 민중문학의 미학적 견해의 핵심이고 우리는 이것을 '신명', 또는 '집단적 신명'이라고 부르며 "민중문학의 형식문제"는 바로 이 '집단적 신명'으로부터 모든 문제를 차근차근 풀어나가야만 해결될 수 있다고 주장하였다.[53] 왜냐하면 '집단적 신명'이란 민중적 삶의 살아 생동하는 자유의 구체적인 모습이며 민중 스스로 민중의 삶을 창조하고 해방하고 통일하는 생명력의 고양된 활동이기 때문이라는 것이다. 그러므로 생명 에너지, 특히 민중적 삶에 있어서 민중적 생명에너지의 고양된 충족, 바로 이것이 민중적 미의식의 핵심 내용이라고 주장한다.[54] 이 때 언어는 지배의 무기인 동시에 해방의 무기가 되는데 그것은 바로 그 언어가 그 스스로 살아있는 삶의 표현이자 삶의 고양된 충족으로서의 '신명'이며 또한 '신명'의 표현이기도 하다는 것이다. 그는 언어와 '집단적 신명' 관계의 중요성에 대해서 다음과 같이 자세하게 주장하고 있다.

이와 같이 살아 생동하는 생명에너지의 고양된 충족에 바탕을 둔 '신명'의 활동이기 때문에 노동과 삶의 도구가 되며 또한 그만큼 중요하고 핵심적인 인간의 삶의 활동 내용이기 때문에 지배의 무기로도 되고 억압의 무기로도 되

---

51 박인배, 「공동체 문화와 민중적 신명」, 민족굿회 편 『민족과 굿』, 학민사, 1987, 168쪽.
52 이 강연은 1985년 3월 6일 명동성당에서 개최된 제3차 '민족문학의 밤' 행사의 일환으로 기획되었다.
53 김지하, 「민중문학의 형식 문제」, 『남녘땅 뱃노래』, 두레, 1985, 282~283쪽.
54 위의 글, 285쪽.

는 동시에 해방과 통일의 무기로도 될 수 있는 것입니다. 그만큼 언어는 우리의 삶 속에서 중요한 역할을 지닙니다. 그런데 바로 이러한 언어는 생명 자체가 그러하듯 가락, 장단, 울림, 그늘, 빛깔과 냄새를 가지고 있는 '신명'의 움직임입니다. 지시하는 것과 지시된 것 사이의 관계만이 언어가 아니올시다. 언어에는 그 스스로 가락이 있고 장단과 울림이 있으며 그늘, 즉 의미나 속셈같이 **오랫동안 때가 묻어온 문화적인 외형** 같은 것이 있습니다. 뿐만 아니라 빛깔이나 냄새까지도 가지고 있습니다. 이런 연유로 삶의 도구이며 연장이 될 수 있는 것입니다. 여기서 우리는 연장과 도구라는 용어를 조금 구분해서 써야 할 것 같습니다. 연장이라 할 경우에는 그 스스로 생명의 적극적인 활동이라는 뜻이며 도구라 할 경우에는 물질적인 첨가물로 이해될 수 있겠습니다. 이와 같이 중요한 것이 바로 언어와 '신명'의 관계입니다.필자 강조, 286쪽

그러나 고정희는 그로부터 4년 후인 1989년, 김지하의 시편 속에 등장하는 민중의 실체란 구체적으로 어떤 모습이고 누구를 의미하는가를 분석하면서 이러한 질문은 "가난한 자, 억눌린자. 소외된 자"의 해방을 주장하는 우리 시대 민중주의가 "터무니없이 남성중심적이며 남성에 의한 민중운동은 또 하나의 가부장권적 이데올로기로 변신해 왔다"는 결론으로부터 출발했다고 밝힌 바 있다.[55] 민중시인 김지하의 무수한 시편 속에는 "엄연히 민중의 절반이 넘는 여성 민중의 모습은 거의 보이지 않는다"는 점을 지적하면서 "그것도 과연 김지하가 민중의 가장 밑바닥에 있는 여성의 삶과 수난과 극복의 비련을 얼마만큼 절박하게 인식하고 있는가에 대해 대답을 주기에는 너무 상투적이며 남성중심적인 봉건적 틀에 기초

---

55   고정희, 「김지하의 민중시는 남성중심적인가―70년대 우리 땅에 오신 하느님 어머니 (2)」, 『살림』 11, 한국신학연구소, 1989. 10, 79쪽.

하고 있다"고 평가했다. 한마디로 "김지하의 민중시는 여성 부재의 시편들이며 간혹 여성이 등장한다 하더라도 그것은 왜곡된 여성상의 파편일 뿐"이라고 주장하면서 자신이 "사사오입해서 여성 민중의 삶을 담은 시"라고 말할 수 있는 그의 시 「서울 길」과 「베 짜는 누이에게」 두 편을 분석하였다.[56] 그리고 이러한 분석의 결과로 김지하의 민중시가 보여주는 한계에 대해서 다음과 같이 정리하였다.

여기까지 와서 나는 김지하의 민중시가 '지사적 고뇌와 절규'는 있을망정 그 고뇌의 궁극적 실체라 할 수 있는 개혁세상에 걸맞는 평화평등의 세계, **정의와 생명이 주체를 이루는 해방세계의 구체적 몸**에는 아직 근접하지 못하고 있다는 비관론을 피지 않을 수 없다. 이는 비단 민중문학뿐만이 아니라 민중신학의 과제에도 해당되는 문제라고 나는 생각한다. 필자 강조, 「김지하의 시」, 84쪽

그러므로 고정희는 「몸바쳐 밥을 사는 사람 내력 한마당」이라는 제목의 이 시에서 "정의와 생명이 주체를 이루는 해방 세계의 구체적 몸"으로서 착취 대명사, 수난의 대명사인 "여성 민중" 성 노동자 세 명을 등장시키고 있는 것이다. 따라서 이 시에서 "몸바쳐 밥을 사는 사람" 세 명이 추구하는 바가 바로 '여성' '민중'인 성 노동자 매춘여성으로서의 '집단적 신명'이며 이를 위하여 고정희는 매우 세심하게 이들의 발화언어에서 '신명'을 살려내어 — 즉 각 언어가 갖고 있는 가락과 장단과 울림을 살려냄

---

56 위의 글, 80~83쪽; 고정희는 이 두 시에 대해서 "「서울 길」이 70년대 민중시에서 여성 민중을 그리는 스테레오 타입의 시라 할 수 있는 '몸 팔러간 누이야' 유형의 원조라면 「베 짜는 누이에게」는 낭만적 복고주의의 여성 노동 인식에 머물고 있다"라고 평가하고 있다(83쪽).

으로써 그 언어들이 갖고 있던 "오랫동안 때가 묻어온 문학적인 외형"뿐만 아니라 빛깔이나 냄새까지도 살려내고 있는 것이다. '여성' '민중'인 이들의 삶의 도구이며 연장인 언어를 통한 민중적 삶과 미의식의 실천은 중년여자가 등장하여 풀어가는 세 번째 굿판 "허튼 밥으로 푸는 매춘내력 세 대목" 사설에 잘 나타나 있다. 이제까지 두 여성화자가 개인적인 삶의 내력을 이야기 형식으로 풀어낸 앞의 두 대목과 달리 이 세 번째 대목에서는 "자고로 허튼 밥이 매매춘의 근원이라"95쪽는 전제하에 집단적인 신명 가락에 맞추어 자본주의 사회의 구조적인 모순과 폐해를 읊은 후 "각자 목숨에 달린 허튼 밥줄 가려내! 각자 연혁에 얽힌 허튼 돈줄 잘라내!"라고 방향을 제시한다. 그리고 '여성' '민중'들의 희망은 "허튼 밥줄 끊고 나면 눈이 뜨일 거야"라는 구절로 제시되며 곧 새 길이 열릴 것이라는 기대감을 포기하지 않는다.

> 허튼 돈줄 자르고 나면 새 길이 열릴 거야
> 새벽이 오기 전에 매춘능선 넘어가세
> 이 밤이 가기 전에 허튼 꿈 불을 놓으세
> 허, 불이야 불이야 불이야
> 허튼 넋 허튼 바람 활활 타는 불이로다 98쪽

고정희는 언어를 통하여 민중문학에 있어서의 형식문제를 해결하는 이 문제가 당시 사회에서 요구되는 민중적 삶의 새로운 사회적 양식을 창조하는 문제와 직결되어 있다고 생각하였다. 그리하여 '여성' '민중'인 성노동자 매춘여성의 삶의 내력이 그 형성주체가 되는 새로운 문체, 새로운 장르를 창조하였으며 '여성민중주의적 현실주의'에 기초한 새로운 글쓰기의 변용과 변혁, 재활성화를 시도하였다. 그리하여 지금까지 한국문학사에서 전혀 볼 수 없었던 "문학적 육체", 예술적 육체", "민중적 신명이 활동하는 큰 언어육체"를 창조해 낼 수 있었다.[57]

이와 같이 "몸바쳐 밥을 사는 사람 내력 한마당"은 '마당굿시'의 서사성과 음악성을 회복함으로써 민중성과 저항성을 확보하려고 했던 1980년대 민중문학의 논의와 성과를 반영하고 있다. 1980년대 민중문학 계열에서 시도된 시의 서사성과 음악성 회복에 대해서는 그동안 많은 연구가 이루어졌지만 그중에서도 김지하가 주장한 "민중적 신명이 활동하는 큰 언어육체"로서 시의 노래성에 주목할 만하다. 고정희가 이 시에서 시도한 것이 바로 "민중적 신명이 활동하는 큰 언어육체"를 어떻게 하면 '여성' '민중'의 경험을 효과적으로 반영한 "여성민중적 신명이 활동하는 큰 언어육체"로 변환할 수 있는 것인가에 대한 실험이었다. 그리고 이 지점에 바로 굿의 특징인 '집단적 신명'의 정서적, 정치적 효과가 있다. 김난희는 "굿 사설 속의 언어는 무엇보다 상징체계를 뚫고 나오는 육체적 물질성을 담보할 수 있을 때에만 이 '신명'이 구현될 수 있을 것"이라고[58] 말한다. 고정희는 이 시에서 '집단적 신명'의 효과를 위하여 청각 중심의 언

---

57 김지하, 앞의 글, 294쪽; 김지하는 민중문학 창조의 주체인 그 '집단적 신명' 속에는 하나하나가 중심적 전체로서 활동하는 자유를 자기 안에 살아 뛰놀게 할 때 그것들 하나하나로서도 독립적으로 살아 행동하는 민중문학행위요 민중문학형식이 될 수 있으며 다함께로서도 하나의 거대한 "문학적 육체", "예술적 육체", "민중적 신명이 활동하는 큰 언어육체"로서 통일되는 민중 삶의 생명에너지가 고양되고 충족되는 민족형식의 큰 한 판이 있다고 주장하였다(293~294쪽). 고정희가 이 시에서 세 명의 성노동자 매춘여성을 발화주체로 등장시킨 점 역시 "(여성)민중적 신명이 활동하는 큰 언어육체"를 창조하기 위한 문학적 장치인 동시에 그들의 사설 세 대목을 마당굿에 참여한 모든 관객들과 함께 호흡하고 공감하게 함으로써 '여성' '민중'의 '집단적 신명'을 다양한 방식으로 이끌어 내기 위한 민중문학의 형식문제를 실험하였다.

58 김난희, 앞의 글, 146쪽.

어를 적절하게 사용하고 있는데 앞에서 논의했던 여러 가지 장단과 장고, 추임새, 칼춤 등이 바로 그러한 예이며 이는 앞에서 김지하가 언급했던 "오랫동안 때가 묻어온 문화적인 외형"으로서 우리 언어에 내재해 있는 가락, 장단, 울림, 그리고 냄새와 빛깔까지를 실험하기 위한 것이다. 다시 말하면 '여성 민중시'의 미학적 원리인 집단성과 통합 기능을 위하여 다양한 언어적 실천을 시도하고 있는 것이다. 이와 같이 고정희는 여성 민중시가 갖는 시적 언어의 특성과 그 형식의 다양성에 대한 실험적 글쓰기를 통해 당시 우리 문학계 내에서 '여성' '민중'을 위한 문체혁명을 성취하고자 하였다.

3) 일탈적 시어와 '여성민중주의적 현실주의' 글쓰기

고정희의 언어가 시적 언어로서 필수 요소인 고도의 함축성과 세련미를 지닌 순화된 언어가 아니라는 점을 공격하는 비평가들이 있다. 수다스런 사설적 형식을 지닌 그의 장시를 두고 "시가 대체로 긴 편이며 꾸밈이 없고 직설적인 표현을 많이 하였기 때문에 시로서의 압축미가 떨어진다"고[59] 지적한 비판은 얼핏 일리가 있는 것처럼 보이지만 사실 이는 여성적 글쓰기를 지향한 고정희의 창작 의도의 본질을 제대로 보지 못한 채 남성중심주의 및 엘리트 중심주의 문학관에 의한 경직되고 편향된 비판이라고 할 수 있다. 실제로 '일탈적 시어'의 사용은 전 세계 여성작가들이 각자 자기가 속한 상징체계 내에서 남성중심적 문학의 권위를 해체하기 위하여 "저항적으로" 사용한 가장 대표적인 여성적 글쓰기 전략이다. 고정희 역시 우리나라 남성중심적인 문학계에서 통용되는 시적 언어에 혁

---

59 김균영 외, 「썩지 않는 것은 뿌리에 닿지 못하리」, 『청파문학』, 숙명여대, 1994, 164쪽.

명을 가져오고자 의도적으로 '일탈적 시어'를 사용하였다. 즉 문학의 엘리트 중심주의를 극복하고 나아가 '여성민중주의적' 글쓰기를 통해서 남성지배적 담론을 깨뜨리려는 시도인 것이다. 고정희의 이러한 글쓰기 전략이 가장 과감하게 드러난 시가 바로 「몸바쳐 밥을 사는 사람 내력 한마당」이란 제목의 바로 이 시이다. 그러나 이 시 이전에도 이러한 적극적 저항으로서의 파격적인 일탈적 시어의 쓰임새는 은유와 환유를 적절하게 뒤섞어 쓴 「뱀과 여자」에 잘 나타나 있다.

> 강남의 술집은 음습하고 황량했다
> 얼굴에 '정력'을 써붙인 사람들이
> 발정한 개처럼 낑낑대는 자정,
> 적막강산 같은 어둠 속에서
> 여자는 알몸의 실오라길 벗었다
> 강남 일대가 따라 옷을 벗었다
>
> 아득히 솟은 여자의 유방과
> 아련히 빛나는 강남의 누드 위로
> 당당하게
> 말좆 같은 뱀이 기어올랐다
> 소름을 번쩍이며
> 좆도 아닌 것이
> 좆같은 뻣뻣함으로
> 여자의 젖무덤을 어루만지고
> 강남의 모가지를 감아 흐느적이고

여자의 입에 혀를 널름거리고

강남의 등허리를 기어 내리고

태초의 낙원

여자의 무성한 아랫도리에 닿아

독재자처럼 치솟은 대가리를

강남의 아름다운 자궁에 박았다

여자는 나지막한 비명을 지르고

강남의 불빛이 일시에 꺼졌다 『여성해방출사표』, 91~92쪽

『여성해방출사표』 제 IV부 첫 시로 발표된 「뱀과 여자」는 연작시 「밥과 자본주의」에서 다루게 될 가부장적 자본주의와 여성의 섹슈얼리티의 권력관계가 아주 적나라하게 묘사된 성행위에 잘 암시되어 있다. '강남'이라는 지역으로 상징되는 남성들의 더러운 정치경제적 거래와 그 대상으로서만 존재하는 여성의 섹슈얼리티의 권력 관계가 적절한 은유와 환유를 뒤섞어가며 이분법적 구도를 전복하는 날카로운 패러디를 통해 우리의 의식을 뒤흔들고 있다. 고정희는 "기존의 관습에 길들여진 표상체계의 전환 없이는 진정한 여성적 주체를 찾기 힘들다"는[60] 점을 잘 알고 있으므로 위와 같이 더 적극적인 표상체계의 전환을 통해 상징체계와의 언어투쟁을 이미지화한다. 우리나라 문학사에서 이토록 노골적인 언어를 구사한 여성시인은 고정희 이전에는 없었을 것이다. 김승희 교수는 한국 현대 여성문학을 고정희 이전과 이후로 나눌 수 있다고 했는데[61] 이러한

---

60   김난희, 앞의 글, 111쪽.
61   김승희 교수는 "어떤 사람은 태어나 자신의 '이전과 이후'로 그 사회를 변화시켜 놓는

'일탈적 시어'의 사용 역시 고정희 이전과 이후로 나눌 수 있는 범주들 중의 하나이다. 고정희는 성행위에 대한 적나라한 묘사를 위해 비속어를 사용함으로써 성적인 언어를 금기시하는 기존 한국 문단의 남성중심성을 해체하고자 하였다. 특히 시어, 시적 언어에 이러한 비속어를 사용한다는 것은 언어 무기를 사용하여 남성중심주의를 해체하는 정치적 효과를 가장 극대화하기 위한 전략이며 지배문화를 형성하는 상징체계에 대한 강력한 도전이다.[62] 이는 줄리아 크리스테바의 『시적 언어의 혁명』에 대한 논의에 잘 나타나 있듯이 시적 언어 내에서의 비속어 사용은 일상어에서의 비속어 사용과는 또 다른 효과를 가져온다. 즉 공동체 내 사람들의 고정관념을 형성하고 있는 상징체계 내에 엄연히 존재하고 있는 금기에 대한 관념에 도전하는 것이다. 고정희의 '일탈적 시어' 사용에 대해서 김영순은 남성의 성기나 몸은 은어로 표현되는 반면, 여성의 몸과 성기는 완곡한 표현이나 일반적인 명칭으로 불려지고 있음에 주목할 필요가 있다고 주장하였다. 즉 중심에서 일탈한 시어를 사용하는 시인의 의도가 남성중심주의의 해체에 초점이 맞추어져 있다는 사실을 여실히 보여준다는 것이다.[63] 이렇듯 고정희의 시는 남성중심주의를 비판하는 동시에 탈중심주의를 표방할 뿐만 아니라 그 수단으로 기존의 문학, 즉 남성중심의

다. '비포 앤드 애프터'라는 것이다'라고 말하면서 이 부분이 바로 고정희 문학의 역사성이라고 분석하였다. 「발문─근대성의 판도라 상자를 열었던 시인 고정희」, 572쪽.

62 　서구 유럽에서도 가부장 사회 내에서 통용되는 성적인 언어와 이미지를 전복적으로 해체함으로써 여성의 섹슈얼리티에 대한 남성중심적 지배문화와 상징체계에 강력하게 도전한 예는 흔히 볼 수 있다. 국내에서도 자주 공연되고 있는 연극 〈버자이너 모놀로그〉(1998)를 집필한 작가 이브 엔슬러(Eve Ensler)의 글쓰기 역시 대표적인 예이다. 고정희의 이러한 시도는 이브 엔슬러보다 7, 8년이나 앞선 것이며 더군다나 고정희의 경우는 '여성' '민중'의 언어적 실천의 일례로써 '일탈적 시어'를 거리낌없이 사용했다는 점에서 가부장 상징체계에 저항하는 언어적 투쟁은 더욱 격렬하다.

63 　김영순, 앞의 글, 26쪽.

문학 전통 속에 내재한 시적 특성을 해체하여 새로운 특성을 창조하는 페미니즘 문학의 해체주의적 성격을 다양하게 보여주고 있다.

그러나 「몸바쳐 밥을 사는 사람 내력 한마당」에 오면 제목에서조차 비속어를 전면에 내세우고 있다. 즉 "구멍팔아 밥을 사는 여자 내력 한 대목", "구멍밥으로 푸는 똥 내력 두 대목", "허튼 밥으로 푸는 매춘 내력 세 대목"이라는 부제에 잘 나타나 있듯이 일탈적 시어를 통한 사회적 풍자를 과감하게 진행하고 있다. 특히 한 여성의 "구멍 팔아 밥을 사고" "구멍밥으로 푸는 똥 내력"이 결국에는 정치, 경제, 사회적 구조로까지 확대 적용되어 "허튼밥으로 푸는 매춘 내력"으로까지 확장된다. 결국 남성중심 사회에서 볼 수 있는 여러 가지 "허튼밥"은 "허튼 조국의 내력"으로까지 풍자가 확장되고 있는 것이다.

> 지 땀으로 거두는 알곡인생 살자 할 제
> 자본주의 꽃이라는 섹스밥이여
> 허튼 섹스밥이 바로 매춘 내력이로구나
> 사회주의 꽃이라는 혁명밥이여
> 허튼 혁명밥이 바로 허튼 조국 내력이로구나
> (휘몰이 장단이 한바탕 지나간 뒤 중년여자 나와 자진모리풍으로…) 95쪽

이 장면에서 곧바로 "허튼밥으로 푸는 매춘 내력 세 대목"으로 이어진다. 결국 매매춘의 근원은 "허튼밥" 때문이며 이는 결국 "천하자본허튼자본님" 때문이라고 말한다. 이 대목에서 고정희가 밥, 몸, 자본주의, 허튼밥, 매춘을 어떻게 연결시키고 있는가를 자세히 들여다보면 결국 가부장적 자본주의가 모든 악의 근원임을 알 수 있다.

구멍 파는 것만 매춘이 아니요

홍등가에 있는 것만 매매춘이 아닐진대

자고로 허튼밥이 매매춘 근원이라

흰밥을 검은밥으로 바꿔놓고

그른밥을 옳은밥으로 우격질하는

천하자본허튼자본님이 들어오실 제

허튼정치 허튼돈줄 권력매춘이요

……

어허라 사람들아

저승사자도 아니 먹는 허튼밥 세상이로다

몽달귀신도 마다하는 허튼사랑밥 세상이로다

(휘몰이 장단에 칼춤…) 95~97쪽

이 시에서 고정희는 가부장적 자본주의와 여성의 섹슈얼리티의 관계
를 다루면서도 그로부터 한 걸음 더 나아가 가부장 사회구조 내에서 여
성의 섹슈얼리티를 둘러싼 경제적, 정치적 권력 관계를 다루고 있다. 바
로 이러한 점 때문에 우리 문학계에서는 고정희를 일컬어 "남성중심주의
유교적 가부장제 모순이 잔뜩 들어있는 '판도라의 상자'를 다 열어젖히고
분석하고 비판했으며 유토피아적 양성^{대성} 공존의 탈근대 언덕으로 나아
가려는 선각자였다"라고 평가한다.[64] 1991년 1월 19일 마닐라에 머물고
있던 고정희가『또 하나의 문화』동인들에게 보낸 편지에는 가부장 사회

64　김승희, 앞의 글, 568쪽.

의 권력과 여성의 섹슈얼리티에 대한 그의 생각이 잘 드러나 있다.

　　이 곳에선 여자 문제가 자못 커서 어떻게 접근해야 할지는 다각도로 모색하
고 있어. 래디칼이 아니면 대안이 없다는 생각은 분명해.
　　특히 성과 사랑 문제는 래디칼 쪽으로 선이 분명하지 않고는 안되는 지점에
와 있다는 생각도 들고…….
　　걸림돌은 우리들의 조심성이 아닐까?『너의 침묵』, 72쪽

　'탈식민지 시와 음악 워크숍'[65]에 참여했던 고정희의 경험은 여성의 섹
슈얼리티를 가부장 권력을 넘어서서 자본주의 체제와 연결시키는 데까
지 나아갔다. 그러므로 이「몸바쳐 밥을 사는 사람 내력 한마당」에 등장
하는 세 명의 중년, 오십대, 육십대 여성의 사설 대목은 여성의 섹슈얼리
티, 가부장 권력, 자본주의 체제를 둘러싼 해악과 병폐에 대해 이제까지
한국시에서는 유례를 찾아볼 수 없을 만큼 매우 급진적이면서도 강력한
문학적 형식에 담아 표현되었다. 그러므로 이 마당굿시에 등장하는 세 명
의 '여성' '민중' 발화주체는 가부장제, 제국주의, 신식민주의를 점철한 근
대 한국 역사를 통시적으로 관망하면서 독특한 계급적 조건을 바탕으로
한국 근현대문학사에서 보기 드문 '여성민중주의적' 주체로 자리매김할
수 있다.

65　『또 하나의 문화』 동인들이 우리 사회에서 최초로 성과 사랑 이데올로기를 본격적으로
　　다룬 단행본『새로 쓰는 사랑 이야기』와『새로 쓰는 성 이야기』를 준비하던 1990년 겨
　　울, 고정희는 필리핀 마닐라에 있는 아시아 종교음악 연구소 초청으로 아시아의 시인
　　및 작곡가들이 모여 1년간 벌인 '탈식민지 시와 음악 워크숍'에 참가 중이었다. 이러한
　　경험은 이 '마당굿시'에서 굿판이 바뀔 때마다 삽입된 다양한 민요조의 가락을 구상하
　　는데 영향을 미쳤을 것으로 짐작된다.

4. '여성민중주의적 현실주의'와 문체혁명

2011년 5월 6일 '고정희와 여성문학 연구회'[66]에서 개최한 워크숍에서 조옥라 교수는 "생전의 고정희는 항상 자신이 구상하고 있는 시 쓰기를 어떠한 문학적 양식에 담아낼 것인가를 매우 골똘하게 생각하고 있었다"고 말했다. 『초혼제』 후기에서 고정희는 그동안의 창작 생활에서 그를 한시도 떠나본 적이 없는 것은 "극복"과 "비전"이라는 문제였으며 앞에서 이미 언급한 바와 같이 형식적으로는 "우리의 전통적 가락을 여하이 오늘에 새롭게 접목시키느냐가 최대의 관심사"였고 "우리 가락의 우수성을 활용하고 싶었다"는 소망과 기대를 적고 있다.[67] 이 구절에 바로 고정희 시적 자아의 창작 의도와 문학적 형식에 대한 고민이 고스란히 담겨 있다. 고정희가 전통 민중 가락과 장단의 특성을 살려 풍자를 전개하려한 점도 바로 이러한 점에 근거한다. 고정희의 풍자형식은 대체로 1970년대와 1980년대 권력의 횡포에 맞서면서 발달한 풍자문학의 흐름을 계승하면서 그 제재를 지배권력/민중의 틀에서 남성/여성의 틀로 변화시켜 남성중심주의를 공격하는 데 집중되어 있었다. 그러나 차츰 고정희의 풍자적 기법은 '마당굿시' 장르를 창안했으며 그 사회풍자적 기능과 효과를 최대한도로 살려내기 위하여 무가와 마당굿 양식을 이중 패러디하는 양식을 고안해냈다. 패러디가 중심주의에 대한 저항을 표현하기 위한 글쓰기 전략임을 고려할 때 고정희가 일찍부터 풍자의 방식으로 여성적 전통

---

66 '고정희와 여성문학 연구회'는 국제비교한국학회가 2011년 상반기 개최 예정인 창립 20주년 기념 국내 학술대회를 '고정희 추모 20주기' 학술대회로 기획하면서 구성되었으며 2010년 7월부터 2011년 6월까지 1년 동안 한국연구재단 소규모연구회 지원을 받아 매월 개최되는 워크숍 형태로 운영되었다.

67 고정희, 앞의 책, 173쪽.

구비 장르인 무가 사설에 뿌리를 둔 '마당굿시' 양식을 채택한 것은 매우 자연스러운 일이다.

고현철의 주장처럼 "전통구비장르에 대한 패러디는 그 어떤 시 창작 방법보다도 집단의식이나 이데올로기를 부각시키기 위한 효과적인 방법론"이므로 그 실제의 모습은 "이데올로기의 지향에 따라 다양한 담론 양상으로" 나타난다.[68] 결국 고정희가 '마당굿시'를 통해 구현하고자 했던 것은 기존의 권위에 대한 저항이므로 「몸바쳐 밥을 사는 사람 내력 한마당」을 통해 구현하고자 했던 것은 궁극적으로 남성 지배계급의 허위의식으로 가득찬 권위의 해체이다. 그리고 '마당굿시'라는 패러디 양식을 통한 고정희의 남성중심주의 해체전략은 적극적으로 '여성민중주의적 현실주의'의 이념을 드러내는 데 기여하고 있다. 따라서 그 주제의식에 못지않게 형식적인 면에서도 새로운 여성미학을 추구한 고정희의 실험정신이 담겨있다. 이를테면 '여성'과 '민중'을 모두 껴안은 이 '마당굿시'는 내용과 형식이 유기적으로 잘 어우러져 있다. 따라서 주제와 형식 두 측면에서 모두 남성중심주의를 해체하고 '여성' '민중'으로 상징되는 문화적 가치를 옹호한 고정희의 의지를 선명하게 보여준다는 결론에 이르게 된다. 그러므로 「몸바쳐 밥을 사는 사람 내력 한마당」은 전통문학의 관점으로부터 1980년대 민주화 과정에서 심화된 민중문학의 성과를 두루 아우르면서 치열하게 여성적 글쓰기 미학을 추구한 고정희의 치밀하고도 세심한 노력의 결과물이다.

고정희는 이러한 '여성민중주의적 현실주의' 글쓰기의 형식을 우리 자연과 일상 생활문화에 뿌리를 둔 전통구비 장르에서 차용해왔다. 생전

---

68 고현철, 앞의 책, 192쪽.

의 고정희와 함께 여행을 자주 다녔던 조옥라 교수는 고정희의 이상세계
는 "그가 사랑하는 남도의 산과 강, 들풀 속에서 찾을 수 있었으며 이 속
에서 그의 영혼은 끊임없는 교감을 하면서 현실 세계 속에서의 절망감을
극복할 수 있었다"고 말하면서 여행과정에서도 그는 산천을 둘러보면서
"이 산천이 얼마나 포근하고 힘이 있는가를 속삭이곤 했다"는 점을 강조
했다.[69] 여기서 고정희가 '여성민중주의적 현실주의'에 기초한 시 쓰기의
형식과 주제를 우리 자연과 일상 생활문화에 바탕을 두고 천착했다는 점
은 매우 중요하다. 무엇보다도 형식적으로는 전통적 가치를 계승하면서
이념적으로는 억압된 여성의 권리를 찾는데 주력하고 있다는 점에 주목
해야 한다. 형식과 내용의 이 두 가지 요소는 서로 상충될 수 있는 요소가
내재되어 있음에도 불구하고 그것을 잘 조화하고 있다는 점에서 고정희
의 섬세하면서도 끈기 있는 노력을 엿볼 수 있다. 왜냐하면 우리의 전통
이란 오랜 세월 동안 봉건적이고 가부장적인 사회문화적 환경에 젖어 있
었으므로 그런 전통과 문화는 혁신적인 이데올로기인 페미니즘과는 정
면으로 배치될 수밖에 없다. 그러나 이러한 전통과 문화가 우리의 정서에
가까이 다가갈 수 있는 속성을 지닌 것임을 생각할 때 페미니즘을 효과
적으로 전파하는 수단으로서 그 형식을 수용한 것은 매우 적절하고도 설
득력 있는 가치를 지닌다고 할 수 있다.[70] 한국 여성문학사에서 고정희의
여성적 글쓰기가 갖는 매우 독보적인 특성과 의의가 바로 여기에 있다.
그러므로 고정희가 페미니즘 주제의식이 가장 높이 고양된 이 「몸바쳐
밥을 사는 사람 내력 한마당」의 시 쓰기 형식을 '마당굿시' 형식으로 택한
것은 당연한 귀결이다. 왜냐하면 이 '마당굿시'는 패러디의 총체적 형식

---

69   조옥라, 앞의 글, 195쪽.
70   김영순, 앞의 글, 46쪽.

을 실험함으로써 "열린 구조의 민주적 형식의 의미망"을 지닌 것이며 이는 "굿시 작품의 중요한 한 주제가 되는 사회민주화"라는 내용과도 맞물려 있기 때문이다.[71]

그렇다면 고정희가 "수중에 있는 것이 몸밑천뿐"[83쪽]인 성노동자 매춘 여성을 발화주체로 내세우고 남성 지배권력 계급에게 강력한 풍자와 조롱을 퍼부으며 자본주의 사회의 구조적 모순을 공격할 수 있는 '여성민중주의적 현실주의'를 구체화한 것은 어떠한 생각에 근거한 것인가? 고정희는 1990년 2월 『문학사상』에 게재한 논문 「여성주의 문학 어디까지 왔는가? 소재주의를 넘어 새로운 인간성의 실현으로」에서 여성문학은 어떤 입장의 선택이 아니라 "삶의 원칙으로 적용되어야 할 가치관의 혁명" 혹은 "자아 인식의 혁명"이라고 정의하면서 "여성문학은 민중문학과 대치 갈등의 관계가 아니라 민중문학이 도달한 '낙관적 대답'에서 '처절한 질문'을 시작하는 해방의 공간이며 열린 지평이라는 점에서 상호 완성적 관계에 놓여있다"고 말했다.[72] 많은 사람들이 여성문학을 아직도 소재주의나 장르로 보고 있는 현실은 시급히 타파되어야 할 과제이며 "궁극적으로 남녀해방된 세계관을 지향하는 실천문학으로써 여성해방문학은 지배자의 시각을 대변하는 여타의 권위주의적 논리와 이념규정, 언어, 방법론을 일시에 버릴 것을 요청 받는다"는 것이다.[73] 그러므로 창작과정에서 치열하게 탐구되어야 할 것은 "과연 해방된 세계관을 담은 문학 양식은 어떤 것이어야 하며 새로운 인간성의 체험은 어떻게 실현될 수 있

---

71 고현철, 앞의 책, 183쪽.
72 고정희, 「여성주의 문학 어디까지 왔는가? -소재주의를 넘어 새로운 인간성의 실현으로」, 조형 외편, 앞의 책, 194~195쪽.
73 위의 글, 205쪽.

는가를 예시적으로 보여줄 수 있어야 한다"고 적고 있다.[74] 따라서 고정희가 선택한 문학적 형식은 '여성' '민중'이 남성 지배계급의 언어로는 표현할 수 없는 억압과 분노를 '집단적 신명'에 담아 자유롭게 육발肉發할 수 있는 '마당굿시'였던 것이다. 즉 수많은 관객들과 한바탕 신명놀이를 함께 할 수 있는 마당굿 형식의 가락을 차용하여 굿 양식의 사설조로 자신의 경험을 풀어냄으로써 전복적인 정치적 기능을 극도로 확대하였다. 그리하여 현실세계에서의 성노동자 매춘여성을 상상의 문학세계 내에서는 굿판을 주관하면서 자신의 경험을 사회구조 및 국가권력과 연결시켜 매우 강력하게 풍자하는 능동적인 여성주체로 제시한 것이다. 고정희 추모 20주기를 맞이하여 출판된 『고정희 시전집』[75]의 발문 「근대성의 판도라 상자를 열었던 시인 고정희」에서 김승희 교수는 고정희 문학의 역사성과 현재성에 대해서 다음과 같이 명쾌하게 설명한다.

한국 여성시는 고정희 이전과 이후로 확연히 갈라지는 새로운 경계를 그었다. 여성적feminine 시와 여성주의적feminist 시로 경계를 그은 것이다. 그것이 그녀 문학의 역사성이다. 그녀 없이 20년이 흘렀는데 '그녀 없이'라는 말은 어쩌면 아이러니거나 모순어법인지도 모르겠다. 왜냐하면 고정희 사후 20여 년 동안 그녀의 언어는 한 번도 사멸한 적이 없으며 살아 움직이는 운동력을 가지고 활동해 왔으며 하나의 알뿌리로 묻혀 줄기가 자라고 이삭이 패고 그 이삭에 풍성한 알곡이 맺혀 왔으니 말이다. 그것이 그녀 문학의 현재성이다. 572쪽

---

74 위의 글, 205쪽.
75 고정희 추모 20주기를 맞이하여 기획된 『고정희 시전집』(전 2권)의 출판은 6개월여 동안 약 300여명의 개인과 단체가 자발적으로 참여한 '고정희 시전집 발간을 위한 기부 릴레이' 행사에 의해서 실현되었다. 그러므로 이 시전집의 출판과정 자체가 페미니즘 문화운동의 일환이었다.

척박한 여성문학과 여성운동의 땅에서 고정희는 '겨자씨 하나'처럼 작고 미약했으나 이제 와서 보니 그녀의 작은 겨자씨는 큰 나무로 자라 땅 위 여기저기에 무성히 가지를 드리우고 공중의 새들을 그 몸 안에 풍성히 깃들게 하고 있었다는 것이다.[76] 결국 '여성'과 '민중'을 함께 껴안고 소재주의를 넘어 새로운 인간성을 실현하고자 했던 고정희는 '여성민중주의적 현실주의'에 기초한 문체혁명을 시도하였고 성취하였다. 그러므로 연작시 「밥과 자본주의」 중에서도 「몸바쳐 밥을 사는 사람 내력 한마당」에서 보여준 역사성과 능동성을 갖춘 '여성' '민중' 주체의 형상화는 고정희가 지향하고자 했던 '여성민중주의적 현실주의'를 가장 효과적으로 표현해 낼 수 있는 여성적 글쓰기였으며 따라서 '여성민중주의적 현실주의'를 반영한 문체혁명의 일례를 보여주는 것이다.

---

76 페미니즘 문화운동의 측면에서도 고정희의 역사성과 현재성은 명백하게 나타난다. 지난 20년 동안 진행되어온 고정희와 관련된 다양한 문화운동들, 예를 들면 고정희상, 고정희 자매상, 고정희 청소년 문학상 등의 행사와 '소녀들의 페미니즘'(고정희의 여성주의 공동체 정신을 페미니즘 문화운동의 관점에서 다음 세대와 연결시킨 문화 창작 그룹), '고글리'(고정희 청소년 문학상을 통해 만나 글도 쓰고 문화작업도 하는 사람들의 마을) 등의 문화/문학 창작활동을 통하여 그 역사성과 현재성을 논할 수 있다.

고정희의 「밥과 자본주의」 연작시와 커먼즈

양경언

1. 들어가며

이 글은 고정희 시인의 「밥과 자본주의」 연작시를 '커먼즈commons'[1] 의 실천으로 독해하면서 해당 연작시의 의의를 탐구하기 위해 쓰였다.

2020년 '코로나19' 바이러스의 급속한 전파로 시작된 팬데믹은 이른바 성장과 경쟁, 금융축적에 가치를 두면서 팽창해온 신자유주의적인 질서, 자본주의 세계체제의 문제들을 심화시키면서 '팬데믹이 초래된 이

---

[1] '커먼즈(commons)'는 "근대 이전 시기부터" 사회적 구성원들의 "생존을 위해" "지역의 공동체"가 함께 이용하던 "자연자원" 및 "그 관리제도"를 통칭하는 말로, 흔히 '공공재' '공유지'를 칭하기 위해 쓰인다. 한국에서는 '공유재', '공동자원', '공통자원' 등으로 번역 및 수용되어왔다(정영신, 「한국의 커먼즈론의 쟁점과 커먼즈의 정치」, 『아시아연구』 23(4), 한국아시아학회, 2020, 242쪽). 한편 '커먼즈'가 "자원의 문제로 환원되기 어려운 역사적이고 문화적인 차원을 가지고 있으며, 공동자원으로 번역하는 것이 적절하지 않은 대목도 많"다는 지적을 상기한다면(백영경, 「복지와 커먼즈」, 『창작과비평』 2017년 가을, 25쪽), 해당 개념은 논의의 맥락에 따라 합당한 번역어가 무엇인지 섬세하게 고려되어야 한다. 이 글은 '커먼즈'를 물질적인 차원으로 한정한 논의에 관심을 갖기보다는, 해당 개념이 근대 자본주의 체제를 지탱하는 '소유'에 대한 상상력을 다르게 연다는 데에 주목한다. 따라서 '커먼즈'라는 용어를 다른 번역어로 대체하지 않고 그 자체로 사용함으로써 해당 개념이 공동자원과 연관된 제도와 그것을 가능하게 하는 사회·문화적인 실천 및 이를 구성하는 주체적 역량까지 포괄한다는 점을 드러내고자 한다.

후의 사회'뿐 아니라 '팬데믹의 위기를 초래한 사회'에 대한 검토를 요청하고 있다. 전염병의 유행 속에서 재난과 위기가 차등 배분되고 돌봄·의료·노동·교육 등 살아있는 존재들의 삶을 지속 가능하게 만드는 활동이 특정 젠더 및 계층에 떠넘겨지는 상황의 노골화는, 사회 전반에 걸친 시스템이 대대적으로 전환되지 않는 한 지금 세계의 존속 가능성이 희박해지리란 전망을 그리게 한다. 백영경은 "코로나19 이후 사회전환의 원리로서 돌봄"을 부각시키면서, 성장주의에서 탈피하여 "협동, 공유, 돌봄"이라는 가치에 기반을 둔 "존엄성을 해치지 않는 노동, 형평성 있는 관계, 연대에 기초한 공동체, 자연에 대한 존중, 공생"의 직접적인 실천이 필요하다고 했다.[2] 사회전환을 오롯이 국가제도의 혁신에만 맡긴다거나, 사적영역에만 전가시키는 방식으로는 현 상황을 돌파할 수 없다는 얘기다.[3] 지금은 공동체를 지속 가능하게 만들었던 실제 주체들을 가시화하고 이들의 '협동, 공유, 돌봄' 수행 역량을 중시하는 과정에서 사회적 위기를 타개해야 하는 때다. '커먼즈'적인 움직임은 이 같은 맥락에서 대안으로 제시될 수 있다.

가이 스탠딩의 정의를 참조하여 말하자면 '커먼즈'는 "우리가 공유하고 있는 모든 자연자원"과 "우리 조상들이 물려주었고 우리가 보존하고 개선해야 하는 모든 사회적·시민적·문화적 제도", "수 세기에 걸쳐 구성된 사상과 정보의 체계 위에 건설된 사회로서 우리가 소유하고 있는 지식을

2　백영경, 「탈성장 전환의 요구와 돌봄이라는 화두」, 황정아 외 『코로나 팬데믹과 한국의 길』, 창비, 2020, 56쪽.

3　'공공성'이란 개념에는 서로 의미가 다른 '公'과 '共'이 포함되어 있지만 지금까지 제기됐던 논의는 그중에서도 "공(公)"을 "관(官)이나 통치로만" 삼았던 경향이 있다. 백영경은 공동체를 지속 가능하게 하는 실천이 역사적으로 국가의 역할에만 기댄 채 이뤄져 왔던 것이 아니라 사실상 "공(公), 공(共), 사(私) 영역 전반에 걸 쳐 작동"해왔음을 지적한다. 백영경, 앞의 글, 24쪽.

포함"하는 개념이다.[4] 따라서 커먼즈적인 움직임은 신자유주의적인 질서, 자본주의 세계체제의 문제에 맞서 국가가 도식적으로 주도하는 '공공'을 넘어서면서도, 아울러 고립된 개개인이 각자도생하는 상황 역시 넘어서는 자리에서 발휘되는 다양한 주체들의 협동, 공유, 돌봄이라는 가치 추구 행위 및 이를 통해 공동으로 추구하는 세상으로 가는 길을 수호하는 움직임을 이른다.[5] 커먼즈 자체가 "공동체의 구성원들이 모일 수 있는 공간이자 그들이 정치의 주체가 될 수 있는 공간"이며, "공동체의 구성원들이 스스로 정치의 주체라는 자각 속에서 국가와 공적인 공간을 장악하고 변화시키려는 노력"인 셈이다.[6] 역사적으로 공동의 것이라고 이해되어왔던 자원이 급격하게 사유화 및 상품화되어가고 이러한 체제로 인해 삶의 창조성이 위협받는 지금 상황에서는 더욱이 소유의 주체를 재조정하고, 분배의 영역을 재구성하면서도 동시에 역사적으로 축적된 주체의 역량을 활성화하는 커먼즈적인 움직임이 의의를 얻을 수 있다. 요컨대 "어떤 희생을 치르더라도" "성장"을 해야 한다는 "믿음"과 "큰 부를 창출할 수 있는 수단으로" "사기업의 가치", '사적 소유화'에 대한 "믿음"을 부추기는[7] 근대 자본주의 체제가 초래한 문명적 위기 상황을 타개하기 위해서는 '공公, 공共, 사私' 영역 전반에서 주체적인 자각과 함께 활동해왔던 행위자를 가시화하고 해당 영역에서 이뤄지는 활동에 담긴 가치의 방향이 중시

---

4   가이 스탠딩, 안효상 역, 『공유지의 약탈』, 창비, 2021, 15쪽.

5   토마스 알란이 커먼즈의 정의를 "자각한 시민들이 스스로의 삶과 위협에 놓인 자신들의 자원들을 스스로의 손으로 책임지겠다는 비전"으로 내린바 또한 참조할 필요가 있다. Thomas Allan, "Beyond Efficiency : Care and the Commons", Centre for Welfare Reform(www.centreforwelfarereform.org) 2016.10.6. 백영경, 앞의 글, 30쪽에서 재인용.

6   위의 글, 28쪽.

7   J.K. 깁슨-그레이엄·제니 캐머런·스티븐 힐리, 황성원 역, 『타자를 위한 경제는 있다』, 동녘, 2015, 22쪽.

되어야 한다.

'커먼즈'적인 실천의 필요성에 대해 논할 때 한국문학사가 주목해야 하는 작품이 바로 고정희 시인의 유고시집 『모든 사라지는 것들은 뒤에 여백을 남긴다』[1992]의 1부에 총 26편으로 수록되어 있는 「밥과 자본주의」 연작이다.[8] 이 연작시편은 1975년 『현대시학』에 시를 발표하기 시작하면서부터 꾸준히 민중 억압, 여성 억압에 대한 고발 및 정치 현실에 대한 비판, 역사적 사건의 현재성과 같은 묵직한 주제로 시를 써왔던 시인이 1990년 8월부터 1991년 2월까지 6개월 동안 필리핀 마닐라에 체류하면서 쓴 것으로 알려져 있다.[9]

「밥과 자본주의」 연작시가 쓰인 1990년대 초는 "서구적 대중소비사회가 현실로 다가온" 시기로,[10] 이 무렵 시인의 작품에는 제국주의적인 자본주의가 뿌리를 내리는 과정이 사람들의 체질을 어떻게 바꾸는지에 대한 예리한 체감이 담겨 있다. 특히 마닐라에서의 경험은 시인에게 "자본주의와 신식민주의의 폐해가 아시아 민중, 그중에서도 특히 아시아 '여성', '민

---

8   이 글에서 연구 대상으로 삼는 고정희의 시는 고정희, 『모든 사라지는 것들은 뒤에 여백을 남긴다』(창작과비평사, 1992) 수록 작품임을 밝힌다. 그 밖의 작품은 출처를 따로 표기한다.

9   고정희의 마닐라 체류기간 및 필리핀에서의 활동내용을 밝힌 연구로는 이소희, 「〈밥과 자본주의〉에 나타난 '여성민중주의적 현실주의'와 와 문체혁명―「몸바쳐 밥을 사는 사람 내력 한마당」을 중심으로」, 『Comparative Korean Studies』 19(3), 국제비교한국학회, 2011, 99~144쪽 참조.

10   한국 사회는 "87년을 지나면서" "이전의 산업화체제에서는 볼 수 없는 다양한 현상들이 나타났다." 1980년대 후반은 "산업화 이래 지속적으로 증가해왔던 제조업 비중이 정점에 달해서 하락하기 시작하는 때"였고, 한편에서는 "임금 증가의 폭이 높아지고 노동자의 소득안정성이 이전에 비해 상대적으로 높아지면서 '폭발적 대량소비'가 시작된 시기"이기도 했던 것이다. 80년대 후반과 90년대 초반 시기의 경제적 상황은 많은 이들에게 자본주의의 '성장'이 가져오는 득과 실을 동시에 체감하게 만들었다. 유철규, 「80년대 후반 이후 경제구조 변화의 의미」, 김종엽 편, 『87년 체제론』, 창비, 2009, 247쪽. 참조.

중'들에게 어떠한 폐해를 끼쳐왔는가를 여실히 목격하고 체험하는 계기"가 되었는데,[11] 시인은 '아시아 민중 여성'을 구속하는 현실의 문제를 고발하는 역할로 자신의 몫을 한정하지 않고, 이들 스스로가 구조적인 문제를 넘어서서 어떻게 살아있는 삶을 조직해나가는지를 살피는 일에 관심을 두었다. 가령 필리핀에 체류하는 기간 동안 시인이 동료에게 쓴 편지에는 제국주의적 자본주의, 가부장제 전반에 걸친 억압이 필리핀의 여성 민중을 얽매는 상황 속에서도 이들이 자신의 생활 문제를 자각하고 정치적 주체로 자리매김해가는 과정을 관찰하는 시인의 모습이 드러난다.[12] 시인 자신이 '커먼즈'라는 개념을 언어화하지 않았다 하더라도 아시아의 민중들을 먹여 살리는 '밥'과 이들이 스스로 꾸려나가는 '밥상 문화'에 주목함으로써 제국주의적 자본주의, 신식민주의, 가부장제 등이 낳는 억압과 경쟁, 폭력과 고립 등의 문제를 극복하고, 이 과정에서 각성된 주체들이 협동과 공유와 돌봄의 가치를 추구하는 상황이 「밥과 자본주의」 연작에는 표현되어 있는 것이다. 특히 새로운 아시아 공동체의 가능성을 탐색하기 위해 "주체의 문제와 젠더의 문제"가[13] 포함된 '우리'의 상을 확장하면서 사회의 부정의를 양산하는 체제의 반복이 아닌 다른 성격의 사회로 질적인 전환을 이뤄낼 필요성을 역설한다는 점에서 해당 연작시는 커먼즈적인 움직임으로 독해될 여지가 있다.

---

11 이소희, 『여성주의 문학의 선구자 고정희의 삶과 문학』, 국학자료원, 2018, 202쪽.
12 시인은 마닐라의 아시아 문학예술원에서 머무는 동안 서울에 있는 친구에게 여러 통의 편지를 보낸다. 한 편지에는 필리핀의 식민지 해방 투쟁에서 중요한 공을 세웠던 호세 리잘의 번역시를 담아 정치·경제인 착취 속에서도 문화적 자긍심의 고취가 중요하다는 점을 알리기도 하고, 또 다른 편지에서는 "여자 문제"는 "래디칼이 아니면 대안이 없다"고 언급함으로써 각국의 여성 민중 주체들이 새로운 패러다임을 열어야 한다고 어필한다. 조형 외편, 『너의 침묵에 메마른 나의 입술』, 또 하나의 문화, 1993, 48~73쪽.
13 백영경, 앞의 글, 22쪽

그간 「밥과 자본주의」 연작은 아시아 각국의 여성, 아이 등 사회적 '약자'들의 현실을 성공적으로 형상화한다는 이유로 "타자로서의 여성을 식민주의 국가에까지 연결시키는 탈식민주의 페미니즘을 실천"한 작품이라고 평가되어왔다.[14] 그러나 현실의 부정의를 상대하기 위한 정치적 실천으로 시를 독해하는 과정에서 그간의 연구가 고정희의 시를 마치 사회구조적인 문제를 현실 그 자체로 인정하게 만드는 기능만을 수행하는 작품으로 혹은, 사회의 부정성을 내면화한 주체의 발화만으로 이뤄진 작품으로 읽지는 않았는지에 대해선 더 섬세한 토론이 요청된다. 가령 이은영은 고정희의 「밥과 자본주의」 연작 중에서도 「구정동아 구정동아」를 "도시공간의 부정성을 지각하고 포착"한 시편으로 분석하면서, 시인의 1980~90년대 작업을 "한국의 자본주의 시스템이 양산하는 현실을 반영하는 목소리"로 듣는다.[15] 이는 자칫 부정적인 현실 재현에 초점을 맞추느라 고정희의 시편들 속에서 발견되는 부정성을 가로질러 가는 주체들의 창조적인 역량을 충분히 살피지 못한 해석으로 그칠 수 있다. 김민구는 「밥과 자본주의」 연작이 "민중의 안티테제로""'교회'를 상정하고 이를 매개로 나타나는 수난에 집중한 시편"이라고 평가하면서 시인이 "87년 이전"과 "이후"를 "수난의 연속성 안에 있"다는 자각을 통해 "자본주의와 결탁하는 교회를 향한" 비판의 메시지를 던진다고 말한다.[16] 시가 상정한 적대적인 대상이 현실에서 얼마나 부정적인 영향력을 행사하는지를 강조

14　대표적인 논의로 김승희, 「상징 질서에 도전하는 여성시의 목소리, 그 전복의 전략들」, 『현대시 텍스트 읽기』, 태학사, 2001, 219쪽.

15　이은영, 「1980년대 시에 나타난 자본주의적 세계에 대한 재현과 부정성－고정희, 허수경의 시를 중심으로」, 『한국문예비평연구』 59, 한국현대문예비평학회, 2018, 205~238쪽.

16　김민구, 「고정희 연작 「밥과 자본주의」에 나타난 정의의 결정행위 연구」, 『현대문학이론연구』 77, 현대문학이론학회, 2019, 31~60쪽.

하기 위해 시도되는 이러한 연구의 경우 고정희가 살리고자 했던 목소리가 무엇인지에 대해서는 제대로 드러내지 못했다는 아쉬움을 남긴다.

한편 "당대 여성 작가들"이 " '리얼리즘'에 대한 강박적 요구와 편협하게 규정된 '여성문학'이라는 이중적 질곡을 감당"했다고 보는 김보경의 연구에서는,[17] 고정희의 시가 "여성해방운동의 주체"를 "특정 계급의 여성으로 규범화"하지 않고 "서로 다른 위치에 놓인 여성들의 삶의 조건을 이해함으로써 여성 간 실천적 연대를 도모"한 점을 살핀다. 고정희가 특정한 조건을 갖춘 존재에만 집중하지 않고 "상이한 여성 주체들 간의 연결망을 재현"한다는 읽기는 중요하다. 그러나 이러한 접근이 시인이 현실을 겨냥하는 시의 움직임을 도모하면서 부정적인 현실의 자기 반영에만 머물지 않고 리얼리즘을 갱신해갔던 상황을 고려하고 있는지, 그리고 시인이 "여성의 문제를 단순한 남성 여성 간의 사적인 대비로 보지 않고" '전체적인' "역사적 맥락 속에 들어 있다는 사실"[18]을 염두에 두면서 사회구조적인 변화의 연장선상에서 여성문학의 지평을 넓히고자 했던 상황을 존중하고 있는지 여부에는 이견이 있을 수 있다. 「밥과 자본주의」 연작시를 위시하여 80년대 후반에서 90년대 초반에 이르는 고정희 시에 대한 일련의 평가가 애초부터 고정희의 작업을 마치 1980년대의 민중 주체를 중시하는 대중문화운동과 분리된 여성 주체의 개인 욕망을 사수하기 위한 활동으로 수렴하지는 않는지 살필 필요가 있다는 얘기다.[19] 90년대 초반에 창작된 「밥과 자본주의」 연작은 사회 구성원들이 삶

---

17 김보경, 「『또 하나의 문화』의 여성시에 나타난 '차이'라는 여성 연대의 조건과 가능성」, 『한국현대문학연구』 60, 한국현대문학회, 2020, 119~151쪽.

18 고정희 외, 좌담 「페미니즘 문학과 여성운동」, 또 하나의 문화 동인들 편집, 『또 하나의 문화 제3호 ─ 여성해방의 문학』(재발행본), 또 하나의 문화, 1995, 24쪽.

19 조연정은 고정희가 1980년대 변혁적 운동 진영이 단일한 정체성으로 투쟁하는 상황을

을 꾸리기 위해 오래전부터 가꿔온 지식과 경험적 차원의 소재를 포착하면서 그것을 통해 역사가 이어지는 가능성을 전함으로써 역사를 단절적으로 사유하지 않는다. 또한, 이념적인 이상으로 제시되는 '우리'와 또 다른 방향의 이상인 '개인' 어느 한 곳에도 귀착되지 않는 주체들의 역동을 그리고 있다. 당시 시인이 시도했던 "고여 있지 않은 운동"[20]으로서의 시가 가진 변혁성을 제대로 짚는 읽기는 어떻게 가능한지에 관한 고민이 더 필요하다.

정리하자면 현실 고발 성격의 문학이 승했다고 얘기되는 1980년대 한국문학의 연장선상에 고정희의 시를 위치시키고자 하는 평가는 시의 재현성을 한정적으로 살핌으로써 시가 탄력적으로 시대와 조응하면서 창출해나가는 변혁성에 대해서는 덜 말하는 경향이 있고, '여성 개인'의 욕망이 문학작품을 통해 두드러지게 가시화됐다고 얘기되는 1990년대 문학의 교두보로 고정희의 시를 삼고자 하는 평가는 고정희 시에서 민중운

비판하면서 여성들 자신의 목소리가 직접 발화되어야 한다는 요청과 더불어 문학은 그러한 목소리가 드러나는 공론장의 역할을 해야 한다고 주장했다는 점을 짚어낸다(조연정, 「1980년대 문학에서 여성운동과 민중운동의 접점 – 고정희 시를 읽기 위한 시론(試論)」, 『우리말글』 71, 우리말글학회, 2016, 241~273쪽). 이는 시인이 특정 집단의 힘을 강조하는 일보다 사회구조적인 억압을 감당하는 이들의 실질적인 주체성, 이들 사이에서 맺어지는 수평적인 관계를 더 중요시한다는 점을 일러주는 소중한 연구이다. 하지만 이 같은 연구가 한국문학사의 1980년대를 '집단적인 이념'에 휩싸인 시대로, 이어서 1990년대를 개인의 욕망이 더 추구되는 시대로 단절의 선을 그은 채 형성된 시선에서 비롯된 것은 아닌지 숙고할 필요가 있다. 고정희가 경계했던 것은 다양한 결에 의해 발현되는 문제가 단선적으로 범주화되는 상황이었지, 민중운동과 여성운동 사이 간극을 뚜렷이 하는 데에 있지는 않았기 때문이다.

20 고정희는 "운동이라는 것에 대한 고정관념을 깨야" 한다면서 "삶이 곧 운동이다, 운동은 결코 고여 있는 것이 아니다 라고 인식한다면 여성문학의 지평이 넓어지리라 생각"한다고 밝힘으로써 여러 가지 사회운동의 성장과 연결되는 속에서 여성해방의 움직임 역시 활로를 찾는다고 봤다. 그러한 현장에서 쓰이는 것이 곧 여성해방 문학이라는 입장인 것이다. 고정희 외, 앞의 좌담, 25쪽.

동, 여성해방 운동이 교차하는 지점을 복합적으로 살피는 일에 소극적인 경향을 보인다. 시인 '고정희'라는 문학사적 난제는 1987년 이후 '여성 시인'의 변혁성을 띤 발화, 혹은 시인 자신이 "문체 혁명"[21]이라는 시도의 필요성을 언급했던 바에 따라 짐작할 수 있을 '여성 시인'의 리얼리즘적인 시도가 어떻게 굴절되어 평가되는지를 성찰하게 한다. 「밥과 자본주의」 연작을 커먼즈의 실천으로 읽고자 하는 이 글의 시도는 작품의 현재성을 살리려는 의도에서 비롯된 것이기도 하지만, 한편으로는 당시 고정희 시가 선취하고 있던 급진성을 의미화함으로써 문학사에서 해당 연작의 가치를 다시금 새기려는 의의 또한 있다.

이 글이 시도하는 「밥과 자본주의」 연작에 대한 '커먼즈'적인 접근은 애초부터 특정 개인이 독점할 수 없는 언어로 구현되는 '문학'과 '커먼즈'의 관계를 정치하게 살피는 작업으로부터 시작한다. 이를 위해 "문학이 커먼즈라면" "'공통적인 것' 혹은 '함께 나눔'"은 "어떤 성격인가"와 같은 질문을 던지면서 리비스의 공동체에 대한 문학론을 경유하여 문학과 커먼즈의 연관관계를 해명했던 황정아의 논의를 참조.[22] 리비스의 공동체론에 기대어 고정희 시에서 커먼즈적인 실천의 면모를 찾는다.

리비스는 근대 이후 기술문명이 지배적이 되고 민중문화의 활력이 약

---

21 '문체 혁명'에 대해서는 시인을 추모하기 위해 쓰인 다음 글을 참조할 수 있다. "그가 세상을 떠나기까지 7년, 결코 길지도 짧지도 않은 세월 동안 그는 여성을 어떻게 그의 문학과 신학의 만남 속에 교차시키고 민주화운동과 여성운동을 어떻게 결합시킬 것인가, 더 나아가 여성운동이 어떻게 남성중심적 민주화운동의 토양을 바꾸고 민주화운동과 더불어 함으로써 서로 힘을 늘릴까 하는 고민의 늪에서 벗어나지 못했다. (…중략…) 결국 그는 무언가 새로운 패러다임을 열지 않고는 해결할 수 없는 문제라는 결론에 도달한 듯싶다. 그 한 방법을 '문체 혁명'이라고 불렀고, 그 일을 본격적으로 추진하고 싶어 했으나 구체적으로 그것이 무엇을 의미했는지는 알려주지 않았다." 조형 외편, 앞의 책, 73쪽.

22 황정아, 「문학성과 커먼즈」, 『창작과비평』, 창비 2018년 여름, 19쪽.

해지는 상황을 우려하면서 '기술 공학적, 벤담적 문명'을 돌파할 수 있는 대안으로 산업화 이전 시대의 "유기적 공동체organic community"로의 회복, 언어를 사용하는 민중들에 의한 "상호 협동적 창조성" 구현을 제시한다.[23] 이는 공적인 것과 사적인 것을 구분하는 데카르트적인 이원론의 지배하에 기술 공학적, 벤담적 문명이 발달함으로써 "창조적인 인간의 지각과 사유 그리고 언어가 그 근원적인 창조성을 잃고 도구화"되었다고 보면서,[24] 사적영역과 공적 영역이라는 이분법을 넘어서서 점점 상실되어가는 삶의 창조성을 충실하게 구현하는 문학의 '제3의 영역' 형성으로 문명적 위기를 타개하고자 하는 입장이다. "살아 있음은 늘 다시 태어나는 새로움 속에서 끊임없이 되풀이 되는 창조성"으로[25] 보았던 리비스에게 "경탄스러운 삶-생명의 본질을 훼손·파괴하는 가공할 반생명적 힘들에 대한 저항"은 중요했고, 그가 봤을 때 이는 "사사로운 것도 아니고 피상적인 의미의 공적인 것도 아닌 독특한 '비개성impersonality'의 영역"인 "제3의 영역"에[26] 도달하는 예술 활동으로 가능했던 것이다.

주도적인 한 사람의 '개성'으로부터가 아니라 많은 이들이 서로 협동하면서 축적해가는 전통과 경험으로부터 발원한 '비개성'의 영역에서 예술의 창조성을 발견하는 리비스의 입장은 개개인 간의 경쟁 및 사적 소

---

23 김영희, 「포스트 시대 인문교육에서 리비스의 효용—테리 이글턴의 『비평의 기능』과 관련하여」, 『영미문학교육』 17(3), 한국영미문학교육학회, 2013, 66쪽; 정남영, 「리비스의 작품 비평과 언어의 창조적 사용」, 『영미문학연구』 6, 영미문학연구회, 2004, 83~112쪽. 참조.

24 김영희, 위의 글, 68쪽.

25 F.R.Leavis, *Nor Shall My Sword : Discourses on Pluralism, Compassion, and Social Hope*, London : Chatto & Windus, 1972, p.20, 김종철, 『大地의 상상력』, 녹색평론사, 2020, 221쪽에서 재인용.

26 김종철, 위의 책, 221~222쪽.

유화를 부추기는 사회 질서에 반기를 드는 커먼즈 논의와 연결된다. 리비스가 '소유'를 "우리가 그에 속한 것을 향한 근본적이며 살아 있는 경의"로 정의하고,[27] 여기서 '경의'를 "존재의 궁극적 근원에 대한 겸허한 의식이 내포되어 있"는 "삶에 대한 책임감"과 연관된 것이라 설명했을 때,[28] 이는 "관습적 소유 관념에 전제된 주체-대상의 관계를 전복시키면서 실상 그런 방식으로 소유할 수 없음을 깨닫고 존중하는 행위"[29]와 닿아있다. 공동체의 구성원이 맺는 '소유' 관계를 계속해서 살아 유지되어야 하는 삶이 행해야 하는 '살아있는 창조적 반응'으로 전환하여 생각한다면, 문학을 통해 이룩할 수 있는 '커먼즈'란 살아있는 개개인이 서로 속해있는 공동체에 따라 형성된 "풍부한 토착 언어"[30]의 전통 위에서, 개별 존재라면 누구나 모일 수 있는 '비개성의 영역' 형성 및 이들이 만나고 촉발시키는 '상호 협동적 창조성의 영역' 형성으로 가능하다.

「밥과 자본주의」 연작은 '고정희'라는 시인 한 사람의 선구자적인 자취를 탐색하는 일 못지않게, 한 사람이 자신의 얼굴에 숱한 얼굴을 겹쳐냄으로써 종국에는 많은 이들의 목소리가 울려 퍼지도록 시의 역할을 조율했던 의미를 새길 수 있는 작품이다. 2장에서는 「밥과 자본주의」 연작시의 여러 시편에서 나타나는 '밥'이 공公/共과 사私의 영역을 넘어서서 '누구나' 서로를 돌보는 '비개성'의 영역을 매개함으로써 여기에 참여하는 존재들의 목소리가 스스로 살아나는 현장을 창안하는 상황을 살핀다. 3장에서는 「밥과 자본주의」 연작 시편 중에서 전통적인 '기도문', '노래'의 형

---

27   F.R.Leavis, Ibid, 1972, p.62, 황정아, 앞의 글, 20쪽에서 재인용.

28   김종철, 앞의 책, 205쪽.

29   황정아, 앞의 글, 21쪽.

30   김종철, 앞의 책, 210쪽.

식을 활용하는 작품을 읽으면서, 이것이 곧 구성원들이 상호 협동하면서 다른 체제로 질적인 전환을 창조해내는 방식일 수 있다는 점을 논증한다. 「밥과 자본주의」를 커먼즈의 실천으로 읽는 과정에서 시가 '누군가의 시'라는 사적소유로 점철된 영역이 아니라 '누구나의 노래'라는 협동적 창조의 범례로 자리하는 가능성을 살필 수 있다면, 시가 쓰이고 읽히는 작업은 "공동체를 능동적으로 구성"하면서 '우리'를 확장하는 "커머닝common-ing"[31]의 일환으로 이해될 수 있을 것이다.

2. 밥, 비개성의 영역

'밥'으로 표상되는 '먹거리'는 그것을 "기르고, 만들고, 먹고, 치우는 모든 문제가 정치적"이다.[32] 실제로 '먹는 일'을 해결하기 위해 깃드는 노동 행위에서부터 여기에 반영되어 있는 사회문화적 배경에 이르기까지 '밥'을 둘러싼 여러 관계를 헤아리다 보면 '먹거리'는 단순히 생명을 연장하기 위한 수단으로만 얘기될 수 없다. 지금 사회를 지탱하는 골자로서의 '밥'을 매개로 어떤 관계를 만들어 갈지에 따라 지배적인 사회통치 논리에 잠식되지 않는 현실을 만들어 가는 일이 가능하다는 얘기다.

그러나 먹거리를 마련하고 만들고 치우는 등 인간을 살리는 행위가 여성들에게 전가되는 상황에서 밥과 관련한 돌봄 행위는 역사적으로 "평가절하"되었고, 이러한 일들은 마치 "가정이라는" '사적인' 영역과 '여성'만

---

31 백영경, 앞의 글, 28쪽.
32 이라영, 『정치적인 식탁』, 동녘, 2019, 8쪽.

이 책임져야 하는 것으로 여겨져 왔다.[33] 지금의 자본주의 사회체제는 밥을 둘러싼 관계에서 공적 영역의 역할을 삭제하고 사적영역의 역할을 남겨두는 젠더 질서를 작동시킨다. 이를 일찍부터 의식했던 고정희는 성 차별적인 구조에서 줄곧 경시되어 왔지만 실은 공동체를 살리는 가장 기본적이면서도 중요한 매개인 '밥'을 둘러싼 행위를 어떻게 형상화해야 하는지 골몰해왔다. 가령, 1990년에 상재한 『광주의 눈물비』의 제2부 「눈물의 주먹밥─암하레츠 시편 8」에서 광주 민중들의 "해방구"가 되었던 '밥'에 관하여 언급했던 대목은[34] 이소희에 따르면 "고정희의 전 생애에 걸쳐 진행되어온 여성주의 창조적 자아의 발전과정"에서 "매우 혁신적인 상징 기호"로서의 "어머니 하느님"에 닿을 수 있는 경로로 '밥'이 역할 했음을 알린 작품으로 평가된다.[35] 『광주의 눈물비』[1990]를 상재하기 이전인 1988년 5월 고정희가 『월간 중앙』에 발표한 르포 「광주민중항쟁과 여성의 역할─광주여성들, 이렇게 싸웠다」에서도 1980년 5월 광주항쟁에서 여성들이 어떻게 다양한 방식으로 참여했는지 뿐 아니라 '밥'에 담긴 정치적 의미에 대한 시인의 인식을 분명하게 전하고 있다.[36] 이 글에 따르면 광주

---

33 더 케어 컬렉티브, 정소영 역, 『돌봄선언』, 니케북스, 2021, 52쪽, 참조

34 "어머니의 피눈물로 버무린 주먹밥 / 자매들의 통곡으로 간을 맞춘 주먹밥 / 눈물의 주먹밥 먹어보았나 / 사람이여 사람이여 사람이여 / 밥으로 다리놓는 장백산 하늘까지 / 오월사랑 지고 갈 사람이여 / 육천만 먹고 남을 통일의 주먹밥 / 해방구의 주먹밥 먹어보았나" 고정희, 「눈물의 주먹밥─암하레츠 시편8」, 『고정희 시전집』 2, 또하나의 문화, 2011, 173쪽.

35 이소희, 앞의 책, 202쪽.

36 「광주민중항쟁과 여성의 역할─광주여성들, 이렇게 싸웠다」는 '여성'들에게 가해졌던 공수부대의 잔인한 폭력을 가시화하는 데 그치지 않고, '여성 민중해방'이란 목표를 내걸고 활약했던 송백회 회원들의 활동에서부터 '녹두서점'의 '정현애', 투쟁 상황을 시민들에게 알린 방송원 '전옥주', 시장에서 가게를 운영하던 여성들, 병원을 지키던 의료진들, 황금동 술집 접대부로 알려진 여성들의 분향대 사수 등 각개각층의 여성의 활약상을 항쟁의 진행 순서에 따라 상세하게 보고한다. 이 글은 광주항쟁에 대한 제대로 된 기

항쟁에서 여성들은 시위가 진행되는 과정에서 와해될 수 있을 조직을 보살피고 시위대의 꺼져가는 기운을 살려내는 방식으로 선두에 섰으며, 많은 이들의 '생명'이 부지되기 위해서 살펴야 할 영역을 놓치지 않고 '나서서' 한다. 시인은 시위 현장에서 여성들이 자발적으로 만들어 많은 이들과 나눈 "주먹밥"을 "광주 공동체의 피로 맺어진 약속의 밥"이라 이른다.

광주 전역에 걸쳐 여성들이 자연스럽게 조직 아닌 조직활동에 들어갔다. (…중략…) 오전 9시에 이미 금남로는 10만이 넘는 군중으로 인산인해를 이뤘다. 손자를 끌고 시위장에 나온 할머니, 어린 꼬마를 데리고 나온 가정주부, 근무를 포기하고 나온 여성근로자들이 대거 시위대에 참여했으며 이날 아침부터 시내 어느 동네를 가든지 시위군중과 청년들을 위해 여성들이 마련한 음식들이 길가에 즐비하게 준비되어 있었다. 시민들의 왕래가 잦은 곳이면 어디든지 동네 아주머니들이 모여서 길목을 지키다가 지나는 시위차량을 멈추게 하고는 김밥과 주먹밥을 한 함지씩 실어주는 것이었다.

(…중략…)

이 주먹밥이야말로 광주 공동체의 피로 맺어진 약속의 밥이었다. 밥을 먹는 시민들은 자신이 광주 공동체가 뽑아서 민주화 전선으로 내보낸 전사임을 새롭게 자각했고 밥을 해준 주부들은 비인간적인 공포로부터 벗어나 그것들을 몰아내는 데 자신이 동참하고 있다는 사실에 신바람이 나서 밥을 나누어 주지 않고는 못배기는 모습이었다. 이와 같은 식사의 연대는 금남로의 시위 군중을 새로운 전의에 불타도록 만들었고 뜨거운 시민 공동체를 형성하고 있었다.

록을 확보하기가 쉽지 않았던 1988년에 발표되어 광주항쟁의 전개를 소상히 전하고 있다는 의의를 가지는 한편, 항쟁을 평가하는 과정에서 자칫 소멸해버리거나 은폐될 수 있을 기록을 놓치지 않고 담아냈다는 점에서 큰 역사적 가치를 지닌다.

— 고정희, 「광주민중항쟁과 여성의 역할―광주여성들, 이렇게 싸웠다」
(『월간중앙』, 1988.5) 부분

인용한 부분에서 시인은 "주먹밥"이 항쟁의 결과가 불확실한 상황에서
도 군부에 저항하면서 민주적인 가치를 지키고자 하는 "약속"의 양식이
자, 공동체의 구성원들과 계속해서 연결되어 있다는 것을 일러주는 기본
적인 단위였다고 표현한다.

광주항쟁의 중요한 자원으로 "밥"을 짚어내는 작업은 밥을 짓고 공유
하는 행위를 통해 발휘되는 정치적 역량으로서의 '돌봄 행위'의 가치를
다시금 조명하도록 만든다. 항쟁이 진행되는 동안 "주먹밥"을 만들고 나
누는 일에 주저함이 없었던 여성들은 평상시 이들 몸에 체화되어 있던
'돌봄' 행위를 멈추지 않고 도리어 자발적으로 드러냄으로써 항쟁에 참
여하는 모든 주체들을 '살리는' 역할을 수행했다. 또한 고정된 성별 역할
에 구속받지 않고 한 사람의 사회구성원으로서 '지금 처한 질서와는 다
른 사회'를 만들기 위한 저항 활동을 수행했다. 광주민중항쟁에서 '밥', 그
리고 '밥'으로 매개되는 '돌봄 행위(이자 저항행위)'는 공동체의 구성원들이
자신이 속한 사회에 대한 책임감, 자기 자신의 삶에 대한 책임감을 발휘
하는 가운데 만들어지는 '경의'를 표하는 방식, 즉 커먼즈적인 실천의 일
환으로 읽힌다.

이처럼 공公/共과 사私의 영역을 넘어서서 '누구나' 서로가 서로를 돌보
는 '비개성'의 영역을 매개하는 '밥'은 「밥과 자본주의」 연작에서 그 의미
의 명맥을 뚜렷이 잇는다. 「밥과 자본주의」 연작에서 '밥'은 기존의 사회
체제가 가진 문제점을 가시화하는 동시에 이를 해결하기 위한 실마리로
누구나 접근할 수 있는 매개, 이를 통해 구성원들이 스스로 자신의 자원

을 책임지면서 다른 사회에 대한 상상력을 꾀하는 시적 장치로 등장한다.

밥은 모든 밥상에 놓인 게 아니란다
네가 햄버거를 선택하고
왕새우 요리를 즐기기까지 이 흰
쌀밥은 애초부터 공평하지 않았구나
너는 이제 알아야 한다
밥은 선택하는 것이 아니라 함께 나누는 것이란다
네가 밥을 함께 나눌 친구를 갖지 못했다면
누군가는 지금 밥그릇이 비어 있단다
네가 함께 웃을 친구를 아직 갖지 않았다면
누군가는 지금 울고 있는 거란다
이 밥그릇 속에 이 밥 한그릇 속에
이 세상 모든 슬픔의 비밀이 들어 있단다

그러므로 아이야
우리가 밥상 앞에 겸손히 고개 숙이는 것은
배부름보다 먼저 이 세상 절반의
밥그릇이 비어 있기 때문이란다
하늘은 어디서나 푸르구나 그러나
밥은 모든 밥상에 놓인 게 아니란다
네 웃음소리를 스스로 낮추련?

— 「밥은 모든 밥상에 놓인 게 아니란다」 부분

'밥상'은 "아이"인 "너"를 포함한 "우리"가 차등 없이 "둥그런 밥상 앞에 둘러 앉"아야 형성되는 것이기도 하지만 한편으로는 "쌀밥 한 접시에 서려 있는" "보다 많은 사람들의 곡절"이 담겨야만 주어지는 것이기도 하다. 위의 시는 '밥상'을 형성하는 현재의 공평하지 않은 세계 질서가 전환되기 위해서는 지금 자신 앞에 놓인 밥상이 그 자리에 놓이기까지 거쳐 온 역사적 맥락을 이해해야 한다는 것을 강조하고 있다. 지금의 불공평하고 부정의한 질서 하에서 생겨날 수밖에 없는 "밥그릇이 비어"있는 누군가를 가시화하고, 그이들과 공평하게 먹거리를 공유하는 장소로 "밥상"을 만들어가야 한다는 얘기를 전하는 것이다.

"밥은 모든 밥상에 놓인 게 아"니라 전하고, "밥상 앞에 겸손히 고개 숙"일 것을 요청하는 위의 시에서 '밥상'이 있는 자리는 결국 실천적인 태도를 수행함으로써 새로운 사회질서를 그리는 장소가 된다. "이 세상 절반의" "밥그릇이 비어 있"다는 것을 의식하면서 "웃음소리를 낮추"는 실천을 통해 밥상의 구성원들은 공동체를 능동적으로 재구성하는 과정에 참여하게 되는 것이다. 시의 화자가 중시하는 '함께 나누는 밥'은 "자신의 삶과 생명을 지키기 위해" "인간의 삶 능력을 증진하고 회복하는 운동"으로서의 "생활정치" 모습을 띠고 있다.[37] 이를 개개인의 상호 협동을 통한 직접적인 참여로 자본주의, 가부장제 체제가 낳은 문제점을 극복하면서 다른 질서의 공동체 형성에 기여하는 커먼즈적 실천으로 읽는다면, "밥"은 '나'의 생활이 존속되기 위해 '나' 자신이 만들어나가는 것이자, '나'만의 것이 아닌 "함께 나누는 것"이 되기 위해 지금 세상에서 계속해서 의식하고 극복해나가야 할 문제의 핵심 이슈가 된다.

---

37 '생활 정치'에 대한 설명은 김현미, 「신자유주의적 권위주의 국가와 생활정치」, 정현곤 편, 『변혁적 중도론』, 창비, 2016, 230~247쪽. 참조.

한편 '밥'과 '자본주의'가 '과'로 연결되어 있는 '밥과 자본주의'라는 연작시의 제목은 '밥'이 현존하는 체제를 강화하기도 하고 동시에 체제로부터 탈구되는 흐름에 속하기도 하는 이중의 운동성을 보유한다는 점을 상기시킨다. 연작시의 제목은 '밥'을 둘러싼 관계를 어떤 방향으로 가져나갈지, 그리고 이와 관련된 실천이 '누구'에 의해 비롯되어왔고 꾸려져야 하는지에 대한 질문을 포함한다.

대저 밥이란 무엇일까요
인도 사람은 인도식으로 밥을 듭니다
더러는 그것을 손가락밥이라 말합니다
중국 사람은 중국식으로 밥을 듭니다
더러는 그것을 젓가락밥이라 말합니다
일본 사람은 일본식으로 밥을 듭니다
더러는 그것을 마시는 밥이라 말합니다
미국 사람은 미국식으로 밥을 듭니다
더러는 그것을 칼자루밥이라 말합니다
한국 사람은 한국식으로 밥을 듭니다
더러는 그것을 상다리밥이라 말합니다
손가락밥이든 젓가락밥이든
마시는 밥이든 칼자루밥이든
그게 뭐 그리 대수로운 일이랴 싶으면서도
이를 가만히 바라보노라면
밥 먹는 모습이 바로 그 나라 자본의 얼굴이라는 생각이 듭니다

(…중략…)

아니다 그렇지 않다 밥은 다만 나누는 힘이다, 상다리밥은 마주앉는 밥이다,
지렛대를 지르고 나서

문득 우리나라 보리밥을 생각했습니다

— 「아시아의 밥상문화」 부분

시에서 화자는 '인도인', '중국인'과 함께 생활하면서 이들이 각자 행하
는 식문화 속에 해당 나라를 지배하는 자본의 질서가 깃들어 있음을 본
다. 화자는 "밥 먹는 모습"에 깃든 "그 나라 자본"의 질서가 종국에는 "생
활" 자체를 지배하고 사람들 사이에 위계를 만드는 상황에 불안을 느낀
다. "손가락밥"이 "젓가락밥"보다 '미개'하다 바라보고, "마시는밥"이 "젓가
락밥"보다 '더 낫다'고 바라보는 관점에는 이미 '인도 위에 중국', '중국 위
에 일본'과 같은 자본의 위계로 해당 나라를 평가하는 편견이 담겨 있다.
이와 같은 편견과 차별은 이들이 밥을 함께 '나누어 먹지' 못하도록 가로
막는 장벽이 된다.

3연에서 화자는 "밥은 다만 나누는 힘"임을 알리며 지금 필요한 작업
은 서로의 밥상에 속할 수 있는지 그 자격을 논하는 일이 아니라, "밥상"
을 가능케 하는 "단순한 땀방울"과 "민초"들의 "간절한 희망사항", "뜨겁디
뜨거운 정"을 떠올리며 "겸상 합상 평상 위에 차린 보리밥"을 나누어 먹
는 일임을 전한다. 자신의 자리에서부터 출발해 서로의 관계를 돌볼 줄
알 때 자본의 질서를 가로질러 가는 민중의 힘이 길러진다는 얘기다. 요
컨대 "상다리밥" "마주앉는 밥"은 어떤 자격이 주어진 이들이 지정된 공간
에 들어가서 형성하는 것이 아니라, 밥을 "나누는" "사람"들이 나눔이라는
바로 그 행위를 지속하는 과정에서 수행적으로 창출된다. 이러한 순간에

"정치"는 "사적영역과 공적 영역을 나누는 선들을 가로지르게 된다".[38] 차이를 가진 복수의 사람들이 각자의 특수성만을 상대에게 지나치게 강요하기보다는 서로를 존중하고 환대하는 '비개성'의 영역을 꾸릴 줄 알아야 평등이 보장된 '우리'라는 의미가 담긴 "마주 앉는 밥" "상다리밥"을 꾸려나갈 수 있는 것이다.

시에서 화자는 자본이 지배하는 사회문화가 조성한 편견을 "밥"을 "나누는" 실천으로 지워나간다. 이를 두고 '아시아 민중'이 상호 협동하고, 보살피는 활동을 통해 기존 체제가 강제하는 위계질서로부터 벗어나는 것이라고도 말할 수 있겠다. 밥을 나누는 실천에 대한 조명은 그 자리에서 함께 '밥'을 먹는 관계에 대한 관심을 환기시키고, 사회적 공론장의 구성에 대한 다양한 논의의 출발점을 제공한다. 사적영역과 공적 영역의 이분법을 넘어서서 '밥상은 어떻게 차려지고 누구에 의해 점유되는가,' '밥상을 지배하는 사회질서는 무엇인가' 와 같은 문제를 촉발시킴으로써 새로운 공동체 상의 도래와 관련한 구체적인 주체의 형상을 가시화한다.

"우리의 살아있는 희망"이자 "평등의 씨알", "평등의 밥으로 울어야" 하는 변혁의 주체로 소환되는 "아시아의 아이" 「아시아의 아이에게」, 강고한 자본주의 질서에 의해 억압받지만 그 안에서도 자신의 노동으로 떳떳하게 살아가는 "하녀" 「하녀 유니폼을 입은 자매에게」, "구멍"을 팔 지 언정 "혼"을 판 적 없다고 자부하는 성매매 여성 「몸바쳐 밥을 사는 내력 한마당」의 목소리가 직접적으로 들리는 시편들에서 '밥을 나누는 실천'에 해당하는 커머닝을 이루는 '해방의 주체'는 그이들 자신이다. 「밥과 자본주의」 연작은 사회의 부정의를 해결하고자 하는 이들이 스스로의 힘으로 역사를 다시 쓰고자 하는 역량

---

38 주디스 버틀러, 김응산·양효실 역, 『연대하는 신체들과 거리의 정치』, 창비, 2020, 106쪽.

을 발휘하는 현장에 이목을 집중시킨다.

　　이제 그를 다시 일으키는 힘은 우리에게 있습니다 우리가 책임져야 할 역사
와 정치적 폭력이 그를 죽였지만 그러나 그를 일으키는 힘은 우리로부터 나옵
니다 형제여, 어서 일어나시오 달리다 쿰, 어서 일어나시오 그를 일으키러 가
야 합니다 어둠이 오기 전에 우리는 신념의 나룻배를 신축하여 저 죽음의 강을
건너가야 합니다 새로운 역사의 땅에 운명의 시체를 매장해야 합니다 그는 결
코 죽지 않았습니다 정의를 갈망하고 평화를 사랑하는 우리 속에 그가 살아있
습니다.

—「그러나 너를 일으키는 힘은 우리로부터 나온다」 부분

　　위의 시에서 강단 있는 어조로 반복되는 "일으키는 힘은 우리로부터
나온다"는 '누구나' 서로가 서로를 돌보는 영역을 만들 수 있다고 힘 있게
이르는 구절이다. 「밥과 자본주의」 연작은 개개인이 서로 존중하고 협동
하는 가운데 저 자신의 목소리를 계속해서 살려나간다면 새로운 사회에
대한 상상력을 촉발시키는 관계로의 전환이 가능하다는 것을 보여준다.
"책임져야 할 역사와 정치적 폭력"이 "죄 없는 젊은이"를 죽게 만든 상황
을 마냥 방치하지 않을 때, 그리고 공동체의 구성원이 자신이 처한 상황
을 의식하면서 스스로 책임지고자 하는 힘을 발휘할 때, 주어진 질서와는
다른 방향의 역사와 문화는 비로소 창안될 수 있는 것이다.

3. 시, 재창조의 영역

리비스는 "수량적 평균화에 불과한 '민주화'"를 경계하면서 "민중문화의 근원적 건강성과 창조성"을 중시한다.[39] 전통적인 공동체에 대한 기억이 남아있는 '민중의 문화'가 서린 언어를 살피는 길이 기계적인 사회에 대항하여 삶을 옹호하는 움직임으로 기능할 수 있다고 보았던 리비스의 이 같은 입장은 언뜻 복고적으로 보일 수 있다. 그러나 그가 그리는 전망이 개인의 독점으로 이어지는 소유 방식이 유지되는 질서로부터 온 것이 아니라, '개별적인 존재' 속에서만 체험될 수 있는 구체적인 진실과 그것을 가능하게 하는 관계성을 모두 고려하는 가운데 형성되는 것임을 감안한다면 리비스의 입장은 오히려 문학과 커먼즈를 연결시키는 중요한 공동체론을 마련한다고 평할 수 있다.

3장에서는 리비스가 '개성의 영역', '누군가의 시'로만 여겨지는 작품보다 '비개성의 영역', '누구나의 시'를 형성하는 작품을 더 높이 평가했던 바를 참조하여, 「밥과 자본주의」 연작이 상호 협동적 창조성을 이루는 언어로 기존의 소유관계를 뒤엎는 커먼즈적인 시를 만들어내는 현장을 살핀다. 지금의 자본주의 사회체제는 문학작품을 둘러싼 관계에서 해당 작품이 판매될 때 지분을 가진 이의 사적 이익을 추구하는 영역은 강조하되 공적으로 축적되어온 언어로 만들어진 영역은 비가시화하는 경향이 있는데, 이를 뒤집는 방향성을 고정희의 연작시가 보여주는 모습을 읽고자 한다.

「밥과 자본주의」 연작 중 여러 시편에 걸쳐 나타나는 전통적인 '기도

---

39   김종철, 앞의 책, 212~213쪽 참조.

문', '노래'의 형식은 누구에게나 익숙한 형식을 시에 활용하는 방식, 또는 누구나 시를 통한 담화 상황에 참여하도록 이끄는 방식으로 공동체의 구성원들이 상호 협동하며 다른 체제로의 질적 전환을 이뤄내는 경로를 만드는 데 역할을 한다.

권력의 꼭대기에 앉아 계신 우리 자본님

가진자의 힘을 악랄하게 하옵시매

지상에서 자본이 힘있는 것같이

개인의 삶에서도 막강해지이다

나날에 필요한 먹이사슬을 주옵시매

나보다 힘없는 자가 내 먹이사슬이 되고

내가 나보다 힘 있는 자의 먹이사슬이 된 것 같이

보다 강한 나라의 축재를 북돋으사

다만 정의나 평화에서 멀어지게 하소서

지배와 권력과 행복의 근본이 영원히 자본의 식민통치에 있사옵니다.

—「새 시대 주기도문」 전문

인용한 시는 기독교에서 교파를 막론하고 중요하게 여기는 기도문인 '주기도문'의 문구를 빌려와 '자본님'을 대상으로 기도하는 정황을 펼쳐 놓는다. 자본주의 체제가 강화하고자 하는 질서인 약육강식의 구도가 개개인들을 강제하고, 급기야는 "개인의 삶"의 내적 질서로 체화되는 시대 상황을 기도문으로 패러디한 작품이다. 린다 허천은 패러디가 "과거의 것을 아이러니컬한 방식으로 반복함으로써" 현재의 "문화가 어떻게 이데올로기를 정당화하고 있는가를 깨닫게 만든다"는 차원에서 정치성을 획득한다고 언급한 바 있다.[40] 이를 참고했을 때 고정희가 의미에 대한 사회적 합의를 이미 이루었다고 여겨지는 상징들을 '다시 쓰기re-writing' 위한 방편으로 자주 활용하는 패러디 기법은, 특히 위의 시에서는 아이러니한 구도를 형성하는 가운데 정치적 언설로 통용되고 또한 이를 통해 누구나 참여할 수밖에 없는 담화 상황을 구축하고 있다고 말할 수 있다.

　"권력에 꼭대기에" 있는 "자본"을 향해 존칭을 쓰고 신을 향해 기도하는 것과 같은 발화형태를 하는 위 시는 자본에 영합하는 권력자의 편에서는 해석할 여지가 없는 것으로 들릴 위험성을 안고 시작된다. 하지만 "다만 정의나 평화에서 멀어지게 하소서" "지배와 권력과 행복의 근본이 영원히 자본의 식민통치에 있사옵니다"와 같이 시가 지속적으로 패러디를 활용하고 있다는 것을 독자들에게 인지시키면서 진행되는 전개나, 해당 '주기도문'을 중심으로 예배를 무대화 했다는 인상을 남기도록 지시문의 역할을 하는 괄호 속 표현'(상향~)'이 등장하는 마무리 대목은 해당 시가 독해의 과정에서 모종의 정치적 판단을 하도록 특정한 감정을 일으킨다는 것을 알게 한다. 자본이 지배를 이루는 세상에선 이룩할 수 없는 "정의"와 "평화"에 대해 '더 말해지지 않은' 의미가 남아있는 상황을 겹쳐놓음으로써,[41] 해당 시편을 읽는 독자들로 하여금 어떤 당파성을 견인해야하는지와 관련한 담화를 형성하도록 하는 것이다. 위의 시에서 아이러니는 시적 발화에 대한 독자 및 해석자의 참여로 의미를 조율시키고 '발생'시키는 역할을 한다. 다시 말해, 위의 시가 활용하는 아이러니는 독자 및 해석자

40　린다 허천, 장성희 역, 『포스트모더니즘의 이론과 전략』, 현대미학사, 1998, 168쪽.

41　린다 허천은 아이러니가 "말해진" 의미와 "복수의 말해지지 않은" 의미를 "겹쳐"내고 "맞물리"는 과정을 통해 발생한다고 말하면서 이는 곧 해석자의 관점이 강조되는 수사적 전략이라고 설명한다. Linda Hutcheon, *IRONY S EDGE*, Routledge, 1994, p.19.

가 "정동적인 차원"에 들어서도록 "평가" 및 "판단의 태도"를 갖게끔 추동하는 수사이자,[42] 자본주의, 가부장제 등 현존하는 체제가 갖는 문제적 속성을 전경화하고 공유하기 위한 방편이다.

아이러니 속성의 패러디를 활용한 「주기도문」을 비롯해서 「밥과 자본주의」 연작의 여러 시편은 기도문의 형태를 자주 소환하는데, 이 시편들은 대체로 독자/해석자의 능동적인 참여를 활성화시키는 면모를 보인다.

무릇 너희가 밥으로 사는 것이 아니라 영에서 나온 말씀으로 거듭나느니라, 수수께끼를 주신 하느님, 우리가 영에서 나온 말씀으로 사는 것이 아니라 미사일 핵무기고에서 나오는 살인능력 보유자와 우리들 밥줄을 틀어쥔 자를 구세주로 받드는 오늘날 이 세상 절반의 살겁과 기아선상에 대하여 어떤 비상정책을 수립하고 계신지요

한나절을 일한 자나 하루 종일 일한 자나 똑같이 최대생계비를 지불함이 하늘나라 은총이다 선포하셨건만, 반평생을 뼈빠지게 일한 자나 일년을 흰빠지게 일한 자나 똑같이 임금을 체불당한 채 밀린 품삯 받으러 일본으로 미국으로 다국적기업 뒤꽁무니 쫓아간 우리 딸들이 임금 대신 똥물을 뒤집어쓰고 울부짖을 때 당신의 말씀은 침묵했습니다

(…중략…)

옳은 자들이 당신의 이름을 더 이상 부르지 않는 시대가 오기 전에
하느님, 가벼나움을 후려치듯 후려치듯

---

42   Ibid. p.37. 참조.

교회를 옳음의 땅으로 되돌려

참회의 강물이 온갖 살겁의 무기들을 휩쓸어가게 하소서

새로운 참소리 태어나게 하소서

거기에 창세기의 빛이 있사옵니다 아멘……

―「행방불명 되신 하느님께 보내는 출소장」 부분

성경의 '로마서 8장 13절'을 연상케 하는 구절로 시작하는 위 시는 "영"으로 사는 삶의 진의를 탐구하지도 못한 채 "미사일 핵무기고에서 나오는 살인능력 보유자와 우리들 밥줄을 틀어쥔 자를 구세주로 받드는" 상태가 되어버린 세상을 고발한다. 이러한 세상에서는 "하느님"이 아무리 "밥으로 사는 것이 아니라 영에서 나온 말씀으로 거듭"나야 한다고 '말씀'을 전하신다 한들, 그 "밥"을 빌미로 자본과 폭력에 저당 잡힌 삶이 상당할 수밖에 없다. 시의 화자는 "하루종일 일"을 해도 그 일한 만큼의 대가를 제대로 받지도 못하거니와 일한 사람의 권리를 누리지 못하는 세상, 생존을 위한 권리를 정당하게 요구하는 노동자들을 탄압하는 세상, "자유"와 "정의", "평화"라는 고귀한 말이 "제국주의 음모"와 "죽음의 쓰레기"들을 확장되는 데 쓰이는 세상에 대한 비판적인 언술을 '하느님'을 향한 기도문에 실어 전한다. 그리고 이와 같은 세상의 풍경이 지속되는 데에 "하느님"의 '부재^{행방불명}'가 기여한 것은 아닌지 물음으로써 "하느님"이 강조했던 "영에서 나온 말씀으로 사는 것"이 조성한 위계질서를 폭로하는 것이다.

시에서 화자는 "밥으로 사는 것이 아니라 영에서 나온 말씀으로 거듭"나야 한다는 말이 실은 '밥'이라는 표현에 담긴 인간다운 삶의 지속성, 생존권의 유지와 연결된 많은 이들의 분투를 비가시화 하는 것은 아닌지에 관한 논의를 개방한다. "교회"가 "밥"의 의미를 제대로 살리지 못할 때, "잘못된 권력이 가진 것"을 동시에 거머쥐어 "빼앗긴 백성들"에 대한 착취가 난무하는 "곤궁한 시대"에 영합하는 '신'이 자리하게 된다는 것이다. 이는 3연에서 "그래서 교회는 벙어리입니다 / 그래서 교회는 장님입니다 / 그래서 교회는 귀머거리가 된 지 오래입니다 / 그래서 교회는 침묵으로 번창합니다"와 같이 "교회"의 문제적 측면에 대한 고발로 이어진다.

기도문의 형태를 빌어 '개인'의 성찰적이고 고백적인 언술을 이어가기보다는, 사회적 현안에 관심을 기울이지 않고 오히려 입을 다물고 있는 "교회", "교회"가 모시는 '신'을 소환하여 비판적인 언술을 이어가는 위 시의 발화방식은 해당 시편을 읽는 독자들로 하여금 화자와 더불어 "새로운 참소리 태어나게 하소서"라는 기도를 읊고 싶도록 이끈다. 고백적 언술로 이루어지는 기도는 시만의 고유한 것으로 그치지 않고, 동시대에 대한 태도가 담긴 기도에 노출된 독자로 하여금 그 자신들의 언설로 가져가도록 전환시키는 것이다. 시의 마지막 구절 바로 다음에 이어지는 "아멘……"이란 표현은 마치 예배 참석자들 모두의 마음이 한 사람의 기도에 실리듯이 이 시를 읽는 모두가 "새로운 참소리"에 대한 희구를 갖도록 만든다.

이처럼 기도를 통해 화자가 "밥"에 담긴 의미를 귀하게 여기지 않는 사회의 기관, 제도, 사회문화 등의 역할이 변경되어야 한다고 요청하고, 그를 토대로 세상을 구축하는 관계성들의 변화, 체제의 전환"거기에 창세기의 빛이 있사옵니다"의 필요성을 시에 접근하는 이들의 발화 참여로 공유하는 상황은 '커먼즈'적인 발상에서 비롯된 것으로 보인다. 한 사람의 기도가 곧 여러 사람의 기도가 되는 상황은 시가 커머닝을 이루는 과정이라 할 수 있다.

들으소서 하느님

고장난 역사의 수레바퀴 위에 우리가 앉아 있습니다

어린아이가 못질한 방 속에서 타죽고

노동자가 온몸에 신나를 뿌리며 죽어가는 세상에서

우리는 살림의 십자가를 지지 않았습니다

권력이 백성을 떡 주무르듯 하고

가진 자가 갖지 않은 자를 종 부리듯 하며

죽음의 주도권을 쥔 자들이 온세상을

핵무기의 도가니로 몰아넣는 동안에도

우리는 평화의 십자가를 지지 않았습니다

나라가 두쪽으로 갈라지고

민족이 두 쪽으로 갈라선 지난 오십년 동안에도

우리는 하나 되는 정의를 외면했습니다

우리는 하나 되는 평등을 멀리했습니다

우리는 하나 되는 해방을 불신했습니다

살림을 넘어 죽임으로

기쁨을 넘어 절망으로 달리는 고장난 열차 속에서

우리는 오직 침묵했으며

우리는 하나 되는 세상을 포기했습니다

용납하소서 평화의 하느님

우리가 이제 함께 나누는 성찬의 식탁으로 돌아가

해방의 피와 살이 되고자 합니다

—「희년을 향한 우리의 고백기도」 부분

제목에서부터 "우리"의 '고백기도'라고 했거니와 위 시의 집단적 주체 "우리"는 다른 유토피아를 향한 기도가 아니라 "고장난 역사의 수레바퀴 위"인 '지금 이곳'에 대한 기도를 중시한다. 기도를 하는 이들 스스로가 "정의" "평등" "해방"을 향한 실천에 대한 자기성찰과 지금 이곳에서 "우리"는 무엇을 해야 하는지에 대한 고민, "함께 나누는 성찬의 식탁으로 돌아가 / 해방의 피와 살이 되고자" 한다는 결의를 모으는 것이다. 인용한 위 시에는 "우리" "기도"의 수행은 곧 지배자가 피지배자의 생존을 틀어쥐고 있는 "식탁"의 위계질서를 바꿔내는 과정이 될 수 있다는 희구 역시 담겨 있다.

「밥과 자본주의」 연작에서 '기도문'의 발화방식이 소환되는 시편들은, 개인의 고백적 언술에 묶여 있기보다는 개개인들의 발화 속에서 공동체의 사회문제가 부각되고 공유되는 담화 현장을 형성한다. 이는 시적 담화의 발화방식이 강조해왔던 '발신자-화자'의 역할에 대한 다른 접근을 하도록 만든다. 「밥과 자본주의」 연작에서 고정희의 문체는 의도적으로 '누가' 썼는지가 중요한 것이 아니라, 누가 이 글을 '어떻게' 읽음으로써 '어떤 주체'를 창출하느냐를 중시하게 한다. '페미니즘 문학'을 주제로 한 좌담에서 '시인 개인의 고유한 창작'과 '운동으로서의 창작' 사이를 어떻게 조율해야 하는지 고민이 된다고 전했던 바 있는 시인은,[43] '기도문'과 같이 따라야 할 규범이 뚜렷한 언술 방식과 시적 언술을 교차시킴으로써 '시인' 한 사람이 가진 개성이 도드라지는 상황을 지양하고 그 자리에 시

---

[43] 고정희는 "일반적으로 창작심리에는 '운동'이라는 말에 대한 거부감과 함께 밖으로부터 주어지는 주제에 대한 저항감이 무의식적으로 생기는 법", "문학을 하는 데 있어서 중요한 창작심리가 페미니즘이라는 의도적인 틀이 주어지니까 위축되고 페미니즘에 충실해지려니까 안 써진다는 거"라면서 시인으로서의 고유성 창안과 시민으로서의 사회적 발언권 확보에 대한 고민을 동시에 짊어진 시인의 과제에 대해 언급한 바 있다. 고정희 외, 앞의 좌담, 16쪽.

를 읽는 만인을 새겨 넣는 방식을 창안함으로써 미학과 정치성을 동시에
획득한다. 자칫 투박하게 읽힐 가능성이 있는 「밥과 자본주의」 연작 시편
의 문체는 이처럼 시 한편의 발화를 한 사람의 독점적인 소유를 저지하
는 방향을 갖춘 것으로 읽을 때 거기에 담긴 심원한 의미를 파악할 수 있
다. 「밥과 자본주의」 연작의 처음과 끝에 위치한 시편들이 마치 '노래'처
럼 읽히면서 일으키는 효과 또한 이러한 맥락에서 살필 수 있다.

　　평등하라 평등하라 평등하라
　　하느님이 펼쳐주신 이 땅 위에
　　하녀와 주인님이 살고 있네
　　하녀와 주인님이 사는 이 땅 위에서는
　　밥은 **나눔**이 아니네
　　밥은 **평화**가 아니네
　　밥은 **자유**가 아니네
　　밥은 **정의**가 아니네 아니네 아니네
　　평등하라 펼쳐주신 이 땅 위에,
　　하녀와 주인님이 사는 이 땅 위에서는

　　하나 되라 하나 되라 하나 되라
　　하느님이 피 흘리신 이 땅 위에
　　강도질 나라와 빼앗긴 나라의 백성이 살고 있네
　　강도질 나라와 빼앗긴 나라 백성이 사는 이 땅 위에서는
　　밥은 **해방**이 아니네
　　밥은 **역사**가 아니네

밥은 **민족**이 아니네

밥은 **통일**이 아니네 아니네 아니네

하나 되라 펼쳐주신 이 땅위에,

강도질 나라와 빼앗긴 백성이 사는 이 땅 위에서는

아아 밥은 가난한 백성의 쇠사슬

밥은 민중을 후려치는 채찍

밥은 죄없는 목숨을 묶는 오랏줄

밥은 영혼을 죽이는 총칼

그러나 그러나 여기 그 나라가 온다면

밥은 **평등**이리라

밥은 **평화**

밥은 **해방**이리라

하느님 나라가 이 땅에 온다면

밥은 **함께 나누는 사랑**

밥은 **함께 누리는 기쁨**

밥은 **하나 되는 성찬**

밥은 밥은 밥은

함께 떠받치는 하늘이리라

이제 그 날이 오리라, 여기

그 나라가 오리라, 기다림

목마르네 목마르네 목마르네

—「민중의 밥」 전문 _{강조는 인용자}

시집에서 「밥과 자본주의」 연작의 첫 번째 순서로 배치되어 있는 위의 시는 '평등하라' '밥은 ~이 아니네' '밥은 ~'과 같이 비슷한 형태의 구절이 여러 번 반복되면서 진행된다. 반복이 가져다주는 운율감과 비교적 쉬운 표현이 독자로 하여금 자연스럽게 따라 읽게 만든다.

위의 시에서 '반복'은 따라 읽기 용이한 경로를 마련하기 위해 활용된 바도 있지만 "민중의 밥"이 지향해야 할 "나눔" "평화" "자유" "정의" "해방" "역사" "민족" "통일" "평등" 과 같은 가치가 상실되어버린 '지금 이곳'의 현실을 강조하기 위한 전략이 되기도 한다. 가령 "평등하라"는 말이 반복적으로 울리면서 이것이 "하느님"의 요청 즉, 하늘의 뜻임을 알리는 자리는 "하녀와 주인님"이라는 위계질서가 고착화된 "이 땅 위에서" 이다. 과거의 신분 질서와 다를 바 없는 계급 갈등이 여전한 "이 땅"은 "강도질", "빼앗긴 백성"이 공존하는 만큼 "해방" "평등" "통일"이 요원한 곳이기도 하다. 이때 "밥은 ~이 아니네"라는 부정형 표현의 반복은 '민중의 밥'에 담긴 의미, 즉 "함께 누리는 기쁨" "하나 되는 성찬" "함께 떠받치는 하늘"로 이룩되는 풍경이 아직은 불가능한 현실을 보여줄 뿐 아니라, 그런 의미를 가진 '밥'을 나누는 과정을 계속해서 가져가야만 자본의 부당한 질서를 뒤엎는 상황이 가능해짐을 알린다. 시의 화자는 '민중'이 능동적으로 그러한 상황을 '기다릴' 줄 알아야 하고, 민중적 주체가 스스로 자신의 상태를 '목마른' 상태임을 자각할 수 있어야 자신의 삶을 지속시키는 일에 태만하지 않고 "함께 누리는 기쁨"으로서의 '평등한 밥'을 쟁취할 수 있다고 전한다.

반복적인 표현으로 이뤄진 마지막 구절 "목마르네 목마르네 목마르네"는 해당 구절을 읽는 과정이 곧 "하녀" "빼앗긴 나라 백성" "가난한 백성" "민중" "죄 없는 목숨"에 해당하는 이들이 "함께 나누는 사랑"으로서의

"밥"에 대한 바람을 단절시키지 않는 상태, "함께 누리는" "그날"에 대한 욕망의 지속성을 담보하는 상태를 형성해야 한다고 유인하는 것처럼 읽힌다. 체제가 만드는 문제를 각기 다른 위치에서 각자가 겪고 있으리라 간주되는 이들이 이처럼 '반복'과 운율감에 따라 드러날 때, 이들 각자가 취하는 "행동이나 발화 행위"는 "각자가 내는 발성에 보조를 맞추"는 방식으로 "리듬과 조화"가 달성되면서 "복수의 주체"를 형성한다.[44] 위의 시를 읽는 과정에서 독자는 "하녀" "빼앗긴 나라 백성" "가난한 백성" "민중" "죄없는 목숨"에 해당하는 이들과 해당 작품을 함께 읽는 것 마냥 시적 담화 상황에 노출되는 것이다. 「밥과 자본주의」 연작은 '시인만의 것'도, '읽는 나만의 것'도 아닌 현 사회의 문제의식을 공유하는 '우리 모두의 것'이 된다.

함께 밥을 나누세 다정하게 나누세
함께 밥을 나누세 즐겁게 나누세
함께 밥을 나누세 마주보며 나누세

나누는 밥 나누는 기쁨
이 밥으로 힘을 내고 평등세상 건설하세
이 밥으로 다리삼아 해방세상 이룩하세

─「밥을 나누는 노래」 전문

「밥과 자본주의」 연작의 마지막 순서로 배치된 위 시는 제목에서부터

---

44   해당 시편을 읽는 과정에서 형성된 '복수 주체', '우리'를 집회와 시위의 과정에서 드러나는 "복수 주체" "우리 인민"의 수행적 형성 과정에 빗대어 설명한 내용은 주디스 버틀러, 앞의 책, 창비, 2020, 254~255쪽 참조.

"노래"임을 알리면서 "함께" "나누는" "기쁨"을 누리는 상황에 모두가 참여하자고 자연스럽게 권한다. 위의 시를 읽는 과정에 참여하는 이들은 "평등세상 건설"과 "해방세상 이룩"은 '함께 밥을 나누는' 활동을 통해서 가능하다는 점을 자연스럽게 받아들이게 된다. 거대한 자본 권력이 세상의 질서를 장악한 상황이 좀처럼 바뀌지 않을지라도 '함께 밥을 나누'고자 하는 활동이 제대로 지켜진다면 다른 전망이 제시될 수 있다는 믿음이 반복적인 표현으로 야기되는 주술성에 기대어 전달된다.

위의 시에 등장하는 "함께"의 의미는 특히나 다른 「밥과 자본주의」 연작 시편들과 더불어 살폈을 때 구체성을 띤다. "함께 밥을 나누세"라는 구절을 '함께' 노래할 수 있는 "우리"는 자본과 소비, 경쟁과 이기심을 조장하는 사회에서 생겨나는 취약계층에 처한 이들, 한 나라의 국민들만이 아니라 '아시아 민중'들까지를 모두 포함하여 이른다. 「밥과 자본주의」 연작 시편을 차례로 읽다가 마지막 순서로 배치된 위의 시에 당도했을 때, 시에서 말하는 "평등 세상" "해방 세상"은 개개인의 자유와 평등의 구축만을 강조하는 형식적인 민주주의의 실현으로는 가능하지 않은 것임을 이해하게 된다. 「밥과 자본주의」 연작시는 오히려 "공동체의 (재)구성을 향한 협동적 창조 자체를" 가능하게 하는 "우애"를 수행하면서[45] "포함"의 운동으로서의 '함께'를 구축하는 가운데 "평등 세상" "해방 세상"은 실현된다고 말하는 것 같다. 이는 87년 체제 이후 소위 달성되었다고 여겨지는 사회의 '민주화'가 실은 계속해서 실천을 통해 가져나가야 하는 수행

---

45 팬데믹 시대가 국가를 비롯한 공동체를 다시 사유하게 만들고 협동적 창조, 곧 정치적 우애를 통해 집단 주체성을 적극적으로 재구성할 것을 민주주의의 과제로 요청하고 있다는 점을 지적한 글로는 황정아, 「팬데믹 시대의 민주주의와 '한국모델'」, 황정아 외, 『코로나 팬데믹과 한국의 길』, 창비, 2020, 17~43쪽 참조.

적인 과제임을 알린다.

"함께"를 구축하는 '모두의 노래'라고 해도 전혀 이상하지 않을 위의 시에서 '고정희'라는 고유한 이름을 시의 유일한 창작자로 추켜세우는 일은 더 이상 중요하지 않는 듯 보인다. 시는 다른 이들의 입으로 불리어지는 과정 속에서 한 사람의 작가가 소유하는 '작품'으로 굳어지지 않고 '공유자원'이 된다.「밥과 자본주의」연작은 시인 자신의 이름이 영광스러운 광휘에 휩싸이도록 쓰였기보다는, 사회체제가 남긴 억압의 하중을 감당하면서도 자신이 살고자 하는 방향으로 삶을 이어나가려는 민중의 얼굴을 한 사람, 한 사람 조명하는 데에 힘을 할애하면서 '우리' 스스로가 각자의 정치적 역량을 발휘할 줄 알아야 다른 전망을 구축할 수 있음을 전한다. 이때 "밥을 나누는 노래"란 표현으로 갈음되는 시는 일종의 공동체가 전망을 구축하기 위해 행하는 제의적인 퍼포먼스로 자리한다. 시에 포개지는 "하나보다 더 좋은 백의 얼굴"로[46] 시는 커먼즈적 역량을 발휘하는 주체들의 노래로 재창조된다.

4. 나가며 – 하나보다 더 좋은 백의 노래

'코로나19' 바이러스의 급속한 전파로 시작된 팬데믹은 성장과 경쟁, 금융축적에만 관심을 두었던 신자유주의적인 세계질서를 재편하여 우리 사회가 협동, 공유, 돌봄의 가치를 중요하게 여기는 방향으로 전망을 구축하지 않으면 안 된다는 사실을 알리는 중이다. 이를 염두에 둘 때 그간

---

46 이 표현은 고정희가 참여한 '여성해방 시 모음집' 강은교 외,『하나보다 더 좋은 백의 얼굴이어라』(또 하나의 문화, 1988)에서 빌려온 것이다.

공유지, 공적자원의 의미로만 알려졌던 '커먼즈' 개념은 국가의 제도적 실행에 의존한 공공성의 재구축으로 한정되지 않고 '공公', '공共', '사私' 영역 전반에 걸친 활동의 중요성을 강조하면서 논의될 수 있다.

이 글은 '커먼즈'를 지금 세계체제의 문제들에 맞서서 국가가 도식적으로 주도하는 '공공'을 넘어서면서도 고립된 개개인이 각자도생하는 상황 또한 넘어서는 자리에서 발휘되는 다양한 주체들의 상호 협동적인 움직임, 돌봄과 공유 행위를 중시하면서 공동체의 구성원들이 주어진 세계를 다른 방향으로 전환시키고자 하는 역량 전반으로 이해하면서 고정희의 「밥과 자본주의」 연작을 커먼즈적인 실천으로 읽었다.

1990년대 초반 무렵에 쓰인 「밥과 자본주의」 연작은 제국주의적인 자본주의가 뿌리를 내리는 과정이 사람들의 체질을 어떻게 바꿔나가는지에 대한 시인의 예리한 체감이 담긴 작품이다. 시인은 해당 연작시에서 부정의한 사회질서를 비판적으로 사유하면서도 거기에 굴하지 않는 주체들의 창조적 역량을 발굴하는 작업에 힘을 할애한다. 자본주의 질서가 이끄는 개개인의 사적 '소유' 관계를 오히려 자신이 속한 사회에 대한 책임감을 발휘함으로써 구성원들이 서로 연결되어 있는 상태를 가시화하는 개념으로 전환하여 받아들임으로써, 협동과 공유를 기반으로 하는 사회에 대한 상상력을 촉발시키는 장면들을 담아낸 것이다.

이를 구체적으로 읽기 위해 이 글은 「밥과 자본주의」 연작시 중에서도 '밥', '밥상문화'가 공동체 구성원 '누구나' 서로를 돌보는 '비개성'의 영역을 매개하는 상황을 표현한 시편들을 살폈다. 고정희는 공동체를 살리는 가장 기본적이면서도 중요한 매개인 '밥'을 둘러싼 행위를 여러 사회적인 맥락과 연결하여 제시함으로써 '밥'을 둘러싼 관계에 참여하는 존재들의 목소리가 스스로 살아나는 현장을 그린다. 이어서 전통적인 '기도문', '노래'의 형식을 활용하는 작품을 살피면서, 이것이 곧 구성원들이 상호 협동하면서 다른 체제로 질적인 전환을 창조해내는 방식일 수 있다는 점을 논증했다. 이는 시가 '누구에게나' 개방된 비평적 판단 과정을 수반하여 여러 사람의 입으로 내내 불리어지는 과정 속에서 한 명의 작가가 소유하는 '작품'으로 굳어지지 않고 '협동적 창조의 범례'라 할 수 있는 '공유자원'이 되는 과정을 살피는 작업이자, 시가 쓰이고 읽히는 작업이 곧 공동체를 능동적으로 구성하면서 '우리'를 확장하는 '커머닝'의 일환일 수 있음을 보여주는 방식이다.

고정희의 「밥과 자본주의」에서 '커먼즈'적인 움직임을 읽어나간 이 글은 87년 이후 '여성 시인'의 '변혁성'을 띤 시적 발화가 선취하는 급진성을 새삼 새기는 시도를 했을 뿐 아니라, '협동' '공유' '돌봄' '함께 사는 삶'을 경시함으로써 위기에 봉착한 오늘날의 사회에 필요한 가치가 무엇인지를 재초점화 한다는 차원에서 해당 작품의 현재적 의의까지 새기고자 했다. 「밥과 자본주의」 연작은 '고정희'라는 시인 한 사람의 선구자적인 자취를 탐색하는 일 못지않게, 한 사람이 자신의 얼굴에 숱한 얼굴을 겹처냄으로써 종국에는 많은 이들의 목소리가 울려 퍼지도록 시의 역할을 조율했을 때 시가 만들어내는 파급력의 강도가 더 셀 수 있음을 알린다. '백의 얼굴'을 경시하고 눈에 뜨이는 '하나의 얼굴'만을 추앙하는 사회에서 고정희의 시는 하나보다 백의 노래가 더 좋다고 말하는 자리에 있다. 이것이 무엇을 의미하는지 내내 사유하게 만드는 사회라면, 고정희의 시는 계속해서 모두의 노래로 불려야 할 것이다.

고정희 시에 나타난 불화의 정치성

마당굿시를 중심으로

이은영

1. 들어가며

고정희의 시가 한국 현대 시문학사에서 지니는 이미지는 여성해방과 관련된 것이 주를 이룬다. 이에 대한 연구는 고정희 시인 사후에 다수의 논문을 통해 여러 각도의 논의로 진행되고 있다. 또한 90년대 중반 이후 이루어진 고정희의 시에 대한 학술적 접근은 여성해방에 대한 실천적 의미를 살피는 데 집중된다.[1] 이후 그녀의 시가 지니는 사회변혁에 대한 희망과 시대인식을 여러 각도로 밝힌 논의가 진전되면서[2] 그 총체적 맥락

---

1 송명희,「고정희의 페미니즘 시」,『비평문학』9, 한국비평문학회, 1995, 137~164쪽; 구명숙,「80년대 한국 여성시 연구-고정희 시에 나타난 여성성 일탈 양상을 중심으로」,『한국학연구』6, 숙명여대한국학연구소, 1996; 김승희,「상징 질서에 도전하는 여성의 목소리, 그 전복의 전략들」,『여성문학연구』2, 한국여성문학학회, 1999, 135~166쪽; 정효구,「고정희 시에 나타난 여성의식 연구」,『인문학지』17(1), 충북대인문학연구소, 1999, 43~86쪽; 김승희,「한국 현대 여성시에 나타난 제국주의의 남근 읽기」,『여성문학연구』7, 한국여성문학학회, 2002, 80~104쪽; 이소희,「「밥과 자본주의」에 나타난 '여성민중주의적 현실주의'와 문체혁명-「몸바쳐 밥을 사는 사람 내력 한마당」을 중심으로」,『비교한국학』19(3), 국제비교한국학회, 2011, 99~144쪽.
2 김양선,「486세대 여성의 고정희 문학체험-80년대 문학담론과의 길항관계를 중심으로」,『비교한국학』19(3), 국제비교한국학회, 2011, 39~63쪽; 조연정,「1980년대 문학

을 온전히 밝히는데 이르고 있다.[3] 이 논의들은 공통적으로 고정희 시의 지향점이 사회현실과 민중을 향한다는 것을 내재하고 있다. 이러한 논의의 연속성 안에서 필자가 주목하고자 하는 지점은 고정희 시의 전체를 관통하는 문제의식이 불화의 정치성과 관련된다는 것이다. 정치란 기존의 분할된 질서에 균열을 내고 파열음을 야기하여 변화의 가능성을 묻는 일이므로 문학은 정치와 무관할 수 없다.

고정희는 "우리 시대의 고백을, 우리의 체험을, 우리말로 풀어내는 진정한 민중 문학을 만들어 가야 한다"[4]라고 민중 문학에 대한 생각을 밝혀 온 바 있으며, 한국의 여성문학을 고전부터 80년대까지 정리한 「한국 여성문학의 흐름」에서 "문학은 철저히 개인의 삶과 경험에 기초하며, 동시

에서 여성운동과 민중운동의 접점-고정희 시를 읽기 위한 시론」, 『우리말글』 71, 우리말글학회, 2016, 241~273쪽; 2011년 6월 11일에 '고정희 추모 20주기 학술대회'가 '국제비교한국학회 창립 20주년 기념 국내학술대회'로 진행되었고 이는 고정희 문학연구의 또 다른 기반이 되었다. 이때 발표된 논문은 12편으로 『비교한국학』 19집 2호, 3호로 출간되었다(이소희, 『여성주의 문학의 선구자 고정희의 삶과 문학』, 국학자료원, 2018, 25~26쪽 참고).

3 김난희, 「고정희 "굿시"에 나타난 기호적 코라의 특성 -『저 무덤 위에 푸른 잔디』를 대상으로」, 『비교 한국학』 19(2), 국제비교한국학회, 2011, 149~171쪽; 문혜원, 「고정희 연시의 창작 방식과 의미-『아름다운 사람하나』를 중심으로」, 『비교한국학』 19(2), 국제비교한국학회, 2011. 201~229쪽; 김문주, 「고정희 시의 종교적 영성과 '어머니 하느님'」, 『비교한국학』 19(2), 국제비교한국학회, 2011, 121~148쪽; 이경수, 「고정희 전기시에 나타난 숭고와 그 의미」, 『비교한국학』 19(3), 국제비교한국학회, 2011, 65~98쪽; 이은영, 「1980년대 시에 나타난 자본주의적 세계에 대한 재현과 부정성-고정희, 허수경의 시를 중심으로」, 『한국문예비평연구』 59, 한국문예비평학회, 2018, 205~238쪽.

4 조한혜정 교수는 고정희에게 마지막이 된 1991년 6월 '또하나의 문화' 월례 논단에서 고정희가 앞으로의 "여성해방 문학은 현 민족 문학이 지닌 '혁명적 낭만주의'라는 낙관적 대답을 넘어서서 더 많은 민중의 한숨을 끌어안는 열린 질문, 비판적 리얼리즘을 포용하는 방향으로 나아가야 한다"라고 말한 것을 전하고 있다. 조혜정, 「그대, 쉬임없는 강물로 다시 오라라」, 조형 외편, 『너의 침묵에 메마른 나의 입술』, 또하나의문화, 1993, 228~229쪽.

에 그 개인이 속한 공동체의 고통과 운명에서 자유로울 수 없다"[5]라는 말로 자신의 문학적 노정이 민중적, 시대적 관점과 연결되어 있음을 제시한다. 민중은 역사적, 사회적, 정치적인 배경하에서 태동된 것이기에 시인의 인식이 민중에 기초를 두고 있다는 것[6]은 엄밀한 의미에서 고정희 시의 정치적 지향성을 보여주는 것이며, 동일한 법적 권리와 의무를 가지는 인간에 대한 고정희의 길고 집요한 문제제기는 사회 역사적 관점으로 확장해 나갈 필요가 있다.[7] 고정희는 그녀의 문학을 통해 민중 해방의 가능성을 끊임없이 타진한다.

이러한 고정희의 시는 예술을 실천적 정치 행위로 간주하는 랑시에르의 해방의 사유와 만나는 지점이 있다. 고정희의 시와 랑시에르가 지향하는 정치는 기존 질서와 통념, 몫의 분배에 저항하는 새로운 질서와 사유, 몫의 나눔이다.[8] 고정희의 시는 시적 주체가 인간 존재로서 갖는 동등한

5 　고정희, 「한국 여성문학의 흐름- 시와 소설을 중심으로」, 위의 책, 175쪽.
6 　이에 대한 논의는 다음과 같다. 김승구, 「고정희 초기시의 민중신학적 인식」, 『한국문학 이론과 비평』 11(4), 한국문학이론과 비평학회, 2007, 249~275쪽; 이소희, 「고정희 글쓰기에 나타난 여성주의 창조적 자아의 발전과정 연구-80년대 사회운동 및 사회 문화적 담론과의 영향을 중심으로」, 『여성문학연구』 30, 한국여성문학학회, 2013, 221~318쪽; 김정은, 「'광장에 선 여성'과 말할 권리」, 『여성문학연구』 44, 한국여성문학회, 2018, 267~313쪽; 정혜진, 「광주의 죽은 자들의 부활을 어떻게 쓸 것인가?- 고정희의 제3세계 휴머니즘 수용과 민중시 의 재구성(1)」, 『여성문학연구』 48, 한국여성문학학회, 2019, 323~360쪽.
7 　고정희 시의 역사성에 관한 문제는 이은영, 『고정희 시의 역사성』, 국학자료원, 2018.을 참고하기 바람.
8 　고정희 시의 불화의 사유는 고정희가 등단한 이후의 한국 문학의 평가 과정에서도 보인다. 김양선과 조연정은 이에 대해 이렇게 논의하고 있다. 김양선은 "80년대 문학 비평의 장에서 고정희는 충분히, 그리고 공적으로 말해지지 않았다. 시종일관 민중적 관점을 견지했지만 동시에 여성의 시각에서 사회와 역사의 문제를 시적으로 형상화했던 그의 시는 '민족' 중심, '노동계급' 중심의 당시 지배적인 판단에서 해석의 그물망에 들어오지 않았던 것으로 볼 수 있다", "고정희 학술 논문에 비해 평론이 부족한 점, 고정희 시에 대한 평론을 주로 해당 시집의 뒤에 실린 해설 정도에서 찾을 수 있는 것도 본

능력, 즉 불평등과 평등 사이의 거리를 드러냄으로써 정치적 무대를 형성해 나간다. 이후 90년대에 들어 고정희의 시적 대상은 더욱 확장한다. 공동체의 범위는 전 지구적 차원으로 확장되어 세계의 가치 분배에 대한 인간해방으로서의 민중해방을 이야기한다.

고정희의 시는 여성의 주변부화, 정치적 민주주의의 위기, 신자유주의적 세계화의 과정 속에서 한국의 정치 사회 상황과 세계의 변화 상황에 깊숙이 연동해왔다. 고정희의 시는 포괄적으로 사회정치적 문제의식을 표명하며 5·18 민주화운동, 군부독재, 빈부격차, 위안부 문제, 성평등, 여성인권, 사회 정치적 부패, 권력 카르텔, 신자본주의의 사회적 구조화, 빈곤 등, 다양한 사회적, 정치적, 문화적 관점을 다루어왔다. 새로운 사회 상황에 조응하는 첨예한 사회정치적 문제의식을 새로운 문학적 형식들로 획득해 온 것이다.

앞서 논의했듯이 고정희의 문학적 지향점은 **민중문학** 그리고 **공동체적 차원의 문학**으로 이의 핵심은 정치적 지향성이다. 정치란 예속, 무지의 상태로부터 벗어나 해방의 가능성을 실험하는 것이다. 정치에 있어 핵심적인 사유 과제는 주체화의 문제로, 해방은 민중이 스스로의 능력을 깨닫고 그것을 실천하는 것이다. 민중은 정치적 주체로 설정되나 다른 한편으로

격 비평의 대상이 되지 않았다는 반증이 아닐까 한다"(김양선, 앞의 글, 44쪽) 고 논의하며, 조연정은 "그녀 시의 여성주의적 관점에 대해 당대의 남성 평자들은 아예 못 본 채했고, 그녀 시가 시종일관 견지한 지배권력에 대한 비판적 관점은 그녀가 이른바 '남성민중'이 아니라는 이유로 역시 적극적으로 발견되지는 못했다"(조연정, 앞의 글, 263쪽)라고 말한다.

고정희의 시가 공동체적 사유를 보여줌에도 불구하고 당대의 비평의 장에서 배제되고 이후에도 여성시의 대분류 안에서 평가받았던 것은 그 자체가 남성의 여성에 대한 배제를 보여주는 정치적 위계질서이고, 여성의 언어에 대한 공동체적 소통의 불화인 것이다. 고정희의 시는 이러한 불화에 대한 극복으로 자리한다고 볼 수 있다.

민중은 그들이 놓여있는 특정한 사회적, 경제적 조건에 의해 규정된다.[9] 이러한 문제의식의 연장선상에서 랑시에르의 다음과 같은 문제제기는 고정희의 시가 가진 정치성을 문학적인 관점에서 이해하는 중요한 단초를 제공한다.

랑시에르는 "정치적인 것은 공통의 삶의 심급을 그 대상으로 삼는다. 정치 문제의 매듭은 지배의 실천들 그리고 그것들의 토대로서 설정되는 삶의 형태들이 결합되는 지점으로 귀결된다. 그것은 권력의 문제, 곧 지배 예속 관계를 지탱하는 근본이 되는 정념들 혹은 권력에 이런저런 양식을 부여하는 삶의 방식들의 문제가 된다"[10]라고 말한다. 랑시에르에게 있어 정치는 특정한 관계 속에서 참여와 몫을 가지는 것이다. 그에게 정치란 전체의 본성, 모든 존재자들의 공동체를 구성할 수 있는 역량을 표현해야 하는 것으로서. 즉 정치의 주체들의 세계 그리고 정치가 작동하는 세계를 보이게 만드는 것이다.

감각의 나눔은 공동체 내에서 몫을 찾지 못한 사람들의 몫을 겨냥한다. 보다 근본적으로 공동체의 기능과 각자의 자리를 규정하는 전통적 분할에 대한 총체적인 반성이다.[11] 랑시에르에게 나눔은 공공체의 삶 안에서 구성원 각자에게 적합한 자리와 나누는 것이다. 평등과 불평등의 쟁점들은 우선 감각적 관계 안에서 작동한다. 가령 공적인 것과 사적인 것을 구성하는 공간들의 분배 속에서, 가시적인 것의 짜임 속에서, 이 가시적인 것이 포함하고 배제하는 것에서, 존재들과 상황들을 명명하기 위해 받아

---

9   박기순, 「랑시에르와 민중개념─민중에 대한 낭만주의적 해석과 그 대안의 모색」, 『진보평론』 59, 메이데이, 2014.3, 51쪽.

10   자크 랑시에르, 양창렬 역, 「서문」, 『정치적인 것의 가장자리에서』, 도서출판 길, 2008, 15~17쪽.

11   자크 랑시에르, 유재홍 역, 『문학의 정치』, 인간사랑, 2009, 311쪽.

들여지거나 거부된 이름들에서, 어떤 말을 듣거나 듣지 않는 방식에서, 그것을 말로 듣느냐 혹은 소음으로 듣느냐의 방식에서 보여진다. 그렇기에 감각 경험 안에 갈등적인 공통 공간을 짜는 감각적인 것의 나눔[12]이 필요하다. 하지만 실제로 나눔을 통한 공동의 것에 대한 참여가 불평등한 방식으로 이루어지는 것으로부터 문제는 발생한다. 각각의 몫에 대한 구성적인 잘못으로부터 불화가 시작되는 것이다.

랑시에르는 불화不和를 정치의 원리로 정의함으로써 포함되는 배제의 관계에 대한 이 이중의 전복을 이론화하려 했다고 밝힌다. 그러면서 그는 "불화란 계쟁係爭적인 공통의 대상들을 그것들을 보지 않는 자들에게 부과하는 논쟁적인 공통공간을 구성하는 것이다. 이는 지배 공간에서 말로 인정되지 않고 그저 고통이나 분노의 소음으로만 간주되던 말들을 그 지배공간에서 듣게 만든다"[13]라고 설명한다. 랑시에르에게서 사유와 감각은 대립하지 않는다. 다르게 감각하는 것, 그것이 사유이다.[14] 사유한다는 것은 사물들을 특정한 방식으로 연관시키고 관계시키는 것이고 이렇게 구성된 사물들의 질서 및 연관이 우리가 부르는 세계이다. 따라서 랑시에르에게 있어 정치란 일정한 논쟁적인 언어 상황에서의 듣기와 이해하기를 전제로 한다. 정치적 역동성이 말과 이미지의 힘으로부터 영양분을 공급받는 경험, 예술적 발명이 공동체 안에서 물체들의 무게와 그 물체들의 가시성의 자리를 옮기려고 애쓰는 경험[15]인 것이다. 문학과 정치는 가시적인 것에 대한 지배 질서가 보기에 유령에 불과한 준 물체들을 공동 경

---

12 자크 랑시에르, 양창렬 역, 「한국어판 서문」, 앞의 책, 26쪽.
13 위의 책, 26쪽.
14 박기순, 앞의 책, 71쪽.
15 자크 랑시에르, 양창렬 역, 앞의 책, 31쪽.

험의 조직 안에 등록함으로써 물체들의 힘을 변경한다.[16]

랑시에르는 평등을 정치의 대전제로 여긴다. 평등은 무엇보다도 가장 근본적인 평등, 어느 누구나 공동체의 과업들을 토론하고 그것을 작동시키는 역량이다.[17] 평등은 그 자체로 정치적이지 않다. 그것이 불일치라는 각 경우의 특유한 형태로 실행될 때만 평등은 정치를 초래한다.[18] 예술의 미학 체제하에서 예술은 어느 일정한 평등의 실행으로 문학적 평등은 단지 문자의 평등일 뿐만 아니라 그것은 정치적 평등의 일정한 작용이라고 본다.[19] 문학의 정치는 실천들, 가시성 형태들, 하나 또는 여러 공동 세계를 구획하는 말의 양태들 간의 관계 속에 개입해 언어가 보게 하고 듣게 하는 것을 행하는 새로운 방식을 만들어낸다.[20] 문학은 우리가 살고 있는 세계를 규정하는 감성의 분할 속에 개입하는 어떤 방식, 세계가 우리에게 가시적으로 되는 방식, 이 가시적인 것이 말해지는 방식이다.[21] 문자의 평등, 문학의 평등은 누구나가 말에 투자된 권력을 회수하고 새로운 방향으로 돌릴 수 있다는 것을 아는 것에 관한 문제다.[22] 그것에 다른 개념과 의미를 부여하고 있는 나의 언어도 당신의 언어만큼이나 동등한 자격을 갖는 언어임을 주장하는 것을 통해서 비로소 논쟁적인 말의 정황, 즉 정치의 무대가 구성되는 것이다.[23]

실제적이고 구체적인 사람들의 목소리를 복원하여 현재적 상황을 보

---

16   위의 책, 32쪽.
17   자크 랑시에르, 유재홍 역, 앞의 책, 312쪽.
18   자크 랑시에르, 오윤성 역, 『감성의 분할―미학과 정치』, 도서출판b, 2008, 72쪽.
19   위의 책, 72쪽.
20   자크 랑시에르, 유재홍 역, 앞의 책, 11~16쪽.
21   위의 책, 16쪽.
22   자크 랑시에르, 오윤성 역, 앞의 책, 75~76쪽.
23   박기순, 앞의 책, 68쪽.

다 정확하고 사실적으로 보여주는 고정희의 시, 그리고 그것을 표현하기 위해 극적인 요소를 결합한 마당굿시는 바로 이러한 불화의 정치성을 드러낸다. 그녀의 시는 "사회 속에 숨겨진 진리를 함축하고 있는 환영으로서 산문적 현실을 분석하는 것, 사회 심층 속을 여행하고 거기에서 판독된 무의식적인 사회적 텍스트를 표현하면서 표면의 진리를 말하는 것"[24]으로 자리한다. 이렇듯 고정희의 시는 공동체적 삶의 가능성이라는 정치적 질문을 제기한다.

고정희의 시를 **정치**를 매개로 사유한다는 것은 새로운 관점을 요구한다. 이에 고정희의 시를 당대의 일반적인 민중문학의 관점에서든 여성문학의 관점에서든 예외적이고 동시에 그 자체로 독자적인 체계와 일관성을 가진 것으로 평가한 논의들을 받아들여 고정희의 시가 가진 정치성을 불화의 관점으로 해명하는 것이 이 글의 핵심 목표이다.

2. 마당굿시의 형식적인 특성에서의 불화의 가능성

우리는 실제적이고 구체적인 사람들의 목소리를 복원하여 현재적 상황을 보다 정확하고 사실적으로 보여주는 고정희 시에서 랑시에르가 언급했던 불화의 사유를 발견할 수 있다. 랑시에르에 따르면 나눔은 공동체의 삶 안에서 구성원 각각에게 적합한 자리와 몫을 나누는 것이다. 그런데 문제는 나눔을 통한 공동의 것에 대한 참여가 실제로는 불평등한 방식으로 이뤄진다는 점이다. 평등의 조건으로 평등을 실천하는 과정에서

---

24   자크 랑시에르, 유재홍 역, 앞의 책, 39쪽.

불화는 발생한다. 랑시에르는 불화에 대해 "대화자 중 한 사람이 다른 사람이 말하는 것을 알아들으면서도 알아듣지 못하는 상황"[25]이라고 설명한다. 즉 불화는 무지 때문에 생기는 것이 아니라 같은 것을 다르게 이해하여 서로 듣지 못하고 이해하지 못함을 가르킨다.[26] 공동체에서 몫을 갖지 못한 자들은 공동체에서 분리되어 자신들의 존재를 인정받지 못하며 몫을 분배받는 과정에서 배제된다. 불화는 이렇게 몫을 분배받지 못한 사람들이 자신의 몫에 대해 말하기 시작하고 자신들을 배제한 공동체에 문제제기를 하면서 시작된다.

고정희는 시의 형식적 변화를 통해 시대적 소명의식을 부각시키는 방법을 간구한다. 고정희의 1981년 2시집 『실락원 기행』에 실린 「환인제」, 1983년 3시집 『초혼제』의 「사람돌아오는 난장판」, 1989년에 출간한 4시집 『저 무덤위에 푸른잔디』는 마당굿시라는 독특한 시의 양식을 보여준다.[27] 고정희는 3시집 『초혼제』의 「후기」에서 이렇게 말한다.

그 동안의 창작 생활에서 나를 한시도 떠나 본 적이 없는 것은 '극복'과 '비전'이라는 문제였다. 내용적으로 나는 어떠한 일이 있더라도 우리는 이 어두운 정황을 극복해야 된다고 믿는 한편 조직사회 속에서의 인간성 회복의 문제가 크나큰 부담으로 따라다녔고, 형식적으로는 우리의 전통적 가락을 여하이 오

---

25 자크 랑시에르, 진태원 역, 『불화-정치와 철학』, 도서출판 길, 2015, 17쪽.
26 위의 책, 215쪽.
27 고정희의 시집 전 작에서 마당굿시의 형식은 2, 3, 4시집에 나타난다. 2시집 『실락원 기행』(1981년 출간)에 실려있는 「환인제」가 있고, 3시집 『초혼제』(1983년 출간)의 「사람돌아오는 난장판」이 있다. 『초혼제』는 1부 「우리들의 순장」, 2부 「화육제별사」, 3부 「그 가을 추도회」, 4부 「환인제」, 5부 「사람 돌아오는 난장판」으로 구성되어 있는데, 『실락원 기행』의 「환인제」가 4부에 재수록 되어 있다. 4시집 『저 무덤위에 푸른잔디』(1989년 출간)는 시집 한 권 전체가 마당굿시 한 작품이다.

늘에 새롭게 접목시키느냐가 최대의 관심사였다. 나는 우리 가락의 우수성을 한 유산으로 활용하고 싶었다. 그러한 고민의 결과로 생겨난 것이 사람 돌아오는 난장판, 환인제 같은 마당굿시이고.

—「후기」, 『초혼제』[28]

또한 시인은 4시집 『저 무덤위에 푸른잔디』의 「후기」에서 "민족 공동체의 회복은 **새로운 인간성의 출현과 체험**의 회복을 전제로 한다"며 "잘못된 역사의 회개와 치유와 화해에 이르는 큰 씻김굿이 이 시집의 주제"라고 말한다. 3시집 『초혼제』와 4시집 『저 무덤위에 푸른잔디』의 「후기」에 서술되어 있듯이 시인이 함께 사유해 볼 대상으로 제시하는 것은 인간성의 회복을 통한 민족 공동체의 회복이다. 이러한 전제 가운데 2, 3, 4시집은 서로 연결된 상황 속에서 마당굿이라는 형식을 함께 공유한다.

고정희의 마당굿시는 지배 공간에서 말로 인정되지 않고 그저 고통이나 분노의 소음으로만 간주되던 민중의 말들을 논쟁적인 공통의 공간으로 작용하게 한다. 이렇게 생성된 마당굿시는 불화를 드러내고 감각을 재분배하기 위한 정치의 공간으로 자리한다고 볼 수 있다. 마당굿시는 세계의 진리를 아는 사람과 무지한 상태에 머물며 아무것도 모르는 사람 사이를 구분하는 나눔을 무효화하고 또한 예술적 차원에서의 생산자와 수용자의 분할구도를 깨어나간다. 마당굿시는 지배적인 세계에 균열을 내는 해방의 공간으로 그 자체로 하나의 실재를 만든다. 이를 통해 지금 이곳에 해방을 가능하게 한다. 본 장에서는 일차적으로 마당굿시의 형식적인 특성이 불화와 어떠한 상관성을 갖는지를 고찰해 보고자 한다.

---

28   고정희, 『고정희 시전집』 1, 또하나의문화, 2011, 296쪽.

마당굿시[29]는 무가 장르만을 패러디하는 형식이 아니라, 무가와 마당극을 이중적으로 패러디하는 형식을 취한다.[30] 2시집『실락원 기행』의 마지막 시인「환인제」는 "첫마당 불림소리", "두마당 조왕굿", "세마당 푸닥거리", "네마당 삼신제三神祭", "다섯마당 환인제還人祭"로 구성되어 있다. 이는 죽은 혼인 우리임을 불러내는 과정, 즉 초혼의 과정을 담은 시로 집안에서 이루어지는 가족 단위의 굿에 마당극의 형식을 차용한 것이라 볼 수 있다. 3시집『초혼제』의 다섯 번째 시인「사람 돌아오는 난장판」은 "첫째마당", "둘째마당", "셋째마당"으로 구성되어 있으며, 마당극의 탈놀이와 굿의 형식을 차용하고 있다.「환인제」와「사람돌아오는 난장판」은 인물소개와 인물의 행동을 나타내는 지시문, 소리, 조명 등의 무대장치를 표시하여 시공간을 창출하고 시의 내용 전체가 굿의 대본이다. 4시집『저 무덤위에 푸른 잔디』는 전체가 "축원마당", "본풀이마당", "해원마당", "진혼마당", "길닦음마당", "대동마당", "통일마당"으로 구성되어 시집 전체가 무가의 전개과정과 마당극 장르를 시적으로 차용하고 있다. 이는 마당굿이자 씻김굿의 대본으로서의 시적요소가 중첩된 것이다.

---

29 고정희 마당굿시의 성격에 대한 논의는 계속되어 왔다. 고현철은 하종오와 고정희의 굿시를 패러디의 형식 차원에서 무가와 관련지어 논의하고 있다. (고현철,『현대시의 패러디와 장르이론』, 태학사, 1997) 이은영은『초혼제』의 다섯 번째 시인「사람 돌아오는 난장판」을 공동체 내에서 집단적인 경험 형성과 역사 구성에 기여하는 매체로 작용한다고 본다. (이은영, 앞의 책.) 양경언은『저 무덤위에 푸른잔디』를 대상으로 문학적인 애도작업의 장으로 제시되는 굿시에서 실행되고 있는 의인화 시학을 분석했다. (양경언,「고정희 시에 나타난 의인화 시학 연구」, 서강대 석사논문, 2010.) 송영순은「사람돌아오는 난장판」이 고정희 장시의 창작과정과 특성을 드러내는 굿시로서 카니발적인 언어유희를 보여준다고 평가하여 고정희의 장시가 지닌 특질을 이해하게 한다. (송영순,「고정희 장시의 창작과정과 특성」,『한국문예비평연구』44, 한국문예비평학회, 2014, 37~66쪽.)
30 고현철, 위의 책, 137쪽.

이렇게 볼 때 고정희의 마당굿시는 마당극이라는 극과 굿의 형태적, 의미적 결합을 시로 수용하여 시인과 독자이자 관객, 시적 주체가 상호작용함으로써 독자이자 관객을 적극적으로 끌어들여 시를 무대화한 양식이라고 볼 수 있다. 마당굿은 오래된 연극의 나눔 구도를 벗어난 형태로 **불화**를 가시화한다. 마당굿의 무대는 **마당**으로, 희곡의 무대와는 다른 성격을 가진 열린 공간을 제시함으로써 연극적 무대로서의 위계질서를 깬다. 또한 굿은 인간과 자연 사이의 조화로운 관계 회복을 위하여 행하는 의식[31]으로 종교적 제의와 집단 신명풀이의 전통이 이어져 내려온 양식이다. 신명은 신이 모습을 드러내고 자신의 의사를 명백히 표시하였다는 뜻으로 이는 마을 전체 구성원의 집단적이고 주체적인 참여가 전제된다. 따라서 신명은 집단의 문제를 공동의 노력으로 해결한 기쁨을 비일상적으로 표출하는 속성을 가지게 된다.[32] 집단 신명풀이의 전통은 가면극, 즉 탈놀이로 이어져 왔다. 무대와 관객이 분리되지 않고, 극 중 장소와 공연 장소가 일치하기 때문에 배우와 관객이 함께 어우러져 신명풀이를 할 수 있는 탈놀이의 특성은 대동놀이로서의 굿의 성격을 이어받은 측면이라고 할 수 있다. 탈놀이에는 당대 서민들의 넘치는 활기와 낡은 것들에 대한 강한 비판의식이 담겨있다. 이러한 현실비판의식과 집단적 신명풀이적 성격은 마당극으로 이어졌다고 할 수 있다.[33]

마당극은 채희완과 임진택에 의해 식민주의적 사관에서 탈피한 시각으로 민족 고유의 전통 민속 연희를 그 정신과 내용, 형태적인 면에서 창

---

31 서대석 외, 「넘치는 신명, 굿과 가면극이 오늘날 선 자리」, 『한국인의 삶과 구비문학』, 집문당, 2007, 223쪽.
32 위의 책, 223~224쪽.
33 위의 책, 230~231쪽.

조적으로 계승하여 오늘에 거듭나게 한 주체적 연극이라고 정의된다.[34] 마당극은 연극과 탈춤이 결합된 양식으로 임진택에 의하면 마당극의 시초는 1973년 김지하의 농촌계몽극 〈진오귀〉에 연극반과 탈춤반이 함께 참여하면서이다. 진오귀는 최초의 마당극 작품으로 희곡이 쓰여질때부터 마당에서 공연할 것을 염두에 두었다. 그리하여 무대적 요소를 배제하고 농촌현장을 직접 찾아가서 공연할 수 있게 전적으로 마당판으로 구성했다. 판소리로 된 해설, 탈춤으로 된 도깨비 장면 그리고 장단에 맞춘 묵극 등 전래의 민속형식이 충분히 활용되고 운문체로 된 대화를 넣어 장단에 맞게 흥겹게 놀이될 수 있게 고려한 것이다. 70년대 중반 이후 이념적인 공통점과 열린 방식으로 연희되는 유통구조에 의해 민중연극으로서의 마당극은 활발하게 진행되고 다양하게 발전했다.[35] 임진택은 이후 더욱 진보적이고 확장적인 새로운 개념으로서 마당굿의 개념을 말하며 민중의 삶과 놀이와 일치시키기 위해, 탈판을 가능하게 했던 대동굿판 그 자체의 집단적 신명성을 전승하기 위해, 굿의 총체성이 가진 양식의 획득을 위해 마당굿이란 명칭을 택했다고 말한다. 즉 마당굿은 마당극에서 변화된 명칭으로서 민중연극이라는 집회 중심, 사회운동으로의 확장을 일컫는 개념으로 마당굿은 그 시작이 이념적 첨예함과 맞닿아 있고 민중연극, 민중운동이라는 정치적 목적성에 연동되어 있다는 것이다. 또한 마당굿시에서의 굿의 성격은 민중의 원을 풀어내는 형식으로 자리하는 것으로, 마당극에서 마당굿으로의 표현의 변화는 집회 중심, 사회운동으로의

---

34 채희완, 임진택, 「마당극에서 마당굿으로」, 정이담 외, 『문화운동론』, 도서출판 공동체, 1985, 104~107쪽.

35 위의 마당극에 대한 논의는 임진택, 「80년대 연희예술운동의 전개-마당극·마당굿·민족극을 중심으로」, 『창작과비평』 18(3), 1990. 9, 319~321쪽을 참고.

확장을 일컫는 개념이다.[36]

또한 장르차원으로 볼 때 전통구비장르에 대한 패러디는 개인적 주제 차원의 서정시에 민중집단 주체의 전통 구비장르를 결합시켜 개인과 사회의 내면적 결합을 꾀하는 집단적 저류로도 이해된다. 이는 현대적 삶이 인류에게 강요하고 있는 이중적 곤경, 즉 사회 조직에 대한 인간들의 저항과 이 사회 조직 안에서 작용하는 인간들의 자기 소외의 기능을 극복한다.[37] 이에 대해 고현철은 이렇게 말한다. "마당굿시는 굿시에서 희곡성 내지 연희성이 강화된 양식이 된다. 마당굿은 상황적 진실성과 집단적 신명성 그리고 현장적 운동성과 민중적 전형성을 바탕으로 하는데, 마당굿시는 이를 시대 현실의 형상화에 활용한다. 마당굿시는 무속의 무가와 민중의 전통 연희 갈래인 마당극을 수용하되 시대 현실의 의미를 부각시키기 위해 이들을 변용하고 있다."[38]

그리고 극의 내용, 즉 마당굿시의 내용은 개인적 현실과 사회적 현실이다. 마당굿시는 극적 배경과 등장인물 간의 대사 그리고 지시문을 통해 등장인물의 연기를 보여줌으로써 시적 배경의 리얼리티를 강화한다. 시적 주체는 현실에 숨은 의미들로 독자를 인도한다. 이러한 동시성의 측면에서 마당굿시는 정치와 미학 사이의 랑시에르적 불화의 가능성을 언어화하는 것으로 볼 수 있다. 마당굿시는 그 자체로 익명의 정치적 공동체로서의 민중의 외관을 표상하며 언제나 사태를 가시성의 영역으로 혹은 감각적 인식의 영역으로 소환하는 미학적 논리를 지닌다. 마당굿시에는 여러 층위의 정치적 대립들이 창조적으로 중첩되어 있는 것이다.

---

36   위의 글, 329~330쪽.
37   폴 헤르나디, 김준오 역, 『장르론』, 문장, 1983, 109~110쪽.
38   고현철, 앞의 책, 188쪽.

마당극의 형식이 가지고 있는 지배공동체에 대한 근본적인 대립의 양상은 그 양식에 있어서 당대의 현실에 대한 첨예한 역행이었다. 시에 있어 굿의 형식을 차용하는 것은 민중의 원을 풀어내는 의식으로 작용하여 시적 주체가 해원의 주체로 변모하는 순간이 된다. 이때 시와 굿의 행위, 그리고 마당극은 효과적으로 결합하여 억압당하고 부정당한 민중의 역사를 불화의 주체로 끌어올려 해체한다.

　　또한 한국현대시사 속에서 마당굿시는 그 자체로 기존의 시의 형식에서 탈피하여 집단적, 사회적, 현장적인 마당굿의 영역을 시적 영역으로 전적으로 받아들인 것으로 시적인 영역의 확장을 의미한다. 이는 시의 형식적인 면에 있어서도 불화의 감각적인 나눔의 가능성을 보여주는 것이다. 마당굿시는 시적 주체를 극과 현실과 무대 현장이 일치하는 시적 영역에서 발화하게 함으로써 자율적인 발화의 주체로 변이하게 한다.

　　이와 같은 마당굿시의 형식은 그 자체로 치안의 질서 안에서 합의된 몫의 나눔에 대해 이의를 제기하는 것으로 몫의 재분배를 위해 기존의 인식과 긴장을 일으키며 단절하는 불화의 무대를 경험하게 한다. 시공간적 배치의 변화는 사물의 존재방식을 근원적으로 변화시키며 전혀 다른 세계를 구성한다. 마당굿시는 이러한 감성의 재배치를 통해 치안이라고 불리는 질서를 단절시킨다. 마당굿시는 민중이 자신의 힘, 자신의 평등한 지적 능력을 시험하고 드러내는 세계가 되어 인간 존재를 억압하는 사회적 체계를 전복시키고 해방을 성취하기 위한 시적 실천 양식으로 자리한다.

3. 마당굿시의 내용적 특성에서 나타난 불화의 양상

고정희의 마당굿시는 발표 순서에 따라 주체가 처한 상황이 추상적 상황에서 구체적 상황으로 변화하며, 무당이 호명하는 주체 또한 무형의 주체에서 유형의 주체로 변모하는 양상을 보인다. 첫 번째 마당굿시인 「환인제」에서는 "어미"가 기다리는 "우리 임"이 처한 상황이 구체성이 결여된 양상으로 나타나고 있다.

첫 마당 불림소리

(무당1 큰굿 의관 차려입고 등장하여 능청떨며 호들갑떨며……)

우리 임 어 디갔나

그 사람 어디 갔나

기산 명수 별 건곤 소부 허유를 따라갔나

적벽강 명월 유월 이적선 따라갔나

추야월 소동파 따라갔나

(…중략…)

여보시오 동네방네 우리 임 보았소?

(…중략…)

보고지고 보고지고 임 생각 간절하니

오장육부 빼서라도 임 찾으러 가야지

(…중략…)

시방세계 흉년에도 사람은 살으렷다

시방세계 가뭄에도

우리 임은 살으렷다!

여보시오 동네 방네 임 찾으러 갑시다

여보시오 동네방네 임 만나러 갑시다

(절절 절시고 절절 절시구 얼쑤 한판 어울린다.[추임 새])

두마당 조왕굿

(정한수 조왕상 차려놓고 무당2 등장. 당당당 바가지 두드리는 소리.)

조왕마님 조왕마님

으름장 같은 성은

망극다이 비나이다

비나이다 비나이다

조왕님전 비나이 다

(…중략…)

조왕님네 조왕님네

정한수 한 사발에

빌고 또 비나이다

퉤퉤

(덩덩덩 징소리. 동네사람 퉤퉤. [추임새])

세 마당 푸닥거리

(주문에 따라 온갖 귀신 온갖 탈 등장한다. 북소리 징소리.)

서해 앞바다 풍어제祭 먹고 사는 귀신아

남쪽 호남평야 풍년제 먹고 사는 귀신아

동해 설악산 산신제 먹고 사는 귀신아

북쪽 만주벌 지신제 먹고 사는 귀신아

동구밖 당산목에 당산 제 먹고 사는 귀신아

가뭄들린 전답 기우제 먹고 사는 귀신아

한恨많은 고샅마다 동제洞祭 먹고 사는 귀신아

(…중략…)

(북소리 징소리 피리소리.)

한판 걸게 차렸으니

썩 썩 나오너라

(요란한 꽹과리.)

(…중략…)

다섯마당 환인제

(흰옷 입은 당골네3 등장. 고요한 마당 주문소리.)

이 땅의 깊은 늪 토방 속에서

방 하나 밝힐 불 여전히 타는데

사람 하나 기다리는 불빛 타는데

드들드들 드들강은 날궂이로 몸져눕는데

떠난 임은 소식이 없고

떠나간 임은 만날 길이 없고

떠나간 임은 산 오장 녹이고

떠난 사람 출항가 뻐꾸기 되어

뻐꾹 뻑뻐꾹 뻐꾹 뻑뻐국

산천 솔기마다 젖는 소리 들리고

뽀드득 한목숨 쓸리는 소리

입 열 개라도 어미는 외로워

귀 스무 개라도 어미는 멍멍이

저승 극락세계라도 이승만 못해

몇 굽이 돌아오는 추위에 기대어

빈 자 리 적막에 기대어

장승백이 웅지 밑에 기대어

사시나무 떨듯 기다리는 어미

갸륵해라 갸륵해라 갸륵해라

다만 사람 하나 간절한 방

떠난 그대 염의殮衣를

마름질하는 손

(마름질하는 손. [추임새] 불이 꺼진다.)

—「환인제」, 『실락원 기행』, 1981년

위의 시에는 억압된 민중의 목소리가 드러나며 고정희 마당굿시에서 불러 모으고자 하는 것이 "우리 임"을 찾는 것임을 집약적으로 보여준다. 주술적 화자인 무당, 당골은 "조왕마님"과 온갖 신에게 빈다. 그들이 처한 현실은 우리 임을 아무리 찾아도 찾을 수 없고 아무리 간절히 빌어도 우리 임을 볼 수 없다.

시의 마지막 마당인 "다섯 마당 환인제"에 등장하는 "어미"의 이미지는 무가의 주체가 "어미"임을 알게 한다. 절망의 상황에서 "어미"는 굿을 통해 "우리 임"의 평안을 기원한다. 두 마당 조왕굿에서는 가족의 번창을 돕고 액운으로부터 보호하기 위해 조왕신께 빌고, 세마당 푸닥거리에서는 온갖 신을 불러 "한 판 걸게 차려" 대접함으로써 "우리 임"의 고통과 고난을 해결하고자 한다. "어미"는 무당을 통해 온갖 귀신들에게 치성을 들여 "우리 자손", "우리 임"의 복을 기원한다. "어미"에게 "우리 임", "우리 자손"은 삶의 좌표이고 중심이다. "한 목숨 쏠리는 소리" 속에서 "염의를 마름질하"면서도 "기다리는" 대상인 것이다. 이 시의 중심이 되는 "비나이다 비나이다" "해주사이다"의 반복은 **우리 임**을 향한 **어미**의 간절함을 배가시킨다.

하지만 첫 번째 마당굿시인 이 시에서 "우리 임"의 실체와 "우리 임"이 처한 상황은 명확하게 드러나지 않는다. 이는 이 시가 실린 『실락원 기행』의 다른 시들이 가진 의미적 맥락과 『실락원 기행』의 저자 후기인 "나의 지성이 열망하는 정신의 가나안"에서 시인이 말한 "그때 나에게는 늘 두 가지 고통이 뒤따르고 있었다. 그 하나는 내가 나를 인식하는 실존적 아픔이고 다른 하나는 나와 세계 안에 가로 놓인 상황적 아픔이었다"를 통해 짐작이 가능하다. "우리 임"은 "우리"이고 "사람 하나"인 민중이라 볼 수 있다. 「환인제」의 "우리 임", "우리 자손"은 "우리"라는 복수 대명사로 봤을 때 불특정 다수의 모습이며 마당 굿의 주체인 어미의 자손이면서 또 우리로 혼존한다. 그렇기에 이 시의 우리 임이 처한 상황은 1980년대의 시대적 배경 속에서 한 시대를 함께 겪어 나가는 **우리**가 처한 상황이다.

이처럼 첫 번째 마당굿시인 「환인제」에서는 비가시화된 집단적 공동체를 통해 정당한 것과 부당한 것을 표현한다. 시인은 마당굿시가 가진 실천적 양식 속에서 기존의 지배 질서가 가진 나눔의 질서를 흔든다. 관계와 조건에 질문을 던지기 시작하는 것이다. 무당의 주술적 목소리는 어머니를 대신하고 그 목소리는 우리 임에 대한 절절한 그리움을 비명과도 같이 내뱉는다. "우리 임"은 사실과 진실을 찾아가는 호명이기도 하고 현실 사건과 그에 대한 진실을 연결하기 위한 접근으로 자리하기도 한다. 우리 임을 그리워하는 고통은 감각적 세계 안에서 몸이 세계를 느끼는 방식[39]이 된다.

랑시에르의 관점을 빌어 말하자면 이는 지적 평등을 실천하는 행위이며 나의 언어가 당신의 언어와 동일하게 정당한 지위를 지닌 언어이자 담론임을 드러내 보이는 시작점이다. "우리 임"이라는 비가시화된 주체를 통해 치안에서 소외된 민중이 무당의 입을 빌어 자신의 존재를 발화하는 것이다. 이는 치안의 질서 안에서 강제된 몫의 분배에 이의를 제시하는 정치로 자리한다.

상술했듯이 마당굿시에서 무당이 호명하는 주체가 처한 상황과 삶의 조건은 시기에 따라 구체적으로 변모하는 모습을 보이는데, 두 번째 마당굿시인 『초혼제』의 「사람돌아오는 난장판」에서 "우리 임"이 처한 상황은 보다 구체적으로 드러나는 양상을 보인다.

---

39   주형일, 「옮긴이 서문」, 자크 랑시에르, 『미학 안의 불편함』, 인간사랑, 2012, 12쪽.

둘째마당 (징소리 크게 두 번)

(…중략…)

무당 물러가라 물러가라 농촌 귀신 물러가라

일년 사시절 피땀으로 절은 농사

반절은 인충이 먹고 반절은 수마가 먹고

비료세 소득세 전기세 라디오 티브이세 물고 나면

가을수확은 검불뿐이니 사—람—이 죽었구나

(우당탕탕 삼현청 장단에 맞춰 무당·박수· 한 바퀴 길 닦는 춤……)

박수 물러가라 물러가라 새터니야 물러가라 (큰불림)

무당 물러 가라 물러가라 도시 귀신 물러가라

꼭두새벽부터 일어나 식은 밥 한숟갈 뜨는 둥

마는 둥

십리 공장길 걸어 지하 3층으로 내려가

한여름 같은 기계실에 혼 빼주고 넋 빼주고

한 달 수입이 3만 5천 원이라

구내식당비 5천 원 주고

인세 갑근세 주민세 사글세 문화세 주고 나면

빈 — 주먹이나 먹어라 사람 없구나

(징소리 — 장고소리 — 북소리에 맞춰 한 바퀴 칼춤을 휘두른 뒤 박수 고개꺽기.)

박수 물러가라 물러가라

어즈버니야 물러가라 (큰불림)

무당 물러가라 물러가라 감옥귀야 물러가라

식솔에 갇히고 직장에 묶이고

신문에 길들고 시간에 얽매이고

척, 하면 퇴직이요 척, 하면 실직이라

간 곳마다 장님이요 간 곳마다 벙어리라

간 곳마다 얼간이요 간 곳마다 떠중이라

인명이 재천이라 하였거늘

하늘을 죽였으니 사람 없구나

(제금 ― 장고 ― 징 ― 북소리 ― 부채춤, 박수는 활개 꺾기 하고 나서……)

— 「사람 돌아오는 난장판」 부분, 『초혼제』, 1983

현실에서 존재할 수 없는 귀신이 돌아다니는 세계는 무당이라는 주술
적 화자가 신의 뜻을 물으며 인간의 일들을 신들에게 고하[40]는 제의의 세
계이기도 하지만 시인이 마당굿시라는 형식의 차용으로 무당의 발화를
통해 세계와의 불화를 드러내는 자리이기도 하다.

이는 고정희의 마당굿시에 굿의 재현적인 성격이 좀 더 강화된 것이라
볼 수 있다. 굿의 재현은 유사의 법칙을 적용한 주술의 엄격한 절차의 재
구[41]에 있기에 사실적이라고 할 만큼 재현의 대상을 철저하게 다시 제시
하는 효과가 굿의 형식 안에서 매우 중요한 역할을 한다.[42]

위의 시의 주술적 화자는 귀신이 들린 것 같은 현실을 그려내며, 농촌 귀

---

40 서대석 외, 앞의 책, 139쪽.

41 이상일은 굿의 형식적 특성을 공통화하여 이렇게 말한다. "일반적으로 우리가 굿이
라고 했을 때는 무속제의 12절차를 가리킨다. 이 열 두 '거리'는 열 두 가지의 작은 제
사 형식을 집대성해서 광의의 굿을 형성하는데, 그 하나 하나의 굿거리는 그 자체로서
① 부정한 것을 몰아내고 신성을 불러들이는 부정거리, 그리고 난 다음 ② 불러들인 신
을 모셔드리는 영신(迎神) ③ 맞아들인 신을 즐겁고 기쁘게 해 드리는 오신(娛神)리제,
그 다음에 ④ 흡족해 하는 신의 이름으로 내리는 신탁형식인 공수, 마지막으로 ⑤ 그 신
과 신의 수행원들을 보내드리는 뒷전거리가 주축을 이루게 된다."(이상일, 『한국인 굿
과 놀이』, 문음사, 1981, 156쪽)

42 위의 책, 231쪽.

신, 도시 귀신, 감옥 귀신에 대한 두려움을 드러낸다. "농촌 귀신"이 들린 것 같은 농촌은 "인충"과 "수마"에게 모든 것을 빼앗기고 "검불"만 수확해 "사람이 죽"어가는 세계이고, "도시 귀신"이 들린 것 같은 도시는 "십리 공장길 걸어 지하 3층"에서 "한 달" 동안 "혼", "넋 빼주고" "세"금 내고 나면 "빈 주먹"만 남는 세계로 형상화 된다. "감옥귀"가 들린 것 같은 사람 사는 세상은 모든 것이 "묶이"고 "하늘을 죽"여 사람다운 "사람 없"는 인간성이 훼손된 세상이다. 시인은 굿이라는 형식을 통해 당대의 사회적 문제와 절망적인 현실의 모습을 귀신이 들린 것 같은 현실로 적나라하게 묘사하고 있다.

시인은 농촌, 도시의 현실 세계를 귀신을 불러내는 행위를 통해 역설적으로 응시한다. 마당굿시라는 형식적 특징을 빌어 현재적 삶이 지닌 불모성을 비교적 구체적인 양상으로 주술적으로 보여줌으로써 세계와의 불화를 드러낸다. 그리고 이를 극복할 수 있는 현실로 받아들인다. 그것은 위의 시의 마지막 부분인 셋째 마당에 반영되어 있다.

셋째마당(징소리 크게 세 번)

제 9과장 예수칼춤
제 10과장 이승환생춤
제11과장 난장판 춤

굿마당 한가운데 흰시루떡과 동동주 푸짐하게 차려놓고 흰 도포 의관 갖춰 입은 남정네 쌍부채를 들고 등장. 그 뒤에 일곱 명의 소리꾼 등장하여

남정네 (육자배기 풍으로)

어허 동쪽 동네 사람들아 — (오른쪽 부채 편다.)

어허 서쪽 동네 사람들아 — (왼쪽 부채 편다.)

에라 북쪽 동네 사람들아

에라 남쪽 동네 사람들아

성인노소 다 나와서

금의 환향 우리 — 임 맞으시라

(…중략…)

소리꾼 어화어화 벌여보세

사람잔치 벌여보세

인정에 안주삼고

이웃사촌 동무삼아

사람잔치 방방곡곡

태평성세 어화어화

(어화어화 태평성세 사람잔치 벌여보세.[추임새])

(…중략…)

남정네 (목소리를 가라앉혀)

임 반기는 횃불이야

누대에 비치리니

이 밤이 샐 때까지 체면 위신 던져두고

우리 — 임과 어우러져

나라 잔치 벌여보세 —

(우당탕 삼현청 장단에 맞춰 마당사람들 한꺼번에 얼싸안고 보듬거니 안거니 비비거니 난장판 춤을 춘다. 온갖 풍악 어우러져 고조된 분위기. 장단이 누그러지면 사람들 자연스럽게 원으로 둘러서서 손과 손을 맞잡는다……이때 남정네만 원의 중앙

에 자리잡고……)

　남정네 (쓰다듬는 목소리로)

　붉은 꽃은 만 송이

　푸른 잎은 즈믄 줄기

　첫 번째 봄바람은 어디서 불어오는가?

　노래와 춤 삼현소리 일제히 그치니

　동녘에 붉은 해

　새로 뜨는 시간이로구나

　(검게 타던 장작불이 사그라지고 마당사람들 조용히 허밍으로 이별가 혹은 '위셸
오버 컴'을 부른 뒤 평화의 포옹을 나누면 긴 침묵 뒤에 징소리 연타. 마당을 거둔다.)

—「사람 돌아오는 난장판」 부분, 『초혼제』, 1983

　이 시는 비교와 대조, 반복과 변형을 통해 리듬의 반복적인 효과를 창
출한다. 운율의 단순함은 행을 바꾸며 빠르게 반복되는 리듬과 연 구분이
없는 특성으로 속도감을 더해 빠른 호흡으로 진행된다. 이러한 리듬과 반
복은 단순한 율격을 창출해 "우리 임"을 향한 순진무구한 희망과 조화를
이룬다. "우리 임"이 살아 돌아오는 시의 세계는 시인이 자신만의 방식으
로 진실에 다가가는 모습을 보게 한다.

　시인은 당대의 상황과 삶의 조건을 파악하지만 긍정적 인식을 드러낸
다. 그녀는 억압적 상황과 현실의 내적 연관을 파악하고 부정적 현실을
응시하며 구체적인 지향점을 제시해 나간다. 고통받는 사람들의 모습을
구체적으로 인식하고 이를 야기하는 사회적 모순을 명확하게 짚어낸다.
그리고 마당굿의 형식으로 민중이 향할 해방의 시간을 감각하게 한다.[43]
고정희의 시는 직접적인 정치적 교훈을 전달하는 것이 아니라 사건의 중

심에 다가가는 다른 방식으로 다른 감각을 통해 억압받는 농민들, 노동자들, 도시민들의 상황을 드러냄으로써 민중 또한 말을 소유하고 있는 존재라는 것을 보여준다.

고정희의 두 번째 마당굿시인 『초혼제』는 분할선의 질서를 유지시키고자 하는 기존의 지배 질서가 지닌 실제 모습을 보여줌으로써 기존의 감각적인 것의 나눔을 흔든다. 시인은 마당굿시, 즉 말이라는 행위를 통해서 선과 악, 정당한 것과 부당한 것을 표현하며 나아가 사회 공동체의 삶을 가능케 하는 정치를 구현한다.[44] 기존 질서에 의해 규정된 정체성에 포획되지 않는 사람들의 목소리를 통해 기존 질서와는 다른 질서를 생각할 수 있는 틈을 여는 불화의 무대를 연출하는 것이다. 보이지 않는 것들을 보이게 하고 들리지 않는 것을 들리게 하는 새로운 감각의 나눔을 마당굿시를 통해 지향하는 것이다. 이는 결국 고정희의 마당굿시가 시인이 현실을 객관화하고 극복 의지를 드러내는 자신만의 방식, 다른 감각으로 진실에 접근해 가는 불화의 양상임을 알게 한다.

고정희의 세 번째 마당굿시인 『저 무덤위에 푸른 잔디』는 시집 전작이 씻김굿을 변용한 마당굿시이다.[45] 세 번째 마당굿시는 주술적 화자가 불

---

43   "랑시에르는 보이는 것과 보이지 않는 것, 들리는 것과 들리지 않는 것, 말할 수 있는 것과 말할 수 있는 것, 그리고 그것을 그렇게 감각하는 방식의 나눔을 지칭하기 위해 'Le Partage du sensible'이라는 표현을 쓴다. 여기에서 보이는 것, 들리는 것, 말할 수 있는 것 등이 말 그대로 감각적인 것이다. 여기에서 감각적인 것이란 지각되는 것뿐 아니라 지각할 수 있는 것을 뜻한다. 공통의 지각장은 상이한 감각적인 것의 나눔이 불일치하며 충돌하는 터가 되며, 그곳에서 끊임없이 새로운 감각 세계가 이전의 감각 세계 위에 포개지면서 지배적인 감각적인 것의 나눔이 재편성되기 때문이다." 자크 랑시에르, 양창렬 역, 앞의 책, 18쪽.

44   박기순, 앞의 책, 61쪽.

45   이에 대한 논의는 고현철, 앞의 책, 137~155쪽; 이은영, 『고정희 시의 역사성』, 앞의 책, 222~261쪽 참조 바람.

러내는 대상이 구체적이고 개별적이며, 시적 주체가 처한 상황 또한 현실의 맥락을 강력하게 표현한다. "첫째거리-축원마당"의 제목은 "여자 해방 염원 반만년"으로 "사람의 본", "인간세계 본"이 되는 어머니에 대한 진정한 가치를 돌아보며 "여성해방"을 축원한다. "둘째거리-본풀이마당"은 "여자가 무엇이며 남자 또한 무엇인고"라는 제목에서 드러나듯이 여성차별에 대한 통렬한 비판이 이어진다. 유교 이데올로기, 봉건제도 속에서의 남녀 차별의 역사와 그러한 전통의 허상 속에 당대까지 이어져 오는 남녀 차별이 현재 어떠한 시대 정신을 가진 사회를 만들어냈는지를 보여준다. 예를 들어 "내치소서 내치소서 / 왼갖 잡귀 내모소서 / 여자 위에 팽감 친 가부장권 독재귀신 / 아내 위에 가부좌 튼 군사정권 폭력귀신 / 며느리 위에 군림하는 남편우대 상전귀신 / 딸들 위에 헛기침하는 아들 유세 전통귀신 / 여손 위에 눌러앉은 부계혈통 조상 귀신"이라고 말함으로써 남녀차별 이데올로기를 "내쳐"야 하는 귀신의 모습으로 해체하고 전복하고 있다.

"셋째거리-해원마당"은 인간사의 근본이 되는 "어머니"를 통해 한국 역사를 이뤄왔지만 훼손되고 굴욕당한 민중 탄압, 여성 탄압의 역사를 "오나라로 공출당한 우리 어머니 아니신가 // 넋이야 넋이로다 / 이 넋이 뉘신고 하니 / 약지 잘라 혈서 쓰던 독립군 어머니 아니신가 / (⋯중략⋯) // 일제치하 정신대 우리 어머니 아니신가 / 어메 어메 우리 어메 어찌하여 딸을 낳소 / 낯짝 들고 조국강산 다시 밟지 못하기 / 혀 깨물고 죽은 우리 어머니 / 쪽발이군대 꽈리 되어 죽은 어머니 아니신가 / (⋯중략⋯) // 자유당 부정에 죽은 우리 어머니 / 민주당 부패에 죽은 우리 어머니 / 삼일오 약탈선거 때 죽은 우리 어머니 / 사일구혁명 때 죽은 우리 어머니 / 오일륙 쿠테타 때 죽은 우리 어머니 / 한일협정 반대 데모 때 죽은 어머니 / 부마사태 때 죽은 우리 어머니 / 옥바라지 홧병에 죽은 우리 어머니 아니신가 // 넋이야 넋이로다 / 이 넋이 뉘신고 하니 / 광주민중항쟁 때 죽은 우리 어머니 아니신가 / 애기 낳다 칼맞은 우리 어머니"라고 돌아본다.

이후 "넷째거리-진혼마당"에서는 1980년 광주민주화운동의 실상과 군부독재 타도를 위한 투쟁의 핵심을 그린다. 산 자와 죽은 넋의 대화로 죽은 넋들이 산 자들에게 시대 현실에 대해 말하는데,[46] 당대의 군부독재에 대한 투쟁의 내용을 그들에 의해 핍박받은 사람들의 목소리로 생생하게 재현하고 있다. 여기서 죽은 넋은 정치적 권력자들에 의해 배제되고 죽임을 당한 자들로, 그들이 호명되고 정치 투쟁의 표상이 된다는 것은 볼 수 있는 것과 없는 것, 말을 할 수 있는 것과 없는 것, 들을 수 있는 것과 없는 것을 구분하는 기존의 질서에 부여된 말과 행위에 대한 불화이다. 이는 말 할 수 없는 것을 말하고 행위 할 수 없는 것을 행하고 보여지지 못한 것을 드러내기 시작하는 것으로 기존의 배치를 붕괴시키고 새로운 주체성을 갖게 한다. 감각적인 것을 배치하는 국가의 통치를 넘어서 가시성의 영역을 파열시켜, 보이지 않는 주체를 보이게 하는 감각적인 것의 나눔의 재분배를 근본적인 정치로 자리하게 하고자 하는 것이다.

> 5. 우리아들딸의 혼백깃들 곳 어딥니까
> (…중략…)
> 열 손가락 깨물어 안 아픈 데 없는
> 부모 심정, 에미 심정으루다
> 비명횡사당한 아들 이름 부르며
> 억울하고 불쌍한 어린 혼백 이름 부르며

46　고현철, 앞의 책, 144쪽.

광범아……

재수야……

영진아……

금희야……

춘애야……

선영아……

용준아……

관현아……

한열아……

(…중략…)

저 오월사태 먹구름 속에

아서라 눈감고

아서라 아서라 입 막고

아서라 아서라 아서라 귀막은 팔년 세월

무정한 세월 있습니다

칠성판도 관도 없이 암장한 혼백들

낮이면 땅끝 만리까지 엎드려 울고

밤이면 하늘끝 억만리까지

사무쳐 소리치는 사연 있습니다

사람들은 그것을 한국판 아우슈비츠라 부릅니다

아아 그러나 광주 사람들은 그것을

십일간의 해방구라 부릅니다

—『저 무덤위에 푸른 잔디』 부분, 1989

위의 시에서 주술적 화자가 불러내는 상황은 군부독재로 인한 1980년 5·18 민주항쟁과 1987년 6월 민주항쟁인 것이 "오월 사태", "광주", "한열아"라는 시어 속에 명확하게 드러나 있다. 이 시의 주술적 화자인 무당은 광주의 진실을 개별적인 호명으로 나타낸다. 죽은 넋에 대한 호명은 광주민주화운동의 핵심을 짚어나간다. 상술하였듯이 이전의 마당 굿시에서 민중의 목소리는 무당에 의해 호명된 어미의 목소리로 드러나며, 우리 임의 상황으로 진술되는 형태였다가, 세 번째 마당굿시인『저 무덤위에 푸른 잔디』에서는 무당에 의해 호명된 어머니의 목소리로 나타나면서 주술적 화자에 의해 개별적인 하나하나의 인물들이 단박에 관통하듯 흡인력 있게 불린다. 무당에 의해 호명된 이들은 잠재적인 정치적 주체로 상정되는 사람들로 1980년대 당대의 정치권력의 폭력성을 사실 그대로 대면하게 한다. 민중에 대한 당대 군사 독재 정권의 폭력과 파괴성을 적나라하게 보여줌으로써 1980년대의 폭압적인 정치 상황의 뿌리를 드러낸다. 또한 광주민주화운동의 주체가 된 민중이 사회의 위계질서 하에서 능력을 가지지 못한 자들로 구분되었던 노동자들이었음을 보여준다.

6. 저들이 한반도의 정적을 찢었습니다.
한반도가 계엄령의 정적에 무릎꿇고
입있는 자마 다 재갈이 물리고
사지에 침묵의 초승을 받던 그날,
감옥으로 감옥으로 향하던 그날,
어두운 역사의 길고 긴 능선 따라
횃불 행진으로 타오르던 광주

복종과 억압을 내리치던 광주

생명의 기운으로 용솟음치던 광주 // 대견하다 아들아

장하다 딸들아

느희들이 우리 죄업 다 지고 가는구나

우리 시대 부정을

느희들이 다 쓸어내는구나

식당조바 우리 아들들

호남전기 생산부 우리 딸들

넝마주이 우리 아들들

황금동 홍등가 우리 딸들

전기용접공 우리 아들들

술집 접대부 우리 딸들

구두닦이 우리 아들들

야간학교 다니는 우리 딸들

무의탁소년원 우리 아들들

방직공장 우리 딸들

주저없이 망설임없이

총받이가 되고 칼받이가 된 저들

진압봉에 머리 맞아 쓰러진 저들

넘어지고 짓밟힌 저들

개 패듯 두들겨맞고 옷 벗기고

두름엮어 실려간 저들

귀가 찢어지고 손발이 찢어진 저들

두 눈이 튀어나온 저들

뒤통수가 박살이 난 저들

기총소사에 지천으로 누워버린 저들

얼굴에 페인트칠을 당하고

어머니, 억울해요

알 수 없는 곳으로 사라진 저들

통곡의 행진 속에 매장된 저들

저들이 광주를 우뚝 세웠습니다

저들이 광주를 들어올렸습니다

최후의 보루인 저들

혁명의 대들보인 저들

저들이 한반도의 정적을 찢었습니다

—『저 무덤위에 푸른 잔디』 부분, 1989

이 시에서 우리 딸들, 우리 아들들은 "식당 조바", "호남 전기 생산부", "넝마주이", "홍등가", "전기 용접공", "술집 접대부", "구두닦이", "야간학교", "무의탁 소년원", "방직공장"에 소속되어 있다. 그들은 사회적, 정치적 지위로 구획된 경계 속에서 무지하고 무능한 자로 여겨진 노동자들로 구분된다. 하지만 그들은 기존 사회가 내세워 놓은 경계에 머무르지 않고 광주민주화운동의 정치적 주체가 되어 군부독재의 권력에 저항한다. 그들은 저항하는 주체로 "우리 죄업", "우리 시대 부정"을 "지고" "쓸고"간 자들이었다.

이는 그 누구도 아닌 다른 사람들에게 인정받지 못해온 노동자들이 군부독재라는 권력에 대한 불화의 주체가 되어 자신의 목소리와 몫을 정당하게 주장해 낸 현실을 드러낸다. 권력의 위계질서 속에서 "알 수 없는 곳으로 사라진 저들", "광주를 우뚝 세"우고 "광주를 들어올"린 "저들"은 기존 사회에 강하게 나누어져 있던 노동자에 대한 경계를 스스로 허물고 군부독재에 의한 권력의 경계를 뒤흔들기 위해 나선 것이다. 노동자들은 사회적으로 부과된 무지한 자들, 말 없는 자들의 경계를 깨고 항쟁에 나섬으로써 스스로를 말하는 주체로서 정치적 영역에서 배제된 경계를 끊임없이 재분할하게 한다. 노동자들은 그들 스스로 사회적으로 부과된 몫 없는 자들의 몫을 깨고 정치권력이 내세운 질서에 맞서 불화의 중심에 나섰고, 군부독재의 권력을 뒤흔드는 항쟁의 주체가 되었다.

그리고 시인은 광주민주화운동에서 주체가 되었던 노동자들을 드러냄으로써 가장 비가시화된 부분을 가시화한다. 이는 광주민주화운동에 있어서 노동자를 타자가 아닌 주체의 자리에 놓는 일이며, 기존 사회에 있는 노동자에 대한 경계를 새롭게 나누는 일이다. 시인은 노동자를 계쟁의 주체로 재정의하고 역사에서 누락된 것을 드러내면서 사회 구성원들의 기억을 보충하는데, 이 또한 기존의 앎의 질서에 불화를 일으켜 섬광처럼 감각되게 하는 일이 된다. 이를 통해 군부독재에 대한 불화의 양상을 심도 있게 보여줌으로써 광주민주화운동이 그 본래적 의미로 온전하게 해석될 수 있게 한다.

기존의 사회가 가진 나눔의 양상은 사회가 그어놓은 나눔의 몫, 나눔의 질서를 유지시키려 한다. 제도로 이루어진 사회의 경계는 치안으로 분할되고 유지된다. 하지만 정치는 제도로서, 치안으로서 유지되는 것이 아니라 섬광같이 감각되는 것이다. "목소리가 육체에서, 그리고 육체가 그 육체가 속한 장소에서 나오는 것이 아니라, 인물들을 주체화하고 사건의 현장을 설정하는 매우 미약한 육체성을 인물들에게 부여하는 것은 언어의 감각적인 얽힘이다."[47] 미학적 대상으로서의 문학이 기존의 분할된 질서에 균열을 내고 파열음을 야기할 때 문학은 더 이상 미학적 대상으로 존재하지 않으며 문학은 그 자체로 정치적 행위로 변모한다.[48] 정치는 기존의 감각적인 것의 나눔에 불화를 일으켜 분리와 배제의 나눔이 가진 몫을 흔든다.

1980년대의 고정희의 마당굿시는 기존 사회에 강하게 드리워진 기존의 분할된 질서에 균열을 내어 되묻는다. 민중의 자리, 여성의 자리, 사람의 자리의 경계를 끊임없이 흔들고 파열음을 야기하는 것이다. 정치의 모든 것은 몫을 가지는 의미와 그것의 가능성의 조건들에 대해 질문을 던지는 것[49]으로 고정희의 마당굿시는 사회에서 공통된 함의에 불화를 초래함으로써 여성, 노동자, 민중이 평등한 존재임을 끊임없이 감각하게 하는 정치성을 드러낸다.

4. 나가며

이 글은 고정희의 마당굿시가 정치적인 것의 불화를 일으키는 텍스트적인 특수성을 가지고 있다는 관점에서 분석하였다. 고정희는 시의 형식적 변화를 통해 시대적 소명의식을 부각시키는 방법을 간구한다. 고정희 마당굿시의 형식은 치안의 질서 안에서 합의된 몫의 나눔에 대해 이의를 제기하고 몫의 재분배를 위해 기존의 인식과 긴장을 일으키며 단절하는

---

47   자크 랑시에르, 유재홍 역, 앞의 책, 70쪽.
48   자크 랑시에르, 진태원 역, 앞의 책, 83~107쪽 참고.
49   자크 랑시에르, 양창렬 역, 앞의 책, 208쪽.

불화를 경험하게 한다. 실제적이고 구체적인 사람들의 목소리를 복원하여 현재적 상황을 보다 정확하고 사실적으로 보여주는 고정희의 시, 그리고 그것을 표현하기 위해 극적인 요소를 결합한 마당굿시는 불화의 정치성을 드러낸다.

고정희의 마당굿시는 발표 순서에 따라 시적 주체가 처한 상황이 추상적 상황에서 구체적 상황으로 변화하며 무당이 호명하는 주체 또한 무형의 주체에서 유형의 주체로 구체적으로 변화하는 모습을 보인다. 첫 번째 마당굿시인 『실락원 기행』의 「환인제」에서는 시적 주체가 처한 상황과 실체가 분명히 드러나지는 않지만 당대를 살아가는 민중의 모습이라는 것은 짐작할 수 있다. 이는 기존의 지배질서가 가진 나눔의 질서를 흔드는 지점이다. 또한 치안의 질서 안에서 강제된 몫의 분배에 이의를 제기하여, 현실 사건과 그에 대한 진실에 접근하는 정치적 불화의 시작점으로 자리한다.

두 번째 마당굿시인 『초혼제』의 「사람 돌아오는 난장판」에서 시적 주체가 처한 상황은 더욱 구체적으로 드러나는 양상을 보인다. 당대의 사회적 문제와 절망적인 현실의 모습을 귀신 들린 것 같은 현실로 적나라하게 묘사하고 있는 것이다. 이는 분할선의 질서를 유지하고자 하는 기존의 지배질서가 지닌 실제 모습을 보여주고, 기존 질서에 의해 규정된 정체성에 포획되지 않는 사람들의 목소리를 통해 기존 질서와는 다른 질서를 생각할 수 있는 틈을 여는 불화의 무대를 연출한다. 보이지 않는 것을 보이게 하고 들리지 않는 것을 들리게 하는 새로운 감각의 나눔을 마당굿시를 통해 지향하는 것이다.

세 번째 마당굿시인 『저 무덤위에 푸른잔디』는 시집 전작이 씻김굿을 변용한 마당굿시로 주술적 화자가 불러내는 대상이 구체적이고 개별적이며 시적 주체가 처한 상황 또한 현실의 맥락을 강력하게 표현한다. 이 시집은 여성해방에 대한 축원으로 시작하여 역사 속에서 남녀 차별에 대한 허상을 말하고 그것이 당대에 어떤 사회를 만들어 내고 있는지를 보여준다. 그리고 여성 탄압, 민중 탄압의 역사 속 1980년대 광주민주화운동의 실상과 군부독재 타도를 위한 투쟁의 핵심을 그린다. 여기서 무당에 의해 불려진 이들은 군부독재에 대항하고 투쟁한 자들로 잠재적인 정치적 주체로 상정된다. 고정희는 그들이 자신을 대변할 언어적 체계를 가지지 못했던, 차별의 사회적 구조 속에서 공동체의 중심에서 배제되었던 노동자였음을 재현한다. 그들은 권한과 능력이 없는 자로서, 몫이 없는 자로서 사회의 정치적 틀에서 배제되어왔지만, 분할된 세계에 균열을 일으키는 계쟁을 통해 자신의 목소리와 몫을 정당하게 주장하는 모습으로 나타난다. 이는 기존의 질서에 부여된 말과 행위에 대한 불화로, 기존의 배치를 붕괴시키고 새로운 주체성을 갖게하는 정치, 감각적인 것의 재분배로 볼 수 있다.

1980년대의 고정희의 마당굿시는 기존 사회에 강하게 드리워진 기존의 분할된 질서에 균열을 내어 되묻는다. 민중의 자리, 여성의 자리, 사람의 자리의 경계를 끊임없이 흔들고 파열음을 야기하는 것이다. 정치의 모든 것은 몫을 가지는 의미와 그것의 가능성의 조건들에 대해 질문을 던지는 것으로 고정희의 마당굿시는 사회의 공통된 함의에 불화를 초래함으로써 여성, 노동자, 민중이 평등한 존재임을 끊임없이 감각하게 하는 정치성을 드러낸다.

고정희 굿시의 재매개 양상 연구

『저 무덤 위에 푸른 잔디』를 대상으로

장서란

1. 들어가며

이 글의 목적은 재매개re-mediation 개념을 통해 고정희 굿시굿詩의 간매체성間媒體性을 밝히고, 나아가 굿시가 지닌 문학적 저항성을 규명하는 데 있다.

이 글에서 다루고자 하는 텍스트는 고정희의 장시집인 『저 무덤 위에 푸른 잔디』이다. 『저 무덤 위에 푸른 잔디』는 인간해방이라는 목적과 더불어 새로운 사회적 비전을 제시하는 고정희의 '모성적 생명문화'의 문학적 실천[1]이자 실제 연행을 기초에 두고 쓴 작품[2]으로, 굿과의 밀접한 관계를 전제하고 있다. 이로 인하여 『저 무덤 위에 푸른 잔디』는 굿시라는 장

---

1   김난희, 「고정희 "굿시"에 나타난 기호적 코라의 특성 - 『저 무덤 위에 푸른 잔디』를 대상으로」, 『비교한국학』 19(2), 비교한국학회, 2011, 151~152쪽 참조.

2   "어느날 극작가 겸 연출가인 엄인희씨와 무당 겸 현장운동가인 김경란씨가 내 근무처로 찾아왔다. 글 쓰고 연출하고 마당에 설 수 있는 여자 셋이 힘을 합하면 멋진 판이 될 것 같으니 작업을 시작해보자는 제안이었다. 나는 그 제안에 즉석에서 동의하고 그날로부터 매주 수유리 우리집에 모여 토론을 시작했다. 1년여의 토론이 끝나고 내가 각본을 쓰면 곧바로 엄인희와 김경란이 작업에 들어가기로 결정지었다." 고정희, 『저 무덤 위에 푸른 잔디』, 창작과비평사, 1989, 155~156쪽.

르 패러디의 한 유형[3]으로서 다루어졌으며,[4] 장르 패러디의 특성상 이데올로기를 드러내는 담론의 양식으로 인지[5]되었다.

그러나 『저 무덤 위에 푸른 잔디』는 형식적인 면에서 등장인물이나 무대지문을 구체적으로 제시하지 못하고, 소리의 장단이나 추임새 등이 생략되어 굿판의 음악성과 역동성을 잃고 있다는 점에서 비판[6]을 받기도 하였다. 이는 굿시를 단순히 '굿의 재현'으로 보는 측면에서 연유한다. 그러나 이 글은 고정희 굿시를 단순히 '굿의 재현', 즉 차용이 아닌 '굿의 문학적 변용'으로서의 시적 전략[7]임을 규명할 것이다. 보다 구체적으로, 재

3　"굿시는 현대시가 굿의 문학적 사설인 무가 장르를 패러디하는 경우를 말한다. 굿시는 1980년대에 고정희와 하종오 등 일군의 시인들에 의해 집중적으로 쓰여진 특이한 문학 양식이다. 엄밀히 말해서 굿시는 무가 장르만을 패러디하는 형식이 아니라, 무가와 마당극을 이중적으로 패러디하는 형식을 취한 것으로 보인다. 즉, 1980년대의 굿시는 이중의 패러디형식을 갖는 것이 된다. 이 문학 양식이 이른바 '마당굿시'라는 명칭으로 널리 불린 까닭은 바로 여기 있다." 고현철, 『한국 현대시와 장르 패러디』, 현대미학사, 1996, 137쪽.
　　이 글에서는 굿을 재매개한 고정희의 『저 무덤 위에 푸른 잔디』를 여타 시와 구분하고 굿과 시의 두 매체가 갖는 관계성을 강조하기 위하여 굿시라는 명칭을 그대로 가져가기로 한다.

4　『저 무덤 위에 푸른 잔디』의 텍스트성을 중심으로 다룬 논의는 크리스테바의 코라 기호학을 바탕으로 한 정신분석학적 논의인 김난희의 「고정희 "굿시"에 나타난 기호적 코라의 특성-『저 무덤 위에 푸른 잔디』를 대상으로」와 작가인 고정희의 삶에 주목한 논의인 윤인선의 「『저 무덤 위에 푸른 잔디』에 나타난 자서전적 텍스트성 연구」(『여성문학연구』 27, 한국여성문학학회, 2012), 여성적 글쓰기에 주목한 송주영의 「고정희 굿시의 여성적 글쓰기-『저 무덤 위에 푸른 잔디』를 중심으로-」(『청람어문교육』 56, 청람어문교육학회, 2015)가 있으며, 송주영은 『저 무덤 위에 푸른 잔디』를 작가의 여성주의적 관점을 드러내는 작품집으로 보았다.

5　"패러디 시인은 장르 패러디 작품군을 자신의 이데올로기를 드러내는 담론 양식으로 부각시킨다. 이 때의 이데올로기는 담론 내부의 내용과 효과의 집합 그리고 장르 패러디 작품군을 생산한 패러디 시인의 전략을 의미한다. 장르 패러디는 본질적으로 이데올로기 비평인 것이다." 고현철, 앞의 책, 31쪽.

6　박혜경, 「여성해방에서 통일로 이르는 굿판」, 고정희, 앞의 책, 154쪽 참고.

7　박송이는 고정희의 『초혼제』에 나타나는 제의 형식과 전통 장르의 차용을 시대의 문제

매개 개념을 통해 굿시가 '굿' 매체를 '시' 매체로 재매개한 간매체 텍스트이며, 재매개를 통해 현실 변혁이라는 목적성을 강화하고 저항성을 구현함을 밝히고자 한다.

굿시는 굿이라는 구술口述매체[8]를 시라는 기술記述매체[9]로 재매개함으로써 발생하는 간매체적 텍스트이다. 매개하는 매체시는 대상으로서의 매체굿가 지닌 기술, 형식, 사회적 중요성을 자신의 것으로 삼는 동시에 대상으로서의 매체를 개조[10]한다. 즉, 굿시는 서사무가의 양식을 구현함으로써 굿의 형식 및 제의로서의 굿의 사회적 기능을 자신의 것으로 만드나, 이를 그대로 적용하지는 않는다. 고정희는 굿의 형식, 즉 '거리'의 양식 및 조종자와 행위주체의 관계를 수정함으로써 적극적 행위주체로서의 '사람'을 구축한다. 이는 서사 및 극의 양식을 결합할 수 있는 열린 텍스트인 시의 매체적 특성을 통해 이루어진다.

『저 무덤 위에 푸른 잔디』는 형식적으로는 굿의 구성을 취하며, 내용적

를 적극적으로 감당하고 극복하려는 실천적인 노력과 실험 정신에서 비롯된 시적 전략이라고 지목한다. (박송이, 「시대에 대응하는 전략적 방식으로써 되받아 쓰기(writing back) 고찰 – 고정희『초혼제』(1983) 장시를 중심으로」,『한국현대문예비평학회』33, 2010) 이 글은 고정희가 굿의 형식을 빌림으로써 현실 참여라는 목적성을 담지한다는 점에서는 같은 입장을 취하나, 『저 무덤 위에 푸른 잔디』에서 제시되는 굿시는 굿의 단순 차용이 아닌 문학적 변용을 취했다는 점에서 궤를 달리한다.

8   굿은 서사무가의 구송뿐 아니라 음악성, 연희성을 포함하는 제의이나,『저 무덤 위에 푸른 잔디』가 재매개하는 부분이 구송되는 서사무가라는 점과 굿의 현장성에 주목하여 좁은 의미의 구술매체로 본다.

9   시는 구술성을 지니는 장르이나, 이 글에서는 책의 형태로 출판되어 독자에게 읽히는 '현대시'로서의 매체적 특성에 주목하여 좁은 의미의 기술매체로 본다. 이는 대상 텍스트인 대상 텍스트인『저 무덤 위에 푸른 잔디』가 시집의 형태-인쇄 매체를 통해 보급되었다는 점에서도 연유한다.

10 Marie-Laure Ryan(eds.), *Narrative across media : The language of storytelling*, Lincoln : University of Nebraska Press, 2004, p.31.

으로 인간해방 및 5·18 민주화운동으로 대표되는 역사적 문제의 해결을 꾀한다.[11] 그러므로 현실 문제의 해결을 위한 방식으로 굿을 택했다는 것은 시가 지니지 못하는 것이자, 문제 해결이라는 굿의 뚜렷한 '목적성'을 시에 끌어오기 위함[12]이라고 읽을 수 있다.

고정희는 굿이 지닌 제의로서의 '목적성'은 가져오되, 굿의 '상징적 해결'을 넘어 '실질적 해결'을 추구한다. 이를 가능케 하기 위한 시도는 굿의 형식을 변용하는 것으로 나타난다. 『저 무덤 위에 푸른 잔디』의 본풀이마당에서는 신이 아닌 사람의 내력을 풂으로써 굿시에 있어 해결 방안, 즉 궁극적으로 이끌어내려는 힘이 신적 존재인 "어머니"가 지닌 힘이 아니라는 점을 시사한다. "어머니"는 '사람'이 스스로의 본을 깨달아 합심하여 상황을 타개할 수 있도록 북돋우는 정신적 기반으로 존재하며, 굿시에서 궁극적으로 이끌어내려는 힘은 '사람'에 있다. 이는 종교제의 상징성을 뛰어넘는 현실·참여성을 확보하려는 목적에 연유한다.

---

11 "1980년대에 와 현대시에서 하종오와 고정희 등 일부 시인들에 의해 무가를 집중적으로 패러디하는 현상이 나타나는 것은 바로 광주민주화운동 과정에서의 죽음의 체험에 기인한 것으로 보인다. 광주에서의 죽음의 체험은 살아남은 자에게 역사적 부채의식을 내면에 강하게 심었고, 이 부채의식 때문에 일부 시인들은 죽은 자의 혼을 달래는 '진혼' 과정을 담은 무가를 패러디하게 된다. 하종오와 고정희 등의 굿시들에 진혼과정이 빠짐없이 나타나는 것은 바로 이 때문이다." 고현철, 앞의 책, 177쪽.

12 "레비스트로스는 신화를 시와 대립되는 언어적 표현물로 파악했다. 시는 심각한 왜곡의 대가를 치르지 않고서는 해석될 수 없는 언어 행위라면, 반면에 신화는 최악의 해석이라 하더라도 신화적 가치는 손상받지 않는다. 이는 시가 단일한 의미로 고정되기 힘든 반면, 신화는 특정한 하나의 의미로 고정될 수 있음을 의미한다. 바르트는 신화를 특정한 의미작용이 일어나는 이야기로 파악하는데, 일반적인 기호의 의미작용인 기표와 기의의 결합이 아닌 2중의 의미작용, 즉 자연적인 것을 역사화하는 것이 신화의 의미작용의 핵심이다." (오세정, 『신화, 제의, 문학―한국문학의 제의적 기호작용』, 제이앤씨, 2007, 14~15쪽.) 굿시는 열린 텍스트인 시에 제의인 굿을 매개함으로써 제의의 메시지인 신화를 생성할 수 있는 기저를 마련한다. 즉 제의의 목적성을 전경화함으로써 굿 '시'의 방향을 고정할 수 있는 것이다.

이를 통해 굿시는 독자에게 사람의 힘에 대한 믿음을 강조하며, 더 나아가 실질적인 움직임이 필요함을 촉구할 수 있다.[13] 이는 현실 문제의 해결이라는 제의의 목적성은 그대로 지니는 동시에 굿이 지닌 '상징적 해결'을 뛰어넘는 간매체 텍스트로서의 굿시의 특징을 나타낸다.

고정희의 『저 무덤 위에 푸른 잔디』는 굿을 시로 재매개함으로써 '사람의 힘'을 강조한다. 이는 문제 상황에 있어 신의 힘을 통하여 해결하는 '상징적 해결'이 아니라 사람의 힘을 통한 '실질적 해결'을 꾀하려는 시도이다. 그러므로 『저 무덤 위에 푸른 잔디』는 실질적 해결, 즉 텍스트 바깥을 욕망하는 텍스트로 작동한다. 재매개를 통하여 굿과 시가 지닌 한계를 초월하는 굿시의 창조적 변용성을 규명하는 것이 이 글의 의의가 될 것이다.

2. 굿시의 간매체성

재매개re-mediaton는 한 매체를 다른 매체에서 표상하는 것[14]이다. 재매개는 재매개된 매체들의 고유한 기능을 설명[15]하므로, 재매개를 통해 생성

---

13   이는 제의화를 통한 대동-인본주의적 평등사상이라는 이념을 생성한다. 이념은 행위를 수반하며, 이는 실질적인 움직임을 촉구하는 굿시의 목적과 연결된다. 이념이야말로 만들어진 신화라 할 수 있을 것이다. "인간 문화에서 제의화ritualization는 정보를 소통하고 정서적 유대감을 형성한다. 특정한 이념이 제의를 산출하지는 못하며, 오히려 제의 자체가 이념들을 산출하고 형상화하며 특정한 경험과 정서를 만들어 낸다." 오세정, 앞의 책, 86쪽.

14   J. David Bolter & Richard Grusin, 이재현 역, 『재매개-뉴미디어의 계보학』, 커뮤니케이션북스, 2006, 53쪽.

15   Marie-Laure Ryan, op. cit, p. 31.

되는 텍스트는 간매체성間媒體性을 지닌다. 나아가 이 글에서는 간매체적 서사 분석 도구로서 라이언의 재매개 개념[16]을 사용하려 한다. 이는 매개의 대상이 되는 매체의 기술, 형식, 사회적 중요성을 취함과 동시에 그 특성을 단순 차용하는 것이 아니라 변용함을 논의의 초점으로 삼는다는 것을 의미한다. 이때 두 매체 사이의 관계는 우열적이지 않다[17]는 것을 전제한다.

기본적으로 현대의 시는 기술매체이다. 이와 더불어 이 글에서 다루는 『저 무덤 위에 푸른 잔디』의 텍스트가 인쇄매체인 시집에 수록되었다는 점, 표지의 "고정희 장시집"을 통하여 나타나는 사실-저자가 뚜렷하다는 점과 시로 분류된다는 점, 통상적인 시보다 길이가 길다는 점 등-들과 같

---

16 라이언은 재매개를 바탕으로 구조화한 9가지 해석 방식을 제시한다. 1)의료적 재매개, 2)기술적 기반의 변화, 3)맥루한 공식에 의해 포착된 현상, 4)다른 매체의 사회적 기능을 넘겨받은 매체, 5)기술적 혹은 묘사적 방식들을 통한 다른 매체에서 한 매체의 재현, 6)다른 매체의 기법들을 모방하는 매체, 7)구매체에 의한 신매체 기법의 흡수, 8)한 매체의 다른 매체로의 삽입, 9)한 매체의 다른 매체로의 교환 (Ibid, pp.31~32.) 이 글에서 분석하고자 하는 굿시는 시라는 기술매체에서의 굿(서사무가)이라는 구술매체의 재현이 시적·언어적 기술·묘사 방식을 통하여 이루어진다는 점에 주목하여 5번 사례의 재매개에 대하여 논하고자 한다.

17 볼터와 그루신은 "재매개는 개혁이다"라는 말을 통하여 재매개된 매체에 대한 매재개한 매체의 우월성을 저변에 둔다. 그들은 재매개의 목적을 "다른 미디어를 개조하거나 복구하는 것"으로 규정한다. 그들에게 있어서 재매개(Remediation)는 라틴어 re-mederi(치료하고 회복시켜 건강하게 하는 것)에서 차용되었으며, "하나의 매체가 다른 매체를 개혁하거나 개선한다고 우리 문화에서 간주되는 것이라 표현하고자 한다"라고 진술한다. 그러므로 "우리가 생각하는 것은 선형적 역사가 아니라 연계의 계보이며, 이런 계보 속에서 보면 오래된 매체도 새로운 매체를 재매개할 수 있다." 라는 진술은 힘을 잃는다. 뿐만 아니라 "새로운 매체가 정당화되는 것은 선행 미디어의 결함을 보충하거나 단점을 보완해주어, 기존 미디어가 이룩하지 못한 약속을 실현해주기 때문이다." 라는 서술은 새로운 매체의 정당성 유무를 유용성에 둠을 반증한다. 그러나 재매개의 유용성은 어디까지나 상대적이다. 매체는 굉장히 복합적이며, 다른 매체와의 결합이 불가피하기 때문이다. (J. David Bolter & Richard Grusin, 앞의 책, 64~72쪽 참고.)

은 파라텍스트적 요소는 굿시가 지니는 시의 매체성을 증명한다.

즉 『저 무덤 위에 푸른 잔디』의 파라텍스트적 요소로 미루어 볼 때 '현대시'로서의 매체성을 지님은 자명하다고 볼 수 있으므로, 이 장에서는 굿시에 나타나는 굿의 매체성을 밝히려 한다. 시 『저 무덤 위에 푸른 잔디』가 지닌 굿의 매체성을 증명함으로써 재매개를 통해 생성된 굿시의 간매체성 및 재매개를 통한 효과를 밝힐 수 있기 때문이다.

『저 무덤 위에 푸른 잔디』는 굿의 구성 요소 중 서사무가의 형식을 매개한 시이다. 시의 구조적 형식인 연과 행의 구분은 구송되었던 서사무가와의 형식적 유사성으로 인하여 시와 서사무가 사이의 교량 역할을 한다. 굿은 서사무가와 같은 언어적 요소뿐만이 아니라 춤과 무악 등과 같은 비언어적 요소로 이루어진다.[18] 그러나 굿시에서 제시되는 것은 굿의 진행 형식과 서사무가의 언어적 형식이다. 그러므로 두 요소를 통해 굿의 매체성을 상기함은 굿의 제유라고 볼 수 있을 것이며, 이에 주목하여 논의를 전개하여야 한다.

『저 무덤 위에 푸른 잔디』는 총 여덟 부분[19]으로 나뉘어져 있으며, 이

---

18 "굿의 시공에는 일상적 시공과 인접 관계를 갖는 많은 지표기호들이 찾아진다. 굿의 시공에서 굿을 행하는 주체들, 즉 무당과 단골 그리고 구경꾼, 또 굿에 초청된 신들은 일상적 공간에서와는 다른 자질과 역할을 부여받은 지표기호들이다. 또 굿판에서 사용되는 무신도나 여러 무구들, 그리고 악기들 역시 마찬가지다. 이러한 지표기호들은 모두 일상적 시공과는 다른 특수한 기호작용의 원리에 따라 굿의 해석소를 생산해낸다." 송효섭, 『탈신화시대의 신화들』, 기파랑, 2005, 179쪽.

19 『저 무덤 위에 푸른 잔디』는 "첫째거리-축원마당 : 여자 해방염원 반만년 / 둘째거리-본풀이마당 : 여자가 무엇이며 남자 또한 무엇인고 / 셋째거리-해원마당 : 지리산에 누운 어머니 구월산에 잠든 어머니 / 넷째거리-진혼마당 : 넋이여, 망월동에 잠든 넋이여 / 다섯째마당-길닦음마당 : 허물 때가 있으면 세울 때가 있으니 / 여섯째거리-대동마당 : 집치레 번듯하니 민주집이 분명하다 / 일곱째거리-통일마당 : 분단동이 눈물은 세계 인민의 눈물이라 / 뒷풀이-딸들의 노래 : 어허 강산이야 해방강토 어엿하다"로 구성된다.

를 나누는 단위는 굿의 절차를 세는 단위인 '거리'이다.『저 무덤 위에 푸른 잔디』가 굿을 시로 재매개하였다면, 먼저 굿의 특성을 규명해야만 할 것이다. 굿은 제의의 하나로, 제의는 "심각한 삶 안에 상징적으로 효과를 미치거나 참여하는 데 맞추어진 유형화된 행위의 자발적 연행"[20]이다. 즉 굿이란 현실의 문제를 상징적으로 해결하기 위한 한 방식으로, 근본적으로 '목적성'을 지닌다. 그러므로『저 무덤 위에 푸른 잔디』가 굿을 재매개했다는 것은 이러한 제의적 속성을 가져간다는 뜻이며, 시를 통해 현재의 문제를 해결하려는 '목적'을 지님을 함의한다.

그렇다면 이 '굿'시의 목적, 즉 해결하고자 하는 문제 상황이 무엇인지에 대하여 밝힐 필요가 있다. 굿은 그 목적에 따라 종류와 형식이 나뉘므로, 굿의 목적을 규명한다면 굿시가 차용한 굿의 형식과 흐름 또한 밝힐 수 있기 때문이다. 굿의 과정은 보통 열두 거리로 이루어지며, 대개 다음과 같은 과정을 밟는다.[21]

1. 부정거리 : 부정한 것을 몰아내고 신성한 것[신]을 불러들이는 과정

2. 영신, 청신거리 : 불러들인 신을 모셔 들이는 과정

3. 가무, 오류거리 : 맞아들인 신을 즐겁고 기쁘게 해 드리는 과정

4. 공수, 기원거리 : 흡족해하는 신의 이름으로 기원을 내리는 과정

5. 송신, 뒷전거리 : 신과 그 수행원들을 보내드리는 과정

20　Eric W. Rothenbuhler, *Ritual Communication : From Everyday Conversation to Mediated Ceremony,* Sage Publications, 1998, p.27, 송효섭,「뮈토스에서 세미오시스로─신화 담론과 탈경계의 기호작용」,『기호학연구』27, 한국기호학회, 2010, 14쪽에서 재인용.

21　이상일,『한국의 굿과 놀이』, 문음사, 1987, 15쪽 참고.

굿은 신의 힘을 통하여 이루고자 하는 바를 비는 것으로, 굿의 공수에
서 그 굿의 목적이 드러난다. 일곱 거리와 뒷풀이로 구성된『저 무덤 위에
푸른 잔디』중 가운데에 위치한 넷째 거리가 '진혼마당'임은 이 시편의 목
적이 죽은 넋을 위로하고 저승으로 보내는 진혼이라는 사실을 시사한다.
이러한 구성적 측면과 더불어, 넷째 마당의 첫 부분과 마지막 마당인 일
곱째 마당에서는 굿의 목적이 직접적으로 제시된다.

어머니의 피눈물로 이름 석자를 적고

아버지의 통곡으로 원혼을 불러

어느 누가 올리는 축원원정인가 하옵거든

어느 뉘 집 부귀영화를 빌고

자손만대 생기복덕을 기리는 안태굿이 아닙니다 (…중략…) 사람마다 뿌리
두는 어머니

하늘을 움직이고 땅을 울리는 어머니

그 단장의 아픔으로 불러보는 이름 석자

비명절규 사연 여기 있사외다

— 〈넷째거리─진혼마당 : 넋이여, 망월동에 잠든 넋이여
1. 오월 어머니가 부르는 노래〉[22] 부분

오늘이 무슨 날인고 하니

신자들은 서방정토 원왕생 꿈꾸고

---

22   고정희, 앞의 책, 39쪽, 이후 작품 인용은 쪽수로 표기한다.

생인들은 생기복덕 제맞이날 골라 하는

큰 굿 작은 굿이 아닙니다

　　　—〈일곱째거리 —통일마당 : 분단동이 눈물은 세계 인민의 눈물이라
　　　　　　　　　1. 에미 그린 분단동이 애비 그린 분단동이〉 부분[111]쪽

　텍스트에서도 나타나듯, 이 굿시의 목적은 부귀영화와 생기복덕을 비
는 것이 아닌, "비명절규 사연"을 "하늘을 움직이고 땅을 울리는" 신적 존
재인 "어머니"에게 고하는 데에 있다. 그러므로 이 굿시의 목적은 '억울하
게 죽은 이들을 위한 진혼'이며, 굿의 종류 또한 진혼굿, 씻김굿으로 구체
화될 수 있을 것이다.

　이처럼 굿 '시'가 씻김굿을 재매개했다는 것을 인지할 수 있는 이유는
가장 먼저 굿이 지니는 구조적 형식을 재현하기 때문이다. 굿시가 서사
무가와 거리, 마당과 같은 굿의 형식을 차용함은 굿의 매체성을 확보하
기 위함이다. 형식은 제의의 특성[23]이기에 굿을 구성하는 직접적인 연행
과 무악巫樂, 춤과 음식, 무신도巫神圖 등이 없음에도 불구하고 『저 무덤 위
에 푸른 잔디』는 굿이라는 매체를 상기시킨다. 그러므로 독자는 굿시에
서 굿을 상기하며, 시적 화자를 연행자인 무당으로 인식할 수 있게 된다.
이를 통해 시는 굿이 지니는 사회적 중요성, 즉 문제 해결이라는 목적성
을 획득한다. 이와 더불어 굿으로서의 매체성을 두드러지게 하는 것은 굿

23　라파포트는 형식을 제의의 구성 요소이자 특성이라고 말한다. "나는 '제의'라는 용어를,
　　거의 불변적인 연속체의 형식적 행위들과 완전히 암호화하지 않은 발화를 연행자가 연
　　행하는 것을 지칭하는 데 사용한다. 제의의 구체적인 특성은 연행, 형식성, 불변성, 행
　　동과 발화를 둘 다 포함, 연행자들이 아닌 다른 이들로부터의 암호화이다. (…중략…)
　　첫 장에서 진술했던 '제의'라는 용어가 지시하는 것은 형식 또는 구조를 의미하고, 나는
　　이 구조가 제의의 특성이라고 주장할 것이다." Roy. A. Rapparport, *Ritual and Religion in
　　the making of humanity*, New York : Cambridge Press, 1999, pp. 24~26.

시에 나타나는 무가의 언어형식적 관습이다.

경오 신미 임신계유 갑술 을해 여섯생은 불위본서 진광대왕 도산지옥에 매
었으니 정광여래 대원으로 이 지옥을 면해가오 병자 정축 무인 기묘 경진 신사
여섯생은 식본자심 초강대왕 화산지옥에 매었으니 약사여래 대원으로 이 지
옥을 면해가오 (…중략…) 경자 신축 임인 계묘 갑진 을사 여섯생은 단불출옥
변성대왕 독사지옥에 매었으니 대세지보살 대원으로 이 지옥을 면해가오

— 『천도경』 부분[24]

(받는 소리) 지옥은 도산지옥 진관대왕께 매였으니
선선히 발원 받고 축수 받고 노자 맞아
도산지옥 면하여 가옵소사

(받는 소리) 지옥은 하탄지옥 이재왕께 매였으니
제밥 먹고 약밥 먹고 염불 받아
하탄지옥 면하여 가옵소사(…중략…)

(받는 소리)
지옥은 금수지옥 염라대왕께 매였으니
예렴 받고 인정 받고 노자 받아
금수지옥 면하여 가옵소사
(…중략…)

---

24   양종승, 「대전굿의 경문」, 『한국무속학』 창간호, 한국무속학회, 1999, 193쪽.

(받는 소리)

지옥은 방인지옥 변선대왕께 매였으니

앞앞이 염불 받고 기원 받고 축수 받아

방인지옥 면하여 가옵소사

　　　　—〈다섯째거리-길닦음마당 : 허물 때가 있으면 세울 때가 있으니
　　　　　　　 4. 길을 닦세 길을 닦세 해방세상 길을 닦세〉 부분[86~89쪽]

　죽은 넋을 저승으로 인도하는 천도경과 굿시의 다섯째거리는 죽은 사람이 맞닥뜨리는 지옥을 이야기하며 부디 그 지옥을 면하기를 바라는 내용으로 이루어진다. 또한 십대왕과 저승이라는 같은 세계관을 공유하며, 해원 받을 존재를 위하여 신을 호명한다는 제의의 단계라는 점에서도 공통점을 지닌다. 이러한 공통점은 굿시가 지니는 굿의 매체성을 상기시킨다.

　뿐만 아니라 병치와 구조 및 내용의 반복, 4음보로 이루어진 운율이라는 구문 단위에서도 굿시는 서사무가와의 유사성[25]을 보이는데, 특히 반복은 굿이 지니는 구술성과 제의에 쓰이는 무가로서의 주술성에서 비롯된 것이라고 할 수 있다. 굿은 입으로 구송되기에 반복은 연행자가 보다 쉽게 외울 수 있게 할 뿐만 아니라 목표로 하는 것의 지표로서 제의의 강화에 기여[26]한다. 이처럼 『저 무덤 위에 푸른 잔디』에서는 제의를 강화하

25　고현철은 전남 해남 무가인 『넋올림』과 『저 무덤 위에 푸른 잔디』의 셋째 거리인 해원마당 부분을 비교하며 굿시가 지니는 형식적 관습-반복적 문체와 문답형 어법의 유사성을 설명한다. 고현철, 앞의 책, 139~140쪽 참조.

26　Robert. A. Yelle, *Semiotics of Religion : Signs of the Sacred in History*, London : Bloomsbury Publishing, 2013, p.39.

는 장치를 가져옴으로써 굿시가 지닌 굿의 매체성을 부각[27]한다. 즉 굿시는 굿이 지닌 언어의 요소와 형식을 재매개함으로써 굿이 지닌 신화의 힘을 구현[28]하고자 하는 목적을 지니는 간매체 텍스트임을 알 수 있다.

지금까지 인쇄·기술매체로서의 시『저 무덤 위에 푸른 잔디』에 나타나는 굿의 기술 및 형식을 분석함으로써 굿시의 간매체성을 증명하였다. 이후 절에서는『저 무덤 위에 푸른 잔디』에 나타나는 굿의 변용 양상을 밝히려 한다. 이를 통해 제의宗敎가 지닌 상징성에서 벗어나 이를 바탕으로 적극적 행위주체로서의 '사람'을 형성함으로써 현실 변혁이라는 목적을 달성하는 굿시의 의의를 규명할 수 있을 것이다.

---

27 이는 또한 구술서사와 기술서사의 기능적 등가(상호전환성)에 바탕을 둔다고 할 수 있을 것이다. 기술 서사에 구술 서사의 특징인 상호작용 위주의 특징들이 더 많이 포함될수록 이것을 통한 구술 서사의 기능인 프로필의 재전달이 더 성공적으로 이루어질 수 있다는 것인데, 구술서사인 굿의 기능이 무당과 신의 상호작용(커뮤니케이션)을 통한 현실 문제의 해결이라고 한다면 굿시에서 굿의 형식적 특징을 가져오려고 함은 굿의 기능이 성공적으로 이루어지도록 하는 데에 목적이 있다는 것이다. 태넌은 기능적인 프로필의 재전달을 위한 기술서사의 특징으로 1. 디테일 혹은 이미저리에 대한 높은 관심, 2. 수동태 대신 능동태 사용, 3. 대립과 종속 대신 병렬 사용하기, 4. 스토리세계의 참여자들의 말을 직접 인용하기를 제시하였다. (David Herman, Maire-Laure Ryan, "Toward a Transmedial Narratology", op.cit, pp.54~55)
『저 무덤 위에 푸른 잔디』에서는 굿의 언어형식을 차용함으로써 1~3번의 요건을 충족하며, 고통받는 이들(어머니(들), 희생자들)의 목소리를 직접적으로 보여줌으로써 ("업이야 복덩이야 여식 하나 낳으실 제 / 댓물 위에 흰고무신 나란히 벗어놓고 / 하늘 한번 쳐다보며 혼자서 하는 말 / 이 신발을 다시 신을까 말까", "철아 이놈아 에미가 왔다 / 네가 나를 찾아와야제 / 내가 너를 찾아오다니", "살려주세요, 살려주세요, 살려주세요 / 어린것들의 울부짖음도") 4번의 요건을 충족한다.
28 "매체와 관련하여서는, 구술에서 기술로의 전환을 이러한 탈신화화의 전기로 볼 수도 있다. 그러나 문제는 문자가 발명되었다고 해서, 구술이 없어지지 않으며 기술 역시 구술에 토대를 두고 있다는 사실이다. 따라서 몸의 기원을 전제로 한 구술이 실현하는 신화성이 해체된다 하더라도, 그것이 완전히 소거된 것으로 볼 수는 없는 것이다." 송효섭, 「매체, 신화, 스토리텔링-매체의 통합, 분리, 횡단에 따른 뮈토-세미오시스의 지형」, 『기호학연구』45, 한국기호학회, 2015, 41쪽.

1) 본풀이의 변용 – '사람'의 본풀이로서의 굿시

앞서 굿시가 굿을 재매개함으로써 형성된 간매체적 텍스트임을 밝혔으며, 매개한 굿의 종류가 진혼굿임을 규명하였다. 그렇다면 여기에서 짚고 넘어가야 할 부분이 있다. 이 굿시에서의 '진혼'의 대상이 누구인가라는 것이다. 이는 굿시가 해결하고자 하는 문제 상황이 무엇인지와도 연결된다.

이는 각 거리를 통해 직접적으로 제시된다. 넷째 거리의 부제인 '넋이여, 망월동에 잠든 넋이여'라는 것은 5·18 민주화운동으로 인한 희생자들을 지칭한다. 이와 더불어 셋째 거리의 이름이 해원解冤마당이라는 것과 부제가 '지리산에 누운 어머니 구월산에 잠든 어머니'라는 부분을 짚어야 할 것이다. 즉 이 씻김굿의 대상은 5·18 민주화운동의 희생자뿐만이 아니라 어머니 또한 포함된다는 것을 의미한다. 그렇다면 어머니는 청신의 대상인 신적 존재로서의 어머니인가, 아니면 희생자들의 어머니인가? 『저 무덤 위에 푸른 잔디』는 신격을 지닌 어머니와 사람으로서의 어머니를 구별하기보다는 두 어머니의 공통점을 강조하는 모습을 보인다.

어머니 공덕이 어떤 공덕이던가
지붕이 생기고 가솔 있는 그날부터
시하층층 손발 되고
시하층층 시집살이
젊은 남편 침모 되고
늙은 남편 노리개 되어
장자 아들 밥이 되고
손자 증손 떡이 되어

검은 머리 파뿌리 되도록

오장육부 쏠개꺼정 녹아내린 어머니여

생각사록 눈물나고

새길수록 쓰라린 세월

홀홀이 털어내고

우리 정성 받으소서

오늘날 한날 한시 기립한 딸들

바라보면 오지고 돌아보면 장한 딸들

늠름하고 씩씩한 이 모습 저 모습에

맺힌 한 풀으시고 쌓인 설움 씻으소서

(…중략…)

원통히 생각 설리 말으시고

앞앞이 북돋으사

한뜻 이뤄주사이다

— 〈첫째거리—축원마당 : 여자 해방염원 반만년
4. 보름달 같은 여성해방 이득히 받으소서〉 부분[11~12]

첫째 거리는 신을 불러들이는 과정이기에, 이 때의 '어머니'는 신격을 지닌 어머니라고 보아야 할 것이다. 그러나 첫째 거리에서는 사람으로서의 어머니가 겪는 고통이 제시된다. 이를 "공덕"이라고 일컬음은 곧 사람으로서의 어머니가 겪은 생의 고통이 신격을 얻는 조건임을 암시한다. 이는 사람으로서의 어머니와 신격을 지닌 어머니 사이의 구분을 약화한다.

이처럼 청신의 단계에서 언급되는 신격을 지닌 어머니는 인간 세상과 분리된 초월적 존재가 아닌, "맺힌 한"과 "쌓인 설움"을 지닌 인간적 어머

니로 제시된다. 나아가 공수의 단계에서 해원을 받는 '어머니'는 역사를
아우르는 존재로 그려진다.

넋이야 넋이로다
이 넋이 뉘신고 하니
(…중략…)
오나라로 공출당한 우리 어머니 아니신가

넋이야 넋이로다
이 넋이 뉘신고 하니
약지 잘라 혈서 쓰던 독립군 어머니 아니신가
젖가슴 폭탄 품고 밤길 가던 우리 어머니
(…중략…)

넋이야 넋이로다
이 넋이 뉘신고 하니
일제치하 정신대 우리 어머니 아니신가
(…중략…)

넋이야 넋이로다
이 넋이 뉘신고 하니
육이오 난리통에
부역 나가 처형당한 우리 어머니 아니신가
(…중략…)

넋이야 넋이로다

이 넋이 뉘신고 하니

자유당 부정에 죽은 우리 어머니

민주당 부채에 죽은 우리 어머니

(…중략…)

넋이야 넋이로다

이 넋이 뉘신고 하니

광주민중항쟁 때 죽은 우리 어머니 아니신가

(…중략…)

백두산 연봉에 굽이치는 어머니

한라산 백록담에 내려앉은 어머니

금강산 일만이천봉에 숨쉬는 어머니

지리산 능선에 흐르는 어머니

(…중략…)

북악산맥에서 바람 부는 어머니 아니신가

　　　—〈셋째 거리−해원마당 : 지리산에 누운 어머니 구월산에 누운 어머니
　　　　　2. 넋이야 넋이로다 이 넋이 뉘신고 하니〉 부분28~32쪽

　해원마당의 '어머니'는 두 부류로 제시된다. 첫 번째로 "우리 어머니"
는 사람으로서의 어머니로서, 과거 고려시대에서 일제강점기, 일제 치하,
6·25, 작성 당시 역사적 상황인 5·18 민주화운동까지 비극적 역사와 연

결된다. 두 번째로 "어머니"는 "백두산 연봉", "한라산 백록담"에 깃든 신격을 지닌 어머니이다. 그러나 두 번째 어머니 또한 해원마당의 마지막 행에서 "아니신가"라는 반복어구를 통해 호명된다. 사람으로서의 "우리 어머니"와 신으로서의 "어머니"는 "아니신가"라는 반복어구로 묶임으로써 하나가 된다. 이는 신으로서의 어머니와 사람으로서의 어머니가 같은 존재로 굿시 안에서 위치함을 확인할 수 있다.

바로 이 지점에서 고정희의 굿시가 통상적인 씻김굿의 형식에서 벗어나는 이유가 드러난다. 굿시에서 오기를 청하는 신으로서의 어머니 또한 해원이 필요한 존재이기에 신어머니을 부름으로써 현재의 문제 상황을 해결할 수 없기 때문이다. 이러한 맥락을 바탕으로 할 때, 본풀이마당의 부제가 '여자가 무엇이며 남자 또한 무엇인고' 인 까닭이 제시된다.

아하 사람아

여자가 무엇이며 남자 또한 무엇인고

바늘 간 데 실 가고

별 뜨는 데 하늘 있듯

남자와 여자가 한짝으로 똑같이

천지신명 속에 든 사람인지라

높아도 안되고 낮아도 안되는

우주천체 평등한 저울추인지라

천황씨 속에서 여자가 태어나고

지황씨 속에서 남자가 태어날 제

지황씨와 천황씨 둘도 아닌 한몸 이뤄

천지공사간 맞들고 번창하고 운수대통하야

천대 만대 사람의 뜻 누리라 하였을 제

여자 남자 근본은 제 안에 있는지라

사람의 뜻이 무엇인고 하니

팔만사천 사바세계 생로병사

어머니 태아 주신 용기를 나눔이라

태산의 높이를 헤아려

어머니 닦아주신 대동을 받듦이라

영락없는 동지요 영락없는 배필삼아

속았구나 하면서 속지 않고

밟혔구나 하면서 밟히지 않는

어머니 품어주신 생명을 지킴이라

깨물어 안 아픈 손가락 없고

내처 안타깝지 않은 목숨 없는

어머니 길러주신 존엄을 누림이라

　　　　　―〈둘째 거리―본풀이 마당 : 여자가 무엇이며 남자 또한 무엇인고
　　　　　　　　1. 천황씨 속에서 여자가 태어날 제〉 전문[14~15쪽]

　굿은 신을 청해서 신을 즐겁게 하고 바라는 바를 축원한 후 신을 보내
는 청신請神–오신娛神–축원祝願–송신送神의 구조를 지닌다. 한편 청신, 축원
등의 제의적 기능 단위들은 신격이나 작품의 성격에 따라 다르게 나타나
는데, 제석신이나 바리데기 같은 경우 본풀이를 통해 청배[29]한다.

　본풀이는 기원을 풀어가는 이야기이며, 그 기원으로부터 어떻게 신의

29　이경엽, 「씻김굿 무가의 연행 방식과 그 특징」, 『비교민속학』 29권, 비교민속학회,
　　2005, 298쪽.

위상이 정립되었는가를 보여주는 이야기[30]이다. 굿에서의 본풀이는 신의 미래에 대한 이야기 담론을 생성하며, 미래 이야기는 서사의 형태로 분명하게 나타나기보다는 청배 속에 기원의 형태로 나타나고, 이는 이후 행위주체신가 조종자사람을 위해 해야 할 일[31]로 제시된다.

그러나 『저 무덤 위에 푸른 잔디』의 본풀이마당은 이와 다른 내용을 지닌다. 통상적인 본풀이의 내용이 신이 신위를 얻는 과정과 이 과정을 통해 달성하는 위업으로 이루어져 이를 칭송함으로써 신을 즐겁게 하는 데에 있는 반면, 『저 무덤 위에 푸른 잔디』에서의 본풀이 마당에서는 신어머니의 내력을 먼저 풀지 않는다. 이 굿씨에서 먼저 푸는 것은 여자와 남자, 즉 사람의 내력[32]이다. 이는 굿씨이 이끌어내려는 힘이 사람에 있음을 밝히며, 실제적 문제를 해결할 수 있는 힘 또한 사람에게 있음을 시사한다.

이때, '신'이 아닌 '사람'의 본풀이를 구성하는 굿시의 특성은 간매체성을 통하여 구현된다. 굿시의 시적 화자는 굿의 언어적 관습을 따르고 굿의 구성 및 진행 형식을 따름으로써 무당샤면으로 인지된다. 굿시에서의 무당은 샤먼의 역할과 동시에 굿시의 단골 역할 또한 맡게 되는데, 이는 기본적으로 굿을 의뢰하는 단골이 부재하며, 대신 시적 화자가 스스로 현실의 문제를 인식함으로써 굿의 필요성을 요구하기 때문이다. 그러므로 굿시에 나타나는 조종자와 행위주체의 관계는 실제 씻김굿과는 다른 구조를 지닌다.

---

30   송효섭, 앞의 책, 203쪽.
31   위의 책, 203~204쪽.
32   고현철은 본풀이마당이 신의 본이 아니라 여자와 남자의 내력과 차별됨을 서술하는 이유를 사회의 제반 문제가 여성 문제에 바탕한다는 작가의 인식을 이유로 꼽았다. (고현철, 앞의 책, 144쪽 참고.) 그러나 굿에서 나타나는 본풀이마당의 제의적 역할에 주목하여 문제 해결을 위한 수단(신의 힘)을 구한다는 맥락에서 볼 때에는 문제 해결의 수단을 남자와 여자, 즉 '사람'의 힘으로 설정하고 있다고 보는 편이 타당할 것이다.

표 1_ 굿에 나타나는 조종자와 행위주체의 관계[33]

신	무당	단골
행위주체	조종자	
	행위주체	조종자

표 2_ 『저 무덤 위에 푸른 잔디』에 나타나는 조종자와 행위주체의 관계

사람(독자)	신(어머니)	무당(화자)
행위주체	조종자	
	행위주체	조종자

굿시의 무당[시적 화자]이 신으로서의 어머니에게 보내는 메시지는 "앞앞이 북돋으사 / 한뜻 이뤄주사이다", "내치소서 내치소서 / 왼갖 잡귀 내모소서"와 같은 축원을 통하여 나타난다. 이 때 무당은 상징적인 기호로 생성된 신에게 명령형의 메시지를 전달함으로써 과업을 이루게 하는데,[34] 신으로서의 어머니는 대동[35]의 상징이자 "여손 남손", 즉 사람을 "북돋"움으로써 과업을 이룬다. 즉 사람들로 하여금 길을 닦고 잡귀를 내몰며 대동을 이루게 하는 존재로 나타나므로, 신은 행위주체이자 사람을 움직이게 하는 조종자로서의 역할을 지닌다.

굿시에서는 무당이 단골의 역할을 겸하며, 통상적인 굿과 달리 신을 통하여 사람을 조종하게 한다. 그러므로 씻김굿에서 나타나는 '단골→무당→신'의 조종자와 행위주체의 관계가 굿시에서는 '무당[단골]→신→사

---

33   송효섭, 앞의 책, 251쪽.

34   위의 책, 251쪽.

35   대동大同의 의미가 "1. 큰 세력이 합동함, 2. 온 세상이 번영하여 화평하게 됨, 3. 조금 차이는 있어도 대체로 같음"("대동大同", 『표준국어대사전』, 국립국어원, 1999) 이라는 것을 미루어 볼 때, 어머니의 대동은 남녀의 차이가 차별이 아니며, 둘은 궁극적으로 동등하다는 사실을 깨달음으로써 사람들의 세력이 하나가 되어 온 세상을 화평케 만든다는 복합적인 의미를 내포함을 알 수 있다.

람독자'로 나타난다. 이는 굿시에 있어 문제 해결 방안이 '신어머니'의 이능에 있는 것이 아니라 '사람'에 있으며, 이러한 드라마를 통하여 현실 변혁의 주체로서의 '사람'에 대한 믿음을 일상적 시공으로 이끌어가려는 데에 있다는 점을 시사한다.

이는 둘째 거리의 내용적 측면을 통하여서도 나타난다. 둘째 거리인 본풀이마당은 총 여섯 부분으로 이루어져 있는데, 먼저 "1. 천황씨 속에서 여자가 태어날 제"에서는 여자와 남자의 본을 풀며, 그 본은 어머니의 대동을 받드는 데에 있다는 점을 밝힌다. "2. 대장부와 아녀자로 차별짓는 그날부터"에서는 여성이 남성 아래에서 고통받기 시작한 역사를 제시한다. "3. 평등없는 너희 집이 흉가가 되리라"에서는 가부장적인 역사에 대한 저주와 어머니의 고통을 형상화하며, "4. 아가 나 죽거든 살림 따라오나 봐라"에서는 어머니의 유언을 직접적으로 전달한다. "5. 남누리 북누리 사무치는 어머니여"에서는 어머니에게 "왼갖 잡귀"를 내몰아달라는 기원과 함께 "아하 사람아 / 여자 일생이 무엇이며 해방이 무엇인고 / 후천개벽 목숨줄이 다 제구실에 들어 있는지라"라는 부분을 가장 먼저 제시함으로써 사람에 대한 본을 다시 한번 언급한다. "6. 억조창생 강물로 흘러가게 하사이다"에서는 해방된 남녀가 합심하여 살 수 있도록 "평등 평화 자유민주 누려 살게 하사이다 / (…중략…)해방 여손 자손 앞앞이 북돋우사 / 억조창생 강물로 흘러가게 하사이다"라는 기원을 나타낸다.

이처럼 본풀이 안에 신으로서의 어머니를 향한 기원은 나타나지만, 굿이 극복하려 하는 상황과의 유사관계는 나타나지 않는다. 어머니가 고통받는 내용은 그 고통의 원인인 "대장부와 아녀자로 차별짓는" 상황과 "가죽만 남으신 채 논두렁에 엎드리신 우리 어머니"와 같은 모습으로 인하여 해원의 필요를 전경화할 뿐이다. 어머니가 신위를 얻거나 갈등 상황을 타개할 힘이 있다는 내용은 나타나지 않는다. 오히려 "후천개벽 목숨줄"이 사람의 "제구실"에 들어 있다는 부분에서 해방의 요소를 찾을 수 있다. 이는 본풀이마당에서 나타나는 '어머니'의 본풀이가 굿의 성취에 대한 확신을 공유하는 뮈토스로 작용하기에 어렵다는 점을 시사[36]한다.

그러므로 굿시에서는 궁극적인 행위주체이자 본풀이마당에 제시된 해방의 가능성인 '사람'의 힘이 중심점으로 작동한다. 『저 무덤 위에 푸른 잔디』의 전체적 서사는 남자와 여자를 차별 짓는 세상에서 어머니의 대동을 받든 '사람'이 남자 여자 구별 없이 합심함으로써 진혼굿을 벌이고, 낡은 길을 무너뜨리고 새 길을 닦아 대동을 이룸으로써 통일을 이루는 이야기, 즉 일종의 영웅서사로 볼 수 있기 때문이다. 이는 현실의 문제인 5·18 민

---

36 "장자풀이에서는 장자풀이라는 서사무가가 구송된다. 장자풀이에서 장자가 굿을 통해 수명을 연장하는 이야기는 굿을 하여 죽을 목숨도 살려내었는데 씻김굿으로 망인의 극락천도를 시키지 못하겠느냐는 의미가 내포된 것으로 해석된다. 이러한 장자풀이가 구송되는 상황은 굿과 이야기 간의 관계에 대한 인간의 다층적이고 복합적인 인식을 보여준다. 장자풀이에서 굿이 이야기를 촉진시키는 매개가 되고, 그 이야기는 굿 안에서 구송됨으로써 굿을 추동하는 핵심이 되며, 그 굿은 사회적 드라마에서 위기를 해결하는 매개로 작용한다. (…중략…) 이러한 과정에서 굿과 이야기는 인접 관계와 유사 관계를 생성하는 지표기호와 도상기호들로 나타난다. 오구물림에서 바리데기 무가가 불러어지는 것도 이와 같은 기호작용을 유발한다. 바리데기가 무신으로 좌정하는 이야기는 바리데기가 그러한 과정으로 인해 원혼을 극락으로 천도하는 권능을 얻게 되었다는 점에서 일종의 인과론적 인접 관계를 형성하지만, 아울러 그러한 바리데기의 성취가 곧 씻김굿이 전제하는 성취의 이야기와 유사 관계를 갖기도 한다. 바리데기의 이야기는 씻김굿에 참여하는 여러 주체들에게 그러한 성취에 대한 확신을 공유하도록 하는 강력한 뮈토스로 작용한다." 송효섭, 앞의 책, 210쪽.

본풀이의 기능이 사회적 드라마의 위기 상황 혹은 위기를 타개할 능력의 유사성으로 인한 극복 확신에의 뮈토스 형성이라면, 『저 무덤 위에 푸른 잔디』의 둘째거리인 본풀이마당에서는 이러한 기능이 결여되었다고 볼 수 있다. 어머니는 해원이 필요한 존재로 나타나며, 청배의 대상이자 기원을 받는 입장이긴 하나 그 기원의 근거, 즉 신이한 능력에 대한 서사 혹은 문제의 극복이라는 서사가 존재하지 않기 때문이다. 오히려 극복에의 희망은 '사람'이 지닌 "제구실", 즉 그 근본에 있음을 본풀이마당은 시사하고 있다.

주화운동과 역사의 청산, 분단의 아픔이 해결되는 이야기는 현실과의 유사성을 충족시킴으로써 극복 확신에의 뮈토스를 생성[37]한다.

다른 한편, 굿시가 지닌 시로서의 매체성은 현장성을 기반으로 하는 굿보다 시공간적인 제약에서 자유롭다. 그러므로 시의 매체성은 굿보다 많은 사람들의 참여를 이끌 수 있으며, 이는 굿시가 지닌 시의 매체성이 굿시의 목적을 뒷받침하는 역할로 기능한다. 독자들은 굿시를 통하여 굿의 형식을 체험하며, 굿의 목적성과 텍스트 안에서의 상징적 해결을 경험한다. 즉 간매체로서의 굿시의 서사는 '사람'의 힘을 통한 극복의 뮈토스를 부각함으로써 독자로 하여금 독서 이후의 실질적 행위에 참여하도록 유도하는 기능을 지닌다.

2) 대동마당의 달성 – '사람'의 합심을 통한 문제 해결

앞 절에서는 굿시에 나타나는 본풀이 및 조종자와 행위주체의 변용 지점을 통하여 현실의 문제를 해결하는 실질적 행위주체가 "어머니"의 대동을 근본으로 하는 '사람'임을 규명하였다. 나아가 이 절에서는 『저 무덤 위에 푸른 잔디』에 제시되는 구체적인 역사·정치적 문제 상황과 해결 방안으로서의 '사람'의 합심실천에 주목함으로써 굿시의 목적이 현실 참여

---

37 "무속신화는 제의가 요청되는 외부 맥락과 서사 텍스트의 동일시를 통해서 기호작용이 일어난다. 제의를 통해서 사람들은 무속신화 속 인물들과 동일시를 이루거나, 그들의 행위에 감동하고 공감한다. 바리공주나 당금애기의 인내와 희생이 서사 내의 문제를 해결하듯이, 현실 인간 세계의 문제도 이러한 무속신화를 재연하는 제의를 연행함으로써 해결을 도모하고 화해를 모색한다." (오세정, 앞의 책, 36쪽.)
앞서 언급했듯, 『저 무덤 위에 푸른 잔디』의 전체적인 배경은 현실 공간과 구분된 신화의 공간이 아니라 현실 공간을 그대로 가져오고 있다. 이는 독자로 하여금 공감과 이입을 촉진하며, 이러한 텍스트 내에서 갈등 상황을 극복하는 힘이 이능에 있는 것이 아니라 깨달음과 사람들의 합심, 실질적인 행위에 있다는 점에서 굿시의 서사에 나타나는 사람들의 문제 해결은 여타 무속신화와 같은 궤를 지닌다고 할 수 있을 것이다.

및 변혁에 있음을 규명하고자 한다. 이는 제의종교의 상징적 문제 해결을 뛰어넘어 실질적 문제 해결을 구가하려는 문학적 저항으로, 간매체 텍스트인 굿시의 의의를 드러내기 때문이다.

해원마당과 진혼마당 이후에 제시되는 거리는 길닦음마당, 대동마당, 통일마당이다. 과거 및 현재의 시간대를 서술하던 진혼마당 이후부터 굿시의 시간대는 도래하지 않은 미래로 움직이기 시작한다. 이는 씻김굿의 특성에서 그 의의를 찾을 수 있다. 씻김굿의 목적은 망자의 극락천도에 있으나 이는 곧 삶과 죽음의 명확한 분리를 도모하여 망자는 죽음의 세계로 보내고 산 사람은 더욱 충실한 삶을 구가할 수 있도록 발복을 기원하는 굿[38][39]이기 때문이다.

다만 고정희의 굿시에서는 신에게 발복을 기원하지 않는다는 점이 두드러진다. 남은 사람들, 산 자들이 스스로 그 복을 구해야 한다는 굿시의 구성은 재매개를 통한 변용 지점이자 이를 통하여 시 내부에 강력한 현실성·참여성을 구축한다. 어머니의 대동을 받들고 진행되는 다섯째거리인 '길닦음마당'에서는 '사람'의 힘이 더욱 전경화되는 모습을 보인다.

---

38 황루시·최길성, 『전라도 씻김굿』, 열화당, 1992, 89쪽 참고.

39 "굿의 목적이 사회적 드라마에서의 재통합을 추구하는 것이라면, 굿은 본질적으로 재수굿의 성격을 갖는다. 내림굿이나 씻김굿도 궁극적으로는 행복한 삶을 추구하는 데서 벗어나지 않는다.", "재수굿의 이러한 구조는 내림굿과 씻김굿의 구조이기도 하다. 다만 내림굿과 씻김굿은 그것이 추구하는 화용론적 이야기에 차이가 있을 뿐이다. 내림굿과 씻김굿의 유표성은 이들 굿이 '신병-입무' 혹은 '원한-천도'라는 화용론적 이야기를 함의하는 데서 찾을 수 있다. 그러나 이러한 이야기도 결국은 '고난-행운'이라는 재수굿의 화용론적 이야기에 종속되는 것으로 보인다. 앞서 재수굿에서 내림굿과 씻김굿이 연행되지 않는다는 사실은 이들 굿들이 추구하는 이야기들간의 위계적 관계를 보여준다. 굿은 어떤 경우든, 인간의 삶에서 행운을 추구하는 화용론적 목적으로 행해지는 것이다." 송효섭, 앞의 책, 194쪽, 215쪽.

아하 사람아

본은 어머니요 그 뜻은 사랑이라

해동국 조선땅 팔만사천 사바세계

사람의 길이 다

사람 안에 있으니

— 〈다섯째거리―길닦음마당 : 허물 때가 있으면 세울 때가 있으니
1. 사람의 길이 다 사람 안에 있으니〉 부분[73]쪽

길닦음마당의 첫 부분에서도 다시 사람의 본을 언급하며, 그 본이 어머니에 있으며 뜻이 사랑임을 재확인한다. 이는 길닦음마당의 부제인 '허물 때가 있으면 세울 때가 있으니'와 연결 짓는다면 "사람의 길이 다 / 사람 안에 있"다는 것은 사람의 '새로운 길'이 사람 안에 있는 사랑, 대동을 바탕으로 닦아야 한다는 뜻과 사람의 일은 결국 사람의 손으로 해결해야 한다는 두 가지 뜻을 내포한다.

그러므로 다섯째거리의 두 번째 제목이 '가진 만큼 나눠주고 받은 만큼 의지되어'인 것은 대동을 바탕으로 하는 적극적 행위주체인 '사람'[40]들의 합심이 현실 문제의 해결 방안임을 의미한다. "허물 때가 있으면 세울 때가 있"음을 알고, 사람들이 "가진 만큼 나눠주고 받은 만큼 의지되어" 이르는 곳은 허물 길이 있는 곳, 즉 "오늘날 어찌하여 우리 길이 막혔는고 하니"라는 길닦음마당의 세 번째 부분이다.

40　이는 고정희가 주창한 '새로운 인간성의 출현'과 연결된다. "민족공동체의 회복은 '새로운 인간성의 출현과 체험'의 회복을 전제로 한다. 그 새로운 인간성의 모델을 우리는 어디에서 찾을까? 나는 그것이 수난자 '어머니'의 본질에 있다고 믿는다." 고정희, 「後記」, 앞의 책, 155쪽.

(매기는 소리)

오늘날 어찌하여 해방길이 막혔는고 하니

허욕정치 허세정치 허물정치 '석삼허' 때문이라

정권만 쥐었다 하면 호의호식하는 정치가

시국만 바뀌었다 하면 옷 갈아입는 정치가

(…중략…)

(받는 소리)

이런 허접쓰레기가

해방길을 막았구나

에잇, 버러지야, 에잇 쓰레기야

몰랐더냐 몰랐더냐 몰랐더냐

냉엄하신 민주시민 철퇴를 몰랐더냐

(매기는 소리)

오늘날 어찌하여 평등길이 막혔는고 하니

독식기업 독자기업 독점기업 '석삼독' 때문이라

정경유착으로 돈독 오른 기업인

매판자본으로 돈방석에 앉은 기업인

(…중략…)

(받는 소리)

이런 날강도들이

평등길을 막았구나

에잇, 짐승이야 에잇, 가축이야

몰랐더냐 몰랐더냐 몰랐더냐

지엄하신 역사심판 불퇴를 몰랐더냐

(매기는 소리)
오늘날 어찌하여 자유길이 막혔는고 하니
총살부대 학살부대 교살부대 '석삼살' 때문이라
옳은 말 하는 시민 재갈물리는 군인
바른 주장 하는 시민 주리트는 군인

(받는 소리)
이런 허수아비들이
자유길을 막았구나
에잇, 저승사자야 에잇, 지옥 황군이야
몰랐더냐 몰랐더냐 정녕 몰랐더냐
장엄하신 시민군 진군나팔을 몰랐더냐

(매기는 소리)
오늘날 어찌하여 민주길이 막혔는고 하니
복종생활 순종생활 굴종생황 '석삼종' 때문이라
여자팔자 빙자해서 기생 노릇 하는 여자
현모양처 빙자해서 법적 매춘 하는 여자
(…중략…)
(받는 소리)
아차, 하녀 신세로구나
아차, 노예 신세로구나

몰랐더냐 몰랐더냐 몰랐더냐

후천개벽 평등세상 도래를 몰랐더냐

—〈다섯째거리─길닦음마당 : 허물 때가 있으면 세울 때가 있으니

3. 오늘날 어찌하여 우리 길이 막혔는고 하니〉 부분[78~85쪽]

세 번째 부분의 매기는 소리에서 추구하는 바는 해방길, 평등길, 자유길, 민주길이다. 이 길을 막는 장애물은 정치가,[41] 기업인, 군인, (굴종하는) 여자이며, 이들은 받는소리에서 나타나는 실질적 행위로 인하여 해결된다. "민주시민 철퇴", "역사심판 불퇴", "시민군 진군나팔", "후천개벽 평등세상 도래"는 모두 '사람'들이 이루어 내고, 이루어 내야만 하는 실질적인 행위이다. 이 부분이 바로 이전의 길을 "허무"는 부분이며, 해방과 평등과 자유와 민주길이라는 새 길을 닦는 준비과정인 것이다. 이를 구성하는 선후창은 "대동"을 바탕으로 한 '사람'의 합심을 형상화하는 기제로 작동한다.

이후 전개되는 길닦음마당의 마지막 부분은 낡은 길을 허문 후 새 길을 닦는 단계로, 이 부분에서는 길닦음마당의 처음 부분의 내용인 사람의 본과 어머니의 뜻인 대동을 반복함으로써 주제의식을 강화한다. 나아가 둘째거리인 본풀이마당과의 내적 상호텍스트성을 통하여 '사람'의 힘을 강조하는 모습을 보인다.

아하 사람아

---

41 다섯째거리에서 제시되는 문제 원인인 '석삼허'는 전두환 정권의 최측근이었던 허화평, 허삼수, 허문도를 일컬었던 'three허(3허)'와의 연관성을 암시함으로써 굿시가 지닌 현실 참여성을 시사한다.

본은 어머니요 그 뜻은 사랑이라

사람의 해방이 다

사람 안에 있으니

묶였으면 풀리는 길이 있고

갇혔으면 나가는 길이 있고

(…중략…)

사람의 길이 다 사람 안에 있으니

오늘날 우리 가진 부정 만든 부정

받은 부정 생긴 부정 다 털어놓고

자녀만대 이르는 해방길을 닦아보세

(매기는 소리)

길을 닦세 길을 닦세

바른 정치 길을 닦세

앞 못 보는 장님 정치귀신

말 못하는 벙어리 정치귀신

(…중략…)

(받는 소리)

지옥은 도산지옥 진관대왕께 매였으니

선선히 발원 받고 축수 받고 노자 받아

도산지옥 면하여 가옵소사

(매기는 소리)

길을 닦세 길을 닦세

나라 살림 길을 닦세

낚싯밥에 배 터진 탐욕귀신

가랫밥에 목 부러진 탈세귀신

(…중략…)

(받는 소리)

지옥은 하탄지옥 이재왕께 매였으니

제밥 먹고 약밥 먹고 염불 받아

하탄지옥 면하여 가옵소사

(…중략…)

(매기는 소리)

섬밥으로 말밥으로 동이밥으로 엮어서

씻거든 담거든 자시거든

오던 길로 돌아서서

극락세계 서방정토 훠이훠이 가옵소사

(받는 소리)

원통한 생각 설리 생각 말으시고

주저없이 서슴없이 가옵소사

퉤, 퉤, 퉤

— 〈다섯째거리―길닦음마당 : 허물 때가 있으면 세울 때가 있으니
4. 길을 닦세 길을 닦세 해방세상 길을 닦세〉 부분85~90쪽

　앞서 세 번째 부분과 같이 네 번째 부분에서도 매기는 소리와 받는소리, 즉 '사람'의 합심을 통해 "귀신"을 저승으로 보낸다. 세 번째 부분에서

"허욕정치", "독점기억" 등으로 제시되는 실질적 문제를 해결한 바와 동일하게 네 번째 부분에서도 정신적 문제인 "귀신"을 '사람'의 힘으로 해결하는 모습을 보여준다. 이는 두 번째 거리인 본풀이마당에서 어머니에게 축원했던 바가 '사람'의 손을 통하여 이루어졌음을 나타낸다.

> 남누리 북누리 사무치는 어머니여,
> 내치소서 내치소서
> 왼갖 잡귀 내모소서
> 여자 위에 팽감 친 가부장권 독재귀신
> 아내 위에 가부좌 튼 군사정권 폭력귀신
> (…중략…)
> 한칼에 목을 베고 단칼에 뿌리뽑아
> 허허공중 잿더미로 날게 하사이다
> 망설임없이 주저없이
> 지구 끝으로 내몰아주사이다
> 앞도 보지 말고 뒤도 보지 말고
> 허허공중 잿더미로 날게 하사이다
>
> ─〈둘째거리─본풀이마당 : 여자가 무엇이며 남자 또한 무엇인고
> 5. 남누리 북누리 사무치는 어머니여〉부분22~23쪽

다섯째거리에서 나타나는 "정치귀신", "탐욕귀신", "탈세귀신"은 둘째거리에서 나타나는 "독재귀신", "폭력귀신", "억압귀신", "착취귀신"과 같은 "왼갖 잡귀"이며, 둘째거리에서 어머니에게 "한칼에 목을 베고 단칼에 뿌리뽑아 / 허허공중 잿더미로 날"려 달라고 바라는 대상들이다. "지구 끝으

로 내몰"아서 "앞도 보지 말고 뒤도 보지 말고 / 허허공중 잿더미로 날게"
하라는 부분은 다섯째거리에서 반복되는데, 귀신들에게 "원통한 생각 설
리 생각 말으시고 / 주저없이 서슴없이 가옵소사"라는 부분이 바로 그것
이다. 즉 "어머니"에게 기원하던 '부정 털기'는 다섯째거리에서 어머니의
대동을 받든 '사람'의 손으로 인하여 달성된다.

이때 주목해야 할 점은 "귀신"이 "부정"으로 제시된다는 점이다. 그렇
다면 "부정"을 몰아내는 다섯째거리는 부정거리의 역할을 한다는 사실을
알 수 있다. 부정거리의 목적이 신성한 것을 맞아들이기 위한 것이라는
점을 미루어본다면 다섯째거리 이후 제시되는 여섯째거리는 "대동마당"
이며, 『저 무덤 위에 푸른 잔디』가 맞이하려는 대상이 '대동'을 바탕으로
한 현실의 "민주집"이라는 사실을 추측할 수 있다.

> 아하 사람아
> 앞앞이 소중한 목숨둥우리 있어
> 문밖 나가 있는 동안 시시로 궁금하고
> 들어와 있는 동안 미더운 사람아
> 보듬아보고 안아보고 치뜰어도
> 새록새록 그리운 건 사람뿐이라
> (…중략…)
>
> 아하 사람아
> 앞앞이 길이 있되
> 수천리 사무쳐 부르는 길이요
> 앞앞이 뜻이 있되

억조창생 우뚝우뚝 만나는 뜻이요

앞앞이 본이 있되

어머니 태어 주신 사랑의 본이요

(…중략…)

영묘하다 사람아

대견하다 사람아

다섯 자 일곱 치 될까말까

한 평도 안되는 조브장한 가슴 속

무에 그리 큰 벌판이 있어

(…중략…)

폭풍 태풍 삭풍 북풍한설에도 끄덕없고

(…중략…)

낙화유수에도 끄덕없고

(…중략…)

단풍들고 백설이 분분해도 끄덕없고

(…중략…)

사지가 지끈지끈 오장이 후끈후끈

복통 치통 두통 애통 간통에도 끄덕없고

하루가 멀다 하고 저승사자 이승사자 강남사자

삼사자가 들며 나며 이별이야 하직이야

자출환생에도 끄덕없구나

— 〈여섯째거리─대동마당 : 집치레 번듯하니 민주집이 분명하다
1. 말로 주면 섬으로 받는 사람의 화복대길〉 부분[91~94쪽]

대동마당에서 반복되는 것은 '사람'에 대한 깊은 애정과 믿음이다. 대동을 받들고 대동마당을 열 존재는 오직 사람뿐이며, 이 믿음은 사람의 육체적 기운이 아닌 "한 평도 안 되는 조브장한 가슴 속"의 "큰 벌판"에서 비롯된다. 이는 "북풍한설"로 나타나는 큰 고난 앞에서도, "낙화유수"와 "단풍 들고 백설이 분분"라는 시간의 흐름 앞에서도, "사지가 지끈지끈 오장이 후끈후끈 / 복통 치통 두통 애통 간통"이라는 신체적, 정신적 고통 앞에서도, "삼사자가 드나들며" "자출환생에도" 끄떡없는 '사람'은 대동마당을 여는 주체로 선다. 이는 앞서 둘째거리 본풀이마당에서 서술되었던 '사람'의 본풀이의 의의를 상기한다.

대동마당에서는 '사람'이 주체가 되어 "민주집"을 짓는다. "민주집"을 완성하는 일곱 번째 부분인 '해방터 민주집에 열두 기운 들어온다'에서는 둘째거리의 "어머니강물"이 반복되며, 이를 통해 "어머니강물"의 뜻이 여섯째거리에 이르러 대동을 바탕으로 한 '사람'의 합심을 통해 실현되었음을 드러낸다.

> 귀한 남자 귀한 여자
> 차별없이 부정없이
> 투기없이 폭력없이
> 통일조국 성취하여 백두 연봉 보듬을 제
> 해방 여손 자손 앞앞이 북돋우사
> 억조창생 강물로 흘러가게 하사이다
> 어머니강물 우리 강물 흘러가게 하사이다
> (―어 쳐라, 어머니강물 나가신다)
>
> ―〈둘째거리―본풀이마당 : 여자가 무엇이며 남자 또한 무엇인고

아하 사람아

해방의 집이 있어 해방과 함께 사니

천지간 조화가 다 사람의 기운이요

삼라만상 우거짐이 다 사람의 길이라

원 풀고 길 닦아서

민주집 번듯하니

석달 열흘 동네 잔치 누군들 마다할소냐

이와같이 좋은 날에 아니 놀고 무엇하리

왼갖 시름 벗어놓고

나라 잔치 벌여보세

(어, 쳐라 어머니강물 나가신다)

　　　　─〈여섯째거리─대동마당 : 집치레 번듯하니 민주집이 분명하다
　　　　　7. 해방터 민주집에 열두 기운 들어온다〉부분^{107~108쪽}

둘째거리는 남자와 여자가 "차별없이 부정없이 투기없이 폭력없이" 통일을 성취할 때 "해방 여손 자손 앞앞이 북돋우사 / 억조창생 강물로 흘러가게 하사이다"라는 대목으로 마무리된다. "-하사이다"는 기원을 뜻하는 어미이다. 기원은 욕망을 의미하고 욕망은 결여를 전제하므로, 괄호 안에 나타나는 "-어 쳐라, 어머니강물 나가신다"는 실현되었다기보다는 실현되기를 바라는 기원에 머무른다고 할 수 있다. 다른 한 편 "통일조국 성취하여 백두연봉 보듬을 제"의 주체가 '사람'이고 이것이 "어머니강물"을 추동하는 조건문으로 작동한다는 사실은 문제 해결의 궁극적인 주체가 '사

람'임을 암시한다는 사실을 알 수 있다.

일곱째거리에서는 "천지간 조화가 다 사람의 기운"이며, "원 풀고 길 닦"은 후의 "민주집이 번듯한" 잔치마당임이 나타난다. 즉 일곱째거리는 둘째거리에 제시된 조건을 충족한 상태인 것이다. 그러므로 "왼갖 잡귀"를 떨쳐낸 대동마당에 나타나는 "어, 쳐라 어머니강물 나가신다"는 둘째거리에서 기원에 머물렀던 "어머니강물"이 실제로 흘러가게 되었음을 나타낸다. 이는 어머니의 뜻, 대동을 받든 '사람'들의 행동으로 이루어 낸 것으로, 둘째거리에서 기원하던 것이 굿 안에서 이루어졌음을 확정한다. 나아가 일곱째거리에서는 남한으로 한정되었던 민주집이 북한을 넘어 세계 평화까지 다다를 수 있는 가능성으로 제시됨으로써 굿시가 지닌 현실 변혁이라는 목적성을 강조한다.

갈등, 위기, 교정, 재통합 혹은 균열의 확인이라는 사회적 드라마에서 제의는 교정의 단계에서 행해진다.[42] 굿의 이야기는 사람이 실현하고자 하는 이야기를 완결된 형태로 구현하는데, 이는 갈등에서 재통합에 이르는 서사구조[43]로 나타난다.

씻김굿은 타자의 미완결된 삶과 죽음이 산 자와 연결될 수 있다는 인식에서 비롯[44]된다. 굿시에 나타나는 문제 상황-미완결된 죽음들, 즉 진혼의 대상은 '가부장적 억압의 역사에 희생된 어머니'와 '5·18 민주화운동의 희생자들'이다. 이들의 죽음의 원인은 실제로 일어난 사회적 사건이

---

42   Victor Turner, "Are there universals of performance in myth, ritual, and drama?", Richard Schechner &Willa Appel (eds.), *By means of performance : Intercultural studies of theatre and ritual,* Cambridge : Cambridge Universuty Press, 1990, pp.9~11, 송효섭, 앞의 책, 181쪽에서 재인용.

43   위의 책, 194쪽.

44   위의 책, 191쪽.

며, 굿시의 공간적 배경이 신화적 공간이 아닌 현실 공간이라는 점에서[45] 굿시는 제의와 현실의 간극을 좁히는 모습을 보인다.

이와 더불어, 굿시는 미완결된 죽음문제 상황을 완결된 죽음문제 해결으로 씻기기 위한 수단으로 상징적인 굿제의뿐만이 아니라 실질적인 행위를 요구한다. 넷째 거리인 진혼마당에 나타나는 5·18민주화운동의 희생자들은 "이 이름에 맺힌 사연 / 저 이름에 맺힌 누명 / 설설이 풀어내사 / 맑고 곱게 씻어 / 원왕생 원왕생 인도하사이다 (…중략…) 거두소서 거두소서 / 칼날을 거두소서"와 같이 무가를 통하여 씻김을 받는다. 이러한 상징적 과정 이후 이들의 진혼이 이루어졌다면 이 제의는 그 목적을 다 한 것이므로, 굿시는 진혼마당기원거리 이후 뒷전거리로 나아가야 할 것이다.

그러나 『저 무덤 위에 푸른 잔디』는 넷째거리인 진혼마당 이후에도 다섯째거리인 길닦음마당과 여섯째거리인 대동마당, 일곱째거리인 통일마당을 지난 이후에야 여덟 번째 뒷풀이뒷전거리에 이를 수 있다. 이는 곧 진정한 씻김을 위하여서는 제의를 통한 상징적 행위뿐만이 아니라 '사람'의 합심을 통한 실질적인 현실 변혁 행위가 있어야 한다는 점을 시사한다. 그러므로 진혼마당 이후 제시되는 세 마당 또한 문제 해결에 있어 필수적인 역할을 하고 있음을 알 수 있다. 망자들의 죽음의 원인, 즉 역사적 사건의 주동자와 가부장적 사상의 파훼를 통하여 이룩해낸 대동의 달성

---

45 대동마당에 나타나는 시공간적 배경은 다음과 같다. "천지개벽 해방 후에 자유세상 생겨나고 / 개과천선 사월혁명 후에 민주세상 생겨나고 / 역사종말 오일륙 후에 정의시민 생겨나고 / 광주민중항쟁 후에 해방세상 길을 트고 / 유월시민투쟁 후에 통일세상 길을 트고 / 개헌성취하야 직선제 선거 후에 / 밝은 세상 길을 트고 / 오공비리 청문회 개최 후에 사람세상 길을 트니 / (…중략…) / 사십여 년 만고 끝에 되찾은 사람세상 / 우걸이 조주하야 옥야천리 너른 들에 / 유유한 저 백호는 건풍파에 깃을 치누나" (고정희, 앞의 책, 95쪽.) 『저 무덤 위에 푸른 잔디』는 4·19혁명, 5·18광주민중항쟁, 6·10시민항쟁과 같은 역사적 사건을 제시함으로써 현실성을 강조한다.

을 성취해야만 씻김문제 해결이 이루어질 수 있다는 것이다.

이는 다섯째거리인 길닦음마당에서 '매기는 소리'와 '받는 소리', 즉 교창交唱 연행 방식을 통하여서도 제시된다. 교창 연행은 '사람'의 합심대동을 언어적 차원에서 형상화하며, '사람'의 합심은 '석삼허', '석삼독', '석삼살', '석삼종'으로 제시되는 현실 문제에 저항하고 이를 새로운 길을 닦음으로써 문제를 해결한다는 서사를 통해 힘을 얻는다. 이러한 교창 연행은 다섯째거리와 뒷전거리인 뒷풀이에서만 제시되는데, 이를 통해 '사람'의 합심, 즉 실질적 행위가 문제 해결의 방안이자 결과임을 언어형식적으로 나타냄을 알 수 있다. 또한 뒷풀이의 마지막 부분에서 제시되는 강강수월래는 순환적 원운동을 통해 사람 사이의 평등과 대동을 다시 한번 강조한다.

이처럼 굿시에 나타나는 '거리' 구성의 변용은 제의로서의 굿이 지니는 상징적 해결을 극복하고 실질적 해결을 달성하기 위한 시적 전략이며, 실질적 해결은 '어머니'의 대동을 바탕으로 한 행위주체로서의 '사람'의 참여를 통하여 이루어짐을 알 수 있다.

3. 나가며

고정희의 굿시는 구술매체인 굿과 기술매체인 시를 재매개한 텍스트로, 열린 텍스트인 시에 문제 해결이라는 굿의 목적성을 전유한다. 이를 위하여 굿시는 굿의 진행 형식과 언어적 관습을 따름으로써 독자로 하여금 굿의 매체성을 상기하도록 만든다.

그러나 이때 굿시는 단순히 굿의 차용에 머무르지 않는다. 재매개의 목적은 매개되는 매체의 단점을 개조하는 데에 있다. 굿 '시'에서 매개하려는 '굿'의 단점은 제의의 상징적 해결로, 굿시는 상징적 해결을 넘어 실질적 해결을 꾀한다. 이는 굿의 궁극적인 행위주체인 '신'을 '사람'으로 변경하며, 이를 위하여 본풀이에서 신이 아닌 사람의 내력을 푸는 방식으로 나타난다.

'사람'의 본은 신으로서의 '어머니'에 있으며, 본은 인본주의를 바탕으로 한 평등사상인 '대동'으로 나타난다. 이를 바탕으로 하여 텍스트 내부에서의 씻김이 이루어지나, 이때의 씻김은 상징적 씻김뿐만이 아니라 실질적 씻김 또한 요구한다. 즉 미완된 죽음의 원인인 실제 역사의 청산을 요구하는 것이다. 이는 진혼마당 이후 길닦음마당과 대동마당에서 '사람'의 실질적인 행위가 이루어진 이후에야 뒷전거리로 나아갈 수 있다는 점을 통하여 나타난다.

대동마당 이후의 통일마당은 '사람'의 합심이 한반도뿐만이 아니라 세계 평화의 기반이 됨을 제시함으로써 '사람'의 대동을 촉구하며, 마지막 부분인 뒷풀이^{뒷전거리}에서는 '매기고 받는 소리'와 '강강수월래'는 사람의 합심을 형식적·상징적으로 표현함으로써 대동의 가치를 강조한다. 이처럼 굿시의 전체적인 서사, 가부장제로 인한 비극적 상황을 대동을 받든 사람들의 합심으로 무너뜨리고 억울한 영혼들을 씻기며, 새 민주집을 짓는 서사는 성취의 서사로, 독자로 하여금 성취에 대한 확신을 주는 뮈토스로 작동한다.

나아가 굿시의 시공간은 현실의 시공간으로 구성함으로써 유사관계를 강화한다. 이를 통하여 독자^{사람}들의 공감과 이입을 촉진함으로써 외부 맥락과 서사 텍스트와의 동일시를 꾀한다. 이는 현실 상황에 대한 타개의 믿음으로 작동함으로써 현실의 독자로 하여금 굿시에서 반복적으로 제시된 '실질적 행위'를 추동한다.

　『저 무덤 위에 푸른 잔디』는 재매개된 굿-시이다. 굿시는 굿의 제의성을 전유함으로써 시에 목적과 방향을 부여하며, 굿의 양식을 변용함으로써 문제 해결의 주체로서의 '사람'을 생산한다. 나아가 시의 매체성을 통하여 굿의 현장성을 확장함으로써 참여자의 범위를 넓히며, 이를 통하여 현실 문제의 해결을 꾀한다는 점에서 의의를 지닌다. 이처럼 굿시의 가치는 굿이 지닌 상징적 씻김, 즉 '닫힌 씻김'이 아닌, 텍스트 너머의 '열린 씻김'을 추구하려 했다는 데에 존재한다.

고정희 시의 청각적 지각과 소리 풍경

이경수

1. 들어가며

고정희의 시에 대해서는 여성주의적 인식,[1] 기독교적 특성,[2] 형식적 특

---

[1] 김승희, 「상징 질서에 도전하는 여성의 목소리, 그 전복의 전략들」, 『여성문학연구』 2, 한국여성문학학회, 1999.12, 135~166쪽; 이경희, 「고정희 시의 여성주의 시각 연구」, 『돈암어문학』 21, 돈암어문학회, 2008.12, 169~222쪽; 이소희, 「〈밥과 자본주의〉에 나타난 '여성민중주의적 현실주의'와 문체혁명」, 『비교한국학』 19(3), 국제비교한국학회, 2011.12, 99~144쪽; 이소희, 「고정희 글쓰기에 나타난 여성주의 창조적 자아의 발전 과정 연구」, 『여성문학연구』 30, 한국여성문학학회, 2013.12, 221~318쪽; 이혜령, 「빛나는 성좌들－1980년대, 여성해방문학의 탄생」, 『상허학보』 47, 상허학회, 2016.6, 409~454쪽; 이혜원, 「한국 여성시의 탈식민주의 페미니즘 연구」, 『여성문학연구』 41, 한국여성문학학회, 2017.8, 321~353쪽; 안지영, 「'여성적 글쓰기'와 재현의 문제－고정희와 김혜순의 시를 중심으로」, 『한국현대문학연구』 54, 한국현대문학회, 2018.4, 91~127쪽; 김정은, 「'광장에 선 여성'과 말할 권리－1980년대 고정희의 글쓰기에 나타난 '젠더'와 '정치'」, 『여성문학연구』 44, 한국여성문학학회, 2018.8, 267~313쪽; 양경언, 「억압의 하중을 넘어 새로운 사회 구성원리를 향해－고정희 시에 나타나는 생태학적 정체성을 중심으로」, 『상허학보』 55, 상허학회, 2019.2, 189~227쪽; 김보경, 「『또하나의 문화』의 여성시에 나타난 '차이'라는 여성 연대의 조건과 가능성」, 『현대문학연구』 60, 한국현대문학회, 2020.4, 119~151쪽; 임형진, 「고정희 시에 나타난 에코페미니즘 고찰」, 『한국문예창작』 20(1), 한국문예창작학회, 2021.4, 31~57쪽.

[2] 유성호, 「고정희 시에 나타난 종교의식과 현실인식」, 『한국문예비평연구』 1, 한국현대문예비평학회, 1997, 75~94쪽; 김문주, 「고정희 시의 종교적 영성과 '어머니 하느

성,[3] 광주,[4] 역사의식 및 공동체 의식,[5] 탈식민주의,[6] 공간,[7] 숭고,[8] 굿시[9] 등
에 대해 많은 연구가 이루어져 왔다. 특히 2011년 고정희의 20주기를 기
념하여 『고정희 시전집』이 각계의 자발적인 모금으로 출간되고 20주기
학술대회가 열린 후 고정희 시에 대한 연구는 지난 10년 동안 폭발적으
로 이루어졌다. 최근에는 1980년대라는 시대의 문화사와 관련해서도 고
정희의 문학이 주목받고 있고 의미 있는 연구들이 행해졌다.[10] 고정희의

님'」, 『비교한국학』 19(2), 국제비교한국학회, 2011.8, 121~147쪽; 권성훈, 「고정희 종
교시의 폭력적 이미지 연구」, 『종교문화연구』 21, 한신대 종교와문화연구소, 2013.12,
273~300쪽; 김옥성, 「고정희 시의 기독교적 인간주의」, 『한국근대문학연구』 19(2), 한
국근대문학회, 2018.10, 183~210쪽.

3   양경언, 「고정희 시에 나타난 의인화 시학 연구」, 서강대 석사논문, 2010; 윤인선, 「고정
희 시에 나타난 현실에 대한 재현적 발화 양상 연구」, 『비교한국학』 19(2), 국제비교한
국학회, 2011.8, 275~296쪽; 김승희, 「고정희 시의 카니발적 상상력과 다성적 발화의
양식」, 『비교한국학』 19(3), 국제비교한국학회, 2011.12, 9~37쪽.

4   신지연, 「오월광주-시의 주체 구성 메커니즘과 젠더 역학」, 『여성문학연구』 17, 한국
여성문학학회, 2007.6, 31~73쪽; 정혜진, 「광주의 죽은 자들의 부활을 어떻게 쓸 것인
가?」, 『여성문학연구』 48, 한국여성문학학회, 2019.12, 323~360쪽.

5   이은영, 「고정희의 시에 나타나는 역사에 대한 인식의 양상」, 『여성문학연구』 36, 한국
여성문학학회, 2015.12, 293~326쪽; 이은영, 「고정희 시의 공동체 인식 변화 양상」,
『여성문학연구』 38, 한국여성문학학회, 2016.8, 257~289쪽.

6   유인실, 「고정희 시의 탈식민주의 연구」, 『비평문학』 36, 한국비평문학회, 2010.6,
171~190쪽.

7   윤은성·이경수, 「고정희의 초기시에 나타난 공간 표상」, 『어문론집』 80, 중앙어문학회,
2019.12, 241~270쪽.

8   이경수, 「고정희 전기시에 나타난 숭고와 그 의미」, 『비교한국학』 19(3), 국제비교한국
학회, 2011.12, 65~98쪽.

9   김난희, 「고정희 '굿시'에 나타난 기호적 코라의 특성」, 『비교한국학』 19(2), 국제비교한
국학회, 2011.8, 149~171쪽; 송주영, 「고정희 굿시의 여성적 글쓰기」, 『청람어문교육』
56, 청람어문교육학회, 2015.12, 439~462쪽; 장서란, 「고정희 굿시의 재매개 양상 연
구」, 『서강인문논총』 58, 인문과학연구소, 2020.8, 5~38쪽.

10   김양선, 「486세대 여성의 고정희 문학 체험─1980년대 문학 담론과의 길항관계를 중
심으로」, 『비교한국학』 19(3), 국제비교한국학회, 2011.12, 39~63쪽; 조연정, 「1980년
대 문학에서 여성운동과 민중운동의 접점-고정희 시를 읽기 위한 시론」, 『우리말글』

시뿐만 아니라 다양한 다른 글쓰기와 활동에 대해서도 연구가 지속됨으로써 고정희를 하나의 문화 현상이나 문화학으로 바라보는 연구들도 이루어져야 할 시점에 이르렀다.

2015년 #나는_페미니스트입니다 선언, 2016년 #문단_내_성폭력 해시태그 운동 등을 거치며 촉발된 페미니즘 리부트 시대에 고정희 30주기를 맞이하는 감회는 남다르다. 새로운 세대 연구자들에 의해 고정희 시를 다시 읽으려는 다양한 시도들이 이루어지고 있는 것은 고무적인 현상이 아닐 수 없다. 고정희 시에 대한 활발한 연구 성과가 마침내 고정희를 한국 현대 시사에 새롭게 위치시킬 수 있을 거라고 전망한다. 고정희를 비롯해 여성 시인들의 시를 다시 읽으면서 여성시문학사를 새롭게 기술하고 궁극적으로는 젠더 시문학사를 기술하는 일에 관심을 가지고 있는 필자로서는 여성 시인들의 시를 읽으면서 이들의 시를 읽는 새로운 방법론의 개발이 시급하다는 문제의식을 갖게 되었다.

우리 시문학사의 정전이 되어 온 시들을 비판적으로 읽는 일도 중요하지만 그에 못지않게 여성 시인들의 시를 문학사에 자리매김하기 위해서는 이들의 시를 좀 더 섬세하게 읽는 방법이 필요하다. 물론 김혜순, 김승희 시인을 비롯해 적잖은 여성 시인들이 여성으로서 글을 쓴다는 것에 대해서 발언해 왔고 크리스테바를 비롯해 여성주의 이론을 경유해 여성 시인들의 시를 읽어 온 것 또한 사실이다. 그러나 이런 방식의 시 읽기가 때로는 담론을 읽어내는 작업이나 이들의 시를 통해 담론을 확인하는 과정에 그치는 것은 아닌가 하는 의문이 들기도 한다. 특히 고정희 시의 경우에 고정희 시를 여성주의적 관점으로 읽는 연구들은 많이 있어 왔지만

71, 우리말글학회, 2016.12, 241~273쪽.

고정희 시에 두드러지게 나타나는 시적 기법이나 특징에 대한 천착이 충분히 이루어지지는 못했다는 판단이 들기도 한다.

이 글의 문제의식은 바로 여기서 출발한다. 고정희 시 전체를 관통하는 중요한 특징을 고정희 시 텍스트에 주목해서 밝혀보자는 소박한 문제의식으로 고정희 시를 다시 읽었을 때 두드러진 특징 중에 하나는 고정희의 초기 시부터 후기 시에 이르기까지 '소리'가 두드러지게 포착된다는 사실이었다. 그것은 청각적 지각을 동반하며 소란스러움을 시에서 보여주기도 하고, 고정희 시가 차용한 장르에서 연원한 음악성의 두드러짐으로 표현되기도 하며, 시끌벅적한 소리들의 향연으로 나타나기도 했다. 민중시로 분류되거나 마당굿 형식 등을 차용한 고정희 시에서도 이런 특징이 두드러지지만 초기의 종교시에서도 사실상 거의 대부분의 시에서 소리를 동반한 청각적 지각이 두드러지게 나타난다. 이러한 현상을 어떻게 봐야 할 것인가? 이 소란하고 시끌벅적한 소리 풍경은 고정희의 시에서 무엇을 표상하고 있는 것일까?

이 글에서는 우선 고정희 시집 전체를 대상으로 고정희 시에 나타나는 청각적 지각을 분류하는 작업부터 수행했다. 『누가 홀로 술틀을 밟고 있는가』1979부터 유고 시집 『모든 사라지는 것들은 뒤에 여백을 남긴다』1992까지 11권의 시집 전체에서 고루 청각적 지각이 나타난다는 귀납적 분석의 결과를 토대로 소리의 성격을 분류하고 그것을 소리 풍경으로 인식하게 하는 시적 장치에 주목해 보았다.

표 1_ 고정희 시에서 청각적 감각이 출현하는 작품명과 편수

시집명	청각적 감각이 나타나는 시작품 편수/작품명	유형
『누가 홀로 술틀을 밟고 있는가』 (배재서관, 1979)	총 47편 중 41편 / 「누가 홀로 술틀을 밟고 있는가?」, 「카타콤베」, 「차라투스트라」, 「미궁의 봄 2」, 「미궁의 봄 4」, 「미궁의 봄 6」, 「미궁의 봄 7」, 「바람」, 「아우슈비츠 1」, 「결빙기」, 「살풀이」, 「수유리」, 「라벨과 바다」, 「브람스전」, 「산행가」, 「내설악 연가」, 「대청봉 절정가」, 「동해가」, 「파블로 카잘스에게」, 「문」, 「대장간의 노래」, 「서식의 노래」, 「동물원 사유기」, 「서식기」, 「변증법적 춤」, 「점화」, 「연가」, 「변증의 노래」, 「가을」, 「영구를 보내며」, 「층」, 「얼음」, 「나무」, 「겨울」, 「그늘」, 「숲」, 「성금요일」, 「보도에서」, 「종소리」, 「부활 그 이후」, 「탄생되는 시인을 위하여」	바람 소리, 울음소리, 음악 소리 등 특정한 소리가 직접적으로 드러나는 시가 대부분
『실낙원기행』 (인문당, 1981)	총 49편 중 36편 / 「신연가 1-진양조」, 「신연가 2-중중몰이」, 「신연가 4-휘몰이」, 「도요지 1」, 「도요지 3」, 「간척지 1」, 「간척지 2」, 「간척지 3」, 「간척지 4」, 「수유리의 바람」, 「군불 유감」, 「기」, 「폭풍전야」, 「미궁의 봄 9」, 「미궁의 봄 11」, 「미궁의 봄 12」, 「미궁의 봄 13」, 「베틀 노래」, 「모심기 노래」, 「추수하기 노래」, 「땅 노래」, 「보부상 노래」, 「유랑하는 이브의 노래」, 「실락원 기행 1」, 「실락원 기행 2」, 「실락원 기행 3」, 「예수 전상서 1」, 「철쭉제」, 「단천」, 「어여쁜 티브이」, 「이제는 허물어진 종탑 앞에서」, 「순례기」, 「순례기 3」, 「순례기 5」, 「도마복음」, 「환인제」	울음소리, 종소리, 북소리 등 특정한 소리가 자주 들리는 시. 울음소리의 비중이 높아짐. 마당굿시에서는 무당의 굿하는 소리, 추임새 등이 들려와 읽는 시보다는 듣는 시의 성격이 강해짐.
『초혼제』 (창작과비평사, 1983)	장시. 총 5부 중 5부 / 제1부 우리들의 순장, 제2부 화육제별사, 제3부 그 가을 추도회, 제4부 환인제(『실낙원 기행』과 동일), 제5부 사람 돌아오는 난장판	마당굿시의 형식을 빌린 시. 상엿소리, 추임새, 후렴구 반복, 호곡소리, 징소리, 북소리 등이 울려퍼짐.

시집명	청각적 감각이 나타나는 시작품 편수/작품명	유형
『이 시대의 아벨』 (문학과지성사, 1983)	총 43편 중 37편 / 「서울 사랑-두엄을 위하여」, 「서울 사랑-각설이를 위하여」, 「서울 사랑-죽음을 위하여」, 「서울 사랑-말에 대하여」, 「서울 사랑-침묵에 대하여」, 「서울 사랑-다시 핀 꽃에게」, 「박흥숙전」, 「이 시대의 아벨」, 「그해 가을」, 「망월리 비명」, 「망월리 풍경」, 「독주」, 「풀어 주소서 나 두려움에 떨도다」, 「벌거숭이산을 위하여」, 「회생」, 「군무」, 「손」, 「한림별곡」, 「디아스포라-슬픔에게」, 「디아스포라-환상가에게」, 「디아스포라-발에게」, 「디아스포라-길에게」, 「사랑을 위한 향두가」, 「객지」, 「봄 여름 갈 겨울」, 「황혼 일기」, 「산지기를 노래함」, 「로스트로포비치의 첼로」, 「김춘수」, 「히브리전서」, 「서정민소전」, 「가을편지」, 「사랑법 셋째」, 「사랑법 넷째」, 「사랑법 다섯째」, 「사랑법 여섯째」, 「사랑법 일곱째」	자연 소리, 바람 소리, 태풍 소리 등 특정한 소리와 함께 서울이라는 도심에서 들려오는 일상의 소리, 공습경보 등이 시대의 소리 풍경을 형성. 악기 소리, 내면의 소리.
『눈물꽃』 (실천문학사, 1986)	총 61편 중 46편 / 「들국」, 「상복」, 「콩밭」, 「거목」, 「관계」, 「시인」, 「묵상」, 「소외」, 「만월」, 「올림피아 대제」, 「야훼님전 상서」, 「눈물티슈」, 「다시 수유리에서」, 「다시 태양을 보며」, 「프라하의 봄 1」, 「프라하의 봄 2」, 「프라하의 봄 3」, 「프라하의 봄 4」, 「프라하의 봄 5」, 「프라하의 봄 6」, 「프라하의 봄 7」, 「프라하의 봄 8」, 「프라하의 봄 9」, 「프라하의 봄 10」, 「프라하의 봄 11」, 「프라하의 봄 13」, 「프라하의 봄 15」, 「현대사 연구 3」, 「현대사 연구 4」, 「현대사 연구 5」, 「현대사 연구 6」, 「현대사 연구 7」, 「현대사 연구 8」, 「현대사 연구 9」, 「현대사 연구 11」, 「현대사 연구 13」, 「현대사 연구 14」, 「환상대학시편 3」, 「환상대학시편 4」, 「환상대학시편 5」, 「환상대학시편 6」, 「디아스포라-나 언제 그대와 한몸 이루려나」, 「디아스포라-친구여, 썩지 않는 것은 뿌리에 닿지 못하리」, 「우리는 이제 가야 합니다」, 「마네킹」, 「그 사람」	강물소리, 태풍소리, 울음소리, 굉음소리, 신음소리, 노랫소리. 타인의 말이 끼어들어 소리 풍경을 형성하는 경우.

시집명	청각적 감각이 나타나는 시작품 편수/작품명	유형
『지리산의 봄』 (문학과지성사, 1987)	총 65편 중 45편 / 「땅의 사람들 1」, 「땅의 사람들 2」, 「땅의 사람들 3」, 「땅의 사람들 4」, 「땅의 사람들 5」, 「땅의 사람들 6」, 「땅의 사람들 9」, 「땅의 사람들 10」, 「땅의 사람들 11」, 「땅의 사람들 12」, 「땅의 사람들 13」, 「땅의 사람들 14」, 「지리산의 봄 1」, 「지리산의 봄 2」, 「지리산의 봄 3」, 「지리산의 봄 4」, 「지리산의 봄 5」, 「지리산의 봄 6」, 「지리산의 봄 8」, 「지리산의 봄 9」, 「지리산의 봄 10」, 「천둥벌거숭이 노래 1」, 「천둥벌거숭이 노래 2」, 「천둥벌거숭이 노래 3」, 「천둥벌거숭이 노래 5」, 「천둥벌거숭이 노래 6」, 「천둥벌거숭이 노래 7」, 「천둥벌거숭이 노래 9」, 「즈믄 가람 걸린 달하-여성사 연구 1」, 「매맞는 하느님-여성사 연구 4」, 「위기의 여자」, 「자유와 해방에 대한 구속영장」, 「우리 봇물을 트자」, 「우리 깊고 아득한 강을 이루자」, 「그대 흘러 큰 강물을 이루리니」, 「새로운 터전을 지키는 우리의 성처녀들이여」, 「강물」, 「부재」, 「소외」, 「오늘 같은 날」, 「네가 그리우면 나는 울었다」, 「겨울 노래」, 「부음」, 「하관」, 「탈상」	울음소리, 바람소리, 천둥소리, 빗소리, 새소리, 음악소리, 악기 소리 등등.
『저 무덤 위에 푸른 잔디』 (창작과비평사, 1989)	장시. 첫째거리~일곱째거리, 뒷풀이까지 전체.	씻김굿 형식. 실제 굿을 보고 듣는 것 같은 감각을 전달함으로써 하나의 소리 풍경을 구축하고 있는 시. 듣는 시로서의 가능성.
『광주의 눈물비』 (동아, 1990)	총 49편 중 33편 / 「망월동 원혼들이 쓰는 절명시-우리의 봄, 서울의 봄 2」, 「오공이 기른 독사의 무리들이-우리의 봄, 서울의 봄 3」, 「통곡의 벽을 위한 엘레지-우리의 봄, 서울의 봄 4」, 「물감자 혁명론 또는 보수대연합-우리의 봄, 서울의 봄 5」, 「저승에 터잡은 사람들이-우리의 봄, 서울의 봄 6」, 「삼십년 민주염원 재뿌리기 위하여-우리의 봄, 서울의 봄 7」, 「서울 나그네-우리의 봄, 서울의 봄 8」, 「다시 육십행진과 구십투쟁 사이-우리의 봄, 서울의	함성 소리, 통곡 소리, 특정인을 연상시키는 소리(시대의 소리), 합창소리, 징소리, 쇠고랑 소리, 울음소리, 총소리, 비명소리, 신음소리, 절규. 광주민중항쟁을 본격적으로 다룬 시, 여성해방을 노래한 시에서 들려오는 시대의 소리 풍경, 타인의 말.

시집명	청각적 감각이 나타나는 시작품 편수/작품명	유형
	봄 9」,「꽃씨 심은 손에 수갑을 채웠네-우리의 봄, 서울의 봄 10」,「여자-프로메테우스와 독수리-우리의 봄, 서울의 봄 11」,「드디어 너 오기는 왔구나-우리의 봄, 서울의 봄 13」,「두릅나물을 산 노대통령께-우리의 봄, 서울의 봄 15」,「그대 어젯밤 불기운 품었나-암하레츠 시편 4」,「해방구 출정가-암하레츠 시편 5」,「아아 도성, 하느님의 도성-암하레츠 시편 6」,「통곡의 행진-암하레츠 시편 7」,「눈물의 주먹밥-암하레츠 시편 8」,「십일간의 해방구-암하레츠 시편 10」,「새벽전투-암하레츠 시편 11」,「포승에 묶인 자유인의 합창-암하레츠 시편 12」,「그러나 어둠의 광야 저편-암하레츠 시편 13」,「지하 일기-암하레츠 시편 14」,「수넴 여자 아비삭의 노래-암하레츠 시편 15」,「어머니의 노래-암하레츠 시편 16」,「버림받은 지구, 그 이후-암하레츠 시편 19」,「반월시화 3」,「반월시화 4」,「반월시화 6」,「반월시화 8」,「여자 학대 비리 청문회」,「베를린 장벽이 무너지듯」,「민중사랑, 민족사랑, 겨레사랑 선생님」,「무등에 팔벌린 민주의 어머니여」	
『여성해방출사표』 (동광출판사, 1990)	총 16편 중 12편 /「황진이가 이옥봉에게」,「이옥봉이 황진이에게」,「사임당이 허난설헌에게」,「허난설헌이 해동의 딸들에게」,「정실부인회와 보수대연합」,「여자가 하나 되는 세상을 위하여」,「하늘에 계신 우리 어머니」,「뱀과 여자」,「자매여 우리가 길이고 빛이다」,「수넴 여자 아비삭의 노래」,「우리딸의 두 눈에서 시작된 영산강이」,「그 여자의 집에 내린 초설」	곡소리, 길쌈하는 소리, 다듬이질 소리, 비명소리, 절규, 아우성 소리, 함성 소리 등. 역사 속 뛰어난 인물들에게 목소리를 부여해 말하게 하는 시.

시집명	청각적 감각이 나타나는 시작품 편수/작품명	유형
『아름다운 사람 하나』 (들꽃세상, 1990)	총 55편 중 20편 / 「왼손가락으로 쓰는 편지」, 「무너지는 것들 옆에서」, 「상처」, 「집으로 돌아오며」, 「강물에 빠진 달을 보러 가듯」, 「날개」, 「전보」, 「쓸쓸한 날의 연가」, 「처서 무렵, 시베리아」, 「가을밤」, 「삼각형 사랑」, 「홀으시든가 괴시든가」, 「비내리는 가을밤에는」, 「네가 그리우면 나는 울었다」, 「눈내리는 새벽 숲에서 쓰는 편지」, 「너를 내 가슴에 품고 있으면」, 「따뜻한 동행」, 「가리봉동 연가」, 「노여운 사랑」, 「젊은 날의 꿈」	울음소리, 상엿소리, 토악질 소리, 합창소리, 거문고 소리, 기차 소리, 가야금 소리, 쑥국새 울음소리.
『모든 사라지는 것들은 뒤에 여백을 남긴다』 (창작과비평사, 1992)	총 45편 중 23편 / 「아시아의 아이에게」, 「브로드웨이를 지나며」, 「밥은 모든 밥상에 놓인 게 아니란다」, 「다시 악령의 시대를 묵상함」, 「행방불명 되신 하느님께 보내는 출소장」, 「가진자의 일곱 가지 복」, 「구정동아 구정동아」, 「푸에르토 갈레라 쪽지」, 「우리를 불지르고 싶어 하는 것들」, 「그러나 너를 일으키는 힘은 우리로부터 나온다」, 「해방절 도성에 찾아오신 예수」, 「코레히도 아일랜드의 증언」, 「죽은 자들의 대리석 빌리지 풍경」, 「몸바쳐 밥을 사는 사람 내력 한마당」, 「브로부도르 사원의 부처님」, 「당한 역사는 잠들지 않는다」, 「성곽에 둘러싸인 외로움 건드리기 혹은 부활」, 「모든 사라지는 것들은 뒤에 여백을 남긴다」, 「여자가 되는 것은 사자와 사는 일인가」, 「할 말을 다하지 못하고 사는 혀를 위한 잠언시편」, 「다시 오월에 부르는 노래」, 「몸통일 마음통일 밥통일이로다–통일굿마당」, 「사십대」	징소리, 웃음소리, 비파소리, 박수소리, 비명소리, 합창소리, 축포 소리, 파도소리, 민요 형식의 시에서 들려오는 각종 추임새 소리, 바람소리, 침 뱉는 소리 등. 마당굿시 형식, 기도문 형식, 회심가, 정읍사, 만전춘별사 등을 패러디한 시 형식.

위의 표에 따르면 11권의 시집에 수록된 고정희 시 전체 432편[11] 중 295편에서 청각적 감각이 발견된다. 68.2%에 이르는 높은 비율이다. 고정희 시에서는 직접적으로 소리를 표현하는 청각적 지각이 나타나는 경

---

11 『초혼제』와 『저 무덤 위에 푸른 잔디』 두 권의 장시집 수록시는 각각 한 편으로 계산했다.

우부터 시대의 소리 풍경이 끼어든 경우, 마당굿 형식의 차용을 통해 시 전체를 하나의 소리 풍경으로 인식하게 하는 경우까지 다양하게 청각적 지각이 작동하고 있었다. 고정희 시를 읽으며 소란스러운 소리를 감지하게 되는 까닭은 여기에 있다.

이 글에서는 귀납적 분석의 과정을 통해 분류한 고정희 시의 청각적 지각이 주체와 어떻게 관련을 맺으며 소리 풍경[12]을 형성하는지 살펴보고자 한다. 시대와 종교와 여성주의적 문제의식을 교차하며 1980년대 여성시의 장을 의미 있게 열어젖힌 고정희 시를 관통하는 시적 기법으로 고정희 시의 청각적 지각과 그것이 구축하는 소리 풍경을 의미화할 수 있을 것이다. 아울러 고정희의 여성주의적 문제의식과의 관련 속에서 이러한 소리 풍경이 지니는 의미를 구명할 수 있을 거라고 기대한다.

---

12 캐나다의 작곡가이자 환경운동가인 머레이 쉐퍼(R. Murray Schafer)가 『The New sound-scape(Universal Edition, 1969)』에서 'soundscape' 개념을 규정한 후 'soundscape'라는 용어는 건축, 도시, 철학 등 여러 분야에서 쓰이기 시작했는데, 문학 분야에서는 임태훈의 논문을 통해 본격적으로 소개되었다. (임태훈, 「국가의 사운드스케이프와 붉은 소음의 상상력-1960년대 소리의 문화사 연구를 위하여(1)」, 『대중서사연구』 25, 대중서사학회, 2011.6, 283~311쪽; 임태훈, 「사운드스케이프 문화론에 대한 시고」, 『반교어문연구』 38, 반교어문학회, 2014.12, 15~40쪽; 천유철, 「5·18 광주 민중항쟁 '현장'의 사운드스케이프(Soundscape)」, 『기억과 전망』 34, 한국민주주의연구소, 2016.6, 292쪽.) 이 논문에서 사용하는 '소리 풍경'은 'soundscape'의 번역어에서 착안한 말이지만 주체가 소리를 청각적으로 지각함으로써 주체의 내면이나 외부에서 구축되는 소리의 풍경을 가리키는 말로 사용하였다. 고정희 시에서 소리가 시각과 어우러지면서 구축하는 내면의 소리 풍경이나 1980년대라는 시대의 소리 풍경, 타인의 말이 혼종된 다성적 발화를 통해 구축해내는 듣는 시의 소리 풍경을 지칭하는 데 유용한 개념으로 판단했기 때문이다.

2. 안팎의 소리와 홀로 깨어 있는 주체의 귀

고정희의 전 시기 시에 걸쳐서 지속적으로 들려오는 소리가 있다. 바람소리, 울음소리는 그중에서도 대표적으로 자주 들려온다. 고정희 시 전반에 걸쳐서 청각적 지각이 지배적 감각의 하나로 작동한다는 인상에 이러한 소리들은 기여하고 있다. 다양한 종류의 소리가 고정희 시에 흘러넘치지만 바람 소리와 울음소리는 특정 시기를 뛰어넘어 전 시기에서 확인할 수 있는 소리들이라고 볼 수 있다. 특히 종교시의 성격을 지니는 고정희의 초기 시에서는 바깥에서 들려오는 소리들이 있고 홀로 깨어 예민하게 그 소리들에 귀 기울이는 시의 주체가 함께 등장한다. 멜바 커디-킨은 "듣는 것은 서술세계를 의미 있게 표현하는 활동이며 게다가 귀 기울여 듣는 것은 더 포괄적이며 통합적인 감각"[13]이라고 보았는데 이러한 관점은 고정희의 시를 읽는 데도 유용하다.

> 새벽에 깨어 있는 자, 그 누군가는
> 듣고 있다 창틀 밑을 지나는 북서풍이나
> 대중의 혼이 걸린 백화점 유리창
> 모두들 따뜻한 자정이 적막 속에서도
> 손이라도 비어 있는 잡것들을 위하여
> 눈물 같은 즙을 내며 술틀을 밟는 소리
>
> 들끓는 동해 바다 그 너머

---

13 멜바 커디-킨, 「모더니즘의 소리풍경과 지적인 귀」, 제임스 펠란·피터 J. 라비노비츠 편, 최라영 역, 『서술이론』II, 소명출판, 2016, 251쪽.

분홍살 간지르는 봄바람 속에서
실실한 씨앗들이 말라가고 있을 때
노기 찬 태풍들 몰려와
산준령 뿌리 다 뽑히고 뽑힐 때
시퍼런 눈깔 같은 포도알 이죽이며
홀로 술틀을 밟고 있는 사람아,

속이라도 비어 있는 빈병들을 위하여
혼이라도 비어 있는 바보들을 위하여
눈 귀 비어 있는 저희들을 위하여
빈 바람 웅웅대는 민둥산을 위하여
언 강江 하나 끌고 가는 순례자 위하여
아픈 심지 돋우며 홀로
술틀을 밟고 있는 사람아,

갈 곳이 술집뿐인 석탄불을 위하여
떠날 이 없는 오두막을 위하여
치졸들 와글대는 사랑채를 위하여
활자만 줍고 있는 인쇄공을 위하여
이리저리 떠밀리는 장바닥을 위하여
가야금 하나가 절정을 타고
한 줄의 시詩가 버림을 당할 때
둔갑을 꿈꾸는 안개 속에서
홀로 술틀을 밟고 있는 사람아,

잠든 메시아의 봉창이 닫기고

대지는 흰 눈을 뒤집어쓰고 누워

작은 길 하나까지 묻어버릴 때

홀로 술틀을 밟고 있는 사람아,

그의 흰 주의周衣는 분노보다 진한

주홍으로 물들고 춤추는 발바닥 포도 향기는

떠서 여기저기 푸른 하늘

갈잎 위에 나부끼는 소리 누군가는

듣고 있구나

—「누가 홀로 술틀을 밟고 있는가?」,
『누가 홀로 술틀을 밟고 있는가』, 배재서관, 1979 전문

  새벽에 깨어 있는 자에게는 "창틀 밑을 지나는 북서풍이나 대중의 혼
이 걸린 백화점 유리창"이 흔들리는 것과 같은 바깥의 소리가 들린다. 고
요한 새벽에 바깥으로 예민하게 곤두선 시의 주체의 귀에는 점점 더 먼
곳의 소리가 들려온다. "들끓는 동해 바다 그 너머 / 분홍살" 간질이는 "봄
바람"이나 "노기 찬 태풍들 몰려와 / 산준령 뿌리 다 뽑히"는 소리도 들려
오는 것은 시의 주체의 귀가 세상을 향해, 세상의 온갖 아픔을 향해 열려
있기 때문이다. "혼이라도 비어 있는 바보"이길 거부하는 시의 주체는 새
벽에 홀로 깨어 있다는 점에서 독성의 경지를 연상시키지만 흔들리며 갈
등하는 주체라는 점에서 성격을 달리한다는 점이 특징적이다.[14] "눈물 같
은 즙을 내며 술틀을 밟는 소리"를 듣고 "홀로 술틀을 밟고 있는 사람"의

존재를 느낄 수 있는 것은 그의 간절한 기도 때문이다. 홀로 술틀을 밟는 이의 움직임이 "여기저기 푸른 하늘 / 갈잎 위에 나부끼는 소리"마저 그의 예민한 귀에는 들린다. 이 소리들이 고요한 새벽을 배경으로 시간적·공간적으로 멀리 퍼져 확장된 소리 풍경을 이루는 것, 더 나아가 시각과 후각이라는 감각과 어우러지면서 공감각적 확산력을 지니는 것 또한 고정희 시의 청각적 지각이 성취한 소리 풍경이라고 볼 수 있다.

아버지 호적에 그어진 붉은 줄
30년 잠에서 내가 깨어났을 때
나는 이미 붉은 줄 무덤 안에 있었다
가엾게도 공허한 아버지의 눈,
삼십 지층마다 눈물을 뿌리며
반항의 이빨로 붉은 줄 물어뜯으며
무덤 밖을 날고 싶은 나의 영혼은
캄캄한 벽 안에 촉수를 박고
단절의 실꾸리를 친친 감았다

살아남기 위하여,
맹렬한 싸움은 시작되었다
단 한번 극복을 알기 위하여
삭발의 양심으로 푸른 삽 곧추세워

---

14 이런 특성이야말로 고정희 시가 출발의 자리부터 타자와 끊임없이 대화하고 교섭하며 바깥과 안의 혼란을 받아들인 채로 변화하는 주체로 성장할 가능성을 지니고 있었음을 의미하는 것으로도 볼 수 있다.

무덤 안, 잡풀들의 뿌리를 찍었다.

맨살처럼 보드라운 잔정이 끊기고

잔정 끊긴 뒤 아픔도 끊겨

범 무서운 줄 모르는 욕망을 내리칠 때

눈물보다 질긴 피 바다로 흘러흘러

너 올 수 없는 곳에 나는 닿아 있었다

너 모르는 곳에 정신을 가둬 두고

동서로 휘두르는 칼춤 아래서

우수수 떠나가는 사내들의 뒷모습,

참으로 외로워 고요히 웃는 밤이면

굴헝보다 깊은 나의 두 눈은

수십질 굳은 진흙에 붙박여

끝끝내 가능의 삽질 소릴 울었다

삽은 또 하나의 무덤을 뚫고

다시 또 하나의 무덤을 찌르면서

최후의 출구를 일격 겨냥했다

한치의 햇빛도 허용하지 않은 채 때로

벌처럼 눈을 빛내며 아아

필사의 두 팔에 휘감긴 나의 날렵한

삽은 한껏 북받치는 예감에 떨며

무덤 속 깊이깊이 벽을 찍어 내렸다

나는 서서히 듣고 있었다

무덤 밖 웅웅대는 들까마귀 울음도

독수리떼 너의 심장 갉아먹는 소리도

이제는 먼 지하 밀림 속

뿌리 죽은 것들 맑게맑게 걸러져

한줄기 수맥으로 길 뻗는 소리

—「카타콤베—6·25에게」,
『누가 홀로 술틀을 밟고 있는가』, 배재서관, 1979 전문

시의 주체는 "30년 잠에서" 깨어난 존재이다. '카타콤베'라는 시의 제목은 지하무덤에서 주체가 깨어난 상황을 연상시킨다. '6·25에게'라는 부제로 인해 여기에 집단학살의 이미지가 덧붙는다. 아울러 "아버지 호적"에 "붉은 줄"이 그어져 있다거나 "나는 이미 붉은 줄 무덤 안에 있었다"라는 표현이 왜 등장하는지도 자연스럽게 이해된다. 이념의 대리전이었던 6·25전쟁의 성격과 그것이 이 땅의 무고한 많은 이들에게 미친 영향, 그리고 오래도록 드리운 레드 콤플렉스까지 많은 연상들이 자연스럽게 따라온다. 이렇게 볼 때 이 시의 카타콤베, 지하무덤은 실재하는 무덤, 즉 6·25 때 수많은 양민 학살이 있었음을 상기시키는 한편 1950년에서 30년이 흐른 시점, 다시 말해 1980년 5월 광주를 연상시키기도 한다. 당시의 독자들은 광주로 시작된 1980년대라는 시대의 알레고리로 이 시를 읽었을 것이다.[15] 무덤 안에서 홀로 깨어난 시의 주체는 무덤 안에서 나가

---

15 이 시집이 1979년에 출간되긴 했지만 유신정권이 극에 달해 가던 시기인 만큼 광주민주화운동이 일어나기 전에도 이미 수많은 사회적 타살이 이루어지고 있었고 누구보다 예민하게 시대의 아픔을 감지하고 있었던 고정희의 시에 이런 알레고리가 먼저 쓰였다

기 위하여 삽질을 시작한다. 그것은 "살아남기 위"한 "맹렬한 싸움"이다. 시의 주체는 어둠이 가득한 죽음의 시간, 무無와도 같은 고요의 시간 속에서 홀로 깨어나 그곳에서 벗어나기 위한 삽질을 한다. 그것은 이미 갇혀 버린 "붉은 줄 무덤"에서 벗어나기 위해 "푸른 삽 곧추세워 / 무덤 안, 잡풀들의 뿌리를 찍"고 "맨살처럼 보드라운 잔정"을 끊어내는 일이기도 하다. "굴형보다 깊은 나의 두 눈은" "가엾게도 공허한 아버지의 눈"과 닮았지만 "무덤 밖을 날고 싶은 나의 영혼은" 단절의 삽질을 계속한다. 그렇게 시에는 삽질 소리가 울려 퍼진다.

그런데 청각적 감각이 시각적 감각과 어우러져 지각되는 방식이 흥미롭다. "굴형보다 깊은 나의 두 눈은 / 수삽질 군은 진흙에 붙박여 / 끝끝내 가능의 삽질 소릴 울었다"라는 문장은 '굴형보다 깊은 나의 두 눈은 수삽질 군은 진흙에 붙박여 울었다'와 '끝끝내 가능의 삽질 소리가 들렸다'라는 두 개의 문장이 결합된 형태인데 문법적으로는 비문인 이 문장이 시각과 청각의 공감각적 어울림을 통해 주체의 절박한 마음을 효과적으로 전달한다. 고정희 시의 청각적 감각이 시각적 감각과 어울려 공감각적으로 쓰일 때 감정을 전달하는 데 좀 더 탁월한 효과를 발휘하는데 여기서도 그런 고정희 시의 특징을 발견할 수 있다. 삽질 소리를 들으며 울 만큼 간절한 주체의 바람은 마침내 무덤 바깥의 소리를 듣기에 이른다. "무덤 밖 웅웅대는 들까마귀 울음도 / 독수리떼 너의 심장 갉아먹는 소리도" 시의 주체는 "서서히 듣고 있"다. 삽질 소리만 들리던 주체의 귀에 들려오는 무덤 바깥의 소리는 무덤으로 상징되는 세계의 고리를 끊고 경계를 넘어 외부에서 들려온다. '6·25'로 상징되는 과거의 죽음과도 같은 시간을 지

고도 볼 수 있다.

나 시의 주체가 나아가고자 하는 지향을 보여주는 시로도 읽을 수 있다.

자느냐 자느냐 자느냐
떠다니는 혼들은 다 날아와
대학시절 수유리 숲정이 흔들 때
징그러운 바람소리 수유리에 매달려
자느냐 자느냐 자느냐
고기비늘처럼 빛나는 야심을 흔들 때
조금씩 깊은 잠들 귀막고 돌아누워
불덩이 하나씩 따뜻한 젊음,
불끈 쥔 두 주먹에 음악도 뽑히고
자느냐 자느냐 자느냐
유리창 부서지고 램프 불 꺼지고
자느냐 자느냐 자느냐
간밤 굳게 잡은 단꿈도 엎어지고
숲이란 숲은 함께 울부짖으며
세차게 세차게 서로 목 부빌 때

자느냐 자느냐 자느냐
한 밑천이 흔들리고 두 기둥이 흔들리고
수멀수멀 수멀수멀 네 벽이 흔들리고
수유리가 흔들리고 도봉구가 흔들리고
인수봉이 흔들리고 서울이 흔들리고
흔들리고 흔들리고

한반도가 흔들릴 때

흔들리고 흔들리고

땅덩이가 흔들릴 때

갈가리 찢기는 우리 실존 그러안고

뉘 모를 곳으로 떠나간 사람들

쨍그렁 쨍그렁 요령이 되어

새벽이슬 마시며 떠나간 사람들

한밤에 가만히 다녀갔구나

가뭄들린 대학 숲에 흥건한 눈물

—「수유리의 바람」, 『실낙원 기행』, 인문당, 1981 전문

    수유리 시절 고정희의 주체는 잠들지 못하고 깨어 있다. "자느냐 자느냐 자느냐" 흔드는 "징그러운 바람소리"가 "떠다니는 혼들"을 깨우고 "귀 막고 돌아누워" "조금씩 깊은 잠들"에 빠지려는 주체의 잠을 방해하기 때문이다. "불끈 쥔 두 주먹에 음악도 뽑히고" "유리창 부서지고 램프 불 꺼지고" "간밤 굳게 잡은 단꿈도 엎어지고" "숲이란 숲은 함께 울부짖으며 / 세차게 세차게 서로 목"을 비빈다. 바람 소리는 점점 세져서 "한 밑천이 흔들리고 두 기둥이 흔들리고 / 수멀수멀 수멀수멀 네 벽이 흔들리고 / 수유리가 흔들리고 도봉구가 흔들리고 / 인수봉이 흔들리고 서울이 흔들리고" 마침내 "한반도가 흔들"리기에 이른다. 온 세계를 뒤흔드는 바람 소리가 주체를 잠 못 들게 하는 것은 물론 눈 부릅뜨고 깨어서 "갈가리 찢기는 우리 실존 그러안고 / 뉘 모를 곳으로 떠나간 사람들"의 영혼을 지켜보게 한다. "쨍그렁 쨍그렁 요령이 되어 / 새벽이슬 마시며 떠나간 사람

들"이 "한밤에 가만히 다녀갔"으므로 시의 주체는 차마 잠들 수 없었을 것이다. 수유리에서 부는 바람 소리는 그들의 영혼이 다녀가는 소리임을 그는 감지하고 있다. 이 세계의 경계를 넘어간 이들이 이 세계에 안부를 물으며 다녀가는 이동의 순간을 고정희 시는 바람 소리로 형상화한다. 고정희 초기 시에 나타나는 주체의 흔들림은 다른 세계에서 들려오는 소리를 지각하는 것으로부터 비롯된다.

자네도 듣나
난 가끔 말야 아주 가끔
내 심장 속에서 빗장소리가 들려
(그것은 가끔 쉿! 소리가 되기도 하지)
그 소리를 들은 날은 우울해
세상이 온통 암울해 보여
온통 빗장소리 가득하기 때문이야
눈 맞으러 쏘다니던 청춘엔
대장간 앞을 지나며
불꽃같은 칼날도 장미로 보았건만
오랜 정을 나눈 사람에게서마저
또렷한 빗장소리 들어버린 오늘은
우리들의 관계가 풍전등화 같애
그리워 장거리전화를 걸고도
"바빠서 끊는다" 철컥 철컥··
그 으스스한 금속성의 음향을
온몸에 휘감고 귀가하네

여보게 보이나

즈믄 빗장 안으로 죽음이 엎드리네

죽음의 사자가 조금씩 다가오네

주검을 보는 밤은 캄캄해

온통 주검으로 가득하기 때문이야

살아남으려면 빗장을 뽑아야 해

나는 너에게서

너는 나에게서

대못 한웅큼씩 뽑아내야 해

남자는 여자에게

여자는 남자에게 서로 다가가

닫아지른 쇠빗장 뽑아줘야 해

마음속의 빗장들 풀어내야 해

우리 한몸 이뤄 잠들기 전에는

햇덩이 같은 아이 태어나지 못하네

　　―「디아스포라―나 언제 그대와 한몸 이루려나」, 『눈물꽃』, 실천문학사, 1986 전문

　한 가지 흥미로운 사실은 고정희 시의 청각적 지각이 바깥에서 들려오는 소리로 인해서만 형성되는 것은 아니라는 점이다. 시적 주체의 외부에서뿐만 아니라 내부에서도 소리는 들려온다. 가끔 "내 심장 속에서 빗장소리가 들"리고 "그 소리를 들은 날은 우울"하다고 시의 주체는 고백한다. 자신의 안에서 들려오는 빗장소리, 다시 말해 내면으로부터 들려오는

우울한 빗장소리는 주체의 바깥으로 확장되어 "온통 빗장소리 가득하"게 들리고 그래서 "세상이 온통 암울해 보"이는 데에까지 이르게 된다. 세상이 온통 암울해 보이게 하는 빗장소리가 '나'와 세상을 가득 채우자 "오랜 정을 나눈 사람에게서마저 / 또렷한 빗장소리"가 들려온다. 그것은 우리들의 관계에 빗장을 지르는 소리이자 "철컥 철컥" 전화를 끊는 "으스스한 금속성의 음향"처럼 "죽음의 사자가 조금씩 다가오"는 소리로 인식된다. "마음속의 빗장들 풀어내야" 주체와 타자가 교감하는 온전한 관계가 성립할 수 있음을 청각적 지각을 통해 표현한 것이다.

내면에서 들려오는 소리와 바깥에서 들려오는 소리에 예민하게 반응하는 고정희 시의 주체는 흔들림으로 표상되는데, 타자와의 관계 속에서 끊임없이 흔들리며 주체가 형성된다. 주체 자신은 물론 세계를 향해서도 예민하게 열려 있는 고정희 시의 흔들리는 주체는 청각적 지각을 통해 감정의 변화에 귀 기울이며 하나의 소리 풍경을 완성한다. 이러한 시적 특성은 세계와 예민하게 교감하는 여성주의적 태도와도 연결된다.

3. 울음과 비명, 혹은 소란과 침묵이 공존하는 시대의 소리 풍경

고정희의 시에는 울음과 비명이 가득하다. 시끌벅적하고 소란스러운 소리들이 넘쳐 흐르며 구축하는 소리 풍경은 시대의 소리 풍경과 긴밀히 관련된 것으로 보인다. 고정희가 주로 시를 쓴 1980년대는 컬러텔레비전이 보급된 시기이다. 강준만에 따르면 1980년 12월 1일 컬러텔레비전 방송 시대가 개막되었다.[16] 1980년에 전국적으로 보급된 컬러텔레비전은, 집집마다 텔레비전을 보유하고 방송사마다 각종 쇼 프로그램을 양산하면서 시끌벅적한 시대의 소리 풍경을 구축해낸다. 컬러텔레비전의 보급은 대중매체의 중심이 라디오에서 텔레비전으로 넘어오게 되는 결정적 계기를 제공했다고도 볼 수 있다. 1960년대가 라디오를 중심으로 한 국가의 사운드스케이프를 확인할 수 있는 시대라면,[17] 1980년대는 컬러텔레비전의 보급과 대중화로 인한 오락성이 강화된 시대이다. 광주의 비극으로 시작된 1980년대를 화려한 쇼와 가요 프로그램, 드라마, CF 등을 통해 말초적으로 자극하고 감상적으로 포장하며 대중의 여론을 호도하고 통제하는 방식으로 대중문화의 시대가 열렸다고 볼 수 있다. 라디오와 텔레비전이 공존하면서 한편으로는 언론 통제가 이루어졌고 한편으로는 감상적이고 말초적인 '3S 정책스포츠, 스크린, 섹스'에 영합하는 프로그램들이 소란한 소리 풍경을 형성했던 시대였다. 고정희 시에서 포착되는 울음과 비명도 이러한 시대의 소리 풍경과 무관하지 않다.

> 월부로 구입한 티브이 안테나 속에서
> 앵무새 두어 마리 재롱을 부립니다
> 불쾌지수 높아가는 휴일 오후이지만
> 티브이 안테나 속에 든 앵무새 두어 마리
> 부드럽고 안정된 목소리로
> 서울국제가요제 악보를 오르내리다가
> 남해지방 태풍주의보를 읊어 댑니다
> 호남지방 폭풍주의보를 읊어 댑니다

---

16   강준만, 『한류의 역사』, 인물과사상사, 2020, 48쪽.
17   임태훈, 「국가의 사운드스케이프와 붉은 소음의 상상력」, 앞의 글, 283~311쪽.

거의 간헐적으로

북한산성 새소리도 들려줍니다

앵무새 목소리 앵무새 재롱으로 들으니

태풍주의보 따윈 거의 낭만적입니다

앵무새 재롱으로 들으니

폭풍주의보 따윈 거의거의 환상적입니다

북한산성 새소리는 아주 거의 음악적입니다

옳지, 옳지, 옳지

대장간 담금질 같은 그대 분노라 해도

앵무새 목소리로 삭혀 듣는다면

잠못드는 이의 자장가가 되겠지

불쾌지수 높아가는 휴일 오후이지만

어여쁜 티브이 등에 업고 싶습니다

—「어여쁜 티브이」, 『실낙원 기행』, 인문당, 1981 전문

소리를 형상화해 청각적 지각을 일으키는 방법은 여러 가지가 있을 것이다. 고정희 시에서는 의성어를 사용해 청각적 지각을 일으키는 경우도 발견되지만 다양한 소리들이 들려오는 상황의 연출을 통해 풍성한 소리 풍경을 구축하는 방식을 좀 더 자주 사용한다. 인용한 시에서도 "월부로 구입한 티브이 안테나 속에서" 들려오는 온갖 소리를 "앵무새 두어 마리"의 목소리로 그리고 있다. "부드럽고 안정된 목소리로" 들려주는 "서울국제가요제" 노랫소리와 "남해지방 태풍주의보", "호남지방 폭풍주의보", 그

리고 "거의 간헐적으로" 들려주는 "북한산성 새소리"까지 어우러져 위기의 시대를 부드럽고 안정적이고 낭만적인 목소리로 포장하는 시대의 소리 풍경을 보여준다. 들리는 소리를 들리는 대로 따라하는 앵무새처럼 텔레비전에서 들려오는 소리들이 시의 주체에게는 그렇게 무비판적이며 가식적인 소리로 인식된다. 태풍주의보와 폭풍주의보마저도 낭만적이고 환상적으로 들리게 하는 것이야말로 고정희 시의 주체가 파악한 시대의 소리 풍경이었을 것이다. "대장간 담금질 같은 그대 분노"마저 "앵무새 목소리로 삭혀 듣는다면 / 잠못드는 이의 자장가가" 될 거라는 것은 시의 주체가 보내는 경고의 메시지이다. 매혹과 경멸이 동시에 들어 있는 '어여쁜 티브이'라는 반어적 표현에서 시대의 소리 풍경과 불화하는 시의 주체의 태도를 읽을 수 있다. 여전히 잠 못 드는 주체가 등장하지만 시대의 소리 풍경이 주체의 각성을 훼방 놓고 있는 시대를 살고 있음을 고정희 시는 또한 감지하고 있다.

수유리에
서늘한 산철쭉이 피었다 진 후
무서운 기다림으로
산은 깊어지네
무서운 설렘으로
숲은 피어나네
핏물 든 젊음의 상복으로
아카시아 흰 꽃이 온 산을 뒤덮은 후 뜨겁고 암담한
우리들의 희망 위에
몇 트럭의 페퍼포그와 최루탄이 뿌려지네

외로운 코뿔소들이 그 위를 행진하네
오 나의 봄은 이렇게 가도 되는 것일까

하늘에 칼을 대는 산바람 속에서 긴긴 봄날, 떵까떵까
서울의 백성들은 가무를 즐기고
쓸쓸히 목을 꺾은 젊은이의 무덤에
넋을 달래는 진혼제가 올려진 후
나는 생각하네, 친구여
한 나라의 자유를 위한 죽음은
선택이 아니라 복종이기에
간을 적셔 쓴 몇 줄의 시로는 나
구원받지 못하리라 예감하네

더운 목숨의 외로움 탓으로
칼이 되지 못하는 우리들의 언어와
끈질긴 목숨의 죄 때문에
훼절로 부지하는 당대의 문화가
어느 날 꽃이 피긴 피리라는 중도보수주의는
필경 무덤까지 따라와
수세대에 이어질 쇠사슬로 덮일 것이네
오 우리들의 광장엔 광대들뿐이고
누군가의 빈손이 허공을 휘젓네

—「프라하의 봄 1」, 『눈물꽃』, 실천문학사, 1986 전문

주지하다시피 1979년 10월 26일부터 1980년 5월 17일에 이르는 민주화운동 시기를 '서울의 봄'이라고 부른다. 신군부가 투입되어 계엄령을 선포하고 1980년 5월 18일 일어난 광주민주화운동을 수많은 사상자를 내며 강제 진압하면서 종결된 '서울의 봄'은, 1968년 체코슬로바키아에서 일어난 민주화 시기를 일컫는 '프라하의 봄'에 흔히 비유되곤 했다. 이 시 역시 당시 통용되던 알레고리를 활용한 시이다.

무섭다, 뜨겁다, 암담하다, 외롭다 같은 형용사가 시대의 분위기를 짐작게 한다. "우리들의 희망 위에 / 몇 트럭의 페퍼포그와 최루탄이 뿌려지"는 장면에서, 그 시대를 경험한 이들이라면 요란한 페퍼포그와 최루탄의 발사 소리, 시위대의 행진 소리와 페퍼포그와 최루탄을 피해 흩어지는 소리를 자연스럽게 떠올리게 된다. 고정희 시에서 활용하는 청각적 지각은 단순히 청각적 감각을 통해 소리를 묘사하는 데 그치지 않고 청각적으로 지각되는 장면의 제시를 통해 끌려오는 이미지들이 시대의 소리 풍경을 구축함으로써 완성된다. 고정희 시가 그리는 1980년대 시대의 소리 풍경에는 페퍼포그와 최루탄 소리, 외로운 코뿔소들의 행진 소리와 함께 "떵까떵까" 아무데서나 "가무를 즐기"는 "서울의 백성들"의 소리, "쓸쓸히 목을 꺾은 젊은이의 무덤에 / 넋을 달래는 진혼제" 소리, "광대들뿐"인 "우리들의 광장"에서 울려 퍼지는 소리까지 혼종적으로 들어 있다.

이십대의 시퍼렇게 살아 있는 말들이
문둥병 감염으로 무인도에 격리수용중인 동안
'사자왕국'의 모든 신문은
이빠지고 귀빠진 늙은 말들로
조간과 석간을 만들어냈다

정치면과 사회면에 안보론이 개입되고
태평양을 건너온 오리지널 뉴스는
세관을 통과하다 거의 마모되었는데
수입상품 코너에 진열된 말들이란
먹는 것과 입는 것에 국한되었다

이런 사태가 감행된 처음에, 많은 사람들은
눈멀고 귀먹은 늙은 말들 사이에서 혀를 끌끌 차며
신문구독을 사절하거나
방송보도를 아예 외면하더니
글의 행과 행 사이를 읽는 법이 터득되면서
유언비어를 만드는 재미로
예전의 입맛을 바꾸고 말았다
신문은 다시 배로 증가되었고
보도되지 않은 것은 믿지 않게 되었으며
대량 생산된 '신품종' 말들이
모든 대학가로 수송되었다
뿐만 아니라 '사자왕국'의 모든 시민은
선진왕국을 건설하기 위해서
신품종 언어로만 말하도록 의무화되었다
그로부터 십팔 년의 세월이 흘렀다
무인도에 수용중인 살아 있는 말들이
천신만고 끝에 섬을 탈출하여
누더기 옷을 걸치고

히피 모습으로 고향에 돌아왔다

십팔 년 전 모습을 잊어버린 시민들은 도처에서

수상스런 말에 대한 반상회를 열었고

대학가 곳곳에서는

참말의 진정성 여부를 두고

당국과 격돌이 벌어졌는데

안정이 우려된 많은 교육자와 공무원과 상인들이

이 일의 흑백을 언론에 위탁하자

청부업에 능통한 언론은

탈출해 온 말들을 '불온'으로 몰았다

그리하여 참말들은 재수용되거나

앞니가 빠진 소리를 냈으므로

십팔 년 전 발음을 낼 수는 없었다

이 일에 말려든 하느님께서

피로 물든 소복을 하시고

말을 팔아먹는 시인들을 만나러

사자왕국으로 오고 계셨다

— 「프라하의 봄 3」, 『눈물꽃』, 실천문학사, 1986 전문

1980년대라는 시대의 풍경을 떠올릴 때 빠뜨릴 수 없는 것이 언론 통폐합과 검열과 통제로 짓눌린 시대의 분위기일 것이다. 신문이나 뉴스가 끊임없이 떠들어 댔지만 그것은 "이빠지고 귀빠진 늙은 말들"일 뿐이었다. "정치면과 사회면에 안보론이 개입되고 / 태평양을 건너온 오리지널 뉴스는 / 세관을 통과하다 거의 마모되었"으며 오로지 "먹는 것과 입는

것에 국한"된 말들만이 "수입상품 코너에 진열"될 수 있었다. 말들은 넘쳐났지만 무의미한 소음들만이 들려올 뿐 의미 있는 말들은 침묵을 강요당한 시대였다.

"이런 사태가 감행된 처음에"는 많은 사람들이 "눈멀고 귀먹은 늙은 말들 사이에서 혀를 끌끌 차며" "신문구독을 사절하거나 / 방송보도를 아예 외면하"는 방식으로 대응했지만 시간이 흐르면서 행간을 읽는 방법을 터득하거나 유언비어를 만드는 재미에 빠져 사람들의 "입맛"이 바뀌고 만다. "신문은 다시 배로 증가되었고 / 보도되지 않은 것은 믿지 않게 되었으며 / 대량 생산된 '신품종' 말들이 / 모든 대학가로 수송되었다". 어느새 넘치는 말들에 중독되고 오염되어 진짜와 가짜를 구별하기 어려워진다. 고정희의 시가 그려내는 '프라하의 봄'으로 상징된 '서울의 봄'은 우리가 지나온 시대를 정확히 겨냥한다.

그의 시가 구축하는 시대의 소리 풍경에는 말들이 넘쳐난다. 신문과 방송으로 상징되는 눈멀고 귀먹은 늙은 언론의 말들, 유언비어와 신품종 말들의 유행, "말을 팔아먹는 시인들"까지 가세한 시대의 소리 풍경이 그려진다. 이제 더 이상 "살아 있는 말들"에 관심을 가지거나 귀 기울여 들으려고 하는 사람들이 사라졌다는 것이 시의 주체의 판단이다. 가까스로 살아남은 말들은 '불온'으로 몰려 "앞니가 빠진 소리를 냈"고 시인들마저 말을 팔아먹는 이 시대에 진정한 말은 좀처럼 들려오지 않는다는 것이 고정희 시가 그리는 시대의 소리 풍경이다. 말들이 넘치지만 소란스럽기만 할 뿐 진정한 소리는 들리지 않는 시대. 소란과 침묵이 공존하는 억압의 시대가 고정희가 주목한 소리 풍경이라고 볼 수 있다.

흰 눈이 펑펑 쏟아지는 날

눈을 바라보는 우리는

누구나 두 개의 눈을 가졌습니다

장대 같은 폭우가 영호남에 쏟아진 후

재해대책본부가 편성되고 여기저기

헬리콥터가 뜨던 여름에도

우리는 두 개의 눈을 가졌습니다

백남준의 위성중계 쇼를 보고

역사드라마를 시청하는 시간에도

베이루트와 방글라데시와 그라나다에

폭격기가 새떼처럼 날으던 날에도

레이건의 공식 방한을 지켜보던 그날도

우리는 두 개의 눈에서 자유롭지 못합니다

지하도에 쭈그려앉은 맹인가수와

29억 방위성금을 바치는 재벌의 거동과

핵무기 반대자의 인터뷰를 들으면서도

우리는 두 개의 눈과 교신합니다

아아 4차선 고속도로가

2차선 고속도로로 갈라지는 길목에서도

혹한에 시달리는 고향에 내려가

근당 6백 원짜리 돼지고기를 씹으면서도

우리의 두 눈을 빼지는 못합니다

농산물값이 0.3퍼센트 인하됨으로써

물가안정을 입증한다는 뉴스센터에서도

우리의 두 눈을 돌리지는 못합니다

(…중략…)

학생 여러분,

그럼에도 불구하고

사람의 눈에는 등급이 매겨지는 게

형평 원칙이라니

사람의 눈으로 바라보되

감추인 진실을 찾아내는 눈

드러난 사실을 앞서가는 눈

역사를 끌어내는 심오한 눈이란 과연

학식의 힘일까요 아니면

타고난 용기 때문일까요

(이것이 오 엑스 문답은 아닙니다)

　　　　　　　—「환상대학시편 3」, 『눈물꽃』, 실천문학사, 1986 부분

　시의 앞부분에 설명되어 있듯이, '눈'은 "사람이나 짐승의 머리 앞에 있어서 밖에 있는 모든 것을 볼 수 있는 감각기관"이지만 눈으로 볼 수 있는 것을 자유자재로 선택할 수 있는 것은 아니다. 텔레비전이라는 대중매체가 지배하는 세상에서 두 개의 눈은 화면에서 보도되는 사건들을 일방적으로 보게 된다. 그런데 시의 주체는 "우리의 눈은 두 개"라고 말한다. "마음의 눈"과 "반사의 눈", "사람의 눈"과 "짐승의 눈"을 함께 가지고 있다는 것이다. 비록 텔레비전 같은 대중매체에 일방적으로 노출되어 있지만 시

각에 현혹되지 말고 "감추인 진실을 찾아내"고 "역사를 끌어내는 심오한 눈"을 가질 것을 시의 주체는 요청한다. 여기서 흥미로운 것이 소리의 역할이다. 두 개의 눈은 텔레비전 화면을 통해 보기만 하는 것이 아니라 소리도 함께 듣는다. 두 개의 눈은 보는 행위와 듣는 행위를 동시에 하는 매개가 된다. 텔레비전에서 보도되는 사건은 다양하기도 하다. "장대 같은 폭우가 영호남에 쏟아진 후 / 재해대책본부가 편성되고 여기저기 / 헬리콥터가 뜨던 여름"도 보이면서 들리고, "백남준의 위성중계 쇼"와 "역사드라마"도 두 눈을 통해 보이면서 동시에 소리도 들린다. "베이루트와 방글라데시와 그라나다에 / 폭격기가 새떼처럼 날으던 날"이나 "레이건의 공식 방한"도 텔레비전을 통해 영상으로 전송된다. 화면과 소리는 하나로 두 눈에 보이면서 동시에 들린다. "지하도에 쭈그려앉은 맹인가수와/ 29억 방위성금을 바치는 재벌의 거동과 / 핵무기 반대자의 인터뷰를 들으면서도" "두 개의 눈과 교신"하는 까닭은 여기에 있다. 눈은 시각뿐만 아니라 청각까지도 전달하는 매개가 된다. 시각이 보여주는 세상에 시의 주체가 온전히 현혹될 수 없는 것은 소리의 각성 때문일 수도 있다. "감추인 진실을 찾아내는 눈 / 드러난 사실을 앞서가는 눈"을 요구하는 시의 주체의 말에서는 감각의 너머를 지향하는 태도가 엿보인다.

타악, 하고 치니까
어억, 하고 쓰러진 이여
쓰러져서
독재의 칠성판에 누운 이여
빌라도 법정에 선 예수 그리스도처럼
혼신의 침묵으로

알몸에 굵은 채찍 받아낸 이여

삶과 죽음의 지평선 너머까지

유월의 고함, 살려낸 이여

그대 이름 박종철,

고문사에 길이 남을 박종철

비정하고 비굴한 역사의 끝

캄캄하게 멸망하는 번제의 제단에서

끝내 숨을 거둔 그대 몸값으로

무지렁이 목숨들 말문을 텄어라

박종철 그대 피값으로

산도 강도 우릉우릉 울기 시작했어라

그대 시신이 운구되는 통곡으로

압제의 모진 세월 뿌리 뽑았어라

하늘을 가르는 그대 비명으로

반역의 쇠사슬 내리쳤어라

파쇼의 총칼 대적했어라

산천에 자욱한 그대 흐느낌으로

죽은 사월이 눈을 뜨고

암장당한 오월이 부활하고

승리의 유월이 봇물을 텄어라

오 유월항쟁의 늠름한 함성으로

육이구 항복문서 받아낸 혁명으로

얼씨구나, 여봐라
야대여소 헌정사 수문을 열었어라
여소야대 떡잔치 마련했어라

(⋯중략⋯)

징소리 울리면 하나될 이들이여
구십 투쟁이 시작되었도다
새벽밥 앞에 고개숙인 이들이여
다시 육십행진과 구십투쟁 사이
일진광풍 박살낼 칠천만 징소리여
어림없도다!
곳곳에서
징~징~징~
박종철의 넋이 깃든 청동의 징소리
필천만 징소리 징징징 울려
백일홍에 깃든 꿈 일으키도다
무궁화에 깃든 꿈 살려내도다
우리 가슴속에 깃든 꿈 불지르도다

가자
냉전체제 삼만 리 행진한 벗들이여
지리산에 깃든 봄
태백에 깃든 봄 찾아 떠나자

묘향산에 깃든 봄

구월, 금강산에 깃든 봄 찾아 떠나자

—「다시 육십행진과 구십투쟁 사이—우리의 봄, 서울의 봄 9」,
『광주의 눈물비』, 동아, 1990 부분

1987년 6·10 투쟁의 물꼬가 된 박종철고문치사사건은 강요된 침묵 속에서도 꿈틀대며 소란스러운 시대의 소리 풍경을 형성하던 시대에 기름을 들이부었고 마침내 이 땅은 성난 함성으로 가득하게 되었다. "타악, 하고 치니까 / 어억, 하고 쓰러"졌다는 기막힌 변명의 소리가 전파를 타고 마음에서 마음으로 이어지며 1987년 시대의 소리 풍경을 이루어낸다. "그대 이름 박종철"은 "삶과 죽음의 지평선 너머까지 / 유월의 고함, 살려낸 이"로 오래도록 기억될 것임을 시의 주체는 표방한다.

"끝내 숨을 거둔 그대 몸값으로" "무지렁이 목숨들 말문을" 트고 "산도 강도 우릉우릉 울기 시작했"다. "그대 시신이 운구되는 통곡으로 / 압제의 모진 세월 뿌리 뽑"히고 "하늘을 가르는 그대 비명으로 / 반역의 쇠사슬 내리쳤"음을 시의 주체는 전한다. 울음과 비명과 통곡과 흐느낌은 "유월항쟁의 늠름한 함성으로" 이어져 시대의 소리 풍경을 완성한다. "죽 쒀서 개 주는" 협잡이 이루어져도 "징소리 울리면 하나될 이들"의 "일진광풍 박살낼 칠천만 징소리"로 우리의 봄을 다시 찾을 수 있을 것임을 노래한다.

광주민주화운동 당시 시민군의 마지막 투쟁을 그린 것으로 보이는 「새벽전투—암하레츠 시편 11」에도 "심장이 쿵쿵쿵 곤다박질치는" 소리, "호루라기 소리", "군홧발 소리", "투항을 재촉하는 총성", "민-주-시-민-여-러-분 / 우리의 아들딸이 죽어가고 있습니다… / 포탄이 작렬하는 새벽을

질주하”는 “여자의 쟁쟁한 외침”이 “온 시가지에 낭랑하게 메아리”치는 소리로 가득한 시대의 소리 풍경이 펼쳐진다.[18] “공포를 뒤흔들고 / 두려움을 가르는 새벽의 외침 하나 / 낮게 포복한 지붕들을 난타했”던 그날의 새벽이 생생한 소리 풍경으로 고정희 시에서 재현된다.

고정희가 시인으로 주로 활동했던 1980년대는 서울의 봄을 거쳐 광주민주화운동으로 상징되었던 시대로 이후 내내 광주의 부채감과 죄의식에 시달려야 했던 시절이기도 했다. 바깥에서는 시위와 진압과 구호와 최루탄 소리와 비명이 늘 가득했고 안에서는 요란한 텔레비전 소리가 가득했던 시절이었다. 침묵을 강요했지만 비어져 나오는 소리들로 가득했던 시대의 특성이 고정희 시에서 청각적 지각을 활용하며 시대의 소리 풍경으로 재현되면서 고정희 시에 소리가 넘쳐흐른다는 인상을 형성하는 데 기여하기도 했다. 청각적 지각은 고정희 시에서 생생한 현장감을 전달하며 시대의 소리 풍경을 완성하고 있다.

4. 타인의 말과 여성 주체의 말하기 형식

고정희 시에 나타난 청각적 지각의 또 하나의 유형은 마당굿 형식을 차용한 시들에서 주로 나타난다. 이런 유형의 시들에서는 주체의 발화 외에도 다양한 종류의 ‘타인의 말’이 끼어드는데 여성주의적 인식이 두드러진 고정희의 시에서 특히 이런 특징이 나타난다는 점을 눈여겨보아야 한

---

18 5·18 광주민주화운동 당시 국가의 사운드스케이프와 이에 저항하는 음향장치를 동원한 시민공동체의 형성이 어떻게 이루어졌는지에 대해서는 다음 논문을 참조할 수 있다. 천유철, 앞의 글, 285~319쪽.

다. 이때 타인의 말은 마당굿이 벌어지는 현장 속으로 독자를 데려가기도 하고 생생한 타인의 말을 들려줌으로써 청각적 지각을 통해 감정을 전달하는 데 기여하기도 한다. 무엇보다도 궁극적으로는 끊임없이 말하고 발설할 것을 종용하는 여성주의적 인식과도 관련된다. 소리내어 외치지 않으면 아무것도 이해받지 못하거나 존재를 인정받지 못했던 여성들의 목소리로 발언함으로써 타인의 말이 끼어든 다성적 발화는 여성 주체의 말하기 형식이 된다. 시끄럽다고 여겨질 정도로 목소리 높여 말해야 함을 이런 말하기 형식을 통해 고정희의 시는 보여주고자 한 것은 아니었을까.

(징소리 크게 울리고 네 구석에 횃불 점화.)

우리 자손 나가신다 쉬
천지신명 불퇴 들고 나가신다 쉬
닭 울기 전 삼신님 나가신다 쉬
우리 자손 앞세우고 천신님 나가신다 쉬
우리 자손 앞세우고 수신水神님 나가신다 쉬
우리 자손 앞세우고 지신地神님 나가신다 쉬
우리 자손 앞세우고 용왕님 나가신다 쉬
우리 자손 앞세우고 조왕님 나가신다 쉬
(우리 자손 나가신다 나가신다 나가신다. [추임새])

우리 자손 나가는 길
부정한 것 물러가라 둥둥둥
남쪽에 나는 귀신 물러가라 둥둥

북쪽에 기는 귀신 물러가라 둥둥

동쪽에 자는 귀신 물러가라 둥둥

서쪽에 앉은 귀신 물러가라 둥둥

물러가라 물러가라 물러가라 물러가라

(물러가라 물러가라. [추임새])

대문 밖에 목병 귀신 선반 위에 처녀귀신

나들디 객사귀신 잠자리 총각귀신

산 좋고 물 좋은 구천九泉으로

바람이듯 썩 물러가라 둥둥

남산귀신 물러가라 동산귀신 물러가라

북쪽귀신 물러가라 서쪽귀신 물러가라

귓병귀신 물러가라 눈병귀신 물러가라

발병귀신 물러가라 입병귀신 물러가라

잔칫상에 몰려앉은 떼귀신아 물러가라

산 좋고 물 좋은 구천으로

썩 썩 물러가라 둥둥

(썩 썩 물러가라. [추임새])

어흠 어흠 어흠 어흠

천신님 내리기 전 어흠

수신님 솟기 전에 어흠

지신님 오르기 전 어흠

어진 삼신三神 어전에서

천리만리 물러가라 어흠 어흠

(어흠 어흠. [추임새])

신내린다 신내린다

삼신님 내리신다

땅 위에 멍석 깔고 하늘에 넋을 풀어

우리 신神 오신 길에 환인제를 올려라

백옥 같은 얼굴에 팔자八字 눈썹 세우시고

백두산 코 해 같은 눈

천신님 내리신다 어흠

용궁 같은 수신님 대지 같은 지신님

어진 삼신 내리실 제 부정한 것

썩 물러가라 어흠 어흠

(어흠 어흠. [추임새])

서양 귀신 물러가라 휘이 휘이

전능자 샤마시태양신의 목숨을 걸고 이르노니

신무당 아사툴루두의 이름으로 이르노니

순식간에 연옥으로 떨어져 나가거라

정녕 여기서 물러가지 않으면

자 너를 섬멸하시는 기라볼의신의

창 받아라! 휘이 휘이

창 받아라 창 받아라 창 받아라

꽥 꽥

(꽥 꽥. [추임새])

동양 귀신 물러가라 둥둥

백년 묵은 구미호 수년 묵은 도채비

어진 삼신 불퇴 앞에 바람이듯

썩 썩 물러가라 둥둥

돼지머리 쇠머리 염소머리 사자머리

네발 달린 짐승 머리 죄다 차려 놓았으니

배 채우고 욕심 채워 썩 물러가지 않으면

단칼에 목을 베고 유황불에 몸을 태워

허허공중 잿더미로 날게 하리라

둥둥둥…

(허허공중 잿더미로 날게 하리라. [추임새])

— 「환인제」 '네 마당 삼신제', 『실낙원 기행』, 인문당, 1981 부분

「환인제」는 씻김굿의 형식을 빌린 마당굿시로 고정희가 창안한 시 형식이다. 『실낙원 기행』에 실렸다가 이후 그의 첫 장시집 『초혼제』 4부에 재수록되었다. 기독교의 영향을 받은 종교시로 출발한 고정희는 마당굿시의 형식을 창안하면서 본격적으로 독창적인 시세계를 열어간다. 물론 그의 종교시도 일반적인 종교시와 달리 시대 현실에 뿌리를 내리고 바깥의 세계에서 들려오는 소리에 예민하게 반응하며 시의 주체 자신은 물론 자신의 '하나님'을 향해서도 의심의 눈길을 거두지 않았다. 그의 뿌리는 자신의 경험적 진실에 놓여 있었다고 볼 수 있다. 여성주의 시인으로서 고정희의 인식은 씻김굿의 형식을 차용한 마당굿시에서 본격적으로 모

습을 드러낸다.

"큰굿 의관 차려입고 등장"해 능청스럽게 호들갑 떨며 사설을 늘어놓는 무당의 말로부터 시작하는 「환인제」는 "조왕마님"에게 빌고 온갖 귀신을 물리친 뒤 죽은 영혼을 천도하는 씻김굿의 형식을 그대로 따르면서 마치 굿의 현장을 직접 보고 들으며 체험하는 것과 같은 효과를 느끼게 한다. 이 유형의 고정희 시에 나타나는 청각적 지각은 마당굿의 생생한 현장감을 전달해주는 효과를 발휘하며 과거와 현재, 이승과 저승을 잇는 소리 풍경을 이루어낸다. 무당이 늘어놓는 사설과 북소리, 징소리, 추임새 등이 어우러진 굿마당 한 자락을 펼쳐놓음으로써 마치 굿판이 벌어지는 현장에 있는 듯한 감각을 불러일으킨다. 이후 『초혼제』를 비롯한 장시에서 고정희의 마당굿시 창작은 본격적으로 이루어지는데, 우리의 전통 양식과 가락을 적극적으로 차용하면서도 시대의식과 여성주의적 인식이 교차하는[19] 새로운 시를 실험한 이러한 시도는 한국 현대 시사에서 좀 더 의미 있게 평가될 필요가 있다. 특히 청각적 지각을 활용해 굿을 재현한 소리 풍경을 구축함으로써 읽는 시를 넘어선 듣는 시, 더불어 함께 참여하는 시의 가능성을 열어주었다는 점은 강조되어야 한다.

이후 두 번째 장시집 『저 무덤 위에 푸른 잔디』창작과비평사, 1989에서 고정희는 마당굿시의 형식을 빌려 이 땅의 모든 어머니의 삶을 기리고 축원하고 애도하는 노래를 부른다. 광주민주화운동에서 희생된 넋을 위로하

---

19 한우리는 교차성 개념을 법학자 킴벌리 크렌쇼의 1989년과 1991년에 발표한 두 편의 논문에서 비롯된 것으로 이해하는 관점에 이의를 제기하며 페미니즘 역사에서 젠더, 인종, 계급 등을 복합적으로 고려하는 '교차적 사고(intersectionality-like thought)'는 아주 오래 전부터 있어 왔음을 강조한다. (한우리, 「교차로에 선 여자들, 1968년, 미국」, 한우리 · 김보명 · 나영 · 황주영, 『교차성×페미니즘』, 여이연, 2018, 12~13쪽.) 우리의 경우 고정희야말로 이러한 교차성의 사유를 보여주는 대표적인 예로 볼 수 있다.

는 일종의 씻김굿 형식을 취하고 있는 이 시에는 반복의 형식이 두드러지고, 실제 굿을 보는 듯 쓰인 시의 형식에서도 특유의 소리 풍경을 볼 수 있다. 청각적 감각이 두드러지게 쓰인 시라고는 할 수 없지만 청각적 이미지를 구축하는 방식이 아니고서도 소리 풍경을 구축하는 데 기여하고 있다는 점은 고정희 시의 중요한 특징 중 하나라고 볼 수 있다. '뒷풀이-딸들의 노래' 「어허 강산이야 해방강토 어엿하다」에서는 민요에서 주로 쓰는 '매기는 소리' '받는 소리'의 형식을 차용함으로써 읽는 시가 아니라 듣는 시로서의 가능성을 열어주고 있는 점도 특기할 만하다.

1987년 고정희 시인은 어머니를 여의었는데, 돌아가신 어머니의 삶을 돌아보며 '여자해방'의 염원을 담아 세상의 모든 어머니에게 바치는 애도의 노래로 이 시집을 기획했음을 알 수 있다. "눌린 자의 해방은 눌림받은 자의 편에 섰을 때만 가능하다"는 생각을 가지고 있었던 고정희는 "눌림받은 여성의 대명사인 어머니"를 "잘못된 역사의 고발자요 증언의 기록이며 동시에 치유와 화해의 미래"로서 그리고자 했음을 『저 무덤 위에 푸른 잔디』 후기에서 밝힌 바 있다. "잘못된 역사의 회개와 치유와 화해에 이르는 큰 씻김굿이 이 시집의 주제이며 그 인간성의 주체에 어머니의 힘이 놓여 있다"는 시인의 전언에서 씻김굿의 형식을 빌려 시인이 시대와 역사의 문제의식과 교차하는 여성주의 시의 새 장을 열고자 했음을 읽을 수 있다.

> 20년 동안 무심히 까발려진 한강에서
> 사내들은 모래에 삽질을 하고
> 사대문 안에서는
> 허울좋은 보도들이

시골 풍년잔치와 놀아나는 시월,

어인 일인가

조선국 충렬왕조에 공출 나갔던

고려 여자들이 돌아오네

앞산 뒷산 풀섶에

흰 들국향으로 돌아오네

다리 후들거리며 떠나갔던 여자들,

회회아비와 살을 섞고

청국인과 피를 섞고

오랑캐와 넋을 섞어

조선국 사대부 밥줄 지킨 여자들

황천국 하늘이나 떠도는 줄 알았더니

저것 봐라……

으드드득 주저앉은 무릎뼈 흔들며

들국 산국 향으로 돌아오네

청천벼락 때리며 돌아오네

돌아오네

돌

  아

    오

      네

일제치하 끌려갔던 정신대 여자들

이씨조선 여자들이 돌아오네

가슴 벌럭거리며 실려갔던 여자들

혀 깨물고 죽을 자유도 없이

도쿄와 규슈와 고베로 흩어져

멕시코와 필리핀과 브라질로 흩어져

요강방석이 되고 더러는

횟감이 되고 더러는……

일본이노 좋아데스

조선이노 마라데스

친일이노 매국노 재산 지킨 여자들

구천의 강물로나 사라진 줄 알았더니

이 어인 일인가

우두두둑 바스러진 우국지조 흔들며

개망초 들망초 꽃으로 돌아오네

달빛 스산한 한강물 밟으며

천재지변 데불고 돌아오네

떠　　떠　　떠

　나　　나　　나

　　가　　가　　가

　　　네　　네　　네

해동천 공화국에 사는 여자들

달러박스 낚시질 밥으로 떠나가네

기생관광 산업관광 버들피리 되어

삘닐리리 삘닐리리 보리피리 되어

하아, 하이, 마이 달링

심심산천 도라지꽃으로 웃다가

다국적 기업의 똥물로 흐르다가

이 강 산 낙화유수……

사계절이 아름다운 나라

해동천 공화국에 사는 여자들,

두당 1백 30만 원, 팔려가네

한겨레 한가지로 팔려가네

―「현대사 연구 14 ―가을 하늘에 푸르게 푸르게 흘러가는 조선 여자들이여」,
『눈물꽃』, 실천문학사, 1986 전문

왕조 중심의 역사에서도, 나라를 잃은 식민지 시기에도, 해방을 맞아 건설된 국가에서도 전쟁이나 정치적 필요에 의해 늘 희생당해 왔던 여성의 삶과 역사는 은폐되거나 망각되어 왔을 뿐 주목이나 성찰의 대상이 되지 못했다. 고정희의 시는 여성을 착취하고 희생시킨 역사가 얼마나 뿌리 깊은 것이며 지금도 계속되고 있는 것인지를 증언한다. "조선국 충렬왕조에 공출 나갔던 고려 여자들"부터 "일제치하 끌려갔던 정신대 여자들"까지 이 땅으로 돌아오는 모습을 그리며 역사에서 잊힌 이들에게 현재적 의미의 역사성을 부여해 준다. 공출 나가 "조선국 사대부 밥줄 지킨 여자들"은 고향에 돌아와 '환향녀'라는 이름을 얻었고 "일제 치하 끌려갔던 정신대 여자들"과 '일본군 위안부'의 아픔은 아직까지도 보상받지 못했다. 이 땅이 여성을 희생양 삼은 역사는 지나간 과거의 일이 아니라 현재에도 역시 계속되고 있음에 고정희 시는 주목한다. "달러박스 낚시질 밥"이 된 여자들, "기생관광 산업관광"의 희생양이 된 여자들은 "두당 1백

30만 원"에 팔려가 이 땅을 떠나가고 있음을 고발하며 고정희 시는 '조선 여자들'의 역사를 통해 이 땅의 현대사를 다시 보고자 한다.

이 시에도 청각적 지각은 활용된다. 공출 나갔던 고려 여자들이 "으드 드득 주저앉은 무릎뼈 흔들며" "청천벽락 때리며 돌아오"는 모습에서 소리가 들리고, "일제치하 끌려갔던" "이씨조선 여자들이" 목숨을 부지하기 위해 들어야 했거나 담아야 했던 말, "일본이노 좋아데스 / 조선이노 마라데스 / 친일이노 매국노" 등을 직접 들려줌으로써 이들이 돌아오는 풍경에 현장감을 더한다. "해동천 공화국에 사는 여자들"이 "기생관광 산업 관광 버들피리 되어 / 삘닐리리 삘닐리리 보리피리 되어" 떠나는 모습이나 "하이, 하이, 마이 달링 / 심심산천 도라지꽃으로 웃"는 모습, "이 강산 낙화유수……" 부르는 노랫소리에서도 여자들의 목소리가 '타인의 말'과 웃음소리, 노랫소리로 끼어들어 현장감을 부여한다. 이 땅에서 존재를 부정당해야 했던 여성들의 목소리를 들려줌으로써 고정희 시는 우리의 근현대사가 여성을 희생양 삼아 온 역사임을 증언한다. 시대성, 역사성과 교차하는 여성주의적 인식이야말로 당시 고정희가 선취한 선구적인 자리였음을 정확히 보여준다.

여자는 최후의 피압박계급?

내 잠시 잠깐도 잊어 본 적이 없는
규방 여자들의 한이 있사외다
동지섣달 길쌈하는 소리는
날 잡숴, 날 잡숴,
여자 사지 찢어 나르는 소리요

달빛 설핏한 밤 다듬이질 소리는

여자 팔자 두룸박 팔자 여자 팔자 두룸박 팔자

여자 팔자 두룸박 팔자……

조선 여자 뒤통수 내리치는 비명이거늘

오직 천추의 한으로 간직할 뿐

이 결박 스스로 풀지 못했으니

어즈버

문명국이 된 오늘날까지

방직공장과 기성복 공장

그리고 또 무슨무슨 공장에서

우리의 이쁘고 이쁘고 이쁜 딸들이

저임금과 철야, 잔업에 시달리며

생산증대 길쌈과 바느질로

돈받이 달러받이 일삼는 것 아니리까

구중궁궐 기계실과 밀실에서

성폭력과 강간폭력 노동통제 남근에 깔려

　어머니 당했어요, 현모양처 되기는 다 틀렸어요,

　돈이나 벌겠어요!

기생관광 인당수에 몸 던지는 것 아니리까

　딸아, 현모양처상을 화형에 처해라

　네 비수로 정절대를 찢어라

단숨에 찢어발겨라, 이 불쌍한 것

여자의 이 아픔

여자의 이 억압

여자의 이 억울함

하늘을 찌르고 땅에 솟구친들

속 시원히 노래한 시인이 조선에 있는지요

최근에 박노해라는 노동시인이

이불을 꿰매며, 라는 여자해방시를 썼다고 하나

찬찬히 뜯어보건대

나도 내 아내를 압제자처럼 지배하고 있었다…… 이런 고백에 지나지 않아요

원통하구려!

오천년 당한 수모 약이 될 수 없으리까

정작 길닦이가 없었나이까

아니외다

사백 년 전 경번당 당신은 이미

여자의 처지를 계급으로 절감했사외다

사백 년 전 난설헌 당신은 이미

여자의 팔자를 피압박 인민으로 꿰뚫었사외다

사백 년 전 초희 당신은 이미

남자의 머리를 봉건제 압제자로 명중했사외다

아니 아니 난설헌 당신은 최초로

조선 봉건제에 반기를 든 여자 시인이며

여자를 피압박계급으로 직시한

최초의 시인이 아니리까

밤 깊도록 베 짜는 외론 이 심사

뉘 옷감을 이 몸은 이리 짜는가

팔베개 수우잠도 맛볼 길 없이

텅텅텅 북 울리며 베 짜는 몸엔

겨울의 긴긴 밤이 그저 추울 뿐

뉘 옷감을 이 몸은 이리 짜는가

가위로 싹둑싹둑 옷 마르노라면

추운 밤에 손끝이 호호 불리네

시집살이 길옷이 밤낮이건만

이내 몸은 해마다 새우잠인가

가난한 여자를 위한 이 오언절구 절창에

어느 여자 무릎을 치지 않으리요

— 「사임당이 허난설헌에게 ─ 이야기 여성사 3」,
『여성해방출사표』, 동광출판사, 1990 부분

『여성해방출사표』에 실려 있는 '이야기 여성사' 연작시는 「황진이가 이
옥봉에게」, 「이옥봉이 황진이에게」, 「사임당이 허난설헌에게」, 「허난설헌
이 해동의 딸들에게」, 「정실부인회와 보수대연합」, 「여자가 하나 되는 세
상을 위하여」, 「하늘에 계신 우리 어머니」 등 7편으로 구성되어 있다.[20]
그중에서도 연작시 1~4는 황진이, 이옥봉, 사임당, 허난설헌 등 우리 역

사 속 여성 인물들의 목소리를 빌려 서로가 서로에게 이야기하는 방식으로 이루어져 있다.

인용한 시에서 사임당이 허난설헌에게 건네는 말은 허난설헌을 "경번당 허 자매"로 호칭하며 시작된다. "기실 명문가에 적을 둔 정실규방 신세 한가지로 살아왔으니 / 그 허와 실 뼛속에 사무치리라 싶어 / 꾸밈없는 속 이야기 서둘러" 하고자 한다면서 시작된 사임당의 허심탄회한 속사정은 '사임당상'이 그야말로 "흉보 중에 흉보" "재앙 중에 재앙"임을 피력하는 데서부터 펼쳐진다. 이어서 현모양처라는 허상에서 깨어나려면 일부일처제, "여자가 여자 자신의 적이다" 같은 장벽을 넘어서야 함을 피력한다. 인용한 부분에서는 "규방 여자들의 한"을 생생한 소리들을 통해 전달한다. "동지섣달 길쌈하는 소리는 / 날 잡쉈, 날 잡쉈, / 여자 사지 찢어 나르는 소리요" "달빛 설핏한 밤 다듬이질 소리는 / 여자 팔자 두룸박 팔자 여자 팔자 두룸박 팔자 / 여자 팔자 두룸박 팔자…… / 조선 여자 뒤통수 내리치는 비명"임을 우리가 익숙하게 알고 있는 소리의 청각적 지각을 활용해 낯설게 형상화함으로써 전복적 효과를 도모한다. 사임당의 목소리는 과거와 현재를 넘나들며 허난설헌을 지나 오늘의 딸들을 향해서도 발화된다. "저임금과 철야, 잔업에 시달리며" "생산증대" "돈받이 달러받이"로 이용당하고 "성폭력과 강간폭력 노동통제 남근에 깔려" "기생관광 인당수에 몸 던지는" 여성들을 향해 "현모양처상을 화형에 처"하라고 원통하게 외친다.

오늘의 딸들의 목소리와 어머니의 목소리를 들여쓰기를 통해 타인의

---

20 김승희는 『여성해방출사표』를 카니발적 상상력을 보여주는 다성적 발화 양식의 텍스트로 규정한 바 있다. 김승희, 「고정희 시의 카니발적 상상력과 다성적 발화의 양식」, 『비교한국학』 19(3), 국제비교한국학회, 2011.12, 9~37쪽.

말로 인용해 놓음으로써 시대를 초월해 소통하는 여성들의 목소리를 생생히 전달하고 여성들의 연대를 꾀한다. 타인의 말을 들여쓰기 표지를 통해 인용함으로써 청자로 설정되어 있는 허난설헌뿐만 아니라 이 시대의 모든 여성들이 타자이자 주체인 자리에 올 수 있게 한다. 타인의 말을 적극 활용함으로써 여성들이 연대하는 소리 풍경의 장을 형성하는 이러한 기법은 초기 시에서부터 바깥의 소리에 예민하게 반응했던 고정희의 시가 남다르게 성취한 자리라고 볼 수 있다.

5. 나가며

고정희의 시에서 청각적 지각은 대개 세 가지 유형으로 나타난다. 첫째, 소리가 직접 나타나는 경우라고 할 수 있는데, 이런 유형의 시에서는 대개 외부나 내부에서 들려오는 소리에 예민하게 귀 기울이는 주체가 함께 등장한다. 고정희의 초기 시에서는 바깥에서 들려오는 소리에 예민하게 반응하고 내면의 갈등으로 흔들리는 주체가 등장하는데 대개 이 주체는 바깥의 소리뿐만 아니라 내면의 소리에도 예민하게 반응한다. 내면에서 들끓는 소리처럼 사실상 소리의 형태로 지각되지는 않는 소리에 고정희 시의 주체는 예민하게 반응하고 결과적으로 내면의 들끓는 소리, 내면에서 들려오는 불협화음조차 고정희 시에서는 시끄러운 소리 풍경을 만들어 낸다. 고정희 시를 읽으며 독자들이 청각적 지각이 지배적으로 쓰였다고 느끼고 감각하게 되는 데에는 이런 유형의 시들이 구축하는 소리 풍경도 기여하고 있었다.

둘째, 고정희가 시인으로서 주로 활동했던 1980년대를 표상하는 소리들이 시대의 소리 풍경으로 고정희 시에 나타난다는 것을 또 하나의 유형으로 살펴보았다. 1980년대는 서울의 봄을 거쳐 광주민주화운동으로 상징된 시대로 광주의 죄의식에 시달려야 했던 시절이었다. 바깥에서는 시위와 진압과 구호와 최루탄 소리와 비명으로 늘 가득했고 안에서는 컬러텔레비전의 보급으로 대중문화가 급격히 확산되며 요란한 텔레비전 소리가 가득했던 시절이었다. 침묵을 강요했지만 비어져 나오는 소리들로 가득했던 시대의 특성이 고정희 시에서 청각적 지각을 활용한 시대의 소리 풍경으로 재현되면서 고정희 시에 소리가 넘쳐 흐른다는 인상을 형성하는 데 기여했다. 청각적 지각은 고정희 시에서 생생한 현장감을 전달하며 시대의 소리 풍경을 완성하였다.

셋째, 고정희 시에 나타난 청각적 지각의 또 하나의 유형은 마당굿 형식을 차용한 시들에서 주로 나타난다. 이런 유형의 시들에서는 주체의 발화 외에도 다양한 종류의 '타인의 말'이 끼어드는데 여성주의적 인식이 두드러진 고정희의 시에서 특히 이런 특징이 눈에 띄었다. 타인의 말은 마당굿이 벌어지는 현장 속으로 독자를 데려가기도 하고 생생한 타인의 말을 들려줌으로써 청각적 지각을 통해 감정을 전달하는 데 기여하기도 했다. 소리 높여 외치지 않으면 시대의 희생양이 되거나 존재를 인정받지 못했던 여성들의 목소리를 끊임없이 들려줌으로써 타인의 말들이 형성하는 소리 풍경은 고정희가 개성적으로 개척해 간 여성 주체의 말하기 형식이 된다.

고정희의 시에서 들려오는 시끌벅적하고 소란한 청각적 지각을 어떻게 이해할 수 있을 것인가라는 의문에서 출발한 이 논문은 고정희 시에서 청각적 지각이 발현되는 독특한 방식과 고정희 시가 구축한 소리 풍경을 몇 가지 유형으로 나누어 살펴보았다. 여성 주체로서 바깥의 소리에 반응하는 태도와 시대의 소리 풍경, 여성주의적 말하기 방식으로서 창안해 낸 소리 풍경 등은 궁극적으로 종교와 시대와 여성주의적 문제의식이 교차하는 고정희 시의 성취를 다시 한 번 확인시켜 주었다.

1980년대 여성주의 출판문화운동의 네트워킹
행위자로서 고정희의 문화적 실천

김정은

1. 들어가며

페미니즘 리부트 이후 출판계 내에서 불기 시작한 페미니즘의 바람은 페미니즘이라는 문화적 흐름이 여러 여성 주체들이 함께 힘을 합쳐 만들어가는 문화적 움직임이라는 사실을 보여줬다. 작가 개인이 지닌 저자성만으로 이러한 문화적 움직임이 만들어졌다고 보기는 힘들다. 페미니즘적인 '여성 서사'가 창작한다고 하더라도 이에 호응하는 독자의 존재와 이를 페미니즘 문학 작품으로 부각하는 편집/기획자의 노력, 그리고 이를 유통시킬 수 있는 플랫폼 내지 미디어의 힘이 작용해 페미니즘적인 문화적 흐름이 활성화될 수 있었다.

여성들이 함께 만들어가는 문화적 움직임이 출판 문화계의 체질을 바꾸고 있는 현재 국면에서 1980년대에 이뤄진 여성주의 출판문화운동에 최전선에 있었던 고정희의 문화적 실천을 조명하는 것은 의미 있는 작업이 될 것이다. 페미니즘적인 문화적 흐름을 만들려 했던 여성 주체들의 시도는 단지 과거에 속하는 완결된 일이 아니라 끊임없는 현재의 역사적 시간과 접속하며 새롭게 해석될 수 있는 영역이다. 2021년은 특히 고정희 타계 30주기로 고정희와 관련한 학술 행사와 대중 강연이 기획·개최되고 있으며 페미니즘 리부트 시대에 고정희에 대한 소환이 다시 활발히 전개되고 있다. 하지만 고정희에 대한 기억 내지 추모는 소위 '또 하나의 문화'^{이하 '또문'}라는 여성주의 그룹에 의해서 지속적으로 이뤄져 왔음 역시 잊혀서는 안 되는 중요한 사실이다. 이소희에 따르면 또문 그룹은 고정희 사후 고정희에 대한 문화적 행사를 지속적으로 개최해 왔으며 그것이 일종의 여성 연대와 다른 세대에 속하는 여성들을 연결하는 여성주의 문화정치의 의미를 획득해 왔다. 이때 "고정희가 '또 하나의 문화' 동인들과 맺게 된 여성주의 이념 공동체 일원으로서의 관계와 일하는 방식, 즉 "서로 다르되 함께 하는 분위기"는 고정희의 사후 진행된 여러 가지 문화 행사를 기획하고 진행하는 과정에 중요한 영향을 미쳤으며 여성주의 문화운동 형태로 구체화되는 바탕이 되"었다.[1] 본 연구가 고정희를 소환하는 맥락은 바로 이러한 지점, 즉 고정희의 타계 이후 진행된 여성주의 문화운동의 바탕이 되었던 고정희의 여성주의 문화기획자로서의 면모이며 다른 여성들과 함께 모여 일했던 방식이라 할 수 있다.

고정희^{1948~1991}는 민중을 사랑한 시인이자 여성해방문학의 영웅적 '저자'로 우리에게 알려져 있다. 하지만 고정희의 이러한 '저자성'을 탐구하는 것만으로는 고정희가 1980년대 여성주의 출판문화운동에서 네트워킹 행위자로서 지녔던 면모는 제대로 다뤄질 수 없는 것이 아닌가 한다. 문화학술장에서 작용하고 있던 남성적 권위를 끊임없이 해체하기 위해 노력하며 여성 주체들과 함께 새로운 문화적 흐름을 만들고 있었던 고정희의 면모를 주목하는 것은 남성적 권위와는 다른 방식으로 고정희가 지

---

1   이소희, 「"고정희"를 둘러싼 페미니즘 문화정치학―여성주의 연대와 역사성의 관점에서」, 『젠더와 사회』 6(1), 한양대 여성연구소, 2007, 16쪽.

넜던 여성 연대나 자매애의 수호신으로서의 '권위'에 주목하는 것이기도 하다. 고정희가 보여준 여성 연대가 수평적 네트워킹에 기반한 것임을 상기할 때, 여성 영웅인 고정희를 기억하는추모하는 방식은 단순히 그의 공을 이야기하며 고정희를 세상의 '중심'에 혼자 빛나게 하는 것이 아니라 고정희가 여성들과 연결되며 혹은 여성들을 연결시키며 만들어 나갔던 문화적 움직임을 조명하는 것일 필요가 있다.

이 글은 이를 위해 고정희가 1980년대 문학장 안팎의 여성들과 접속하며 페미니즘 문화의 "봇물을 트"기 위해 노력했던 면모를 우선적으로 다뤄보고자 한다. 본 연구에서는 여성해방문학의 영웅적 저자로서 고정희의 면모를 조명하기보다 고정희의 다른 면모, 즉 '배후'로서의 고정희의 면모에 주목한다. 물론 '배후'라는 단어 역시 어떤 중심적 영향력을 가정한다는 점에서 수직적 논리를 함축할 수 있는 위험성이 있지만, '배후'라는 단어가 가부장제에 대항하려는 여성의 '자매애'와 연대의 힘과 '접합'되었을 때는 긍정적 의미를 거느릴 수 있다고 판단한다. 홀에 따르면 "어떤 특정한 계기에서 사회적 투쟁을 수행할 수 있느냐 하는 것은, 바로 어떤 핵심적인 용어가 예전에 지녔던 의미를 효과적으로 떼어 내고탈접합 거기에 새로운 의미를 부여하여 새로운 정치적 주체의 부상을 대변해 주는지에 달려 있"는 것이다.[2] 여성과 여성이 연결되며 각자 서로에게 지지 기반이 되며 함께 여성들을 위한 언어를 만들어 나가고 있었던 1980년대 여성주의 출판문화운동의 풍경이 지녔던 성격을 바라보는 데에 있어서 홀의 이러한 관점은 유용하다.

이러한 판단 속에서 본 연구는 여성해방문학이 생산될 수 있는 문화

---

2   스튜어트 홀, 「'이데올로기'의 재발견―미디어 연구에서 억압되어 있던 것의 복귀」, 임영호 편역, 『문화, 이데올로기, 정체성』, 컬처룩, 2015, 396쪽.

적 흐름을 매개하기 위해 고정희가 한 노력을 '또 하나의 문화' 동인지 3
호『여성해방의 문학』이 기획·생산된 과정을 조명함으로써 가시화해볼
것이다. 이는 또문이 발행했던 무크지^{동인지}뿐만 아니라 뉴스레터『동인회
보』를 검토함으로써 가능해지는 부분이기도 하다. 한편『여성해방의 문
학』출간 이후 고정희가 여성주의 출판문화운동에서 한 역할에 주목해
고정희의 네트워킹 노력이 단지 다른 영역의 여성 지식인 주체들을 연결
하는 것에 그치지 않았음을 밝힐 것이다. 고정희는 민주화를 향한 대행
진 속에 여성해방의 실천적 과정이 동반되지 않을 수 있음을 경계하면서
『여성신문』의 초대 편집주간을 맡으며 "시 창작의 범위를 넘어서서 보다
사회정치적으로 여성들에게 다가갈 방법을 모색"하고 있었다.[3] 고정희
는『여성신문』이 여성 지식인 주체와 보통 여성들 사이의 거리감을 좁히
고 공감대를 형성할 수 있는 다리 역할을 해야 한다고 생각했다. 고정희
가『여성신문』의 편집주간을 맡을 당시 펼쳤던 활동들을 조명하는 것은
성억압구조를 급진적으로 드러내고 있었던 고정희의 시적 언어와 고정
희가 주장했던 '여성민중주의적 현실주의'가 어떤 입지점 속에서 제기되
고 있는지를 이해하는 데에 시사점을 줄 것이라 기대한다. 마지막으로 고
정희가 중요한 행위자가 되어 활성화되었던 여성들의 네트워크가 고정
희 사후에도 작동하고 있는 모습, 글을 쓰는 여성들 그리고 '페미니즘 세
대'[4] 여성들의 '배후'가 되고 있는 면모를 부각해 여성과 여성을 연결하는

---

3   이소희,『여성주의 문학의 선구자 고정희의 삶과 문학』, 국학자료원, 2018, 111쪽.
4   이러한 명명과 관련해서는 다음의 논의를 주목할 필요가 있다. 박동수는 "청년세대 종
     언론의 물결이 최고조에 달했을 때" 전혀 새로운 움직임으로서 "'여성청년'이 중심이
     된 새로운 페미니즘의 물결"이 일어났음을 거론하면서, 그런데 이러한 흐름이 전혀 "청
     년세대의 담론으로 생각되지 않"음을 비판적으로 인식한다. "청년 개념 자체의 남성중
     심성을 해체하는 페미니즘 의제가 부상"한 광경을 목도하면서도 "페미니즘을 부르짖는
     2030세대"를 "페미니즘 세대라고 부르기를 주저"하는 것은 페미니즘이 부문 운동이며

페미니즘적 유산legacy으로 고정희를 자리매김하는 것이 가능함을 주장해 볼 것이다.

2. 여성해방문학의 영웅적 '저자'의 이면

주지하다시피 1980년대는 무크지의 시대였다. 무크지는 신군부의 집권으로 언론기본법이 제정되며 정기간행물 성격의 기존 주요 매체인『뿌리깊은나무』,『창작과비평』,『문학과지성』등이 강제 폐간된 상황 속에서 등장했던 새로운 매체 운동 방식이었다.[5] 물론 최초의 무크지였던『실천문학』은 주요 매체들이 강제 폐간되기 전에 간행된 것이기는 했으나, 기존에 권위 있던 매체들이 폐간을 맞는 등 기존의 제도적 질서가 해체를 맞이하는 상황 속에서 새로운 매체를 만드는 시도가 활성화된 측면이 있었다. 1980년대에 활발히 전개된 무크지 운동은 부정적 현실에 대한 대응의 성격을 중심으로 논의되어 왔는데, 김문주의 논의는 기존 문학 제도 바깥의 타자들의 목소리가 등장할 수 있었던 계기이자 "종전의 문학 개념을 변혁하고자 하는 경계허물기의 일환"으로 평가하며 무크지 연구에

세대 전체의 이해관계를 대변하는 것은 아니라는 오해에서 기인한다는 것이다. 이러한 비판적 인식 속에서 그는 어떤 이름을 퍼뜨리는 것 자체가 운동이 될 수 있음을 의식하면서 이들을 '페미니즘 세대'로 명명할 필요가 있다고 주장한다. "페미니즘 세대는 청년이라는 남성적 기표로도, 근대라는 단절적 시간성으로도 온전히 포섭될 수 없는 고유한 자리에서 새로운 세대적 연결과 연합을 만들고 있"기 때문이다. 박동수,「페미니즘 세대 선언」,『인문잡지 한편』1, 민음사, 2020, 29~33쪽.

5   김대성,「제도의 해체와 확산, 그리고 문학의 정치」,『동서인문학』45, 계명대 인문과학연구소, 2011, 34쪽.

대한 새로운 관점을 마련한 바 있다.[6]

본 연구가 주목하고자 하는 여성 무크지 운동 역시 1980년대 초반 형성된 일종의 '비상사태'가 불러온 역설, 새로운 매체의 등장과 비주류적 목소리가 가시화되는 공간이 마련된 출판문화 환경과 부분적으로 관련되어 있다고 판단된다. 문화학술장에서 '비주류'로 존재했던 여성 주체들이 주도한 여성 무크지 운동은 기존의 논리와는 다른 문화 논리를 만들어 내고 있었는데, 특히 여성이 공론장에서 출현할 수 있는 조건을 문제삼으며 여성이 새로운 방식으로 가시화될 수 있는 방식을 모색하고 있었다고 할 수 있다. 이러한 맥락에서 여성들이 모여 새로운 매체를 만든다는 사실 자체가 발신하는 메시지가 존재하고 있었다. 이때 고정희의 문화적 실천은 1980년대에 전개된 여성 무크지 운동이 가진 이러한 의미와 성격을 살펴보는 데에 있어 중요한 매개가 된다고 할 수 있다.

고정희는 전예원에서 1984년 1월에 나온 『여성문학』에 '디아스포라' 연작 중 「디아스포라-그대 언제 고향에 가려나」를 발표했다.[7] 『여성문학』은 박완서 등 『여성동아』를 통해 작가로 데뷔한 '여성동아 문우회' 출신 인사들이 주축이 되어 창간되었던 것으로 "한국문학의 공간을 넓혀주는 여성문학인의 부정기간행물MOOK"를 표방하였다.

『여성문학』의 창간의 말에서 여성문학인들은 "높이 쳐들 문학적인 깃발이나 목청 높은 구호를 갖고 있지" 않다고 밝혔다. 단지 "여기 함께 모였"다는 것이다.[8] 그런데 이러한 모임 자체가 기존 문단 혹은 문학장을 향

---

6   김문주, 「1980년대 무크지 운동과 문학장의 변화」, 『한국시학연구』 37, 한국시학회,
     2013, 86쪽.
7   이 시는 고정희의 다섯 번째 시집 『눈물꽃』(실천문학사, 1986)에 실리기도 했다.
8   여성문학 편집위원회, 「함께 깨어 있기 위하여」, 『여성문학』, 전예원, 1984, 6쪽.

해 어떤 메시지를 발신하고 있었다. "자신의 작품이나 원고를 들고 다니며 지면을 구걸하지 않을 만큼의 최소한의 자존심을 자신의 문학에 대해 갖고 있다"는 여성문학인들의 발화는 『여성동아』라는 여성지를 통해 등단한 여성문학인들이 지면을 얻기 어려웠다는 사실을 보여준다. 지면을 얻지 못했다는 것은 "작품활동이 뒷받침되지 않은 작가란 허명에 대한 부끄러움"을 가지게 하는 것이었다.[9] 글을 쓰는 지면을 얻지 못해 작가로서의 존립을 위협받는 상황 속에서 '여성동아 문우회'를 중심으로 한 여성 문인들이 할 수 있었던 것은 새로운 매체를 만드는 일이었다. 여성들이 함께 모여 매체를 만드는 일 자체가 기존에 존재했던 매체에 실릴만한 글을 규정하는 자는 누구이며, 그 기준은 무엇인지를 질문하고 있는 것이라 할 수 있었다.

그렇게 해서 창간된 『여성문학』은 당초 『여성동아』 장편소설 공모 당선 작가들, 즉 여성동아 문우회를 중심으로 하는 동인지 형식으로 기획되었으나, "보다 많은 여성문학인들과 만나면서 당초의 동인지 성격에서 문학의 넓은 영역을 수용하는 무크MOOK 형식의 부정기 문예지로 발전"하게 되었다고 한다. 이에 '여성동아장편공모당선작가중편신작소설선'이라는 특집에 앞서 별도로 마련된 시 코너에 여성 시인이었던 안혜초, 강은교, 고정희의 시가 실렸다. 물론 고정희가 무크지 『여성문학』에 깊은 관여를 했다고 보기는 힘들다. 하지만 고정희 역시 등단 과정에서 '여성성의 이데올로기'에 부딪히며 매체와 문단을 이끌어가는 남성들의 헤게모니를 문제적으로 인식하고 있었음을 상기할 때 여성 문인들만의 글을 싣는 무크지 『여성문학』의 창간이 지니는 의미에 일정 부분 공감대를 형성하고

---

9   위의 글, 7쪽.

있었음은 분명하다.

박완서 등 '여성동아 문우회' 출신 인사들이 기획과 편집을 주도했던 『여성문학』에 시를 발표하며 여성 문인들이 새로운 매체를 만드는 시도에 공감대를 표시하고 있었던 고정희는 문단 바깥의 여성들을 만나면서 여성주의 출판문화운동에 최전선에 서게 된다. 소위 '또 하나의 문화'라는 동인모임을 만나 여성주의 문화운동을 함께 펼치게 되었던 것이다. '또 하나의 문화'^{이하 또문}는 1984년 사회학, 인류학, 여성학 등 주로 사회과학을 전공하는 여성 지식인이 주도해 생겨난 여성주의 문화운동 그룹이었는데, 이 그룹에 고정희 역시 합류했다.

박혜란은 고정희가 "우연한 연줄"로 '또문'의 창립 동인에 참가하게 되었다고 밝힌 바 있다.[10] 그 "우연한 연줄"은 크리스챤 아카데미 그리고 조한혜정과 관련이 있다고 판단된다. 고정희는 또문에 합류하게 될 당시에 크리스챤 아카데미의 출판부에서 일하고 있었다. 조혜정과 조옥라가 '크리스챤 아카데미'에서 진행된 1983년 '대화모임'에 참여했다는 사실을 주목한다면 고정희가 또문과 인연을 맺게 된 데에는 크리스챤 아카데미와 관련한 인적 네트워크가 작용하지 않았을까라는 추정을 해볼 수 있다. 조한혜정은 또문에 고정희를 끌어들인 것은 조한혜정 자신이라 회고하기도 했다.[11]

고정희는 "시인으로서가 아니라 민주 시민으로서의 역할이 무엇인가를 모색하기 위해" 이 모임에 참여하게 되었다고 밝혔다. 이때 사회과학

---

10 박혜란, 「토닥질하듯 어루만지듯 가슴으로 읽은 고정희」, 또 하나의 문화 편, 『또 하나의 문화 제9호-여자로 말하기, 몸으로 글쓰기』, 또하나의문화, 1992, 69쪽.

11 2021년 6월 1일(화)부터 7월 11일(일)까지 땅끝순례문학관 기획전시실에서 열린 '고정희 시인 아카이브전'에서 조한혜정의 이러한 회고 내용을 들을 수 있는 인터뷰가 상연되기도 했다.

을 전공하는 여성 지식인이 주축이 되었던 또문에 고정희가 여성 문인으로 참여한 것이 이질적으로 보이는 만큼 고정희가 '또문'이 펼칠 운동을 어떻게 바라보면서 참여하고 있었는지를 확인해 볼 필요성이 있다.[12] 무크지 1호의 편집이 한창 진행되고 있었을 시점인 1984년 12월 9일에 발행된 『동인회보』 2호의 "『또하나의 문화』가 내게 의미하는 것"이라는 코너에 실린 고정희의 글은 고정희가 또문에 처음으로 합류할 당시에 또문이 펼칠 운동에 대해서 가지고 있었던 인식들을 우리에게 알려준다.[13]

사실 나는 「또 하나의 문화」에 대해 어떤 언급을 할 만한 자격이 충분한 사람은 아니다. 왜냐하면 나는 이 모임의 발기동인이 아니며 그동안 수차례에 걸친 창간호 편집회의에 참석하면서 동인들의 인품과 개성, 그리고 생활철학을 읽게 됨으로써 이 운동의 향방을 어렴풋이 이해하게 되었기 때문이다. 다시 말

---

12   고정희는 또문의 다른 동인들과 다른 지적 배경과 입지점을 지니고 있었다. 조형은 "처음부터 그는 자신의 기존 교우 관계의 범주 저 바깥에 있던 새로운 환경을 익히려 노력했고, 때로는 스스로 헤아려 갖고 있던 「또 하나의 문화」에 대한 상(像)에 비추어 보고 실의에 빠지기도 했다. 그러나 조금씩 조금씩 가까이 다가가는 걸음마를 애써썼다. 그것은 무엇보다도 함께 토론하고 즐겁게 일하는 친구들이 좋아 그랬다."(조형 외, 『너의 침묵에 메마른 나의 입술』, 또하나의문화, 1993, 60쪽.)라고 고정희의 또문에서의 낯설음과 적응을 설명하기도 했다. 조옥라는 고정희와 또문의 다른 동인들이 보였던 갈등과 긴장을 다음과 같이 묘사하기도 했다. "고정희가 안고 있는 현실 인식은 우리 사회의 억압적 정치, 독재, 오월 항쟁, 노동 투쟁들에 바탕을 둔 것으로, 대안을 제안할 수 있어야 한다는 주장이 강한 동인들과 격렬하게 부딪치기도 했다. 그래서 고발의 차원에서 대안의 차원으로 뛰고 싶은 동인들에게 항상 한국 현실의 구조적 문제의 해결 없이 그렇게 동떨어지는 얘기를 하느냐는 비판을 멈추지 않았다"(조형 외, 앞의 책, 246쪽).
13   이 코너에 글을 실은 사람(글의 제목)은 다음과 같다. 대부분 또문 1세대동인에 해당한다고 할 수 있다. ; 조형(외로운 투사들의 모임), 조은(뒤늦은 나의 변신), 고정희(하나되는 힘을 위한 결속), 정진경(내가 찾은 준거집단), 조옥라(가슴깊이 느낀 여성의 문제, 우리가 할 수 있는 곳에서부터), 김애실(자신의 내면을 비춰주는 거울), 조혜정(근본적인 사회변혁의 시작)

해서 기존의 '단체'나 '운동'이라는 말에 큰 매력을 못 느끼는 나로서는 편집동인들의 개성에 먼저 반했고 그 다음으로 따라오는 '일'에 대해서는 인간적인 신뢰에 따라 동참하게 되었다고 봄이 솔직하기 때문이다.

(…중략…) 그렇다면 이러한 문화운동은 70년 이후 80년대 여타의 문화운동민중운동 혹은 인권운동과 어떤 연계성을 가지는 것일까. 내 개인적인 의견으로는 지금 이 상황에서 급진적인 문화운동이 불가피하게 감수할 수밖에 없는 경직성을 보편적 시민의식으로 연결시켜 주는 연합운동의 임무를 수행하리라 믿는다. 그런 의미에서 「또 하나의 문화」 운동은 여타의 인간화 운동이 내세우는 이념이나 자리를 구별하는 것이 아니라 오히려 그 독자성을 인정하면서 그 이념이 뿌리를 내릴 만한 하나의 대안을 제시함으로써 상호보완의 깊이를 확보하게 하리라 믿는다.[14]

위에서 확인할 수 있듯이 고정희는 또문의 발기동인이 아니라 1호가 만들어지는 과정 중에 상대적으로 뒤늦게 합류했다. 고정희의 운동가적 면모를 인상에 강하게 남기고 있는 이들에게 고정희는 의외의 모습을 보여준다. 고정희는 "기존의 **단체**나 **운동**이라는 말에 큰 매력을 못 느끼는" 자신에게 "편집동인들의 개성"에 먼저 반해 "그다음으로 따라오는 **일**에 대해서는 인간적인 신뢰에 따라 동참하게 되었다고" 말하고 있기 때문이다. 이 글에서 고정희는 '또문'이 하고자 하는 운동의 성격을 크게 네 가지로 정리하는데, ① 동인운동으로서 열린 마음을 가진 사람들에게 언제나 문이 개방되어 있다는 점 ② 실천생활운동으로서 보통사람들의 생활현장을 모체로 대화와 자극을 주고 힘을 규합함으로써 불평등과 부조리의

---

14   고정희, 「하나되는 힘을 위한 결속」, 『동인회보』 2, 또하나의문화, 1984. 12. 9, 8~9쪽.

문제를 맞설 수 있는 통로를 열어가자는 것 ③ 인간해방운동의 일환이라는 점 ④ 젊은이의 운동이고 출판문화운동이라는 점을 강조하고 있다. 이러한 네 가지 성격을 고정희는 언급한 이후에 이러한 또문의 문화운동이 "급진적인 문화운동이 불가피하게 감수할 수밖에 없는 경직성을 보편적 시민의식으로 연결시켜 주는 연합운동의 임무를 수행"할 것이라는 기대를 덧붙이고 있다. 결론적으로 고정희는 또문이 하고자 하는 운동이 "여타의 인간화 운동"과 구별되는 것이 아니며 독자성을 인정하면서도 상호보완관계를 맺을 수 있다고 판단한다.

고정희는 스스로에게 익숙한 인식 범주라 할 수 있는 '연합운동',[15] '인간해방', '인간화' 등에 기대어 또문의 지향을 파악하는 한편으로 또 하나의 문화가 "실천생활운동으로서 보통사람들의 생활현장을 모체로 대화와 자극을 주고 힘을 규합함으로써 불평등과 부조리의 문제를 맞설 수 있는 통로를 열어"가는 것이라는 점, 즉 '문화'라는 말로 표현되는 일상의 영역을 새로운 문제틀로 도입하고 있다는 점을 분명히 파악하고 있었다. 한편 또문이 펼칠 운동이 출판문화운동의 성격을 띰 역시 고정희의 글에서 분명히 의식되고 있는데, 고정희는 자신의 문학인 그리고 출판인으로서의 경험을 충분히 활용해 동인지를 만드는 데 있어 중심 역할을 한다.

---

15 이와 같은 인식범주는 고정희의 신학적 기반을 염두에 둘 때 '교회연합운동'에서 온 것이 아닌가 한다. '교회연합운동'은 교회일치운동 혹은 에큐메니컬운동(Ecumenical movement)라고도 한다. 고정희는 한국 에큐메니컬 운동의 산실이었던 크리스챤 아카데미의 출판간사를 당시 맡고 있기도 했다. 정혜진은 고정희의 시세계를 제2물결 페미니즘의 성과이자 한계로 보는 관점에 대한 비판적 인식 속에서 고정희가 한국의 에큐메니컬 신학·운동의 자장에서 활동하고 있었음을 부각한다. 한국의 에큐메니컬 운동의 산실이었던 크리스챤 아카데미를 중심으로 제기된 인간화 및 여성의 인간화 담론을 고정희가 "자연스럽게 접했으며 이를 자신의 언어로 반복 전유"했음을 지적하고 있다. ; 정혜진, 「광주의 죽은 자들의 부활을 어떻게 쓸 것인가?-고정희의 제3세계 휴머니즘 수용과 민중시의 재구성(1)」, 『여성문학연구』 48, 한국여성문학학회, 2019, 340~341쪽.

이때 고정희가 문학인 그리고 출판인으로서의 경험과 역량이라는 전문적·직업적 능력을 지니고 있었다는 점만이 여성주의 출판문화운동에 있어서 고정희의 적극적 역할을 만들었다고 할 수는 없다. 고정희는 또문 1호가 아직 나오기 전인 1984년 9월 29일 이화여대 경영관에서 열린 "시를 어떻게 쓸 것인가?"라는 제목의 특강에서 "자기에게 있어서 가장 절실한 문제로 대두되는 주제와 그것을 형상화시키는 소재를 통해서 자기 목소리를 가지려면 아무도 사용한 적이 없는 참신한 언어를 발견하는 노력이 필요합니다"라고 언급한 바 있다.[16] 자기 자신으로 살기 위해서는 기존의 인식 체계를 넘어서는 모험을 감행할 수밖에 없었던 여성들의 실존적 상황이 시인들이 시를 쓰기 위해 감행하는 언어적 모험과 유사했다는 측면이야말로 시인 고정희가 여성주의 문화운동의 최전선에 선 인물이 될 수 있었던 주된 이유였다.[17] 고정희가 시인이라는 점 자체가 여성들의 언어 찾기를 중요한 목적으로 삼는 또문이 펼친 문화운동에서 필요한 전문 역량을 지닌 것이자 또문이 펼치는 운동을 상징할 수 있는 아이콘으로서의 힘을 지니게 하는 것이었다.

그런데 여성들의 언어 찾기는 한 여성 개인이 '자기만의 방'을 가지는 것만으로 녹록치 않았다. 고정희 역시 이 녹록치 않음을 인식하고 있었다고 판단된다. 일례로 고정희는 여성문학인들이 개인적 창작에 머물지 않고 소그룹 운동에 참여해야 한다고 주장했다.[18] 고정희는 또문에서 적극

---

16   고정희, 「詩를 어떻게 쓸 것인가?―시의 이해를 위한 創作法」, 『동인회보』 2, 또하나의 문화, 1984.12.9, 15쪽.
17   고정희가 또문이 주최한 글쓰기 특강에서 했던 시적 언어에 대한 언급은 단순히 시 창작론에 머무는 것이 아니라 대안적 주체성을 추구하며 새로운 자아(언어) 찾기가 필요한 여성에게도 해당될 수 있는 노력이자 모험이었다고 할 수 있다. 이에 대해서는 다음 논문의 4장에서도 다룬 바 있음. 김정은, 「또 하나의 집회」, 『구보학보』 27, 구보학회, 2021 참조.
18   고정희는 "소그룹운동이 여성문학인들 사이에서 일어나야 하"며, "문학인들만의 모임

적인 소집단 활동을 통해 이러한 흐름을 활성화시키기 위해 노력하고 있었다. 소집단 모임은 동인모임 또문이 펼친 활동 중에 핵심적인 것이었다. "필요에 따라 총회가 열리나 대개의 활동은 소집단 중심으로 이루어진다"는 것이 적극적으로 표명된 것에서 알 수 있듯이 소집단모임은 여성들에게 중요한 결사의 방식으로 여겨졌다.[19] 또문 속에서 다양한 소모임이 운영되고 있었다는 것은 또문에 참여하는 개인들이 개인으로 존재하면서도 공동의 인식기반을 함께 마련해가는 과정을 중시했음을 보여주는 것이다.

우명미, 강석경, 천양희, 송우혜, 이성애, 김방옥, 고정희 등은 매월 넷째 목요일 오후 7시에 한국일보사 옆 찻집 한마당에서 정기적인 모임을 가짐. **85년 1월부터 출발한 이 모임에서는 공동연구 과제로 한국여성문학사**시, 소설, 평론 등**가 한국문학 속에서 어떻게 접목되며 발전되어 왔는가를 연구함과 동시에 여성문학의 발전 방향에 대해서 토론함.** 송우혜 동인의 창작집 '남도행' 출판기념회가 열림.강조 – 인용자[20]

또문에서 펼쳐진 소집단 활동 중 하나였던 문학인 모임에 고정희는 적극적으로 참여했다. 위의 기사는 고정희가 동인지 제2호『열린 사회 자율적 여성』에 발표한 글 「한국 여성문학의 흐름」이 공동연구 속에서 생산된 글일 수 있음을 보여준다. 고정희는 또문에서 최초로 열렸던 월례논단

에서 더 나아가 같은 뜻을 가진 여성집단과 연대를 갖는 것이 중요"하다고 언급했다(고정희 외, 「(좌담) 페미니즘 문학과 여성운동」, 또 하나의 문화 편, 『또 하나의 문화 제3호 –여성해방의 문학』, 평민사, 1987, 28쪽).

19 「동인모임의 짜임새와 구체적 활동」, 『동인회보』 2, 또하나의문화, 1984.12.9, 4쪽.
20 「또 하나의 문화를 창조하는 동인들의 모임」, 『동인회보』 3, 또하나의문화, 1985.4.20, 9쪽.

에서「한국 여성문학의 흐름」이라는 글로 정리·발표될 내용을 먼저 강연하기도 했다. 또문이 출판한 동인지 제2호에 실린「한국 여성문학의 흐름」은 고정희가 '저자'로 대표되고 있지만, 소모임과 월례논단을 통해 고정희와 이 주제와 관련해서 대화를 주고받았던 사람들의 존재를 중요하게 고려해야 할지도 모른다.[21] 고정희라는 거물적 여성 저자의 탄생 속에 그녀와 함께 언어를 개발해갔던 여성들의 존재가 '배후'에 있는 것이다.

시에서 나타난 성차별적 요소를 분석, 발표하는 공동 모임이 만들어졌습니다. 시인 고정희 동인을 주축으로 하는 이 모임에 참석하실 분은 사무실로 연락바랍니다. 이 연구의 결과는 7월 월례논단에 발표될 예정이며, 결과에 따라서 3호 무크지에도 실리게 될 것입니다.[22]

위의 기사에서 확인할 수 있듯이 고정희가 참여한 소모임 중에는 "시에서 나타난 성차별적 요소를 분석, 발표하는 공동 모임"도 있었다. "시인 고정희 동인을 주축으로 하는" 이 공동 모임의 결과물은 1986년 7월 월

---

21 이를 위해서는 '행위자'에 대한 다른 인식이 요구된다. 이 지점에서 최근 새롭게 부각되고 있는 행위자-네트워크 이론을 참조해볼 수 있다. "행위자-네트워크이론에서 핵심적 개념인 '행위자-네트워크'라는 용어에서 행위자는 전통적 의미에서 의도적인 인간 행위자에 한정되는 것이 아니라 인간과 비인간적 사물과 제도 등을 포괄하며, 타자와의 상호관계, 즉 네트워크를 통해 행위성 또는 행위능력(agency)을 가지게 되는 모든 것을 지칭한다. (…중략…) 행위자-네트워크이론에 따르면, 행위자와 네트워크는 분리되지 않을 뿐만 아니라 네트워크에 의해 행위자의 역할이나 수행이 결정된다. 즉 어떤 행위자의 행위는 그 행위자 단독에 의한 것이 아니라 네트워크를 통해 가능해진 집합적 행위로 간주된다"(최병두,「행위자-네트워크이론과 위상학적 공간 개념」,『공간과사회』25(3), 한국공간환경학회, 2015, 128~129쪽)

22 「성차별 시에 나타난 공동연구를 마련합니다」,『동인회보』8, 또하나의문화, 1986.4.19, 1쪽.

레논단에서 발표되었을 뿐만 아니라, 김미경과 이영숙을 필자로 내세워 「현대시에 나타난 성차별언어」라는 제목으로 동인지 제3호 『여성해방의 문학』에 실렸다. 이 글은 특히 "도서출판 동녘에서 여섯 권으로 발행한 민중시선집을 분석 대상으로" 삼아 민중시에 나타난 성차별적 여성 재현을 문제 삼은 것이다. 이 글이 고정희가 주축이 되었던 모임의 공동연구의 결과물임을 의식할 때 민중시에 대한 고정희의 페미니즘적 비판 역시 가늠해볼 수 있다.

즉, 이들의 작품 속에 나타난 아내에 대한 생각은 '내 고민 네가 어찌 알리' 식의 인식 구조이다. 추상적·철학적·사회적 고민에 짓눌려 있는 남성의 눈에 아이 걱정이나 월급·물가 이야기만 하는 아내는 무식하고 현상유지적인 존재로 비쳐지게 된다.

여기에서 지적·실존적·사회적 고뇌를 하는 것은 남자요, 여자는 그 고뇌를 이해하지 못하고 단순히 도와주는 존재로 인식되고 있음을 알 수 있다.

이것은 이들 지식인 남성들의 모순적인 인식 구조를 나타내 주는 예라 할 수 있다. 모든 불평등한 인간관계와 분배체계에 대해서는 분노와 절박성을 일관되게 표현하면서, 가족이라는 구조 내에서는 스스로 불평등한 부부 관계를 아무런 문제의식 없이 재생산해 내고 있는 현상은 무엇을 의미하는가?[23]

이 글의 필자들은 민중시에 나타난 여성에 대한 재현 체계와 인식 체계를 주로 비판하고 있다. 위의 인용한 부분은 아내가 민중시에서 어떻게 재현되고 있는지를 분석하고 있는 부분이다. 필자들은 이성부의 「우리들

23　김미경·이영숙, 「현대시에 나타난 성차별 언어」, 또하나의문화 편, 『또 하나의 문화 제 3호—여성해방의 문학』, 평민사, 1987, 307쪽.

의 양식」, 최하림의 「시」, 김규동의 「달아오를 아궁이를 위한 시」 등의 구절을 인용하며, 이 시들에서 "지식인 남성과 그 고뇌를 이해하지 못하는 아내의 대조"가 기반이 되고 있음을 비판한다. 아내는 "아이 걱정이나 월급·물가 이야기를 하는", "무식하고 현상 유지적인 존재로" 그려지고 있는 것이다. 이러한 예를 대표적으로 포함해 민중시에서 여성이 재현되는 방식은 여성에 대한 기존의 차별적 인식 구조에 기반한 것으로, 기존의 불평등한 젠더 체계가 재생산되고 있었다. 비판되고 있는 민중시는 재생산 영역을 주로 담당할 수밖에 없었던 여성의 현실에 대한 몰이해뿐만 아니라 "추상적·철학적·사회적 고민"을 하는 남성과 "월급·물가 이야기만 하는" 아내를 분할해 '공적 영역' 우선의 사고를 보인다고도 할 수 있다.[24] 여성을 보수의 온상으로 재현하는 이러한 방식은 조연정이 지적하듯이 '민중'을 재현하는 과정에서 발생하는 젠더 위계화라 할 수 있다.[25]

1980년대 또문에서 운영되었던 소모임에서 연구된 내용은 이러한 '여

24　손유경은 또문 창간호 좌담에서 조한혜정이 비판적으로 언급한 '공적 영역 우선주의'가 생산 현장을 특권화한 민중문학·노동문학론에도 드러나고 있다고 지적한 바 있다. "조한혜정의 표현을 빌린다면 생산 현장을 특권화하는 민중문학·노동문학론은 '공적 영역 우선주의'에 입각해 있다고 말할 수 있을 텐데, 생산 현장 (남성) 노동자 중심 사고 체계에서는 그러한 주체를 매일 그리고 여러 세대에 걸쳐 재생하는 과정이 문화적인 것과 무관한 자연적인 과정으로, 따라서 가정은 공적인 영역과는 단절된 안전한 도피처로 간주된다. 그래야만 생산 현장에서 남성들은 걱정 없이 생산노동을 수행할 수 있게 된다는 것이다. 이러한 단절이 '여성=가정=보수적 시민=수동적 인간'이라는 의미의 연쇄를 낳는다는 것이 조한혜정 발언의 핵심이었다."; 손유경, 「1980년대 학술운동과 문학운동의 교착(交錯)/膠着)」, 『상허학보』 45, 상허학회, 2015, 148쪽.
25　조연정은 여성운동이 다른 '대중운동'에 비해 그 실천이 지연된다는 점보다 더 문제적인 것이 '여성적'이라는 개념이 재현되는 방식이며, 특권화된 기표였던 '민중'을 재현하는 과정에서 젠더 위계화가 발생했음을 지적한 바 있다. 조연정, 「1980년대 문학에서 여성운동과 민중운동의 접점─고정희 시를 읽기 위한 시론(試論)」, 『우리말글』 71, 우리말글학회, 2016, 250~251쪽.

성적'이라는 개념이 재현되는 방식을 정확히 겨냥하고 있었다. 민중이 재현되는 과정에서 발생하고 있었던 젠더 위계화를 고정희가 관여하고 있었던 "시에서 나타난 성차별적 요소를 분석, 발표하는 공동 모임"이 문제시하고 있었다는 점은 주목할 만하다. 이는 문학장에서 "여성 평론가가 절대 부족"한 속에서 1980년대 여성문학의 당면과제로서 중요하게 간주된 "비평적 과제"를 수행하기 위한 나름의 시도였다고 볼 수 있다.[26]

> 월의 무더위 속에서 심사숙고 끝에 선정된 필자에게 강석경, 박완서, 조형, 조혜정, 김숙희, 서지문, 고정희, 장필화 동인 등 편집위원의 이름으로 원고청탁서가 발송되었습니다. (…중략…) 첫 원고가 들어왔을 때 편집위원들은 절망하였고 우리들의 작업을 의심하지 않을 수 없었습니다. 그러나 몇 번의 수정과정을 거치고, 우리 여성문학의 단계가 고발문학이 시작되는 시점에 있다는 사실을 인정하게 되면서, 이러한 작업을 시작한다는 사실만으로도 의미를 부여할 수 있게 되었습니다. 그동안의 우리의 땀과 절망과 다시 일어섬이 3호 안에 다 들어 있습니다.[27]

이처럼 고정희가 주도적으로 관여한 또문에서 펼친 '문학' 관련 소모임 활동의 성과 속에서 또문 동인지 제3호 『여성해방의 문학』평민사, 1987의 기획이 시도될 수 있었다. 이는 대안문화로서 여성문화를 형성시켜 나가는 데 여성문학이 일정 부분 자기 자리를 확보해나가야 한다는 문제의식 속

---

26   고정희, 「한국 여성문학의 흐름」, 또하나의문화 편, 『또 하나의 문화 제2호−열린 사회 자율적 여성』, 평민사, 1986, 122쪽.
27   「동인지 3호가 나왔습니다」, 『동인회보』 15, 또하나의문화, 1987.4.27, 2쪽.

에서 특히 "여성해방문학"의 창작과 그 읽기를 촉진하기 위한 것이었다.[28] 고정희는 "「또 하나의 문화」 동인들이 권하는 대로『여성해방의 문학』기획을 주도"하게 되는데, "조용히 혼자 글쓰는 문인에서부터 적극적으로 문인들을 끌어 모으는 기획가로 변신"했던 것이다.[29] 결과적으로 고정희와 함께 강석경과 박완서는 해당 호의 편집위원으로 참여했으며, 강석경, 박완서, 이경자, 김승희, 김혜순, 천양희 등의 여성 문인이 해당 호에 '여성해방'과 관련된 자신의 작품을 실었다. 물론 강석경, 천양희, 송우혜 등은 또문에 존재하고 있었던 문학인 소모임에 1985년부터 이미 참여하고 있었지만, 이 기획부터 또문에 이름이 등장하는 소설가 이경자, 시인 김승희과 김혜순, 그리고 극작가 엄인희 등은 이 기획을 위해 고정희가 섭외했을 것이라 추정된다.[30] 고정희가 또문 안팎의 여성 문인들을 섭외하는 것을 포함해 동인지 제3호『여성해방의 문학』의 기획 및 편집에 주도적인 역할을 했다는 것은 조한혜정의 회고에 의해서도 뒷받침되고 있다.

---

28 고정희는「한국 여성문학의 흐름」에서 당면한 여성문학의 세 가지 과제를 '비평적 과제', '창작적 과제', '공동체적 윤리 형성'으로 제시했다. 고정희, 앞의 글, 121~122쪽.

29 조형 외, 앞의 책, 138쪽.

30 소설가 이경자의 경우 고정희상을 받는 자리에서 자신을 또문으로 데려온 것은 자신과 동갑내기 친구였던 고정희였다고 밝힌 바 있다. "시인 고정희가 저를 이곳으로 데려왔습니다. 정희가 그리워서, 이곳에 오면 고정희를 그리워할 수 있어서 옵니다"(이경자,「그리움과 추억으로 다리를 놓다」,『문화+서울』, 2020년 3월호, 46쪽). 또한 고정희가 또문을 만나기 전이었던 1984년 봄에 극작가 겸 연출가인 엄인희와 무당 겸 현장 운동가인 김경란과 만나 공동 작업을 계획하기도 했다는 점을 생각할 때 엄인희 역시 고정희를 통해 또문에 합류하게 되었다고 할 수 있다. "글 쓰고 연출하고 마당에 설 수 있는 여자 셋이 힘을 합하면 멋진 판이 될 것 같으니 작업을 시작해 보자는 제안"을 받았고 이에 동의해 그날로부터 매주 수유리 고정희 집에 모여 1년여의 기간 동안 토론을 행했다. 고정희가 각본을 쓰기로 했던 이 작업은 쉽게 풀리지 않았고, 1989년 여름에 이르러서야 작업이 마무리되어 시집『저 무덤 위에 푸른 잔디』로 세상에 나올 수 있었다(조선희,「여성 한풀이 시집 펴낸 시인 고정희씨 /"모성을 인간 본성으로 삼아"」,『한겨레』, 1989.10.4, 7쪽).

조한혜정에 따르면 "여성해방 문학이라고 이름 할 작품이 거의 없는 상태"에서 세 번째 동인지를 "여성해방의 문학"으로 기획할 수 있었던 것은 "그가 우리 곁에 있었기 때문"이었다. 고정희는 "소극적이고 개인주의적 성향이 강한 여성문학인들을 부지런히 설득하여 끌어들였다".[31] 하지만 그렇게 해서 모아지고 있었던 기성 여성 작가들의 창작 작품이 이러한 기획을 주도했던 고정희를 포함했던 또문 동인들에게 "여성해방을 담은 글"로서 미진하다고 여겨지기도 했다.

그는 매우 적극적으로 문인들을 끌어모으고 그들에게 여성해방을 담은 글을 써내라고 '설득'과 '강요'를 한 것으로 알고 있다. 그 와중에서 그는 글 쓰는 좁은 틀 안에 안주하려는 여성 문인들의 성향 때문에 많은 좌절을 경험하기도 한다. 이 책에 하빈 이라는 필명으로 낸 「학동댁」이라는 소설은 작품이 없다고 염려를 하던 중에 그가 써온 소설이다. 소설이 없어서 메꾸어 낼 책임감에서 썼는지, 정말 쓰고 싶어서 썼는지는 아직 잘 알 수 없지만 하여간 이 소설 원고를 던지면서 그가 무척 쑥스러워하던 기억이 난다. 죽기 전 그는 앞으로 소설도 쓰겠다는 말을 하곤 했다.[32]

위의 인용된 부분을 쓴 조옥라와 조한혜정은 고정희가 『여성해방의 문학』을 기획·편집하는 도중 "글쓰는 좁은 틀 안에 안주하려는 여성 문인들의 성향 때문에 많은 좌절을 경험"했다고 증언한다. 하지만 고정희가 여성 문인들을 실제로 바라본 시선은 이들이 말한 것과는 좀 다른 성격의 것일 수 있다고 판단된다. 고정희는 창작심리와 페미니즘(운동)의 갈

31 조혜정, 「시인 고정희를 보내며…」, 『한국인』, 1992.8, 24~25쪽.
32 조형 외, 앞의 책, 138쪽.

등관계를 인식하고 있었기 때문이다.

　　고정희 "일반적으로 창작심리에는 '운동'이라는 말에 대한 거부감과 함께 밖
으로부터 주어지는 주제에 대한 저항감이 무의식적으로 생기는 법이에요. 문
학을 하는 데 있어서 중요한 창작심리가 페미니즘이라는 의도적인 틀이 주어
지니까 위축되고 페미니즘에 충실해지려니까 안 써진다는 거죠. 이런 면에서
여성문학이 무엇을 문제로 다루어야 하는가 하는 단계이기보다는 어떻게 해
야만 여성문학인가를 고심하는 실정이라고 보아집니다. 지금 우리의 페미니즘
문학의 단계는 왜 나의 문학이 페미니즘 문학이 되어야 하는가 하는 데에 대한
근본적인 문제제기가 필요한 단계라는 생각이 들었어요."[33]

　　고정희는 창작심리에는 "주어지는 주제"에 대한 저항감이 무의식적으
로 생길 수밖에 없음을 언급한다. 실제 원고를 청탁받고 창작을 시도한
여성 작가들이 부딪혔을 곤경에 고정희 역시 창작자로서 공감하고 있었
을 것이라 판단된다. 하지만 이러한 갈등 관계를 인식하고 본인 역시 그
러한 갈등 관계에 놓이고 있었음에도, 여성문학 혹은 페미니즘 문학이 시
도되고 추구되어야 한다고 말하고 있다. 이때 "무엇을 문제로 다루어야
하는가"라는 단순한 접근이 아니라 "어떻게 해야만 여성문학인가를 고심
하는", "왜 나의 문학이 페미니즘 문학이 되어야 하는가"라는 근본적 질문
에 여성 작가들이 노출될 필요가 있다고 보았다. 이러한 근본적 질문이
없는 상태에서 여성을 수난당하는 존재로만 그리는 것을 고정희는 우려
하고 있었다.

33　고정희 외, 앞의 글, 15쪽.

이는 고발문학의 단계를 벗어나야 한다는 입장에 다름 아니었다. 고정희는 "우리 작가들의 경우 페미니즘 문학이란 기존의 여성운동적인 구호를 앞에 크게 내세우거나 여자를 무조건 좋게 남자를 무조건 나쁘게 등장시키는 것으로 오해"하고 있기 때문에 "우선 최대의 공약수가 여성의 수난을 형상화하는 데 합의하는 것"이라고 진단한다.[34] 이러한 고발만으로는 대안 제시가 어려워질 수밖에 없는데, 대안 제시를 동반하기 위해서는 여성 입장에서 재해석하는 작업이 필요함을 주장하고 있다.[35]

고정희는 이러한 '재해석'과 관계된 '여성해방문학' 작품을 스스로 생산했다. 고정희는 『여성해방의 문학』에 자신의 시 '여성사 연구' 연작을 게재해 '여성과 역사'의 관계에 대한 재해석을 시도하기도 한다. 여성 독립운동가 남자현과 탈환회 등을 조명해 역사적 주체로서의 여성의 면모를 강조하며, 여성과 역사의 관계를 새롭게 바라보게 만들었다. 한편 여러 난관과 어려움 속에서도 원고들을 정리해 『여성해방의 문학』을 출간한다. 고정희는 "3호 작품을 모으는 과정에서 처음에는 페미니즘 시각이 잘 표현되지 않는 것 같아서 걱정이 됐었지만 그래도 출판해야 한다고 생각한 것은 불완전한 수준에서라도 앞으로의 발전을 위해서는 일단 여성문학을 정리해 보는 일이 중요한 일이라고 판단"했다고 동인지 3호를 기획·편집한 소감을 밝히고 있다. 이렇게 출간된 『여성해방의 문학』은 상당한 주목을 이끌었는데, 무엇보다 "외로운 개인이 아니라 집단적 연대

---

34 위의 글, 16쪽.
35 "고발문학 단계에서는 여성 개개인의 문제들을 개별적으로 폭로하는 수준에 있기 때문에 여성을 담고 있는 가정, 사회집단, 전체사회에 대한 여성적 입장에서의 재해석이 불가능했지요. 여성 입장에서 본 가정, 사회 전체에 대한 평가가 내려질 때 대안이 자연스럽게 제시되지 않겠어요?"(위의 글, 24쪽).

속에 등장"했다는 것이 최초의 일인 것으로 여겨졌다.[36]

고정희는 『여성해방의 문학』이 생산·출판되는 데 가장 중요한 역할을 했음이 분명하다. 『여성해방의 문학』의 권두시로 내세워졌던 「우리 봇물을 트자」 역시 고정희가 쓴 것이었다. 고정희는 이 시를 통해 "오랫동안 홀로 꿈꾸던 벗"에게 함께 더 큰 물줄기를 만들어가자고 호소하고 있었다. "옷고름과 옷고름을 이어 주며 / 우리 서로 봇물을" 트게 되었을 때 만날 수 있는 "하나보다 더 좋은 백의 얼굴"을 고정희는 바라고 있었다.[37] 가부장제를 배후로 두고 있는 사람들이 판을 치는 사회문화적 토양 속에서 여성들이 힘을 합쳐야 한다고 생각했다. 고정희는 여성해방적 언어가 계속해서 샘솟을 수 있는 물을 대는 작업을 여러 여성들이 연결되어 할 수 있다고 믿었다.

> 그대 홀로 꿈길을 맴돌던 봇물,
> 스스로 넘치는 봇물을 터서
> 제멋대로 치솟은 장벽을 허물고
> 제멋대로 들어앉은 빙산을 넘어가자.
>
> —「우리 봇물을 트자」 부분

한편 여성들이 함께할 때 생기는 힘과 에너지에 대한 믿음은 다른 분야의 여성 예술인들과의 작업으로도 나타났다. 1986년 여성문제에 관

---

36 최원식, 「여성해방문학의 대두」, 『동인회보』 16, 또하나의문화, 1987.5.31, 5쪽.

37 「우리 봇물을 트자」에 쓰인 "하나보다 더 좋은 백의 얼굴이어라"라는 구절은 1988년 열린 시화전 "우리 봇물을 트자"를 기념해 출판된 여성해방시 모음집 『하나보다 더 좋은 백의 얼굴이어라』의 제목이 되기도 했다. 이 시모음집은 동인모임이었던 또문이 이 무렵 문을 연 출판사 '또하나의문화'의 출판물 제1호이기도 했다.

심을 가지고 있는 여성 화가들이 또문에 새 동인들로 합류하게 되었다. 1986년 10월 "반ᵗᵗ에서 하나로"라는 그림전을 가진 화가들로 시월모임 동인인 김진숙, 김인순, 윤석남이 이에 해당한다.[38]

올해 늦가을, "반에서 하나로"라는 그림전을 가진 화가들을 모임에서 만나게 되어 기쁘다. 그들의 그림에는 여성해방적 상징이 가득했다. 여성 모두의 삶에 동참코자 하는 의지와 일체감이 나타나 있었고, 여성됨에 대한 떳떳함이 돋보였다. 미술은 논리적 성향의 소수에게나 미칠 활자매체보다 훨씬 폭넓은 공감대를 형성할 수 있을 것임을 확인할 수 있었다.[39]

이들은 동인지 제3호 『여성해방의 문학』에 삽화를 그리는 것으로 또문에서의 적극적 활동을 시작한다. 미술이라는 장르에 대한 기대 역시 작용했는데, "논리적 성향의 소수에게나 미칠 활자매체보다 훨씬 폭넓은 공감대를 형성할 수 있을 것이라" 믿어졌던 것이다. 또문에서 이뤄진 여성 문학과 여성 미술의 만남은 일회적인 것에 그치지 않았는데, 여성 문인과 여성 미술인들이 지속적인 교류를 1년여간의 공부 모임의 형태로 하게 되었다. 김혜순은 고정희의 제안으로 이 교류 모임에 참여하게 되었다고

---

38 "여성화가들이 우리사회의 여성문제를 그림으로 보여주는 전시회를 연다. 시월모임 同人(동인)인 윤석남(47), 김인순(45), 김진숙씨(39)가 24일부터 30일까지 그림마당 민에서 개최하는 「半(반)에서 하나로」라는 제목의 전시회가 바로 그것. 화단에서 여성문제가 주제로 등장한 것은 이 전시회가 처음으로 사회문제 중의 하나인 여성 얘기를 그림 속에 끌어들인 시도 자체가 고무적인 것으로 받아들여지고 있다"(정영수, 「여성문제 그림으로 표현-시월모임 동인전 半(반)에서 하나로」, 『매일경제』 1986.10.24, 9쪽).

39 조혜정, 「'86년도 회고와 전망-또 한 걸음…」, 『동인회보』 12, 또하나의문화, 1986.12.27, 6쪽.

밝힌 바 있다.[40] 이러한 교류와 협업을 위한 준비는 '시화전'이라는 형태의 콜라보 작업으로 이어지게 된다. 1988년 11월 그림마당 민에서 열린 시화전 '우리 봇물을 트자'뜨문 주최는 강은교, 고정희, 김혜순 등 10여 명의 시인들의 여성해방시를 화가 김진숙, 윤석남, 정정엽과 사진작가 박영숙이 형상화한 작품 30여 점을 전시한 것이었다. 고정희는 김혜순과 함께 이 전시의 준비 과정에서 미술가들이 가장 긴밀히 교류한 시인이자 전시 작품 중 다수에 모티프를 제공한 시인으로 알려져 있다.[41]

고정희는 시화전을 한 소감으로 "1년여의 준비기간 동안 화가와의 잦은 만남을 통해 장르는 다르지만 동지를 만났다는 느낌을 갖게 되었다"고 밝힌 바 있다.[42] 동지로서 협업은 지속되는데, 시화전을 연 시기 전후로 창간되었고 고정희가 초대 편집주간을 맡기도 한 『여성신문』의 표지 그림을 그린 것은 김진숙, 윤석남 등의 여성미술가였다.

---

40 "고정희 씨로부터 '시와 그림의 만남'이라는 전시회를 기획했다는 말을 들었을 때, 나는 자못 회의적인 생각을 품었었다. 한 장의 그림과 한 편의 시가 어떻게 전적으로 교류해서 성공적인 결과를 낳을 수 있다는 말인가, 이전까지 내가 보아왔던 수많은 시화전의 모습들은 문화의 한 흥취, 하나의 문화 외도이상으로 보여진 적이 없지 않은가. (…중략…) 10여 개월 남짓한 공부와 토론을 통하여 차정미, 김승희, 강은교, 김경미, 노영희 등의 작품이 추가로 시 텍스트로 정해졌으며 화가들의 시 텍스트에 대한 식욕이 왕성해졌다. 나 자신도 화가들의 전화 문의를 받고, 어디서도 발설해본 적이 없는 시를 쓰게 된 동기, 배경, 쓰고 난 후의 변화된 모양, 또는 내가 노린 저의, 평자들이 내렸던 못마땅한 평가에 이르기까지 시시콜콜 내 모든 것을 까뒤집었다"(김혜순, 「내면과 내면의 진솔한 이야기는 오갔으나」, 『동인회보』, 또하나의문화, 1988.12.27, 6쪽).

41 여성 미술가들은 고정희 타계 이후 치러진 '고정희 추모제'에서도 추모제용 걸개그림, 슬라이드, 엽서 및 포스트 등 고정희 시를 염두에 둔 미술 작품들을 생산하기도 했다. 1980년대 이후 생산된 여성주의 미술과 여성주의 문학과 관련성에 대해서는 다음 논문이 자세히 다루고 있다. 권한라, 「한국 여성주의 미술에 나타난 여성주의 문학과의 관련성」, 이화여대 석사논문, 2017 참조.

42 「여성해방 한마당, 시화전 "우리 봇물을 트자" 열려」, 『동인회보』 27, 또하나의문화, 1988.12.27, 2쪽.

3. 네트워킹 행위자로서 고정희와 『여성신문』

여성과 여성을 잇는 고정희의 네트워킹 노력은 고정희가 『여성신문』
의 편집주간을 맡으면서 펼쳤던 활동과 시작詩作으로 이어진다. 고정희는
크리스챤 아카데미의 출판간사와 가정법률상담소의 출판부장을 맡은 것
에서 드러나듯이 크리스챤 아카데미 출신 혹은 계열의 여성 지식인들과
연결되어 있기도 했다. 크리스챤 아카데미는 여성운동사에 있어서 중요
한 의미를 지닌다. 크리스챤 아카데미의 '여성의 인간화'라는 담론과 여
성에 대한 교육 프로그램이었던 '여성사회교육'이 1980년대 여성운동의
약진을 예비했고, 여성운동의 주체가 되는 많은 운동가를 배출하게 되었
다고 한 연구는 평가한다. "1983년 이후 여성의 인간화를 이념적 근간으
로 한 '새로운' 여성운동을 지향하는 여성 주체들"이 등장할 수 있던 배경
에는 크리스챤 아카데미의 '여성사회교육'의 힘입은 바가 크다는 것이다.
이러한 "아카데미의 여성교육 이수자들 중 지식인 여성이 중심이 되어
동문 형식으로 만든 모임"인 '여성사회연구회'1976.7.24 창립는 『여성신문』의
창간과 연결되기도 했다.[43]

'크리스챤 아카데미'에서 '여성사회연구회'로 이어지는 계통의 인물들
역시 고정희의 인적 네트워크 중 하나였다고 할 수 있다. 흥미로운 것은
고정희와 이들의 관계에 대해서 '또문'동인인 김은실이 다음과 같이 묘사
하고 있다는 점이다.

---

43 박인혜, 「1980년대 한국의 '새로운' 여성운동의 주체 형성 요인 연구-크리스챤 아카
    데미의 '여성의 인간화' 담론과 '여성사회교육'을 중심으로」, 『한국여성학』 25(4), 한국
    여성학회, 2009.12, 161쪽.

우리 쪽에는 고정희가 그들을 사랑한 만큼 그를 사랑해 주지 못했던, 그리고 바쁘다고 시간을 내주지 못했던 차미례, 장정임, 이민자, 이계경, 이경자……등 많은 친구들이 한참 섧게 울다가 미안한 자리를 같이했다.[44]

위의 인용에 등장하는 인물 중 이계경이 '여성사회연구회' 쪽 인사에 해당한다.[45] 이 글을 쓴 김은실이 또문 그룹에 해당한다고 했을 때, 위의 인용된 부분을 들여다보면 이계경 등에 대해 김은실은 거리감을 느끼고 있음을 알 수 있다. 이를 통해 '여성' 문제를 고민하는 세력 간에도 어느 정도 '섹트주의'가 존재했다고 유추할 수 있다. 고정희는 당시 여성주의 운동에도 존재했던 서로 다른 계파들을 오고가며 경계에 서서 다른 세력 간의 거리감을 좁히고 소통을 주도했던 인물이라 보인다. 고정희가 '경계'에 존재한 인물이라고 했을 때는 단순히 '민중운동'과 '여성운동'의 경계에 서 있었다는 것을 의미하는 것이 아니라 또 다른 차원을 포괄하게 된다. 이러한 또 다른 '경계'에 선 고정희의 모습을 잘 보여주는 것이 『여성신문』에서의 고정희의 활동이기도 하다.

이 지점에서 주목되는 것이 고정희가 당시 여성운동 진영에서 존재하는 두 입장의 대립에 대해서 보여주고 있는 태도이다. 고정희는 민중주의와 여성주의라는 충돌·긴장하는 두 가치 지향을 동시에 추구했을 뿐만 아니라 여성운동 내부에서 발생하고 있었던 균열, 즉 여성운동의 방향성

---

44 김은실, 「고정희 선생님이 죽었다?」, 또 하나의 문화 편, 『또 하나의 문화 제9호─여자로 말하기, 몸으로 글쓰기』, 또하나의문화, 1992, 110쪽.

45 강원용이 주축이 된 크리스챤 아카데미를 통해 여성사회교육이 이뤄졌고 여성사회교육 프로그램을 이수한 자들이 '여성사회연구회'를 만들었음을 위에서 언급했는데, 강원룡과의 만남을 아카데미와 연결되었던 여성 지식인들이 회고하는 글들의 모음집인 『강원룡과의 만남 그리고 여성운동』이 여성신문사에서 1998년에 나왔다. 이때 당시 여성신문사 대표이사였던 이계경 역시 필자 중 한명으로 참여했다.

을 둘러싼 대립의 틈바구니 속에 있는 존재이기도 했기 때문이다. 고정희는 창간 준비 당시 지영선[46]과 진행한 좌담에서 여성운동의 방향에 대한 논란성모순이 우선이냐, 계급모순이 우선이냐에 대해서 "두 입장의 대립을 오히려 한국 여성운동의 발전적 긴장감으로 해석하는 편"이라는 낙관적 입장을 밝혔다. 성모순과 계급모순을 강조하는 각각의 입장이 필연적으로 만날 수밖에 없으며 두 입장이 "토론으로 자유롭고도 충분하게 이어졌을 때 비로소 여성운동도 '성숙'에 도달할 수 있다"는 것이다.[47] 이러한 고정희의 모습은 박혜란이 고정희에 대하여 "다른 사람에게는 구속으로 느껴질 틈바구니를 오히려 해방의 공간으로 생각할 수 있는 상상력의 소유자"였다고 언급한 것을 떠올리게 한다.[48] 이러한 고정희의 면모는 서로 다른 계열의 여성운동을 펼치는 인사들과 인적으로 연결되어 있는 것을 가능하게 한 한편, 『여성신문』에 다양한 진영과 계열의 여성 지식인들이 글을 실을 수 있는 개방성으로 작용했다. 『여성신문』을 살펴보면 '여성사회연구회' 출신 인사들뿐만 아니라 조혜정, 조옥라, 조은 등의 '또문' 동인들 그리고 여성 문인들의 글이 한 데 실리는 것을 알 수 있다.

그런데 고정희가 위의 좌담에서 보여주고 있는 것은 '계급모순'과 '성모순' 중 어느 모순이 우선이냐는 양자택일적 입장이 아님은 분명하지만, 한편으로 고정희는 사회주의 여성해방론이라 칭해지는 입장에 보다 공감하고 있는 태도를 보이고 있음을 주목해볼 필요가 있다. 고정희는 성모순이 계급모순이 끝나도 여전히 해결되지 않을 수 있음을 환기하고 있기

---

46 당시 한겨레신문 여론매체 위원이자 『여성신문』 주주대표 자격으로 대담에 참여했다.
47 고정희·지영선, 「0호를 내면서-한국여성 현실과 언론매체」, 『여성신문』 창간준비호, 1988.10.28, 4쪽.
48 박혜란, 앞의 글, 70쪽.

때문이다.[49] 이는 분명히 고정희가 "인간화의 차원에서 여성운동과 민중운동이 궤를 같이하고 있다"고 말했던 입장과는 분명히 다른 것이었다.[50] 고정희의 이러한 면모를 또문의 『동인회보』에 실린 6·29선언이 있은 직후에 쓴 글을 통해 보다 분명히 엿볼 수 있다.

고정희는 6·29선언 이후 진전되고 있던 '민주화'의 상황 속에서 '여성해방'이 자동적으로 주어지지 않으리라는 판단을 동시에 하고 있었다. 고정희는 하빈이라는 또 다른 필명으로 또문 동인들이 함께 보는 뉴스레터 『동인회보』에 '공동의 인식기반'이라는 코너에 한 글을 게재한다. 여기서 고정희는 '민주화'의 진정한 의미를 '여성해방'과 관련지어 생각할 것을 제안하고 있다.

우리에게 '민주화'란 무엇을 의미하는가? '육이구 최루탄 추방대회'에서 삼년 전 이마에 직격탄을 맞고 쓰러져 구사일생으로 살아남은 한 학생의 생생한 증언을 상기해 본다.

"여러분, 우리 학생들이 시위 현장에서 민중, 민중 하며 외치던 민중의 실체는 무엇이겠읍니까! 나는 그것의 실체는 이 나라의 어머니라고 생각합니다. 저 역시 민중 하면 그 얼굴은 어머니밖에 떠오르지 않았습니다. 어머니들이 사람답게

---

49 "그렇습니다. 사회주의 여성해방론은 계급모순이 끝나도 성모순은 여전히 남아 있다고 보기 때문에 여성의 억압을 계급문제 뒷전으로 물려둘 수는 없지요. 예를 들면 계급투쟁에 헌신했던 남성들이 그 문제가 해결되었다고 해서 곧 여성해방에 투신할 거라고 믿을 수 있어요? 결국 여성문제는 여성들의 몫으로 남아 있게 되지요. 그런 의미에서 성모순과 계급모순은 동전의 안과 밖이어서 결코 분리될 수 없다고 봅니다. 어쨌든 토론이 활발해져야 합니다"(고정희·지영선, 앞의 글, 4쪽).

50 조형 외, 앞의 책, 42쪽. 또문 동인들이 고정희를 추모하기 위해 1993년에 발간한 고정희의 글모음집인 『너의 침묵에 메마른 나의 입술』에는 고정희의 편지글을 볼 수 있는데, 고정희의 해당 발화는 1985년 6월 23일에 고정희가 가까운 친구에게 보낸 편지에 적혀 있다.

사는 세상이 민중 세상이 아닐런지요. 어머니들이 생명에 대한 존엄한 자각과 보호를 위해 일어선다면 그때야말로 진정한 민주주의가 완성된 것입니다."

거기에 모인 모든 어머니들이 이 증언에 박수로 화답하는 모습은 눈물겨웠다. 이러한 증언이 아니더라도 나는 '민주화'와 여성의 '인간화'는 동전의 안과 밖이라고 믿어 왔다. 민주화가 없는 인간화를 꿈꿀 수 없으며 인구의 반을 차지하는 여성의 인간화가 전제되지 않은 인간해방이란 또 하나의 허구요 억압체계라고 생각해 왔다. 그러므로 여성해방의 전제는 민주공동체이며 민주국가의 완성은 여성해방에 있다. 그런 의미에서 여성운동이란 인권운동의 적극적인 한 방법이며 성숙된 인권운동이란 여성해방의 실천적 과정을 통해서만 가능하다.

그러나 인권과 여성운동의 흐름은 인권보장이 잘 되었다는 선진국에서조차 정비례하지만은 않고 있다는 것을 우리는 알고 있다. 따라서 '이미 시작되었고 아직 완성되지 않은 여성해방의 역사'를 향하여 우리가 할 일이 무엇인가는 민주화의 성숙과 함께 더욱 자명해질 것이다.[51]

고정희는 위의 글에서 한 시위 현장에서 학생이 "어머니들이 사람답게 사는 세상이 민중 세상"이라는 말에 감복했던 경험을 거론하면서 '여성'이야말로 '민중'에 해당함을 말하고 있다. "여성해방의 전제는 민주공동체이며 민주국가의 완성은 여성해방에 있다"고 주장하면서도, "인권과 여성운동의 흐름은 인권보장이 잘 되었다는 선진국에서조차 정비례하지만은 않고 있다"는 사실을 환기한다. 민주화를 향한 대행진이 펼쳐지는 와중에 여성해방이 진전되지 않을 수 있음을 고정희가 경계하기도 했다는 사실을 알 수 있게 하는 대목이다. "현실을 직시하면서 이제 남아 있는

51　하빈, 「(공동의 인식기반) '이미 시작되었고 아직 완성되지 않은 민주화' 대행진」, 『동인회보』 17, 또하나의문화, 1987.7.4, 8쪽.

정치일정에 비상한 관심과 긴박감으로 냉정하게 대처"해야 한다는 고정희의 인식은 『여성신문』의 초대주간을 맡아 여성 문제의 수많은 이슈들을 호흡한 매체를 이끌어가며 여성 이슈를 여성 대중들에게 적극적으로 소개하려는 움직임으로 이어진다.[52]

『여성신문』의 창간 배경 및 목적은 『여성신문』 창간준비호와 창간호에 실린 여러 글들을 통해 확인해볼 수 있다. 고정희는 앞서 언급한 지영선과의 좌담에서 『여성신문』의 창간 배경을 "실질적 계기는 언론기본법이 풀린 88년 상반기의 유화정국"에 있었고, "그보다 앞서 2년 동안 회지 성격으로 발간된 여성신문이 큰 발판이 되었다"고 밝힌다.[53] 한겨레신문의 창간으로 대표되는 언론 민주화의 움직임 속에서 '이미 시작되었고 아직 완성되지 않은 여성해방의 역사'를 위해 그 설립이 결의된 것이 여성신문사였다.[54] 『여성신문』 역시 『한겨레』과 마찬가지로 전국적인 모금운동을 거쳐 주식회사로서 출범하게 된다.[55]

고정희 그동안 분석된 바로는 현재 우리 여성운동권을 둘러싼 출판활동을 대충 세 가지로 나눌 수 있어요. 그 하나는 생존권 투쟁을 주축으로 한 여성근로자들의 주장을 담은 출판물들이고 다른 하나는 민주화운동권의 출판물이며,

---

52 박혜란에 따르면 고정희가 『여성신문』의 주간으로 내정된 것은 1988년 여름이었다.

53 고정희·지영선, 앞의 글, 4쪽.

54 위의 글, 3쪽.

55 "창간 작업을 위한 자본금 모금 과정에서 우리는 이 신문이 한 개인이나 단체의 것이기 보다는 한 뜻을 가진 공동체의 것이 되어야겠다고 생각하여 주식회사로 만들 것을 결정했습니다. 그리하여 준비위원회가 결성되고 전국적인 모금을 시작한 지 3개월만인 지난 8월 18일 2억원 모금액 중 1억 3천여만 원을 모으고 7백13명의 발기인들이 모여 발기인 대회를 갖게 된 것입니다. 그 후 10월 14일 주식회사 설립 법원 등기를 마치고 오늘 바로 12월 2일 역사적인 창간을 하게 되었습니다"(이계경, 「(창간사)모든 여성들의 만남의 광장이 되렵니다」, 『여성신문』 창간호, 1988.12.2, 5쪽).

다른 셋은 기관지 성격의 출판물들이지요. 물론 그것들은 그 나름대로 전문화되어 있고 일정한 수준을 담고 있다고 봅니다. 이러한 출판물들과 여성신문은 경쟁 대상자일 수 없고 또 그래서도 안 된다고 생각합니다. 오히려 여성신문은 전문화되어 있고 첨예화되어 있는 '운동권'과 보통 여성들 사이의 거리감을 좁히고 공감대를 형성할 수 있는 다리 역할 쪽에 무거운 부담을 안고 있습니다.[56]

고정희는 『여성신문』이 지향할 언론활동을 종래의 여성운동 진영에서 하고 있었던 출판활동과 구분한다. "전문화되어 있고 첨예화되어 있는 '운동권'과 보통 여성들 사이의 거리감을 좁히고 공감대를 형성할 수 있는 다리 역할"을 하는 것이 『여성신문』이 지향할 언론활동의 성격이라 언급하고 있다. 고정희가 중시한 이러한 『여성신문』의 다리 역할은 고정희 자신이 여러 여성운동권, 문인, 학계, 종교계 인사들과 맺고 있었던 그 자신의 인적 네트워크를 『여성신문』이 펼친 언론 활동에 활용함으로써 가능해지는 일이기도 했다. 고정희는 서로 다른 진영과, 계열, 활동 영역이 다른 여성 주체들이 『여성신문』을 통해 함께 모일 수 있게 하였다.

가령 『여성신문』에도 여성 문인들이 필진으로 적극적으로 참여하고 있었다. 강은교시인는 여성신문 창간에 부치는 시 「보아라, 꽃들이 일어서는 걸」을 썼고, 송우혜소설가는 '이야기 여성사 / 말로 듣는 한국여성의 삶과 역사'라는 구술 인터뷰를 담당하는 꼭지를 맡아 구술 채록과 정리를 담당했다. 3개월마다 교체된 칼럼 필자로 문정희시인, 오정희소설가 등이 참여하기도 했다. 가족법 개정 운동이 여성운동의 중요한 이슈로 채택되고 있는 현실 속에서 박완서에게 『그대 아직도 꿈꾸고 있는가』를 『여성신

---

56 고정희·지영선, 앞의 글, 4쪽.

문』에 연재할 것을 제안하고 설득한 것 역시 고정희였다. 고정희는 남편과 아들을 연이어 잃고 문학 활동을 중단한 채 부산 딸네에서 지내던 박완서를 직접 찾아가 박완서를 위로하고 설득한 것으로 알려져 있다.[57] 고정희가 문학을 매개로 하는 여성주의 출판문화운동에 중요한 배후였음을 다시 한번 확인시켜 주는 대목이다.

한편 고정희와 매체 『여성신문』의 관계는 고정희와 '또 하나의 문화'가 맺었던 관계에 비해서 상대적으로 주목이 되지 못했다. 그런데 고정희의 시세계가 보여준 어떤 변모들을 잘 이해하기 위해서는 고정희의 『여성신문』 편집주간 시절 행보들을 보다 적극적으로 조명할 필요가 있다고 판단된다. 고정희는 『여성신문』을 통해 가족법 개정운동, 성고문 사건, 주부문제 등 시급한 이슈들에 대한 언론 활동을 전개하면서 여성문제의 현장을 호흡하며 여성들을 억압하고 있는 '성억압구조'에 그 누구보다 예민한 관심을 기울이며 급진화되고 있었다. 『여성신문』 편집 주간을 그만둘 무렵 『동인회보』에 실린 영화 '피고인'에 대한 고정희의 비평은 성억압구조를 급진적으로 인식하고 있는 고정희의 면모를 엿볼 수 있게 한다.

그러나 우리나라에서도 이제 강간에 대한 새로운 판례와 증언이 대두되기 시작하였고 "강간이 더 이상 관습과 정권의 비호를 받도록 놔 둘 수 없다"는 사회여론이 드높아지고 있다. 물론 여기까지 오는 데는 '권인숙 씨 성고문' 사건이

---

57 박완서, 「다시 살아있는 날」, 『박완서의 말』, 마음산책, 2018, 20쪽; 박완서를 시인 고정희가 인터뷰한 내용에서 확인할 수 있는 것으로, 이 인터뷰는 『한국문학』 1990년 1월호에 최초로 실렸다. 이한나의 정리에 따르면 박완서는 『그대 아직도 꿈꾸고 있는가』를 『여성신문』 2월 17일(제11호)부터 7월 28일(제34호)까지 연재했다(이한나, 「1980년대 가족법 개정 투쟁과 박완서의 소설―박완서, 『그대 아직도 꿈꾸고 있는가』를 중심으로」, 『인문과학연구논총』 38(4), 명지대 인문과학연구소, 2017, 23쪽).

한 분수령이 되었으며 지난해 벌어진 일명 '성추행범 혀 짤린 사건'인 변월수 씨 강간 사건, 그리고 최근에 일어난 강정순 씨 사건이 큰 기폭제가 되었다. 또한 스물네 살 청년의 유아 윤간사건, 중산층 가정의 중학생이 저지른 국민학교 여학생 살해 사건도 '강간'의 위험수위를 증언해 주는 한 사례로 등장하였다.

이러한 우리 상황의 치부를 들추지 않더라도 문전성시를 이룬 영화 〈피고인〉은 강간의 잔혹함과 비참함, 그리고 그 억울함의 원천이 남성으로 상징되는 부패한 지배 권력과 어떻게 밀접하게 결탁되어 있는가를 명증하게 해부하는 눈물의 드라마이다. 동시에 〈피고인〉은, 그 철옹성 같은 지배집단의 음모의 벽을 뚫고 자매애의 승리가 도달할 '따뜻함', '평등함'의 세계가 얼마나 모진 가시밭길을 걸어야 도달되는가를 미래적으로 암시하고 있다.

(…중략…) 곧바로 강간센터의 실무자가 달려와 진찰대에 누워 떨고 있는 성폭행 피해자를 위로하며 곧 변호사가 오고 있다고 일러준다. 뒤이어 달려온 여자 변호사 켈리 맥길리스는 안도와 희망을 걸게 할 만큼 신뢰로 가득 찬 인상을 준다. "당신을 도울 변호사이다…옷을 마련해 왔는데 당신 마음에 들었으면 참 좋겠다!"

이 단순한 대화 속에서 화면을 가득 채우고 있는 것은 '생의 벼랑 끝에 서있는 한 여성'에 대한 강렬하고 충격적인 자매애이다.[58]강조 - 인용자

고정희는 당시 한국 사회에서 "강간에 대한 새로운 판례와 증언"이 대두되는 데 있어서 중요한 분수령 그리고 기폭제로 작용한 부천경찰서 성고문 사건, 안동 주부 사건 등을 언급한다. 이는 고정희가 편집주간을 맡을 당시 『여성신문』에서 모두 중요하게 이슈화하면서 대대적으로 다룬

---

58   고정희, 「'성폭행'은 부패한 권력의 현주소 - 자매애의 승리 보여준 '피고인'을 보고」, 『동인회보』 31, 또하나의문화, 1989. 7. 10, 12쪽.

사건이기도 했다.[59] 고정희는 영화 〈피고인〉[60]에 대한 관람이 문전성시를 이룬 것은 이러한 사건들이 발생한 한국의 현실과 긴밀히 관련된다고 파악한다. 고정희는 영화 〈피고인〉에 대하여 "강간의 잔혹함과 비참함, 그리고 그 억울함의 원천이 남성으로 상징되는 부패한 지배 권력과 어떻게 밀접하게 결탁되어 있는가를 명증하게 해부하는 눈물의 드라마"라 언급한다. 이때 부패한 지배 권력을 여성에 대한 폭력과 연결시킨다는 점이 특징적이다. 한편 고정희가 성억압 문제를 민족 모순 등 사회변혁운동이 주요 쟁점으로 삼고 있었던 문제들의 하위 범주로 파악하지 않았다는 점은 다음과 같은 이 글의 마무리 부분에서 나타나고 있다. 고정희는 이 영화가 "UIP United International Pictures 직배영화"라는 점에 "찝찝함"을 토로하면서도 한국이 '고문왕국', '강간 세계2위'라는 불명예를 고려하면 UIP 반대운동을 펼칠 처지가 아니라는 점을 분명히 하고 있는 것이다.[61]

---

59 『여성신문』은 창간준비호에서부터 '안동주부사건'을 대대적으로 다루었다. 소위 성폭력 사건의 피해자가 강간범의 혀를 깨문 사건으로 1심 구형에서 성폭력 피해자가 오히려 가해자로 취급돼 '유죄'판결을 받으며 성폭력 위기에 처한 여성이 취할 수 있던 '정당'한 자기방어가 무엇인지에 대한 논쟁을 일으켰다. 『여성신문』은 이 사건을 가십 거리로 보도하는 언론들의 관행을 비판적으로 인식하면서 재판과정에서 이뤄진 피해자에 대한 2차 가해를 공론화했다(여성신문사, 『세상을 바꾼 101가지 사건』, 여성신문사, 2019, 12쪽). '부천경찰서 성고문 사건'은 『여성신문』이 보도한 대표적인 공권력에 의한 성폭력 사건으로, 제30호(1989.6.30 발행)에서 1989년 6월 13일 부분 승소 판결을 심층적으로 다루었다(같은 책, 24쪽).

60 조디 포스터(Jodie Foster) 주연의 영화로 1989년 아카데미 주연상을 안겨 주기도 했다. 이 영화는 미국 영화를 한국에 직접 배급하는 UIP사가 국내 개봉한 영화이기도 했다(「「피고인」도 直配(직배) 개봉키로」, 『동아일보』, 1989.6.6, 10쪽). 이러한 UIP사의 직접 배급은 국내 영화인들의 시위를 불러왔다. 미UIP영화 직배저지 범영화인궐기대회는 결의문을 통해 "미국은 UIP직배 영화를 통해 문화의 종속화를 기도하고 있다"고 주장하고 완전 철수를 주장하기도 했다(「美(미)영화 직배저지 대회 UIP사 완전철수 요구」, 『경향신문』, 1989.2.13, 16쪽).

61 "그러나 한 가지 찝찝한 점이 있다면 이 영화가 UIP 직배영화라는 점이다. 그렇다고 UIP 반대운동만 벌릴 처지가 아닌 게 우리의 현실이다. '고문왕국', '강간 세계2위'라는

흥미로운 것은 영화 〈피고인〉의 주 내용이 여성이 여성을 도우는 내용이라는 것, 함께 하는 여성의 힘이 세다는 것, 즉 '자매애'라 칭해질 수 있는 주제를 지니고 있음을 고정희가 강조한다는 점이다. 이와 관련해 고정희가 성억압구조^{성모순}에 대한 인식 속에서 정치현실과 교차성을 말하면서도 여성과 여성을 잇는 행위를 시작^{詩作}에서도 시도하게 됨을 주목해 볼 수 있다. 고정희는 『여성해방출사표』에서 "조선조 여자들이 직면했을 성억압 구조"를 설명하는 한편, "보수대연합 정치 이데올로기가 현대 여성의 삶을 어떻게 규제"하는지를 그려내고자 하고 있었다. 1989년의 고정희가 '정치현실'과 '성억압구조'의 '교차성'을 강조하면서도 그 해결책으로 자매애를 강조하고 있었다는 점은 여성이 전체사회구조와 관계된 모순을 극복하기 위한 주역, 즉 역사적 주체가 되어야 한다는 논의와는 그 결이 다른 것이라 할 수 있다.

고정희는 오히려 성억압구조를 무엇보다 중요한 모순으로 삼는 급진적인 모습을 보여주고 있었다. 과거 여성과 현대 여성의 만남을 주선하는 네트워킹 행위가 이때 나타난다. 1990년 출판된 『여성해방출사표』에 게재된 '이야기 여성사' 연작은 "조선조 여자들이 직면했을 성억압구조에 온몸으로 도전한 네 여자들, 즉 황진이^{기방}와 이옥봉^{서녀 출신, 첩살이}, 신사임당^{정실부인}, 허난설헌^{명문가의 여자 두보} 등의 목소리를 통해" 당대까지 이어지는 성억압구조를 폭로하고 비판한다. 이 연작은 한국 역사 속 여성인물인 황진이, 이옥봉 등이 서로 편지를 보내는 상황을 연출함과 동시에 현재를 살아가는 여성 독자가 자신들이 겪고 있는 억압적 상황을 비춰볼 수 있

불명예를 안고 있는 우리 현실이건만 〈오피셜 스토리〉나 〈피고인〉같은 진지한 영화가 나오기는 아직도 멀었다는 우리나라 관객들의 비판의 소리에 심기일전하는 계기가 되기 바랄 뿐이다"(고정희, 앞의 글, 12쪽).

는 거울을 제공한다.[62] 이러한 '이야기 여성사'의 작업은『여성신문』에 있었던 동명의 코너가 지녔던 취지, 즉 한국여성의 말을 통해 한국의 역사와 현실을 재해석하는 시도를 떠올리게 한다. 또한 '이야기 여성사'에서 말해지는 당대 여성들이 겪고 있는 문제들은『여성신문』에서 보도된 내용이 주요 소재가 되고 있기도 하다. 일례로「사임당이 허난설헌에게-이야기 여성사 3」에서 화자가 기상천외하다고 개탄하고 있는 "사임당상"은『여성신문』의 특집기사「신사임당상은 현대판 삼종지도」의 내용을 떠올리게 하는 것이다. '삼종지도'의 유령이 여전히 횡행하고 있는 당대 한국 사회의 현실을 비판하며 각종 단체에서 여성에게 수여되고 있는 여성에 대한 상을 보도하고 있는 해당 기사는 "현모양처의 덕을 가진 여성에게 수상되는 '신사임당상'^{한국주부클럽연합회 주최}은 신사임당까지 왜곡해 버리는 전통적 가부장제 행사"라 비판한다.[63] 고정희는 위의 시에서 당사자인 신사임당에게 발화의 기회를 주면서 현모양처의 표상으로 왜곡되고 있는 신사임당을 페미니즘적 발화의 주체로 재탄생시킨다.

서시가 부르는 이 노래 속에서 나는 한나라 흥망의 제물로 바쳐진 모든 여인들의 통곡을 들었사외다 그중에서도 월나라 바라촌에 태어난 서시, 총명하나 넘치는 법이 없고 아름답기가 눈부시나 번거롭지 않으며 바르기가 죽음을 초월했으나 결코 부러지는 법이 없는 서시, 그가 무릎 꺾인 조국 월나라의 비루한 애원을 애원하지 못하고 상국 부자의 첩으로 호송되던 날, 기실 남자들의

---

62   서간체의 활용이 지닌 인식론적 의미와 미학적 효과에 대해서는 다음 논의에서 다루어진 바 있다. 김진희,「서정의 확장과 詩로 쓰는 역사」,『비교한국학』19(2), 국제비교한국학회, 2011 참조.

63   「신사임당상은 현대판 삼종지도」,『여성신문』26, 1989.6.2, 10쪽.

입으로 장담하는 모든 정의는 죽었던 것이외다 남자들의 입으로 읊어대던 모든 언약과 인의와 치국의 이상도 뿌리 뽑힌 것이외다.

　조선이라 해서 이와 다를 바 있는지요 원나라에 바쳐진 고려 여자들, 왜정 치하에 바쳐진 정신대 여자들, 외세 자본주의에 바쳐진 기생관광 여자들이 한반도 지사주의 축대가 아닌지요 권력노예 출세노예 산업노예 시퍼렇게 살아 있으니 이 어찌 나라 재앙 원흉이 아니리까

―「이옥봉이 황진이에게―이야기 여성사 2」 부분

　한편 편지의 발신자와 수신자를 설정하고 있지만 과거 역사 속 여성인물들이 현재 여성들이 겪고 있는 억압을 폭로하고 깨우치는 전도轉倒적 구도가 취해짐으로 인해 여성 독자大衆의 참여가 유도되면서 일대일 연결이 아닌 여성들의 그물망이 만들어지고 있다. 일례로 「이옥봉이 황진이에게―이야기 여성사 2」에서 화자인 이옥봉은 월나라 여자 서시가 왕 구천의 부탁으로 오나라를 망하게 하기 위해 이용됐던 고사 속에서 서시가 부른 노래에 깃든 의미를 이야기한다. 이 노래 속에서 "한나라 흥망의 제물로 바쳐진 모든 여인들의 통곡"을 들을 수 있다는 것이다. 나라의 제물로 여성이 팔려나가는 상황은 "조선이라 해서 이와 다를 바" 없는데, "원나라에 바쳐진 고려 여자들, 왜정 치하에 바쳐진 정신대 여자들, 외세 자본주의에 바쳐진 기생관광 여자들이 한반도 지사주의 축대"25쪽라 고발한다. 이러한 고발 내지 비판은 여성이 남성과 주권과 관련해 동일한 기획을 공유할 수 없음을 보여주는 한편[64] 정치현실과 교차되면서 성억압구조를 공통적으로 겪고 있는 여성들의 한과 분노를 연결시키는 것이라 할

64　김정은, 「'광장에 선 여성'과 말할 권리―1980년대 고정희의 글쓰기에 나타난 '젠더'와 '정치'」, 『여성문학연구』 44, 한국여성문학학회, 2018, 292쪽.

수 있다.

　이러한 고정희의 면모는 "민중의 해방이 강조되는 곳에 몰여성주의가 잠재되어 있다든지, 여성해방이 강조되는 곳에서 몰역사, 탈정치성이 은폐되어 있다면 이것이 사회변혁운동으로써 총체성을 획득하기엔 너무 뻔한 한계를 드러내고 있는 것"이라는 고정희의 발화를 재음미할 것을 요청한다.[65] 고정희는 이러한 시적 인식을 통해 여성해방과 사회변혁운동의 관계를 바라보는 시선에 어떤 위계를 도입하려고 했던 것이 아니다. 성억압구조가 정치 현실과 만나 '교차성'을 띠는 측면에 대한 관심과 주목을 나타냈다.[66] 고정희가 "여성해방이 강조되는 곳에 몰역사, 탈정치성이 은폐되어 있"게 되는 것을 경계한 것은 여성해방의 독립성을 부정한 것이 아니라 성억압구조가 지닌 역사성을 드러내는 것을 중시하면서도 급진화되고 있었던 고정희의 면모에서 오히려 기인하는 것이라 판단된다.[67]

65　고정희, 『여성해방출사표』, 동광출판사, 1990, 6쪽.

66　교차성을 말하면서 동시에 '자매애'라는 여성들의 '정체성 정치'를 유도하고 있는 고정희 식의 페미니즘 담론은 '정체성 정치'와 '교차성'이 마치 대립물로 이해되고 있는 페미니즘 리부트 시대의 한국 사회에서의 반복되는 여성운동 진영 내에서의 대립구도를 그대로 추인할 때 이해될 수 없는 낯선 모습일 수 있다. '정체성 정치'와 '교차성'을 대립구도로 이해하는 방식에 대해서 비판이 이뤄진 바도 있다. 윤소이는 콜린스(Collins)와 하딩(Harding)의 논의에 기반해 '교차성'이라는 개념이 '정체성 정치'에 대한 대립물이나 '정체성 정치'를 넘어서는 무언가라기보다는 '정체성'을 정치적 주체화의 핵심자원으로 삼는 모델의 연장선으로 독해하는 편이 적절하다고 밝히고 있다. (윤소이, 「『Fwd Vol.4 정체성, 정치」 기획의 변」, 2020.8.19, https://fwdfeminist.com/2020/08/19/vol-4-1/, 2022.4.18 접속.)

67　고정희의 이러한 면모는 고정희가 여성주의자인 동시에 민족민중문학 진영과 항상 연결되어 있었던 것에서 비롯된 생산적 측면이 또한 아닌가 한다. 고정희가 여러 진영을 넘나들며 경계에 선 존재였다는 사실은 충돌과 긴장만을 유발한 것이 아니라, 서로 다른 진영이 대화적 긴장관계를 맺을 수 있는 계기를 유발하는 것이기도 했다. 고정희가 민중해방과 여성해방을 접합시키며 한국의 교차적 현실에 대한 인식을 심화시켜나간

아아 그리고 오늘날

생존권 투쟁에 피 뿌리는 딸들이여

민족민주 투쟁에 울연한 딸들이여

남자출세성공에 희생된 딸들이여

무엇을 더 망설이며 주저하리

다 함께 일어나 가자

남자들의 뒷닦이는 이제 끝났도다

우리가 시작하였고 그대가 완성할

해방세상의 때가 임박하였도다

─「허난설헌이 해동의 딸들에게」 부분

"남자들의 뒷닦이는 이제 끝났"고 "우리가 시작하였고 그대가 완성할 / 해방세상의 때가 임박"^{55쪽}했다는 주체의 힘을 증강시키는 발화가 시적 공간에서는 현재를 살아가는 여성들에게 직접 하는 말이 아니라 다른 시공간을 살았던 역사 속 여성인물이 다른 역사 속 여성인물에게 부치는 편지의 구도 속에서 당대를 향해 살아가는 여성들을 향해 말해진다는 것은 고정희가 그리고 있었던 거대한 그물의 전략이라 할 수 있다. 즉 다른 시공간 속에 있는 여성들을 일대일로 연결하는 것이 아니라 그물망으로서 다른 시공간을 살아가는 여성들을 연결하기 위한 전략이라 할 수 있다. '편지'는 수신인을 전제로 한 발화 양식으로 발신인과 수신인을 연결하는 장치이다. 이는 여성과 여성을 연결하는 소통공간을 개방시키는 행위인 동시에 '거리의 횡포'를 넘어 '관계'를 생성하려는 시도가 된다. 이

양상 역시 네트워크-행위자의 관점에서 이해될 필요가 있는 것이다. 고정희와 민족민중문학 진영의 관계에 대한 탐구는 이어지는 연구에서 수행할 예정이다.

연결과 관계 속에서 거대한 저항의 힘이 솟을 수 있을 것이라 고정희는
판단하고 있었다.

4. 결론을 대신하여
– 여성과 여성을 잇는 페미니즘적 유산^{legacy}으로서의 고정희

고정희는 여성과 여성이 연결될 때 발휘되는 힘을 믿었으며 이러한 힘
을 발생시킬 수 있는 여성들의 네트워크를 활성화시키기 위한 노력을 펼
쳤다. 고정희의 시텍스트를 분석하는 것만으로는 고정희가 1980년대 이
후 활발히 전개된 여성주의 출판문화운동에서 한 역할을 온전히 규명할
수 없다는 문제의식 속에서 본 연구는 고정희가 여성주의 문화운동 그
룹이었던 '또 하나의 문화'에서 『여성해방의 문학』을 발간하기 위해 했
던 문화적 활동을 네트워킹 행위를 중심으로 다루어보았다. 고정희가 다
른 영역에서 활동한 여성 지식인 주체들을 연결하는 등 페미니즘적인 문
화적 활동의 '봇물을 트기' 위해 노력했음을 알 수 있었는데, 이는 『여성
신문』을 통한 출판문화운동으로 연결되는 것이기도 했다. 고정희는 『여
성신문』의 편집주간을 맡으며 여성문제의 현장을 보다 직접적으로 호흡
할 수 있었으며, 이러한 여성문제의 현장성과 실천성이 반영된 시편들을
발표하며 여성문제에 대한 급진적 인식을 보여주고 있었다. 역사 속 여성
인물이 다른 시·공간을 살아가는 역사 속 여성 인물에게 편지를 보내는
상황을 연출함과 동시에 당대 여성들의 현재적 삶 역시 겹쳐놓음으로써
'성억압구조'의 역사성을 드러내며 여성과 여성을 연결하는 그물망의 전
략을 취하고 있었다.

고정희의 이러한 전략은 '여성 연대'의 전략이라 할 수 있는데, 고정희가 믿었던 '여성 연대'의 힘과 여성들의 네트워크는 고정희의 사후에도 작동하고 있음 역시 주목되어야 할 것이다. 1991년에 있었던 그녀의 갑작스러운 죽음 이후 출간된 또문 동인지 9호 『여자로 말하기, 몸으로 글쓰기』는 그녀의 빈 자리와 연결의 힘을 동시에 느끼게 한다. 문단에서 활동했던 여성들이 해당 호에 아무런 '창작' 작품을 싣지 않았다는 것은 고정희의 부재를 실감케 하는 것이었다. 무엇보다 고정희와 또문 동인 활동을 함께 한 여자친구들이 그녀에 대한 글을 쓰는 것을 통해 행했던 진한 애도는 고정희라는 존재가 여성과 여성을 연결하는 힘으로 계속해서 살아남을 것임을 예고해주었다.

> 그러므로 모든 육신은 풀과 같고
> 모든 영혼은 풀잎 위의 이슬과 같은 것,
> 풀도 이슬도 우주로 돌아가, 돌아가
>
> 강물 위로 떨어지는 빗방울이어라
> 강물 위에 떨어지는 빗방울이어라
> 바다로 흘러가는 강물이어라
>
> —「독신자」부분

유고시집 『모든 사라지는 것들은 뒤에 여백을 남긴다』^{창작과비평사, 1992}에 실린 시 「독신자」는 자신이 죽은 뒤의 풍경을 상상하는 상황을 그린다. 여기서 화자는 모든 육신이 결국 물이 되기를 바란다. 세상을 바꿀 수 있는 물결이 되는 것이야말로 고정희가 죽은 뒤에 섞이기 바랐던 푸른 강물이 아니었을까. 이 시의 마지막 부분은 뒤늦게 달려온 어머니가 시신에 수의를 입히며 우는 장면이다. 어머니는 "저 칼날같은 세상을 걸어오면서 / 몸이 상하지 않았구나, 다행이구나"190쪽라고 말한다. "칼날같은 세상"을 살았던 사람의 상한 몸 앞에 남겨진 사람들이 너무 슬퍼하지 않기를 바라는 마음이 전해져온다. 필자는 고정희가 "칼날같은 세상"을 걸어오면서 몸이 상했을 것이라 감히 생각한다. 그럼에도 불구하고 그 고행은 또한 기쁨이었을 것이라 감히 생각한다.

여성들을 외롭게 만들지 않기 위해 그녀가 걸었던 길이 여성들이 가는 길을 비추고 있기 때문이다. 여자들이 고정희를 사랑했다. 그리고 고정희를 사랑한 여자들을 또 다른 여자들이 사랑하게 되었다. '고정희청소년문학상에서 만나 글도 쓰고 문화 작업도 하는 이들의 마을뽀', 줄여서 고글리의 멤버인 이길보라는 탈학교 청소년으로 하자센터 창의적 글쓰기를 통해 글쓰기 선생님인 어딘김현아을 만났고, 고정희 청소년 문학상 기행에 자원 활동가로 활동했다.[68] "얼굴도 모르는 이 시인이 나의 비빌 언덕이 되"었다는 놀라운 이야기를 이길보라는 전하고 있다.[69] 고정희를 매개로

---

[68] 이길보라는 『기억의 전쟁』(2018)의 영화 감독으로 우리에게 잘 알려져 있으며 '페미니즘 세대'에 속한다. 이길보라의 스승이기도 한 어딘(김현아)은 '하자 센터'에서 '창의적 글쓰기' 수업을 하면서 이길보라 등의 청소년들을 만났고, 고글리 모임의 멘토이기도 하다.

[69] "고글리는 바로 그때 천막을 쳤습니다. 고정희 시를 읽으며 고정희 청소년 문학상 기행에 자원 활동가로 참여하기로 했지요. 우리는 함께 해남에 내려갔고 고정희 생가를 지나 무덤 앞에 이르렀습니다. 그의 무덤 앞에서 소녀들은 울지 않았습니다. 다만 춤을 추고 노래를 부르고 깔깔거릴 뿐이었지요. 소녀부터 할머니까지 모두가 무덤 옆에 동그랗게 둘러앉아 고정희의 시를 읽고 들었습니다. 저는 얼굴 한 번 본 적 없는 시인이 나에게 이런 자리를 만들어 준 것은 또 무슨 의미일까 생각하며 그 풍경을 바라보았습니다. 이 판에 단지 발을 들여놓았을 뿐인데 내 편들이 이만큼이나 많아졌다. 시인을 과연 이런 방식으로 추모하고 애도해도 괜찮은 것인지에 대한 의문이 들었습니다. 저는 이들과 한 번 지지고 볶아보기로 다짐했습니다. 가끔 찾아오는, 그런 생의 묘한 확신

여성들은 또다시 이어지고 있는 것이다. 필자는 또문에 대한 연구를 진행하며 지난 2021년 3월에 열린 고글리 모임에 참여관찰할 기회가 있었는데, 고정희에 대해서 어떻게 생각하느냐는 질문에 고글리 모임에 참여했던 한 친구가 다음과 같이 답하는 것을 들을 수 있다. "내가 좋아하는 사람이 좋아하는 사람이어서 나도 좋아한다." 이 대답이야말로 여성과 여성이 연결되었을 때 생기는 힘과 에너지를 믿었던 고정희의 정신이 깃든 것이다.

고정희가 남긴 페미니즘적 유산은 그의 문학에만 있는 것이 아니라 고정희가 여성과 여성을 연결시키는 네트워킹 행위자로 문화적 실천을 했다는 사실에서 오는 것이며, 그 연결의 힘은 지속되고 있다. 고정희 타계 30주기를 맞아 해남의 고정희 생가에서 열린 추모제 행사에 참여했던 필자는 고정희를 추모하기 위해 모인 다양한 지역·세대·직업의 여성들을 보며 고정희가 여전히 여성들을 불러 모으는 힘이 있음을 새삼 깨달았다. 여성과 여성을 연결시키며 고정희가 활성화시키고 있었던 여성들의 그물망은 '여성 연대'의 역사적 유산임과 동시에 다른 시공간을 살아가는 여성들에게 이어져 지금도 다양한 차이를 넘어 여성들이 함께 모여 새로운 세상을 열어갈 수 있는 '모임assembly'의 가능성을 우리에게 선사하

- 같은 것이었단 말입니다. (…중략…) 열아홉 살 겨울이었던 것 같아요. 해남에 홀로 내려가 고정희 생가를 찾았던 그때 말이에요. 저는 해남 터미널에 내려 길에 선 할머니에게 꽃집이 어디냐 물었어요. 그러고는 꽃집에서 안개꽃 한 다발을 샀지요. 신문지에 돌돌 안개꽃을 말았더니 정말 잘 어울리더라고요. 다시 버스를 타고 생가로 향했어요. 생가를 지나 무덤가에 올라가 안개꽃을 놓았지요. 이후 생가로 돌아와 저는 엄마 집에 앉은 것 마냥 한참을 앉아 있다 자그마한 쪽지를 하나 남겼습니다. 내용은 정확히 기억할 수 없지만 아마 이런 내용이었던 것 같아요. 얼굴도 모르는 이 시인이 나의 비빌 언덕이 되었습니다. 당신의 시로 나는 또문을 만나고 대안 교육을 만났습니다. 그리고 삶을 함께 뚜벅뚜벅 걸어갈 동지를 만나게 되었습니다. 감사합니다. 또 올게요."(이길보라, 「나의 뿌리인 당신에게」, 2014)

고 있다. 또 다시 계속되는 물결을 만들어나갈 때 다양한 여성 주체들을 연결해온 고정희의 문화적 실천을 참조해볼 수 있지 않을까. 고정희는 여성이 여성과 연결될 때 생기는 힘을 보여주는 너무나 중요한 페미니즘적 유산legacy이다. 여성과 여성을 연결시키는 고정희의 힘은 그가 타계한 지 30년이 지난 지금도 여전히 살아있다.

고정희 시의 섹슈얼리티와 '페미니즘의 급진성'

정혜진

1. 들어가며 – 급진성과 본질주의?

이 글은 체험·경험의 동일성^{sameness}이 아닌 자매애의 가능성을 모색하고 규범적 이성애 섹슈얼리티에 대한 문제의식을 페미니즘 의제로 구성한 고정희의 여성해방론에 주목한다. 그리고 이를 1990년대 초반 고정희가 급진주의 페미니즘에 관심을 기울였던 맥락과 관련하여 논한다. 이를 위해 이 글은 고정희가 내적 분할^{division}에 대한 앎으로서의 '여성 동일시^{woman- identify}'를 여성해방 주체화의 전략으로 삼고, '정상 섹슈얼리티' 규범을 문제화하는 주체로서 '독신자'를 여성해방의 역사에 위치시키는 장면에 주목한다. 이러한 특성이 1990년대 초반 급진주의 페미니즘에 대한 지향으로 전개되는 바를 당대 페미니스트 지성사, 즉 1980년대 후반부터 섹슈얼리티 이론이 숙고되기 시작함과 더불어 급진주의 페미니즘이 재조명되었던 사회적 맥락과 함께 살펴본다. 그렇게 구성되어 갔던 고정희의 급진주의 페미니즘 문학이 주체, 의제, 연대의 이념으로서의 '페미니즘의 급진성'을 어떻게 사유했는지 논할 것이다.

김보명이 이야기한 바 있듯 급진성^{radicality} 또는 급진주의^{radicalism}의 개념

정의는 쉽지 않고, "극우주의나 테러리즘의 확산은 급진주의radicalism와 근본주의fundamentalism, 그리고 극단주의extremism 간의 경계를 더욱 혼란스럽게 만들"[1]기도 한다. 1960년대 이래 서구에서 전개된 급진주의 페미니즘은 오늘날 한국에서 트랜스 배제적인 페미니스트들의 언어로 재현되면서 "배타적이고 본질주의적인 '여성' 범주"[2]에 대한 주장을 대표하는 실천으로 점유되고 있다. 이 글은 이처럼 '급진성'이 생물학적 본질주의, 다원성에 대한 배타적 입장과 보수성의 실천으로서의 근본주의,[3] 행동투쟁 방법의 과격성으로서의 극단주의와 등치되는 경향에 대한 문제의식으로부터 출발한다. 그리고 고정희의 급진주의 페미니즘 문학을 통해 급진성의 개념을 역사화하고 그 이념을 재고하고자 한다.

1960년대의 혁명의 열기 속에서 등장한 신좌파 급진 운동의 남성 쇼비니즘을 비판하며 출발한 서구 급진주의 페미니즘 운동은 당대 신좌파로 대표됐던 급진적 변혁운동과 문제의식을 공유하는 동시에 격렬히 갈등하며 전개되었다. 이 과정에서 신좌파 급진 운동의 급진성 이념은 급진주의 페미니즘 운동에서 재구성된다.

신좌파 급진 운동에서 급진성이란 마르크스의 「헤겔법철학 비판 서문」의 언설, 즉 "급진적이라는 것은To be radical 사물의 뿌리를 파악하는 것이다. 그러나 인간에게 그 뿌리는 바로 인간 자신이다"[4]에서 기인한 개념이다. 이때 '사물의 뿌리'를 파악하는 것으로서의 급진성은 본질주의적·

1   김보명, 「급진 페미니즘의 과거와 현재」, 『문화과학』 104, 문화과학사, 2020, 73~74쪽.
2   김보명, 「급진-문화 페미니즘과 트랜스-퀴어 정치학 사이―1960년대 이후 미국 여성 운동 사례를 중심으로」, 『페미니즘 연구』 18(1), 한국여성연구소, 2018, 255쪽.
3   배덕만, 「한국 개신교회와 근본주의」, 『한국종교연구』 10, 서강대 종교연구소, 2008, 1~23쪽.
4   류석진, 방인혁, 「한국적 급진민주주의론의 급진성과 주체성 연구」, 『경제와 사회』 93, 비판사회학회, 2012, 227쪽.

환원주의적 편향이 내재하는 관념으로 단정되어 '근본으로의 회귀'로 해석하는 경향이 존재하기도 했으나, 이는 마르크스 사상에서 본질주의와 환원주의에 대한 비판이 전개된다는 점을 상기할 때 적절치 않다는 평가가 있다.[5] 신좌파가 구좌파의 경제결정론을 비판했음을 참고할 때도 신좌파 급진 운동이 급진성을 본질주의·환원주의적 개념으로 수용했다고 보기는 어렵다. 신좌파 운동에서 급진성의 이념은 자유주의와 개혁주의, 즉 "1950년대식 자유주의적 합의"[6]의 기만성을 폭로·배격하고 체제 변혁을 주창한 반제국주의·반인종주의·계급공산주의 운동의 맥락에서 이해해야 한다. 이처럼 「헤겔법철학 비판 서문」의 급진성에 관한 언설은 자본주의 체제의 토대 모순의 변혁과 더불어, '계급투쟁 역사의 주체'로서 인간 주체화를 말하고 있다. 따라서 '급진적이라는 것'은 본질론을 넘어서는 주체론을 담지한다.

신좌파 급진 운동으로부터 분리되어 전개된 급진주의 페미니즘 운동은 파이어스톤의 「미국 여권운동」[1968]에서 드러나듯 1세대 여성운동의 계승과 극복을 선언하면서 급진성의 개념을 확장한다. 파이어스톤은 부르주아적, 개혁적이라고 치부되었던 1세대 여성운동을 연상시키는 '페미니즘'이라는 용어를 전유하면서 1세대 여성운동을 '급진적인 것'으로 평가했다. 그로써 당시 여성 문제를 부르주아적 의제로 간주하며 그 자체로 급진적 사안으로 여기지 않았던 신좌파의 남성 우월주의에 대항해 페미니즘을 급진적인 것으로 의미화한 것이다.[7] 동시에 1세대 여성운동의 한

---

5   위의 글, 219·230~239쪽.

6   황보종우, 「1960년대 미국 신좌파의 형성과 변천—SDS를 중심으로」, 단국대 석사논문, 1996, 21쪽.

7   앨리스 에콜스, 유강은 역, 『나쁜 여자 전성시대—급진 페미니즘의 오래된 현재, 1967~1975』, 이매진, 2017, 115쪽.

계를 극복하고 미완의 과제를 수행[8]할 것을 천명함으로써 급진주의 페미니즘이 체제 변혁을 추구하는 급진 운동임을 분명히 했다.

규범적 이성애 섹슈얼리티에 대한 문제의식[9]을 바탕으로 한 '성 계급' 철폐의 주장 또한 이러한 기조의 연장이었다. 그러나 당시 여성 억압이 계급 문제로 환원되던 국면을 타개하며 여성 억압의 근원을 성 계급으로 명명한 급진주의 페미니즘의 전략에는 생물학적 성차sex difference를 젠더 지식/효과로 충분히 바라보지 못했던 시대적 한계[10]가 반영되어 있었다.

---

8 김보명에 의하면 이는 "참정권으로의 축소적 회귀 및 타협, 사적영역에서의 혁명 실패, 사회의 총체적 변화를 이루지 못"한 점을 반복하지 않는 것을 의미한다. 김보명, 「페미니즘 정치학, 역사적 시간, 그리고 인종적 차이」, 『한국여성학』 32(4), 한국여성학회, 2016, 135쪽.

9 이와 관련하여 급진주의 페미니스트들이 '1960년대 성 혁명'을 비롯해 섹슈얼리티 혁명에 대해 어떤 관점을 가졌는지 참고할 필요가 있다. 앨리스 에콜스에 의하면 초기 급진 페미니스트들은 대부분 1960년대 성 혁명의 성착취적 성격을 비판적으로 인지했으나, 그럼에도 "페미니즘이 성적 억압의 구조물을 해체할 수 있"고 이는 "성적 표현의 자유와 '양성애, 또는 강요된 뒤틀린 이성애의 종언'"(밀레트), "다형적 섹슈얼리티"와 "온갖 형태의 섹슈얼리티"의 탐닉(파이어스톤)을 가능하게 할 것이라고 주장했다. 이처럼 "급진 페미니스트들은 가족, 결혼, 사랑, 규범적 이성애, 강간 등에 관해 누구보다도 먼저 가장 도발적인 비판을 선명하게 제기했다." 그러나 1960년대 성 혁명에 대한 비판적 입장을 바탕으로 하여 여성해방과 성해방을 배타적 관계로 인식했던 급진주의 페미니스트들이 적잖았고 그로써 레즈비어니즘은 "정치적인 게 아니라 성적인 것"으로 치부되곤 했다. 그럼에도 불구하고 당시 급진주의 페미니스트들 사이에서 레즈비어니즘은 광범위하게 실천되었다. (앨리스 에콜스, 앞의 글, 35, 322~323쪽.) 이후 레즈비언 페미니스트들의 등장과 1982년 버너드 학회 등을 통해, 급진주의 페미니즘의 섹슈얼리티 이론/운동론이 심화된다. 이나영에 의하면, 급진주의 페미니스트들에 의해 재구성된 섹슈얼리티에 대한 이해는 "구성주의, 상징적 상호작용론, 퀴어 이론 등 섹슈얼리티에 관한 다양한 이론적 접근의 출발점이자 비판적 이정표가 되어왔"으며 "급진주의 페미니스트들의 작업은 우리 사회에서 '정상성'이라 규정해온 것들에 대한 도전에서 출발하여, 스스로에 내재한 '정상성'을 상대화하는 작업으로 확장되어왔다." 이나영, 「급진주의 페미니즘과 섹슈얼리티-역사와 정치학의 이론화」, 『경제와사회』 82, 비판사회학회, 2009, 13쪽.

10 엄혜진, 「더 편협한 삶, 더 나은 삶」, 앨리스 에콜스, 위의 책, 12쪽.

이로 인해 성 계급은 생물학적 성차라는 기원 장소로 구성되었다.

이처럼 급진주의 페미니즘 운동에서 등장하여 논란이 되기도 했던 여성 범주에 대한 생물학적, 본질주의적 접근은 그 자체가 급진성의 이념과 관련되는 것이었다기보다는 페미니스트 지식으로서의 생물학과 관련한 시대적 한계와 더불어 작동한 여성의 정치세력화 전략 내의 파열이었다. 특히 '자매애'를 표현하는 언어였던 급진주의 페미니즘의 '여성 동일시 여성woman-identified woman'과 미시건 여성 음악축제1976~2015에서 주장된 '여성으로 태어난 여성'이라는 문화 페미니즘의 여성 규정의 차이를 주목하는 것은[11] 서구 급진주의 페미니즘에서 여성의 정치세력화 전략이 갖는 의의와 한계에 대한 독해를 돕는다. 「여성과 동일시하는 여성」 선언을 중심으로 하는 '여성 동일시정체화'는 "남성 중심적 사회의 논리를 따라 남성과 동일시하는 관습을 벗어나 주체적으로 여성이 된다는"[12] 것을 의미했다. 남성 중심적 질서와 단절하는 여성 주체화로서의 '여성 동일시'는 본질론적 규정'여성으로 태어난 여성'이 아닌 선언/요청되는 정치적 주체화로서의 여성의 역사화라는 측면에서 급진적인 것이었다. 그러나 차이들을 이항대립opposition 레즈비언과 이성애자, 성애자와 무성애자 등으로 간주하고 "운동을 훼손하는 요소로"[13] 여긴 바로 그때 그 전략은 본질화되었다. 그렇게 '자매애는

---

11 급진주의 페미니즘의 '여성 동일시 여성'과 문화 페미니즘의 '여성으로 태어난 여성'의 차이는 2021년 8월 30일(월)에 진행된 제23회 서울국제여성영화제 쟁점포럼 '래디컬을 다시 질문한다—페미니즘 역사와 기억'에서 발표된 루인의 글 「충돌과 갈등으로 구축한 연대—트랜스 페미니즘 정치학을 모색하기」를 참조하였다.

12 나영 편역, 『레즈비언 페미니즘 선언—반란, 연대, 전복의 현장들』, 현실문화, 2019, 25쪽.

13 '급진레즈비언'들이나 '퓨리스'가 보인 이성애자 여성에 대한 비판 또한 이성애자 여성보다 레즈비언이 '여성과 동일시'하기가 더 용이하거나 적합하다는 논리를 근거로 했다. 또한 앨리스 에콜스는 "계급과 인종을 젠더에 종속시키고 보편적 자매애에 관해 과장되게 이야기하는 급진 페미니스트들의 경향은 대체로 계급과 인종을 젠더보다 특권화하는 좌파들의 성향에 맞선 반발"이었다고 분석한다. 그리고 그렇게 "여성의 공통성

강하다'는 선언은 "자매애는 강하다. 자매들을 죽일 정도로"[14]라며 비판의
대상이 되었다. 이와 같은 급진주의 페미니즘의 전략은 차이의 대립화와
중립화를 넘어서는 여성의 정치세력화로서 '여성의 급진적인 하나됨'의
가능성을 묻게 만든다.[15]

이 글은 위와 같은 맥락을 바탕으로 하여, 고정희의 문학에서 여성의
정치세력화로서 자매애[16]가 어떻게 내적 분할에 대한 앎을 동반한 '여성

을 강조하는 급진 페미니스트들의 태도는 차이를 향한 두려움을 가렸고, 이 두려움은
운동에 심각한 영향을 미쳤다. (…중략…) 차이는 운동을 훼손하는 요소로 여겨졌다"
는 것이다(Alice Echols, 앞의 책, 44·330·351쪽). 이나영에 의하면 레즈비언 페미니
스트들이 "'여성동일시 여성'이라는 개념으로 여성들 간의 자매애를 강조"한 것은 당시
여성운동가들에게 낙인을 찍으면서 "페미니즘을 사회적으로 매장시키고자 하는 반운
동세력"에 대한 저항의 일환이었다. 이나영, 앞의 글, 25쪽.

14 앨리스 에콜스, 앞의 글, 275쪽에서 재인용.

15 이와 함께 주디스 버틀러와 모니크 비티그를 참조할 때 여성 범주의 정치적 구성력을
사유할 수 있을 것이다. 버틀러는 의미 고정으로서의 동일성(sameness)과 환상(fanta-
sy)으로서의 동일시(identify)를 구분하여 "동일시 형식으로서 패러디"의 수행, 즉 판타
지적 장소의 재배치를 이야기했다. 이는 근대적 동일성의 위계화하는 폭력을 비판하면
서도 '우리'를 이야기할 수 있는 가능성들을 사유하는 것, "다른 것에서 자신의 가능성
의 조건을 찾는 것"과 관련된다. (주디스 버틀러, 「단지 문화적인」, 낸시 프레이저·케빈
올슨 편, 문현아·박건·이현재 역, 『불평등과 모욕을 넘어』, 그린비, 2016, 75~77면; 주
디스 버틀러, 조현준 역, 『젠더 트러블』, 문학동네, 2008; 주디스 버틀러, 양효실 역, 『지
상에서 함께 산다는 것』, 시대의창, 2016.) 한편 비티그는 신화로서의 '여성'을 부정하
면서도, '여성들'(개별자들)과 '여성들이라는 계급'(사회적 관계들을 재현하는 집합)을
함께 말할 수 있는 가능성을 보여주었다. "우리의 첫 번째 과업은 '여성들women'(우리
는 이 계급 안에서 투쟁한다)과 신화로서의 '여성woman'을 언제나 철저히 구분해 생각
하는 일이다. 우리에게 '여성'은 존재하지 않기 때문이다. 그것은 오직 상상적 구성물
일 뿐인 반면, '여성들'은 사회적 관계의 산물이다. (…중략…) 그러나 계급이 되기 위해
각자를 억압해서는 안 되며, 어떤 개인도 그녀/그의 억압으로 환원될 수는 없으므로 우
리는 우리 역사의 개별 주체들로서 자신을 구성해야 할 역사적 필요성에 직면해 있다.
나는 여성을 '새롭게' 정의하기 위한 이 모든 시도들이 지금 만발하고 있는 이유가 이
때문이라고 생각한다." 모니크 비티그, 「누구도 여성으로 태어나지 않는다」, 나영 편역,
앞의 책, 188~189쪽.

16 이소희는 "고정희의 여성운동에 대한 신념은 곧 자매애에 대한 신념에 기초한 것"이

동일시' 전략으로 구사되는지 살펴볼 것이다. 그리고 그러한 페미니스트 지식이 1990년대 초반 급진주의 페미니즘과 공명하는 장면에 주목하여, 고정희의 급진주의 페미니즘에 대한 관심이 어떠한 계기와 역사를 갖는지 논하고자 한다. 이로써 페미니즘의 급진성의 이념이 고정희 문학에서 재구성되는 양상을 고찰하도록 하겠다.

2. 고정희 시의 자매애의 재구성과 여성해방 주체로서의 '독신자'

1) 내적 분할에 대한 앎과 집합으로서의 여성해방 주체

여성해방운동의 역사를 구성하고 여성해방의 주체화를 선언하는 『여성해방출사표』(동광출판사, 1990)에는 섹슈얼리티에 대한 문제의식이 주를 이룬다. 시집 전반에서 성차별과 성폭력의 고발 및 일부일처제와 '정상 섹슈얼리티' 규범이 비판된다. 특히 「정실부인회와 보수대연합─이야기여성사·5」[17]은 해방 후 건국준비부인회의 사례를 들어, 소실, 첩실, 이혼 여성, 독신 여성 등을 "하자 있는 여성들"이라며 여성운동에서 배제하는 '정상 가족', '정상 섹슈얼리티' 이데올로기를 여성운동 내부의 문제로 성찰한다.("우리 여권신장운동의 대표자는 반드시 / (합창) / 정실부인에 한한다, 정실부인에 한한다, 정실부인에 한한다 / (선창) / 하자 있는 여성들이 설치는 여권이란? / (합창) /

었다고 논했다. 이소희, 『여성주의 문학의 선구자 고정희의 삶과 문학』, 국학자료원, 2018, 216쪽.

17 고정희, 「정실부인회와 보수대연합─이야기여성사·5」(『여성해방출사표』, 동광출판사, 1990), 김승희 외편, 『고정희 시전집』 2, 또하나의문화, 2011b, 280~284쪽. 이하 이시의 직접 인용은 본문에 쪽수를 표기.

봉쇄하자, 봉쇄하자, 봉쇄하자"282)

「정실부인회와 보수대연합―이야기여성사·5」에서 '정실부인회'가 비판받는 이유는 단지 그들이 특정 여성들을 배제해서가 아니다. 정실부인들이 "정실이란 독립인가 예속인가 / 그 흔한 질문 한번 던지지 못한 채 / 정실로 정실로 해바라기"283했기 때문, 즉 '정상성' 규범을 무비판적으로 수행했기 때문이다. 화자는 그처럼 '하자'를 가려내고 '정상'을 주장하면서 추구하는 "여남평등 통일민주 세상이란" "정치꾼과 정실부인 사이에서 짐짓 / '이루고 싶지 않은 확실한 희망사항'"284이 아니냐고 물으며, 정실부인회의 행위를 민주화라는 명분을 앞세워 국가권력 쟁취의 야욕으로 결탁한 3당 야합보수대연합에 비유한다. 그리고 '정상성' 이데올로기를 견지하는 여성운동이란 가부장제 통치성과 연합하는 "관주도형 / 정실보수대연합"283이라 비판한다.

「정실부인회와 보수대연합―이야기여성사·5」에서 지적한 '정실부인'과 '하자 있는 여성'이라는 이항 대립으로서의 '정상성' 이데올로기에 대한 비판은 「여자가 하나 되는 세상을 위하여―이야기 여성사·6」에서 당대적 경험으로 재구성되고 그 극복이 모색된다. 「여자가 하나 되는 세상을 위하여―이야기 여성사·6」 역시 '어느 정실부인과 독신녀 이야기'를 서두로, 여성운동 내부의 차이들18이 이분법적으로 대립화하는 장면들이

---

18 이에 관하여 김보경은 "고정희에게는 특히 여성이면서 부르주아 계급인 여성들을 여성해방의 연대체로 끌어 안을 수 있을지가 문제가 된다"며, 「사임당이 허난설헌에게―이야기여성사3」에서 "중산층 부인"들이 "현대판 정실부인"이라 일컬어지는 점에 주목했다. 동시에 다른 시에서는 '정실부인'이 계급적 의미로만 쓰이지 않고 "가부장적 제도 안에서 문제의식을 느끼지 않고 살아가는 기혼여성들을 가리키는 의미로도 확장되어 쓰인다"고 하였다. 그리고 이들과 연대체를 구성할 수 있는가의 문제가 "현장"에서 가능한 것으로 제시됨으로써 고정희 시에서 정실부인이 결국 변혁의 주체로 의미화되는 것을 발견할 수 있다고 분석했다. 김보경, 「『또 하나의 문화』의 여성시에 나타난 '차

묘사된다. 시의 화자는 '무엇이 우리를 갈라놓았는가', '어떻게 하나가 될 수 있는가' 질문하면서, 차이의 대립화와 중립화를 넘어 여자가 하나 되는 세상^{자매애의 실현}을 위하여 고투하는 여성해방의 주체성을 보여 준다.

— 여자란 결혼한 여자와

결혼 안 한 여자가 있을 뿐이다?

어느 정실부인과 독신녀 이야기

겨울이 끝나가는 어느 날이었습니다

제삼세계 여자인권과 정의-평화를 논하는 자리에

독신녀 두어 명이 끼여 있었습니다

공식회의가 끝나기가 무섭게

회의를 이끌던 어느 정실부인께서, 돌연

한 독신녀에게 화살을 돌렸습니다

이봐요, 결혼은 저엉말 안 할 꺼예요?

(…중략…)

지극히 모성적인 것,

이'라는 여성 연대의 조건과 가능성」, 『한국현대문학연구』 60, 한국현대문학회, 2020, 136~140쪽. 이에 대하여 이 글은 「정실부인회와 보수대연합—이야기여성사·5」이 정실부인만이 여성운동의 대표로 재현되고 그 밖의 여성들의 목소리가 소외되는 현실을 지적하면서 '정상성' 이데올로기를 비판한다는 점에 주목하였다.

이것이 성숙의 핵심이야요

모성에 대한 경험을 가진 여성은

뼈를 깎는 외로움이 있을 수 없지만

삶의 무의미가 있을 틈이 없어요

체험하지 않고서는 절대 모르는 세계가

생명을 창조하는 일이다, 이거야요

남자 하나 제대로 사랑 못하면서

어떻게 세계를 사랑할 수 있어요!

(…중략…)

저엉 싫으면 남자 하나 골라서

아이만 하나 낳아 기르든가(아이 낳고 싶지 않아요?)

그것도 아니라면 최소한

입양이라도 하는 게 어떨까……

이것이 솔직한 내 심정입니다

(…중략…)

무엇이 그대와 나를 갈라놓았는가

(…중략…)

때로 나는 내 자신 속에서

그대와 나를 갈라놓은 내 적을 발견합니다

너는 검은색이고 나는 흰색이야

당신을 향하여 금을 긋는 순간
나는 내 자신의 적을 봅니다
(…중략…)

십리 밖에서부터 정실당리당략 울타리를 치는 동안
나는 당신에게서 당신의 적을 발견합니다

아아 그러나 때때로
나는 당신 속에서 동지를 만납니다
(…중략…)

우리 할머니와 어머니가 걸어갔고
우리 이모와 고모가 걸어갔고
오늘은 우리가 걸어가는 이 길,

내일은 우리 딸들이 가야 할 이 길,
이 길에 울연한 그대 모습 마주하여
나는 동지의 뿌리를 만납니다
우리 서로 한순간의 포옹 속에서
억압 끝, 해방무한 동지를 만납니다
(…중략…)

서로 다른 상처를 싸매 주기 위하여

(…중략…)

서로 다른 체험을 나누고

서로 다른 희망이 하나 되기 위하여

생명의 여자들 일어설 때입니다

(…중략…)

여자가 뭉치면 새 세상 된다네

남자가 모여서 지배를 낳고

지배가 모여서 전쟁을 낳고

전쟁이 모여서 억압세상 낳았지

여자가 뭉치면 무엇이 되나?

여자가 뭉치면 사랑을 낳는다네

모든 여자는 생명을 낳네

(…중략…)

여자가 뭉치면 무엇이 되나?

여자가 뭉치면 새 세상 된다네[19]

　　　　— 고정희, 「여자가 하나 되는 세상을 위하여—이야기 여성사·6」 부분

19　고정희, 「여자가 하나 되는 세상을 위하여—이야기 여성사·6」(『여성해방출사표』, 동광
　　출판사, 1990), 김승희 외편(2011b), 앞의 책, 285~299쪽.

인용한 시는 여성운동 내부에서 발견되는 이항 대립을 여성들의 하나됨자매애을 불가능하게 하는 요인으로 성찰한다. 여성을 '정실부인'과 '독신녀'로 물화reification[20]하는 이분법적 구도는 시의 화자가 "제삼세계 여자 인권과 정의-평화 문제를 논하는 자리"에서 독신자의 실존으로 실감한 대립이며, 이는 여성운동 속에서 발견되는 대립들을 표상한다. 엘리트주의, 섹슈얼리티, 여성성, 운동론 등의 대립들이 시에 등장하고 그것은 실존적 소외의 감각으로서의 고독으로 표현된다.

이러한 차이들의 대립화의 비판은 '체험과 경험의 동일성'에 대한 성찰을 동반한다. 시에서는 여성의 '모성 경험'과 '생명 창조의 체험'을 강조하는 언설이 비판되는데, 그러한 언설은 모성을 이성애 섹슈얼리티와 출산에 대한 생물학적 결정론에 기댄 '체험의 동일성'으로, 그리고 이를 기반으로 하는 '경험의 동일성'"입양이라도 하는 게 어떨까"으로 의미화하는 것이다.[21]

---

20   '물화(reification)'는 자본주의 사회에서 인간의 자기 노동으로부터의 소외, 즉 상품의 물신성(fetishism)에 대한 마르크스의 비판에서 비롯된 개념이다. 대표적으로 게오르크 루카치와 프랑크푸르트 학파는 자본주의 모순인 물화를 비판하며 주체성의 탈환을 주장했으며 물화는 루카치의 『역사와 계급의식』(1923)에 따라 '소외' 및 '대상화'의 동의어로 사용되곤 한다. 한편 루카치는 『역사와 계급의식』에서 소외와 대상화를 동일시한 점을 자기비판하면서 "대상화는—그것이 긍정적이든 부정적이든—인간의 세계지배의 자연적인 방식인 반면에, 소외는 특정한 사회적 환경하에서 실현되는 일종의 특수한 변종을 나타낸다"고 한 바 있다. (류도향, 「아도르노의 사물화 개념과 미학적 우리」, 『철학논총』 51, 새한철학회, 2008, 109~128쪽; 조항구, 「루카치와 마르크스 소외론」, 『철학연구』 70, 대한철학회, 1995, 263~264쪽에서 재인용.) 그런가 하면 모니크 비티그, 낸시 프레이저, 주디스 버틀러 등의 논의에서 물화는 여성/젠더/섹슈얼리티를 고정적인 의미로 규범화하는 동일성의 원리라는 차원에서 비판된다. 이 글은 이와 같은 맥락을 참고하여, '물화를 극복하는 주체화'를 급진주의 페미니즘의 주체의 원리로서 고찰한다.
21   '경험의 동일성'에 대한 문제의식은 「여자가 하나 되는 세상을 위하여—이야기 여성사·6」의 시구와 더불어, 2021년 8월 30일(월)에 진행된 제23회 서울국제여성영화제 쟁점포럼 '래디컬을 다시 질문한다—페미니즘 역사와 기억'에서 발표된 루인의 글 「충돌과 갈등으로 구축한 연대—트랜스 페미니즘 정치학을 모색하기」를 참조하였다.

화자는 사랑·모성의 체험과 경험의 동일성에 대한 주장이 여성을 내적으로 균질한 범주로 간주하는 생물학적 본질주의 "아이 낳고 싶지 않아요?"임을 알고 있다. 주목할 것은 화자가 이러한 동일성의 논리를 비판하면서도 '여자가 하나 되는 세상'에 대한 소망을 견지한다는 점이다.

화자는 '무엇이 그대와 나를 갈라놓았는가' 질문하여, "내 자신 속에서 / 그대와 나를 갈라놓은 내 적을 발견"하고 "당신에게서 당신의 적을 발견"한다. 화자가 당신을 향하여 금을 긋는 순간 자기 안에서 자기 자신의 적을 본다고 고백하는 시구는 중의적 독해를 요한다. 이는 내면화한 이분법적 대립 구도에 대한 성찰이자, 자기동일성의 인식 불가능성 곧 자기동일성의 부정의 계기이다. 자기 안에서 자기 자신의 적을 보았다면 타인과 자신을 가르는 금은 의심스러워진다. 내적 분할에 대한 앎을 통해 이항 대립의 모순을 확인한 화자는 당신 속에서 동지를 만난다.

이때 '동지'는 체험·경험의 동일성을 기반으로 하는 본질주의적 집단화도, 차이의 중립화도 아닌, 존재의 다수성의 앎 가운데 때때로 찾아오는 사건이다. 시의 화자는 "우리 할머니와 어머니가 걸어갔고 / 우리 이모와 고모가 걸어갔고 오늘은 우리가 걸어가는 이 길, // 내일은 우리 딸들이 가야 할 이 길, / 이 길에 울연한 그대 모습 마주하여 / 나는 동지의 뿌리를 만"난다고 말한다. 여기서 '급진적이라는 것은 뿌리를 파악하는 것이며 인간에게 그 뿌리는 인간 자신이다'라는 「헤겔법철학 비판 서문」의 언설을 상기할 수 있다. 화자는 여성해방의 다수적 역사—뿌리에 현존하는 '울연한 무성한 그대'로서의 동지를 이야기한다. 그로써 여성의 하나됨, 하나의 집합으로서의 여성해방 주체를 가능한 것으로 제시한다. 그렇게 이 시는 '여성해방 역사의 주체'로서 여성 주체화의 급진성을 보여 준다.

본질주의가 아닌 역사에 접속하는 정치적 주체화로서의 여성해방 주체의 '하나됨'이 "억압 끝, 해방무한 동지"라는 사실은 화자가 전망하는 해방의 다수성이 차이의 중립화가 아님을 의미한다. 여성해방 주체는 수많은 길들로 구성돼 있는, 내적으로 무한히 분할되어 있으며 열려 있고 반복되는 하나이다. 그렇게 이분법적 대립을 무너뜨리고 여자가 뭉치는 자매애는 남성지배를 종식하고 새로운 세계를 만드는 페미니스트 정치다.

이처럼 내적 분할, 존재의 다수성에 대한 앎이 동지를 만나는 '한순간의 포옹'이 되는 사건이야말로 집합으로서의 여성의 등장여성해방의 주체화이라면, 그러한 사건에 개입하는 전략은 '여성 동일시'였다. 시에서 체험과 경험의 동일성으로서의 사랑과 모성을 이야기하는 '정상 가족', '정상 섹슈얼리티' 이데올로기는 그 배타적 귀속성이 부정되고 사랑과 생명은 '모든 여성의 것'으로 재배치된다. 글의 서두에서, 1960~70년대 서구 급진주의 페미니즘 운동의 '여성 동일시'가 남성 중심적 질서와 단절하고 본질주의와 구별되는 정치적 주체화로서의 여성 역사화였으나 차이들을 이항 대립화함으로써 그 전략이 본질화되었다고 언급한 바 있다. 「여자가 하나 되는 세상을 위하여―이야기 여성사·6」는 서로 다른 상처를 싸매 주고 서로 다른 체험을 나누며 서로 다른 희망이 하나 되게 하는 여성 동일시를 통해, 자매애가 본질론을 넘어 "다른 것에서 자신의 가능성의 조건을 찾는"[22] 주체의 원리로 재구성되는 장면을 보여 준다. 이러한 여성 동일시의 주체화 전략은 '정상 섹슈얼리티' 규범을 문제화하는 여성해방 주체로서의 '독신자'의 역사화이다. 이에 대해 다음 장에서 상세히 논하겠다.

---

22 Judith Butler, 「단지 문화적인」, Nancy Fraser and Kevin Olson 편, 앞의 책, 77쪽.

2) '독신자'의 사랑·모성 재론과 '여성 동일시^{woman-identify}' 전략

고정희의 시에서 반복적으로 등장하는 사랑·모성은 초기 시에서부터 시작 활동 전반에 걸쳐 끈질기게 다뤄진 주제로, 강력한 '정상 가족' 사회에서 비혼·불임이라는 '독신자'의 실존으로 대면했던 화두였다.[23] 이는 여성운동 내부의 차이들을 가시화하고 여성운동의 주체 및 여성 범주를 질문, 재배치하는 언어였으며 특히 여성 노동, '위안부' 문제 등과 더불어 1970~80년대 여성운동의 주요 의제이자 가부장제 비판의 인식론적 거점이었던 가족의 문제_{가정폭력, 가족법, 성별분업, 대안가족 등}와의 동일시에 대한 고민을 담고 있었다. 또한 이는 이소선으로 대표되는 유가족 민중 투사의 젠더를 재현하는 것이기도 했다.[24] 이처럼 사랑과 모성의 표상_{어머니}이 독신자의 삶과 죽음을 구성하며(「독신자」[25]) 생물학적 본질주의 및 '정상성' 이데올로기를 문제화하는 장면을 적극적으로 독해할 필요가 있다.

고정희의 시에서 독신자의 성적 실천으로 재론되는 사랑·모성은 『실락원 기행』_{인문당, 1981}에서 "어머니일 수 없는 자"[26]가 수행하는 여성 동일시

---

23 주지하듯, 고정희의 시에서 비혼-불임-고독은 의미론적 연쇄를 이룬다. "나는 결혼하지 않았으므로 / '불임'의 고독을 상흔처럼 지녀야 했다." 고정희, 「화육제별사」(『초혼제』, 창작과비평사, 1983), 김승희 외편, 『고정희 시전집』1, 또하나의문화, 2011a, 219쪽.

24 문학에서의 여성 재현과 운동사의 관련성에 관해서는 다음을 참조하였다. 이혜령, 「그녀와 소녀들－일본군 '위안부' 문학/영화를 커밍아웃 서사로 읽기」, 『반교어문연구』 47, 반교어문학회, 2017, 247~283쪽.

25 "객사인지 횡사인지 모를 한 독신자의 시신이 / 기나긴 사연의 흰 시트에 덮이고 / 내가 잠시도 잊어본 적 없는 사람들이 달려와 / (…중략…) // 뒤늦게 달려온 어머니가 / 내 시신에 염하시며 우신다 / 내 시신에 수의를 입히시며 우신다 / 저 칼날 같은 세상을 걸어오면서 / 몸이 상하지 않았구나, 다행이구나 / 내 두 눈을 감기신다" 고정희, 「독신자」(『모든 사라지는 것들은 뒤에 여백을 남긴다』, 창작과비평사, 1992), 김승희 외편(2011b), 앞의 책, 563쪽.

26 고정희, 「방랑하는 젊은이의 노래」(『실낙원 기행』, 인문당, 1981), 김승희 외편(2011a), 앞의 책, 140쪽.

의 주체화로 제시되고, 『이 시대의 아벨』문학과지성사, 1983에서는 섹슈얼리티 소외의 측면이 부각된다. 이때 섹슈얼리티는 민중 문제로 동일시되어 섹슈얼리티와 민중의 전망이 교차한다. 이러한 독신자의 성적 실천으로서의 동일시 전략들이 여성해방의 주체화로 전개되는 것은 '또 하나의 문화'와의 만남1984 이후이다.

『실락원 기행』에서 고정희는 사랑·모성을 '어머니일 수 없는 자'의 여성 동일시 주체화로 제시함으로써 생물학적 본질화를 문제시한다. 인간의 실존을 실낙원 (기행) 상태에 비유한 『실락원 기행』은 낙원에서 추방된 자의 고독을 하나됨의 불가능성으로 이야기하고 이를 전환할 새로운 세계의 귀환을 염원한다. 특히 『실락원 기행』에 실린 「방랑하는 젊은이의 노래」와 「유랑하는 이브의 노래」는 '어머니일 수 없는 자'의 고독과 주체성을 이야기한다.

「방랑하는 젊은이의 노래」의 경우, 김승구에 의하면 이 시의 제목은 "후기 낭만주의 음악가 구스타프 말러Gustav Mahler, 1860~1911의 가곡집 제목에서 따온 것"[27]이다. '방랑하는 젊은이의 노래' 혹은 '방황하는 젊은이의 노래'로 번역되곤 하는 가곡 〈Lieder eines fahrenden Gesellen〉은 구스타프 말러가 요한나 리히터Johanna Richter, 1859~1943와의 실연에 대해 쓴 연가곡으로, 사랑하는 여인이 다른 이와 결혼하는 모습을 보며 슬픔에 잠긴 청년의 노래다.[28] 말러는 이 가곡을 "거대한 고통을 지닌 한 방황하는 나그네가 정처 없이 세상을 떠도는 이야기"[29]로 설명했다. 그런가 하면 고정희

---

27 김승구, 「고정희 초기시의 음악적 모티프 수용 양상」, 『동아시아문화연구』 60, 한양대학교 동아시아문화연구소, 2015, 264쪽.

28 조선아, 「구스타프 말러 연가곡 《방황하는 젊은이의 노래》에 대한 분석 연구」, 한양대 석사논문, 2020, 23쪽.

29 위의 글, 24쪽에서 재인용.

의 시 「방랑하는 젊은이의 노래」에서 화자인 '젊은이'는 '어머니일 수 없는 자'이며, 젊은이가 '사랑하는 여인'은 "어머니인 천재순"이다. 화자는 친구 천재순과 자신의 관계를 다음과 같이 말한다.

천재순의 아가는 방긋 웃고
따라 웃는 천재순의 거울 속에서
그리운 어머니를 보았지
어머니일 수 없는 나는
어머니인 천재순을 보았어 그것은
나와 천재순의 거리일 수도 있지만
고독일 수도 있어 늘 웃는 자와
웃을 수 없는 자의 아픔일 수도 있어
집이 그리운 자의 눈물일 수도 있어

고향을 오래 떠나 본 자는 알지
어머니 부르며 돌아오는 밤에
무심코 마주치는 이층집 불빛과
여럿이 둘러앉은 저녁밥상의 따스함
홀로 오래 떠도는 젊은이는 알지[30]

　　　　　　　　　—고정희, 「방랑하는 젊은이의 노래」 부분

시의 화자는 아기의 웃음을 따라 웃는 천재순의 거울 속에서 그리운

30　　고정희, 「방랑하는 젊은이의 노래」, 김승희 외편(2011a), 앞의 책, 140쪽.

어머니를 본다. 이때 어머니는 거울, 즉 동일시의 주체성이다. '거울^{동일시}로서의 어머니'는 아기를 따라 "늘 웃는 자와 / 웃을 수 없는 자"의 대립화된 차이로 인한 실존적 소외에 대한 앎이다. 그렇기에 화자는 '어머니인 자'와 '어머니일 수 없는 자'의 구분을 넘어 '어머니를 부르는 자'의 시간을 맞이한다. 여기가 '어머니인 천재순'이 방랑하는 젊은이의 사랑하는 여인으로 재현되는 장소다. 젊은이는 어머니 부르며 돌아오는 밤에 무심코 마주친 이층집 불빛을 보면서 여럿이 둘러앉은 저녁밥상의 따스함을 그리워하며 눈물 흘리지만, 그 온기^{합일}를 아는 자이다.

「방랑하는 젊은이의 노래」바로 다음에 실린 「유랑하는 이브의 노래」[31]에서는 '어머니인 자'와 '어머니일 수 없는 자'의 이항 대립을 넘어 '어머니를 부르는 자'가 어떻게 어머니와의 동일시를 수행하는지가 드러난다. 「유랑하는 이브의 노래」의 부제인 창세기 3장 16절[32]은 여성의 생물학적 운명과 성별화된 삶을 말하지만, 시의 본문은 재생산을 수행적인 것으로 이야기함으로써 부제와 불화한다. 시에서 "아이 하나 낳고 싶어"¹⁴¹ 하는 '어머니일 수 없는 자'는 '여자'라고 명확히 언급된다. 여자가 아이를 얻기 위해 수행하는 절차는 생물학적 재생산이 아니라 피하고, 버티고, 휘어잡고, 풀무질하고, 기다리며 삶의 고통과 역경을 헤쳐나가는 행위다. 이는 "말로만 될 일"도 "인력으로만 될 일"도 아닌 "한 알 밀알로 썩는"¹⁴¹ 죽음^{단절}으로 개척하는 운명이다. 그렇게 동일시 주체로서의 어머니-여성은 생물학적 본질화, 성별화된 삶과의 단절을 의미하게 된다.

31　고정희, 「유랑하는 이브의 노래 – 창세기 3장 16절」, 위의 책, 141쪽. 이하 이 시의 직접
　　인용은 본문에 쪽수를 표기.
32　"또 여자에게 이르시되 내가 네게 잉태하는 고통을 크게 더하리니 내가 수고하는 자식
　　을 낳을 것이며 너는 남편을 사모하고 남편은 너를 다스릴 것이니라 하시고" 창세기 3
　　장 16절, 『성경전서 개역개정판』(4판), 대한성서공회, 2005.

『이 시대의 아벨』에 실린 「독주獨奏」는 법의 작동과 '정상성' 이데올로기의 문제를 섹슈얼리티 소외로 이야기한다.

그리운 그 나라에서
그대 잔치가 벌어지던 날
일류 지면 혹은 4대 일간지가
대문짝만하게 그대 잔치를 보도하던 날
나는 문간에서 쫓김을 당했다
낯선 문지기들이
열두 대문 문간에 버티고 서서
으름장 놓으며 신분증을 강요했었지
처음엔 그대 사신私信을 보였다
그러나 거기엔 그대 사인이 없었다
생각다 못한 나는 다급한 김에
유일한 그대 치흔을 보였다 덤으로
내 처녀성을 보였다 그러나 어쩌랴
화냥년 왔다며
쫓김을 당했다

나는 공복 중이었으므로
열두 번도 더 화간을 꿈꿨지
나는 공복에 공복이었으므로
그리운 그 나라에서
무턱대고 안겨 주는 시간의 부스러기라도

먹고 싶어서

(그대 먼 발치에라도 서 있고 싶어서)

고이 끼고 간 목관악기 하나

(케세라 세라)

지하철 복도에서 무심히 우는데

길 가던 사람들이 박수를 쳤다

그 이후 나는 주자奏者가 되었다

그러나 아는가

열두 대문 안에서 통화중인 그대여

열두 대문 안에 든 잔치는 멀고

나는 공복에 공복의 단식 개업중이므로

단식을 즐기는 내 관객은

춥고 배고픈 식솔들의 밥상이라[33]

— 고정희, 「독주獨奏」 전문

  인용한 시는 『이 시대의 아벨』의 2장 '이 시대의 아벨'의 마지막 시로
배치되어 있으며, 성서의 모티프를 바탕으로 전개되고 있다. '그대'의 나
라에서 '잔치'가 벌어지고 그것이 대대적으로 알려지지만 화자는 문간에
서 쫓김을 당한다. 이에 화자는 그 나라에서 무턱대고 안겨 주는 시간의
부스러기라도 먹고 싶어 한다. 이는 선택받은 자그리스도인들이 지상의 고통
을 끝내고 도달하게 되는 구원의 세계인 '하나님 나라 잔치'의 배타성을

---

33   고정희, 「독주(獨奏)」(『이 시대의 아벨』, 문학과지성사, 1983), 김승희 외편(2011a), 앞
     의 책, 341~342쪽.

기독교적 사랑의 보편성으로 전환한 '이방인 여인의 믿음' 이야기를 성서에서 차용한 것이다. 구원의 대상에서 배제된 이방인이 믿음으로 구원을 취한다는 마태복음 15장 21~28절의 이야기에서 이방인 여성이 자신의 구원을 주장하며 예수에게 한 말이 바로 "개들도 제 주인의 상에서 떨어지는 부스러기를 먹나이다"[34]이다.

주목할 것은 시에서 구원의 배타성을 문제시하는 방식이다. 화자가 그리운 그대의 나라 입구에서 마주한 것은 열린 문이 아니라 열두 대문 문간이었고, 으름장 놓으며 신분증을 강요하는 낯선 문지기들이었다. 화자는 예기치 못한 상황에서 그 나라의 잔치에 입장하기 위해 신분을 증명해야 했으나 그것은 불가능한 일이다. 화자가 가진 그대의 사신에는 사인이 없었다. 그대와의 관계를 말해주는 "유일한 그대 치흔[잇자국]", 잔치에 입장할 자격 조건이라 여긴 "처녀성"을 보이자, "화냥년 왔다며 / 쫓김을 당"한다. 문 안으로 들어가지 못하고 밖으로 쫓겨나는 분리의 상황은 화자가 '공복 중'인 상태로, (열두 관문만큼이나) "열두 번도 더 화간[혼외정사]을 꿈"꾸는 욕망으로 묘사된다. 이는 법의 기능이 "상실과 소외와 분리"[35]이며, 그 장소인 법의 문턱문간에서 심문의 대상이 되는 것이 바로 섹슈얼리티임을 말해 준다.

그런데 이 시가 차용한 마태복음 15장 21~28절에서 표증의 불능성이 구원의 전제가 된 점을 상기할 필요가 있다. 성서의 이방인 여성이 그랬듯 화자 또한 법에 의한 현세적 구원의 불가능에 마냥 절망하지 않고, 법으로부터의 탈주를 도모하지도 않은 채, 법의 질서로는 계산도 예측도 불

---

34 마태복음 15장 27절, 『성경전서 개역개정판』(4판), 대한성서공회, 2005.
35 김항, 「종말론 사무소는 왜 재개되어야 하는가?」, 『종말론 사무소─인간의 운명과 정치적인 것의 자리』, 문학과지성사, 2016, 304쪽.

가한 방식으로 '될 대로 되라'^{케세라 세라}며 목관악기를 연주한다. 그러자 길 가던 사람들이 박수를 쳤고 이후 화자는 주자奏者가 되었다. 문밖으로 쫓겨난 화자에게 열두 대문 안에 든 잔치는 멀기만 하고, 열두 대문 안에서 통화 중인 그대로 인해 화자는 오도 가도 못한 채 '지하철 복도'에 여전히 홀로 있다. 그러나 "인간의 해방, 즉 구원이란 결국에는 상실과 소외와 분리를 상실과 소외와 분리 그 자체로 경험함으로써 열리는 삶의 지평"[36]임을 상기할 필요가 있다. 화자의 독주는 부스러기가 떨어지기를 기다리는 '춥고 배고픈 식솔들의 밥상'을 위한 것이다. 문밖으로 추방되는 또 다른 소외된 이들이 듣는 고독한 연주다. 그들과 만나는 지하철 복도는 그렇게 새로운 지평의 열림구원의 장소가 된다.

이는 법에 의한 섹슈얼리티 소외의 문제를 '춥고 배고픈 식솔들' 곧 민중 문제와 동일시하여 민중시民衆詩의 존재론으로 전개한 것이다. 이렇게 섹슈얼리티와 민중시의 전망이 교차하는 「독주」는 『이 시대의 아벨』 2장 말미에 배치되어 있다. 『이 시대의 아벨』은 『초혼제』^{1983.5}가 발간된 지 5개월 후인 1983년 10월에 출간되었으며 고정희는 『이 시대의 아벨』에 대해 다음과 같이 언급했다. "두 번째 시집 『실락원 기행』¹⁹⁸¹ 이후에 발표된 2, 3년 동안의 작품을 제5부로 묶었다. (…중략…) 『초혼제』가 그 1부에 속한다면 이 시집은 제2부에 속한다고 말할 수 있다"[37] 『초혼제』와 더불어 광주민중항쟁에 대한 문제의식을 담고 있는 『이 시대의 아벨』에서 '이 시대의 아벨'이라는 표제를 갖는 2장은 「박흥숙전」, 「이 시대의 아벨」, 「그해 가을」, 「망월리 비명-황일봉에게」, 「망월리 풍경」 그리고 「독주」

---

36   위의 글, 303쪽.

37   고정희, 「자서」(『이 시대의 아벨』, 문학과지성사, 1983), 김승희 외편(2011a), 앞의 책, 390쪽.

의 순서로 구성돼 있다. 또한 '서울 사랑'이라는 표제 아래 '서울 사랑' 연작시로 구성된 1장과 '사랑법'이라는 표제하에 '사랑법' 연작시로 구성되어 있는 5장은 물론, 2장'이 시대의 아벨', 3장'벌거숭이산을 위하여', 4장'상한 영혼을 위하여' 모두 사랑에 관한 시를 각 장 끝에 배치하고 있다. 「독주」, 「사랑을 위한 향두가」, 「가을 편지」가 그것이다. 이처럼 고정희의 초기 시에서 사랑·모성은 '정상 가족', '정상 섹슈얼리티'를 문제화하며 독신자의 여성『실락원 기행』/민중『이 시대의 아벨』과의 동일시로 재현된다.

한편 고정희는 '또 하나의 문화'의 만남을 통해 '양성성androgyny' 개념을 매개로 하여 모성을 성별 이분법을 극복하는 주체성으로 재현하게 된다. 『또 하나의 문화』 동인들은 창간호에서부터 양성성을 강조해왔다. 양성성은 1972년에 페미니스트 심리학자 산드라 벰Sandra L. Bem이 제시하여 많은 논의가 이루어진 개념으로, '성차는 고정관념'이라는 문제의식에서 기인했다. 많은 페미니스트들은 양성성 개념을 통해 '여성성'과 '남성성'에 대한 대립적 인식을 넘어 개인 안에서의 공존 가능성을 주장함으로써 성역할 규범을 비판하고 여성도 남성과 같이 공적 영역에 적합함을 말하고자 했다. 이는 획일적 성역할에 매이지 않고 개성에 따라 다양하고 바람직한 행동을 수행하는 대안적 인간상으로 제시되었다.[38]

국내에서 양성성 개념을 소개한 초기 문헌으로는 1983년에 번역되어 1980년대 중후반 다수의 대학의 여성학 강의(이화여대[1985], 청주대[1985], 서울여대[1986], 서강대[1987], 충북대[1987] 등)[39]에서 교재로 사용된 『여성해방과 성의

---

38 정진경, 「"심리적 성차이" 주체의 강의지침」, 『여성학논집』 2, 이화여대 한국여성연구소, 1985; 정진경, 「성역할 연구의 양성적 시각」, 『한국여성학』 3, 한국여성학회, 1987; 고미라, 「양성성과 여성성」, 『여성과사회』 7, 한국여성연구소, 1996.

39 장필화, 「"성(sexuality)" 주체의 강의지침」, 『여성학논집』 2, 이화여대 한국여성연구소, 1985; 편집부, 「각 대학 여성학 강의소개 (1)-[1985학년도 1학기]」, 『한국여성학』 1,

혁명』[40]이 대표적이다. 이 책은 미국의 성 혁명의 흐름과 함께 의제화된 섹슈얼리티 지식을 소개하는 저서로, 새로운 성 개념을 비롯해 결혼제도, 성전환, 양성성[41] 등에 대해 다룬다. 여성신학자 로즈마리 류터와 메리 데일리, 문화비평가 마샬 맥루한을 비롯한 신학자, 사회학자, 의학자, 영문학자, 저널리스트 등의 글이 편집자[42]에 의해 직접 엮여 국내에서 출간되었다. 편집자가 쓴 것으로 추정되는 「머리말」에 따르면, 이 책은 "핵가족화나 '성의 개방'이 이제 더 이상 서구인의 전용물은 아니"며 "의학 기술의 발달로 인한 피임약의 보급과 임신중절의 성행은 우리 사회에도 일종의 '성 혁명'을 초래하고 있"[43]다는 진단하에 출간되었다.

이 책에서 다루는 내용들은 대학에서 '성', '성윤리', '성차'와 같은 언어로 참조됐지만, 1980년대 초중반에는 특히 성차의 젠더적 이해'심리적 성차이'의 차원에서 결혼/가족 제도 및 양성성 논의가 전개되었다. 이 책의 의제들이 섹슈얼리티 개념으로 국내에서 숙고되기 시작한 것은 1980년대

한국여성학회, 1985; 편집부, 「각 대학 여성학 강의 소개(2)－[1986학년도 1학기]」, 『한국여성학』 2, 한국여성학회, 1986; 편집부, 「각 대학 여성학 강의소개(3)－[1987학년도 1학기]」, 『한국여성학』 3, 한국여성학회, 1987.

40 로즈마리 류터 외, 최광복 편, 『여성해방과 성의 혁명』, 일월서각, 1983.

41 『여성해방과 성의 혁명』의 제5부 '양성 인간'에 수록된 「양성인간과 문학」(케롤린 헤일브런), 「남녀 구별의 신화와 양성인간」(린다 바루팔디)에서 양성성(androgyny)은 "양성 인간"으로 번역된다. 케롤린 헤일브런은 양성 인간이 양성애자(bisexual)로 간주되곤 하나 그것이 아니라 "성의 양극화(sexual polarization)", 즉 "'남성적인 것(masculine)'과 '여성적인 것(feminine)'의 고정관념에 집착하는 경향"에 항거하고 "이성, 공격성, 용기, 힘 등으로 대표되는 남성적인 특성과 유연성, 인내, 순종, 직관 등으로 대표되는 여성적인 특성이 균형과 조화를 이루고 있는 인간 상태를 의미"한다고 정의한다. 위의 책, 161~162쪽.

42 이 책의 엮은이는 최광복으로, 서강대 경제학과 위스콘신대 경영학 과정을 밟았으며 "여성문제에 특별한 관심을 갖고 있다"고 소개되어 있다. 번역자의 정보는 별도로 기록되지 않았다. 위의 책, 233쪽.

43 위의 책, 8쪽.

후반~1990년대 초반 무렵이다.

『여성해방과 성의 혁명』 이후 등장한 양성성에 관한 문헌이 1984년 10월 7일에 진행된 '또 하나의 문화' 좌담 「'또 하나의 문화'를 펴내며」이다. 이 좌담은 『평등한 부모 자유로운 아이』^{또 하나의 문화 제1호, 1985}에 수록되었다. 「'또 하나의 문화'를 펴내며」에서 조한혜정, 조옥라, 조형, 장필화, 정진경 등은 명예 남성과 성별화된 여성성을 비판하면서 양성성을 대안적 가치로 주장한다. 양성성은 공적 영역과 사적 영역에 대한 성별 고정관념을 극복하고 기존의 성별분업 체계를 바꾸는 것, 여성의 공적 영역과 남성의 사적 영역에의 참여가 확대되는 것으로 제시된다. 양성성의 모색은 『또 하나의 문화』 창간호의 주제이자 이후 '또 하나의 문화' 운동의 지속적인 화두가 된 대안가족-공동육아 운동의 일환이었으며 가부장제 비판의 방법이었다. 이 주제로 대화를 나누는 과정에서 고정희는 단 한 번의 발언을 다음과 같이 질문의 형태로 한다.

> 여자가 공적 부문에 들어가고 남자가 사적 영역에 들어오고 서로가 상대방의 영역에 들어 간다면 어쩌면 중성화를 말하는 건가요, 아니면 제3의 어떤 건가요? 양성적 인간화가 새로운 남녀관계를 정립하는 데 있어서 어떤 역할을 할 수 있을까요?[44]

인용한 발언에서 고정희는 양성적 인간화가 '중성화' 또는 '제3의 어떤 것'이냐며, 양성성이 어떠한 성적 주체성인지 묻는다. 그리고 그러한 주

---

44 고정희 외, 「'또 하나의 문화'를 펴내며」, 또 하나의 문화 동인 편, 『평등한 부모 자유로운 아이』, 또 하나의 문화 제1호, 평민사, 1985, 21쪽. 이하 이 글의 직접 인용은 본문에 쪽수를 표기.

체성이 앞서 동인들이 지적한 불평등한 여남관계를 변화시키는 데 어떤 역할을 하는지 질문한다. 양성성이 성별 이분법을 유지하면서 더 많은 기회를 부여하는 것이 아닌, 젠더 체계를 변화하는 새로운 주체성인지 묻는 것이다. 고정희에게 돌아온 답변은 "여자·남자의 문제를 떠나서 완전한 개인적 선택"[21]으로서의 양성성이었다.

앞서 살펴보았듯 양성성은 성별분업을 비판하면서 생물학적 환원주의를 넘어 심리적/사회적 성차로서의 젠더라는 페미니스트 지식을 구성하고자 한 개념이다. 양성성은 생물학적 환원주의에 대한 비판적 관점으로 인해, 『여성해방과 성의 혁명』에서 언급된 바와 같이 바이섹슈얼로 오인되기도, 이성애 중심주의에서 벗어나는 실천으로 지향되기도 했다.[45] 그러나 그 가능성에도 불구하고 양성성 개념은 가정과 직장에서의 바람직한 여성성과 남성성의 결합 모델로서, 이분법적 구도를 반복했다. 그리고 진정한 '개인'의 '개성' 실현으로 정향되면서, 섹슈얼리티의 재배치를 추동하지는 못했다. 이후 1987년에 발표된 정진경의 「성역할 연구의 양성적 시각」에서 양성성 개념은 "본래의 의도와는 달리 여전히 이분법적인 논리에서 완전히 벗어나지 못하고 있다"[46]는 한계가 지적된다.

고정희는 양성성에 대한 고민을 이어간 후 『또 하나의 문화』 제2호에서 자신의 정리된 생각을 개진한 것으로 보인다.

'자매애는 강하다'는 연대의식의 힘을 믿는 우리는 (…중략…) 부조리한 현실에 대해 형제애의 진실로 맞설 수 있어야 한다. 동시에 참된 인간의 해방과 진실을 추구하는 여성들의 다양한 실천 운동에 부지런히 귀를 기울이고 대화

---

45 이와 관련하여 이 글의 42번 각주를 참고.
46 정진경(1987), 앞의 글, 152쪽.

할 수 있어야 한다. 왜? 문학은 궁극적으로 '사람을 위하여 사람에 의하여 사람다운 세상'을 꿈꾸는 일에 관여하기 때문이다. 결론적으로 여성주의 문학은 '여성들이 하는 문학이다'는 성별 분업에 있는 것이 아니라 지배 문화를 극복하고 참된 인간해방 공동체를 추구하는 대안 문화로서 '모성 문화' 혹은 '양성 문화'의 세계관을 보여주는 문학이어야 한다. 따라서 이 때의 여성문학은 굳이 여성만이어야 할 필요는 없지만 이 문제를 자기 경험 속에서 아파하고 혹독하게 인식하는 사람들에 의해서 형성될 것은 자명한 사실이다.[47]강조는 인용자

고정희는 『또 하나의 문화』 제1호 좌담에서 양성성이 '중성' 혹은 '제3의 어떤 것'인가 물음으로써 성별 이분법을 초과하는 새로운 주체성인지 질문했다면, 제2호에 게재한 「한국 여성문학의 흐름—시와 소설을 중심으로」에서는 양성성을 그러한 주체성으로 의미화했다. 가정과 직장을 중심으로 논의되는 성별분업에 대한 문제의식으로서의 양성성을 여성주의 문학/운동의 범주에 적용함으로써, 양성성 범주를 확장하고 여성해방 주체론으로 변환했다. 양성성 개념의 생물학적 환원주의 비판을 기회의 확대나 양자선택의 가능성을 통한 개인의 실현이 아닌, 여성을 질문하는 방법론으로 삼았다.

그렇기에 인용한 글에서 '자매애는 강하다'라는 슬로건은 폐쇄적이지 않다. 자매애는 형제애로 표현되는 민중운동 및 참된 인간의 해방과 진실을 추구하는 여성들의 다양한 실천에 열려있고 접속되는 연대의 힘에 대한 믿음을 의미한다. 왜냐하면 인간의 물화를 극복하는 주체화[48]에 관여

---

47 고정희, 「한국 여성문학의 흐름—시와 소설을 중심으로」, 조형 외편, 앞의 책, 177쪽에서 재인용.
48 고정희는 인간해방, 인간성 회복, 인간화 등을 '휴머니즘'으로 칭하곤 했다. 본문에서

하는 것이 여성주의(문학)이기 때문이다. 이러한 여성주의 문학이란 지배 문화를 극복하고 참된 인간해방 공동체를 추구하는 대안 문화 운동이며 이를 혹독하게 인식하는 이들에 의해 형성되는 것으로, 그 주체가 "굳이 여성만이어야 할 필요는 없"다. 이는 '여류문학'[49]의 성별화를 넘어서는 '여성문학' 선언이었다. 그 이념으로서의 양성성은 개성이 아닌, 여성해방 의 정치성을 표상하는 모성으로 재현되었다.

이렇게 고정희는 양성성의 이념인 생물학적 본질주의 비판을 매개로 하여, 이분법적 성별 규범을 초과하는 섹슈얼리티 실천으로서의 여성해 방 주체성을 모성으로 이야기할 수 있게 된다.[50] 이는 독신자에게서 실천 되는 양성성의 탐색이자 여성주의 인간학주체론[51]의 정초였다.

인용한 글에서는 "'사람을 위하여 사람에 의하여 사람다운 세상'을 꿈꾸는 일"로 표현되 었다. 이때 휴머니즘은 박애주의나 인간중심주의가 아닌 인간의 물화(reification : 고정 희는 소외, 비인간화라는 용어 사용) 극복으로서의 주체화를 의미한다. 이는 1970~80 년대 변혁운동의 전망이기도 했으며 운동의 방법론으로는 '의식화' 전략이 구사되었 다. 고정희는 이러한 휴머니즘의 전망을 민중신학적으로, 그리고 여성주의적으로 재 구성한다. 정혜진, 「광주의 죽은 자들의 부활을 어떻게 쓸 것인가?─고정희의 제3세계 휴머니즘 수용과 민중시의 재구성 (1)」, 『여성문학연구』 48, 한국여성문학학회, 2019, 323~360쪽. 구체적으로 고정희는 '또 하나의 문화'와의 만남을 통해 '성별 이분법이 해체된 세계'와 '성별 이분법을 해체하는 주체성'에 관심을 기울이게 되어, 이를 각기 여성해방/인간해방과 여성/모성/양성/새로운 인간성으로 혼용하여 지칭했다. 여기서 고정희가 당대의 인간해방 전망을 성별 이분법의 해체로, 여성주의적으로 재구성하는 것을 발견할 수 있다. 고정희의 이러한 전략은 성정치를 무화하는 것이 아니라 전선을 첨예하게 긋는 것이었다.

49 '여류문학'에 대한 고정희의 문제의식을 다룬 논의로는 다음을 참고. 김정은, 「광장에 선 여성'과 말할 권리─1980년대 고정희의 글쓰기에 나타난 '젠더'와 '정치」, 『여성문학 연구』 44, 한국여성문학학회, 2018, 271~280쪽.

50 생물학적 본질주의를 넘어서는 모성은 조한혜정의 글에서도 주요하게 논의된다. 조혜 정, 『한국의 여성과 남성』, 문학과지성사, 1988, 340, 356쪽.

51 『여성해방출사표』의 서문에서 고정희는 "여성주의 시각"이 "인간해방운동의 새로운 인 간학적 계기를 의미한다"고 언급한 바 있다. 고정희, 「서문」(『여성해방출사표』, 동광출 판사, 1990), 김승희 외 편(2011b), 앞의 책, 339쪽.

3. 고정희의 급진주의 여성문학과 연대의 원리

1) 성차 생산 체계로서의 자본주의 비판과
섹슈얼리티의 페미니즘 의제화

고정희의 사랑·모성이라는 화두는 앞서 살펴본 것처럼 '또 하나의 문화'와의 만남 이후 페미니즘의 의제로 구체화되는데, 이는 1990년에 이르러 '급진주의 페미니즘'에 대한 지향으로 표현된다. 고정희가 급진주의 페미니즘을 직접적으로 언급한 텍스트는 1990년 2월호 『문학사상』에 발표한 「여성주의 문학 어디까지 왔는가?―소재주의를 넘어 새로운 인간성의 실현으로」와 1990년 8월에 서문을 쓰고 1990년 9월 1일에 출간한 시집 『여성해방출사표』, 그리고 1991년 1월에 필리핀에 체류하며 '또 하나의 문화' 동인들에게 보낸 편지다.

「여성주의 문학 어디까지 왔는가?―소재주의를 넘어 새로운 인간성의 실현으로」에서 고정희는 1980년대 후반~1990년대 초반에 전개된 여성해방운동론으로서의 여성문학 이론·창작 논의를 정리하며, 급진주의 페미니즘에 대해 이야기한다.

여성문학 논리와 창작이 최근 이삼 년 동안 활발히 진행되고 있다고는 하나 그 내용을 이루는 질과 폭에서 아직은 미흡한 단계임을 인정하지 않을 수 없다. 즉 이론 정립에서 서구가 단계적으로 거쳐 발전시킨 여성해방론자유주의·사회주의·급진주의·마르크스주의적 입장이 우리나라엔 짧은 기간 내 한꺼번에 공존하고 있으면서 논쟁으로 발전하지는 못하고 있으며, 창작 또한 고발 문학의 단계를 뛰어넘지 못하고 있는 실정이다.

따라서 지금까지 전개되어 온 여성문학의 논리와 쟁점은 크게 두 범주를 넘어서

지 못했다고 본다. 그 하나는 계급해방을 통해서만 여성해방에 이를 수 있다고 보는 리얼리즘 시각, 혹은 '여성 노동자의 시각'이며 다른 하나는 성 모순과 계급 모순을 똑같이 타파의 선결 과제로 보는 사회주의 시각이다.

그러나 이러한 논의가 창작에서도 충분히 소화되고 있느냐는 물음에는 아직 진행형으로 남겨둘 수밖에 없다. 더구나 우리나라엔 '성의 혁명을 여성해방의 우선 과제로 삼는 래디칼 페미니즘'은 아직 그 명함조차 내밀지 못하고 있으며, 앞에서 지적한 두 흐름 중 구체적 작업에 반영된 입장은 주로 사회주의 여성문학론이 주축을 이뤄왔다고 말할 수 있다.

그렇다면 여성사회연구팀이 주창하는 「여성해방적 시각의 문학론」이란 어떤 몸말을 갖추고 있는가? (…중략…) '여성 노동자의 시각'이 어떻게 남성지배 문화의 모순을 해부하는 척도가 되는지에 대해서는 이론을 발전시키지 못하고 있다. 또한 (…중략…) '여성 노동자의 시각'의 강조만으로는 성억압의 보편성과 특수성을 충분히 찾아낼 수 있다고 보는 힘들다. (…중략…) 또 하나의 문화 창작 소집단의 여성문학 입장은 '성 모순이 계급 모순과 민족 모순의 유지 기재로 이용'되고 있다는 공동의 인식 기반 위에서 (…중략…) 민족 모순과 계급 모순 자체는 드러난 현실일 뿐 그것을 가능하게 한 토대는 바로 가부장적 권력구조'로 파악되고 있다.[52]강조는 인용자

한국에서 여성해방론은 고정희의 말대로 한꺼번에 공존했기에, 급진주의 페미니즘은 운동론의 차원에서는 이미 극복된 것으로 파악되어 1990년까지 아직 명함조차 내밀지 못했다. 일례로 1982년에 번역된 『여

---

52 고정희, 「여성주의 문학 어디까지 왔는가?-소재주의를 넘어 새로운 인간성의 실현으로」, 조형 외편, 앞의 책, 195~198쪽에서 재인용.

성해방논쟁』[53]은 마르크스주의 페미니즘과 급진주의 페미니즘'여성해방론자들'로 지칭됨의 논쟁을 소개하면서, 생물학적 성차를 강조하며 여성들 사이의 계급 차이를 간과한 것이 급진주의 페미니즘의 한계라고 지적한다. 그리고 마르크스주의적 분석과 급진주의 페미니즘적 분석의 결합과 교차의 필요성을 주장한다. 그런가 하면 1989년에 편역된 『여성해방이론의 쟁점』의 역자는 "80년대 이후 우리나라의 여성해방이론의 발달과정은 사회주의 여성해방론의 도입과 그에 대한 마르크스주의적 비판이라는 전개과정을 밟아왔다"[54]고 쓴다. 그리고 한국에 사회주의 여성해방론이 먼저 도입된 이유를 "군사정권의 파쇼적인 사상탄압과 정치경제학의 원론에 대한 불철저한 이해라는 사회적 조건"[55]으로 설명한다. 이처럼 사회주의 페미니즘이 급진주의 페미니즘의 극복으로 간주되고 1980년대 중반 이래 한국에서 마르크스주의가 부상한 맥락으로 인해, 여성해방운동론은 마르크스주의 페미니즘과 사회주의 페미니즘 간의 문제로 해석되곤 했다.

한국의 여성해방운동론을 마르크스주의 페미니즘과 사회주의 페미니즘의 문제로 해석하는 시도는 '또 하나의 문화'를 사회주의 페미니즘으로 명명함으로써 이루어졌다. 일례로 이순예는 「여성문학의 흐름과 쟁점」에서 고정희의 문학을 사례로 들며 '또 하나의 문화'의 여성문화/문학 운동을 사회주의 페미니즘적 편향을 지닌 입장들이라 칭한다. 그리고 이를 "남녀차별의 문제를 자본주의 세계체제 규정에서 찾지 않고 가부장제

---

53   로버타 해밀턴, 최민지 역, 『여성해방논쟁』, 풀빛, 1982.
54   「역자서문」, 하이디 하트만 외, 김혜경·김애령 편역, 『여성해방이론의 쟁점』, 태암, 1989, 2쪽.
55   위의 책, 같은 쪽.

라는 또다른 모순구조를 설정하여 남성지배문화에 대한 투쟁을 우선시하는[56] 것으로 설명한다. 사회주의 페미니즘이라는 라벨링labeling으로 비판된 것은 사실상 이중체계론이었다기보다는 '가부장제 모순 투쟁의 우선성'이었다. 위의 인용한 글에서 고정희가 자신이 속한 '또 하나의 문화' 창작 소집단이 사회 모순들(계급자본주의/성가부장제/민족분단)의 토대를 가부장적 권력구조로 파악한다면서, 이를 사회주의 페미니즘으로 이야기하는 것은 이러한 맥락을 반영한다.[57]

이와 함께 고려할 점이 '또 하나의 문화'가 당시 '자유주의'로 명명되기도 했다는 사실이다. 조한혜정은 남성 중심 운동권 사이에서 '여성평우회' 계통은 사회주의 페미니즘으로, '또 하나의 문화'는 자유주의 페미니즘으로 분류되었다고 회고한다.[58] 이처럼 라벨링은 자의적이며, 라벨링을 통한 자기/타자의 재현은 운동의 헤게모니를 어떻게 구성하고자 하는지를 보여 준다. 사회주의 페미니즘(혹은 자유주의 페미니즘)이라는 이름의 가부장제 모순 투쟁의 우선성에 대한 비판은 궁극적으로는 투쟁 주체의 설정, 즉 투쟁 주체로서의 노동자와 중산층의 문제에 대한 것이었다.[59]

그러나 여성운동의 노동자와 중산층에 대한 관심 모두 실은 재생산/노

---

56 이순예, 「여성문학의 흐름과 쟁점」, 민족문학작가회의 여성문학분과위원회 편, 『여성운동과 문학』 2, 풀빛, 1990, 275쪽.

57 실제로 고정희는 「여성주의 문학 어디까지 왔는가?−소재주의를 넘어 새로운 인간성의 실현으로」에서 이러한 논리를 이순예의 「여성문학의 흐름과 쟁점」을 논평하면서 전개한다.

58 조한혜정·우에노 치즈코, 김찬호·사사키 노리코 역, 『경계에서 말한다』, 생각의나무, 2004, 127쪽.

59 안지영은 이에 대해 '여성' 그룹이 '또문' 그룹의 중산층적 관점을 비판하며 "여성노동자의 당파성을 강조"했다고 논하였다. 안지영, 「'여성주의 리얼리즘'의 문화정치학−『또하나의 문화』의 발간 주체와 실천을 중심으로」, 『한국현대문학연구』 63, 한국현대문학회, 2021, 372쪽.

동 문제로서의 성별분업과 관련된 것이었다. 앞서 살펴보았듯 '또 하나의 문화'가 주목한 양성성 개념은 가정과 직장이라는 공사公私 영역의 성별화를 비판하면서 성별분업을 문제화하는 것이었다. 한편 여성평우회는 1985년에 편역한 『제3세계 여성노동』[60]의 「머리말」에서 "'여성문제'의 핵심은 여성 '노동'"[61]이라며, 마르크스주의 페미니즘과 급진주의 페미니즘파이어스톤으로 대표되는 경향으로 지칭됨이 여성노동에 대한 연구라는 공통 기반에서 논쟁을 한다고 이야기했다. 여성 노동 문제로서 "성별분업과 그것을 통한 남녀차별의 궁극적인 원인 해명"[62]의 양극단의 입장으로 '경제 결정론'과 '성적 결정론'이 있다는 것이다. 그리고 그 변증법적 통일의 관점을 제3세계 여성 노동의 분석 방법으로 책의 1부에서 소개하였다. 이처럼 1980년대 여성운동의 관건은 재생산/노동 문제로서의 성별분업에 대한 투쟁의 우선성을 어디에 둘 것이냐였다.

이러한 상황에서 고정희가 1990년 초 아직 명함조차 내밀지 못하고 있다고 말한 급진주의 페미니즘이 『여성해방출사표』에서 그 모습을 드러낸다는 점은 주목을 요한다. 『여성해방출사표』에 실린 첫 번째 시 「황진이가 이옥봉에게─이야기 여성사·1」에서는 사랑과 결혼의 '정상성'을 초과하는 성적 실천이 급진주의 페미니즘의 기조로 언급된다. 그리고 이러한 '정상 섹슈얼리티'에 대한 문제의식은 이 글의 2장에서 다루었듯 시집 전반을 구성한다. 『여성해방출사표』는 고정희가 1990년 초 한국 여성운동의 공백으로 지목했던 급진주의 페미니즘의 실천이었다.

또한 고정희는 1990년 6월부터 아시아종교음악연구소AILM의 초청을

---

60 베로니카 비치 외, 여성평우회 편역, 『제3세계 여성노동』, 창작과비평사, 1985.
61 여성평우회, 「머리말」, 위의 책, 3쪽.
62 위의 글, 4쪽.

고정희 시의 섹슈얼리티와 '페미니즘의 급진성' | 정혜진   483

받아 '탈식민지 시와 음악 워크숍' 참여를 위해 필리핀 마닐라를 방문해 6개월 동안 체류하던 중, 『여성해방출사표』 발간 이후인 1991년 1월 '또 하나의 문화' 동인들에게 보낸 편지에서 급진주의 페미니즘에 대해 다음과 같이 이야기했다. "이곳에선 여자 문제가 자못 커서 어떻게 접근해야 할지는 다각도로 모색하고 있어. 래디칼이 아니면 대안이 없다는 생각은 분명해. 특히 성과 사랑 문제는 래디칼 쪽으로 선이 분명하지 않고는 안 되는 지점에 와 있다는 생각도 들고."[63] 필리핀 방문은 고정희에게 급진주의 페미니즘에 관한 강한 확신을 주었다. 이때 쓴 시가 '헤테로 메일 쇼비니즘-자본주의'의 성산업에 대한 날선 비판을 담은 「우리 시대 섹스와 사랑 공청회」와 「밥과 자본주의」 연작시이다. 그래서 '또 하나의 문화' 동인들은 고정희가 이전에 "강조하던 '자매애'의 '래디칼'한 작동", 급진주의 페미니즘에 관해 보인 사고의 "급진전"과 "변모"를 염려하기도 했다.[64]

---

63   고정희, 「편지 13」(1991.1.19), 조형 외편, 앞의 책, 72쪽.
64   "아, 그런데 그의 '자매애'에 대한 자각은 너무 급진전하여 그 1개월 남짓 이후에는 그가 또 다른 '독선'으로 기울어지는 게 아닌가 하는 염려를 하게 하는 편지를 쓰게 한다. 성과 사랑의 문제로 한정하지만 그는 여성 문제를 급진주의 여성해방론에 입각하여 볼 수밖에 없다는 반(半)결론을 내리는 것이다. 이런 변모를 태국과 필리핀에서 보내 온 두 편의 편지를 통해 읽어 보자. (…중략…) 실제로 그가 필리핀에서 쓴 시들, 가령 '자본주의와 밥'이라는 주제 아래의 시들은 대단히 '래디칼'한 색조를 띠고 있다. 이것은 5년 전 그로부터의 상당한 변모이며 3년 전에 강조하던 '자매애'의 '래디칼'한 작동인 것이다. 그는 여성들의 서러움과 길들여진 순종을 가슴 깊이 새기며 곧장 분노의 화살을 남성 일반에게 던졌다"(위의 책, 70~73쪽). 여기서 고정희가 남성 일반에게 분노의 화살을 던졌다는 평은 고정희의 편지 한 대목에 대한 것이다. 고정희는 1991년 1월 7일의 편지에서, 태국에서 여자는 부다가 될 수도, 설법을 할 수도 없다는 사실을 알게 되었다며 이를 "반부다이즘"이라 칭한다. 그리고 이런 상황에서도 태국의 남자는 죽기 전에 승려가 되는 것이 꿈이라 들었다면서 다음과 같이 말한다. "남자승려 좋아하네, 죽어라!"(고정희, 「편지 12」(1991.1.7), 위의 책, 72쪽). '또 하나의 문화' 동인은 이를 남성의 일반화이자, 급진주의에 대한 염려 요인으로 간주했지만, 고정희의 표현은 남성의 생물학적 제거라기보다는 기만적인 성별화에 대한 강한 적의의 표출이라고 보아야 할 것이다.

고정희의 급진주의 페미니즘은 성의 혁명의 우선성이 아니면 대안이 없고, 선이 분명하지 않고는 안되는 지점에 와 있는 성과 사랑 문제, 즉 섹슈얼리티의 페미니즘 의제화였다. 이는 마르크스주의 페미니즘 및 사회주의 페미니즘 담론으로 대표되곤 했던 1980년대 여성운동의 공통 구도인 '여성의 재생산/노동 문제로서의 성별분업'에서 '규범적 이성애 중심주의 문제'로 페미니즘 의제를 전환하는 것이었다. 고정희는 '정상 섹슈얼리티'에 대한 문제의식을 중심으로 자본주의 모순을 파악하고자 했다. 그렇게 지향된 급진주의 페미니즘은 자본주의의 핵심 기제로서의 규범적 이성애 섹슈얼리티와 성산업 등 '자본주의적 이분법적 성차의 생산'과 그로 인한 여성 물화를 의제화하는 언어였다.

앞서 언급했듯 급진주의 페미니즘은 논쟁사적 측면에서 극복된 것으로 간주되면서 마르크스주의 페미니즘, 사회주의 페미니즘에 비해 충분히 담론화되지 않았다. 고정희가 급진주의 페미니즘을 한국 여성운동의 공백으로 논한 것은 이러한 지성사적 맥락을 반영한다. 그러나 1980년대 말 섹슈얼리티 연구가 본격화하면서 급진주의 페미니즘은 재조명된다.

1985년 장필화는 이화여대 한국여성연구소 주관으로 구성된 '여성학 강의지침' 중 「"성sexuality" 주제의 강의지침」[65]을 집필한 바 있다. 여기서 장필화는 섹슈얼리티 주제에 대한 여성학 연구의 토대는 깊지 못하며 강의에서는 해당 주제가 가족 및 결혼과 연결지어 다뤄지고 있다고 말한다. 그리고 이러한 강의는 전통적 성규범의 성차별 구조를 비판적으로 고찰하는 과정으로 전개된다고 전한다. 이처럼 1980년대 중반 무렵까지 섹슈얼리티는 '정상 가족' 이데올로기 비판, 특히 성차별적 강제성에 초점이

---

65 장필화, 앞의 글, 80~86쪽.

맞춰져 있었다.

이후 1980년대 말 섹슈얼리티 개념은 본격적으로 연구된다. 그 장면을 보여주는 것이 1989년 6월 '성'을 주제로 개최된 한국여성학회 학술발표회 '한국여성학의 보편성과 특수성Ⅴ'와 같은 해 특집으로 발간된 『한국여성학』제5집이다.[66] 여기서 섹슈얼리티는 개념의 소개, 남성 중심적 성문화 비판, 성폭력과 성적 통제, 자본주의와 재생산의 차원에서 다뤄졌다.[67] 한편 학술발표회의 종합토론에서 사회자는 "한국여성학회에서 공식적으로는 처음으로 성의 문제를 다"[68]루었다고 말했으며, 장필화는 "이번 학술대회는 오랫동안 은폐된 것을 꺼내는 첫 시도라는 의미로 생각되어져야 하고, 그런 점에서 이번에는 매우 작은 부분만을 다루고 있을 뿐"[69]임을 인정해야 한다고 하였다. 학회장 정세화는 개회사에서 "성연구는 여성학의 가장 기본적인 문제의 하나로 학회는 처음부터 다루어야 겠다고 생각하면서도 너무 어려운 문제가 되어서 그동안 자꾸 미루어왔던 것 같다"[70]고 이야기했다. 이처럼 1980년대 후반까지 한국에서 섹슈얼리

---

66 『한국여성학』제5집에 실린 글은 다음과 같다. 「현대 서양철학에서의 성(性)」(발표 : 황필호, 토론 : 신옥희), 「성(Sexuality)에 관련한 여성해방론의 이해와 문제」(발표 : 장필화, 토론 : 변규용), 「성일탈과 여성」(발표 : 이영자, 토론 : 김병서), 「성폭력의 실태와 법적 통제」(발표 : 심영희, 토론 : 이화수), 「여성노동과 성적 통제」(발표 : 조순경·여난영·이숙진, 토론 : 김용학), 「종합토론」(엘리자벳 최·황필호·강숙자·이은영·이영자·심영희·장필화·조형·김용학·조순경·박혜경·조혜정·손덕수).

67 앞서 살펴본 『여성해방과 성의 혁명』에서 소개되었던 성 개념("핫 섹스와 쿨 섹스")도 이때 논의가 된다. "hot sex가 성기중심 사회라면 그 대안으로 cool sex가 중심이 되는 사회를 만드는 방법이 고안되어야 할 것입니다." 손덕수, 「종합토론」, 『한국여성학』5, 한국여성학회, 1989, 199~200쪽.

68 엘리자벳 최 외, 「종합토론」, 『한국여성학』5, 한국여성학회, 1989, 193쪽.

69 위의 글, 195쪽.

70 정세화, 「개회사」, 위의 책, 5쪽.

티 연구는 초입 단계에 있었다고 볼 수 있다.[71]

주목할 것은 섹슈얼리티 연구와 함께 급진주의 페미니즘이 재조명되었다는 점이다. 장필화는 「성Sexuality에 관련한 여성해방론의 이해와 문제」[72]에서 섹슈얼리티가 최근 "성성性性이라는 조어로 번역되기 시작했으나 아직은 일반적으로 소개되지 못하였"[51]다며, 불만족스럽지만 '성'이라는 용어를 사용하겠다고 말한다. 그리고 섹슈얼리티가 "성교, 성관계 등의 구체적 성행동을 포함하지만 이보다는 훨씬 더 포괄적인 개념"[51]이며, "신체구조와 심리구조, 사회적 규범과 특정 사회조직들에 의해 지지되고 있는 복합적인 스펙트럼"[51]이라고 설명한다. 이어서 장필화는 남성 중심적 성 관념을 비판적으로 검토하고 여성해방론의 성 이해를 정리하는데, 특히 급진적 여성해방론과 정신분석학적 여성해방론에 주목하며 그중에서도 전자를 상세히 논한다. 글에서 급진주의 페미니즘은 초기와 후기로 나누어 설명된다. 초기는 마르크스주의 페미니즘과의 변별에, 후기는 여성성의 착목에 초점이 맞추어지고 후자는 성별분업과 관련지어 독해된다. 정신분석 페미니즘 또한 후기 급진주의 페미니즘과 맥을 같이 하는 것으로 간주된다.

고정희에게서 급진주의 페미니즘이 마르크스주의 페미니즘 및 사회주의 페미니즘과 구별되면서 '성의 혁명의 우선성'으로 설명되었음을 상기할 때, 1980년대 말 급진주의 페미니즘이 섹슈얼리티 개념과 함께 숙고되는 위 장면은 의미심장하다. 고정희는 비혼·불임으로 재현되는 독신

---

71 이후 1991년에 '또 하나의 문화'는 섹슈얼리티를 다룬 『새로 쓰는 사랑 이야기』(또 하나의 문화 제7호)와 『새로 쓰는 성 이야기』(또 하나의 문화 제8호)를 출판해 큰 호응을 얻었다.

72 장필화, 「성(Sexuality)에 관련한 여성해방론의 이해와 문제」, 『한국여성학』 5, 한국여성학회, 1989, 49~79쪽. 이하 이 글의 직접 인용은 본문에 쪽수를 표기.

자의 실존의 문제와 더불어 '정상 섹슈얼리티'에 대한 문제의식을 초기 시에서부터 보여 주었다. 1980년대 후반 한국에서 섹슈얼리티 개념이 숙고되고 급진주의 페미니즘이 재조명되는 맥락 속에서, 고정희의 섹슈얼리티에 대한 문제의식은 1990년대 초에 급진주의 페미니즘에 대한 지향으로 진전되었다고 볼 수 있다.

이와 같은 고정희의 급진주의 페미니즘의 전망이 어디까지 구체화되었는지 살펴볼 필요가 있다. 『새로 쓰는 성 이야기』또 하나의 문화 제8호에 실린 「우리 시대 섹스와 사랑 공청회」[73]는 『한국여성학』 제5집에서 망라된 바 있는 섹슈얼리티 논의의 쟁점들'정상성' 규범과 일부일처제, 남성 중심적 성문화와 낭만화된 사랑, 자본주의 성산업에 대한 비판과 성해방 담론을 잘 보여 준다. 그리고 이를 헤테로 메일 쇼비니즘-자본주의, 즉 자본주의 작동 원리로서의 규범적 이성애와 남성 우월주의 비판으로 밀어붙인다.

특히 '발제 4/성문화, 헤테로 메일-쇼비니즘'[74]에서는 위계적 이성애가 남성성을 강화하는 체제 유지 구실이 될 수 있음을 지적하고, 그 사례인 자본주의 성 상품화 시장과 낭만화된 이성애를 '헤테로 메일 쇼비니즘의 함정'으로 제시한다. '논평2/말하자, 생각하자, 행동하자'와 「딸들아 이제는」에서는 이러한 헤테로 메일 쇼비니즘-자본주의의 성격을 '이분법적

---

73 고정희, 「우리 시대 섹스와 사랑 공청회」, 또하나의문화 동인 편, 『또 하나의 문화—새로 쓰는 성 이야기』 제8호, 또하나의문화, 1991, 304~312쪽.

74 고정희는 『새로 쓰는 성 이야기』(또 하나의 문화 제8호) 출판 과정에 필리핀에서 체류 중이었음에도 출판에 적극적으로 참여한 것으로 알려진다. 고정희는 이 시의 '발제 4/ 성문화, 헤테로 메일—쇼비니즘' 부분이 마닐라에서 조한혜정으로부터 받은 긴 편지에서 도움을 받아 구성되었다는 첨언을 각주로 달았다. 편지의 자세한 내용은 알 수 없지만 같은 해 출간된 조한혜정의 『한국의 여성과 남성』에 "낭만적 사랑"에 대한 비판이 여러 차례 등장한다는 사실을 참고할 수 있을 것이다. 조혜정(1988), 앞의 책, 28, 113, 202쪽.

분류'와 '이분법적 대립'으로 진단하고, 이를 극복하는 전망을 다음과 같이 표현한다. "백 사람의 염원 속에 한 믿음을 포개고 만 사람의 가람 위에 한 보름달 띄워 (…중략…) 둘에서 하나로 하나에서 만으로"[75]. 이는 앞서 살펴본 고정희의 자매애의 이념과 상통한다. 시에서 규범적 이성애 중심주의로 대표되는 이분법은 '둘'로 표현된 대립의 표상으로서 '성차'의 생산이며 이것이 헤테로 메일 쇼비니즘-자본주의의 작동 원리이다. '둘에서 하나로'라는 '집합으로서의 여성해방 주체'의 '만'의 얼굴[76]은 섹슈얼리티 실천의 정치성이다.

「우리 시대 섹스와 사랑 공청회」의 자본주의에 대한 관점은 「밥과 자본주의」 연작시에서도 이어진다. 특히 「몸바쳐 밥을 사는 사람 내력 한마당」[77]은 교환가치가 지배하는 자본주의적 상품 생산 사회가 헤테로 메일 쇼비니즘-자본주의임을 잘 보여 준다. 이 시는 부친의 국적을 모르는 조선의 60대 성매매 여성 화자를 통해, 노동과 성을 상품화하는 자본주의 사회에서 여성들이 성산업에 종사하게 되는 맥락, 즉 여성의 하위계급화와 열악한 여성 노동환경에 초점을 맞춘다. 김지하 등의 1970~80년대 민중문학의 성매매 여성 재현[78]과는 명백히 차별화되는 이 시는 성매매

75 고정희, 「우리 시대 섹스와 사랑 공청회」, 또 하나의 문화 동인 편, 앞의 책, 312쪽.
76 '만의 얼굴'이라는 표현은 '또 하나의 문화'에서 출간한 여성해방 시선집 『하나보다 더좋은 백의 얼굴이어라』의 제목에서 참조하였다. 이 시선집에 수록된 시는 대부분 『또 하나의 문화』 3호와 4호에 실린 것들이며, 그 외에 "김진숙, 윤석남, 김인순, 박영숙, 정정엽 등 미술팀과 또 하나의 문화 문학인 소집단이 '여성해방 시화전'을 위한 공동작업을 하는 과정에서 나온 작품 포함"되었다. 물론 여기에는 고정희의 시가 다수 실려있다. 강은교 외, 『하나보다 더좋은 백의 얼굴이어라』, 또하나의문화, 1988, 6쪽.
77 고정희, 「몸바쳐 밥을 사는 사람 내력 한마당」(『모든 사라지는 것들은 뒤에 여백을 남긴다』, 창작과비평사, 1992), 김승희 외편(2011b), 앞의 책, 479~491쪽. 이하 이 시의 직접 인용은 본문에 쪽수를 표기.
78 김지하의 민중시에 나타난 여성상에 대한 고정희의 비판에 관해서는 다음을 참조. 이

여성은 비윤리적이라며 사회적 지탄을 받는 반면 성구매 남성들의 행위는 낭만화되는 성차별 구조를 지적함으로써 남성 중심적 민중시를 겨냥한다.

성 상품화라는 "허튼 사랑"[490], "허튼 섹스"[490]는 "자본주의 꽃"[488]으로 간주돼 자본주의 모순의 핵심에 자리한다. 헤테로 메일 쇼비니즘-자본주의에서 성매매 여성은 영혼을 판다고 여겨지기 때문에[淪落] 비난받는데, 이러한 수사를 '영혼을 파는 건 도리어 너희들'이라며 풍자적·반복적으로 되돌려주는mirroring 것이 이 시의 전략이다. 시의 화자는 "어찌하여 구멍밥 먹는 놈은 거룩하고 / 구멍밥 주는 년은 갈보가 되는 거여?"[483]라면서, 기업가·정치가·권력자 등이야말로 '영혼 파는 갈보'이며 성매매는 '비정한 노동'이라고 말한다. 그렇게 성 상품화의 원리로서 성매매 여성의 노동에 대한 낙인이 자본주의의 작동 기제이며 그 근간에 이성애 남성 우월주의가 있음을 폭로한다.

「몸바쳐 밥을 사는 사람 내력 한마당」이 문제시하는 것은 성매매 여성의 존재가 가시화하는 헤테로 메일 쇼비니즘-자본주의의 모순이다. 그렇게 이 시는 성매매 여성을 윤리적으로 지탄하고 물화하는 사회와 대결하면서 자본주의 상품 화폐 모순을 끊어냄으로써 매춘의 역사를 건너자고 이야기한다. 마르크스주의 페미니즘 및 사회주의 페미니즘 담론이 간과한 섹슈얼리티, 즉 규범적 이성애 중심주의의 이분법적 성차 생산의 문제로 자본주의하 여성 문제에 접근한다. 물론 이러한 섹슈얼리티로의 전환은 여성의 재생산/노동 문제를 경시하는 것이 아니라 그 또한 섹슈얼리티의 관점에서 접근하도록 하는 것이다.[79] 이것이 곧 '성의

소희, 앞의 책, 178~179쪽.

79　이와 관련하여 주디스 버틀러의 다음 언설을 참고할 수 있다. 주디스 버틀러는 낸시 프

혁명의 우선성'이다.

2) 1991년 5월 투쟁과의 연대의 의미
– '정상성'과 불화하는 페미니즘의 급진성

지금까지 고정희의 급진주의 페미니즘 문학이 '여성 동일시'의 '주체'와 '성의 혁명의 우선성'이라는 '의제'로 구성되었음을 살펴보았다. 이와 함께 페미니즘의 급진성의 이념을 구성하는 중요한 원리 중 하나가 바로 '연대'이다. 운동 전략으로서의 '내적 동일성'의 허위가 봉기 이후에 드러난 균열로 폭로된다면,[80] '외적 폐쇄성'[81]의 전략은 연대의 거부에도 불구

레이저와 논쟁하며 다음과 같이 이야기했다. "프레이저는 정치경제 내에서 '젠더'의 장소를 보증하는 재생산 영역이 어떻게 성적 규제에 의해 제한되는지(…중략…) 묻지 않는다. 규범적 이성애 중심주의와 그 '젠더들'이 어떻게 재생산 영역 내에서 생산되는지를 분석할 방법이 있는가? 더군다나 트랜스젠더뿐 아니라 동성애와 양성애도 성적 '비체'abject로 생산하는 강제적 방식을 언급하지 않은 채, 그리고 바로 이러한 규제라는 사회 매커니즘을 적절하게 설명하도록 생산양식을 확장하지 않은 채 이를 분석할 방법이 있는가? (…중략…) 그러한 생산들을 '단지 문화적인' 것으로 이해하는 것은 잘못이다. 재생산과 연결된 경제는 반드시 이성애 중심주의의 재생산과 관련된다." 주디스 버틀러, 「단지 문화적인」, 낸시 프레이저·케빈 올슨 편, 앞의 책, 85~86쪽.

80   김주희는 2016년의 '이대 시위'와 2018년의 '혜화역 시위'로 대표되는 '마스크 시위'에서 "내적 동일성의 상상력"을 기반으로 하는 봉기의 전술이 사용되었음을 밝혔다. 김주희에 의하면 내적 동일성의 전술에도 불구하고 시위 참여자들은 "시위 과정에서 서로 간의 차이를 발견했고, 이는 말해질 수 없는 '상처'로 이들에게 남아" 봉기 이후의 균열로 드러났다. 동일성의 전술 속에 은폐되어야 했던 "시위 참여자들의 개별성은 트라우마 등 몸 아픔을 호소하는 과정에서 드러나고 있다"는 것이다. 김주희, 「코로나 시대, '마스크 시위'와 페미니즘의 얼굴성을 질문하다」, 『페미니즘 연구』 21(1), 한국여성연구소, 2021, 17~36쪽.

81   김주희는 마스크 시위의 내적 동일성의 전술과 함께 "차이의 외부세력화"가 이루어졌음을 지적한다. 마스크 시위는 "사회의 '불순 세력' 프레이밍"에 대한 응답으로 '내부 구성원'과 '외부세력'의 구분을 전략화하며, "연대의 거절, 운동권 배제의 규칙들"을 만들어내면서 시위 참여자를 '오직 개인으로' 상정했다. 이로써 오직 "단일 문제(여성 문제)에 한정되어있는" 시위를 조직하고자 한 것이다. 위의 글, 28~32쪽.

하고 이루어지는 "우연한 연대"[82]에 의해 무화된다. 여성 인권안전의 이름으로 이루어진 2018년 난민 반대 속 반다문화주의와 트랜스 배제적 래디컬 페미니스트Trans-Exclusionary Radical Feminists, 극우 기독교, 정치인들의 우연한 연대와 여성 물화가 이를 말해 준다.[83] 극우 개신교와 TERF가 "위험, 오염, 특권"[84]이라는 혐오의 키워드를 공유한다는 점도 지적된 바 있다. 따라서 연대의 원리는 (그것이 '거부'의 수사를 사용할지라도) 운동의 이념을 구성하는 중요한 요소로 독해되어야 한다.

고정희 유고시집 『모든 사라지는 것들은 뒤에 여백을 남긴다』창작과비평사, 1992에 실린 「외경읽기」 연작시는 바로 이러한 점에서 페미니즘의 급진성의 이념을 구성하는 연대의 원리를 잘 보여 준다. 「외경읽기」 연작시는 총 16편으로 구성되어 있다. 그리스도교에서 '외경外經'은 '정경正經'과 구별되는 것으로서, 정본으로 간주되는 성경과 그 밖의 문헌들의 관계를 표현하는 용어이자 정경을 구성하는 개념이다. 구약에서는 외경과 위경僞經, Pseudepigrapha의 구분이 존재하나 위경은 내용이나 신뢰성에서 가장 바깥의 위치를 가리키는 것으로,[85] 외경과 질적 차이가 있다고 보기 어렵다. 특히 신약에는 외경과 위경의 구별이 없어 둘이 같은 범주에 속한다[86]는 사실이 이를 잘 말해준다. 결국 외경은 정본정상·진실의 바깥으로서의 위서불온·허위를 가리키며, 외경 읽기란 구성된 것으로서의 정상과 진실이라는 범주를 문제시함으로써 동일성의 허구를 직면하는 행위이다.

---

82 전의령, 「타자의 본질화 안에서의 우연한 연대 ― 한국의 반다문화와 난민 반대의 젠더 정치」, 『경제와사회』 125, 비판사회학회, 2020년 봄호, 360쪽.
83 위의 글, 360~401쪽.
84 나영, 「지금 한국에서, TERF와 보수 개신교계의 혐오선동은 어떻게 조우하고 있나」, 『문화과학』 93, 문화과학사, 2018, 57쪽.
85 박정수, 「신약 외경이란 무엇인가?」, 『성서마당』, 한국성서학연구소, 2006, 19쪽.
86 위의 글, 20쪽.

이러한 「외경읽기」 연작시 전체에서 정경과 외경의 문제가 직접적으로 언급되는 것은 「다시 오월에 부르는 노래」가 유일하다. 「다시 오월에 부르는 노래」는 1991년 5월 투쟁의 국면을 외경을 읽는 것이 금지되어 있는 정황으로 묘사한다.

1

붕대로 동여맨 오월이 또 찾아왔구나
베옷 입고
지랄탄 축포를 울리며
출산하는 여자처럼 고함치는 오월
상처에 파시스트 송곳을 들이대는 오월이 다시 찾아왔구나
강요된 슬픔의 퍼포먼스
스무살 꽃띠 청춘들이
서울의 지붕에 유서를 써 놓고
알몸에 신나를 끼얹어
조국의 옥상에서 추락하는 오월, 오월

2

강경대는 몰매 맞고 어디로 가나
강경대는 몰매 맞고 죽어 어디로 가나
우리들 시대의 마침표
강경대는 용병대의 몰매 맞고 죽어 피 흐르며 어디로 가나

저승국 서울—1991번 도로에서
단군님의 베옷을 주홍으로 물들인
강경대는 죽어 어디로 가나
스무살 청춘들은 죽어 어디로 가나
썩은 지식의 곳간
말이나 표 나게 잘 하는 입 뒤에 두고
분신한 혼백들은 어디로 가나

3

비록 내 아들은 비참하게 죽었지만 나는 더 많은 아들딸을 얻었습니다 내 가슴에 내 아들의 시신을 묻었지만 그로 인해 나는 더 많은 아들딸의 부활을 보았습니다……
눈물로 간증하는 조선의 어머니
가혹한 피 냄새로
한 단계 눈이 밝아지는 역사

4

대물림을 자랑하는 저 음습한 경전
생사를 주관하는 파쇼 테러리즘 앞에서
그러나 그대가 외경을 읽는 것이 금지되어 있다
그대 저 수상스런 법전의 무덤을 파련?

5

모든 추락하는 날개에는 상처가 있다 모든 추락하는 날개의 상처에는 외경이 숨어 있다 모든 추락하는 날개의 상처에 숨어 있는 외경에는 길이 열려 있다 그대 다메섹 도상의 회심이 들어 있다

추락을 모르는 날개들이여

상처를 제비뽑기하겠다?

6

큰이름이 버린 시대, 그러나

큰이름이 버림받은 시대

육공을 살리는 새 이름이 태어난 시대

도청기를 단 오월이 다시 찾아왔구나

분 바르고

납작납작 절하는 오월이 또[87]

— 고정희, 「다시 오월에 부르는 노래」 전문

인용한 시에서 오월은 상처와 죽음, 국가폭력과 고통의 절규의 시간이다. 그러한 오월은 이미 광주민중항쟁으로 경험된 바 있다. 시의 화자는 현재의 오월을 다시 찾아온 시간, "상처에 파시스트 송곳을 들이대는 오월"이라고 말한다. 그렇게 돌아온 오월, "스무살 꽃띠 청춘들이 / 서울의

---

87 고정희, 「다시 오월에 부르는 노래」(『모든 사라지는 것들은 뒤에 여백을 남긴다』, 창작과비평사, 1992), 앞의 책, 529~531쪽.

지붕에 유서를 써 놓고 / 알몸에 신나를 끼얹어 / 조국의 옥상에서 추락하는 오월, 오월"은 1991년 5월 투쟁을 가리킨다.[88] 특히 1991년 5월 8일의 김기설의 분신을 묘사하는 이 대목을 참조할 때, 이 시는 김기설의 분신을 둘러싸고 전개된 상황을 반영하고 있음을 알 수 있다.

주지하듯 1991년 4월 26일 백골단에 의한 명지대 강경대의 사망 이후 1991년 6월 29일까지 투쟁이 전개되는 과정에서 전남대 박승희, 안동대 김영균, 경원대 천세용, 전민련 김기설, 성남피혁 윤용하, 전남 보성고 김철수, 주부 이정순, 보성고 졸업생 정상순, 광주 운전기사 차태권, 인천 삼미기공 노동자 이진희, 택시노동자 석광수의 분신과 한진중공업 박창수의 의문사, 강경진압으로 인한 성균관대 김귀정의 사망 사건이 발생했다.[89] 인용한 시에서 화자는 1991년 5월 투쟁에서의 분신을 통한 '저항적 자살'[90]을 "강요된 슬픔의 퍼포먼스"라고 표현한다. '슬픔'이

---

88 실제로 1991년 5월 투쟁과 광주민중항쟁의 관련성은 구체적인 역사적 맥락을 갖는다. 광주민중항쟁 11주년인 1991년 5월 18일에는 강경대 열사 장례식과 '노태우 정권 퇴진 제2차 국민대회'가 거행되어 "서울과 광주 등 전국 주요 도시에서 5·18 추모집회와 함께 강경대 치사 사건을 규탄하는 가두시위가 밤늦게까지 이어졌다"(민주화운동기념사업회 오픈 아카이브, 「1990년대」, https://archives.kdemo.or.kr/collections/view/10000104, 2021.5.25 접속). 그리고 광주민중항쟁의 "진원지이자 상징인 광주 전남대학에 적을 둔" 박승희의 분신으로 인하여 5월 투쟁은 전국적으로 확산되었다. 1991년 5월 18일은 그렇게 5월 투쟁이 "절정에 이른" 때였는데, 바로 이날 "강경대의 장례식이 종료되는 시점을 전후로 하여 검찰과 제도언론은 김기설의 유서 '대필' 사건을 본격적으로 주장하여 유포"하였다. 이로써 5월 투쟁은 하강 국면을 맞이하게 된다. 강정인, 「정치·죽음·진실─1991년 5월 투쟁을 중심으로」, 『한국정치학회보』 36(3), 한국정치학회, 2002, 8·11·14쪽.

89 91년 5월 투쟁 청년모임, 「기억 6─91년 5월 투쟁 일지」, 『그러나 지난 밤 꿈속에서 이 친구들이 나에 대하여 이야기하는 소리가 들려왔다 1991년 5월』, 도서출판 이후, 2002, 260~261쪽.

90 한국 사회에서 "저항적 자살"은 주지하듯 1970년 전태일의 분신 이후 지속적으로 발생하였다. 임미리, 「한국 학생운동에서 대학생의 저항적 자살에 관한 연구」, 『기억과 전망』 34, 민주화운동기념사업회 한국민주주의연구소, 2016, 323~326쪽.

노태우 정권의 공안통치의 폭압성, 그로 인한 동지의 죽음에 대한 분노와 상실감[91]에 관한 정동이라면 '퍼포먼스'는 그에 대한 저항의 양식을 가리키며, '강요'는 그러한 저항적 자살이 국가폭력으로부터 기인했음을 말한다.

인용한 시는 강경대의 죽음으로 1991년 서울이라는 장소가 저승이 되었다고 이야기한다. 민족의 수난사가 반복되고, 우리들의 시대는 완전히 끝이 난 것처럼 보인다. 화자는 고통스럽게 절망한다. 스무살 청춘들의 죽음 뒤에는 그에 대해 왈가왈부하는 "썩은 지식의 곳간 / 말이나 표 나게 잘 하는 입"이 있다. 그러나 화자는 죽음 뒤에 있고자 하지 않고 죽음이 향하는 곳을 보려 한다. 분신한 혼백들이 등지고 떠난 길이 어디인지 묻는다. 죽음과 고통 다음을 묻는 행위는 「박흥숙전」에도 등장하며("눈물은 흘러 어디로 가나", "똥물은 흘러 어디로 가나[92]), 「다시 오월에 부르는 노래」에서도 같은 맥락에서 이소선의 발언이 인용되고 있다.("비록 내 아들은 비참하게 죽었지만 나는 더 많은 아들딸을 얻었습니다 내 가슴에 내 아들의 시신을 묻었지만 그로 인해 나는 더 많은 아들딸의 부활을 보았습니다……") 이렇게 「다시 오월에 부르는 노래」에서 1991년 5월 투쟁은 '박흥숙'과 '전태일'과 연결된다. 이것이 이 시가 1991년 5월 투쟁의 죽음들을 보는 관점이다.

이런 관점하에 시에서는 정경과 외경에 대한 문제의식이 직설적으로 발화된다. 정경經은 (언어)권력을 가진 이들에 의해 구성되는 역사로, 그러한 대물림은 기세등등하게 자랑된다. 그러나 그것은 음습하고 수상스

---

91 당시 대학생들이 강경대의 죽음을 "자기자신의 죽음으로 대입시"키며 분노를 표출했다는 회고를 참고. 전만길, 「「물」로 돌아가시오」, 『동아일보』, 1991. 5. 9.

92 고정희, 「박흥숙전」(『이 시대의 아벨』, 문학과지성사, 1983), 김승희 외편(2011a), 앞의 책, 329~330쪽.

럽다. 경전은 외경을 읽는 것을 금지하는 권력을 행사하고 있으나 실은 이미 무덤 속에 죽어 있기 때문이다. 아니, 외경 읽기를 금지한다는 것이 정경에 쓰인 내용의 전부이므로 정경은 부재하는 것이다. 그래서 화자는 법전의 무덤을 파는 불온한 행위를 제안하고 외경 읽기를 시작한다. 화자의 외경 읽기는 모든 추락하는 날개에는 상처가 있고 거기에는 외경이 숨어 있으며 외경에는 다메섹 도상의 회심[93]으로 이끄는 길이 열려 있다는 선언, 죽음 이후의 새로운 길에 대한 선언으로 이어진다. 같은 맥락에서, 전태일-이소선을 상기하며 발화된 "가혹한 피 냄새로 / 한 단계 눈이 밝아지는 역사"라는 시구는 다소 성급해 보이기도 하나, 국가폭력의 잔인성과 비극을 인식하는 동시에 죽음을 장악한 국가에 대항해 죽음이 종결하고 죽음 이후 시작된 세계를 해석하려는 필사적 시도라 할 수 있다.

이러한 선언은 1991년 5월의 죽음에 대한 모욕·폄훼와의 대결이다. 노태우 정권과 서강대 총장 박홍이 서강대 옥상에서 분신한 김기설의 사망 이후 퍼뜨린 '분신 배후설'과 '죽음의 블랙리스트'라는 유언비어, "분신자살조가 있어 제비뽑기를 하거나 매겨진 순서대로 분신한다"[94]는 소문 그리고 김지하의 '죽음의 굿판을 당장 걷어치워라'라는 발언과의 대결이다. 이는 "생사를 주관하는 파쇼 테러리즘", 즉 테러리즘적으로[백골단] 생명을 관리·통제하고 죽음에 대한 해석 권력을 장악한[95] 실질적인 '죽음의

---

93   그리스도인을 박해했던 사울이 다메섹에서 예수를 만나 회심하게 된 사건.
94   전만길, 앞의 글.
95   노태우 정권은 분신 배후설과 유서 대필설을 주장하는 동시에 "사회민주화가 6공화국만큼 보장된 적이 전에는 없기 때문에 분신 대학생들을 열사 등으로 호칭할 수 없다"(노태우)고 하였다. 김별아, 『개인적 체험』(실천문학사, 1999), 강정인, 앞의 글, 10쪽에서 재인용.

배후'였던[96] 노태우 파쇼정권,[97] 나아가 박정희전태일, 박흥숙–전두환광주–노태우5월투쟁로 대물림된 군부 파쇼정권과의 대결이다.

시에서는 망자의 죽음을 반인륜, 반생명, 부도덕으로 매도하는 언설이야말로 추락을 모르는 날개들이 상처를 제비뽑기하는 행위라고 표현한다. 이는 죽음을 모르는 이들이 떠들어대는 생명존중 운운[98]이야말로 반생명적임을 폭로한 것이다. 이때 시의 4연과 5연의 "생사를 주관하는 파쇼 테러리즘"과 "상처를 제비뽑기하겠다?"라는 구절의 미러링mirroring, 즉 비판 대상의 수사를 되돌려주는 고발 방식은 정경의 허구성을 폭로하는 '외경읽기'의 전략이다. 해당 시구가 죽음을 오도하는 이들을 겨냥한다는 것은 '생사를 주관하는 파쇼 테러리즘'의 주체가 대물림을 자랑하는 음습한 경전이며, '상처를 제비뽑기하려는 이들'이 곧 추락을 모르는 날개들이라는 사실을 통해 파악된다.

고정희는 이 시의 집필 이전에 소설가 최일남의 표현을 인용하며 김지

---

96 "천세용의 영결미사에 참석한 한 신자는 '영세와 견진성사까지 받은 천씨가 왜 분신했겠습니까. 어떻게 보면 우리 형제들을 분신으로 내몬 유일한 배후조종자는 현 정권일 수 있습니다'라고 밝혔다. (…중략…) '분신을 하지 않으면 안 되는 이 현실을 외면하고, 교회여! 무엇을 하려는가. 회개하라!'" 강성호, 「천세용의 분신자살과 성공회–자살한 신자는 교회에서 장례식을 거행할 수 없을까?」, https://cairos.tistory.com/288, 2021. 5. 25 접속.

97 노태우 정권은 '파쇼정권'으로 빈번히 지칭되었으며, 1991년 5월 투쟁의 구호 또한 노태우 '파쇼정권 타도'였다. 항상민중과함께,노태우정권타도,민중권력쟁취로나아가는 상명여자대학교제18대총학생회, 「핏빛 광주의 함성으로 파쇼 노태우 정권을 심판합시다」, https://archives. kdemo. or. kr/isad/view/00901855, 2021. 5. 25 접속.

98 서강대 총장 박홍 신부는 분신 배후세력 발언 이후 '생명선언'을 하고(1991년 5월 22일) 김지하 등과 함께 서강대에 '생명문화연구소'를 출범시킨다. (1991년 11월) "서강대 부설연구소로 문을 열게될 이연구소는 지난봄 잇따랐던젊은이들의 분신자살이나대구 나이트클럽방화사건,여의도살인폭주사건등으로상징되는 현대사회의 생명경시풍조에 대한 지식인들의 우려가 하나의 대응행동으로 응집된 것. "「生命(생명)문화연구소」 月末(월말)발족」, 『동아일보』, 1991. 11. 4; 「박홍(朴弘) 제2의 생명선언」, 『경향신문』, 1991. 5. 26.

하를 "큰 이름"[99]이라 칭한 바 있다. 이를 참고할 때, 시의 마지막 연에 등장하는 '시대를 버린 큰이름', "육공을 살리는 새 이름",[100] "도청기를 단 오월"과 "분 바르고 / 납작납작 절하는 오월"은 저항 주체들의 죽음에 관해 공안당국과 같은 언어를 구사한 지식인들에 대한 냉혹한 비판이다. 그러한 1991년 5월에 대한 체제 협력적인 모욕은 잔혹하고 흉악한 엽기 살인마로 간주된 박흥숙은 물론 전태일과 광주민중항쟁 모두 반인륜과 배후 혐의를 쓰고 폄훼되었던 역사의 반복이라는 점에서 비극이다. 이와 관련하여 고정희가 광주민중항쟁의 조작·은폐가 불러일으킨 "끓어오르는 노여움에 의지하여" 『광주의 눈물비』[동아, 1990]를 집필했다는 사실을 상기할 필요가 있다.[101] 시의 화자는 이러한 역사가 반복되는 1991년 5월을 "큰 이름이 버림받은 시대"라고 단언함으로써 비극의 반복과 전선을 긋는다. 그리고 5월 투쟁의 죽음들, 모든 추락하는 날개의 상처에 숨어 있는 외경에는 길이 열려 있어 '정상성'[102]을 심문하고 회심[주체화]을 일으킨다는 것을 읽어 낸다. 이러한 '외경읽기'로 1991년 5월 투쟁과 연대한다.

스레츠코 호르바트에 의하면 이 같은 '불온한 죽음들'은 살인폭력으로

---

99 고정희, 「김지하의 시와 예수, 그리고 밥—70년대 우리 땅에 오신 하느님 어머니(I)」, 『살림』 10, 한국신학연구소, 1989.9, 101쪽.

100 이와 관련하여 강정인은 "결과적으로 김지하와 박홍 신부의 발언은, 그들의 의도가 어떻든, 김기설 유서대필 사건의 준비단계를 구성하는 셈이 되었다"고 하였다. 그리고 이혜령은 김지하의 발언이 "1980년대 민주화 운동에 있어 '열사의 정치'에 대한 위력적인 일격의 시작이었다"라고 논한 바 있다. 이를 분신한 대학생들을 열사로 호칭할 수 없다던 노태우의 발언과 겹쳐 읽을 필요가 있다. 강정인, 앞의 글, 14쪽; 이혜령, 「기형도라는 페르소나」, 『상허학보』 56, 상허학회, 2019, 552쪽.

101 고정희, 「시집 머리 몇 마디」(『광주의 눈물비』, 동아, 1990), 김승희 외편(2011b), 앞의 책, 233쪽; 「고정희 씨 '광주항쟁 조작은폐' 주제 시집내」, 『한겨레』, 1990.09.26.

102 1991년 5월 투쟁과 '정상성'에 관해서는 다음을 참조. 김항, 「밥풀때기와 개흘레꾼을 위한 레퀴엠」, 앞의 책, 7~33쪽.

육체를 통제하고 공포정치로 봉기를 진압하는 국가폭력에 대항하여 대상화된 육체를 주체로 전환한다. 스레츠코 호르바트는 호모 사케르가 "마지막 방책, 마지막 수단, 마지막 투쟁 장소로 자신들의 몸을 사용했다"[103]는 점을 참조하여 적군파의 단식투쟁, 아일랜드 공화국군의 단식투쟁과 불결투쟁, 사드 후작의 혈서 그리고 "최후의 무기로서의 자살"[104]을 급진적 예들로 언급한다. 규율과 처벌의 대상인 육체를 정치적 주체로 전환하고, 공포에 잠식되는 것이 아닌 공포를 일으키는 급진적인 것은 물화에 저항하며 '정상성'과 투쟁한다. 이분법적 성차 생산 체계인 헤테로 메일 쇼비니즘-자본주의의 여성 물화를 의제화하는 급진주의 페미니즘은 이렇게 '정상성과의 불화'와 연대하는 이념이다. '외경읽기'는 고정희의 급진주의 페미니즘의 연대의 원리이며 이는 페미니즘의 급진성을 '정상성과의 불화'로 구성한다.

4. 나가며 – 고정희 시의 섹슈얼리티와 '페미니즘의 급진성'

이 글은 체험·경험의 동일성이 아닌 자매애의 가능성을 모색하고 규범적 이성애 섹슈얼리티에 대한 문제의식을 페미니즘 의제로 구성한 고정희의 여성해방론을 고찰하였다. 이를 위해 먼저 고정희가 내적 분할에 대한 앎으로서의 '여성 동일시'를 여성해방 주체화의 전략으로 삼고, '정상 섹슈얼리티' 규범을 문제화하는 주체로서 '독신자'를 여성해방의 역사에 위치시키는 장면에 주목했다. 고정희는 초기 시에서부터 독신자의 실

---

103 스레츠코 호르바트, 변진경 역, 『사랑의 급진성』, 오월의봄, 2017, 143쪽.
104 위의 책, 144쪽.

존의 문제로 사랑·모성을 재론하면서 여성 물화에 도전했다. 이는 '또 하나의 문화'와의 만남 이후, 1980년대 페미니즘의 '생물학적 본질주의 비판'을 매개로 하여 성별 이분법을 극복하는 페미니스트 실천으로 전개된다. 이를 통해 자매애는 이항 대립적 본질론과 차이의 중립화를 넘어, 존재의 다수성과 접속되는 집합으로서의 여성해방 주체의 원리로 재구성된다.

이와 같은 이념은 1990년대 초반 '급진주의 페미니즘'으로 표현되었다. 고정희의 급진주의 페미니즘에 대한 지향은 1980년대 후반부터 한국에서 섹슈얼리티 개념이 숙고되기 시작하면서 급진주의 페미니즘이 재조명됐던 페미니스트 지성사와 관련된다. 고정희는 급진주의 페미니즘을 마르크스주의 페미니즘 및 사회주의 페미니즘과 구별되는 것으로 파악하며 성의 혁명을 여성해방의 우선 과제로 삼는 운동으로 설명했다. 이러한 고정희의 급진주의 페미니즘은 재생산/노동 문제로서의 성별분업 논의를 섹슈얼리티 의제로 전환하고, 이로써 헤테로 메일 쇼비니즘-자본주의라는 이분법적 성차 생산 체계를 비판하는 것이었다.

급진주의 페미니즘의 이념을 구성하는 연대의 원리는 「다시 오월에 부르는 노래」에 잘 나타난다. 이 시는 5월 투쟁을 폄훼하는 노태우 정권, 박홍, 김지하 그리고 그 역사인 군부 파쇼정권과 대결하며 '정상성' 이데올로기를 비판하고 5월 투쟁과 연대한다. 그렇게 고정희는 5월 투쟁의 죽음에서 외경을 읽고 '정상성'을 심문하며 새로운 지평의 열림을 보고자 했다. 이는 자본주의적 이분법의 생산과 여성 물화를 의제화하는 급진주의 페미니즘이 '정상성과의 불화'와 연대하는 이념임을 보여 준다. 이러한 연대의 원리는 페미니즘의 급진성을 '정상성과의 불화'로 구성한다.

신화·역사·여성성

이반 볼랜드와 고정희의 다시 쓰는 여성 이야기

박주영

1. 들어가는 말

1970·80년대 페미니즘 문학비평이 활발하게 진행되면서, 여성 작가들이 탐구하던 주제 가운데 하나는 가부장적 담론 안에 파묻혀 침묵하던 여성의 목소리를 작품 속에 어떻게 복원시키는가하는 것이었다. 이러한 맥락에서 여성 작가들은 남성 중심적인 시각에서 왜곡된 여성의 이미지가 고착화된 형태로 작품에 등장하는 것을 새로운 시각으로 재해석하려 시도해 왔다. 아일랜드의 여성 시인 이반 볼랜드Eavan Boland와 한국 여성 해방문학의 독보적 시인 고정희는 바로 여성 작가들의 고민을 구체적으로 시에 형상화시킨 대표적인 시인들이다. 볼랜드와 고정희는 아일랜드와 한국이라는 지리적으로는 서로 동떨어진 곳이었으나 가부장적 전통이 우세하던 사회에 살았고 거의 동시대에 시 쓰기를 한 공통점을 지니고 있다.[1]

---

1   이반 볼랜드와 고정희의 전기를 살펴보면 성장과정에 큰 차이가 있다. 볼랜드는 1944
년 더블린(Dublin)에서 태어나 외교관인 아버지를 따라 어린시절 영국에서 교육을 받
고, 이후 유엔대사로 재직했던 아버지 덕분에 뉴욕으로 건너가 공부하는 기회를 갖았

본 연구는 두 여성 시인들의 시가 전통적인 가부장적 시각에 대한 첨예한 비판적 인식을 지니고 여성 이야기를 '새롭게 바라보기'를 통하여 어떻게 가부장적 이데올로기와 문학 전통을 전복하는 새로운 여성시의 영역을 보여주는지를 탐구할 것이다.

1962년 발표된 첫 시집 『스물 세 개의 시$^{Twenty-three\ Poems}$』를 발표한 이래 현재까지 볼랜드는 아일랜드 역사와 문화 안에서 여성의 존재감이 부재된 것에 대해 예리하게 인식하며 시를 쓴 페미니스트 여성 시인이다. 기존 남성시인들의 시에서 아일랜드 여성들의 실제경험과 여성들이 주체가 되는 일상적 삶의 풍경은 전혀 형상화되지 않았다. 볼랜드는 "나는 결코 아일랜드 역사를 소유했다고 생각해 본 적이 없었고 아일랜드적 경험이라는 것을 느껴본 적이 없었다"고 고백한다.[2] 이는 아일랜드 역사가 여성의 삶에 대한 묘사는 등한시한 채 남성적인 전통과 권위만을 표방해 왔음을 함의한다. 볼랜드는 겔릭어로 쓴 아일랜드 전통시가 함축하는 남성중심적인 권위주의적 태도, 강력한 예언자적 목소리와 장중한 비가^{elegy}적 어조가 표방하는 가부장적 정서로 일관된 아일랜드 문학전통에서 여

으며, 대학시절은 더블린 트리니티 대학에서(Trinity College)에서 보낸다. 인터뷰에서 볼랜드는 외국에서 외교관자녀로 지냈던 경험은 물질적으로는 매우 풍요롭게 지냈지만 이방인으로 느끼는 소외감이 매우 컸다고 고백한다. (Randolph, Jody Allen. "An Interview with Eavan Boland", *Irish University Review*. 23.1, 1993, p. 117.) 이와 대조적으로, 고정희는 1948년 전남 해남에서 넉넉지 않은 농가의 5남 3녀 중 장녀로 태어나 초등학교를 졸업하고 중·고등학교는 검정고시를 거쳐 늦은 나이에 대학에 입학하여 학업을 계속하면서 범상치 않은 노력과 삶의 궤적을 보여준다. 그녀의 삶은 박혜란의 말대로 "고정희의 개인사라기보다 자아가 강한 가난한 시골 여성의 치열한 자기실현 과정을 보여 주는 살아 있는 여성사"이다. (박혜란, 「토악질하듯 어루만지듯 가슴으로 읽는 고정희」, 『또 하나의 문화』 9, 1992, 58쪽.) 이처럼 한국과 아일랜드에서 상이한 문화와 성장배경에도 불구하고 두 여성시인이 공유하는 것은 역사의식과 가부장제 문학전통 안에서 억압된 여성의 정체성이다.

2   Evan Boland, "Writing the Political poem in Ireland", *Southern Review*. 31.3, 1995, p. 488.

성시인의 입지는 마치 이방인과도 같았다고 밝힌다. 아일랜드의 남성중심 문학전통에서 남성은 역사, 신화, 전설, 이야기를 창조하는 주체이지만, 이와 대조적으로 여성은 남성들이 묘사하는 이야기의 대상적 이미지로만 존재할 뿐이다.[3] 볼랜드는 아일랜드 역사 속에서 여성은 남성이 창조한 자애롭고 헌신적인 어머니 이미지 안에 "익명의 침묵하는 목격자"로서만 존재했다고 강조한다.[4] 볼랜드는 아일랜드 시적전통이 백 년이상 철저하게 남성중심으로만 형성되었음을 깨달았다고 고백한다. 이러한 가부장적 문학전통에서 시 쓰기의 선례를 보여 줄 여성 시인들은 부재되었고, 문학작품 속에서 "여성들은 국가의 상징이나 정형화된 여성적 인물들로만 묘사"되어 지극히 단순한 형태로만 그려졌다.[5] 시인은 아일랜드 문화의 특징 가운데 하나는 여성을 "추상화"시키거나 "틀에 박힌 진부한 이미지"로 표현하는 것인데, 이로써 여성들의 이미지는 지나치게 낭만적

3　아일랜드의 전통적인 여성상은 역사적 상황과 매우 밀접한 연관이 있다. 영국 식민지 시대의 아일랜드 여성은 제국주의와 민족주의가 만든 성담론에 의해 부정적으로 묘사되며, 여성은 남성의 경쟁자가 아니라 남성보다 훨씬 열등한 존재로만 규정되었다. 무엇보다 흥미로운 사실은 남성과 달리, 여성은 추상적인 역할, 즉 여성은 아일랜드를 상징하거나, 아일랜드의 상징으로서 민족을 위해 일하는 여성으로 그려졌다는 점이다. 남성작가들의 작품에서 여성은 식민지배를 받고 있는 아일랜드 현실의 국가적 정체성을 표상하긴 하지만, 개인의 주체성은 전혀 부각되지 않은 채 상징으로만 존재한다. 예를 들어, 『율리시즈(Ulysses)』에서 제임스 조이스(James Joyce)는 아일랜드가 식민지 지배를 받고 있는 현실을 영국인의 절대지배 속에 있는 아일랜드 여성을 통해 보여준다. 우유를 배달하는 할머니는 아일랜드의 전통적인 이름인 "가난한 노파"(The Poor Old Woman)로 표현되어 식민지의 피폐하고 지친 현실을 상징하고 있으며, 예이츠(W.B. Yeats)의 시극 『캐슬린 니 홀리한(Cathleen Ni Houlihan)』에서 주인공 캐슬린이 그녀의 집에 "너무나 많은 낯선 사람들"이 있으니 아일랜드 청년에게 쫓아달라고 부탁하는 모습은 식민지배를 당하는 아일랜드를 상징하고 있다(최석무, 「식민지하의 여성과 성 담론-조이스 작품에 나타난 아일랜드의 경우」, 『영어영문학』 51.1, 2005, 129~130쪽).

4　Jan Garden Castro, "Mad Ireland Hurts Her Too", The Nation. June 6, 1994, p.798.

5　Evan Boland, "An Un-Romantic American", Parnassus. 14.2, 1988, p.84.

으로 묘사되어 치명적인 한계를 드러낸다고 지적한다.[6] 볼랜드는 아일랜
드 문학전통에 대한 자신의 비판적 성찰은 문학전통의 주변부에서 소외
된 여성시인이었기에 가능했다고 역설한다.

전통 안에서의 주변부는 고통스럽기는 하지만 분명한 장점을 가져다준다.
그것은 시인에게 명확한 시선과 기민한 비평적 감각을 허용한다. 그리고 무엇
보다도 오랜 세월 동안의 주변부 인생은 ― 나 자신에 대해 말하고 있는 바 ―
시인에게 현실적인 전복의 가능성을 제시한다. 나는 나 자신을 아일랜드 시적
전통 안에 다시 놓아두고 싶었다. 그럴 필요가 있다고 느꼈다. 나는 나 자신을
아일랜드 시인이라 생각했지만, 그 전통이 내 작품과 곧바로 연관되는 범주는
아니라는 것을 확실히 알고 있었다.[7]

초기시부터 볼랜드가 "시적 권위를 둘러싼 문제 전체에 이의를 제기하
는" 시적 전략을 선택한 것은 역사 밖에 위치한 여성으로서, 남성 중심의
문학 전통에서 주변부에 타자로서 존재해온 여성시인의 실존적 고민의
결과라 할 수 있다. 따라서 볼랜드는 과거의 아일랜드 시 역사를 현재에

---

6 Christy Burns, "Beautiful Labors : Lyricism and Feminist Revisions in Evan Boland's Poet-
ry", *Tulsa Studies in Women's Literature*, vol. 20, no. 2, Autumn, 2001, p. 217. 예를 들어, 대
표적인 아일랜드 남성시인 예이츠의 초기시를 보면 여성들은 대부분 비현실적인 요정
나라의 여성이거나, 신화로 전해지는 여왕 등 현실이 아닌 다른 차원에 속한 여성들이
다. 이들은 남성 화자에게 위안이나 힘을 주는 존재이거나 화자의 궁극적 애정의 대상,
찬미의 대상으로 묘사된다. 따라서 여성은 육체적 아름다움과 젊음을 소유한 시의 여
신(Muse)으로 그려지며 남성 로망스 추구의 대상으로 존재한다. (허현숙, 「잃어버린 것
들을 찾아서―이반 볼란드 시에서의 개인과 역사」, 『한국 예이츠 저널』 vol. 26, 2006,
146~147쪽.)

7 Evan Boland, *Object Lessons : The Life of the Woman and the Poet in Our Time*, Manches-
ter : Carcanet Press, 1995, p. 147.

비추어 분석·평가하는 작업을 수행하면서 "시에 허용되는 것과 제외되어야 하는 것" 사이에 "미묘하고 위험한 타협"을 둘러싼 정치성을 드러내는 것을 시 쓰기의 해체적 전략으로 이용한다.[8] 이를테면 볼랜드는 아일랜드 역사와 문학이 여성에게 부여한 "수동성과 침묵의 위치"에 대한 비판적 인식을 토대로 시 창작을 한다. 죠디 알렌 랜돌프Jody Allen Randolph와의 인터뷰에서 볼랜드는 아일랜드 시에서 여성의 삶은 국가나 땅을 상징하는 이미지로서만 언급되어 왔을 뿐, 그 자체로 기억되거나 여성이 주체적으로 목소리를 내는 것이 허용된 적이 없었다는 사실에 대해 심한 충격을 받았다고 밝힌다.[9] 아일랜드 여성들은 아일랜드의 역사 속에서 남성적인 상상력에 의해 재구성된 이상적인 여성의 허구적인 이미지로만 존재할 뿐이었으며, 실제 삶의 경험과 현실적인 모습은 남성중심의 역사 속에서 철저히 침묵되었던 것이다. 볼랜드의 시들은 여성에 대한 이러한 가부장적 왜곡된 시각이 탈식민시대에도 계속되고 있음을 주목하며, 아일랜드에서 가부장적 담론 속에 억압된 여성의 목소리를 복원시켜 시 안에서 형상화하려고 시도한다.

무엇보다 볼랜드는 남성시인들의 시 안에서 신비화되고 낭만적인 이미지가 부각되던 여성은 현실적인 삶과는 무관하게 재현된다고 비판하며, 실제 삶에서 인간적인 진실을 고민하고 성찰하는 여성을 시적화자로 등장시킨다. 이는 "여성의 역사적 존재성을 일상적 삶의 형상화를 통해 일깨우는 것"이다.[10] 다시 말해, 볼랜드는 신화와 전설 속에서 피상적으로

---

8   Evan Boland, "Writing the Political Poem in Ireland", op. cit, p.491.
9   Jody Allen Randolph, "An Interview with Eavan Boland", *Irish University Review*. 23.1, 1993, p.118.
10   허현숙, 앞의 글, 171쪽.

신화·역사·여성성 | 박주영   509

묘사되어 왜곡된 여성의 실제를 현실의 삶으로 되돌림으로써 여성이 지닌 현실성과 구체성의 형상화를 통해 역사 안에 존재하는 주체로서 의미를 드러낸다. 이러한 맥락에서 볼랜드는 일상성을 매우 중요한 가치로 부각시키는데, 그 이유는 남성중심적 역사에서 무가치한 것으로 배제된 일상적인 여자들의 살아있는 몸과 삶의 모습들을 기록하는 것 자체가 기존의 역사서술이 지닌 진정성에 의문을 제기하고 강력하게 저항하는 수단이 될 수 있다고 보았기 때문이다.

한편, 고정희가 활발하게 시 쓰기를 했던 한국의 1980년대는 여성운동 활성화의 토대 위에 여성해방문학이 처음으로 대두한 시기였다. 시대적 상황과 호흡을 함께하며, 고정희가 치열하게 천착했던 시적 주제 가운데 하나는 역사적 수난과 가부장 사회 안에서 억압받는 여성의 삶에 관한 비판적 통찰이었다. 고정희는 1986년에 발표한 「한국여성문학의 흐름」이라는 소논문을 통해 그동안 문학사가 가부장적 시각으로 왜곡된 여성문학에 대한 편견이 많았음을 논의하고, 시와 소설을 중심으로 고대문학과 80년대 문학에 이르는 문학사를 여성주의 시각에서 분석하며, 아울러 80년대 여성문학의 당면과제와 여성문학이 어떤 것인가를 명확하게 밝힌다. 시인은 "여성문학은 진정한 여성문화 양식을 형성시켜 나가는 데 자기 자리를 확보할 수 있어야 한다"고 강조하며, "여성문화"란 "가부장제 부성 문화의 모순을 극복하는 '대안문화'"로 규정한다.[11] 고정희는 지배문

---

11 젊은 나이로 타계하기 전에 고정희는 여성주의 문화운동 단체인 「또 하나의 문화」에서 적극적인 활동을 하였다. 이는 여성주의 문화운동을 기획하고 실천하여 새로운 여성주의 역사를 써 내려가고 싶은 시인의 의지가 반영된 것이다. 고정희 타계 이후, 「또 하나의 문화」에서 진행하는 여성주의 문학 관련 문화운동에 대해서는 이소희, 「고정희를 둘러싼 페미니즘 문화정치학―여성주의 연대와 역사성의 관점에서」, 『젠더와 사회』, 한양대 여성연구소, 2007, 16~34쪽 참고.

화를 극복하고 참된 인간해방 공동체를 추구하는 '대안문화'로서 '양성문학'이나 '모성문학'의 세계관을 보여주는 것이 여성문학이라고 정의 내리며, 이를 위해 선결되어야 할 "창작적 과제"를 다음과 같이 제시한다.

오랜 가부장제 전통과 주종의 위계질서 속에서 고착된 지배문화와의 결별을 선언하는 여성문화 운동은 여성문학 양식에서 크게 두 가지 관점으로 수용될 수 있다. 그 하나는 여성을 억압하고 비하시킨 사회구조와 시대적 이데올로기가 지니고 있는 신비와 은폐성을 과감하게 폭로하는 한편 종속과 소외를 정당화해 왔던 관습과 제도를 인간해방적 차원에서 비판하는 고발문학적 차원이며, 다른 하나는 전혀 다른 시각과 다른 문화 의식을 창작에 수용하는 혁명주의적(혹은 이상주의적) 차원이다. 이때 '새로운 문화감각'이란 비인간화된 현실로부터 창작의 모티브를 찾는 것이 아니라 작가 자신의 새로운 세계관으로부터 유토피아적 비전을 제시하는 것을 의미한다.[12]

고정희는 또한 여성문학은 굳이 여성이어야만 할 필요는 없지만 이 문제를 "자기 경험 속에서 아파하고 혹독하게 인식하는 사람들에 의해 형성될 것"은 분명하므로 여성의 증언적 체험을 더욱 중시해야 한다고 강조한다.[13] 이는 여성문학이 여성 자신의 경험을 통렬하게 인식한 사람들의 작업이어야 함은 물론, 여성문제를 관념적 이론으로 추상화시키는 것에는 결코 만족하지 않으며 역사적 비판 의식을 지닌 생생한 구체성을

---

12   고정희, 「한국여성문학의 흐름」, 조형 외, 『너의 침묵에 메마른 나의 입술—여성해방문학가 고정희의 삶과 글』, 또하나의문화, 1993, 176~177쪽.
13   위의 글, 177쪽.

추구하는 시 쓰기여야 함을 역설하는 것이다.[14]

시인의 여성문학론은 1990년에 발표한 시집 『여성해방출사표』에서 더욱 구체적으로 형상화되는데, 대대로 이어져 온 여성억압의 역사 이면에는 가부장제이데올로기가 자리 잡고 있음을 강조한다. 특히 『여성해방출사표』에서 고정희가 유교적 가부장적 질서를 여성억압기제의 핵심으로 부각시킨 점은 주목할 만하다. 한국사회는 조선조시대 이후 가부장제도와 유교적 이데올로기가 서로 맞물려서 여성을 철저히 예속된 존재로 전락시켰는데, 시인은 바로 여성억압의 이데올로기 근원에 대한 탐구를 시도한다. 양반중심의 신분제도와 유교적 이데올로기 안에서 여성은 철저히 공적영역에서 배제된 존재였다. 고정희는 유교적 가부장제하에 여성의 삶은 인간다운 삶의 궤도를 벗어나 있는 것으로 보며, 결혼과 더불어 남성의 권위에 철저하게 종속된 여성을 가부장제의 희생물로 정의 내린다. 시인에게 조선조 유교사회는 철저한 신분제 사회로서 인간을 규정짓고 평가하는 척도가 오로지 태어남과 동시에 주어지는 신분에 있다고 믿는 봉건제의 전형이다. 『여성해방출사표』에서 돋보이는 점은 시인이 서문에서 밝혔듯이, "여성주의 시각의 핵심을 한국에서, 그리고 아시아 여성들의 삶과 수난에서 찾으려"고 했다는 사실이다.[15] 고정희는 먼저

---

14 나아가 고정희는 여성문학을 남녀 해방적 세계관이 도래한 20세기 르네상스로 비유하여 표현한다. "중세의 르네상스가 신권으로부터 인간을 해방시키는 운동이었다면 20세기 르네상스는 신의 자리에 들어앉은 가부장권으로부터 여성을 해방시키는 운동인 것이다. 따라서 여성주의 시각이란 남성중심적 시각에서 여성해방적 시각으로, 수직적 시각에서 평등적 시각으로, 지배자의 시각에서 피지배자의 시각으로 대전환을 전제한다. 그런 의미에서 여성문학의 대두는 이미 가부장권 질서의 붕괴를 의미하며 남녀해방적 세계관이 도래되었음을 예고하는 것이다". (고정희, 「소재주의를 넘어 새로운 인간성의 실현으로」, 『문학사상』, 1990년 12월호, 85쪽.)

15 고정희, 「서문」, 『여성해방출사표』, 동광출판사, 1990, 6쪽.

과거 우리나라 여성들의 가부장중심체제에 대한 저항의 역사적 현장을 재구성하고, 그 역사를 당대는 물론 이 땅의 역사적 현실과 접맥시킨다.[16] 시인은 기방 출신 황진이와 서녀 출신이며 첩살이를 했다고 전해지는 이옥봉 사이, 그리고 정실부인 신사임당과 명문가의 여성 허난설헌 사이에 주고받는 서간체형식을 빌려 과거의 여성문제는 물론 현대에도 얼마나 많은 사람들이 성차별의 편견에 사로잡혀 있는가를 매우 사실적이면서 풍자적으로 묘사한다. 이처럼 고정희는 유교적 봉건시대에 살던 조선조 여성의 삶과 현대 여성의 삶을 여성주의적 관점에서 새롭게 이야기하여, 가부장제 시각이 왜곡한 여성들의 삶을 다시 쓰는 작업을 한다.

2. 페미니즘 시각으로 다시 쓰는 여성 이야기

「젊은 여성시인에게 보낸 편지Letter to a Young Woman Poet」에서 볼랜드는 20대 초반에 엘리엇T. S. Eliot, 파운드Ezra Pound, 예이츠W. B. Yeats, 하우스만A. E. Houseman, 오든W. H. Auden 등과 같은 대표적인 남성시인들의 시를 거의 다 읽으면서 까닭 모를 답답한 심정을 느꼈다고 고백한다. 남성들의 시 속에

---

16   1990년『여성해방출사표』가 발표되기 전,『저 무덤의 푸른 잔디』에서 고정희는 한국의 전통적인 굿거리장단 속에 역사의 수난자요 초월성의 주체로서의 어머니를 형상화하려 시도한다. 억압된 계층의 대표적 표상으로 어머니의 수난사를 적나라하게 묘사하면서, 인간세계의 근본인 어머니성의 회복을 역설하고, 어머니성이야말로 모든 것의 통일과 평등을 가능케 할 원동력임을 주장한다. 이명호는 이 시집에서 어머니가 역사의 현실적 수난과 고통을 담지하고 있는 인물로 그려지지만 대부분의 시에서 다분히 초월적인 인물로 나타난 점을 주목한다. 이렇게 "어머니를 보편적이고 관념적인 인물로 그리게 되면 어머니 속에 내재해있는 역사적 의미가 제대로 짚어질 수는 없을 것"이라고 고정희의 관념적인 여성문제 의식을 비판하기도 하였다. (이명호 · 김희숙 · 김양선, 「여성해방문학론에서 본 80년대 문학」,『창작과 비평』, 창작과비평사, 1990, 65쪽.)

서 여성들은 예술적인 완벽한 시어와 운율 안에서 아름답고 지적인 이미지로 묘사되었지만, 여성들의 이상적인 이미지를 통해 시간, 사랑, 아름다움을 노래하는 남성시인들의 목소리에 가려져 여성들의 목소리는 전혀 들리지 않았기 때문이다. 볼랜드는 소위 대가라고 할 수 있는 남성 시인들이 시에서 완벽하게 형상화하는 여성들은 "그 얼굴에서 눈물과 강렬함이 사라지고 그 대신에 (남성)시인의 자부심과 자의식만 서려 있는" "자그마한 차가운 조각상"처럼 생명력을 느끼기 어려운 존재였다고 지적한다.[17] 아일랜드 문학전통 안에서 여성들은 실제 인간으로서 느끼고 경험하는 존재가 아니라, 신화 속에 고착화된 형상 "자그마한 차가운 조각상"으로만 재현된 것이다. 볼랜드는 아일랜드 시에서 여성이 시적 모티프나 이미지로만 묘사될 뿐 시적주체로는 표현되지 못했던 것을 다음과 같이 언급한다.

대다수의 아일랜드 남성 시인들은 시에서 모티프로서 여성에 의존했다.

남성시인들은 내가 믿지 않았고 또한 인정할 수도 없는 여성들의 이미지들 속에서 마치 권리라도 되는 것처럼 쉽고 능숙하게 감동시켰다. 남성들의 시에서 여성들은 종종 수동적이고, 장식적이며, 상징적인 지위로 격상되기도 했다. 이는 특히 여성과 국개 개념이 만나는 지점에서 사실이었다; 국가가 여성이 되고 여성이 국가적인 지위를 획득하는 그 지점에서 말이다.[18]

---

17   Jody Allen Randolph, "A Backward Look : An Interview With Eavan Boland." *PN Review*, 26.5, 2000, p.24. 랜돌프와의 인터뷰에서 볼랜드는 여성은 아일랜드 역사에서 거의 존재감이 없었다고 역설하며, 여성문학 선집(*The Field Day Anthology*)을 편집하는 과정에서조차 여성문인이나 여성학자가 편집자로 활동하지 못할 정도로 배제되었던 상황을 좋은 예로 지적한다. 볼랜드는 이처럼 여성들을 제외시킨다면, 궁극적으로 반-식민 담론도 왜곡될 수밖에 없다고 강조한다. (Ibid, p.44.)

18   Evan Boland, op.cit., pp.134~135.

아일랜드 문학에서 국가가 '여성'으로서 성적정체성을 지녔다는 것은 많은 의미를 내포한다. 아일랜드 식민지 상황에 대한 적절한 은유로서 여성을 국가에 비유하면서, 동시에 수동적 존재로서의 여성성을 강조하는 것이기도 하다.[19] 남성 시인들은 아름다운 여신들처럼 장식적인 효과를 지닌 상징물로 여성을 그려냈지만, 실제 아일랜드의 험준한 역사를 살아온 아일랜드 여성들의 삶은 철저히 배제시키고 외면하였다. 「시간과 폭력Time and Violence」에서 볼랜드는 남성시인들이 시적 소재로 삼은 여성의 정형화된 이미지는 여성에게 "상처"와 "침묵", 그리고 "비참함"만을 안겨주었다고 비판한다. 남성들의 시어 속에서 침묵하며 "자그마한 차가운 조각상"처럼 존재한 여성들은 생명력을 상실한 상태로 전락하고 만다("우리는 이곳에서 땀을 흘릴 수 없네. 우리 피부는 얼음 같으니 / 우리는 이곳에서 번식할 수 없네. 우리의 자궁은 텅 비어버렸으니. / 젊음과 아름다움에서 도망갈 수 있게 도와주오"(We cannot sweat here. Our skin is icy. / We cannot breed here. Our wombs are empty. / Help us to escape youth and beauty). 이는 여성이 영원이 죽지 않은 상징물로 존재하기 보다는 변화와 자연스러운 순환구조 안에서 인간다움을 회복하고 싶다는 화자의 간절한 염원을 암시한다.[20] 시적 화자는 아이러니하게도 여성의 변하지 않는 욕망인 "젊음과 아름다움"에서 벗어나길 간

---

19   앤-마리 파이페(Anne-Marie Fyfe)는 "모국 아일랜드"(Mother Ireland)라는 칭호는 카톨릭 전통안에서 여성의 역할을 강조했듯이(예를 들어, 성모 마리아) 여성의 중요성을 내포한다고 독자들이 추측할 수 있으나, 실제로 아일랜드 문학전통에서 여성들의 작품은 부재되었음을 지적하며 여성들의 위상은 극히 미미했다고 비판한다. 그 이유인 즉 1960년대 후반까지도 "대부분의 아일랜드 남성들은 여성들은 예술을 창작할 능력이 없는 존재"라고 믿었기 때문이다. (Anne-Marie Fyfe, "Women and Mother Ireland." *Image and Power : women in fiction in the twentieth century*, Sarah Scents, New York : Longman, 1999, p.184.)

20   Katie Donovan, "Hag Mothers and New Horizons", *Southern Review*. 31.3, 1995, p.503.

절히 염원한다. 남성 시인들이 고착시킨 마네킹 같은 "젊음과 아름다움"을 지닌 전통적인 여성적 형상화를 거부하고 "변화와 죽음의 고통이 담긴 운율" 안에서 인간적인 실제의 모습을 지닌 이미지로 새롭게 복원되기를 갈망한다.[21] 시 쓰기를 통하여 볼랜드는 여성이 고유한 언어를 회복하고, 어떻게 아일랜드 문학 전통 속에서 침묵하는 여성들의 목소리를 재발견해야 하는가에 관심을 기울인다. 「모방의 여신을 향한 쓴소리Tirade for the Mimic Muse」에서 시인은 자신의 시 쓰기가 남성들의 상상력으로 재구성된 이상화된 여성들의 이야기가 아니며, 여성들의 진정한 모습을 찾기 위한 시도가 될 것임을 강조한다.

나의 언어는 솟구쳐 나온다

그대의 분홍색 옷들과, 악취나는 항아리들과 지팡이 속에서.

그것들은 그림자와, 빙빙 돌아가는 빗자루, 볼연지솔을 흩뿌린다.

그대 얼굴을 맨얼굴로 하고,

우리의 마음도 벌거벗게 하여,

여자의 눈물로 그대 피부를 푹 젖게 하라.

나는 그대를 방탕한 잠에서 깨우리라.

나는 그대에게 진실 된 반성과, 두려움을 보여주리라.

그대는 우리 모두의 거울의 여신.

거울을 들여다보며 흐느껴 울 것이다.

---

21   Evan Boland, *New Collected Poems*, New York : W. W. Norton, 2008, pp. 238~239.

My words leap

Among your pinks, your stench pots and sticks.

They scatter shadow, swivel brushes, blushers.

Make your face naked,

Strip our mind naked,

Drench your skin in a woman's tears.

I will wake you from your sluttish sleep.

I will show you true reflections, terrors.

You are the Muse of all our mirrors.

Look in them and weep.[22]

볼랜드는 자신이 새로 쓰는 여성 이야기는 여성들의 "진실 된 반성"과 "두려움"을 묘사하는 것임을 내포한다. 말하자면, 시인은 남성들이 묘사하던 "핑크색 옷"을 입고 "볼연지술"로 치장한 채 "그림자"처럼 형상화된 아름다운 여성은 이제 사라지며, 여성들의 실제적인 모습"그대 얼굴을 맨 얼굴로 하고 / 우리의 마음도 벌거벗게 하여"을 그릴 것이라 역설한다. 아일랜드 여성들은 남성 시인들의 시 속에서 역사의 밖에 위치한 환상의 세계나 절대적 미의 세계와 같이 현실세계와는 거리가 먼 신화 속에 존재하는 여신과 같은 존재로 나타났다. 하지만 볼랜드의 여성 이야기는 남성중심적인 시각으로 구성된 여성의 왜곡된 이미지들이 지닌 허구성을 폭로함과 함께, 소극적이고 순응하는 삶을 살아 온 여성들을 "방탕한 잠"에서 깨워 각성시키겠다는 적극적인 의지를 표명한다."나는 그대를 방탕한 잠에서 깨우리라" 볼랜드는 남

---

22   Ibid, p. 72.

성 시인들이 즐겨 시적 모티프로 사용했던 신화 속 여성인물들을 여성주의 시각에서 다시 쓰면서, 이상화되고 허구적인 여성이미지를 전복시키려는 시도를 한다. 「석류The Pomegranate」에서, 시인은 딸을 구하기 위해 지하세계로 들어간 '세레스Ceres'와 '페르세포네Persephone' 신화의 재구성을 통해 보다 인간적이고 현실적인 여성의 이미지를 복원한다.[23]

그리고 이 전설의 가장 좋은 점은

내가 어느 곳이든 들어갈 수 있다는 것이다. 그리고 들어갔다.

추방된 한 아이로서

안개와 기묘한 화음들의 도시에서,

나는 가장 먼저 그것을 읽었다 처음에 나는

지하세계의 바스락거리는 어둠 속으로

추방된 아이였다, 별들이 빛났다. 나중에

나는 여름 황혼 속으로 걸어갔다

잘 시간에 내 딸을 찾아서.

....

그러나 나는 그때 세레스였고 나는 알고 있었다

겨울이 모든 나뭇잎에

도로 위 모든 나무들 위에 준비되어 있음을.

---

23 볼랜드의 시들은 신화를 여성주의 관점에서 재구성하여 여성의 이미지를 복원하려는 시도를 드러낸다. 예를 들어, 「거짓된 봄(A False Spring)」, 「다프네는 공포에 사로잡혀 신의 연설을 들었다(Daphne Heard with Horror the Addresses of the God)」, 「아일랜드 여신 만들기(The Making of an Irish Goddess)」 등과 같은 시들은 문학에서 자주 등장하는 여신들, '나르씨(Narcee)', '세레스(Ceres)', '다프네(Daphne)'에 대한 가부장적 역사 서술을 여성주의 시각에서 재해석한다.

And the best thing about the legend is

I can enter it anywhere. And have.

As a child in exile in

a city of fogs and strange consonants,

I read it first and at first I was

an exiled child in the crackling dusk of

the underworld, the stars blighted. Later

I walked out in a summer twilight

searching for my daughter at bed-time.

....

But I was Ceres then I knew

winter was in store for every leaf

on every tree on that road.[24]

　화자는 '세레스'와 '페르세포네' 신화를 특히 좋아하는 이유가 자신이 신화에 참여할 수 있는 점이라고 밝히며, 신화의 세계와 인간 삶의 세계를 거의 동일시 하여 두 세계의 경계가 모호함을 암시한다. 화자는 어린 시절부터 이 신화를 읽으며 자신을 신화의 허구적 세계의 주인공과 동일시하며 지냈음을 강조하고"처음에 나는 / 지하세계의 바스락거리는 어둠속으로 / 추방된 아이였다", 시간이 흘러 성인이 된 화자는 "딸을 찾는" 어머니 "세레스"가 되었다고 언급한다. 새라 맥칼럼Shara McCallum의 지적처럼, 젊은 시절에는 '페레스포

24　Evan Boland, *New Collected Poems*, op. cit, p. 215.

네'였으나 나이가 들어 '세레스'가 되었다고 밝힘으로써 화자는 '페레스포네'나 '세레스'의 목소리로만 이야기를 전개하는 것이 아니라, 시간의 흐름 속에서 다양하게 전개되는 개인적인 신화이야기에 시의 초점이 있음을 역설한다.[25] 시적 화자의 딸은 "십대들이 읽는 잡지her teen magazines"를 읽고, "콜라her can of Coke"를 마시는 나이가 되었으며, 그 옆엔 "석류The pomegranante"가 있다.[26] 신화 속에서 '세레스'의 딸 '페르세포네'는 '하데스Hades'가 건네 준 "석류"를 받아먹었기 때문에 '하데스'가 있는 지하세계로 돌아가야 하는 운명에 놓이게 된다. 화자는 자신의 딸도 '페르세포네'와 유사하게 많은 유혹을 받을 수 있고, 유혹에 취약할 수 있을 것이라고 추측한다.

아이는

배가 고플 수 있다. 나는 경고할 수 있었다. 아직 기회는 있다.

비는 차갑고. 도로는 회색-빛이다.

....

이것은 또 다른 세계이다. 하지만 어머니가 그 무엇을

딸에게 줄 수 있을까 제때에 아름다운 찢어짐을 제외한다면?

만약 내가 큰 슬픔을 미룬다면, 나의 재능을 감소시킬 것이다.

전설은 내 것일 뿐만 아니라 그녀의 것이 될 것이다.

그녀는 그 안으로 들어갈 것이다. 내가 그러했듯이.

그녀는 깨어날 것이다. 그녀는 손 안에

---

25   Shara McCallum, "Eavan Boland's Gift : Sex, History, and Myth." *Antioch Review*. 62.1, 2004, p.39.

26   Evan Boland, *New Collected Poems*, op. cit, p.125.

종이 같은 붉은색의 껍질을 간직할 것이다.

그리고 그녀의 입술에. 나는 아무 말도 하지 않을 것이다.

> a child can be
>
> hungry. I could warn her. There is still a chance.
>
> The rain is cold. The road is flint-coloured.
>
> ．．
>
> It is another world. But what else
>
> can a mother give her daughter but such
>
> beautiful rifts in time?
>
> If I defer the grief I will diminish the gift.
>
> The legend will be hers as well as mine.
>
> She will enter it. As I have.
>
> She will wake up. She will hold
>
> the papery flushed skin in her hand.
>
> And to her lips. I will say nothing.[27]

　　화자의 딸이 대면해야 하는 현실은 차가운 비가 내리고 도로는 "회색-빛"이 감도는 무정한 곳이어서, 딸은 쉽게 유혹에 빠질 수 있다'아이는 / 배가 고플 수 있다'. 화자는 딸에게 경고할 수 있는 기회가 있지만, '석류'의 유혹을 받아들인 대가로 겪어야 하는 상실과 "찢어짐"의 고통을 딸이 경험하게 한다. 유혹과 상실의 '세레스'와 '페레스포네' 신화는 화자와 딸이 모두 공

27　　Ibid, p.126.

유하게 될 이야기이다"전설은 내 것일 뿐만 아니라 그녀의 것이 될 것이다". 화자는 자신이
그랬듯이, 딸 역시 신화의 세계를 경험할 것이며, 유혹의 결과에 대한 깨
달음을 얻게 될 것"그녀는 깨어날 것이다. 그녀는 손안에 / 종이 같은 붉은색 껍질을 간직할 것이다"임
을 강조한다. 볼랜드가 다시 쓰는 신화는 이제 정형화된 여성들이 등장하
는 고정된 전설이 아니라, 실제 삶 속에서 냉정한 현실을 헤쳐 나가는 여
성들의 이야기인 것이다. 남성중심적 시각에서 기술된 신화에서는 위험
에 처한 딸 '페레스포네'를 향한 헌신적인 어머니 '세레스'의 "큰 슬픔"에
만 초점이 맞추어졌다. 이와 대조적으로, 볼랜드의 시적화자는 어머니로
서 딸에게 현실의 위험성을 경계하여 주의를 줄 수도 있지만, 일부러 딸
이 위험을 피하게 하지 않고 적극적으로 삶을 살아나가기를 기대한다"나는
아무런 말도 하지 않을 것이다". 이처럼 볼랜드의 시는 가부장적 시각에서 묘사하는
한없이 자비로운 어머니의 이상화된 이미지를 과감히 탈피하고, 현실에
기반을 둔 신화 이야기의 능동적인 주체로서 여성의 이미지를 부각시키
며 여성 스스로 삶의 난관을 극복하는 강한 의지를 지닌 존재로 복원시
킨다.[28]

계속해서 볼랜드는 「아일랜드 여신 만들기The Making of an Irish Goddess」에서
'세레스'와 '페레스포네' 신화를 통하여 신화가 여성의 삶에 남긴 "상처"
와 그 의미에 대해 묘사한다. 시인은 "세레스는 지옥으로 갔다 / 시간 개

---

28 볼랜드와 고정희가 시에서 형상화하는 어머니는 상당한 차이점이 있다. 볼랜드가 그리
    는 어머니는 역사의 질곡을 남성들과 함께 겪으며 의연함을 잃지 않고 담담하게 일상
    을 영위하는 현실적이고 지혜로운 인물로 나타난다. 이는 아일랜드 민족문학 담론에서
    어머니를 역사의 수난자로 상징화하여 지나치게 관념적이고 초월적인 존재로 묘사하
    는 것을 경계하려는 시인의 의도를 보여준다. 반면에 고정희는 마치 예수 수난자의 이
    미지를 상기시키며 초월적 이미지를 강조하여 보편적이고 관념적인 어머니를 부각시
    킨다. 이는 독자에게 여성해방주의를 주장하지만 시선은 남성 민족주의 담론을 그대로
    계승하고 있는 듯한 오해를 불러일으키는 지점이기도 하다.

넘 없이Ceres went to hell / with no sense of time"로 첫 행을 시작하며, 신화의 주인 공 "세레스"가 바라본 세상의 모습을 "계절이 없는, 상처자국 없는 대지ª seasonless, unscarred earth"라고 강조한다.[29] 신화의 시간이란 정지하고 단일한 모습일 뿐, 인간 삶의 변화의 모습을 담아내지 못하기 때문에 "상처자국 없는 대지"의 모습만 재현할 수 있음을 내포한다. 하지만 시적화자는 고 통을 수반한다 할지라도 인간 삶의 실체에 기반을 둔 시간의 흐름이 필 요하다고 역설한다"나는 시간이 필요하다− / 나의 살과 그 역사를− / 동일하게 지상으로 내려오게 만 들기 위해"(I need time− / my flesh and that history− / to make the same descent). 이제 더 이 상 "젊지도 생식력이 있지도 않은neither young now nor fertile" 화자의 몸은 "그 러한 고통의 / 정확한 각인an accurate inscription / of that agony"임이 분명하여 "세 레스" 눈에 비친 "상처자국 없는 대지"의 모습과는 대조를 이루지만, 화 자는 몸으로 느끼는 고통이 더욱 현실감 있기에 시간의 변화를 적극적으 로 수용한다. 화자의 눈에 비친 현실은 "실패한 추수 / 지평선까지 썩은 들판들 / 어머니에 의해 잡혀먹는 아이들the failed harvests, / the fields rotting to the horizon, / the children devoured by their mothers"로 인간세계의 "고통"이 스며들어 있 지만 "다른 방법이 없다There is no other way". "신화는 우리가 지닌 시간 속에 서 / 우리가 남긴 상처이다myth is the wound we leave / in the time we have"[30]라고 밝 히면서, 볼랜드는 신화에 대한 정의를 새롭게 내린다. 아일랜드에서 진정 한 의미의 여신 만들기 신화란 바로 시간의 변화 안에서 고통의 의미를 기억해내며 현실 삶의 흔적들상처을 받아들이는 여성의 이야기를 의미하 는 것이며, 이런 여성의 이미지는 "세레스"와 같은 이상적인 아름다운 이 미지는 결코 아니며 훨씬 더 실제적으로 형상화한 여성들이다.

---

29   Evan Boland, op. cit., p.178.
30   Ibid, p.179.

한편, 고정희는 역사를 남성중심적 시각에서 서술하는 과정에서 남성들이 재구성한 여성성과 실제 여성들의 삶의 이야기가 보여주는 간극을 통해 여성 억압의 근원을 탐구하고, 여성사의 가치와 의미를 새롭게 조명한다. 『여성해방출사표』는 '이야기 여성사'란 부제로 황진이, 이옥봉, 신사임당, 허난설헌 등의 역사속의 여성이 등장하여 '여성해방'이란 주제를 가지고 상호 간에 화답하거나 해동의 딸들인 현대여성에게 역사 속의 여성이 편지를 보내는 서간체 형식의 연작시이다. 남성중심의 역사 속에서 역사적 평가가 왜곡되거나 무시되었던 이들 여성의 삶에 대해 시인은 여성주의적 시각으로 재평가를 시도한다.[31] 총 4부로 이루어진 시집에서, 1·2부는 조선조시대에 시를 썼던 여성문인들의 삶을 재해석하고 그들의 목소리를 통해 현대 여성의 억압된 삶을 고발하고 있으며, 3부는 보수연합 정치이데올로기가 여성의 삶을 어떻게 규제해왔는가에 초점을 맞추고 있고, 마지막 4부는 그동안 쓴 '행사시'와 '목적시'들을 담고 있다. 시의 서문에서 고정희는 "조선조 여자들이 직면했을 성억압 구조에 온몸으로 도전한 여자들, 즉 황진이기방와 이옥봉서녀출신, 첩살이, 신사임당정실부인, 허난설헌명문가의 여자 두보등의 목소리를 통해 오늘의 산천에 재접목"하려 했다고 밝힌다.[32] 80년대 여성해방주의적 역사가들이 과거의 역사를 재조명하여 이를 여성주체의 관점에서 재해석하고 가부장적 편견에 의해 소외되어온 여성들의 왜곡된 역사를 복원하는 작업을 시도했는데, 고정희는

---

31   김혜순은 "이 시집을 통하여 고정희는 페미니즘 문학을 운동의 차원으로 끌어 올렸으며, 민중과 여성의 삶의 모습을 한자리에 놓으려는 의지를 표현했다. 이 시집으로 말미암아 고정희는 우리 시사에 여성해방 문학가로서의 특별한 위치를 차지하게 되었다"고 평가한다. (조혜정, 『한국의 여성과 남성』, 문학과지성사, 1988, 84쪽에서 재인용.)

32   고정희, 「서문」, 『여성해방출사표』, 앞의 책, 6~7쪽.

바로 '이야기 여성사'를 시로 형상화한다.[33] 이처럼 『여성해방출사표』는 여성해방이라는 80년대의 보편적 주제가 어떻게 역사와 밀접하게 연결되어 있는가를 보여줌과 동시에 가부장제 시각에서 그려졌던 역사 속 여성인물들의 실제 모습에 대한 시인의 재발견 작업을 시사한다.[34]

제1부의 「황진이가 이옥봉에게」 보낸 편지에서 고정희는 황진이를 가부장제의 암울한 운명과 멍에를 직시한 여성이며, 해방된 삶을 꿈꾼 혁명적 여성으로 그린다.[35]

---

33 김승희는 고정희의 『여성해방출사표』를 주체로서의 여성을 발견하고 제도권 언어인 문어체의 말로부터 구어체 언어로 시어의 변혁을 이룬 시적혁명을 감행한 시집으로 평가한다. "『여성해방출사표』는 '이야기 여성사'란 부제를 달고 여성사(Herstory) 다시 쓰기, 즉 조선 역사 속의 위대한 여성들의 이야기를 언어의 조각보로 만든 커다란 기획이었다."(김승희, 「상징질서에 도전하는 여성시의 목소리, 그 전복의 전략들」, 『여성문학연구』 2, 한국여성문학학회, 1999, 148쪽.)

34 여성해방이라는 주제를 역사와 연결시키려는 고정희의 시도는 80년대 여성시인으로서의 고민이 함축된 결과이다. 서문에서 고정희는 "사회변혁운동과 페미니즘운동 사이에서 나름대로 심각한 갈등을 겪어 왔다"고 고백한다. 예를 들어, "민중의 억압구조에는 민감하면서도 그 민중의 '핵심'인 여성민중의 억압구조는 보지 않으려 한다든지, 한편 성억압에는 첨예한 논리를 전개하면서도 '민중'이라는 말로 포괄되는 역사적이고 정치적인 억압구조에는 무관심한 현실 등이 그것이다." 시인은 이러한 대립적 두 흐름은 아직도 우리사회에 "유교 가부장제적 보수성"이 깊게 남아있는 결과를 반영하는 것이기도 하고, 하나의 척도를 갖기에는 우리사회가 덜 성숙한 "전환기"에 놓여있는 것을 반영한다고 지적한다. (고정희, 「서문」, 『여성해방출사표』, 앞의 책, 5~6쪽.)

35 『여성해방출사표』 1·2부에서 고정희가 독특한 서간체를 시 형식으로 적절히 구사하고 있는 것에 주목할 필요가 있다. 서간체는 공적인 글이 아닌 사적인 글로써 여성적 글쓰기의 특징을 잘 보여줄 뿐 아니라, 여성 상호 간에 친밀함을 유지하면서 허심탄회한 대화를 가능케 하여 동지적 자매애의 세계를 그려낸다. 특히, '이외다,' '이니까,' '더이다'와 같은 과거 여인들이 사용했던 의고체의 어미를 적극적으로 차용함으로써 "과거 여인네의 고아한 문체를 현대의 시 속에 복원"한다. 고정희의 서간체 시 형식은 의고체 어미의 적절한 활용에 의해 전통적인 여성의 편지글인 내간체와 연결되고 있다. 시공을 초월하여 현대의 시 속에서 복원되고 있는 내간체, 이 전통적인 여성의 글 형식 속에서 시인은 여성시의 새로운 스타일, 언어적 양식과 미학이 지양해야 할 방향을 발견한 셈이다. (송명희, 「고정희의 페미니즘 시」, 『비평문학』 9, 비평문학학회, 1995, 140쪽.)

거문고 타고 묵화 치다 홀연히 내다본 조선조 하늘

거기서 나는

조선여자들의 무섭고 암울한 운명의 멍에를 보았습니다

반·상을 막론하고 여자들이란

팔자소관 작두날을 타고 있었어요

삼종지도 칠거지악이라는

무지막지한 남자집권 보안법 아래서

여자도 사람인데, 눈뜨는 순간

이건 노예신세로다, 눈뜨는 순간

남자독점 오복허구 눈뜨는 순간

남자우열 체제폭력 눈뜨는 순간

바로 그 순간에 가차없이

현모양처 재갈 물리고

여필종부 부창부수 철퇴 내리지 않았습니까

이런 세상 단칼에 요절낼 일이로되,

남자와 더불으나 예속되지 않는 삶

세상에 속하나 구속되지 않은 길

풍류적인 희롱으로 희롱으로

양반사회 체면치레 확 벗겨내는 일

바로 기방이었습니다

그곳에서 나는 실로

시적인 혁명을 꿈꾸다 꿈꾸다…

이처럼 『여성해방출사표』는 여성해방시가 이념적 차원의 페미니즘을 추구했을 뿐 아
니라, 형식적 차원에서 여성미학을 수립하기 위한 시인의 노력이었음을 함의하고 있다.

까마귀 밥이 된들 어떠랴 작심했습니다.[36]

시적 화자 황진이는 "조선여자들의 무섭고 암울한 운명의 멍에"가 "팔자소관"이라며 "작두날"을 타는 위태로운 삶을 여성들이 영위하고 있다고 역설한다. 황진이는 조선조여성들이 "삼종지도 칠거지악"의 "노예신세"가 되었고, 여성들은 "눈뜨는 순간"부터 "현모양처 재갈이 물리고 / 여필종부 부창부수 철퇴"를 내리치는 가부장제 남성권력의 폭력과 억압에 놓여있다고 신랄하게 비판한다. "팔자소관"으로 체념하는 소극적인 여성성을 경계한 황진이는 조선조 가부장제 억압 상황을 벗어나기 위해 스스로 기녀가 되기를 선택했다고 당당하게 밝히며, 기생으로서의 삶이란 남성으로부터 예속되지 않는 삶이고, 세상으로부터 구속되지 않는 길이라고 주장한다. 황진이는 기생들의 "풍류"를 양반을 "희롱"하기 위한 일종의 전술이었음을 강조할 뿐 아니라, 기방이야말로 "양반사회 체면치레 확 벗겨내는" 최고의 장소라고 지적한다. 신분제도가 엄격했던 조선시대 사회적 상황에 비추어 볼 때 매우 충격적인 발언으로 유교적 가부장제 사회를 조롱하고 비판하는 황진이의 적극성이 첨예하게 드러나는 대목이다.[37] 고정희가 황진이의 기방을 가부장제나 출신 성분의 서열제도가 만들어낸 희생장소가 아니라 억압된 여성성을 해방시키고 남성중심의 제도적 폭력을 파기할 수 있는 혁명의 공간으로 묘사한 것은 주목할 만하다. 이

---

36 고정희, 『여성해방출사표』, 앞의 책, 16~17쪽.
37 시인의 시세계를 논하면서 박선영은 "고정희는 근원에 대한 반성이 사유의 본래적인 소임에 진진하게 마주서는 행위라는 믿음을 가졌던 시대의 시인이었다"고 밝힌다.(박선영, 「고정희 論 – 정신의 수직운동을 중심으로」, 『돈암어문학』 14, 돈암어문학회, 2001, 111쪽.) 『여성해방출사표』에서 고정희는 여성억압의 근원에 대한 반성을 유교제 가부장제가 지닌 계급적 세계관이나 남존여비사상에 대한 비판적 성찰을 통해 시도한다.

는 기방을 여성해방의 공간으로 만들면서, 아울러 황진이를 해방의 선구자적 인물로 부각시키려는 시인의 의지를 내포한다. 거의 자조적으로 "까마귀밥이 된들 어쩌랴 작심"했다는 황진이의 고백은 "시적 혁명을 꿈꾸"면서 자유로운 영혼을 지키고 철저히 인습의 굴레를 거부하는 선구자적인 여성해방가의 용감한 면모를 유감없이 보여준다.

나아가 고정희는 유교제 조선조 여성이었으나, 관습으로 은폐된 조선시대 여성의 억압된 삶을 살지 않았던 황진이 삶의 전복적 특징을 계약결혼을 통해 더욱 자세히 묘사한다. 황진이와 이사종이 계약결혼에서 이루어 낸 멍에가 아닌 사랑, 구속이 아닌 결혼에 초점을 두고, 가부장제에서 벗어나는 여성해방적 비전을 황진이의 계약결혼에서 찾으려 시도한다. 시집의 서문에서 "보봐르보다 더 선진적이고 주체적인 계약결혼의 모델을 나는 조선조 황진이와 이사종의 계약결혼에서 보고"있다고 언급하는데, 흥미롭게도 시인은 황진이의 계약결혼을 보봐르의 계약결혼과 대비시킴으로써 서구중심적 시각의 계약결혼을 한국적 시각으로 새롭게 해석한다.[38]

흐름과 머묾이 마주치는 그곳에

나의 계약결혼이 있었습니다

삼삼육합이라 하여 육 년으로 정하되

38　박죽심은 고정희 시는 탈식민주의적 시각으로 분석하기에 매우 적절하다고 지적한다. "여성의 삶을 넘어서 계급과 사회의 부조리, 전통과 서구의 경계를 지우는 작업들이 지속적으로 이뤄지고 있음을 확인할 수 있다."(박죽심, 「고정희 시의 탈식민성 연구」, 『어문논집』 31, 중앙어문학회, 2003, 238쪽.) 황진이와 이사종의 계약결혼관에서는 "전통과 서구의 경계를 지우는" 것에서 한 걸음 더 나아가 서구에 의존했던 계약결혼이라는 개념을 한국적 시각에서 논의 가능하게 만든 점에 의의가 크다.

앞 삼 년은 남자가 내 집에 머물고
뒷 삼 년은 내가 남자 집에 머물어
밥도 반반 돈도 반반 분담했지요
밥과 돈을 똑같이 책임지는 일
정해진 시간만 서로 하나 되는 일
이것은 결혼에서 매우 중요합니다
이것이 깨질 때 머물게 됩니다
이것이 깨질 때 집을 짓게 됩니다
머물면 마땅히 쌓이는 것 정이요
집을 지으면 대범 남는 것 미련이라
정과 미련 훌훌 털어내는 화두 하나,
....

사랑하되 머물지 않으며
결혼하되 집을 짓지 않는 삶
거기에 해방세계 있기 때문이외다
사랑이 멍에라면 잘못 가고 있사외다
결혼이 집이라면 잘못 살고 있사외다
나는 급진주의 세대가 아니지만
사랑하는 법이야 능히 알고 있사외다[39]

고정희는 황진이의 계약결혼관을 통하여 남성중심 사회에서 철저히 성
적 대상물로만 객체화된 기생의 삶과 사랑에 대한 주체적인 해석을 시도

---

39   고정희, 『여성해방출사표』, 앞의 책, 20~21쪽.

한다. 황진이는 "급진주의 세대"가 아니라고 밝히지만, 다분히 급진주의적인 계약결혼관을 피력한다. "사랑하되 머물지 않으며 / 결혼하되 집을 짓지 않는 삶"을 계약결혼의 이상적인 형태로 제시하면서 사랑과 결혼이 남녀의 종속과 억압이 되어서는 안 된다고 역설한다. 나아가 "밥과 돈을 똑같이 책임지는 일"은 결혼에서 매우 중요한 일인데, 시적화자는 경제문제와 가사노동의 분담이 남녀 모두에게 동시에 이루어져야 고착화된 가부장제 이데올로기의 성의 고정관념을 해체시킬 수 있다고 강조한다. 요컨대, 황진이는 결혼과 사랑이 "잘못 가고" 있다면, 멍에와 구속이 되므로 계약결혼을 통해 남녀평등을 이루자는 좋은 대안을 제시하는 것이다. 이처럼 고정희가 여성주의 시각에서 새롭게 발견하는 황진이는 서녀출신이라 기녀가 되었다든가, 혹은 "사모하다 죽은 총각 때문에 기녀가 되었다"든가, 또 "애수와 체념의 회청빛 여류시인"이라는 "가부장제 허세"와 "허명"[40]으로 재구성된 인물이 결코 아니다. 유교적 가부장사회에서 자유인으로 살고자 기녀의 삶을 자발적으로 선택하고 계약결혼관을 통해 여성억압의 근원은 불평등한 남녀관계에서 기인하는 것으로 파악하여 여성문제의 핵심을 예리하게 지적하는 선구적인 여성해방가로 복원된다.[41]

계속해서 고정희는 사임당이 허난설헌에게 보내는 '이야기 여성사'에서 시대정신에 걸맞지 않은 사임당 여성상의 구태의연함을 신랄하게 비

---

40 위의 책, 15쪽.
41 이대우에 따르면, 『여성해방출사표』는 그 제목만큼이나 출사표적 의미를 지니고 있다. 이 시집에서 고정희는 황진이, 이옥봉, 신사임당, 허난설헌 등 "역사적 여성들에 대한 평가와 인식의 뒤집기를 여성해방문학의 출발점"으로 삼는다. (이대우, 「도발의 언어, 주술의 언어-고정희론」, 『문예미학』 11, 문예미학회, 2005, 101쪽.) 이대우는 고정희가 역사적 여성들을 시대에 저항하는 자 또는 선구자로 부활시키는 것은 여성억압을 비롯한 모든 사회적 불평등의 근원을 남성중심문화에서 비롯된 것으로 분석하고, 해결점을 여성해방을 통해서 이루려 했다고 지적한다.

판하며, 여성주의 시각으로 사임당의 삶을 재해석한다. 이율곡을 길러낸 조선시대 현모양처의 표본인 사임당이 스스로 오랫동안 칭송되고 미화되었던 '신사임당 여성상'에 강한 거부를 표명하는 것은 남성 중심주의 시각이 만든 현모양처 이미지가 지닌 문제점을 고발하는 효과를 지닌다. 현대의 진보적 여성상과는 어울리지 않는 사임당 여성상은 조선시대 유교적 가부장제의 왜곡된 이데올로기가 만들어 낸 여성상인데, 아직도 변하지 않고 계속 전승되는 여성상임을 사임당의 목소리를 빌려 생생하게 밝힌다.

그런 조선땅에 아직
손가락 하나 끄덕 않는 세 가지
바뀔 줄 모르고 변할 줄 모르는 세가지가 있으니
무엇이니까
여자에게 현모양처 되라 하는 것이요
남자에게 현모양처 되겠다 빌붙는 것이요
여자가 남자 집에 시집가는 것이외다
시집가서 아들 낳기 원하는 것이외다
그 현모양처 표본이 바로 나 신사임당이라 하여
내 시대 율법으로
내 시대 관습에 특출한 여자 골라
여자들 이름으로 상 주고 박수 친다니
이 무슨 해괴한 시대 변고이니까
요즘 알아듣는 말로 치자면
절반 하늘

절반 땅

절반 경제

절반 나라살림 좌우하는 여성해방하면서

여자 팔자소관 하나 바로잡지 못한다면

기상천외 요절복통 하세월이외다

··

솔직히 말하건대 내

당대의 율곡을 길러 냈다고는 하나

당대의 여자 율곡을 길러 내는 일보다

자랑이 못 되며[42]

　시대가 바뀌어 현대사회로 변하였음에도 "조선땅에 아직" 변할 줄 모
르는 "세 가지"는 "여자에게 현모양처 되라 하는 것"과 "남자에게 현모양
처 되겠다 빌붙는 것"과 여자가 남자 집에 시집가서 "아들 낳기 원하는
것"이다.[43] 고정희는 조선의 유교적 남성중심주의가 낳은 폐단은 '현모양
처,' '남아선호,' '출가외인'과 같은 것들인데, 이러한 낡은 관습이 현재에
도 명맥이 유지되고 있음을 지적한다. 시대가 바뀌어도 바뀔 줄 모르는
관습들로서, 시인은 가부장적 질서에 자연스럽게 길들여져 순응하며 살
아가는 여성들의 구태의연함을 가차 없이 공격한다. 아이러니하게도 시

42　고정희,『여성해방출사표』, 앞의 책, 34~35쪽.
43　조혜정은 여성억압이 "남자는 사회적 노동을 통해 역사와 문화를 창조하는 존재인 데
　　반해, 여자는 생물학적 노동을 통해 남성을 만들어 낸 사회의 존속을 위한 보조적 존재
　　라는 인식과 관련되어 나타난다"고 지적한다(조혜정, 앞의 책, 22쪽). 여성은 항상 남
　　성문화의 존속을 위해 부속물처럼 살아야 하는 열등한 존재이고, 이러한 이데올로기를
　　바탕으로 남성들은 늘 여성 지배문화를 만들고 억압했음을 알 수 있다.

적화자 사임당이 '현모양처' 여성상을 양산하기 위해 만들어진 '신사임당 상'을 스스로 비판하면서 논의의 설득력이 더욱 높아진다. 사임당은 "솔직히 말하건대 내 / 당대의 율곡을 길러 냈다고 하나 / 당대의 여자 율곡을 길러 내는 일보다 / 자랑이 못 되며"라고 가식 없는 심경을 고백하며 여성문제의 핵심을 되살려낸다. 고정희는 진보적 여성상과 부합되지 않는 '신사임당 상'이 여전히 존재하는 것은 여성들이 가부장체제에 아무런 저항도 없이 길들여져 살고 있기에 여성억압의 악순환은 반복되고 있다고 분석하며, 여성들의 각성을 사임당의 강력한 어조를 통해 촉구한다.

> 규방에서 난초 치고 글 짓는 일이란
> 여자 한이 방울방울 아롱진 탓이로되
> 내 평생 절반을 친정집에서 살고
> 반평생 친정부모 모시는 데 바쳤으니
> 현모양처 계율로는 어림없는 일이외다
> 하물며 과학만능 우주시대 여자들이
> 어찌하여 현모양처 망령에 이끌린단 말이니까
> 오고 있는 시대를 좇아야 하외다
> ....
> 오늘날 해동의 어여쁜 여자들이
> 현모양처 허상에서 깨어나기란
> 일부일처 관습이 대세를 이루는 한
> 분단장벽보다 어려울 것이외다[44]

---

44   고정희, 『여성해방출사표』, 앞의 책, 36~37쪽.

사임당은 자신을 '현모양처'의 표본으로 만든 것은 가부장적 이데올로기의 왜곡된 관점에서 이루어진 허상이었음을 신랄하게 비판한다. 역사적으로 사임당이 글과 그림에 능했다고 평가받았으나, 가부장제 속에서 억압받던 "여자 한"의 결과임을 고백하는 것이다. 사임당 자신은 평생 친정부모를 모시고 친정집에 살면서 "현모양처 계율"을 어긴 유교적 가부장 사회에 일종의 반역을 한 인물이었음을 강조하며, 시대착오적인 현모양처 허위의식에 깨어나지 못한 현대 여성들에게 경종을 울린다.^{하물며 과학} 만능 우주시대 여자들이 / 어찌하여 현모양처 망령에 이끌린단 말이니까 / 오고 있는 시대를 좇아야 하외다". 남성들이 쓴 역사책에서 피상적으로만 그려졌던 사임당은 가부장적 질서에 순응하는 여성의 이미지였으나, 고정희는 사임당의 비판적인 목소리를 통하여 기존의 사임당의 이미지가 남성중심사회를 유지하기 위한 가부장제 이데올로기의 치밀한 조작이었음을 폭로한다. 현모양처 이데올로기는 현대 여성의 의식에도 깊게 내면화되어 여성 삶의 목표로 자리 잡아, "분단장벽"을 부수는 것보다 더 어려운 것이 "현모양처 허상"에서 깨는 것이 되었다. 하지만 시인은 진정한 의미의 여성해방을 이루기 위해서는 여성들이 가부장제의 망령이라 할 수 있는 "현모양처 허상"에서 벗어나야 한다는 주장을 사임당 삶에 대한 재평가를 통하여 펼쳐나간다.[45]

『여성해방출사표』 전체를 망라하는 주제는 여성들 사이에 동지적 자매애를 고취하고 현모양처 이데올로기에서 벗어나 해방된 여성으로서의 진정한 자아실현을 성취할 것을 역설한다. 고정희는 조선시대에 자아

---

45   고정희는 가부장제 전통사회에서 현모양처나 열녀로 추앙되어 온 여성들을 그들의 입장에서 자신의 처지를 새롭게 대변하는 처지로 바꾸는 시적 구도를 설정한다. 이경희는 이를 "여성의 재발견이란 측면에서 새로운 시각"이라 강조하며, "타자화된 여성들의 목소리를 통해 전통적 여성상에 대한 새로운 인식을 보여준 것"이라고 강조한다. (이경희, 「고정희 시의 여성주의 시각 연구」, 『돈암어문학』 21, 돈암어문학회, 2008, 181쪽.).

실현을 이룬 최초의 여성시인으로 허난설헌에 초점을 두고, 그녀의 삶과 예술을 복원한다. 허난설헌은 『홍길동』을 쓴 허균의 여동생이며, "세상이 우러르던 재상", 아버지 허엽은 부제학까지 지낸 명망이 높은 학자였다. 하지만 조선시대 많은 여성들의 삶이 그러했듯이, 허난설헌은 "훈학에 힘 입은 바 없고", "오라버니 어깨너머로 깨친 글솜씨"로 "백가서책을 스스로 통달하여" 다섯 살부터 시를 지은 "여신동"이었다.[46] 사임당은 허난설헌을 "하늘이 낸 시인", "하늘이 낸 천재", "하늘이 낸 절세가인"으로 칭송하고, 시재의 출중함을 중국의 두보 시인에 비교하여 "여자두보"라 일컬으며,[47] 여성의 운명을 피압박계급으로 인식한 통찰력을 지닌 해방의 시인으로 평가한다.

> 사백 년 전 경번당 당신은 이미
> 여자의 처지를 계급으로 절감했사외다
> 사백 년 전 난설헌 당신은 이미
> 여자의 팔자를 피압박 인민으로 꿰뚫었사외다
> 사백 년 전 초희 당신은 이미
> 남자의 머리를 봉건제 압제자로 명중했사외다
> 아니 아니 난설헌 당신은 최초로
> 조선 봉건제에 반기를 든 여자시인이며
> 여자를 피압박계급으로 직시한
> 최초의 시인이 아니리까[48]

---

46 고정희, 『여성해방출사표』, 앞의 책, 44쪽.
47 위의 책, 45쪽.
48 위의 책, 42쪽.

허난설헌은 남성중심적 시각 속에서, 귀족집안에서 자라 내성적이고 우아한 이미지를 지닌 요절한 "절세가인"으로만 묘사되었다. 하지만 고정희는 의도적으로 허난설헌이 여성의 처지를 "피압박 인민"으로 규정하고 "남자의 머리를 봉건제 압제자로 명중"하는 혁명가적 면모를 지닌 점을 부각시켜, "조선 봉건제에 반기를 든" 최초의 여성시인으로 평가한다. 송명희에 따르면, 이러한 평가의 근거는 허난설헌의 오언시五言詩인「빈녀령貧女吟」에 대한 인용으로부터 비롯된다. 허난설헌은 이 시에서 베짜는 가난한 여자에 대한 동정과 연민을 보여주고 있는데, 이를 "여성 전체의 계급적 운명에 대한 직시"로 시인은 해석한다.[49] 고정희는 양반가의 규수였던 허난설헌이 베 짜는 여성에게 보여준 동정심은 계급을 초월해서 보여준 자매적 유대감의 모범적인 예를 보여주었다고 지적하며, 동시에 허난설헌의 시는 현대 여성문학이 나가야 할 방향을 이미 사백 년 전에 재현한 것으로 확신한다. 고정희의 말을 빌리면, 여성문학은 모든 문화 현상과 규범이 여성을 남성에 종속시키는 지배논리의 궤적이라는 인식하에, "여성문학은 피지배자인 여성들의 경험과 느낌과 역사의식으로 인간을 새롭게 이해하기 시작했다는 것을 의미한다."[50] 요컨대 여성문학은 여성들의 "아픔", "억압" 그리고 "억울함"을 속 시원히 말해줄 수 있어야 하므로,[51] 허난설헌은 남성 중심 문학 전통에서 예리한 문제의식과 비범한 예술적 재능을 지닌 여성문학의 귀감이 된 시인으로 복원된다.

---

49   송명희, 앞의 글, 159~160쪽.
50   고정희, 「소재주의를 넘어 새로운 인간성의 실현으로」, 앞의 책, 82쪽.
51   고정희, 『여성해방출사표』, 앞의 책, 41쪽.

3. 여성 삶의 역사성 다시 찾기

볼랜드는 아일랜드 문학에서 다루는 전통적인 주제들은 거의 "영웅들의 이야기"라고 지적하며, 시에 적합한 소재들은 "풍경", "신화" 그리고 "역사" 등에 관한 것이었고 시를 쓴다는 것은 철저하게 남성들의 특권으로 간주되었다고 밝힌다.[52] 아일랜드 여성들은 남성들이 기술하는 역사나 신화의 세계 안에서 과도하게 신비화되고 미화되어져 현실적 실체가 없는 존재로 재현되곤 했다. 이러한 문학 전통을 신랄하게 비판하며, 볼랜드는 여성의 장식적인 역할이나 비현실적인 묘사를 거부하고 역사 안에 실재하는 여성의 존재를 드러내기 위해 "신화 밖 역사 안에" 살고 있는 현실적인 여성의 모습을 형상화하려 시도한다. 이는 시인이 "역사 밖에서" 주변인으로 지내 온 아일랜드 여성의 역사성을 회복함과 동시에 가부장적 사회에서 여성의 정체성을 재발견하려는 의지를 내포한다. 시인은 "나의 삶과 내 이웃들의 삶은 그것의 기묘함 때문에 신화적인 것이 아니라, 강력한 일상성 때문에 신화적이다"라고 역설한다.[53] 볼랜드는 허구적 신화 안의 여성의 이미지를 일상적 여성의 삶의 모습으로 대체하면서,

---

52 Eavan Boland, "Eavan Boland and Kathleen Fraser : A Conversation.", *Parnassus* 23.1-2, 1998, p.397.
  볼랜드는 여성이면서 시인이 된다는 것은 아일랜드에서 양립할 수 없었다고 고백하며, 이러한 상황에서 독특한 시 쓰기 영역을 구축하려 시도했다고 밝힌다. "나는 여자라는 말과 시인이라는 말이 자석처럼 서로 반대인 나라에서 글쓰기를 시작했다. 전자는 집단의 양육을 연상시키고, 후자는 자기성찰적인 개인주의를 묘사하는 말이지만, 그 말들은 마치 기름과 물과 같아서 서로 섞일 수가 없었다. 그래서 이러한 삶들이 서서히 사라져 단순화시키도록 하는 것이 내 글쓰는 인생과 내 글의 일부가 되었다. 나는 여성과 시인 사이에 균열된 공간에 익숙해졌다. 확실히 나는 바로 여성과 시인의 거리감을 향해 소리치면서 나만의 시적 목소리를 발견했다."(Evan Boland, *Object Lessons*, op.cit, xi)
53 Evan Boland, *Object Lessons*, op.cit, p.168.

기존 남성중심주의적 문학전통의 권위를 해체시킨다. 「나는 아일랜드 출신이네"Mise Eire"」에서 시적 화자는 단호한 어조로 여성에 대한 전통적인 시적 형상화를 탈피할 것을 선언한다.

나 그곳으로 돌아가지 않으리라.─

낡은 강약약격으로 대체된 나의 조국,
촛불의 동물기름 옆에서
행해진 맹세로는─

I won't go back to it.─

my nation displaced
into old dactyls,
oaths made
by the animal tallows
of the candle ─[54]

겔릭어로 표기한 시의 제목 "Mise Eire"는 아일랜드 애국가의 제목에서 따 왔으며, 영어적 의미는 '나는 아일랜드 출신이네I am from Ireland'이다. 볼랜드는 제목 바로 다음에 시작된 첫 시행에서 "나 그곳으로 돌아가지 않으리라"고 강한 어조로 언급하면서, 자신이 소속된 문화와 언어에 대한

---

54 Evan Boland, *New Collected Poems*, op. cit, p.128.

불편한 심경을 노출한다.[55] 다시 말해, 제목은 화자가 살고 있는 장소, 출신 성분, 소속감을 나타내지만, 시의 첫 행은 이 모든 것들을 부정하고 있다. 국가의 권력과 가능성은 국민들이 표현하는 국가에 의해 드러나는 것인데, 화자의 아일랜드는 "낡은 강약약격으로 대체된 조국", 구태의연하고 기계적인 "낡은 강약약격"의 운율들로 시와 노래가 대체되었다. 아일랜드 여성으로서 화자의 일탈감은 매우 크게 부각되는데, "강약약격"은 영국 고전주의 시에서 남성 시인들이 주로 활용하던 것으로 슬프고 애상적인 시elegiac verse에 어울리는 운율이기 때문이다. 볼랜드는 아일랜드 문학은 거의 남성의 전유물이었고, 국가적인 것을 여성적인 것으로 결합시키면서 여성은 극도로 단순화된 형태로만 묘사되었다고 비판한다. 여성은 복합적인 감정이나 소망을 지닐 수 없었고, 국가의 "수동적인 투사물"이 되어버렸다.[56] 이러한 남성중심주의적 문학 전통에 대한 비판적 분석을 시도하며 볼랜드가 여성주의 관점에서 새롭게 쓰는 시들은 가부장적 시인들이 사소하고 하찮은 것으로 치부하던 현실적인 삶의 풍경에 초점을 두고 일상적 삶의 의미와 그 역사성을 재해석하고, 이를 통해 여성의 주체성을 복원시킨다.

「우리는 인간의 역사이다. 우리는 자연의 역사가 아니다We Are Human History. We Are Not Natural History」에서 시인은 어머니 화자의 시선을 통해 일상적 풍경에 스며있는 인간의 복합적인 경험들을 형상화한다. 화자는 늦은 여름에 들판에서 놀다가 저녁이면 낮에 채집한 "야생 벌떼"를 들고 집으로 뛰어오는 아이들의 모습을 보면서 평범한 삶에 내재된 아일랜드의 비극적

---

55   Kerry E. Robertson, "Anxiety, Influence, Tradition and Subversion in the Poetry of Evan Boland", *Colby Quarterly*, 30. 4, 1994, pp. 268~269.

56   Evan Boland, *Object Lessons*, op. cit, pp. 134~136.

여운들을 떠올린다.

그리고 아이들은 여전히 가시나무-키높이 이고
햇볕과 낮-뒷날의 결정적인 빛 땜에
짜증이 나고

독특한 풀잎 조각을 가로질러 햇살은
잠깐-비추이며 사라지고 애도의 기미를 띠고
기차역에서 헤어질 때

기차 창문으로 보이는 광경처럼, 눈물이 가득한 채. 그리고 이것은
나는 이것을 생각했다, 어떻게 이것이
여름밤들을 거쳐 선택되었었는지를

포플라 나무 잎사귀 아래 —
암갈색과 황토색의 줄무늬가 있는, 들끓고 있는
지난 계절의 숨겨진 부스러기들 —

야생 벌 떼가 유용하다.

and children still bramble-height
and fretful from the heat and a final
brightness stickle-backing that particular

patch of grass across which light

was short-lived and elegiac as

the view from a train window of

a station parting, all tears. And this,

this I thought, is how it will have been

chosen from those summer evenings

which under the leaves of populars —

striped dun and ochre, simmering over

the stashed-up debris of old seasons —

a swarm of wild bees is making use of.[57]

　시적 화자는 여름날 아이들이 들판에서 "야생 벌떼"를 채집하며 놀다
가 집으로 돌아오는 일상적인 삶의 광경을 섬세하게 묘사한다. 평화로
운 삶의 모습 안에서 화자가 떠올리는 풍경은 기차역에서 "눈물이 가득
한 채" 이별하는 장면이다. 시인은 아이들이 한가로이 야생벌들을 채집할
때 강렬한 햇살이 비추었지만, 동일한 햇살도 과거의 비극적인 순간을 비
출 때는 "애도의 기미를 띠고" 순간 비추다가 사라졌다고 묘사한다. 볼랜
드는 기차역의 이별의 순간이 구체적으로 어떤 역사적 사건이었는지 또
는 사적인 사건인지 명확히 밝히고 있지는 않지만, 평범한 일상의 순간에

---

57   Evan Boland, *New Collected Poems*, op. cit, p.183.

어머니 화자의 내면 안에 중첩되는 비극적인 삶의 한순간에 초점을 둔다. 놀다가 집으로 다시 돌아온 아이들을 맞이하는 어머니 화자의 내면에 잔잔하게 일고 있는, 과거의 파편적인 슬픈 기억들"지난 계절의 숨겨진 부스러기들"은 계절의 변화에 따라 그저 자연적으로 순환하는 "야생 벌떼"와는 큰 차이점을 보여주는 인간의 역사에서만이 가능하다. 이처럼 볼랜드는 남성 시인들이 형상화한 정형화된 신화적 여성을 재현하고 있지 않으며, '고통과 상실'을 경험하는 살아 숨 쉬는, 실제적 여성 인물들을 재발견한다. 요컨대 볼랜드의 시적 화자들은 '격렬한 감정'도 없는 조각상처럼 타자화된 여성들이 아니라, 인간 삶의 희노애락 경험을 통해 복합적인 내면세계를 지닌 주체적 존재로 부각되는 것이다.

나아가 볼랜드는 아일랜드 시가 민족주의나 "국가 개념에서 탈피할수록 여성은 더욱 사실적이고 설득력 있는 이미지로 나타난다고 역설한다.[58] 시인은 영웅들의 전쟁 이야기나 모험담에 초점을 두지 않으며, 현실의 일상적 삶을 살아가는 여성 이야기에 더욱 주목한다. 볼랜드의 여성 화자들은 과거에 남성들이 기록한 전투장면이나 사건으로 역사를 이해하는 것이 아니라, 일상의 소소한 물건들이나 사건들을 통해서 역사를 경험한다. 「어머니가 나에게 준 까만 레이스 부채The Black Lace Fan My Mother Gave Me」에서 화자는 제2차 세계대전 당시 개인들이 체험했던 공포와 불안감을 어머니에게 선물로 받은 "까만 레이스 부채"를 통해 형상화한다. 화자가 어머니에게 받은 부채는 아버지와 어머니가 연애하던 당시에 "전쟁 전 파리에서in pre-war Paris" 아버지가 선물한 것으로, 지극히 개인적인 사물이다. 시인은 역사의 비극적 상황이 전개되기 직전에 엄습하는 답답함과 위

---

58 Evan Boland, *Object Lessons*, op.cit, p.136.

기감을 일상적 삶의 흐름이 사소하게 어긋나는 행동들을 통해 보여주며, 애인을 기다리던 여성의 평범한 일상에 서서히 스며드는 전쟁의 공포감을 구체적으로 묘사한다.[59] 이처럼 볼랜드는 여성 화자의 구체적인 일상에 대한 섬세한 묘사를 통해 역사적 경험을 묘사하며, 역사 안에서 실제적으로 존재하는 여성의 정체성을 강조한다. 볼랜드의 시에서 수동적이거나 장식적인 여성들은 결코 등장하지 않으며, 여성 화자는 대부분 역사의 혼란과 삶의 역경을 체험하면서도 일상성을 담담하게 유지하면서 삶에 대한 강인한 의지를 잃지 않는 모습으로 재현된다. 좋은 예로, 「우리는 전쟁에서 중립을 지켰다We Were Neutral in the War」에서 시인은 여성 화자가 전쟁에 대한 불안감이 엄습하는 상황에도 늘 하던 그대로 아이들을 돌보고, 요리와 바느질을 하며 평정심을 잃지 않고 의연하게 일상을 지탱하는 모습을 부각시킨다.[60] 이처럼 볼랜드는 일상적 삶에 대한 세밀한 묘사를 통해 아일랜드의 역사 안에 존재하는 여성의 정체성을 부각시키고, 여성의 목소리와 존재감이 부재되었던 남성들이 기술한 역사를 재해석한다.

한편, 고정희는 가부장적 역사서술과 독자의 무관심 속에 철저히 외면되었던 여성 독립운동가 남자현1872~1933의 독립 운동사를 재발견한다. "남자현은 의병 나간 남편이 죽자 3·1운동에 가담하여 활약하다가 1925년

---

59 Evan Boland, *New Collected Poems*, op. cit, p.165.

60 위의 책, pp.174~175. 한지희에 따르면 일상 속에서 실현되고 경험되는 역사의 측면에 새로운 조망을 가하고, 가정사 깊숙이 침투해 있는 공적 역사를 새롭게 기술함으로써 시인은 거창한 사건 또는 영웅적 인물 중심으로 아일랜드 역사를 기술해온 남성 역사가들의 영웅주의, 애국주의에 수정적인 전망을 제시한다. 또한 여성들의 사소한 일상과 강인한 정신을 보여줌으로써, 볼랜드는 아일랜드의 패배, 상실, 고통과 여성적 특질을 연상시키려는 남성 시인들의 역사 인식의 한계를 매우 구체적으로 지적한다. (한지희, 「『역사 밖에서(*Outside History*)』와 이반 볼랜드(Evan Boland)의 몸의 시학」, 『한국 예이츠 저널』 vol. 26, 2006, 229쪽.)

만주로 망명, 서로군정 독립단으로 활약하던 중 1923년 국제연맹사단이 하얼빈에 왔을 때 왼손 무명지를 끊어 '조선독립원'이라 혈서를 쓰고 끊어진 손가락 마디를 함께 싸서 보냈다. 1933년 이규동李圭東 외 여러 동지들과 함께 만주 건국일인 3월 1일 일본군 다카후치를 암살하기 위해 폭탄과 무기를 휴대하고 가다가 왜경에 체포되어 투옥당했다. 단식항쟁중 옥중에서 병을 얻어 그해 별세했다."[61] 「남자현의 무명지」에서 고정희는 남자현의 약력을 독자에게 소개하고, 여성 독립운동가의 삶을 다음과 같이 재조명한다.

구한말의 여자가 다 이리 잠들었을진대
동포여, 무엇이 그리 바쁘뇨
황망한 발길을 잠시 멈추시고
만주벌에 떠도는 남자현의 혼백 앞에
자유세상 밝히는 분향을 올리시라
그때 그대는 보게 되리라
'대한여자독립원'이라 쓴
아낙의 혈서와 무명지를 보게 되리라

경북 안동 출신 남자현,
열아홉에 유생 김영주와 혼인하여
밥짓고 빨래하고 유복자나 키우다가
딱 깨친 바 있어

61   고정희, 『여성해방출사표』, 앞의 책, 124쪽.

안동땅에 자자한

효부 열녀 쇠사슬에 찬물을 끼얹고

여필종부 오랏줄을 싹둑 끊으니

서로군정 독립단 일원이 되니라

북만주벌 열두 곳에 해방의 터를 닦아

여성 개화 신천지 씨앗을 뿌리며

국경선 안과 밖을 십여 성상 누비다가

난공불락, 왜세의 도마 위에

섬섬옥수 열 손가락 얹어 놓고 하는 말

천지신명 듣거든 사람세상 발원이요

탄압의 말뚝에 국적 따로 있으리까

조선여자 무명지 단칼에 내리치니

피로 받아쓴 대한여자독립원

아직도 떠도는 아낙의 무명지[62]

고정희는 남자현이 원래 가부장사회가 요구하는 순종적인 평범한 아낙으로서의 삶을 살았음을 역설한다"열아홉에 유생 김영주와 혼인하여 / 밥짓고 빨래하고 유복자나 키우다가". 그러나 스스로 "딱 깨친 바 있어", 남성중심 사회질서가 강요하는 "효부 열녀", "여필종부"와 같은 여성 예속의 삶을 거부하고 철저히 남성의 공적영역인 "서로군정 독립단"의 일원이 되어 활동한다. 자신의

62　위의 책, 124~125쪽.

무명지를 "단칼"에 내리치는 남자현의 모습은 역사책에 등장하던 남성영웅의 기개와 단호함이 엿보인다. 남자현이 가부장제가 여성에게 거의 강제로 요구하는 관습에 저항하고 당당하게 사회적 인간으로서 역사 속으로 투신하여 적극적으로 살아가는 삶의 모습은 "여성 개화 신천지 씨앗"을 뿌리는 선구자적 역할을 한 것으로 여성사에서 의의가 크다. 고정희는 실제로 남자현이 혈서로 썼던 '조선독립원'이라는 글자를 "대한여자독립원"으로 바꿈으로써, 남자현을 독립운동에 참가한 여성투사로서의 이미지를 부각시킴과 함께 여성억압의 사슬을 용감하게 끊어버린 해방의 인물로서 역설한다.[63] 정효구의 말을 빌리면, 고정희의 시는 마치 "남성만의 역사로 완벽하게 무늬맞춰진 것 같았던 과거사" 속에서 "여성사가 어떻게 자기들만의 목소리를 내며 숨어 있었던가에 주목한다."[64] 이렇게 가부장적인 시각 안에서 무시되고 왜곡되던 여성들의 삶의 이야기는 『여성해방출사표』에서 되살려지고 구체적인 목소리를 지닌 존재로서 재발견된다. 고정희는 남자현을 통해 어떤 억압의 상황에서도 쓰러지지 않고 의연히 살아온 여성의 삶을 재해석하고, "무명지"를 잘라서까지 흔들리는 조선 말기의 나라를 억척스럽게 지키려 했던 여성의 힘을 재평가한다.

나아가 「반지 뽑기 부인회 취지문」에서 고정희는 국채보상 운동의 일

---

63 구명숙은 고정희가 시에서 능동적이고 적극적이며 뚜렷한 목적을 가지고 살아가는 주체적인 삶의 모습을 지닌 여성을 묘사한다고 지적한다. "여성들이 주어진 운명에 수동적으로 순응만 하고 있지 않으며 주체적 인간관을 확립해 가고 있다는 긍정적 지표를 확인시킨다." 이는 수동적이고 의존적이며 숙명적인 삶을 살아가는 전통적인 여성상을 부정하는 동시에 남성적인 용맹과 정의로움의 상징인 전통적인 남성상을 해체시키고 있다. (구명숙, 「80년대 한국 여성시 연구―고정희 시에 나타난 여성성 일탈 양상을 중심으로」, 『한국학연구』, 숙명여대 한국학연구소, 1996, 39쪽.)

64 정효구, 「고정희의 시에 나타난 여성의식」, 『인문학지』 17, 충북대 인문과학연구소, 1999, 43~86쪽.

환으로 만들어진 '반지 뽑기 부인회'의 활동과 정신을 다시 찾아낸다.[65] 1907년 식민주의 시기에 일본에 진 빚을 갚기 위해 일어난 국가적 차원의 운동인데, 부인들이 반지를 뽑아 빚갚기 운동에 앞장섰던 역사적 사건이다. 시인은 이러한 역사적 사실을 근거로 그 당시 여성들의 진보적 사유를 재해석한다. 조선조 여성들은 "학문과 나랏일에 종사치 못하고 / 다만 방직과 가사에 골몰"할 뿐 국가의 중대한 일에 배제되었던 가부장적 여성 억압의 현실을 비판한다. 이에 여성들은 국채보상운동에 적극적으로 참여하여 국가의 공적인 일에 남성과 함께 참여하기를 간절히 열망하고, 아울러 남녀평등을 실현하는 여성해방의 기회로 삼는다"기우는 나라의 빛을 갚고 보면 / 풍전등화 같은 국권회복 물론이요 / 여권의 재앙 말끔히 거둬 내고 / 우리 여자의 힘 세상에 전파하여 / 남녀동등권을 찾을 것이니". 이 취지문은 여성의 억압에서 해방되려는 여성들의 단호하며 결의에 찬 목소리로 끝을 맺는다.

대한의 여성들이여,
반만년 기다려온 이 자유의 행진에

삼종지도의 가락지 벗어 던져
새로운 세상의 징검다리 괴시라[66]

반지 뽑기 운동에 동참하여 가락지를 벗어 던짐으로써 "삼종지도"로

---

65   고정희는 "반지 뽑기 부인회"라는 명칭은 『대한매일신보』 1907년 4월 22일자를 참고하여 국채보상운동의 발원지이자 최초로 여성 참여지였던 대구 지방 「탈환회 취지서」 원문을 전용하였다고 시의 각주를 인용하여 밝힌다. (고정희, 『여성해방출사표』, 앞의 책, 122쪽.)
66   위의 책, 123쪽.

표상되는 여성예속의 굴레를 벗어나겠다는 의지를 표명한다. 고정희가 인용하는 취지문 전문에서 국채보상운동의 일환으로 시행되었던 반지 뽑기 운동은 여성들의 뚜렷한 자의식과 진보적 성향이 그대로 반영되었음이 발견된다. 이처럼 고정희는 여성주의 시각에서 역사적 기록과 서술에서 침묵하던 여성의 목소리를 복원하여 선각자 여성들의 투철했던 역사의식을 새롭게 조명한다.

4. 나가는 말

서로 다른 사회적·역사적·문화적 상황에 살았지만 동시대 시인들이라 할 수 있는 이반 볼랜드와 고정희의 시들은 남성 중심적인 시각에 의해 왜곡된 여성의 이미지를 여성주의 관점에서 재해석 할 수 있는 가능성을 보여주며, 나아가 두 시인은 역사 안에서 침묵하던 여성의 목소리를 복원하여 형상화한다. 볼랜드의 시는 아일랜드의 가부장적 문학전통 안에서 여성이 시를 쓴다는 것은 역사에 대한 탐구가 여성의 정체성에 관한 고찰과 분리될 수 없음을 드러낸다. 오랫동안 신화의 세계에만 갇혀서 남성 시인들의 시적 장식물로 묘사됐던 여성을 역사 안에서 실제로 존재하는 현실적인 모습으로 다시 그려내는 것은 여성 시인의 주된 임무였다. 볼랜드는 남성 시인들이 묘사했던 비현실적인 여성의 이미지를 탈피하고 역사적 변화와 흐름 안에서 묵묵히 삶을 지탱하며 살아가는 강인한 여성의 모습을 재발견한다. 무엇보다 볼랜드는 가부장적 거대 서사에 갇힌 '일상성'의 부재를 아일랜드 역사의 질곡을 경험하는 여성의 삶의 묘사를 통해 회복시킨다. 시인은 사적영역이라 할 수 있는 가정사에 관계된 일들 — 예를 들어, 차 만들기, 요리하기, 아이 돌보기, 남편에게 옷 챙겨 주기, 등등 — 을 화자의 역사의식이나 역사성을 묘사할 때 시적 소재로 적극적으로 채택한다. 볼랜드에게 여성들의 삶을 역사 안에 각인시키는 방식은 일상성을 인간 삶의 전체 속에, 즉 국가, 역사, 문화 안에 위치시키는 것이며, 이는 사적영역과 공적 영역의 이분법적 경계를 해체하는 작업이기도 하다.

볼랜드의 차분하고 서정적인 어조와는 사뭇 대조적으로, 고정희는 성차별구조에 대한 고발과 분노의 시적 정서를 매우 직접적이고 신랄한 어조로 표출한다. 확실히 김영혜가 "여성 시인들이 안이하게 써 대는 몽롱하고 얄팍한 감상주의와 고정희 시는 아예 족보를 달리한다"는 지적은 설득력이 있다.[67] 특히, 『여성해방출사표』는 가부장사회 여성억압의 근원에 대한 시인의 비판적 성찰이 치열하게 나타난다. 고정희는 여성주의 시각과 목소리를 통하여 가부장제가 서술한 역사 안에서 왜곡되고 폄하된 여성들에 대한 재평가와 여성들의 삶을 재해석한다. 황진이, 신사임당, 허난설헌과 같은 선각자적 여성들의 삶에서 드러나는 진보적 사유와 여성해방운동의 뿌리를 발견한 것은 이 시집이 지닌 뚜렷한 성과이다. 이를테면, 시인은 여성 억압의 현실을 극복하기 위한 대안으로 여성사를 재발견하여 다시 쓴 것이다. 때때로 볼랜드가 역사의 주변부로 밀려났던 일상성을 강조하는 것은 여성의 영역을 사적인 영역으로 제한하는 것이 아니냐는 오해를 받을 수도 있으나, 시인의 의도는 일상성에 내재된 역사의 상흔과 역사적 비극에 동참하는 여성 화자들의 강인한 의지를 드러내는 데 초점이 있음을 간과해서는 안 된다. 또한 고정희의 『여성해방출사표』

---

67   김영혜, 「고독과 사랑, 해방에의 절규─故고정희의 시세계」, 『문예중앙』, 1991년 가을, 178쪽.

는 시의 주제와 목적의식이 지나치게 강렬한 나머지 예술성이 다소 결여되는 지점은 아쉬움으로 남기도 한다. 이경희는 고정희의 시에서 "다듬어지지 않은 직설의 언어, 승화되지 못한 분노, 개인의 가치관 강요"를 여성주의 시각에서 벗어난 것으로 비판하기도 한다.[68] 하지만 고정희 시가 여성의 억압에 대한 시인의 분노만을 표출하는 것이 아니라, 억압의 근원에 대한 진지한 고찰과 자매애 고취를 통한 여성해방의 대안까지 제시하는 것에서 보다 큰 의미를 찾아야 한다. 애드리엔 리치Adrienne Rich는 여성들이 시를 쓰는 것은 가부장적 세계를 "다시 명명하는 것renaming"이라고 밝힌바 있다"When We Dead Awaken : Writing as Re-Vision".[69] 여성시인은 기존의 동굴안의 그림자는 현실이 아니라 남성담론에 의해 만들어진 허구라는 사실을 인식하고 시 쓰기를 통해 사회를 새롭게 재구성 한다. 이는 '새롭게 바라보기re-visioning,' 즉 새로운 눈으로 보는 행위, 과거의 텍스트를 새로운 비평적 견해를 가지고 분석하는 행위를 의미하기도 한다. 리치가 역설한 여성시인들의 '새롭게 바라보기' 시 쓰기는 볼랜드와 고정희가 구현한 시적 주제라 할 수 있다.

---

68 이경희, 앞의 글, 211쪽.

69 Rich, Adrienne. "When We Dead Awaken : Writing as Re-Vision", *On Lies, Secrets, and Silence : Selected Prose 1966-1978*, New York : W.W. Norton & Company, 1979, p.43. 리치의 페미니스트 시론에 대해서는 박주영, 「애드리엔 리치의 페미니스트 시론」, 『현대시』, 2005년 9월호, 77~84쪽 참고.

땅의 사람들을 기억하고 살리는 목소리

고정희와 조이 하조의 생태시학
정은귀

1. 들어가며

우리가 발 딛고 선 땅에서 우리는 미래를 꿈꿀 수 있는가? 팬데믹으로 인해 지축이 흔들리는 경험을 한 우리로서는 단번에 고개를 저을 것이다. 팬데믹이 오기 전에 우리는 우리가 알고 있는 이 세계를 단단하다 여겼는가? 누군가는 고개를 끄덕일 것이고 누군가는 고개를 가로지을 것이다. 1987년 고정희 시인은 우리가 살아가는 이 터전이 쩍쩍 금이 간다고 했다. "어디선가 조금씩 금가는 소리 들리네 / 쩍쩍 금가는 소리 들리네 / 오늘에서 내일로 내일에서 모레에로 / 쩍쩍 금가는 소리 들리네"「땅의 사람들 11」, 『지리산의 봄』. 흔들리는 평화와 흔들리는 희망을 시인이 뼈아프게 되새긴 1987년을 지금부터 거슬러 꼽아보면서 필자는 소스라치게 놀랐다. 삼십오 년 전이기 때문이다. 그런데 그 삼십오 년 전의 시간은 여전히 어제처럼 생각되기도 한다. 시간은 일직선으로 나란히 흐르지 않고 손수건처럼 접혔다가 주름이 지기도 하고 포개어져 미래가 과거를 만나기도 한다는 걸 확인하는 순간이다.

이 글은 고정희 시인과 미국의 원주민 시인 조이 하조를 함께 읽으면서 그들이 그리는 오래된 미래의 시를 통해 새로운 생태시학의 가능성을 들여다보고자 한다. 한 시인은 세상을 떠났고 한 시인은 미국에서 여전히 시의 전사로 활발히 활동 중이다. 지금 시절, 두 시인을 함께 호출할 필요성을 더 절실히 느끼는 까닭은, 우리가 발 딛고 살아가는 이 터가 쩍쩍 금이 가는 현실을 지금 더 실감나게 느끼기 때문이겠다. 이때의 "터"는 우리가 발 딛고 있는 물질로서의 땅이기도 하거니와 정신적 가치의 총합으로써 지금 시대의 우리를 규정짓는 존재 조건이기도 하겠다. 그러므로 시인의 진단은 자연적, 물리적 조건으로서의 땅이 금가는 현실뿐만 아니라 폐허의 시절, 시대정신에 대한 질문이기도 할 것이다. 두 시인의 시를 비교하여 읽으면서 이 글은 시의 언어가 우리 시대의 현장에서 갖는 현재적 의미를 되새기고자 한다. 그리고 두 시인의 시 작업이 "오늘에서 내일로 내일에서 모레에로" 쩍쩍 금이 가는 지금 시대의 여러 아픈 소리들, 제 몫이 없이 살아가는 자, 목소리를 빼앗긴 자들에 귀 기울이는 행위였다는 것을 들여다보고자 한다.

귀를 기울인다는 적극적인 읽기의 방식으로 땅과 대지를 축으로 하여 시인의 사랑 깃든 언어에 초점을 맞추는 본 작업은 그간 고정희 비평사에서 큰 주목을 받지 못했던 생태시학적 관점에서 시인의 시를 읽고자 하는 시도다. 고정희 시 비평사를 훑어보면, 여성주의와 탈식민주의 등 정치적 실천의 관점, 혹은 기독교 신학의 관점에서 꽤 많은 논의가 있어 왔고, 시의 서정성과 발화 방식, 연시에 드러난 목소리 연구 등에 대한 연구도 많이 진행되어 왔음을 알 수 있는데, 생태시학적 관점에서, 더구나 영미 시인과의 비교 연구는 거의 진행된 바가 없다. 생태시학이 비평적 틀로 들어온 것이 최근의 일이고, 최근 들어 페미니즘과 생태 비평이 결합된 에코페미니즘적 관점에서 많은 작품이 비평적 조명을 많이 받고 있지만, 언어가 다른 두 시인을 비교 연구하는 작업은 그다지 많지 않았던 탓이다. 고정희 비평사에서 빠진 하나의 매듭을 채우는 시도로 이 글은 고정희 시의 여성적 특질이 기존의 생태시학과 어떻게 차별화되는지 들여다보면서 80년대의 저항적 시인으로서의 이미지가 고정되어 온 시인 고정희의 비평 지도를 확장하고자 한다.

고정희 시인1948~1991과 아메리카 인디언 시인 조이 하조Joy Harjo, 1951~를 함께 읽으려는 작업은 여러 면에서 흥미롭다. 일단 두 시인의 시 세계를 일별해 보면 땅과 대지에 대한 관심이 유난히 크다는 것을 알 수 있다. 이 땅에서 제 목소리를 내지 못하고 낮게 엎디어 사는 땅의 사람들을 특유의 활달한 언어로 포착한 고정희 시인의 작업은, 처음부터 주인이었던 땅, 아메리카 대륙에서 그 땅과 언어를 빼앗긴 채 절멸의 과정을 겪어 온 종족의 슬픈 상실의 역사를 시화한 조이 하조와 절묘하게 겹쳐진다. 여성주의와 탈식민주의적 시각이 결합되어 드러나는 이 두 시인의 작품을 생태시학적 관점에서 다시 읽는 작업은, 한편으로는 기존 평단에서 주로 백인 / 남성 시인들이 주도해온 심층생태학 중심의 생태시학과 어떤 차이가 있는지를 들여다보는 작업이면서, 동시에 그간 주류 비평에서 소외되어 온 두 시인의 시, 이들의 가난한 시의 언어가 지금 시대를 살아가는 우리 의식에 무엇을 새롭게 깨우치는지, 그리하여 이들 두 시인의 여성적 글쓰기가 시라는 미학적 형식을 통하여 어떤 정치성을 획득하는지도 함께 논의하는 자리가 될 것이다.

2. 대지의 언어와 조이 하조의 시

2019년부터 2020년 미국의 계관시인이었던 아메리카 인디언 여성 시인 조이 하조는 생태주의적 사유가 탈식민주의 및 여성주의적 관점과 만나는 지점을 잘 보여준다는 점에서 고정희 시인과 절묘하게 겹쳐진다.[1] 땅과 언어를 잃고 대규모 종족 말살의 역사를 거치면서 그동안 미국사에서 철저하게 가려져 왔던 미국의 원주민 문학이 조명을 받기 시작한 것은 70년대 이후의 일이다. 체로키 인디언 작가 스캇 마머데이[N. Scott Moma-day, 1934~]가 퓰리처상을 받으면서 미국 문단에 원주민 작가의 존재를 알린 것이 1969년의 일인데 조이 하조는 레슬리 마몬 실코[Leslie Marmon Silko] 등 1세대 작가들이 이끈 "미국 원주민 문예부흥[Native American Renaissance]"의 뒤를 이은 2세대 원주민 시인으로 분류된다. 시인에게 있어 가장 큰 아이러니는 원주민 동화정책의 일환으로 시행된 영어 공교육 덕분에 영어로 작품 활동을 하기에 결과적으로 아메리카 인디언 문학을 알리는 데는 유리해졌지만, "적의 언어[the enemy's language]"라는 "악의에 찬 도구[a vicious tool]"를 사용하는 비극적 운명에 처하게 되었다는 인식이다.[2] 잊혀진 부족의 역사

---

1   조이 하조는 1951년 오클라호마 털사(Tulsa, Oklahoma)에서 태어났다. 아버지는 무스코기 크릭(Muscogee Creek)족 출신이고 어머니는 체로키(Cherokee)와 프랑스 혼혈이다. 1975년 첫 시집 『최후의 노래(*The Last Song*)』를 시작으로 지금까지 많은 시집을 낸 시인인 동시에 페미니스트, 사회 운동가, 음악가, 영화작가로서도 활발히 활동하고 있다. 1983년 출판된 시집 『그녀에겐 말 몇 필이 있었네(*She Had Some Horses*)』와 1990년 출판된 『미친 사랑과 전쟁 속에서(*In Mad Love and War*)』, 1994년 출판된 『하늘에서 떨어진 여자(*The Woman Who Fell from the Sky*)』가 평단의 주목과 상찬을 받았으며 종족의 절멸의 역사를 시 쓰는 행위 속에서 되살리는 일을 지속적으로 해오고 있다.

2   조이 하조는 아메리카 원주민들의 작품집을 엮어내면서 시를 쓰는 행위를 "적의 언어로 말하기"에 빗댄 바 있다. 빌 올(Bill Aull), 브루스 모건(Bruce Morgan) 등과의 대담에서 하조는 백인들이 원주민에게 자행한 잔혹한 식민화 과정에서 미국 원주민들은 언

와 사라진 종족의 언어에 대한 기억을 "영어"로 "다시 쓰기"해 온 시인이 미국의 다른 주류 생태시인들과 다른 언어관을 가지게 된 것은 아메리카 인디언으로서의 정체성, 즉 그 땅이 낳았지만 그 땅의 역사에 배반당한 운명을 생각하면 그리 놀라운 일은 아니다.

하조에게 있어 "대지의 언어"는 그러므로 영어가 아니면서 또 영어일 수밖에 없는 현실적 아이러니에서 출발한다. 시인에게 대지의 언어를 찾고 노래하는 과정은 단절에 대한 자각에서 출발하여 그 단절을 메꾸어 나가야 하는 절체절명의 먼 길이기도 하다. 물론 일차적으로 이 단절은 문명 자체의 폭력성에 내재된 문제 즉 자연과 인간의 단절일 것인데 특히 하조가 보는 미국 사회는 이 폭력성이 '이성reason'의 이름으로 더 극단적으로, 동시에 합법적으로 드러나고 있는 곳이다. 나아가 이 단절은 아메리카 인디언으로서 시인의 종족의 생명이 깃든 터가 문명에 유린된 절멸의 역사와 바로 닿아 있다. 터/대지는 백인들의 시각에서는 "황야wilderness"이며 "두려운 나머지 정복되어야 할conquered because of fear" 대상이다. 이처럼 땅도 잃고 사람도 잃고 언어도 잃은 도저한 절망적 상황에서 가장 큰 아이러니는 영어가 시인에게 합법적 목소리를 갖게 했다는 사실이다. 영어는 "유럽의 정신에 바탕을 둔 것 이외의 모든 것을 부정하는" 언어가 되는 데 말이다.[3] 그러므로 조이 하조의 시 쓰기는 박탈당하고 빼앗겼던 '대지의 언어'를 회복하는 과정이고 그 회복은 바로 자신들의 역사를 앗

어를 빼앗기고 언어와 더불어 오랜 세월 이들을 지켜온 가치체계, 세계관, 자연관의 관계를 상실했다고 이야기한다. 언어 특히 영어에 대한 시인의 좌절감은 "영어가 악의에 찬 도구가 되었던 식민화 과정에서 비롯"되는데 시인에게 언어는 "문화이며, 인간에게 작용하고 인간으로 하여금 그에 반응하도록 만드는, 그 자체가 공명하는 생명의 형태이다."(Coltelli, Laura, ed. *The Spiral of Memory : Interviews*, Ann Arbor : U of Michigan P, 1996, p. 99.)

3   Ibid, pp. 63~64.

아간 바로 그 사람들의 언어로 이루어진다. 시집『그녀에겐 말 몇 필이 있었네*She Had Some Horses*』에서 시인은 노래한다.

땅이 말을 했지 앨버 벤슨이 태어날 때.
어머니는 그 말을 듣고 나바호語로 답했지.
땅에 쪼그리고 앉아
아이를 낳으면서.

And the ground spoke when she was born.
Her mother heard it. In Navajo she answered
as she squatted down against the earth
to give birth.[4]

앨버가 태어나는 이야기로 시작하는 시, 「앨버 벤슨을 위하여, 그리고 말하는 법을 배운 이들을 위하여"For Alva Benson, and Those Who Have Learned to Speak"」에서 시인은 앨버가 태어날 때 앨버의 엄마가 땅에 쪼그리고 앉아 대지의 소리를 들었다고 말한다. 하지만 세월이 흘러 어른이 된 앨버는 모르타르와 콘크리트로 만들어진 인디언 병원에서 금속의 족쇄에 묶인 채 아이를 낳는다.

모르타르와 콘크리트 밑에서도 땅은
여전히 말을 했지. 앨버는 금속 족쇄들에 맞서

---

4   Joy Harjo, *She Had Some Horses*, New York : Thunder's Mouth P, 1983, p. 33.

버둥거렸고 사람들은 앨버의 양 손을 묶었지,

그들이 앨버의 비명을 틀어막을 때도 앨버가

계속 말을 했기 때문이지. 하지만 앨버의 몸이

계속 말을 이어갔고 아이가 태어나 그이들의

손에 맡겨지고, 그 아이는 배우게 되었어.

두 목소리로 말하는 법을.

The ground still spoke beneath

mortar and concrete. She strained against the

metal stirrups, and they tied her hands down

because she still spoke with them when they

muffled her screams. But her body went on

talking and the child was born into their

hands, and the child learned to speak

both voices.[5]

이 시에서 흥미로운 점은, 원주민의 후예이면서 대지의 음성을 들을 수 있도록 자란 앨버와 앨버의 아이가 땅과 맺는 관계이다. 모르타르와 콘크리트로 세워진 문명의 병원에서 아기를 낳는 과정은 그리 행복해 보이지 않는다. 앨버를 묶은 "금속의 족쇄"는 문명화된 세계에선 환자 / 산모를 지키는 도구이지만 자연적이지 않고 억압적인 힘을 행사하는 도구이고 거기 제압당한 주인공에게 말을 거는 것은 다름 아닌 대지 / 땅이

---

5   Ibid, p.33.

다. 모르타르와 콘크리트 아래에서 "땅이 여전히" 말을 하고 있는 것이다. 태어난 아기를 묘사하는 부분이 독자의 마음을 슬몃 아프게 건드리는데 그렇게 해서 태어난 앨버의 아이는 "그이들의 손에 맡겨"지고 "두 목소리로 말하는 법을 배워"나가기 때문이다. 아마도 그 아이는 또 콘크리트 위에서 아이를 낳고 그 아이의 아이는 두 언어를 간신히, 더 힘겹게 배워 나갈 것이다.

아메리카 인디언 고유의 대지의 언어를 계속 지켜나가기 어려운 상황에서 앨버의 아이는 두 목소리, 즉 나바호 인디언 말과 언어로 말하면서 "잠결에 여러 이름들을 듣는다. 그 이름들이 다른 이름으로, 또 다른 이름으로 바뀌The child now hears names in her sleep / They change into other names, and into others"도록 하는 것은 대지가 웅얼거리기 때문이다. 대지의 웅얼거림 속에서 아메리카 인디언들은 "계속 나아가며 아이를 낳고 스스로가 죽어가는 모습을 거듭 지켜보게And we go on, keep giving birth and watch ourselves die, over and over" 되는 것이다. 이 순환의 과정, 빼앗긴 종족의 역사 너머를 살아가게 하는 것은 다름 아닌 땅 / 대지, "우리 밑에서 회전하면서 계속 말을 거는 대지 the ground spinning beneath us / goes on talking"임을 시인은 재차 강조한다.[6]

대지에 의탁해 말을 배우며 살아갈 힘을 얻는 앨버 벤슨의 운명은 시인 자신이 꿰뚫어 본 지금 시대 아메리카 인디언들의 운명, 시인 자신의 운명과 흡사하다. 즉, 자기 종족의 언어를 말살한 "적의 언어"로 다시 말하기를 배워 그 언어로 시를 쓰는 자신의 운명 말이다. 여기에서 흥미로운 점은 언어 자체에 대해서도 시인의 도저한 긍정성이 발휘된다는 사실인데, 시인은 비록 영어를 사용하지만 백인들의 가치에 수동적으로 끌

---

6   Ibid, p.34.

려 들어가지 않고 문학적 표현 양식을 적극적으로 바꾸어 나가는 정치적 결단을 행하는바, 그 점에서 시인의 시 쓰기는 적의 언어를 "새로 바꾸는 reinventing" 적극적인 전복 행위인 것이다.[7] 그렇기 때문에 시인은 "돌과 피로 만들어진made of stone, of blood" 도시의 거대한 콘크리트 더미를, 그리고 그 아래 숨은 땅의 힘을 똑바로 본다. 또 다른 시 「앵커리지Anchorage」에서 시인은 도시 아래 꿈틀대는 땅의 에너지를 응시한다.

> 언젠가 들끓는 땅의 폭풍이 거리에 틈을 벌렸고
> 도시를 열어 젖혔어.
> 이젠 고요해. 하지만 콘크리트 아래엔
> 끓고 있는 땅
>
> 또 그 위엔 하늘,
> 또 다른 바다, 우리 눈에 보이지 않는 정령들이
> 춤추고 장난치고 구운 순록 고기로
> 배를 채우는 바다, 그리고 기도는
> 계속 되고 뻗어나가지.

Once a storm of boiling earth cracked open

---

7   데이빗 머레이(David Murray)는 영어를 이처럼 적극적인 투쟁의 방식으로 전환시키는 아메리카 인디언들의 작업을 "탈식민의 과정"(a process of decolonization)으로서의 번역(translation)이라고 보는데 여기에서 영어라는 언어는 미학적 표현 방식을 넘어 정치적 문화적 차원에서 힘을 갖는 유효한 도구가 된다. (David Murray, "Translation and meditation.", *The Cambridge Companion to Native American Literature*, Ed. Joy Porter and Kenneth M. Roemer. Cambridge : Cambridge UP, 2005, p. 77.)

the streets, threw open the town.

It's quiet now, but underneath the concrete

is the cooking earth.

and above that, air

which is another ocean, where spirits we can't see

are dancing joking getting full

on roasted caribou, and the praying

goes on, extends out.[8]

이 시에서도 문명화된 도시 아래 여전히 들끓는 에너지로 가득 찬 대지가 등장한다. 콘크리트 더미 아래에서 요란한 에너지를 뿜어내는 대지의 기운은 아메리카 인디언들의 운명과 흡사하다. 문명의 역사 속에 매몰되어 버렸지만 눈에 보이지 않는 정령의 기운으로 언젠가는 다시 그 메마른 지표를 뚫고 나올 것을 시인은 믿는다. 콘크리트의 도시, 원주민들과 흑인들이 대부분인 감옥의 도시, 6번가 감옥에 대한 시인의 회상에서 시인은 L.A.의 술집 앞에서 8발의 총상을 입고도 무사한 헨리에 대한 이야기를 꺼낸다. 8발의 총상으로도 무사하다니! 구멍 난 것은 그의 몸이 아니라 8개의 카트리지였다는 동화처럼 믿을 수 없는 이야기를 들려주면서 시인은, 이야길 듣고 모두가 웃어넘긴 그 "불가능"한 생존이 "진실"이었다는 걸 새삼 강조한다. "모두가 그건 불가능한 일이라며 비웃었지. 하지만 그건 사실Everyone laughed at the impossibility of it, / but also the truth, p.32."이었

---

8   Joy Harjo, *She Had Some Horses,*op. cit, p.31.

던 것이다. 도시 공간에서 흔히 일어나는, 생과 사의 갈림길에 선 이 웃지 못할 사건을 통하여 시인은 아메리카 인디언들, 즉 우리 모두의 생존의 역사 또한 "끔찍하고도 멋진the fantastic and terrible story of all of our survival" 일이라 며 다시 한번 새침한 유머로 못 박는다.[9]

아메리카 인디언의 전통적인 언어가 아닌 "적의 언어"인 영어로 시를 쓰는 조이 하조에게 대지는 다시 복원하고 기억할 힘을 주는 원천이 된 다. 시인에게 늘 말을 거는 대지의 언어는 그러므로 영어로 시를 쓰는 가 운데 획득되는 전복적인 에너지이기도 하다. 하조의 시 면면에 흐르는 이 처럼 도저한 긍정의 정신은 다른 생태 시인들이 견지해 왔던 문명에 대 한, 현대 문화에 대한 지극히 비판적인, 때로는 비관적이기도 한 사유와 비교해 볼 때 남다른 측면이 있다. 이 남다름은 시인이 대지에 대해 끝까 지 기대고 있는 어떤 희망과도 통하며 이 희망은 하조의 시에서 기억하 는 행위, 뒤로 돌아가는 행위로 실천성을 얻는다. 땅이 두려움의 대상이 며 정복해야 할 대상이었기에 약탈과 착취의 역사가 가속화되었고, 문명 의 착취가 땅에게서 모든 생기를 앗아갔다는 시인의 자각은 아메리카 인 디언들의 멸절의 역사를 지금 이 곳의 현실 안에서 다시 새기는 것을 가 능하게 한다.

기억하는 행위를 통하여 단절을 넘어선 변화 속에서 대지의 언어를 다 시 불러올 때, 여성이자 아메리카 원주민으로서 시인이 도달하는 생태적 비전은 자연대 문명의 대립각을 세워 문명 비판적인 일갈에 몰두하는 많 은 다른 생태시인들에 비해 돋보이는 측면이 있다. 가령, 대지에서 "재생" 의 에너지를 힘주어 찾아내는 시인의 시선은 다른 생태시인들, 가령 미국

---

9   Ibid, p.32.

시사에서 주목받았던 로빈슨 제퍼스^{Robinson Jeffers}, 애먼즈^{A. R. Ammons}, 개리 스나이더^{Gary Snyder}, 웬델 베리^{Wendell Berry} 등 남성 작가들에 비하여 더 땅에 닿아 있는 시선으로 현실을 바라보고 구체적으로 진단하고 또 궁극에는 긍정적인 힘을 찾는다.

시인은 백인 남성 시인들이 몰두했던 신화 만들기나 실험적 언어 형식을 찾아 들어가는 방식을 택하지 않고 소통, 관계를 중시하는 여성적 원리의 회복 안에서 답을 찾는다. 가령, 가령, 「뒤로"Backwards"」라는 시에서 시인은 인간이 자연에게서 점점 멀어지는 상황을 모서리가 찢기고 절단되는 달의 이미지로 그려낸다. 달의 훼손은 곧 대지의 훼손이며 인디언들이 처해있는 상황 그 자체이기도 하다. 스캇 브라이슨^{J. Scott Bryson}은 이를 "언어와 합리성에 의해 자행되는 상징적인 절단"이라고 표현하는데,[10] 흥미로운 점은 또 다른 시 「달빛"Moonlight"」에서 시인은 다시 달을 빌려 와 지구의 기억을 간직하고 있는 달을 통하여 우주의 순환에 참여하는 인간의 모습을 그린다. 그 점에서 자연대상은 살아 있는 주체로 꿈틀거리고 그 자연과의 관능적인 결합 속에 우리는 살아 있음을 현재형으로 느낄 수 있는 것이다. 때로 그 시선은 무척이나 관능적이기도 한데, 가령,

벌거벗은

그런 아름다움.

　봐.

우린 살아 있잖아. 우리를 바라보는 달의 여인

그리고 그녀를 바라보는 우리, 서로를

10　J. Scott Bryson, "Finding the Way Back : Place and Space in the Ecological Poetry of Joy Harjo." *MELUS* 27.3, 2001, p.189.

알아보면서.

Naked,

Such Beauty.

    Look.

We are alive. The woman of the moon looking

at us, and we looking at her, acknowledging

each other.[11]

한편으로 달이 우주적인 순환의 원리 안에서 여성성을 상징하는 비유이기도 하기 때문에 달의 훼손은 곧 모성의 훼손이 된다. 그만큼 달과 교통하는 방식은 구체적인 감각으로서 우리 가 이 우주의 순환구조 안에 합체되는 것이고 그 그물망 속에서 존재의 완결성이 가능해는 것이다. 사랑을 나누는 연인들처럼 감각적이고 관능적으로 달을 그려내는 시인의 시선은 합일을 향한 "의식"과도 같다.[12]

이처럼 구체적인 감각으로서 "땅에 뿌리 내린 언어land-based language"로 시를 쓰고자 하는 조이 하조에게 땅은 인간이 살아가는 단순한 물리적 공간이 아니라 오랫동안 축적된 전통과 역사가 아직도 숨 쉬고 있는 터전이다. 그 터전을 되살리는 일은 물론 종족의 기억을 되살리는 시인의

---

11   Joy Harjo, *She Had Some Horses,* op. cit, p.60.

12   알렌(Paula Gunn Allen)는 「신성한 테」("The Sacred Hoop")에서 노래와 기도로 이루어진 인디언들의 "의식"(ceremony)이 합일에의 소망을 드러내는 것이라고 이야기한다. (Paula Gunn Allen, "The Sacred Hoop." *The Ecocriticism Reader*, Ed. Cherull Glotfelty & Harold Fromm. Athens : U of Georgia P, 1996, p.249.) *The Sacred Hoop : Recovering the Feminine in American Indian Traditions*도 참고할 것.

시작詩作 과정에 있고 시인이 그려내는 대지의 언어는 남성 시인들이 주축이 되었던 주류 생태시학의 폭을 넓히는 동시에 땅과 대지, 여성, 식민화의 문제 등의 관점에서 고정희 시인의 문제의식과 절묘하게 만나는 접점을 보여준다.

3. 고정희와 땅의 사람들

하조의 시에 드리우는 도저한 긍정성이 약탈과 소멸이라는 아메리카 인디언의 슬픈 비극의 역사를 딛고, 또 그 비극의 역사가 낳은 언어적 아이러니의 상황에서 얻어진 것이기에 그 의미가 더 큰 것처럼 고정희 시에서 드러나는 희망 또한 약탈과 폭력 뒤에 오는 낮은 음성으로 모습을 갖춘다. 고정희의 시에서도 이 땅을 사는 사람들이 느끼는 이상과 현실의 간극은 뚜렷이 드러난다. 1987년 발표된 『지리산의 봄』에서 시인은 이전 시편들의 투쟁성이 한층 깊이 있는 서정으로 심화된 시편들에서 비극적 역사의 이면에서 버림받은 자들을 그려낸다. 성민엽은 이전 시편들에서 주조를 이루었던 활발한 열정과 투쟁의 목소리 대신 슬픔 잦아진 서정의 목소리로 고정희 시의 변화가 시작되었다고 보는데, 고정희 시에서 두드러졌던 "강한 투쟁성"의 직접적인 표출 대신 이 시편에 흐르는 슬픔과 기쁨의 눈물을 긍정적으로 평가한다.[13]

---

13 성민엽, 「갈망하는 자의 슬픔과 기쁨」, 고정희, 『지리산의 봄』, 1987, 135쪽.
  페미니즘 진영에서든 탈식민주의적 관점에서든 그간 고정희 시에 대한 평가도 주로 선명하고 강렬하게 드러나는 투쟁성에 주로 초점이 맞추어져 있었다. 고정희 시의 서정성에 대한 논의는 비단 여성적인 글쓰기의 관점에서뿐만 아니라 탈식민주의적, 페미니즘적 관점에서도 모두 중요한 위치를 차지할 터인데, 땅과 사람들에 천착하는 이 글의

즉 고정희에게 있어 눈물은 척박한 대중문화가 강조하는 센티멘털리 즘이나 패배주의의 소산이 아니라 절망과 고뇌, 분노를 넘어서는 극복을 지향하는 의지를 담고 있는 눈물이라는 것이다. 시인에게 이 땅의 상실, 박탈, 떠남과 기다림의 땅이다. 「땅의 사람들 2」에서 실감 나게 그려지듯, 시인이 꿈꾸던 민주와 자유, 즉 "民자 돌림으로 시작되는 말이나 / 自가 돌림으로 시작되는 말들"은 모두, "침묵의 관 속으로" 들어갔거나 "저승의 궁전으로" 들어갔다.[14] 폭풍우 치고 눈보라 이는 마을에는 모두 기다리는 사람들 뿐, 이들을 태워 갈 "새벽 차"는 없다. "새벽 차가 오기는 올까요"라 고 묻지만 시의 말미, "어서 고향에 돌아가야지요 / 이게 땅에 사는 사람 들 내력 아닙니까"「땅의 사람들 2」에 이르면 우리는 안다. 이들이 기다리는 새 벽 차는 아직 오지 않으리란 걸. 눈보라는 당분간 계속될 거라는 걸.

고정희가 시에 그려지는 '땅의 사람들'은 시인이 꿈꾸었던 이상적인 공 동체의 삶, 즉, 민주, 자유, 사랑, 정의, 평등이 온전히 가능한 삶, 아무런 억압이 없는 삶이 불가능해진 현실에서 간신히 울며 불며 나아가는 사람 들이다. '팔레스타인의 영가'란 제목이 붙어있는 「땅의 사람들 3」에서 시 인은 박해의 땅에 대한 비유이자 현실에 대한 보편적 지형으로서 먼 팔 레스타인를 이 땅의 현실과 중첩시켜 호명한다. 이때 자연은 땅위의 사람 들에게 별로 다감하지 못한데, "엄동설한 속에서 뽕나무를 후리던 바람" 이 불어오고, "늙은이가 젊은이의 시체를 매장하는 / 이 거대한 해골 골짜 기"라는 시어에서 이 땅의 곤궁함과 척박함이 잘 드러난다. "하늘문 열었

논의 또한 성민엽이 지적한 고정희 시의 변모를 긍정적으로 해석하고자 하는 시도라고 할 수 있겠다.

14　특별히 시집 제목을 거론하지 않고 인용되는 작품은 모두 1987년 가을에 출판된 『지리 산의 봄』에 실린 것이다. 다른 시집에 들어있는 작품을 거론할 때는 시집의 제목도 같 이 붙여둔다.

는데 다 어디 갔는가"「땅의 사람들 3」라고 묻는 시의 말미에서 시인은 이 참담한 박탈과 소외가 당장에 해결되지 않으리란 현실을 직시한다. 이러한 땅의 현실은 비단 이 땅에만 국한된 것이 아니다. 아르헨티나, 바르샤바, 팔레스타인 등 수많은 다른 땅에서조차도 "자유를 매장하는 피의 축제"가 벌어지고 "재앙의 만국기"「천둥벌거숭이 노래 7」가 펄럭인다.

각자의 동굴 속에서 울음 우는 계절의 이상한 정황이 뚝뚝 떨어진 시행의 나열로 절망감과 고독감을 더 강조하는 연작시편 「천둥 벌거숭이 노래」 외에도 고정희는 『지리산의 봄』에서 땅의 사람들이 직면한 여러 어려운 현실을 노래한다. 연작시 「지리산의 봄」에서 시인은 고향은 멀리 떨어져 있고 그곳에 돌아가기 위해서는 절망의 능선들을 넘어가야 하는 힘겨운 상황을 그리는데, 그 분노와 탄식의 목소리가 땅과 자연, 대지에 대한 자상한 관심과 꼼꼼한 시선 속에 녹아 투영되면서 대지가 만드는 환희와 기쁨의 창조로 이어지는 점이 놀랍다면 놀라운 시적 발견이다.

분노와 탄식이 현실에 대한 진단으로서 시의 큰 축을 이루고 있다면, 이상의 실현을 위해 결코 포기하지 않을 더 적극적인 희생과 헌신에의 찬미 또한 시의 다른 축을 이루면서 시인은 절망과 희망, 분노와 경탄을 겹겹이 교차하면서 절망을 넘어서는 희망을 노래하는 것이다. 그래서 "오월의 찬란한 햇살"은 슬픔을 일으켜 세우는 힘이 되고, "섬진강 허리"를 감고 도는 남서풍이 "번뜩이며 일어서는 빛"을 만들어 내 "갈비뼈 사이로 흐르는 축축한 외로움을 들추고 / 산목련 한 송이 터뜨려 놓"는 것이다「지리산의 봄 1」. 절망에 빠진 외롭고 가난한 땅의 사람들에게 전하는 땅의 목소리는 나 혼자만 듣는 것이 아니다. 앞서거니 뒤서거니 함께 가는 그대 목소리 또한 "오랑캐꽃 웃음소리" 되어 "구름처럼 바람처럼" 하늘로 오른다「지리산의 봄 1」.

이처럼 땅에서 유리되었던 사람들을 땅으로 다시 불러들여 땅에서 난 다른 생명들과의 관계 안에서 극복의 움직임을 만들어내는 시인의 시선은 인간 중심적 세계관에서는 가능하지 않은 차원의 발본적 깨달음이고 그 중심에는 땅과 대지를 사람들과 함께 사유하는 생태적 의식이 깃들어져 있다. 그래서 시인에게 산에서 부는 산바람도 산의 바람만이 아니요, 하동포구로, 광주로, 수원으로 내려가는 바람이고 산에서 피는 꽃 또한 산의 꽃만이 아니라 이 땅의 사람들의 울음과 웃음이 된다. 「지리산의 봄 3」 마지막 부분을 잠시 보자.

> 잠시 능선에 발길을 멈추고
> 분홍숲길 이루는 꽃잎 쓰다듬자니
> 다시는 고향에 올 수 없는 사람들
> 한뎃잠 설치며 웃는 소리 들리고요
> 지 한 몸 던져 불이 된 사람들
> 이산저산에서 봇물되어 구릅니다.
>
> ―「지리산의 봄 3」 부분

시인은 연하천 가는 길에 지리산의 능선이 온통 핏빛 진달래로 덮여 있음을 본다. 이 진달래를 보고 시인은 진나라의 "개자추"를 떠올리는데, 개자추는 충신이었음에도 역적으로 몰려 산으로 떠나 돌아오지 않았던 사람이다. "곰취나물, 개취나물, 떡취나물, 참취나물"이 푸르게 덮고 있는 숲길에서 시인의 눈에 들어온 진달래꽃, 가도 가도 끝이 없는 그 핏빛 무리는 진나라 개자추에서 이 땅의 사람들, 땅을 잃고 땅을 떠난 이들로 확대된다. "한뎃잠 설치며" 타향을 돌고 도는 "고향에 올 수 없는 사람들"이

"지 한 몸 던져 불이 되어" 다시 산을 불태우는 시인의 상상력은 상실과 배반, 떠돎과 기다림의 시간을 다시 사람들과 땅의 유대로 이어놓는다. 시인에게 있어 상실과 배반, 절망이 출렁이는 이 땅은 "살아남의 자의 슬픔으로 서걱"거리지만「땅의 사람들 1」, 이 상실의 자리를 메우고 다시 희망을 가져다줄 수 있는 힘은 또다시 땅의 사람들, 그 땅의 사람들과 함께하는 대지의 생명력에서 나오게 되는 것이다.

그런 점에서 시인이 경험하는 절망과 희망은 대지, 땅, 자연과 사람들이 서로 길항하는 언어로 드러나며 하늘을 우러르는 '간구'의 형태로 좀 더 선명하게 부각된다. 단풍으로 물든 가을 산을 오르는「지리산의 봄 10」을 보자. "황홀한 붕괴가 시작되는 가을 지리산에서" 시인은 절룩이며 산을 오르다가 아우슈비츠로 향하는 "코르자코프와 그의 고아들"을 생각한다. 죽음으로 가는 길을 "하느님의 축제"로 들어가는 길이라고 아이들에게 거짓말을 하는 코르자코프, 시인의 생각은 행복원 고아들, 성락원 고아들, 평화원 빨갱이 고아들에게로 뻗친다. 줄줄이 나열된 이 고아들은 용바위, 영웅바위, 탐관바위, 오리바위, 큰손바위 등 시인들이 달궁 가는 길에 만나는 수많은 크고 작은 바위들과 절묘하게 겹쳐지는데, 송장바위, 피바위 등을 거쳐가는 시인의 힘겨운 오름, 그 발걸음이 흡사 아이들이 걷는 죽음으로의 행진과 흡사한 것이다. "어히 어히 어이 어이"라는 신음과 탄식, 곡소리로 이어지는 시의 후반부에서 시인은 지리산을 오르는 그 걸음을 저승길을 애도하는 곡소리로 꾸며 우리 시대 "어린 예수"의 "비명"이라고 한다「지리산의 봄 10」.

우리 시대의 어린 예수들에 대한 시인의 곡소리는 "가슴속에 시체가 들어있지 않은 사람은 가짜야, / 전자인간들이야 / 산다는 것은 무엇인가? 시체를 발견할 줄 아는 일이야"라고 조각가 이춘만 씨의 입을 빌려 이야기할 때「프라하의 봄 5」[15] 그 성격이 더욱 두드러지는데, 즉 우리 삶 속에 도저하게 흐르는 죽음을 알고 살아야 함이 인간됨의 윤리라는 뜻일 것이다. 그러므로 어린 예수들의 비명을 듣는 일은 이 땅에서 사람으로 살아가는 일의 최소한의 도리인 것이다.

고정희 시인은 곧 이 비명을 간구 / 기원으로 바꾸어 독자들에게 그 기원을 함께 걷게 하는데, 이 작법은 조이 하조가 시에서 올리는 기원의 방식과도 흡사한데, 이러한 기원의 방식이 분명 각기 다른 종교적인 형태를 갖추지만(고정희 시인의 경우 기독교, 조이 하조의 경우는 인디언 자연 종교), 하늘을 향해 간구하는 그 기원이 돌아가는 궁극의 자리가 두 시인 모두에게 "땅"이고 그 출발은 물론 "사람"이라는 점이 흥미롭다. '물소리, 바람 소리'라는 부제가 붙은「지리산의 봄 9」에서도 시인은 물소리, 바람 소리 깃든 숲에서 숲이 우는 소리를 듣는다. 숲에서 불어오는 바람 소리를 통해 시인은 이 땅에 살다 간 열사들의 이름을 차례로 부른다.

> 가이없구나, 이 끝모를 숲쩡이에서
> 물소리 바람 소리 가리마 지르며
> _____ - 김주열 열사여……
> 참죽나무 숲이 운다
> _____ - 전태일 열사여……
> 조팝나무 숲이 운다
> _____ - 김상진 열사여……
> 물비나무 숲이 운다

---

15   고정희,「프라하의 봄 5-李春滿 씨의 작업실」,『눈물꽃』, 실천문학, 1986, 67쪽.

_____ - 김상진 열사여……

—「지리산의 봄 9」 부분

계속해서 끝도 없이 호명되는 숲과 열사들, 박달나무, 쥐엄나무, 원뿔나무, 비술나무, 가시나무, 개암나무, 쥐똥나무 등등 그 숲의 행렬은 다시 한희철, 박관현, 김경숙 열사 등 이 땅의 자유와 민주를 위해 살다 간 열사들과 고스란히 겹쳐진다. 그 행진, 시인이 한반도라는 이 땅에 들어선 나무들에 대한 시선을 몫이 없는 존재로 살다 간 이 땅의 나무 같은 사람들을 겹쳐 드러내는 그 끝없는 호명은 그 자체로 하나의 기원이고 간구의 형식이 된다.

시인이 이 땅의 슬픈 현실과 그 땅의 사람들을 일일이 호명할 때, 그리고 이들이 다시 나무로 바람으로 강물로 되살아날 때, 그 시선이 추상적이거나 관념적인 시선에 머무르지 않고 구체성을 획득하는 것은, 이 땅과 땅의 사람들에 가닿는 시인의 정직한 시선, 그 간절한 마음 때문일 것이다. 눈물이 비탄이나 체념에 머무르지 않고 현실에 대한 적실한 고발이면서 동시에 그 현실을 뚜벅뚜벅 걸어 나갈 수 있게 만드는 것도 땅과 대지에 대한 시인의 정직한 시선으로 가능한 시적 형상화의 힘 때문이다. 반야봉, 연하천, 뱀사골, 세석고원 등 시인이 호명하는 지리산의 한 자락은 곧 이 땅의 한 자락으로 확대되며 이 땅에 깃든 이름 없는 사람들의 자리로 그 구체성을 획득한다. 동시에 물소리, 바람소리, 꽃과 나무에 기대어 호명하는 시인의 목소리가 간구의 형태를 띨 때, 시인의 생태적인 비전은 종교적인 영성에도 닿는다.

이러한 시인의 독특한 사유와 상상력은 "사람아, 사람아, 버린 것들 속에 이미 버림받음이 있다"라는 옹골찬 목소리의 현실 고발을 할 때조차도 종교적인 신비와 생태적인 비전을 동시에 드러내는데「지리산의 봄 8」 바로 여기에서 고정희가 보여주는 생태적 문제의식이 기존의 남성 중심적 생태시학과는 다른 방식의 감수성에 뿌리내리고 있음이 확인된다. 조이 하조, 고정희, 두 시인 모두에게 두드러지는 것이 바로 이처럼 좀 다른, 또 하나의 생태적 감수성일 것인데, 이 생태적 감수성은 땅과 대지, 거기 깃들어 사는 사람들을 동시에 아우른다는 점에서 "관계" 지향적이며, 대지와 사람들 모두 구체적인 "몸"의 감각으로 인지한다는 점에서 여성 특유의 느끼고 품어내는 감수성에 바탕을 두고 있다. 시인이 "고요하게 엎드린 죽음의 산맥들을 / 온몸으로 밟으며 넘어가야 한다"고, 그것도 "칼을 품"는 마음으로 가야 한다고 맵찬 목소리로 이야기할 때에도 세상에 대해 칼을 품는 그 매서움은 동시에 "서천을 물들이는 그리움"의 시선이기도 하다「지리산의 봄 4」. 현실에 대한 분노와 절망은 곧 이 땅의 현실을 아프게 힘겹게 살아가는 땅의 사람들에 대한 사랑과 애정이기에 시인의 언어는 절망과 희망, 야유와 너그러움, 독기와 그리움, 고통과 갈망이 함께 어우러져 강렬한 에너지를 발산한다.

시인에게 있어 땅의 사람들에 대한 사랑과 애정은 단지 사람에 국한되지 않는다. 위에서 예로 든 시만 하더라도 사람에 대한 애정이 이 땅을 사는 자연물에 기대어 나오고 있고 그 시선은 사랑의 방식이 아니고서는 불가능한 찬찬하게 품어내는 시선이다. 그래서 시인에게 호명되는 꽃과 나무, 숲들은 시인이 품어내는 아픈 사람들마냥 그 안에서 새로운 의미와 생명을 얻는다. 『지리산의 봄』 다음에 나온 『뱀사골에서 쓴 편지』 또한 생명을 죽은 목숨으로 만드는 시대에 대한 뼈아픈 분노의 목소리가 이어진다. 「바벨탑과 마을 – 망원경 2」을 보자. 시인은 산짐승 몇 마리 마을에 끌려와 마을 사람들에 의해 길들여지는 상황을 다음과 같이 찬찬히 묘사한다.

산짐승 몇 마리 마을에 끌려와

죽은 목숨처럼 길들고 있다.

포수는 총에 손질을 끝내고

길들다 숨진 사슴의 골반을 흥정한다

길들다 숨진 사슴의 뼈를 추린다

길들다 숨진 사슴의 골반을 흥정하는 포수와

길들다 숨진 사슴의 뼈를 추리는 포수가

햇빛 쨍한 대낮 길들다 숨진

사슴 한 마리 박제를 끝낸다

박제된 사슴 한 마리 속에

퍼렇게 박제된 한 세대의 본능

박제된 사슴 한 마리 속에

삭정이처럼 박제된 한 세대의 이성

　　　　　—「바벨탑과 마을-망원경 2」, 『뱀사골에서 쓴 편지』, 미래사, 1991 부분

　여기에서 독자의 눈을 환하게 밝히는 부분은, 박제된 사슴 한 마리를 통해 "박제된 한 세대의 본능"을 읽어내는 시인의 시선이다. 박제된 사슴 한 마리를 통해 "박제된 한 세대의 이성"을 읽어내는 것. 길들여지다가 숨진 존재는 차례로 추려진 골반과 뼈, 그렇게 박제된 상태로, 산 자에게 무엇인가를 이야기한다. 또 다른 시 「아우슈비츠 2」에서 시인은 벌판에서 "살지만 실상 죽어 있는 나 곁에 / 죽었지만 실상은 살아 있는 자"를 본다.

　박제된 사슴이나 형벌처럼 삶과 죽음을 관통하는 나무의 수액이나 모두 죽음을 통해 삶을 거꾸로 증거하는 존재들인 것이다. 시인은 스스로

생태적인 관심사를 의식적으로 드러내지는 않지만, 산과 들, 벌판, 바람과 햇살, 그 안에 사는 존재들을 바라보는 시인의 시선은 이 지점에서 다른 어떤 생태시보다 더 수준 높은 생태적인 사유에 닿아 있음을 잘 보여준다. 삶과 죽음, 목숨에 대한 이 도저한 슬픔에 지배당하면서 현실을 냉정하게 그려내는 시선은 생명에 대한, 생명들 사이의 관계에 대한 기본 윤리를 정직하게 응시할 때만 가능한 시선일 것이니까 말이다.

앞의 시집 『지리산의 봄』을 지배하던 슬픔의 정서가 이 시집에도 흐르는데, 하지만 이 도저한 슬픔 안에서도 시인은 다시 또 불어오는 바람과 쨍한 햇살 속에서 희망을 긷는다. 땅의 사람들, 그들이 처한 현실적 절망과 희망을 그 땅의 하늘과 달과 바람과 별과 함께 빚어내는 고정희의 언어는 조이 하조가 그려내는 기원의 방식과 닮아있다. 「독수리 시"Eagle Poem"」에서 조이 하조는 "기도하려면 넌 네 전부를 열어야 해 / 하늘로 땅으로 해와 달로To pray you open your whole self / To sky, to earth, to sun, to moon, 85"라고 말하는데, 이는 산을 넘어 수평선 위를 달려 하늘에 가닿는 고정희 시의 "상승의 욕망"[16]과 닮아 있는 희구의 방식이다.

또 "나의 두개골 사이에서 붉은 해가 솟아오르고 / 가슴에 들어앉힌 밀림 사이로 / 청산의 운무가 넘나"들었다「지리산의 봄 6」고 고정희 시인이 몸과 대지의 합체를 꿈꾸는 것처럼, 내 존재를 이 대지 위의 다른 자연물 속으로 이입시키고자 하는 욕망이자 한 걸음 한 걸음 정성을 다하는 곡진한 바람이다. 바람을 넘어 달과 해를 품어내는 방식, 햇빛을 온몸으로 받는 의식으로 시인이 풀어내는 땅과 사람의 이야기는 그러므로 가장 원초적인 방식으로 이 땅, 이 대지와 합체하고픈 합일의 열망, 사랑의 다른 이름이 아닐 것인가.

---

16   성민엽, 앞의 글, 140쪽.

4. 또 다른 생태시학

고정희와 조이 하조를 생태시학의 테두리에서 들여다보는 일은 시인들 스스로가 생태시인으로 규정짓고 시작 활동을 하지 않았기 때문에 다소 버거운 일이기도 하다. 하지만 두 시인의 시에서 드러나는 땅과 사람들, 대지와 언어의 길항 관계는 시인들이 각자 경험한 식민 상황에서의 남다른 문제의식을 땅과 대지에 대한 지극한 관심 안에 담아냈다는 점에서 생태시학의 문제의식, 생태적 사유의 윤리의식과 긴밀하게 닿아 있다.

생태시/비평의 큰 흐름에서 놓고 보더라도 이 두 시인은 남성 시인들이 주도적으로 이끌어 온 주류 생태시학의 흐름과는 다른 방식으로 문제적임을 알 수 있는데, 먼저 이들은 많은 생태시인들이 몰두한 인간 대 자연의 대립각에는 크게 기대지 않는다. 오히려 이 두 시인은 근대의 남성적 지배질서에 반하는 감각적 체험의 중요성을 시언어로 형상화했는데, 땅 위에서 숨을 쉬고 살다 죽어간 존재들에 대한 보살핌과 품어냄의 시선이 시인들 각자가 위치했던 자리에서 탈식민주의, 여성주의적 문제의식과 결합된 언어로 빚어졌다고 할 수 있겠다.

언어적 측면에서 이 두 시인은 동시대 많은 시인들이 몰두했던 난해한 형식미를 추구하기보다는 일상에서 사용하는 익숙한 구어를 동원하는데, 이러한 시 작업은 기존의 주류 생태시학과는 다른 방식의 혁명성을 성취한다. 그것은 무엇보다도 땅에 깃들고 땅에 엎디는 낮은 시선에서 얻어지는 혁명성이라고 할 수 있는데, 이 혁명성은 땅의 사람들과 대지의 언어를 그리는 여성 시인 특유의 섬세하고 너그러운 시선, 곧 사랑이 깃든 언어에서 길어 올리는 희망의 이름으로 일상적 실천을 가능하게 한다. 이들 두 시인을 품어내는 사랑의 원리가 결합된 생태시학의 관점에서 함께 읽어낼 때 우리는 패배적, 감상적 여성주의가 아니라 기원에서 출발하고 기원으로 돌아가는 대지의 너른 품을 닮은 언어를 본다.

얼핏 실천적 강령이 미약한 듯 보이는 시인들의 생태적 사유가 빛을 발하는 지점은 바로 이처럼 현실의 문제의식과 긴밀히 결합된 시의 언어에 있을 터, 소외와 약탈, 상실의 역사 속에서도 결코 포기하지 않고 천둥 벌거숭이로 땅을 다시 대면하는 그 소박하고 따뜻한 감촉, 그윽한 포옹 안에서, 버려졌던 땅의 사람들은 다시 살아나는 것이다. 고정희 시인의 한국어나 조이 하조의 영어는 그 점에서 다른 어떤 투쟁의 방식보다 더 적극적으로 땅의 리듬과 결합하여 보살핌, 품음, 희생, 사랑의 원리에 새로운 의미를 부여하는 시를 만든다. 수많은 사람을 앗아간 민족/종족의 슬픈 역사와 척박한 현실을 누구보다도 날카롭고 비판적인 시선으로 대면했던 이들의 여성적 시 쓰기가 궁구해 온 길이 詩라는 미적 형식을 통해 기존의 생태시학의 지평을 넓히면서 새로운 정치성을 실현하고 있다는 점이 흥미롭다.

접촉이 아닌 단절이 생명을 구하는 일이 되었던 팬데믹 시절을 우리는 지나왔다. 문명의 폐허를 딛고 새로운 시대를 상상해야 할 지금 우리에게 땅과 대지, 사람들의 관계성에 대해 천착한 고정희와 조이 하조의 시는 더욱 울림이 크다. 고정희 시인은 갑작스런 사고로 하늘의 사람이 되었지만 여전히 시절의 예언자로 우리 안에 함께 하고, 하조는 원주민의 목소리가 더 중요하게 울리는 미국에서 계관시인으로 시의 가능성을 전하고 있다. 팬데믹이 한창이던 2020년 3월에 진행된 강연에서 조이 하조는 시는 지구를 기억하는 일, 바람을 기억하는 일, 사람들을 기억하는 일, 땅을 기억하는 일이라고 했다. 시는 기본적으로 그 목소리들을 듣는 일이라고. 우리가 이 자리에서 두 시인의 목소리를 함께 듣는 것도, 시의 언어가 과

거를 증언하고 현재를 앓으며 미래의 새로운 가능성을 심는 목소리를 나
누어 갖는 일이다. 이 작업을 통해 좀 더 폭넓은 독자들과 함께 오늘을 살
아가게 하는 시의 실천적인 힘을 나눌 수 있게 되길 바라며 글을 맺는다.

민주화 세대 여성의
실천적 글쓰기와 80년대 여성문학비평
고정희의, 고정희에 대한 여성문학비평이 남긴 것

김양선

1. 들어가는 말-80년대의 고정희 읽기, 이천 년대의 고정희 읽기

사십대 문턱에 들어서면

바라볼 시간이 많지 않다는 것을 안다

기다릴 인연이 많지 않다는 것도 안다

아니, 와 있는 인연들을 조심스레 접어 두고

보속의 거울을 닦아야 한다

씨뿌리는 이십대도

가꾸는 삼십대도 아주 빠르게 흘러

거두는 사십대 이랑에 들어서면

가야 할 길이 멀지 않다는 것을 안다

선택할 끈이 길지 않다는 것도 안다

방황하던 시절이나

지루하던 고비도 눈물겹게 그러안고

인생의 지도를 마감해야 한다

쭉정이든 알곡이든
제 몸에서 스스로 추수하는 사십대,
사십대 들녘에 들어서면
땅바닥에 침을 퉤, 뱉아도
그것이 외로움이라는 것을 안다
다시는 매달리지 않는 날이 와도
그것이 슬픔이라는 것을 안다

—「사십대」

80년대 학생운동과 사회운동의 화두가 되었던 노동해방과 민족·민중해방론은 공공연하게 '여성'이라는 범주를 괄호치고 논의되었고, 그것은 노동해방문학론과 민족·민중해방문학론의 영역에서도 마찬가지로 관철되었다. 80년대 초·중반 대학을 다녔던 여성들이라면 여성문제가 독자적으로 존재하느냐, 여성만의 독자적인 조직이 필요한가라는 사상적 심문을 받았던 경험이 있을 것이다. 때문에 80년대에 대학을 다닌 여성들이 여성문제와 여성해방의 독자성을 논의할 필요성을 절감한 것은 체험에서 우러나온 것으로서, 남성연대에 기반한 대학공동체 내지 학생운동 공동체에서 자신의 젠더정체성을 확인하고자 하는 실천의 일환이었다.

80년대 고정희 문학은 두 가지 경로를 통해서 이 여대생 지식인 여성들에게 수용되었다. 하나는 「한국여성문학의 흐름—시와 소설을 중심으로」라는 여성문학비평이다. 『또 하나의 문화 2호—열린 사회, 자율적 여성』1986에 실린 이 글은 한국문학에서 여성문학비평의 출발점 역할을 하였다. 본격적인 여성문학비평이 막 싹 튼 시점에 발표되었기에 예비 여성 문학 연구자들에게 '여성의 관점에서 한국문학사를 본다는 것'의 의미가 무엇인지 좌표를 설정하고 시각을 정립하는 데 많은 시사점을 제공하였다. 둘째, 『저 무덤 위에 푸른 잔디』, 『여성해방출사표』 등 고정희의 페미니즘 시집은 80년대 중후반 여성 문제에 눈떴던 여성들이 모종의 '목적의식'을 가지고 읽었던, 여성해방 교과서의 역할을 했다.

이 글은 이십대에 『여성해방출사표』를 읽으며 선명한 여성해방 의식을 다졌던 여성주체가 근 이십 년이 지나 고정희의 「사십대」를 다시 읽으면서 제 몸을 스스로 거두고 책임져야 하는 외로움과 슬픔의 정서에 공감하게 되는 과정을 민주화 세대, 혹은 이제는 586세대로 불리는 지식인 여성의 경험과 글쓰기 실천의 맥락에서 객관화해 보고자 한다. 이 목적을 위해 소위 586세대[1]로 일컬어지는 민주화 세대 지식인 여성의 사회체험과 문학체험의 맥락에서 80년대 여성문학 논쟁을 고정희의, 고정희에 대한 비평이라는 우회로를 거쳐 비판적으로 검토할 것이다. 그것은 80년대 고조된 사회운동의 흐름 속에서 비성적非性的, 몰성적沒性的 지식인 집단의 변두리에 위치해 있으면서 끊임없이 여성이자 지식인으로서 자기정체성을 심문받고 자기검열을 했던 '나'의 자리를 되짚어 보는 작업이 될 수도 있다. 다시 말해 이 글은 '고정희'의 시와 여성해방문학비평을 매개로 80년대 페미니즘(문학)에 입문했던 특정 세대의 문화적 기억, 공유기억을

---

1   사회나 정치, 문화 분야에서 통칭되는 '586세대'는 60년대에 출생해 80년대에 대학을 다닌 50대를 일컫는다. 이들은 20대에 저항과 변혁의 연대인 80년대를 통과하면서 한국사회의 민주화를 이끈 주축으로 평가받는다. 이 글에서 '586세대' 뒤에 '여성'이라는 성적 표지를 덧붙인 이유는 80년대 대학사회의 전반적인 민중지향성과 민주화 열기에도 불구하고, 그 내부의 강고한 남성중심성으로 인해 여성들이 차별적인 경험을 했다는 점, 그럼에도 불구하고 이들이 사회학 서적의 출간붐과 함께 들어온 여성학 번역서들을 접하면서 페미니즘 의식을 자발적으로 키웠다는 점을 고려하였기 때문이다.

이론화하는 데 부차적 목적이 있음을 밝혀 둔다.

이 글은 먼저 80년대와 90년대 초 문학비평 장에서 고정희 문학에 대해 말해진 것과 말해지지 않은 것을 살펴보고 이를 통해 해당 시기 문학비평의 성과와 한계를 짚어볼 것이다. 다음으로는 80년대 여성해방문학론의 성과와 한계를 반성적으로 추적하면서, 고정희의 여성해방문학론과 시가 어떻게 당대 논쟁에 개입했는지를 살피고자 한다.

2. 비평 담론에 의해 구성된 고정희 문학의 정체성

초기 시집 『지리산의 봄』1987에는 고정희의 여성주의 의식을 단적으로 보여주는 연작시인 '여성사 연구' 1에서 6까지가 수록되어 있다.[2] 성민엽은 뒤에 실린 평에서 "고정희의 자유롭고 활달하며 힘과 열정에 가득 찬 시편들이 강한 투쟁성을 직접적으로 표출하고 있는 것은 사실이지만 그것이 남성적 투쟁의 의도성에 지나치게 갇혀 있다는 점 또한 간과할 수 없다는 것이다. 그 지나치게 갇혀 있음은 시적 깊이의 형성을 제한한다"고 평가한다. 성민엽은 "강한 투쟁성을 직접적으로 표출"한 것을 두고 '남성적 투쟁'이라고 정의한다. 여기서 주목할 말은 '남성적 투쟁'이다. 힘과 열정에 가득찬 시편들을 '남성적'이라고 칭하는 것은 우리 시 비평의 오랜 관행이다. 식민지 시기 김소월과 한용운의 시에서 볼 수 있는 비애에

---

2   이 시편들은 원래 『또 하나의 문화 제3호-여성해방의 문학』에 발표되었다. 조혜정은 고정희가 『여성해방의 문학』의 편집에 주도적인 역할을 하였다고 증언한 바 있다. 조혜정, 「시인 고정희를 보내며」, 『너의 침묵에 메마른 나의 입술』, 또하나의문화, 1993, 231쪽.

580   제3부 / 고정희와 문화 번역

찬 어조, 님을 대상으로 한 그리움을 '여성적 어조'라고 불러왔던 것은 반대 경우에 해당한다. 이처럼 상실감과 수동성을 '여성성', 힘과 열정을 '남성성'에 비유하는 낯익은 이분법적 체계는 고정희의 시에 대한 평가에서도 그대로 재연된다. 고정희는 생물학적으로 여성작가임에도 불구하고, 힘과 열정에 가득 찬 투쟁성을 표출함으로써 남성적 투쟁에 갇히게 되었다는 평가는 역설적으로 여성작가는 여성성을 기저로 한 작품의 영역만 할당받아 왔다는 것을 뜻한다.

『초혼제』 시집 뒤에 실린 김정환의 발문은 시인과의 오랜 친분을 고려하더라도 고정희를 '여성적'인 것에 가두려는 의도가 다분히 엿보인다.

> 오늘 그고정희·필자 주는 생전 처음(?)으로 짙은 루즈를 바르고 술자리에 당당하게 나타났다. 그러나 단언컨대 짙은 루즈는 그의 얼굴에 결코 어울리지 않는다. (…중략…) 그의 어투는 언제나 "어따 오매! 피 냄새야 / 어-따 오매! 원한 냄새야"라는 자신의 싯귀가 연상시켜주듯 앙칼지되 구르는 듯하고, 목이 미어지되 의외로 낭랑하다. 그는 또 의외로 기독교인이며 의외로 술이 세고 의외로 소녀적이며 의외로 남성적인 톤을 구사하며 의외로 누님같고 아아, 의외로 아직 미혼이다. 그런데 이런 의외성으로 이루어진 면모와는 달리 그는 오히려 어떤 '일상성'을 무기로 삼아 전달효과를 노리는, 그리하여 바야흐로 어떤 '고통의 민중성'의 경지에 도달해 있는 시인인 듯싶다. 아래의 글은 그 '고통과 일상성의 변증법'의 과정을 밝히는 데 바쳐진다.[3]

'소녀적' 이미지와 '누님'의 이미지, 그리고 '미혼'이라는 사실을 '의외

---

3   김정환, 「고통과 일상성의 변증법」, 고정희, 『초혼제』, 창작과비평사, 1983, 167~168쪽.

성'으로 범주화하면서 구축된 '일상성'과 '민중성'은 역설적으로 일상성과 민중성을 확보하기 위해서는 '비성적인' 자질이 요구됨을 보여준다.

여성적 자질에 대한 협애화된 시각, 민중·민족문학의 전범을 남성화하거나 혹은 성적 자질이 배제된 것으로 보는 시각은 80년대 문학비평의 일관된 특성이었다. 80년대 문학비평의 장에서 고정희는 충분히, 그리고 공적으로 말해지지 않았다. 시종일관 민중적 관점을 견지했지만 동시에 여성의 시각에서 사회와 역사의 문제를 시적으로 형상화했던 그의 시는 '민족' 중심, '노동계급' 중심의 당시 지배적인 평단에서 해석의 그물망에 들어오지 않았던 것으로 볼 수 있다.[4]

이천년대 들어와서 고정희에 대한 비평이나 문학사 쪽의 평가는 다소 변화하게 되지만, 고정희 시 세계의 두 축을 이루는 민중적 관점과 여성

4   고정희 관련 학술논문에 비해 평론이 부족한 점, 고정희 시에 대한 평론을 주로 해당 시집의 뒤에 실린 해설 정도에서 찾을 수 있는 것도 본격 비평의 대상이 되지 않았다는 반증이다. 한편 고정희의 페미니즘 시를 집중적으로 다룬 학술논문은 그 양이 꽤 된다. 대표적인 것으로 아래의 연구성과들을 참고할 수 있다. 이 연구성과들은 고정희 시에 대한 당대적 평가가 아니거나, 여성문학연구가 어느 정도 진행된 90년대 중반 이후의 글들이기에 본론의 논의대상에서는 제외되었다. 구명숙, 「80년대 한국 여성시 연구-고정희 시에 나타난 여성성 일탈 양상을 중심으로」, 『한국학연구』, 숙명여대한국학연구소, 1996; 송명희, 「고정희의 페미니즘 시」, 『비평문학』 9, 1995; 김승희, 「상징 질서에 도전하는 여성시의 목소리, 그 전복의 전략들」, 『여성문학연구』 2, 한국여성문학학회, 1999; 정효구, 「고정희 시에 나타난 여성의식 연구」, 『인문학지』 17, 충북대인문학연구소, 1999; 김두한, 「'여성' 그 왜곡된 기호에 대한 시적 저항-고정희 시집 『여성해방출사표』의 세계」, 『한국현대시비평』, 학문사, 2000; 이소희, 「'고정희'를 둘러싼 페미니즘 문화정치학-여성주의 연대와 역사성의 관점에서」, 『젠더와 사회』, 한양대 여성연구소, 2007; 이경희, 「고정희 시의 여성주의 시각」, 『돈암어문학』 21, 돈암어문학회, 2008. 고정희의 페미니즘 시를 '여성 역사 쓰기'라는 측면에서 적극적으로 해석하거나 '연시'의 의미를 집중 규명하는 연구들도 있다.
김진희, 「서정의 확장과 시로 쓰는 역사」, 『비교한국학』 19(2), 국제비교한국학회, 2011; 문혜원, 「고정희 연시의 창작 방식과 의미-『아름다운 사람 하나』를 중심으로」, 『비교한국학』 19(2), 국제비교한국학회, 2011.

의 관점을 동시에 사유하는 시각은 여전히 미흡하다. 가령 80년대의 시적 지형을 종합적으로 정리한 한 글은 '민중적 서정시'의 범주에 고정희의 『이 시대의 아벨』을 언급하면서 고정희의 시편들은 종교적 세계관을 바탕으로 하면서도 서정적 주체가 시대상황을 비판하는 목소리를 띠며, 대안적 사유를 지향한다고 보았다.[5] 특정 작품집을 주로 언급했기 때문이기도 하지만 고정희의 80년대 시세계를 민중적, 사회역사적 관점에 한정해 논의했기 때문에 결과적으로 반쪽 논의에 그치고 말았다.

3. 여성해방문학론의 출발과 고정희 문학

80년대 민족문학론의 분화과정 속에서 여성해방문학론은 독자적인 담론적 권위를 찾아가게 된다. 『여성』지 그룹과 『또 하나의 문화』 그룹으로 불렸던 두 집단의 입장 차이는 서구 페미니즘 이론의 수용 문제, 민족·계급·성 중 어떤 범주를 여성 억압의 주요인으로 보느냐에 따라 차이가 확연하다. '진보적 민족문학론'과 궤를 같이하는 『여성』지 필자들의 글과 여성문화의 독자성을 표방한 『또 하나의 문화』 동인들의 글은 80년대 중반 이후 본격적으로 전개된 여성해방문학론의 성과와 한계를 보여준다.

먼저 전자는 방법론으로는 리얼리즘, 이념적으로는 민족·민중문학론을 지향한다. 이들의 논의는 민족민중문학론이 노동해방문학론으로 변화하면서 계급적 입지점을 분명히 했던 것과 유사하게 초기에는 '기층여

---

5   유성호, 「민중적 서정과 존재 탐색의 공존과 통합—1980년대의 시적 지형」, 『작가연구』 15, 깊은샘, 2003, 276쪽.

성민중의 시각'에서 출발해서 점차 '여성노동자의 시각'으로 선회한다. 이들의 입장이 당시 민족문학 주체논쟁의 추이에서 자유롭지 못했음을 반증하는 것이다.[6] 그렇지만 이들은 민중민족문학 계열, 노동문학 계열 작품들이 지닌 한계를 여성노동자 및 노동자 가족을 형상화할 때 여성적 시각이 부족한 점을 들어 비판한다. 또 한편으로는 여성문제를 부각시켜 다룬 작품들에 드러난 도식성, 관념성, 협애성을 비판하고 있다. 이들은 한편으로는 민중민족문학론의 기본틀을 따르면서도 그것의 반/비여성성을 문제 삼고, 한편으로는 여성주의 문학의 반/비계급성을 문제 삼는 양날의 칼을 구사함으로써 자기 이론을 구성해 간다. 하지만『여성』지 그룹의 여성해방문학론에 대해 고정희는 "여성노동자의 시각이 담아내지 않으면 안 될 문학적 비전이 어떤 것인지, 여성노동자의 시각이 어떻게 남성지배문화의 모순을 해부하는 척도가 될 수 있는지에 대해서는 이론을 발전시키지 못했다"[7]라고 비판하였다. 고정희의 비판은 '여성노동자의 시각'이 선언적 진술에 그친 점, 계급적 관점 외에 성적 관점을 고려하지 않은 점, 폭로와 대립을 넘어선 미래에 대한 전망 제시가 부족한 점에 초점이 맞춰져 있다. 여성주의 문학비평이 다양하게 분기된 90년대 이후 관점에서 본다면 고정희의 비판은 상당히 설득력이 있다.

한편 조혜정은 진보적 민족문학론이 노정했던 동일성의 오류를 진보적 여성해방문학론이 복제했다고 본다. 조혜정은 '성모순'과 '계급모순'

---

6   좀더 자세한 논의는 김양선,「동일성과 차이의 젠더정치학—197-80년대 진보적 민족문학론과 여성해방문학론을 중심으로」,『한국근대문학연구』6(1), 한국근대문학회, 2005를 참고할 것.

7   고정희,「소재주의를 넘어 새로운 인간성의 실현으로」,『문학사상』, 문학사상사, 1990.2 (『너의 침묵에 메마른 나의 입술』, 또하나의문화, 1993, 198쪽에서 재인용) 이하 고정희의 여성문학론은 이 책에서 인용했음을 밝혀둔다.

이 중층적으로 작용한다는 점을 고려하지만, 실제 해결방안이나 대안문화로서의 여성문화 내용을 보면 '성모순'을 중시하는 쪽에 가깝다. 여성문화는 "억압받는 자로서 불평등에 대한 민감성, 자녀양육 능력, 타인과의 제휴 능력 및 사려깊음"[8]으로서 체험의 국면과 여성 특유의 관계지향성을 강조한다. 즉 여성성, 여성문화의 독자적 구현을 추구하는 것이다. 하지만 '자매애'로 통칭되는 여성들 간의 연대가 지닌 국제성은 제1세계 여성과 제3세계 여성 간, 중산층 여성과 노동계급 여성 간의 차이나 위계를 간과한다는 점에서 문제가 있다. 두 세계 간의 이질적인 상황과 경험을 '여성-자매애'로 봉합하는 것은 그가 비판했던 진보적 여성해방문학론의 동일성의 오류를 정반대의 지점에서 범하는 것이기도 하다. 고정희가 경계했던 것도 바로 이 점이었다. 고정희가 지속적으로 견지한 민중적 관점, 제3세계 여성의 시각을 고려한 탈식민의 관점은 작품이 이론의 도식성을 넘어선 좋은 예가 된다. 고정희는 80년대 후반 정점에 달했던 '민중적' 관점과 '여성-자매애적 연대'의 관점 사이의 대립을 시적 실천으로 해결하려 했던 것으로 보인다.

(가) 앞으로의 "여성해방문학은 현 민족 문학이 지닌 혁명적 낭만주의라는 낙관적 대답을 넘어서서 더 많은 민중의 한숨을 끌어안는 열린 질문, 비판적 리얼리즘을 포용하는 방향으로 나아가야 한다"던 여성해방 문학가 고정희. 그대는 자신의 입장을 '여성민중주의적 현실주의'로 이름하며,[9]

---

8   조혜정, 「한국의 페미니즘 문학 어디까지 왔나」, 『또 하나의 문화3호-여성해방의 문학』, 또하나의문화, 1987, 33쪽.

9   조혜정, 「그대, 쉬임없는 강물로 다시 오리라」, 『너의 입술에 메마른 나의 입술』, 또하나의문화, 1993, 228~229쪽.

(나) 한편 또 하나의 문화 창작 소집단의 여성문학 입장은 '성모순이 계급 모순과 민족 모순의 유지 기제로 이용되고 있다는 공동의 인식 기반 위에서 출발, "여성들이 겪어 온 역사적 사회적 정치적 경제적 심리적 차원의 억압 경험들이 여성문학의 기초가 되어야 한다"고 주장하고 있다. 따라서 여성문학은 그 창작 과정에서 '고발문학의 단계, 비판적 재해석의 단계, 참다운 비전을 제시하는 단계'[10] 등으로 전개될 수 있으며 이 세 단계가 한 작품 속에서 형상화될 수 있을 때 참다운 남녀 해방의 비전을 획득할 수 있다는 것이다.[11]

---

10 여성해방문학을 세 단계로 나누고, 세 번째 단계인 비전 제시를 궁극적 목표로 삼는 것은 「또 하나의 문화」 그룹 구성원의 공통된 인식이다. 아래 『또 하나의 문화 제3호-여성해방의 문학』 서문을 참고하기 바란다.

우리가 표제로 내세운 '여성해방 문학'의 기초는 여성들이 겪어 온 심리적·사회적·정치적·경제적 차원의 역사적 억압 경험들로부터 제기된 문제에서 출발한다. 여성해방 문학은 동서를 막론한 가부장적 사회 체제가 지배와 경쟁, 약탈과 소유를 일삼는 한편 그 희생의 첫 번째 그리고 어쩌면 마지막 대상이 여성이라는 점에 공동의 인식 기반을 갖는다. 이 공동 인식 기반을 전제로 여성문학은 그 성숙의 정도에 따라 대개 세 단계로 구분될 수 있다. 즉 고발 문학의 단계, 비판적 재해석의 단계, 참다운 해방의 비전을 제시하는 단계가 그것이다. 고발 문학의 단계는 기존 체제 안에서 여성이 처한 불평등한 억압을 고백적으로 그리고 경험적으로 철저히 폭로하고 증언함으로써 지금 여기의 공간적 부조리를 사실 그대로 인식해 나가는 데 있다. 재해석 문학의 단계는 지금까지의 기존 문화가 규정하고 보편화시켜 온 일체의 가부장적 속성을 피지배자의 시각으로 해부함으로써 그 동안 왜곡되어 왔던 여성적 체험을 살려내고 이를 바탕으로 더욱 인간다운 사회상을 제시하는 문학적 차원이다. 여성문학이 궁극적으로 도달해야 될 세 번째 단계는 지구촌의 남성과 여성이 다 함께 자유와 평화 속에서 자기를 실현하는 세계, 서로 동지가 되고 서로의 인간성을 떠받쳐 주는 세계, 해방된 사람끼리 사는 세계가 어떤 세계인가를 선험적으로 제시할 수 있는 세계관의 차원이다. 앞의 페미니즘 문학의 발전 단계를 적용시켜 볼 때 우리 한국 여성해방 문학의 수준은 아직 고발 문학의 단계를 벗어나지 못하고 있다고 하겠다. 물론 이 세 단계가 동시적으로 공존할 수도 있다. 그러나 신문학 70년 사상 최초로 시도된 이 기획 작품집 속에서도 드러나듯이 우리의 여성문학은 '여자'라는 이유 하나 때문에 여성이 사회에서 직·간접으로 당하고 있는 차별과 억압 현실을 어떻게 형상화할 수 있을 것이냐의 고발 수준에서 고민하고 있으며, 아직 해방의 비전을 제시하는 창조 에너지에 이르지는 못하고 있다.

11 고정희, 앞의 글, 198쪽.

(가)와 (나) 글에서 공통적으로 드러나듯이 고정희는 성 범주와 계급 범주 중 어느 하나에 선차성을 부여하는 권위적, 단성적 시각을 거부하고, 양자를 결합할 수 있는 가능성을 모색했다. (가)에서 고정희가 추구했던 여성해방문학은 '여성민중주의적 현실주의'로 명명된다. 그것은 도식적인 계급주의나 혁명적 낭만주의와 같은 이상적인 이념형보다는 '비판적 리얼리즘'이라는 리얼리즘의 원칙에 충실하자는 의도로 보인다. (나) 글에서 고정희는 "고발문학의 단계, 비판적 재해석의 단계, 참다운 비전을 제시하는 단계", 이 세 단계가 한 작품 속에서 형상화되는 단계를 이상적으로 제시했지만, 시적 실천의 영역에서 주력했던 것은 고발문학의 단계를 넘어선 비판적 재해석, 참다운 비전의 단계였던 것으로 보인다. 그것은 당시 여성문학의 수준, 여성해방문학론의 수준이 한국사회에 팽배한 가부장제, 남성중심주의에 대한 고발과 비판에 주력했던 것과 차이가 있다. 「여성사연구」 연작에서 '반지 뽑기 부인회'나 여성 독립운동가 남자현을 재조명하거나 「이야기여성사」 연작에서 황진이, 이옥봉, 신사임당, 허난설헌 등의 목소리를 빌려 오는 것은 '비판적 재해석' 작업에 해당한다. 「이야기여성사」 연작에서 과거와 현재를 넘나드는 대화적 목소리를 취하는 것, 과거 독재 정권의 프로파간다였던 국민교육헌장을 패러디하여 "남녀평등 평화 민주세상 이룩함을 / 여자해방 투쟁의 좌표로 삼으며 / 여자가 주인 되는 정치평등 살림평등 경제평등을 바탕으로 / 분단 분열 없는 민족공동체 회복을 / 공생 공존의 지표로 손꼽는다"^{허난설헌이 해동의 딸들에게-이야기 여성사 4}라고 천명하는 것은 말 그대로 공생의 비전을 제시한 예로 볼 수 있다.

그렇다면 이런 고정희의 작업에 대해 진보적 여성해방문학 진영은 어떻게 반응했던가. 80년대 후반, 90년대 초반 페미니스트 비평가로 활동했던 김영혜는 고정희 사후 작품세계 전반을 짚는 글에서 다음과 같이 쓰고 있다.

그의 시를 읽으면서 가장 먼저 느끼게 되는 점은, 소위 '여류'의 냄새가 그의 시세계에는 전혀 개입할 틈이 없다는 것이다. 그의 시가 '여성적' '남성적'이냐 하는, 흔히 이루어지는 어처구니없는 논란을 되풀이하자는 것이 아니라 '여류 시인'이란 타이틀을 별로 부끄럽게 느끼지 않는 부류의 여성시인들이 안이하게 써 대는 몽롱하고 얄팍한 감상주의와 고정희의 시는 아예 족보를 달리 한다는 말이다. 그러나 여러 평자에 의해 이미 지적된 바와 같이 『저 무덤 위에 푸른 잔디』나 『여성해방출사표』 같은 여성해방 의식하에 씌어진 작품들은 그 이전의 고정희 시의 깊이와 긴장감을 많이 잃고 있는 것으로 보인다. 시인은 성급한 페미니즘 시각으로 오히려 역사와 현실을 다분히 관념화시키면서 낭만적인 치유와 화해에 도달하고 있는 것이다.[12]

김영혜는 "몽롱하고 얄팍한 감상주의", 여성성에 대한 신화화에 바탕을 둔 '여류문학'을 부정하는 맥락에서 고정희 시를 고평한다. 하지만 오히려 뚜렷한 '여성해방 의식'을 목적으로 한 작품들이 형상화의 수준에서는 떨어지는 것으로 평가한다. 고정희가 지향했던 '참다운 비전'이 '관념화된 낭만적인 치유와 화해'에 머물고 말았다는 것이다. 이런 이유에서 김영혜는 오히려 마지막 시집인 『아름다운 사람 하나』에 실린 '연시'들이 고정희 시세계의 한 정점을 보여준다고 생각한다. "강렬한 사회의식과 여성해방에의 의지"와 같은 목적의식성이 사라진 자리에서 여성성과 리얼

---

12 김영혜, 「고독과 사랑, 해방에의 절규—고 고정희의 시세계」, 『문예중앙』, 중앙일보사, 1991년 봄, 178~180쪽.

리즘의 조화, 고정희가 추구했던 '여성민중주의적 현실주의'가 가능함을 역설한 것으로 보인다.

『여성』지 그룹의 또 다른 글 역시 여성해방 의식하에 쓰인 고정희의 시를 부정적으로 평가한다.

> 고정희의 『저 무덤 위에 푸른 잔디』는 우리의 전통적 굿거리 장단 속에 역사적 수난자요 초월자로서의 어머니를 담아보려 한 작품이다. 그런데 새로운 인간의 모델이라고 시인이 의도했던 어머니상이 과연 그에 합당한 시적 울림을 가져왔는지, 또 이러한 시인의 의도 자체는 올바른 것인지에 대해서는 다소 회의적이다. 물론 첫째거리 '지리산에 누운 어머니, 구월산에 잠든 어머니'나 넷째거리 '넋이여, 망월동에 잠든 넋이여'에서 어머니는 역사의 현실적 수난과 고통을 담지하고 있는 인물로 그려지지만 대부분의 시에서는 다분히 초월적 인물로 그려지고 있다. 이렇게 어머니를 보편적이고 관념적인 인물로 그리게 되면 어머니 속에 내재해 있는 역사적 의미가 제대로 짚어질 수는 없을 것이다. 시인의 이러한 관념적인 여성문제 의식이 땅으로 내려와 여성의 현실을 구체적으로 짚어낼 수 있기를 바란다.[13]

여성해방의식을 형상화한 작품이지만 관념적인 여성문제 의식으로 인해 역사성과 현실성을 상실했다는 평가이다. 이 글의 필자들이 '여성노동자의 시각'을 비평적 기준으로 삼고 있기에 여성문제에 대해 '다른' 각도에서 접근하고 있는 고정희의 이 작품은 온당하게 평가될 수 없었다.

고정희는 여성문학은 "진정한 여성문화 양식을 형성"해야 하며, 여성

---

13   이명호·김희숙·김양선, 「여성해방문학론에서 본 80년대의 문학」, 『창작과비평』 67, 창비, 1990년 봄, 67쪽.

문화란 가부장제 부성 문화의 모순을 극복하는 대안문화로서 "새로운 사회의 비전을 제시하는 모성적 생명 문화"여야 한다고 보았다.[14] 고정희가 『저 무덤 위에 푸른 잔디』에서 시도한 것은 바로 이러한 모성적 생명문화를 굿거리장단이라는 전통의 갱신 방식을 통해 드러내는 것이었다. 이런 시인의 의도를 고려해 볼 때 여성해방의식의 시적 형상화라는 측면에서 다양한 형식을 모색했던 고정희의 시도는 80년대의 경직된 비평 장에서 저평가되었다.[15]

80년대 중반 이후 본격적으로 전개된 여성(해방)문학론의 사뭇 다른 분파 속에서 고정희 문학, 그리고 고정희 문학의 페미니즘적 성격은 평자에 따라 미묘한 그렇지만 근본적인 차이를 노정했다. 필자가 '고정희'라는 프리즘을 통해서 80년대 여성문학비평의 성과와 한계를 논할 수 있다고 본 것은 이 때문이다. 80년대 민족민중문학론에 뿌리를 둔 진보적 여성해방문학론은 고정희 문학의 페미니즘적 성격을 협애화해서 보는 우를 범했다. 고정희가 '사회주의 여성해방문학론'이라 칭했고, 동인으로 적극적으로 참여했던 『또하나의문화』 그룹의 여성주의 문학론은 '민중성'이 필연적으로 도달할 지점인 '계급성'에 대해 별다른 목소리를 내지 못했다. 양 그룹 모두 고정희 문학에 대한 본격적인 비평을 생산하지는

---

14 고정희, 「한국 여성문학의 흐름-시와 소설을 중심으로」, 앞의 책, 176쪽.

15 물론 형식적 실험이 곧 작품의 질을 보장하는 것은 아니고, 『저 무덤 위에 푸른 잔디』에서 작가의 의도가 그 의도에 걸맞은 시적 성취로 이어졌는지는 재고를 요한다. 하지만 이천 년대 이후 고정희 시 연구에서 『저 무덤 위에 푸른 잔디』를 여성적 글쓰기의 차원에서 재조명하고 있는 점도 함께 고려한다면, 80년의 평가가 단선적인 맥락에서 이루어졌음을 도외시할 수는 없다. 고정희의 '굿시'에 내재한 여성적 글쓰기의 전복적 측면에 주목한 대표적인 연구는 아래와 같다.
김승희, 앞의 글; 김난희, 「고정희 '굿시'에 나타난 기호적 코라의 특성-『저 무덤 위에 푸른 잔디』를 대상으로」, 『비교한국학』 19(2), 국제비교한국학회, 2011.

않았다. 따라서 고정희에 대한 양쪽의 비평, 즉 진보적 여성해방문학론의 지나치게 도식적인 재단비평과 여성주의 문학론의 고정희 문학에 대한 사적인 관계망에 기댄 애도의 글쓰기[16]는 80년대 한국 사회에서 갓 시작된 여성(해방)문학 비평의 성과와 한계를 보여주는 전범이라 할 수 있다.

4. 고정희의 여성문학비평 다시 읽기

고정희는 여성문학론과 관련하여 두 편의 글을 남겼다. 「한국여성문학의 흐름-시와 소설을 중심으로」[1986]는 고전시대부터 80년대까지 여성작가들의 문학을 여성해방적 관점에서 정리하였다. 이 글은 여성작가들의 존재와 작품 중심으로 정리되어 있다. "여성작가들이 쓴 문학"에 국한해 논의를 전개하고 있다는 점에서 작가의 생물학적 특성을 근거로 여성문학의 범주를 정하는 초기 여성문학이론에 해당한다. 하지만 고정희의 이 글을 여성문학 이론이 좀더 정교해진 오늘의 관점에서 다시 읽으면 주목할 부분이 많다.

먼저 조선시대 여성작가의 존재를 알린 점이다. 고정희는 "이조 5백 년에서 구한말을 이르는 여성작가는 150명에 달하고 이를 다시 분류하면 개인 문집을 남긴 대가만도 21명이며 군소작가는 1백여 명에 달한다"며 우리가 익히 알고 있는 신사임당, 황진이, 허난설헌 이외에 이옥봉, 강정일당, 박죽서, 남정일헌 등의 존재를 소개하였다. 이들의 작품세계는 고전여성

---

16 '또 하나의 문화' 동인들의 인적 구성상 본격적인 문학비평은 현실적으로 이루어지기 힘들었을 것이다. 여기서 '애도의 글쓰기'라고 하는 것은 고정희 사후 『너의 침묵에 메마른 나의 입술』에 수록된 그녀에 대한 다양한 기억의 글쓰기를 지칭한다.

문학 연구자들에 의해 재평가되면서 고전여성문학 장의 지평을 확장하는데 기여했다. 일차적인 자료조사도 이루어지지 않았던 당시 연구풍토를 고려할 때 이 작가들의 존재를 발굴했다는 점만으로도 의미가 있다.

또한 고정희는 개화기 및 일제 식민지기 여성작가들의 등단시기와 매체, 전기적 사실을 상세히 알렸다. 이 서지사항은 몇몇 대표작가뿐만 아니라 군소작가까지를 두루 포괄하고 있다. 더욱이 개화기와 식민지기 여성작가들이 대부분 해외유학 경험이 있으며, 기자나 교사 등 지식인 여성이라는 지적은 향후 여성문학사나 여성문학 제도 연구에서도 확인되는 바이다. 당시 일차 자료 확보가 어려웠고, 변변한 선행 연구가 없었던 상황을 고려하면 그의 개인 작업은 향후 여성문학(사) 연구, 여성문학 제도 연구에 원천 자료를 제공한 선구적 역할을 톡톡히 해냈다. 특히 1930년대 여성문학의 특성과 한계에 대한 다음과 같은 지적은 남성중심의 근대 문학 장이 여성작가와 문학을 배제하는 논리를 간파하고 있다.

> 진정한 여성에 의한 '여류문학'을 '여류 특유의 섬세함'에 기초한 것으로 간주하고 그것은 또한 역사성 혹은 사상성이 부재한 것으로 몰아붙이는가 하면 사회 인식의 깊이를 갖춘 작품에는 '여성성의 소실'이라고 딱지가 붙었다. 이에 '여성다운 여류'라는 프리미엄을 안겨 주는 실로 성차별적인 비평풍토가 형성되고 있음을 보게 된다.[17]

고정희는 1930년대 여성문학과 여성작가들이 문단에서 자기 입지를 다지고, 일제 말기에 살아남기 위해 남성의 시각에 의해 규정된 '여성성'

---

17   고정희, 앞의 글, 156쪽.

에 매몰됐고, 이것이 해방 후 여성문학의 경향에까지 이어진다고 보았다. 1930년대 여성문학에 대한 이와 같은 평가는 여성문학사 및 제도 연구가 본격적으로 이루어진 이천 년대 연구자들에 의해 다시 한번 확인된다. 요컨대 여성문학을 '여성성'으로 규범화하는 남성 중심의 문학제도에 대한 순응과 구별짓기 사이에서 유동하는 여성문학 장의 특성에 대한 그의 분석은 오늘의 시각에서 보아도 정확한 탁견이었다. 고정희는 해방 후부터 60년대까지를 '여류문단'이라고 규정한다.

> 60년대를 번성기로 삼은 여성문학은 질적·양적으로 눈부신 발전을 이룩하였음에도 불구하고 문단의 주도적 흐름에서 상당히 고립되어 있었다는 감을 감출 수 없다. 예를 들면 60년대를 풍미한 문학 논쟁, 즉 '순수'와 '참여' 논란에서 여류문학은 무관한 자리를 고수하였으며, (…중략…) 이 기간 동안 여성들은 여전히 개인적인 문학활동에 머물러 있었다. 다른 한편 여류 시인이니 여류 작가니 여류 ○○이니 하는 명칭은 인간의 보편화된 휴머니즘에 참여하는 작가정신을 암시하기보다는 매우 특정한 신분 집단(다분히 귀족적)을 지칭하는 프리미엄으로 통용되기도 하였으며 평범한 여성들에게는 여류 명사 신화를 조장하기도 하였다.[18]

고정희가 '여류문학 번성기'라 말했던 60년대에는 신문과 잡지 등 등단매체의 폭발적 증가, 대중적 연재소설의 흥성 속에서 여성작가군도 폭발적으로 증가하였다. 하지만 고정희는 60년대 여성문학은 질적, 양적 발전에도 불구하고 문단의 주도적 흐름에서 고립되어 있었다고 진단한

---

18   위의 글, 172~173쪽.

다. 또한 그 원인은 60년대 여성문학의 탈사회적, 탈민중적 속성에 있다고 지적한다. 이는 고정희 문학의 지향점이 사회비판 내지 민중적 속성에 있음을 반증하는 것이다. 또한 위 글에서 고정희는 '여성문학'과 '여류문학', '여류작가', '여류시인', '여류명사'와 같은 어휘를 함께 쓰고 있다. 여성문학은 '여성'이 쓴 문학, "진정한 여성을 위한 여성에 의한 여성의 문학"[19]을 지칭한다면, 여류문학은 중산층 여성이라는 신분적 프리미엄과 '여류'라는 프리미엄의 틀에 갇힌 작가군을 지칭하는 것으로 보인다. 다시 말해 여성문학과 여류문학을 혼용해 쓰면서 60년대 문학을 '여류문학'으로 정의한 것은 일종의 전략이었다.

고정희는 70년대를 '탈여류문학'이 본격화된, 여성문학의 새로운 분기점이라고 평가한다. 그 근거가 되는 작가는 강은교, 박완서, 오정희이다. 이들은 "종래의 '여성의 감상성' 혹은 '감상적 신비주의'라는 편견을 깨고 시대적 경험을 보편적 공감대 안에서 심화시킴으로써 자연스럽게 '여류'라는 프리미엄을 거부, 제거시켰"기 때문이다. 고정희의 여성문학에 대한 이론적, 실천적 입장은 80년대 여성문학에 대한 진술에서 구체화된다.

여성주의 문학은 '여성들이 하는 문학이다'는 성별 분업에 있는 것이 아니라 지배 문화를 극복하고 참된 인간해방 공동체를 추구하는 대안문화로서 '모성문학' 혹은 '양성 문화'의 세계관을 보여주는 문학이어야 한다. 따라서 이때의 여성문학은 굳이 여성이어야 할 필요는 없지만 이 문제를 자기 경험 속에서 아파하고 혹독하게 인식하는 사람들에 의해서 형성될 것은 자명한 사실이다.[20]

---

19   위의 글, 175쪽.
20   위의 글, 177쪽.

고정희는 여성문학적 시각으로 무장한 비평가의 출현을 고대하였으며, 창작적 과제로 두 가지 관점을 제시한다. '고발문학적' 차원에서 "여성을 억압하고 비하시킨 사회구조와 시대적 이데올로기가 지니고 있는 신비와 은폐성을 과감하게 폭로"하는 문학, '혁명주의적(혹은 이상주의적)' 차원에서 "작가 자신의 새로운 세계관으로부터 유토피아적 비전을 제시하는 새로운 문화감각"으로 무장한 문학이 그것이다. 고정희는 고발, 폭로와 새로운 유토피아적 비전을 동시에 지향했다. 이는 민중성과 '자매애', '모성성'을 포괄하는 여성문화적 비전 양 자 중 어느 것에 선차성을 둘 것인가에 대한 80년대 여성문학 논쟁을 두고 고심했던 고정희의 독자적인 해결방식이라 할 수 있다.

「여성주의 문학 어디까지 왔는가?-소재주의를 넘어 새로운 인간성의 실현으로」는 위 글 발표 몇 년 후인 1990년 2월 『문학사상』에 발표되었다. 시기적으로는 80년대 민중문학, 노동문학의 성장 및 여성문학 논의가 본격화된 시점에서 나온 것인데, 고정희는 특히 "남성중심적인 '민중주의의 해체와 반성'이 '여성해방 문학'의 등장을 가능케 했다"[21]는 점에 주목한다. 고정희는 객관적 입장에서 『여성』지 그룹의 관점과 『또 하나의 문화』 동인의 관점을 정리하고 있다. 여성문학의 논의와 쟁점을 "계급해방을 통해서만 여성해방에 이를 수 있다고 보는 리얼리즘 시각 혹은 '여성노동자의 시각'"과 "성모순과 계급모순을 똑같이 타파의 선결과제로 보는 사회주의 시각"[22]으로 나눈다. '여성노동자의 시각'을 취한 관점에 대해서는 선언적이고, 여성문학이 계급문학이나 노동자 문학의 부분으로 떨어질 위험성을 경계하고, 사회주의 (여성해방론)의 시각에 대해서는 "민족 모순과 계급 모

---

21 고정희, 앞의 책, 192쪽.
22 위의 책, 195쪽.

순 자체는 드러난 현실일 뿐 그것을 가능하게 한 토대는 바로 가부장적 권력구조"로 파악하고 있다고 해석한다. 사회주의 여성해방론의 시각이 지닌 한계에 대해 명시적으로 지적하지는 않았지만 조혜정과 김영혜의 비평을 빌려 와 '성모순'에 대한 천착이 소재주의로 빠질 위험성을 경계하고 있다. 고정희는 앞의 글과 마찬가지로 '여성이 하는 문학', '여류문학'과 '여성해방문학'을 구별하면서도 "민중문학론이나 리얼리즘 문학론에 쉽게 편승시키는 낙관적 논의"에 그쳐서는 안 된다고 강조한다. '자매애'에 대한 믿음, 고발문학의 단계를 넘어선 새로운 비전에 대한 모색이 이 시기 고정희의 지향점이었음을 확인할 수 있다. "우리가 구현해 가고자 하는 이상적 사회의 모습을 뚜렷이 제시하고 그 세계를 우리의 생활 속에 끌어들일 수 있도록 새로운 문학적 양식을 창조"하려는 조혜정의 문제의식은 고정희에게서 성과 계급/민중 범주를 함께 형상화하고자 하는 고민으로 구체화되었다. 고정희는 80년대 여성해방문학 비평의 대립각을 인지하면서『여성』지 그룹의 '이론 정립' 작업과『또 하나의 문화』, 민족작가회의 여성분과의 '창작 소집단 활동' 간의 상호보완적 작업이 여성문학의 발전을 가져올 것이라고 믿었다. 이 소통의 정신은 고정희 여성문학비평이 지향했지만, 80년대 우리의 여성문학비평이 실천하지 못했던 정신이다.

5. 나가며 – 여성의 경험으로 고정희 시를 다시 읽다

맞벌이부부 우리 동네 구자명씨
일곱 달 된 아기엄마 구자명씨는
출근버스에 오르기가 무섭게

아침 햇살 속에서 졸기 시작한다
경기도 안산에서 서울 여의도까지
경적 소리에도 아랑곳없이
옆으로 앞으로 꾸벅꾸벅 존다

차창 밖으론 사계절이 흐르고
진달래 피고 밤꽃 흐드러져도 꼭
부처님처럼 졸고 있는 구자명씨,
그래 저 십분은
간밤 아기에게 젖 물린 시간이고
또 저 십분은
간밤 시어머니 약시중 든 시간이고
그래그래 저 십 분은
새벽녘 만취해서 돌아온 남편을 위하여 버린 시간일 거야

고단한 하루의 시작과 끝에서
잠속에 흔들리는 팬지꽃 아픔
식탁에 놓인 안개꽃 명에
그러나 부엌문이 여닫히는 지붕마다
여자가 받쳐든 한 식구의 안식이
아무도 모르게
죽음의 잠을 향하여
거부의 화살을 당기고 있다

—「우리동네 구자명 씨 – 여성사연구 5」

고정희의 '여성사연구' 연작은 여성해방사상을 목적의식적으로 말한 시로 유명하다. 「반지뽑기 부인회−여성사연구 2」, 「남자현의 무명지− 여성사연구 3」에서와 같이 역사적 사건의 주체가 된 여성, 근대 초기 여성들을 호명하는 고정희 시의 전략은 뚜렷한 여성해방의식을 요구했던 80년대 여성문학비평에서 주목을 받아 왔다.

하지만 이천 년대 고정희를 알고, 그의 시를 읽는 독자들은 누구일까? 지하철 플랫폼 유리벽에 걸려 문화서울의 전시물로 시가 소비되는 이 시대에 고정희 시를 읽는 주 독자들은 고등학생들이다. 「우리동네 구자명 씨−여성사 연구 5」가 20여 종에 달하는 문학교과서에 다수 수록되어 있기 때문이다. 서론에서 밝혔듯 고정희 시를 80년대에 가슴이 아닌 머리로 읽었던 필자는 이천 년대에 고정희의 '구자명 씨'를 고등학교 문학교과서를 우연히 접하면서 새롭게 발견했다. 대학입시용으로 문학을 공부하고 감상해야 하는 학생들은 이 시에서 시적 화자와 어조를 찾아내야 하고, 비유적 표현이 사용된 시구를 찾고, 각 연의 시상 전개를 파악해야 할 것이다.

이 시는 가사노동과 직장생활의 이중고에 시달리는 여성의 고달픈 하루를 바탕으로 하고 있으며, 구자명 씨는 당대 우리 여성의 전형을 담고 있다는 것, 주제는 여성의 일방적인 희생을 강요하는 현실에 대한 비판이라는 것을 체험이 아닌 지식으로 섭취해야 한다. 삶의 고비를 많이 넘지 않은 학생들에게 이 시의 실감은 그저 어느 문학교과서 학습활동에 실린 것처럼 만성 수면부족에 시달리는 수험생활의 고달픔을 겹쳐 읽는 데 그칠 수도 있다. 물론 문학교과서의 정전화 메커니즘을 생각하면 고정희의 시가 교과서에 수록된 것, 고정희가 페미니즘 시인으로 교육현장에서 논의되는 것만으로도 의미가 있다.

하지만 이런 우려와 반가움과는 별개로 기혼여성이자 맞벌이 주부로서의 정체성을 가진 586세대 여성들은 이 시에서 "차창 밖으론 사계절이 흐르고" 있어도 졸고 있는 여성의 고단한 삶, 가족을 위해 흘러가는 "저 십 분"을 실감과 공감으로 읽어낸다. "잠 속에 흔들리는 팬지꽃 아픔", "식탁에 놓인 안개꽃 멍에"라는 역설적 비유보다, '죽음의 잠'과 '거부의 화살'이라는 시어 간의 긴장보다 반복적인 '저 십 분'이 환기하는 절박함이 더 핍진하게 여겨진다. 일하는 중년 여성이 경험과 가슴으로 읽는 고정희의 시는 시인이 지향했던 민중성과 일상성의 힘이 시적 감동의 원천임을 새삼 환기한다. 이것이 고정희가 80년대에 지향했던 공감과 연대에 바탕을 둔 여성문화적 비전의 시적 성취이다.

문화적 기억과 문학적 기억으로서의 여성시

고정희 시인과 힐데 도민의 시를 사례로
채연숙

모든 사람은 자기 자신에 대한 기억이다.

— 윌리엄 워즈워스, 『서곡』 중에서

1. 고정희 시인과 힐데 도민을 읽으며

대부분의 시인들은 시대적·문화적 배경은 각각 달라도 한 가지 공통점을 가지고 있다. 특히 여성 시인들[1]은 자신들이 처한 시대적 아픔을 시적 형상화라는 출구를 통해 적극적인 소통을 시도하고 있다. 결국 이러한 시적 글쓰기는 시인 개인의 기억 작업을 통해 문학적 기억과 문화적 기억[2]으

---

[1] 필자는 이 글에서 여류시인이라는 용어보다는 여성 시인이라는 용어를 쓰기로 한다. 왜냐하면 필자의 개인적인 어감으로 보아 여성 시인이라는 용어가 더 독립적이고 자율적인 느낌을 주기 때문이다.

[2] 여기서 말하는 문학적 기억이란 작가와 시인에 의해 만들어지는 개인적 기억이 회상이나 상기라는 기억 기제를 거쳐 작품으로 재현되고 투영됨으로써 그것이 결국 특정한 시대와 삶의 기억체로 읽혀지거나 해석되는 것을 말한다. 따라서 문학적 기억은 매우 개인적 기억이면서 동시에 정형화되지 않은 무의도적 기억이라 할 수 있다. 반면 문화적 기억은 특정한 민족이나 지역과 결속을 맺게 될 뿐만 아니라 세대를 포괄할 수 있는 집단적 기억을 말하며 그것은 대개 규범적 텍스트에 바탕을 두면서 동시에 시대를 포

로 재탄생되는 것이 특징이다.[3] 이것이 바로 이들이 여성시를 통해 시대와 문화를 초월하여 일구어낸 성과라 하겠다. 하지만 여성시에서 배태된 문학적 기억의 탄생이 당대의 조명을 받지 못한 것도 사실이다. 예컨대 한국의 고정희 시인의 경우가 문단의 주류인 남성 시인들에게 가려 국문학계의 주목을 받지 못했다면, 독일의 도민의 경우는 시인 특유의 생철학적 입장으로 인해 그가 발표한 시론이나 강의 내용들이 문단의 주목을 받았다는 데서 그 이유를 찾아볼 수 있다. 그럼에도 불구하고 한국의 고정희 시인과 독일의 시인 힐데 도민은 서로 각기 다른 문화권에서 문단 활동을 하였지만 여성으로서 이들이 처한 시대적 아픔을 문학적 기억과 문화적 기억으로 기록하고 있다는 점은 공통의 결실이라 하겠다.

일반적으로 90년대 독일어권에서 회자되었던 문화적 기억과 문학적 기억에 관한 연구는 인문학 연구의 직접적인 대상으로서보다는 주변적 학문, 즉 역사학이나 심리학 또는 문화학 등의 영역에서 다루어지는데 그칠 정도로 미미한 실정이다. 그러나 최근 들어 학문 영역이 학제 간 통합 연구의 방향으로 전향됨으로써 문학적 기억이나 문화적 기억의 문제뿐

용하는 기억을 의미한다. 따라서 문화적 기억에는 세대교체, 패러다임의 변화, 기억의 위기 등에 따라 변화를 경험하게 되는 것이 특징이다. 특히나 기억이나 기록보다는 망각이나 소멸의 경향을 보이는 현대사회에서는 기억의 상실을 우려하여 그것을 문학적 기억이나 예술적 가상 기억으로 대체하려는 추세를 보인다. 망자 추모, 송덕, 역사적 기억은 과거와 관련된 세 가지 형식으로 근대 초기까지만 해도 서로 구별되는 것이었는데 이러한 형식들이 바로 문화적 기억이 가지는 주요 기능이라고 기억이론가들은 보고 있다. 좀더 자세한 내용은 알라이다 아스만, 『기억의 공간』(변학수 · 채연숙 역), 「여는 말」, 9~29쪽; 제3부 2장, 「보존, 몰락, 잔재–보존의 문제와 문화의 생태학」, 478~492 쪽을 참조할 것

3   구태여 '재생산'이라는 말을 쓴 것은 대부분이 시대적 이슈에 대한 시 텍스트들이 문단의 주류로 인정되어 온 남성 시인들에 의해 발표되었기 때문이다.

만 아니라 기억에 관한 연구 또한 매우 활발하게 진행되고 있다.[4] 이러한 흐름은 인문학이 문화학적인 패러다임과 공존하고 (영상)매체나 문화를 문학 텍스트로 확장하여 연구한다는 차원의 일환으로 볼 수 있으나 이것은 결국 학문의 영역도 인간의 기억을 저장하는 공간이나 생태학적인 문제를 벗어날 수 없다는 방증이라고도 볼 수 있다. 왜냐하면 그것은 인간의 기억이나 문헌들을 보관할 수 있는 문서고나 저장소가 제한되어 있을 뿐만 아니라 인간의 기억은 모든 것을 다 기억할 수도 없고 또한 다 기억할 필요도 없기 때문이다.

이처럼 문학은 근본적으로 기억의 문제를 떠나서는 사실상 생각할 수가 없다. 왜냐하면 인간의 기억 자체를 다룬 것이 문학이기 때문이다. 일차적으로 시인은 과거와의 기억과 화해하기 위해 글을 쓴다. 그렇다면 이런 기억의 문제가 과거와의 화해라면 문화적 기억과 문학적 기억은 어떤 관련이 있는지가 우리 인문학자들의 관심이 아닐 수 없다. 또한 문학적 기억과 문화적 기억의 문제는 한 민족을 집체적 기억[5]이나 정체성과도 직접적으로 관련되어 있기 때문에 기억의 문제가 시적 텍스트에서 어떻게 형상화되고 있는지 살펴보는 게 필요하다.

따라서 이 글에서는 문화권은 서로 다르나 정치적인 억압의 시대를 살

---

4   이런 흐름은 독일 문학뿐만 아니라 인문학이 새로운 패러다임의 도전을 받아 그에 대한 대안으로 모색된 것으로서, 인문학이나 문학 일반을 매체학이나 문화학과 상보적인 관계로 연구하자는 경향을 뜻한다. 이미 독일에서는 70년대 집체적 기억의 정체성 문제를 다룬 할브박스(Maurice Halbwachs)를 필두로, 망각과 기억을 동전의 양면으로 본 하랄드 바인리히(Harald Weinrich)와 기억의 문제를 고대 기억술이나 매체의 영역을 넘어 기억의 저장의 문제까지 연구한 알라이다 아스만(Aleida Assmann) 등을 들 수 있다.
5   할버박스는 집체적 기억이 민족의 전통적 문화의 보존이나 정체성을 지속시키는 유일한 통로로 보았다. 좀더 상세한 내용은 그의 저서 Maurice Halbwachs, *Das Gedächtnis und seine sozialen Bedingungen*, Frankfurt a. M., 1985를 참조하라.

아온 한국의 고정희 시인과 제2차 세계대전 후 시대적 전환기를 살았던 독일의 힐데 도민 사이에는 어떤 상관관계가 있는지 알아보고 그것을 문화적 기억과 문학적 기억이라는 관점에서 추출해 보고자 한다. 또한 본 연구에서는 두 여성 시인의 시들이 가지는 소재적 스펙트럼이 워낙 방대한 까닭에 문화적 기억과 문학적 기억을 대변하되, 이 글의 논지에 부합하는 시 텍스트들을 중심으로 살펴보고자 한다.

2. 문화적 기억과 문학적 기억으로서의 여성시

기억의 문제는 오늘날 여러 영역에서 초미의 관심사가 되어 있다. 하지만 기억이 상술적으로 드러난 부분은 그리 많지 않다. 왜냐하면 인간 행위의 근간을 차지하는 기억의 문제일지라도 그것 자체만으로 구체화되어 나타나 있지 않기 때문이다. 위에서 언급하였듯이 기억이론은 학제 간 연구의 일환으로 또는 그와 유사한 문화연구 내지는 문화학에서 깊이 있게 다루어지고 있다. 기억의 문제를 다룬 학자들의 이론에 의하면 기억이란 우리가 그에 부여하는 가치만큼 신빙성이 있는 진리나 자료가 아니다. 대부분 어떤 정열에 의해서 왜곡되거나 그때그때의 주도적인 권력에 의해 지배되는 것이 기억의 본질이기 때문이다.[6]

이처럼 기억이란 역사적으로 지배자들이나 기득권을 가진 자들에 의

---

6   Aleida Assmann, *Erinnerungsräume. Formen und Wandlungen des kulturellen Gedächtnisses*, München, 1999에서 아스만은 문화적 기억의 양상들과 변화 과정을 매우 개괄적으로 소개하고 있는데, 특히 인간의 기억과 역사적 기억이 시대를 거쳐 오면서 경우에 따라서는 권력자들의 조작에 의해, 또는 인간의 기억을 보존할 수 있는 한계에 의해서 충분히 왜곡될 소지가 많다는 점을 강조하고 있다. 상세한 내용은 같은 책 265쪽을 참조하라.

해 조작될 수도 있기 때문에 문예학 분야에서의 기억이론가들이나 문화학 학자들은 사료적 기억보다는 오히려 역사를 스스로 체험한 개인의 기억과 문학적 기억에 주목할 것을 강조하고 있다. 왜냐하면 개인적인 기억과 문학적 기억 또한 대개 권력이나 특정한 이데올로기로 인해 정당화된 역사적 기억을 넘어 다각적인 기억 현상을 대변하거나 구현할 수 있다고 보기 때문이다. 특히 기억이 가지는 왜곡이나 변형의 가능성을 전제하고 볼 경우, 문학적 기억이 가지는 의미는 더욱 크다 하겠다. 단적인 예로 독일의 경우를 보면, 제2차 세계대전 후 나치 시대의 문인들이 스스로 문단에서 퇴각하거나 양심선언으로 '침묵의 시학'의 노정을 걸었던 반면 우리 민족의 경우에는 일제에 의해 왜곡된 역사만큼이나 우리의 학문적 시각 또한 편향되고 왜곡되었다고 할 수 있다. 이런 왜곡은 다시 사회주의와 자본주의라는 이데올로기의 대립으로 이어져 기억의 왜곡은 더욱더 많은 역사적 질곡을 거쳐 아직도 '충족되지 않은 망각'[7]으로 남아 있다.

그럼에도 불구하고 문화적 기억과 문학적 기억이 그 의미를 갖는 까닭은 억압된 기억이 부정된 것으로부터ex negativo 건져 내어 의식의 수면으로 떠올라 살아남게 하기 때문이다. 말하자면 고정희 시인에게서는 한국의 현대사, 즉 4·19와 광주 민주화 운동이, 힐데 도민에게는 홀로코스트를 피해 살아온 22년간의 망명 생활이 바로 그것이라 하겠다. 두 여성 시인들의 삶의 무게에 각인된 '충족되지 않은 망각'이 결국 새로운 시학의 탄생을 가능하게 하는 것이다. 이것은 시를 쓰는 일이 오늘날 왜 불가능해졌는가에 대한 응답이라고도 볼 수 있다.

그뿐 아니라 문화적 기억으로서의 여성시를 사회참여의 관점으로 본다

---

7   Harald Weinrich, *Lethe. Kunst und Kritik des Vergessens*, München, 1997을 참조하라.

면 고정희 시인이 70년대와 80년대를 거친 한국의 민주화의 과정을 참담한 심정으로 절규하고 있고, 도민은 제2차 세계대전 후 독일의 과거청산은 물론 과거에 대한 반성을 거쳐 60년대 말 반전 운동과 시대적 현안에 시가 가지는 새로운 기능과 역할에 대해 성찰과 개혁의 의지를 담고 있다. 이 두 시인들의 공통점은 여성으로서 시대를 뛰어넘는 포용과 관용을 보여줄 것을 오로지 시적 글쓰기를 통해 실천하고 있는 것이다. 60년대 이후 독일 시단의 중심이 되어 온 도민은 끊임없이 "오늘날 시는 무엇을 위해Wozu Lyrik heute"라고 던지는 물음을 오늘날까지도 제기하고 있다. 왜냐하면 그가 말하는 '오늘날'은 늘 현재진행형으로 지속되기 때문이다.

따라서 우리는 '오늘날'의 시가 가지는 본질적 의미와 그 역할에 대해 질문을 던지지 않을 수 없게 된다. 고정희 시인이 절박한 시어로 우리 스스로를 되돌아보게 하였듯이 도민 또한 삭막한 시대가 예고됨에 따라 "시는 우리가 경험했던 모든 경험들 중 가장 쉬우면서도 힘든 만남으로, 우리 자신과의 만남으로 초대한다Lyrik lädt uns zu der einfachsten und schwierigsten aller Begegnungen, der Begegnung mit uns selbst"[8]고 말한다. 여기서 가장 단순한 만남과 가장 힘든 만남은 어떤 만남을 말할까? 그것은 아마도 우리 인간이 경험해 온 모든 문화적, 역사적 기억들의 총합을 말하는 것일 것이다. 도민에게 홀로코스트와 전후의 과거 극복이라는 긴 터널을 암시하는 것이라면 고정희 시인에게는 시인이 경험한 한국의 암담한 70년대와 80년대 전반을 구체적으로 의미하는 것이라고 말할 수 있다.

이외에도 이들의 아픔은 시공간Spacetime을 달리하는 것이라 하지만 여성으로서 시대적 상흔을 문학적 기억을 넘어 문화적 기억으로 탄생시키

---

8   Vgl. Hilde Domin, a. a. O., S. 14.

고 있다. 다시 말해 이들이 표출한 시 텍스트들은 시대를 살아오면서 각인된 개인적 경험과 기억들을 시적으로 형상화한 문화적 기억이자 집단적 기억을 매개하는 역할을 한다. 즉, 이 두 시인의 문학적 출발점이 시대의 아픔으로 인하여 무엇인가를 상실했지만 시적 형상화를 통해 과거의 극복과 언어를 통한 치유를 시도한다. 특히 도민에게서는 시를 통한 사회변화를 넘어 자기 본연의 모습과 다시 만나는 것으로 승화되는 반면, 이것이 고정희 시인의 시 텍스트에서는 기독교적 구원의 시학, 현실적 참담함에 대한 절규와 분노, 그리고 그것을 고유한 언어의 위로와 한풀이 등 다층적인 소재와 표출양식으로 재현되고 있다.

3. 시 텍스트에서의 문학적 기억과 문화적 기억 읽기

본 장에서는 두 여성 시인, 고정희 시인과 도민의 시 텍스트를 문화적 기억과 문학적 기억의 관점에 의거하여 분석하는 것에 앞서 이 두 개념들이 가지는 기억이론적 근거와 의미를 상술하고자 한다. 왜냐하면 문학이란 본질적으로 인간의 기억의 문제를 다루고 있는 것이기 때문이다. 다시 말해 문학은 인간의 기억 자체를 다룬 것이다. 특히 기억이론에서는 시인들의 "화해 조정을 받지 않은 기억"이 결국 시가 되고 문학이 되고 있다고 간주한다.[9] 그렇다면 이런 기억의 문제가 "화해 조정을 받지 않은 기억", 즉 상흔이라면 이것이 문화적 기억과 문학적 기억과는 어떻게 서로 관련되고 있는가를 알아보는 것이 필요하다. 아스만의 기억이론에 의거

---

9   하랄트 바인리히, 백설자 역, 『망각의 강 레테』, 문학동네, 2004, 214쪽.

하면, 문학적 기억이란 궁극적으로 문화적 기억의 문제를 다룬 것으로 그러한 기억의 실체들이 체험한 기억내용들이 특정한 문화의 집단적 기억[10]과도 밀접한 관련성을 가지고 있다. 물론 앞서 밝힌 바와 같이 기억의 문제는 지속적으로 특정한 이데올로기와 기억정치로 인해 변형과 왜곡에 노출되어 있는 것도 사실이다.[11] 또한 아스만은 문화적 기억의 형식을 기억이론과 기억의 발달과정을 통해 밝히면서 그것이 기억의 기능, 매체, 그리고 기억의 보관 및 저장, 소멸의 문제와 관련되어 변화되어 간다고 강조한다. 여기서 그가 말하는 문화적 기억이란 현대사회에 들어서면서 기억의 장소, 혹은 장소의 기억이라는 관점에서부터 시인이나 작가들이 작품을 통해 시대적인 사건이나 역사적 주제들을 문학적으로 형상화한 것에 이르기까지를 포괄한다. 다시 말해 문화적 기억은 특정한 문화 공간 내에서 혹은 한 집단 공동체적 기억 내에서 이들의 정체성을 기리고 기록하는 차원에서 계승되어왔다는 것을 알 수 있다. 물론 이들을 추모하고 송덕하는 문화적 기억의 형식과 기억의 고정체Stabilisator는 시대를 거쳐 오면서 많은 변천을 겪게 된다. 예를 들어 기억의 흐름을 근대와 전근대로 분류하여 볼 때 전근대적 사회에서는 문화적 기억을 기록하고 보존하는 데 그 의미를 두었다면, 근대 사회에 와서는 삶의 방식과 기억매체의 변

---

10 1920년대 기억의 영역을 집단적 기억과 개인적 기억으로 분류한 독일의 철학자 모리스 할브박스는 집단적 기억이란 민족의 전통적 문화의 보존이나 정체성 보존의 수단으로 보았을 뿐만 아니라 한걸음 더 나아가서는 "가족의 습관이나 고향, 직업, 계층, 종교혹은 다른 사회적 구분을 따른 다른 많은 사회적 기억의 영향도 받는다"고 보았다. 집단적 기억에 관한 좀더 세부적인 내용은 위의 책, 188쪽 참조

11 『기억의 공간』에서 문화학자이자 기억 연구가인 아스만 교수는 문화적 기억의 양상들과 변화과정을 매우 개괄적으로 소개하고 있는데, 특히 인간의 기억과 역사적 기억이 시대를 거쳐 오면서 경우에 따라서는 권력자들의 조작에 의해, 또는 인간의 기억을 보존할 수 있는 한계에 의해서 충분히 왜곡될 소지가 많다는 점을 강조하고 있다. 상세한 내용은 같은 책 265쪽을 참조하라.

화로 인해 문화적 기억의 소멸의 문제, 즉 무엇을 남기고 무엇을 지울 것인가 하는 '파괴의 열광'[12]에 주목한다. 왜냐하면 정보기술과학 및 디지털 시대에 직면한 현대사회에서 기억을 보존하고 유지해나가는 데는 무엇보다도 공간은 물론 장소와 관련된 문제도 매우 중요한 사안으로 대두되었기 때문이다. 이러한 문화적 기억에 대한 '시대적 지각변동'을 독문학자이자 괴테 전문가인 알브레히트 쇠네Albrecht Schöne는 이렇게 말한다.

문화적 토대의 단절, 집단적이고 세대를 포괄하는 이해 기반과 이해 능력의 상실은 결코 위대한 고전 작품들에만 해당되는 일이 아니다. 이런 단절은 증조부의 일기장이나 할머니의 편지가 직면한 문제이기도 하다.[13]

이와 같은 맥락 하에 고정희 시인의 시에는 망자나 시대적으로 희생된 사람들의 원혼을 달래는 형상들이 자주 등장한다. 특히 1979년에 출간된 첫 시집『누가 홀로 술틀을 밟고 있는가』, 두 번째 시집『실락원 기행』1981, 세 번째 시집『초혼제』1983에서는 시대적·정치적 억압에 대한 특정한 시대의 기억을 담은 문화적 기억이 성립되는 것을 알 수 있다. 또한 이러한 시적 형상들은 시인 개인에게는 자신의 직접적인 시대 참여와 체험이 녹아있는 문학적 기억으로 승화된다. 물론 문화적 기억의 두 기능은 본질적으로 망자들에게는 살아있는 사람들이 이들을 기리는 추모의 기억 작업으로, 살아남은 자들에게는 망자를 떠나보내는 슬픔과 애환을 추스르기 위한 애도와 위로의 기억 작업으로 볼 수 있다.

아래 시에서도 알 수 있듯이 문화적 기억의 형상이 드러난 고정희 시

---

12   Aleida Assmann, S. 12.
13   A. a. O., S. 12.

는 대개 외부적으로 드러나지 않은 시적 화자를 통해 일반화된 '우리'라는 집단적 기억체에서 '우리' 모두의 '어머니'를 통해 부각시키고 있다. 여기서 시적 화자는 "어머니 원 풀어 주세요", "어머니 우리 진실 밝혀주세요"라는 '어머니'라는 초월적 힘으로 승화되고 있다. 이때 시적 화자는 1, 2연에서 시 밖을 나와 있는 관찰자로서, 3연과 4연에서 억울하게 죽어간 어린 혼백들을 호명하는 문화 보편적 코드의 입장을 취하고 있다. 이것은 바로 고정희 시가 가지는 특기할 만한 것으로서 원혼들을 애도하고 어린 자식들을 떠나보내야 하는 모든 어머니들을 위로하는 시적 형식을 보인다. 이런 시적 형상화가 문화적 기억으로 자리매김될 수 있는 기제로써 살아있는 자들에게는 삶을 감당할 수 있는 힘을, 떠나가는 망자들에게는 살아남은 자들을 위한 애도의 힘을 가져다준다 하겠다. 이렇게 함으로써 문화적 기억은 이들이 원하든 원하지 않든 간에 어떤 특정한 문화의 공동체적 기억체로 영원히 기록되고 살아남게 된다. 이런 맥락에서 고정희 시인의 시들은 문학적 기억과 문화적 기억체로서의 시 기능을 새롭게 확장하는 차원을 보인다.

비명에 죽어간 우리 아들딸 혼백은
높고 넓은 땅에도 머물지 못하고
죄 많은 에미 가슴통 파고 들어앉아
자나 깨나 앉으나 서나
애간장 찢는 호곡소리
음산한 구천에 비길 바 아닌지라
태어나는 목숨에
피를 주고 살을 주는 어머니여,

에미 가슴속에 묻어 둔 시체

육탈도 안 되고 썩김도 안 된 시체

살아 있는 등짝에 썩은 살로 엉겨붙어

어머니 원 풀어 주세요

호령을 했다가

육천 마디 모세혈관에 검은 피로 얼어붙어

어머니 우리 진실 밝혀주세요,

(…중략…)

열 손가락 깨물어 안 아픈 데 없는

부모 심정, 에미 심정으루다

비명횡사당한 아들 이름 부르며

억울하고 불쌍한 어린 혼백 이름 부르며

광범아……

재수야……

영진아……

금희야……

선영아……

용준아……

관현아……

한열아……

성민아……

— 「우리 아들딸의 혼백 깃들 곳 어딥니까」, 『고정희 시선집 2』, 45~47쪽

이처럼 위의 시 텍스트에서는 시대의 억압과 압제에 쓰러져간 "억울하고 불쌍한 어린 혼백"들이 시적 영원화를 통해 추모시로 승화되고 있다. 뿐만 아니라 고정희의 시들 속에는 특별한 장소^{광주, 지리산, 서울, 금남로 등}들이 어디를 막론하고 어떤 역사적 사건의 현장으로서는 물론 문화적 기억의 장소로서 새로운 의미를 갖게 되는 것을 알 수 있다. 다시 말해 고정희 시인은 어느 특정한 장소가 갖는 문화적 기억의 의미를 되새김으로써 "망자들의 현존을 보장"[14]해주는 기능을 하고 있다. 이것은 마치 독일 시인들이 아우슈비츠나 크라카우라는 지명을 유대인과 수많은 국외자들과 희생자들에게 가해진 집단 학살에 대한 기억의 공간으로 형상화하는 것과 유사하다 하겠다. 뿐만 아니라 제2차 세계대전의 가해자들의 나라인 독일 베를린이나 쾰른 등과 같은 도시들은 고정희 시에서 그려진 광주나 지리산이라는 기억의 장소와도 유사한, "독특한 회상의 창고"[15]라고 할 수 있다.

이러한 시의 소재들은 고정희 시인의 시, 「어머니가 부르는 노래」, 「세월이 우리 아픔 묻어주지 못합니다」, 「사람이 사람에게 무릎꿇는 세상은」, 「눈물없이 부를 수 없는 이름 석자」, 「광주의 눈물비」, 「망월동 원혼들이 쓰는 절명시」 등에서 종종 찾아볼 수 있는 것으로, 아스만이 말하는 전형적인 문화적 기억을 담은 대표 시들이라 할 수 있다. 우선 이들 시들은 '망자 추모'에 대한 '인간학적 본질'에 근거하고 있을 뿐만 아니라 역사적 기억들이 담보할 수 없는 문화적 기억의 의미를 고스란히 담고 있다.

이와 같이 아스만의 위의 정의에 의거해 보면, 고정희 시인의 시들은 개인적 소회와 소사를 소재로 다룬 문학적 기억은 물론 시대를 넘어 '모

---

14   알라이다 아스만, 앞의 책, 449쪽.
15   위의 책, 462쪽.

두 사라지고 난 후에도 그래도 아직 남아 있는' 문화적 기억을 시사하는 시 텍스트들이 셀 수 없이 많다. 어떻게 보면 그녀의 시들은 모두 한 민족의 집단적 정체성과 한 시대의 역사적 의식을 대변해주는 텍스트들인 것이다. 예컨대 고정희 시인의 시 텍스트들은 광주 항쟁으로 인한 혼들을 '기억하는' 경건함의 기능과 그들을 위로하고 살풀이해주는 송덕의 기림 기능을 동시에 수행하고 있다. 이것은 독일의 힐데 도민의 시가 시대를 초월한 시적 절규로 시대적 상흔을 시 텍스트를 통해 시사하고 있는 것과 동일하다고 하겠다. 이에 두 여성 시인들은 자신들의 시 텍스트를 통해 시인 개인의 경험적 기억을 담은 문학적 기억은 물론 한 시대의 또는 한 민족의 집단적 기억을 기록하고 남기는 역할을 수행하는 문화적 기억의 카테고리를 수렴한다. 그것을 알라이다 아스만이 역사적으로 시인이 문화적 기억으로 변화된 과정을 다음과 같이 설명하고 있다.

뿐만 아니라 시대가 변화함에 따라 문화적 기억은 종교적 차원에서 세속적인 차원으로 이동함에 따라 그것이 현대사회가 시작되면서 그것을 보존하고 전승하려는 구조, 즉 박물관이나 도서관 등으로 대체되는 경우도 속하게 된다. 이와 같이 문화적 기억의 주체로서 시인들은 시간, 장소 그리고 습속을 독자들의 기억 속에서 되살리고 환기하고 있을 뿐만 아니라 이들이 살아온 삶의 공간을 시 텍스트를 통해 남긴다.

또한 알라이다 아스만은 문학적 기억이 가지는 일련의 역사적 의미와 해석의 출발점을 많은 부분 셰익스피어의 사극에 나타난 여성들의 기억 투쟁을 예를 들어 설명하고 있다. 가령 아스만은 그의 사극에 나타나는 여성들의 기억에 주목을 함으로써 이들이 "대부분 강제로 죽음을 당한 남편들과 아들들의 미망인으로서의 여성들은 고통과 죄의식으로 점철된, 인격화된 기억 그 자체als die Überlebenden ihrer Männer und Söhne, die in der Regel gewaltsam umkommen, sind sie dagegen ein personalisiertes Gedächtnis von Leid und Schuld"[16] 로

묘사되고 있음을 보여준다. 다시 말해 아스만이 기술한 문학적 기억의 실

체들, 즉 여성들은 "사라지지 않으려는, 살아있는 과거의 화신이 될 뿐 아

니라 기억에 대한 공포의 여신으로, 죄의식과 공포라는 트라우마적 이미

지를 갖고Sie sind Furien des Erinnerns, die die traumatischen Bilder von Schuld und Schrecken mit

sich herumtragen"[17] 살아간다. 이처럼 아스만은 셰익스피어 사극에 등장하는

여성 인물들은 작중의 비극들을 통해 스스로 역사적 기억이자 문학적 기

억의 주체가 되고 있음을 해명하고 있다.

　　따라서 아스만에 따른 문학적 기억을 정리하면, 역사적 기억이 공적이

고 어떤 시대의 권력자로부터 정당성을 부여받은 집단적 기억인 것과는

달리 "문학적 기억은 개인적이고 공인되지 않은 내면적인 기억이나 상상

으로 만들어져 있다"[18]고 할 수 있다. 다시 말해 문학적 기억은 그것을 표

현하는 시인이나 작가마다 다를 수 있고 회상의 기초에 따라 전화, 변화,

그리고 왜곡 등을 통해 재구성될 수 있는 데 그 특징이 있다. 그래서 문학

적 기억은 역사적 기억과는 달리 작가나 시인의 상상력이나 '기억된 과

거'에 기초한 재구성의 구조를 보인다.[19]

　　뿐만 아니라 아스만은 문학적 기억이 가지는 궁극적인 의미와 가치가

과거 기억이 남긴 상처의 흔적들과 대화하고 화해를 시도하는 데 있다

고 본다. 따라서 이런 과정을 통해 두 여성 시인들, 고정희와 도민의 기억

16　A. Assmann, S. 68.

17　A. a. O., 69.

18　변학수, 『문학적 기억의 탄생』, 열린책들, 2008, 16쪽. 여기서 저자는 성서, 신화, 동화, 영화, 아동문학, 그리고 서사문학이 가지는 문학적 기억의 의미해석을 각 장르의 대표적인 문학작품을 통해 제시하고 있다. 좀더 구체적인 내용은 16쪽을 참조할 것.

19　이에 대한 이해는 알라이다 아스만의 〈III. Der kampf der Erinnerungen in Shake-speares〉, S. 62-84과 번역본, 변학수 · 채연숙, 앞의 책, 81~118쪽을 참조할 것.

은 "희미하게 퇴색된 것은 새로이 채색되고, 잃어버린 것은 복원되며, 고통스러운 것은 경감된다. 이러한 상흔들은 회상을 통해서 사실 완전하게 치유될 수는 없지만 경감될 수는 있다"Das blaß Gewordene wird neu eingefärbt, das Verlorene wiederhergestellt, das Schmerzliche gemildert. Diese Wunden werden durch die Erinnerung zwar nicht geheilt, aber doch gelindert"[20] 고 보는 것이다.

4. 두 여성시인에서 여성시의 존재 의미

힐데 도민은 1968년, 프랑크푸르트 대학의 시학 강연을 시작하면서 "오늘날 시는 무엇을 위해Wozu Lyrik heute"[21] 존재해야 하는지를 물으며 당시 논란의 대상이었던 포스트 홀로코스트 시대의 시의 존재 의의와 정당성에 대한 응답을 찾고자 했다. 당시 독일 시단에는 시가 시 자체로서 존재해야 한다는 입장과 시가 현실을 변화시키고 사회참여에 대한 소통의 창구 역할을 해야 한다는 두 입장이 팽팽히 맞서고 있었던 터였다. 다시 말해 독일 시단은 현재까지도 크게는 시의 절대적 존재 의미를 주장하며 전통적 노선을 고수하는 시인들괴테, 아이헨도르프, 토마스 만, 릴케 등과 그래도 시는 사회와의 관계에서 출발해야 한다는 현실 참여적 입장하이네, 켈러, 브레히트, 엔첸스베르거 등으로 양분되어 발전해 왔다고 보아도 과언이 아니다.

이 지점에서 도민의 삶을 들여다보면 오랜 세월 동안의 망명 생활을 통해 과연 시가 현실에서 할 수 있는 것이 무엇인가 하는 것에 대한 회의로도 볼 수 있다. 도민은 망명 생활 중 시를 쓰기 시작하여, 1960년대에

---

20 A. Assmann, S. 94.
21 Hilde Domin, Wozu Lyrik heute, München 1968, S. 11.

본격적으로 시집을 발표하기 시작한 시인이다. 다시 말해서 도민은 나치라는 정치적 이념의 시작과 종말을 몸으로 경험한 망명 세대이자 1960년대 정치적 사회적 격동기에 활동한 시인이다. 참여와 순수의 문학 논쟁이 활발하던 시대의 증인이기도 한 도민은 시대적 분위기와는 달리 독일 서정시의 전통을 계승해 온 시인이다. 도민은 시를 단순히 시사적 사건이나 경험적 현실의 표현 수단으로 간주하지 않는다. 도민은 시는 "어슴프레 존재하다가 갑자기 의식 속에 떠오르는 것은 명명하고, 눈에 보이게 하고, 이야기할 수 있게 만드는 것Das Gedicht macht sie {die Begegnung mit der eigenen Erfahrung} sichtbar, es benennt und macht benennbar und also sagbar, was dunkel da war und plötzlich ins Bewußtsein gehoben wird"[22]이면서 동시에 "전달할 수 없는 것의 전달die Mitteilung des nicht Mitteilbaren"의 역할을 규정하고 있다.

이것은 고정희 시인에게도 해당되는 언명으로서 그 누구도 언어로 형상화할 수 없는 시대의 상흔들을 시적 세계로 승화시킴으로써 현실이 우리에게 주지 못한 '전달'의 메시지를 전달받게 하고 있다. 이렇게 보면 이들의 시들은 현실을 뛰어넘는 경험의 지평을 열어주고 있을 뿐만 아니라 이들의 시를 읽는 모든 독자들에게 새로운 세계의 탄생을 수용하는 문화적 기억으로 집결하게 한다. 이처럼 고정희 시인과 도민의 시들은 황폐화된 현실을 위로와 치유의 차원에서 여유를 가지고 돌아보길 권유하고 있다. '오늘날 시는 무엇을 위해?'라는 도민의 질문은 분명 기계화되고 억압된 현실에 시가 더욱더 시다운 역할을 해야 할 것을 역설하고 있다. 도민이 이러한 질문을 던지고 있다면 고정희 시인은 "조금만 더 가면 천국으로 들어가요 / 조금만 더 가면 아으, / 하느님의 축제가 기다리고 있어

22　Vgl. Hilde Domin, a. a. O., S. 15.

요."[23]라고 말하며 주술 같은 언어로 응답을 시도한다.

이 두 시인들은 기억이론에 의거하여 살펴보면, 소설가들이 일반적으로 이야기를 구성해나갈 때 회상이라는 기억장치를 통해 각각 문학적 상상력을 발휘하는 것이라면 이들 시인들은 대부분 애상 기억이라는 몸의 기억을 시 쓰기의 도구로 쓴다.[24] 다시 말해 몸이라는 감각 속에 각인된 과거의 기억들을 통해 시적인 이미지와 시상을 건져 올린다는 것이다. 따라서 이렇게 건져 올려진 언어는 "시대적 상처를 찌르는 무기이자 동시에 이러한 상처를 치유하는 수단이다. (…중략…) 이것은 수동적이고 수용적이며 신비주의적 기억이다. 또한 이것을 우리는 상상의 '남성적' 힘과는 반대 측면인 '여성적 상상의 힘'이다"[25]라고 기억이론을 대별하고 있다. 따라서 이 두 여성 시인들의 시가 가진 치유적인 힘은 이들이 몸소 겪어왔던 시대적 기억들 심층에서 건져온 활력이라 하겠다.

5. '애상 기억'과 시대적 상흔에 대한 치유

알라이다 아스만은 "시간의 상처는 치유를 요한다"라고 말하며 "시인과 사가는 문화적 기억의 기관들"이라는 것을 강조한다. 다시 말해 역사적 기억들이 말하지 않은 '시간의 상처'와 문화적 기억의 과제들을 시인들은 시적인 언어 공간으로 드러내 놓는다. 위에서 이미 언급한 바와 같이 그것은 시대의 상처를 찌르는 무기이자 동시에 이러한 상처를 치유하

---

23   고정희, 『누가 홀로 술틀을 밟고 있는가』, 평민사, 1985, 33쪽.

24   Aleida Assmann, S. 107.

25   Aleida Assmann, S. 108.

는 수단이 된다. 다시 말해 회상 기억의 이면인 애상 기억이 "여성적 상상의 힘"[26]이라면 이 애상 기억은 능동적인 기억작업과는 거리가 멀다 하겠다. 이것은 마치 고정희 시인과 도민이 이들의 시 텍스트들을 통해 "인간의 영혼에 신적 영감이 도래하는 셰키나Shekinah의 순간들"과 같은 것이다. 또한 이러한 순간들은 시간의 상흔들이 치유되는 순수한, 현재의 순간들이라 할 수 있다. 이것은 시인들이 가지는 시적 영감, 즉 애상 기억을 통해서만 가능하다. 이야기나 소설의 형식으로 쓰이는 회상 기억의 이면인 애상 기억은 시인들이 시를 쓸 때 흔히 쓰는 무의식적 기억과도 유사하다. 이것은 능동적이고 활기에 찬 회상 기억과는 달리 필요할 때 불러오고 필요하지 않을 때 불러올 수 없는 몸의 기억에 의존하는 경향을 가지고 있다.

따라서 이러한 애상 기억은 몸이 가진 감각기관과도 서로 유기적으로 연결되어 있다. 애상 기억의 특징은 우리가 시를 쓸 때 깊은 생각에 잠기거나 이미지를 그리기 위해 많은 시간과 에너지를 요하는 것과도 관련이 많다. 이때 고정희 시인이나 도민이 자연의 흐름, 특히나 산, 돌, 꽃, 눈물, 여백, 사람, 죽음, 아우슈비츠, 하늘 등과 같은 인간의 정서적 대상물들을 시적 소재로 쓰는 것과 동일하다. 이러한 상태에 도달해서야 결국 인간의 내면적 상처들을 보듬을 수 있는 치유적 시어들을 심층에서 건져 올려낼 수 있기 때문이다. 고정희 시에 나타난 애상 기억의 흔적과 치유적 장치들을 시 속에서 찾아보도록 하자.

고정희 시인의 애상 기억은 쓰라린 상처를 딛고 "오월이라는 기다림을 / 그대 겨울 난롯불에 화장하자 말라 / 광주는 그대의 봄, 우리의 봄, 서

---

26   Aleida Assmann, S. 109.

울의 봄"으로 치유되었다가 얼마간의 시간이 지나면 어느새 "달빛 아래서나 가로수 밑에서 / 불쑥불쑥 다가왔다가 / (…중략…) 네가 그리우면 나는 또 울 것이다"로 재현된다. 이처럼 시인이 경험한 시간의 상처는 치유를 요하지만 늘 희망과 고통 사이에서 반복되고 있음을 알 수 있다. 그래서 시인의 노래는 "그대 보지 않아도 나 그대 곁에 있다고 / 동트는 하늘에 쓰네 / 그대 오지 않아도 나 그대 속에 산다고 / 해지는 하늘에 쓰네" 『고정희 시선집』 2, 128쪽로 지속될 수밖에 없다.

반면 독일의 힐데 도민의 시는 홀로코스트로 인한 인간의 한계를 언어라는 공간에서 찾으려 한다거나 인간이 가진 언어의 위기에서 찾고자 시도한다. 다시 말해 인간과 인간 사이에는 언어라는 소통의 도구를 잃어버림으로 인해서 언어가 가진 발화적 기호조차도 서로 통용되지 않음을 호소하고 있다.

죽어가고 있는 입이
한 낯선 언어의
적절한 단어를
말하려고
안간힘을 쏟고 있네

Der sterbende Mund

müht sich

um das richtige gesprochene

Wort

einer fremden

Sprache

—*Hilde Domin, Sämtliche Gedichte, S.119~120*

그 외에도 그녀의 시 텍스트들, 「아직 어제」, 「위로 없는 저녁」, 「죽어가는 친구」, 「귀환의 날」, 「아슬아슬한 희망」 등에서도 점차 사라져가는 희망의 불꽃이 더욱 혼미해져 깊은 심연으로 치닫고 있음을 알 수 있다. 고정희 시인의 아우슈비츠에서 기억이 가진 애상의 흔적을 노래한 것처럼 도민 또한 그녀가 유년을 보냈던 도시 "쾰른"을 아래와 같이 형상화하고 있다.

쾰른

함몰된 도시
나에게는
홀로
넋을 잃은 채
나는 이 거리에서
헤매네.
다른 이들은 떠나네.

Köln

Die versunkene Stadt
für mich

allein

versunken

Ich schwimme

in diesen Straßen.

Andere gehn.

— Hilde Domin, Sämtliche Gedichte, S. 119

이런 시의 경향으로 인해 힐데 도민은 독일시의 전통에서 참여시의 대표적인 작가, 브레히트Brecht의 시정신을 계승한 시인으로 평가되고 있다. 다시 말해 힐데 도민은 "자신의 시를 통해 독자들이 인간적인 행동의 촉구와 그로 인한 독자 한 사람 한 사람에게 변화의 불꽃을 지피는 것Hilde Domin will mit ihren Gedichten mahnen, den Leser zu humanem Verhalten auffordern, will beim Leser Veränderungen bewirken"을 강조하고 있을 뿐만 아니라 "현대사회에서 시란 모든 사람들에게 부치는 호소, 경고 또는 요청독촉, das Gedicht als Mahn-, Warn- oder Weckruf an jeden"[27]으로 정의하고 있다. 이러한 그녀의 시작은 고정희 시인이 가지는 저항의 미학과도 일맥상통하는 것으로 볼 수 있다.

이와 같이 고정희 시인의 시나 도민의 시만큼이나 기억의 이론으로 적용하여 읽기가 적합한 시들도 드물다. 그것은 그들의 시들이 이미 지나간 한국과 독일의 현대사를 시적 소재로 가져와 재구성하고 있기 때문이다. 그들의 시에서 형상화된 기억들은 그것이 현대사와 같은 역사적 사실이라 해도 어느 정도 시간이 지나고 망각이 된 상태에서야 시적 작업이 가능하다. 이것은 아무리 우리의 현실에서 일어난 현안이라고 해도 그것

---

27   Adelheid Petruschke, Lyrik nach 1945, Stuttgart : Klet, 1988, S. 44.

이 의식으로 돌아와 시적으로 표현되기 위해서는 그러한 현안이 어느 정도 사라지고 난 후에야 기억 작업이 가능하기 때문이기도 하다. "모든 사라지는 것들은 뒤에 여백을 남긴다"라고 시인이 노래하고 있듯이 이러한 현실이 완전히 지나고 나서야 비로소 의식된다는 기억이론을 여실히 보여주고 있다고 볼 수도 있다. 현실적으로 지금 막 접하는 현안들은 당장 시적으로 형상화될 수 없다는 것이 그 이론 속에 녹아있는 것이다. 이 두 여성 시인들이 몸소 겪었던 몸의 기억들은 시인들의 시적 형상화를 통해 비로소 역사적 기억에서 문화적 기억 내지는 시적/문화적 기억으로 부활되어 언어로 살아남게 되는 것이다. 이것이 바로 기억이론에서 말하는 문화적 기억 공간으로서의 여성시가 성립되는 지점이라 하겠다.

그 외에도 위의 시 텍스트에서 보았듯이 고정희와 도민의 시들은 각각 다른 시대적 소재와 언어로 우리 시대의 아픔을 형상화한다. 시를 통해 그려지는 문학적 기억은 궁극적으로 지극히 시인 개인의 기억이며 시인 개개인의 이미지 작업과 고유한 관계를 맺고 있다고 할 수 있다. 이들이 각각 기억하는 방식은 각기 다를 수밖에 없지만 이들 시인들의 시에 나타나는 시적 소재들은 체제나 이념의 체현인 구체의 모습으로 환원되지 않는다는 공통된 특징이 있다. 이들에게 시는 체험의 시공간이 아니라 기억의 시공간이며 나아가 이들이 살아온 시대와는 다른 시상의 시공간이다. 고정희 시인과 도민의 시에 대한 이런 입장은 시대가 변하고 사회가 변해도 늘 동일해야 한다는 것을 알 수 있다. 이것을 도민은 "우리가 말을 타고 다니든, 기차를 타고 다니든, 아니면 로켓을 타고 대륙과 대륙 사이를, 달과 달 사이를 오가더라도 시가 하는 일은 늘 같다Der Dichter tut, was er immer tat und immer tun wird, gleichgültig, was für eine praktische Form das Leben nimmt, ob wir zu Pferd reisen (…중략…) im Zug oder in Spurraketen, von Kontinent zu Kontinent oder von Stern zu

Stern"[28]라고 응답하고 있다.

6. 나가는 말

이 글의 출발점인 문화적 기억과 문학적 기억의 논의로 돌아와 정리를 해 보면, 이 두 여성 시인들은 각기 오랜 기간 동안 시대적 아픔과 단절을 몸소 경험했을 뿐만 아니라 유년기로부터의 외부적 추방에서 생겨난 결여와 상처는 이들로 하여금 이러한 자신들의 과거 기억들을 시적으로 옮겨가게 하는 요인이 되고 있다. 왜냐하면 문학이라는 공간은 궁극적으로 작가와 시인들의 기억이 저장된 곳이자 이들 스스로의 기억들을 재생산하고 재구성하는 표현방식이기 때문이다. 또한 문학은 이들의 개인적 기억과 집단적 기억을 매개하는 특수한 역할을 담당한다. 뿐만 아니라 고정희 시인의 시와 힐데 도민의 시는 개인적 기억과 회상으로서의 문학적 기억, 그리고 특수한 시대와 특정한 민족의 문화적 기억으로서의 역할을 한편으로서는 여성시로서 또 다른 한편으로는 시대를 기록하는 역사시 Geschichtslyrik[29]로서의 기능을 하고 있다.

다시 말해 이 두 여성 시인들이 시대와 문화를 뛰어넘어 우리에게 시사하는 바는 우선 "우리가 아우슈비츠에서 멀어지면 멀어질수록 우리는 그 사건, 그 범죄에 더 가까이 다가가게 된다Je weiter wir uns von Auschwitzentfernen, desto näher tritt dieses Ereignis, die Erinnerung an dieses Verbrechen an uns heran"는 사실

---

28 Vgl. Hilde Domin, a. a. O., S. 13.
29 역사시에 관한 내용은 Alena Diedrich, Geschichtslyrik seit Beginn der literarischen Moderne, Göttingen 2010, S. 1~10를 참조할 것.

과 역사적 사건들은 시간이 지나감에 따라 점차 퇴색되고 사라지는 것이 아니라 역설적이게도 더 가까워지고 생생해진다는 것이다. 특히 위에서 다룬 두 여성 시인은 여성으로서, 다른 한편에서는 시대를 살아가는 동시대인으로서의 이중고를 詩作을 통해 첨예한 기억의 문제에 직면하게 되는 것은 물론 결국 문화적 기억으로서의 자리로 그 의미가 확산된다.

왜냐하면 "여성들의 기억은 발전하고 있는 현재를 그림자로 뒤덮고, 그것은 검은 구름처럼 따라간다. 그런 기억은 (…중략…) 숙명적 역사의 역동성을 부추기는 원동력이다. 그런 원동력이 ― 간단히 말해 ― 망각할 수 없는 사람들에 의해 지속되고 있다는Die Erinnerung der Frauen beschattet die fortschreitende Gegenwart und begleitet sie wie eine dunkle Wolke. Ähnliches gilt für die rächende Erinnerung der Männer. Sie ist der Motor, der die fatale Geschichtsdynamik des Bürgerkriegs antreibt. Dieser lebt ― um es auf die kürzeste Formel zu bringen ― von Personen, die nicht vergessen können"[30]것을 시적 형상화를 통해 보여주고 있다.

따라서 이 두 여성 시인들의 문학적 출발점이 각기 처한 상황으로 ― 도민은 나치 치하, 고정희는 현실정치의 규제와 탄압으로 ― 무엇인가를 상실했지만 그러한 고통의 절규를 시라는 장치로 인해 시대를 뛰어넘는 문화적 기억 또는 문학적 기억의 차원으로 옮겨놓음으로써 이들의 시 텍스트를 문화학적 관점에서 새롭게 읽을 수 있는 여지를 제공하였다고 본다. 이러한 과정을 통해서 탄생된 문화적 기억과 문학적 기억은 이 두 시인에게는 문화적 공간과 시공간을 막론하고 이들 문학의 중요한 동인으로 작동하며 이들의 시 텍스트들은 그러한 아픔과 상실감을 시적 글쓰기를 통해 상기함으로써 그것과 이별하고 앞으로 나아가려는 애도의 과정이라 하겠다.

---

30 Aleida Assmann, S. 69.

또한 이들의 시대를 형상화하고 기억하고 상기하는 문학적 작업은 이 두 시인의 시 텍스트들을 통해 시대와 문화를 넘어 지속될 것이며, '충족되지 않은 망각'의 실체를 치유하는 힘을 가져다줄 것이다. 결론적으로 고정희 시인과 도민의 시 텍스트를 살펴보면서 궁극적으로 이들이 시 텍스트들을 통해 보여준 문화적 기억이란 본질적으로 고통의 시대를 희망의 시대로 부활시키는 "망자 추모"[31]의 기림에 있음을 알 수 있었다. 특히 고정희 시인의 시는 시대를 희생한 망자들을 위한 시대적 추모이자 살아남은 자들을 위로하는 애도시Trauerlyrik, 위로시Trostlyrik라 하겠다. 이러한 흐름은 '아우슈비츠'에서 '지리산의 봄', 그리고 '눈물꽃'에 이르기까지 그의 시집들 곳곳에서 쉽게 찾아볼 수 있다. 따라서 고정희 시인과 도민의 시는 시대를 초월하여 험난한 고통을 이겨내고 그래도 살아 남아있는 문화적 기억의 실체라 하겠다. 뿐만 아니라 이들은 여성으로서 시대를 살아온 몸의 흔적으로 시를 쓴다. 이것이 문화적 기억의 실체로서의 여성적 글쓰기라 할 수 있다. 아도르노는 "언어의 발길에 따라 언어와 주관이 일체를 이룰 때 시는 가장 심오한 사회성을 지니게 된다"[32]라고 강조한 바 있다. 이런 맥락에서 '시를 쓴다는 것이 불가능한 시대'를 대표하는 문화적 기억으로서의 이들 여성시가 온전한 자율성과 시적 의미를 부여받게 된다고 본다. 이것이 이 두 여성 시인이 여성사와 시대사에 남긴 흔적들이라 하겠다. 이러한 흔적들은 또한 지속적으로 시적 의미를 찾아 나서는 후손들에게 의미 있는 문학적 또는 문화적 기억의 공간으로 새롭게 자리매김될 것으로 본다.

---

31 Siehe Aleida Assmann, S. 33.
32 Theodor W. Adorno, Rede über Lyrik und Gesellschaft. In : Theodor W. Adorno. Gesammelte Schriften Bd. 11, S. 56.

여성-민중, 선언

『또 하나의 문화』와 고정희
최가은

1. 선언의 언표와 실천 간 괴리

시민권을 획득하지 못한 인권은 유효한가. 민족국가 단위로 생성되는 시민권이 자연권에 가까운 것으로 인식되는 인권에 사실상 선행한다는 한나 아렌트의 지적[1]은 무국적자와 난민을 향한 오늘날의 무차별적인 배제와 폭력성을 상기할 때 매우 정당한 주장으로 보인다. 하지만 '시민권화한 인권'의 한계를 뚫고, 비인간화된 주체들이 정치적 저항의 동력으로 삼을 수 있는 '인권의 독자적 가치'를 강조[2]하는 목소리도 있다. 에티엔 발리바르는 1789년 프랑스 혁명과 함께 '시민'의 개념을 새로 설정한 인권 선언문, 「인간과 시민의 권리 선언문」에서 이러한 주장의 기반을 찾는다.

발리바르가 주목한 것은 인간이라면 '누구나' 국가 주권자라는 선언문의 언표와 실천 사이의 괴리이다. 특히 그는 이 과정에서 맞닥뜨릴 수밖

---

1 한나 아렌트, 이진우, 박미애 역, 『전체주의의 기원 1』, 한길사, 2007.
2 이정은, 「인권의 역린, 여성의 정치적 권리─에티엔 발리바르의 '인권정치'에서 「인권선언문」에 대한 독해」, 『한국여성철학』 32, 한국여성철학회, 2019, 4쪽. 이정은의 논문은 발리바르가 「인권선언문」에서 견인해낸 정치·철학적 개념들을 "양가적 폭력에 처한 여성의 '무기력'을 반전시키는 근거로 확장"(5쪽)하는 방식을 모색한다.

에 없는 '동일성의 폭력'과 같은 아포리아가 역설적으로 비非시민의 영속적인 정치적 저항의 근거지가 된다는 점에 집중했다. 봉기의 동력이 되는 불일치는 혁명적 언표가 수행하는 "이중적 동일화",[3] 즉 '인간은 곧 시민이다'에서 시작된다. 선언문에서 인권은 시민권과 "정확히 동일한 것들"[4]로 표현되는데, 그것이 의도한 바에 따르면 인간과 시민 사이에는 어떠한 차이도 존재하지 않는다. 하지만 정치적 주체가 속한 각각의 구체적이고 특수한 존재론적 조건정치의 타율성 때문에, 언표와 실천 간에는 필연적으로 간극이 발생할 수밖에 없다. 이들 조건은 다시 크게 두 가지로 나뉘는데, 첫째는 개개인이 속한 시공간적 조건, 즉 '지금-여기'라는 기반의 차이를 의미하며 둘째는 '말parole'과 관련한 불평등한 분배에서 발생한다.

이 두 가지 조건은 언표가 배제한 이들이 변혁을 이행할 수 있는 공간이라는 점에서 중요하다. '인간=시민'이라는 등식이 누군가에게는 저항의 촉발제가 될 수 있다면, 그 이유는 위와 같은 명제가 실질적인 실천 과정에서 야기하는 불일치 때문이다. 이 불일치야말로 무산자 집단, 여성 집단과 같은 하위 주체들의 분노를 자극하고 이들로 하여금 "자신의 시민적 권리가 배제되었음을 자각"[5]하는 계기를 생성하기 때문이다. 아렌트가 호소했던 '인권의 무기력'은 발리바르에게 시민적 권리를 확장할 수

3　에티엔 발리바르 외, 윤소영 역, 『'인권의 정치'와 성적 차이』, 공감, 2003, 16쪽.

4　위의 책, 17쪽.

5　이정은, 앞의 글, 9쪽. 이와 같은 발리바르의 논의를 차용해 이정은은 "시민권의 부재는 인권의 부재를 자각하게 하는 원천이므로, 여성의 시민권 요구는 '인권의 역린'"이라고 주장한다. 그가 보기에 발리바르는 '인권선언문' 속 '불일치성'과 '비결정성'이 하위 주체의 봉기의 원동력이 되는 과정을 중요하게 논증하고, 나아가 이 과정에서 발생하는 모순과 아포리아를 해소하기 위해 '보편'이 아닌 '보편적인 것'을 제시함으로써 '여성'의 무기력 역시 반전의 근거로 삼을 수 있는 가능성을 타진했다. 하지만 발리바르는 동시에, 이 과정에서 억압된 채로 방치된 성차의 문제를 충분히 해명해내지는 못했다.

있는 토대이자, 변혁의 발판이 된다. 제 몫의 목소리가 없는 자들서벌턴로서의 '여성'과 그가 속한 '지금-여기'의 의미를 상기하는 '인간=시민' 명제는 비非시민으로서 여성이 처한 자리이자 동시에 저항의 기점이 될 수 있는 것이다.

'인권 선언문'에 내재하는 이 같은 가능성의 자리를 일찍이 또 하나의 '선언'으로 전환한 인물은 올랭프 드 구즈1784~1793였다. 드 구즈는 '인권 선언문'을 바탕으로 프랑스 헌법이 제정된 직후, 선언문이 공표하는 '인간'에 여성이 소외되어 있음을 본격적으로 지적하며 「여성과 시민의 권리 선언」을 집필했다. 선언문의 공표와 함께 그 즉시 '시민권'으로부터 배제된 자로서, 이를 향한 분노를 변혁의 역량으로 삼은 행위였다. 그의 여성-인간-시민 권리 선언은 단순히 여성이 '시민'의 영역에서 제외되었음을 (그리하여 '인간'의 영역에서도 배제되었음을) 폭로하는 일일 뿐만 아니라, 여성을 추상적인 개인으로 포섭하려는 역설적인 시도를 통해 보편주의의 불완전성을 폭로하는 일이기도 했다.[6] '모든 인간은 인권을 갖고, 모든 인권을 지닌 자는 시민권을 갖는다.'라는 말의 모순을 가시화하며 정치적 주체이자 시민-인간으로서의 여성을 선언한 것은 기호와 지시 대상 사이의 관계에 대한 순진한 믿음을 적극적으로 해체한다는 점에서 발리바르의 통찰과도 공명한다.

이처럼 이데올로기적 언명이 생성하는 배제의 자리를 도리어 제 저항의 근거지로 삼는 방식은 '평등'의 의미와 더불어 '평등'과 '차이'가 맺을 수 있는 건강한 관계를 동시적으로 고민했던 80년대 한국 여성주의 운동 지형에서도 발견할 수 있다. 이러한 방식이 특히 여성문학의 층위로 옮겨

---

6   조앤 W. 스콧, 공임순·이화진·최영석 역, 『페미니즘 위대한 역사』, 앨피, 2017, 82쪽.

질 때, 여성주의 운동은 '활자 운동'이라는 보다 특수한 장을 별개로 설정하게 된다. '여성'을 선언의 형식으로 공표하는 일의 의미와 효과는 기존의 문학 담론에서 배제되었던 여성문학이 독자적인 담론장을 구축했던 80년대 무크 운동에서 활발히 개진된다.

1980년대 한국사를 이념의 시대로, 한국문학사를 '민족/민중문학', '노동자 문학'에 가두어 읽는 방식은 더 이상 효과적인 관점으로 이어지지 않는다. 1980년대 여성해방운동사의 맥락을 당시 창간된 무크 운동을 통해 들여다본 선행 연구들[7]의 문제의식 역시 이 지점에서 출발한다. '광주', '민중' 등과 밀접하게 연결되는 한국 사회의 80년대란, 여성을 배제한 특정 프레임에 갇혀 있다는 주장인 것이다. 해당 시기를 향한 접근법을 다양화하기 위해 문학사, 문화사 연구가 가장 먼저 심문에 부쳤던 것은 '민중'이라는 실체 없는 개념이었다. 기존의 역사가 기록한 시대의 열망과 투쟁은 기실 특정 지식 계층과 세대, 성별에 한정된 것이었다는 폭로[8]는 그 신성한 의미화의 과정 속에서 은폐되었던 성차별적 폭력에 대한 문제제기[9] 등으로 꾸준히 이어지고 있다.

위와 같은 성과에 따라 이제 한국 사회의 7, 80년대 운동사를 '민중=역사적 주체=남성'이라는 도식 설정에 대한 비판 의식으로 접근하는 것은 연구의 기본적인 전제[10]에 이른 것으로 보인다. 특히 '민중'이 가상의

---

7 김은하, 「1980년대, 바리케이트 뒤편의 성(性) 전쟁과 여성해방문학운동」, 『상허학보』 51, 상허학회, 2017; 이혜령, 「빛나는 성좌들－1980년대, 여성해방문학의 탄생」, 『상허학보』 47, 상허학회, 2016; 허윤, 「1980년대 여성해방운동과 번역의 역설」, 『여성문학연구』, 28, 한국여성문학학회, 2012.

8 천정환, 「1980년대와 '민주화운동'에 대한 '세대 기억'의 정치」, 『대중서사연구』 33, 대중서사학회, 2014.

9 권인숙, 『대한민국은 군대다』, 청년사, 2005.

10 조연정, 「1980년대 문학에서 여성운동과 민중운동의 접점－고정희 시를 읽기 위한 시

분할을 바탕으로 한 허구의 영역이었다는 문제의식은 기존의 민중 개념을 의문 없이 그대로 연장해 사유했던 문학 담론장으로까지 확장되었다. 이를 통해 문학에 관한 여러 이론적 쟁점들의 남성화를 지적하는 중요한 관점[11] 역시 지속될 수 있었던 것이다. 나아가 남성화된 역사 서술을 보다 적극적으로 해체하기 위한 작업은 80년대 여성주의 운동사의 중요성을 강조했다. 몇몇 선행연구는 80년대 민중 개념이 도외시했던 여성 문제와 젠더 위계적 특성들을 그 자체로 의문에 부치기보다, 오히려 이 시대가 여성운동이 조직적, 체계적으로 발전해 온 시기이기도 했다는 점을 동시에 고려할 때 더욱 유의미한 결과가 도출된다는 사실을 직접 보여준 사례이다. 이러한 관점을 따라 우리는 여성을 배제함으로써 동일성을 확보했던 80년대 운동사와 그것을 발판으로 삼아 활발하게 생성되었던 여성주의 운동, 여성주의 문학 담론 사이의 긴장에 더욱 주목할 필요가 있다.

괄호 속에 놓여 있었던 '여성'을 겹쳐 당시의 사태를 다시 읽는 일의 중요성이 재차 강조되면서 가장 많이 거론되는 것은 『또 하나의 문화』[이하 '또문'와 『여성(과 사회)』 간의 논쟁, 그리고 그들의 활동이 이룩한 여성문학담론의 성취와 한계일 것이다. 이들 간의 의견 차는 여성 억압의 주요 모순을 무엇으로 이해할 것인가에 달려 있었다. 억압의 근본 원인을 제대로 파악하고, 이를 해결하거나 극복하는 전망을 제시하는 것을 각각의 여성주의 운동이 수행해야 할 일차적 과제로 보았기 때문에 이는 매우 중요한 문제였다. 가부장제를 주요 모순으로 설정한 '또문' 진영은 성적 차이를 중시하여 여성만의 독자적 문화를 고안한 반면, 자본주의를 그보다 상

론」, 『우리말글』 71, 우리말글학회, 2016.

11 김나현, 「1970년대 민중시의 주체 구성 – 민중시를 둘러싼 몇 가지 분할에 대하여」, 『한국시학연구』 53, 한국시학회, 2018.

위의 모순으로 상정했던 '여성(과 사회)' 진영은 계급 차에 중점을 둔 연대의 가능성을 탐색한 것으로 여겨진다. 이러한 이분법적 구분은 물론 그들 진영이 꾸준히 가시화한 논리 속에서 꽤나 분명하게 드러나고 있지만, 후대의 관점에서 더욱 주목해야 할 지점은 그러한 이분법적 가름으로 포섭되지 않는 균열일지도 모른다.

1980년대 여성-민중의 의미를 문학이라는 형식으로 형상화하고 또한 선언하려 했던 시인 고정희의 삶과 텍스트는 "페미니즘 그 자체를 구성하는 요소"[12]로서의 '역설의 자리'를 여실히 보여준다. 조앤 스콧은 균열의 자리가 페미니즘의 실패가 아닌 "근본 역설"이며, 이것을 대항의 전략이 아니라 구성 요소로 사유해야 한다고 말했다. 이 글은 정치적 주체가 될 권리를 요구하는 페미니즘적 '선언'의 형식이 지니고 있는 근본적인 역설과, 이 역설을 언어적 역량으로 활용한 사례로서 고정희의 텍스트를 살핀다. 고정희는 기호와 지시 대상 간의 끝없는 불일치로 인해 발생할 수밖에 없는 모순과 처리되지 않는 잔여, 해결불가능성을 여성주의 활자 운동의 장에서 사유하고 그것을 동력으로 삼은 지식인-문인이었다.

2. 80년대 균열의 표지, 고정희

1) '또 하나의 문화'라는 운동의 장場

시인 고정희高靜熙, 1948~1991의 "문학적 삶을 살펴보면 우리 모두가 겪어왔던 1980년대가 그대로 드러나 있다"[13]는 주장은 여전한 호소력을 지닌

---

12   조앤 W. 스콧, 앞의 책, 56쪽.
13   조형 외편, 『너의 침묵에 메마른 나의 입술—여성해방문학가 고정희의 삶과 글』, 또하

다. 특히 그는 80년대 무크 운동을 통해 '민중'과 '여성'이라는 기호 사이에서 다른 누구보다 격렬하게 고민하고 갈등했던 인물 중 하나로 회고된다. 여성주의 운동의 하나로서 '또문' 동인들과 함께 문학/문화 담론을 구성하고 텍스트를 생산했을 뿐만 아니라, 이때 '여성'의 기표를 '광주'를 비롯한 '민중'의 개념과 연결하기 위해 "시라는 대표적 자기표현 양식"[14]을 적극적으로 활용한 문인이기 때문이다. 그의 이러한 시도는 "계급문제는 여성문제를 해결하는 과정을 통해서만 해소될 수 있지만, 그 역이 자연스럽게 성립되지는 않는다"[15]는 80년대 여성주의 운동의 중요한 쟁점, 즉 '성'이냐 '계급'이냐의 문제로 페미니즘적 의식을 확장하는 작업이기도 했다.

먼저, 고정희의 삶과 텍스트가 민중주의와 여성주의라는 일견 상충되는 지향점을 동시에 추구했다는 사실은 당대의 학술계, 문학계 뿐만 아니라 후대의 연구자들에게도 중요한 논점이 되고 있다. 민중주의 진영과 여성주의 진영이 그의 죽음과 삶의 내용을 서로 계승하려는 움직임을 보여준 사례[16]는 '경계'로서 고정희가 차지하는 위상을 단적으로 설명해주기

나의문화, 1993, 31쪽.

14   위의 책, 37쪽.

15   조연정, 앞의 글, 248쪽.

16   실제로 고정희의 장례식은 두 번에 걸쳐 이루어졌다. 1991년 6월11일에는 남성 문인 친구들이 중심이 되어, 1991년 6월 15일에는 '또 하나의 문화' 동인이 주축이 되어 열렸다. 6월 15일 열린 두 번째 장례식,「고정희를 보내고, 부르는 마당」이 철저히 여성주의적 문제의식에 입각한 행위이자, 앞선 장례 형태와 성격에 대한 불만에서 비롯된 것이라는 사실은 '모시는 글'에 잘 나타나 있다. ("그는 그답지 않게 송별회를 해주지 않았는데 떠나갔습니다. (…중략…) 대부분의 기사는 고정희 시인이 그리도 싫어했던 '여류 시인'의 호칭으로 그를 '처리'했습니다. 그리고 장례식이 '공식적'으로 치르어졌습니다. 우리 남은 사람들은 징그럽게 울면서 그의 몸을 고향에 묻고 왔습니다. '남류'들에다 대고, '여류'들에다 대고, 누군가에다 대고, 하늘에다 대고 마구 욕을 하며 입이 험악해진 상태로 돌아왔습니다. (…중략…) 오늘 우리는 또 하나의 방식으로, 여성해방의례를 창

도 한다. 이 예외적인 긴장이야말로 1980년대 문학계, 사회운동계의 움직임을 맥락화하는 데에 있어서 고정희를 주요한 인물로 파악하게 하는 주된 요소인 것이다.[17] 기존의 많은 선행 연구들은 고정희가 구현하는 '민중'과 '여성' 간 충돌이 보여주는 문제적 지점들에 주안점을 두고, '여성'이라는 집단 정체성 자체를 향한 그의 분열적 시선과, 여기서 비롯된 '여성성' 및 '여성적 특질'들에 대한 복잡한 의미부여 등에 차례로 주목하면서 80년대 '주체'의 의미를 다양하게 재구성하는 데 성공한 바 있다.

이러한 작업은 크게 두 갈래로 나뉜다. 먼저 고정희의 여성주의적 시각에 집중하는 논의들은 대개 그가 페미니스트로서의 정체성을 강하게 내세운 무렵에 발표한 작품집에 주목한다. 여성주의적 관점에 입각한 시집으로 알려진 『저 무덤 위에 푸른 잔디』^{창작과비평사, 1989}, 『여성해방출사표』^{동광출판사, 1990}, 『하나보다 더 좋은 백의 얼굴이어라』^{또하나의문화, 1988} 등의 작품집에 의도된 페미니즘적 의의 및 가치를 구해내는 작업인 것이다. 한편, 그의 민중주의적 면모에 주목한 연구들은 광주와 관련한 시인의 생애사적 이력이나, 운동가로서의 활동, 나아가 그의 민중시, 정치시 등에 더욱 세밀한 주의를 기울인다.

최근 들어 가장 활발해진 연구의 양상은 이들 두 갈래의 접근법을 동시에 선택하는 것이다. 고정희가 그의 문학적 발화 내에서 여성이라는 집단 정체성을 사유한 방식에 주목하여 80년대 민중 담론이 위계화한 젠더 문제를 비판적으로 살피는 논의[18]가 대표적이다. 또한 시인의 '서술시'라

출해 내고자 하는 것입니다." 조형 외, 앞의 책)

17 김정은, 「'광장에 선 여성'과 말할 권리−1980년대 고정희의 글쓰기에 나타난 '젠더'와 '정치'」, 『여성문학연구』 44, 한국여성문학학회, 2018, 269쪽.

18 조연정, 앞의 글.

는 형식, '우리'라는 기호의 활용법 등을 통해 고정희 시의 역사성에 주목[19]하거나, 역사 인식 중에서도 특히 여성의 역사적 주체화 전략으로서 '정치시'를 추구한 흔적을 검토[20]하는 연구들이 이어졌다. 이 과정에서 여성의 특수한 세대/시대 체험을 독자적으로 살펴야 한다는 입장은 486세대 여성의 체험 맥락에서 고정희 문학의 의미를 고찰[21]하기도 했다. 이들 선행연구가 전반적으로 공유하고 있는 전제가 있다면, 그것은 고정희가 문학적 발화를 일종의 사회적 운동으로 사유하고 활용했다는 점이다.

그의 텍스트 전반을 운동의 장으로 사유할 때, '민중'과 '여성'의 이분법적 구도는 더욱 문제적인 것이 된다. 김정은이 적절히 지적하고 있듯, 고정희의 민중주의적 면모만을 부각하는 입장뿐만 아니라 그의 페미니즘 시에 선차적으로 주목한 현상 역시 '민중=남성'이라는 도식 하에서 지속되는 사유일 수 있기 때문[22]이다. 그러나 그러한 구도는 단순히 고정희의 '여성-되기'가 '민중-되기'의 하위범주로 봉합되었다는 발상이나, 역으로 민중적 의미 고찰을 삭제하며 그의 역사관을 축소하게 되는 결론으로 이어지기 때문에 문제적인 것만은 아니다. 그보다는 시인 개인 혹은 시인의 여성 연대체였던 '또문' 동인들이 지속했던 '활자 운동'과 그들의 활자 운동이 당대적 의도를 넘어 현재까지 발휘할 수 있는 언어적 역량에 집중할 수 없게 된다는 점에서 문제적이다.

운동의 장으로 형성된 텍스트 내에서 '여성'을 반복적으로 선언할 때, 선언문이 지닌 형식적 모순 때문에 이는 지시 대상과의 끝없는 불일치만

---

19 이은영, 「고정희 시의 역사성 연구」, 아주대 박사논문, 2017.
20 김정은, 앞의 글.
21 김양선, 「486세대 여성의 고정희 문학 체험 —80년대 문학 담론과의 길항 관계를 중심으로」, 『비교한국학』 19, 국제비교한국학회, 2011.
22 김정은, 앞의 글, 271쪽.

을 낳는다. 하지만 '활자 운동'은 그러한 불일치의 반복을 통해 '여성'과 '비여성민중'이라는 이분법적 틀 자체를 곤경에 빠트리는 방식이기도 하다. 따라서 고정희의 텍스트를 대할 때 중요한 것은 정확히 불일치의 반복을 통해 지속되고 파생되는 활자 운동의 동력을 간과하지 않는 것이다. 창간호부터 생의 마지막까지 함께 했던 '또문'이라는 공론장과 이들 동인과의 동지적 관계는 고정희에게 바로 그 곤경의 자리였으며, 그렇기 때문에 지속적인 문학 실험의 장소이자, 여성주의 실천의 장소가 될 수 있었다. 이곳에서 고정희에 의해 공표된 '여성'은 동시적으로 당대의 페미니스트들에게 전달되었고, 그들과의 협업을 기획할 수 있는 매개[23]가 되었으며, 그와 동시에 여성 연대의 불가능성과 한계를 반복적으로 마주하게 하는 정치적 장이기도 했다. 이와 같은 맥락을 고려하면, 무크 운동으로서 '또문'이 기획한 잡지의 내용들과 그 내용을 함께 구성하며 발화자로 참여했던 고정희의 텍스트들좌담, 비평, 시은 그의 여성-민중주의적 성취를 논할 때 개별적으로 접근되어야 한다.

그가 광주 YWCA의 활동 당시부터 강하게 의식하고 있었던 여성주의적 시각[24]을 보다 본격적으로 개진할 수 있었던 시기는 '또문'이라는 여성

---

23 '또문'의 동인들은 공동 전시 등의 협업을 통해 당대 여성주의 미술가들과 함께 교류를 지속한 바 있다. 1988년에 개최된 여성해방 시화전 '우리 봇물을 트자'는 여성 시인들과 미술가들의 1년여간의 집중적 교류를 통해 제작된 시화를 전시한 자리였다. (권한라, 「한국 여성주의 미술에 나타난 여성주의 문학과의 관련성」, 이화여대 석사논문, 2018) 특히 여성이 처한 현실의 문제를 직접적으로 표출한 민중주의 계열의 페미니스트 미술 작품들과 고정희 시가 만난 결과물은 그 자체 상호보완적으로 연속되는 여성주의 예술-선언의 중요한 사례라고 말할 수 있다.

24 고정희는 광주 YWCA 활동 시 여성주의 계간지 『新像』을 접한 이후 해당 잡지에 곧바로 3편의 글을 투고했다. 1971년 겨울호에는 시 「그녀를 위한 동화」를, 1972년 여름호에는 수필 「우울한 산책」을 각각 게재했으며, 1971년 가을호에는 창간 주체인 이효재 교수에게 부치는 편지를 독자 후기의 형식을 빌려 실었다. 이 편지에서 그는 해당 계간

주의 공론장에 관계하고 난 이후였다. 고정희는 창간 해인 1984년제1호부터 사망한 해인 91년제8호까지 총 여덟 번의 잡지 기획에 참여했다. 이곳에 실린 그의 다양한 발화들은 분명한 목적과 맥락 속에서 기획되고 표현된 것들이므로 운동의 형식이자, 무엇보다 선언의 성격을 띤다. 그가 주로 글을 발표한 분야는 '시'인데, 이곳에서 그가 '여성'이라는 기호를 매우 노골적인 방식으로 활용한 점, 그러나 탈각된 '여성'이라는 기호를 한국 사회의 역사적 맥락에 추가적으로 기입하는 방식이 아니라, 그것들을 통하여 사건들의 의미를 다시 계보화한 점, 다양한 여성들의 이름과 목소리를 직접 발화하는 형식을 도입하여 '여성' 선언과 '비여성' 생성 사이에서 문제시되는 여성 내부의 존재론적 '차이', 즉 지금-여기의 조건과 말의 분배 사이의 간극을 가시화한 점 등은 '또문'이라는 장의 성격과 함께 검토되어야 한다.

2) 활자운동과 선언, '여성'이라는 집단 정체성

기존의 사회운동은 성원들이 자주 만나고 온몸을 맞대며 목표 달성에 전적으로 매달리는 형태가 주였던 것 같습니다. '또 하나의 문화' 운동에서는 그런 면에서 좀 달라요. 이 운동의 중요한 특성은 활자매체를 통한 운동 방식을 채택하는 데 있겠지요. 문자는 시간과 공간을 초월해서 더 많은 이들과 의사소통을

지의 여성주의적 관점과 기획 방향을 상찬한다. 이소희는 이러한 사료를 바탕으로 고정희의 여성주의적 인식의 씨앗을 이 지점에서 발견하고 있다. '또문' 동인들과의 협업이 시작된 1984년은 그의 페미니즘적 시각이 시작된 시기가 아니라 체계적으로 이론화되고 구체화되어 갔던 시기임을 암시하는 입장이다. 이소희, 「고정희 글쓰기에 나타난 여성주의 창조적 자아의 발전과정 연구」, 『여성문학연구』 30, 한국여성문학학회, 2013, 245~247쪽. 특히 이 논문은 고정희의 여성주의, 민중주의적 삶을 '운동'의 영역으로 확장해 살피기 위해 활자 텍스트를 넘어 그의 유년시절부터의 삶 전체를 조망하는 것을 목표로 한다. 229쪽.

할 수 있는 강력한 수단입니다.[25]강조는 인용자, 이하 동일

고정희의 텍스트를 활자 운동의 한 과정이자 결과로 보기 위해서는, 무엇보다 그의 사상적 배경이 된 '또문' 동인들이 수용한 여성주의 이론과 논리를 참고해야 한다. 그들 운동 방식의 중요한 특성이 다름 아닌 '활자 매체를 통한 것이었다'는 조혜정의 문제적 발언은 일종의 선언/투쟁 형식으로서 행해졌던 시인의 글쓰기가 후대 연구자들에게 역시 '활자매체를 통한 운동 방식'으로 재전유되어야 할 필요성을 암시한다. 즉 후대에도 끝없이 "되살아나는 언어"[26]로서 이를 사유하기 위해서는 되살아나기를 가능케 하는 조건을 함께 탐색하는 일이 중요하다는 것이다.

고정희) 아까 反文化라는 말이 나왔는데 우리가 그 말을 사용하는 것은 문제가 있을 것 같아요. 문화에 대한 어떤 모델이 정해져 있다는 얘긴가요? 어떤 문화에 대한 반대인지가 분명해지면 '또 하나의 문화'의 내용이 더 잘 설명될 수 있을 것 같습니다.

조혜정) '반문화 Counter-Culture'라고 할 때는 지배적인 상징체계에 대한 대안적 상징체계를 말하는 거지요. 여기서는 특히 가부장제나 남녀불평등에 대한 반대를 의미합니다.

(…중략…)

고정희) 사회에서는 일반적으로 다양한 문화를 인정하지 않는 문화가 오히려 반문화적이라고 생각할 수 있지 않을까요? 우리 스스로를 반문화라고 하는 것은

25　『또 하나의 문화 제1호 – 평등한 부모 자유로운 아이』, 27쪽, 좌담 중 조혜정의 말.
26　조형 외, 앞의 책, 209쪽.

좀 생각해봐야 할 것 같습니다.

조혜정) 反, 反하면서도 실제로 새로운 대안을 제시하지 못하는 반대는 결과적으로는 기분풀이에 지나지 않게 되고 그래서 오히려 기존체제 유지에 기여하는 수가 없지 않아요.

조형) 사실 부정한다고 해놓고 실제로는 그걸 부정하는 것이 아니라 오히려 그 대상에 더 집착하는 현상을 주위에서 흔히 볼 수 있지요.[27]

고정희가 사회자로 참여한 '또문' 창간호의 좌담 내용은 여성운동 무크지로서 '또문'이 지향하는 바를 명확히 제시하고 있다. 조혜정과 고정희는 먼저 '또 하나의 문화'라는 명칭이 '反문화'가 되어서는 안 된다는 점을 분명히 한다. 특정 문화를 반대한다는 의미의 '반문화'는 오히려 그 대항점을 부각함으로써 해당 대립 구도 이외에 다양하게 존재하고 또 생성될 수 있는 다른 가능성을 차단할 위험이 있기 때문이라는 것이다. 이와 같은 고정희의 설명에 더해 조혜정은 "실제로 새로운 대안을 제시하지 못하는 반대는 (…중략…) 오히려 기존체제 유지에 기여"할 수 있다고 지적하면서, 억압과 저항이라는 이분법적 사유 틀은 지배 체계를 강화하는 데 기여할 수 있다는 우려를 전한다.

나아가 이들은 지금까지의 여성주의 운동이 제도적인 변화에만 치중해왔음을 지적하고, 여성들은 법적, 제도적 차원의 문제제기를 넘어 "보다 더 근본적인 불평등"에 집중해야 한다고 밝히면서, 여성 개인들의 일

---

27   고정희 외, 앞의 좌담, 14~15쪽.

상적 변화와 삶의 양식 변화를 도모하려 한다. 기존의 여성주의가 법과 제도 측면에서의 변화만을 추구하면서 여성 억압의 근본적 기제들, 말하자면 가부장제나 자본주의 체제와 같은 근본적 틀을 자연화하고 이에 대한 합의를 전제로 하고 있다는 문제의식은 비단 '또문' 동인들만의 것은 아니었다. 당시 '또문' 진영과 상이한 관점을 취하고 비판적 토론을 일삼았던 '여성(과 사회)'의 동인들 역시 이와 같은 전제를 동일하게 공유하고 있었다. 요컨대, 여성을 향한 억압으로 상정한 것들의 목록을 끝내 합의하지는 못했으나, 이들 80년대 여성주의 진영은 대체로 법/제도의 테두리를 벗어난 영역에서 발생하는 억압과 모순을 낱낱이 밝히는 데 집중했던 것이다.

좌담의 중간에 참여자들은 '또문'의 동기가 "다양한 삶의 형태를 포용하는 문화를 지향하고 분산된 개인의 힘을 조직화시키는 것"이라고 밝히는데, 이 같은 주장에서 여성주의적 접근에 관한 '또문'만의 몇 가지 문제 설정을 포착할 수 있다. 첫째로 그것은 동일성에 기반한 '차이'에 여성주의의 저항성을 가두는 입장을 부정하는 것이고, 둘째는 제도적 차원을 넘은 여성 개인의 일상 변화를 도모하는 것, 셋째는 그러한 일상의 '공통된 경험'을 바탕으로 조직화된 집단력을 갖추는 것이다. '또문'의 운동이 억압의 성격을 단일한 것으로 상정하지 않으려 했던 주된 이유는 권력이란 다양한 방식으로 행사된다는 통찰 때문이었을 것이다. '또 하나'라는 무수한 대안체 마련의 작업 역시 그와 같은 문제의식과 공명한다. 그런데 권력과 위계가 고정된 방식과 단일한 방향으로 발현되는 것이 아니기에, 여성이 여성으로서 경험하는 억압과 해방의 성격 역시 상이할 수 있다는 문제의식은 좌담 참여자들 중 특히 고정희에게 중요했던 것으로 보인다.

고정희) 이 운동이 '서구적'이라는 비난을 받을 여지가 있는 것 같은데, 주축동인들이 모두 외국에서 공부를 했다는 점에서도 그렇고요. 그 점에 대해서 어떻게 답할 수 있을까요?

조옥라) 글쎄요. 우리 사회에서는 한동안 '전통적'이란 것은 모두 나쁜 것으로 매도하는 경향이 있더니 요즘 와서는 '서구적'이란 명목으로 매도하는 경향을 보이는 것 같습니다. 몇 년간의 외국에서의 경험이 사회를 좀더 객관적으로 보는데, 그리고 이 운동이 취하는 방향과 방법에 있어 좀더 다양한 대안들을 갖게 한 면에서 보탬이 된 것은 사실일 것입니다만…….

조형) '서구적'이라는 그런 막연한 비난에 대해서는 우선 '서구적'이란 것이 무엇을 의미하는지를 구체적으로 밝혀보는 것이 도움이 되겠군요. 즉 '서구적 여권운동'이라 할 때, 일반적으로 떠올리게 되는 상에 대한 점검이 필요한데요.[28]

고정희) 그러면 '또 하나의 문화'가 관심을 가지고 있는 대상은 어떤 층인가요?

장필화) 제가 알기에는 대학을 졸업한 젊은 여성을 대상으로 하는 것 같은데 사회운동의 측면에서 '엘리티시즘'을 전제하고 나간다는 비판이 있을 수 있겠는데요?

조형) 처음부터 끝까지 우리가 특정계층에만 국한해서 관심을 두는 것은 아니라는 점을 밝혀두어야 하겠군요. 그렇지만 대학을 졸업하고 문제를 심각하게

---

28   위의 좌담, 22~23쪽.

느끼는 사람들이 우리들 발기동인들 눈에 많이 뜨인다는 사실도 부정할 수 없죠. 그 사람들이 사실은 남녀평등한 삶을 향한 기본적인 요구가 가장 큰 집단이고 실제로 내적인 갈등을 많이 느끼는 집단이라고 생각해요. 어떤 면에서 가장 불쌍하죠.

(…중략…)

조형) 하류층의 여성들이 '뭐가 되고 싶다' '이렇게 살고 싶다' 할 때 대부분의 모델은 중상류층의 모습이 되거든요. '일 안하고 편한 삶' 등의 모습 말이죠. 이런 면에서 문제를 앞서 느끼고 있는 계층을 대상으로 일 안 하는 삶이 부도덕적이라는 것을 알게 하는 게 이중의 효과를 낼 수 있지요.

조옥라) 그래요. 너무 쉽게 '엘리티시즘'이라고 해서는 안 될 것 같아요. 실제로 기존의 남녀관계에서의 모순을 생활 속에서 가장 많이 느끼고 있는 계층이고 문화적인 파급효과를 크게 미칠 수 있는 계층이니까요.[29]강조는 인용자

'또문'의 전반적인 입장은 보편자-남성을 중심으로 구조화된 사회의 형상을 가장 진보적인 관점에서 비판한다는 기치 아래, 여성이라는 젠더를 주요 모순으로 사유하는 제2물결 페미니즘과 상당한 관련이 있는 것처럼 보인다. 여성과 관련한 성적 경험을 주요한 변수로 두는 방식은, 여성들이 계급과 인종, 사회적 배경 등에 따라 서로 다른 위치에 있을지라도 모두 공통된 경험을 할 것이라 간주하는 경향이 있다. 생물학적 여성을 근거로 한 여성 범주와 그 명명은 정치적 '가시성'을 위한 단결력과 집

---

29 위의 좌담, 24~25쪽.

단 형성에 유용하다는 강점을 지니고 있지만, 무엇보다 여성 내부의 차이를 간과한다는 문제점이 있다. 이와 관련해 '또문' 좌담의 흐름에서 문제적인 지점은, 여성의 개인적, 일상적 변화를 모색하는 과정에서 '여성'이라는 집단적 정체성의 공통 경험을 앞세우고 있다는 점이며, 더불어 그 경험을 "어떤 면에서 가장 불쌍한" 지식인 계층에 속한 여성의 것으로 한정하고 집단화하는 점이다. 이러한 태도는 이후 '또문' 동인들이 스스로의 '중산층-지식인'으로서의 위상을 치밀하게 의문시하지 못했다는 비판에 직면하게 되는 주된 이유이기도 하다.

이러한 맥락을 고려하면, 한창 진행 중이던 좌담을 향해 고정희가 의의를 제기하는 두 가지의 질문들은 더욱 각별한 주목을 요한다. 먼저 그는 '또문'의 운동이 일각에선 '서구적'이라거나, '엘리티시즘'이라는 비판을 받고 있다는 사실을 지적하는데, 이에 대해 동인들은 그것을 "매도"라거나, "막연한 비난"으로 정리함으로써 이들이 전제하고 있는 입장의 성격을 의문시하지 않는다. 이에 이어지는 고정희의 다음 질문, 즉 '또문'의 운동이 변화나 변화를 위한 '계몽'의 대상으로 하고 있는 계층이 정확히 어떤 집단인지에 관한 물음은 또문 동인들이 설정하고 있는 여성 집단의 한정적인 성격을 명료하게 하려는 시도로 읽어낼 여지가 있다. 그는 이러한 지적을 통해 동인들이 무의식적으로 전제하고 있는 여성의 범주가 실은 특정한 계층과 입장의 관점을 '여성' 일반의 것으로 상정함으로써 구성된 것임을 은연중에 폭로하고 있는 것이다.

이처럼 내부의 차이를 소거하는 일은 특정 여성만의 경험을 절대시하는 것으로 나아가게 된다. 이때 여성의 경험이라 일컬어지는 것이 더욱 문제적인 것은 그 경험이 기반하고 있는 존재론적 조건의 차이들이 간과되기 때문이다. 이로써 여성 연대의 불가능성은 계몽이나 각성의 실패가 아니라 '여성'이라는 페미니즘적 선언과 동시에 발생할 수밖에 없는 페미니즘 자체의 내재적 모순이자, 그것의 구성 요소라는 중요한 사실이 무시된다. 이 과정에서 '여성' 선언과 함께 배제된 '비여성'들의 저항적 역량은 고려되지 않으며, 오로지 선언된 '여성'이라는 집단 정체성에 입장할 때에만 이들은 '여성-시민권'을 얻게 되는 아이러니가 발생한다. 고정희의 문학적 실험은 이와 같은 '또문' 동인들의 기본적인 태도에 대한 시인의 의구심 속에서 이해될 필요가 있다. 활자 운동의 장은 '여성'을 앞세우는 장인 동시에, 텍스트의 속성상 시대적 한계에 제한되지 않는 역량의 자리를 만든다.

3. '또 하나의 문화'와 '여성-민중' 선언

고정희는 '또 하나의 문화' 잡지에 기획과 편집, 필자 등의 다양한 방식으로 참여한다. 좌담의 사회자로 참여한 제1호에서는 『평등한 부모 자유로운 아이』1984라는 기획 내용과 연결되는 시 「우리들의 아기는 살아 있는 기도라네」를 실었고, 제2호 『열린 사회, 자율적 여성』1986에는 「한국 여성문학의 흐름—시와 소설을 중심으로」라는 일종의 여성문학론을 발표했으며, 이후의 기획부터 제8호 『새로 쓰는 성 이야기』1991까지는 주로 시 창작의 방식으로 참여했다. 그중 특히 '여성문학특집'이었던 제3호 『여성해방의 문학』은 고정희가 필진들을 직접 모으며 기획을 주도[30]한 것으로 알려져 있다. 권두시 「우리 봇물을 트자—『여성해방의 문학』에 부쳐」를 비

---

30   조형 외, 앞의 책, 138쪽.

롯한 '여성사 연구' 시리즈뿐만 아니라, '하빈'이라는 필명으로 「학동댁」
이라는 소설을 해당 호에 게재하였으며,[31] 좌담에도 참여하여 목소리를
낸다. '또 하나의 문화'에 실린 이들 텍스트의 의미를 제대로 살피기 위해
서는 먼저 '여성문학론'에 나타난 여성해방문학에 대한 고정희의 입장과,
평생의 화두였던 '광주-민중'의 문제를 먼저 검토할 필요가 있다.

1) 여성 역사화의 중요성, 주체화 실패의 조건을 가시화하기

　"여성해방문학"의 의미를 고찰하는 기획에서 먼저 여성문학사의 계보
를 세우는 작업에 착수했던 고정희는 '여성문학'이란, "넓게는 한국문학
사에 등장하는 여성작가군을 지칭하는 말이며 좁게는 그 문학이 궁극적
으로 도달해야 될 문화 양식의 얼개를 상징하는 말로 한정"[32]짓는다. 말하
자면 여성문학을 계보화하는 작업에서 기준으로 삼은 것이 여성주의적
시각이 얼마만큼 반영되었느냐의 문제가 아니었으며, 여성작가군의 집
단을 형성하고 이를 가시화하는 역사 서술에 초점을 두었다는 것이다.

　이를 위해 한국문학사에 최초로 등장하는 시가인 「공후인」의 저자를
고조선 여성인 '여옥'으로 위치시키고, 삼국시대와 고려를 거쳐 조선 초
기 여성 작가들의 이름을 나열한다. 본격적인 자신의 평가를 덧대며 논의
를 전개하는 것은 개화기 및 일제시기부터 근과거인 70년대까지의 여성
문학이다.

　개별 작가군 혹은 집단으로서의 여성문학의 성취와 한계를 평가하는
와중에 고정희가 공통적으로 문제 삼는 것은 여성작가들의 작업에 이중

31　위의 책.
32　고정희, 「한국 여성문학의 흐름—시와 소설을 중심으로」, 『또 하나의 문화 제3호—여성
　　해방의 문학』, 96쪽.

삼중의 억압을 행사하는 "남성 위주의 비평"과 "성차별적인 비평 풍토"[33]이다. 이처럼 여성 작가군을 시기에 따라 정렬하여 가시화했던 것은, 여성문학을 비가시적으로 만들었던 비평^{혹명} 서술 방식과 풍토^{구조}에 대한 문제제기로 나아가기 위함이었다. 단순히 작품에 가치와 의미를 부여해주는 차원에 문학적 시민권 발급의 문제를 가두지 않고, 발급의 주체와 구조적 조건을 의문시하는 문제로 전환한 것이다. 이처럼 현실, 혹은 문학장에서 공표되는 '시민권'과 그로부터 배제되는 '비시민'의 문제가 단순한 연대, 각성의 차원을 넘어 선언적 조건과 긴밀히 결부되어 있다는 인식은 '민중은 역사적 주체다'라는 명제가 그에게 남긴 깊은 의구심과 연결된다.

이런 항쟁 배경을 간략하게 정리해 보면 다음과 같다. 첫째, 동학농민전쟁에서 의병으로, 또한 광주학생반제투쟁 등으로 이어지는 민중운동의 전통과 맥락이 혈연적으로 가계적으로 실존하고 있었다. 둘째, 4·19이후 민주화 통일운동의 급진적 흐름이 잠적해버린 뒤에 유신독재의 전 기간을 통해 선배에서 후배로 맥락이 자연스럽게 이어지는 한편 학생운동권은 민청학련사건과 민주교육지표 사건을 계기로 재삼 다져지고 확충되면서 자연스럽게 현장운동에로 확산되고 있었다. 셋째, 광주는 농촌으로 둘러싸인 소비도시로서 외곽에 광범위한 기층 농민들의 생산지와 연결되어 농총현장의 농민운동 세력과의 연합이 자연스럽게 이루어져, 광주에 사는 모든 학생·시민대중은 거의 모두가 농촌공동체적 경험에 뿌리 박은 농민의 아들·딸이었다. 넷째, 유신독재의 전 기간을 통하여 광주는 지역운동 역량이 지속적으로 성장하여 왔으며 이미 1978

---

33 위의 글, 108쪽.

년에 이르러 각계의 역량분담이 능률적으로 수행되고 있었다.[34]

1988년 『월간중앙』에 발표한 광주민중항쟁에 관한 고정희의 기사, 「광주민중항쟁과 여성의 역할」은 부제가 '광주여성들 이렇게 싸웠다'이다. 고정희는 이 기사에서 광주와 여성이라는 기표를 동일한 선상에서 봉합하려 한다. 이는 민주화운동의 근원지였던 광주의 역사적 의미를 정리하는 부분에서부터 시작된다. 가령, 그는 "일제치하에서부터 항일 독립투쟁에 앞장섰던 수피아여고 출신 등의 민주인사들"에서부터, "광주학생운동의 본거지로서" 광주 시민들이 지닌 "민족운동에 대한 뚜렷한 자각과 자부심"에 대해 말할 때까지 모두 광주 시민이자 여성인 이들을 중심으로 하여 광주라는 영토의 역사적 의미를 재구성하고 있다. 그는 민주화 투쟁에 대한 전국적인 소강상태와 비교되는 광주 특유의 민주화 열망은 "아내로서, 가족으로서, 동지로서 여성들의 뒷받침이 큰 힘을 발휘"했기에 더욱 고조될 수 있었다고 말한다. 비록 '뒷받침'이라는 다소 소극적인 어휘를 통한 발언이지만, 이처럼 억압의 대상이자 투쟁의 주체로서 '수피아여고'나 '광주여자기독교청년회[YWCA]'와 같은 여성-집단을 정확히 지목하는 방식을 통해 민중운동의 주체로서 여성을 호명하며, 이를 통해 이미 남성화되어 있는 '민중'의 배제의 논리를 가시화한다.

뿐만 아니라 그는 본격적인 '광주민중항쟁'의 과정을 묘사할 때 역시 여성들을 주축으로 소개한다. 고정희의 기사에서 이들은 집단적인 호칭인 '여성들'로 호명될 때도 있지만, 대부분 '전옥주', '정현애'와 같은 여성운동가들의 실제 이름으로 불리며 이들이 운동에 참여한 과정 또한 서사

---

34 고정희, 「광주민중항쟁과 여성의 역할—광주여성들, 이렇게 싸웠다」, 『월간중앙』, 1988. 5.

적인 방식으로 매우 상세하게 묘사되고 있다. 소제목을 살펴보면, '광주 민주여성운동 세력의 성격', '폭풍전야, 횃불 대행진과 여성', '녹두서점의 여인들, 그리고 비극의 시작', '피의 강, 눈물의 바다', '마이크를 쥔 격전장의 여성', '싸우는 여성들의 아름다움', '광주 여성들의 통곡의 행진', '여성들의 조직화된 후방지원', '행정지도부내외 여성들' 등, 주로 민주화운동의 기표로서 상상되는 상징들과 여성을 나란히 두면서 이들의 나란한 배치에서 발생하는 이물감을 텍스트의 핵심으로 설정한다. 관련한 기호들의 배치와 호명된 이름들은 '광주'라는 선언 속에서 비민중으로 배제되었던 이들을 자극한다.

한편 그의 이러한 역사화 방식은 앞서 언급한 '또 하나의 문화' 제3호 『여성해방의 문학』에서도 이어진다. "여성해방운동에 동참하면서 해방을 앞당기기 위해 의도적으로 쓴 참여시"[35]에 해당하는 총 6편의 시는 '여성사연구'라는 부제로 연속된다. '여성문학'을 여성의 이름으로 재구성하겠다는 잡지의 방향에 다름 아닌 여성의 역사 서술을 시도하는 것이다. 여성사 연구는 연대기적인 순서를 따라 쓰여 있다. 이때 "꿈엔들 여보, 막말은 하지 마오"[즈믄가람 걸린 달하]라고 외치는 "대한의 여성들"[반지뽑기부인회취지문]은 멀리는 "충렬왕조" 시대부터 국채보상운동을 거쳐 가까이는 "출근버스"에 오른 "맞벌이부부"([우리동네 구자명씨])의 시대까지 아우르며 긴 역사의 시간을 살아낸다. 그런데 놀라운 것은 이 오래된 역사가 여성들에게만은 유독 비슷한 양상으로 진행되고 있다는 사실이다.

꿈엔들 여보, 막말은 하지 마오

---

35 강은교 외, 「책을 펴내며」, 『하나보다 더 좋은 백의 얼굴이어라—여성해방 시 모음』, 또 하나의문화, 1988, 1쪽.

가난도 절통한데 누구와 눈맞추며

천성에 없는 흑심 도둑질이 웬말이오

하나 남은 머리채를 잘라 팔았소이다

이 말에 올라가던 수저를 내려놓고

목메어 등돌리던 이웃동기들이시여

밤이 이슥토록 강둑을 걸을 때는

들건너 창호지 불빛 아래 포효하는

다듬이소리로 울부짖었나이다

홍두깨소리로 울부짖었나이다

날 잡숴 날 잡숴

길쌈하는 여자들 뒤통수 내리치는

잉아소리, 베틀소리로 부르짖었나이다

즈믄가람 걸린 달하

서방정토 관음보살님전 뵈옵거든

시방세계 가위눌린 여자생애

천지개벽 원왕생 아뢰 주오

—「즈믄가람 걸린 달하─여성사연구 1」 부분

깡마른 여자가 처마 밑에서

술취한 사내에게 매를 맞고 있다

머리채를 끌리고 옷을 찢기면서

회오리바람처럼 나동그라지면서

음모의 진구렁에 붙박혀

증오의 최루탄을 갈비뼈에 맞고 있다

속수무책의 달빛과 마주하여
짐승처럼 노예처럼 곤봉을 맞고 있다

―「매맞는 하느님―여성사연구 4」 부분

이 온전한 평화
이 온전한 행복
그러나 어느 날
여자식으로 사랑을 꿈꾸며
남자식으로 살아가는 날들이
우아한 중년의 식탁 위에
검고 무거운 예감을 엎질렀다
어둡고 불길한 예감 속에는
산발한 유령들이 만찬을 즐기고
사랑의 과일들이 무덤으로 누워
피묻은 달을 하관하고 있었다
먼데서 어른대는 황혼의 그림자
적막속에 흔들리는 지상의 척도……

왜, 왜 사느냐고 메아리치는 강변에
여자 홀로 바라보는 배가 뜨고 있었다

―「위기의 여자―여성사연구 6」 부분

발표된 시에 묘사된 여성들은 모두 다른 시기와 시대를 살아가고 있지만, 공통의 정념을 공유하고 있는 듯하다. 그리고 이 정념은 "온전한 평화"로 대변되는 사회와 가정의 안온함의 이면에 도사리고 있는 부정적인 무엇이다. 이것을 시인의 언어를 통해 "불길한 예감"으로 말해본다면, 시인이 쓰고자 하는 여성들의 역사란 "검고 무서운 예감을 엎질렀"을 정도로 강력한 "불길한 예감"을 동력으로 하여 나아간 것이 분명하다. 그것은 "이 지상의 모든 평화"나 "서방정토"라는 이상적 공간에서도 해소되지 않는 "시방세계"의 여성사이다. 말하자면, 지금-여기의 여성 문제를 제대로 바라보기 위해 돌아봐야 할 것은 언제나 "시방세계"의 그것으로 고찰되지 못했던 여성들의 관념적 역사 그 자체인 것이다.

흥미로운 점은 이처럼 원형적인 생멸의 방식을 지닌 여성의 역사가 과감하고도 명료하게 거대한 역사, 동시대적 사회문제와 맞물려 등장한다는 점이다. 「여성사연구 2」에서 '국채보상운동'의 일환으로 "기우는 나라의 빚을 갚"는 "반지뽑기부인회"의 여성들은 이후 여성독립운동가 '남자현'의 이름이 되는데, 이들의 "운동"은 단순히 조국의 독립, 즉 "서방정토"를 획득하기 위한 것만은 아니다. 그들은 반복해서 말한다. 나라의 빚을 갚는 일은 "풍전등화 같은 국권회복"을 위한 일임이 분명하지만, 동시에 그것은 "우리 여자의 힘 세상에 전파하여 / 남녀동등권을 찾"기 위한 것이기도 하다. "시방세계"의 문제가 남아 있는 한, 여성들에게 '백마를 타고 찾아올 초인'^{이육사, 「광야」}만이 절대적 해결책일 수는 없기 때문이다.

서로군정 독립단으로 활약하던 중 1932년 국제연맹조사단이 하얼빈을 방문했을 때, 왼손 무명지를 끊어 '조선독립원'이라는 혈서를 쓰고, 끊어진 손가락 마디를 함께 얹어 보냈다던 독립운동가 남자현의 경우도 마찬가지다. 그가 독립운동가라는 정체성을 지니게 된 것은 "자유 세상 밝"히기 위한 까닭이기도 하지만, "효부 열녀 쇠사슬에 찬물을 끼었고 / 여필종부 오랏줄을 싹둑 끊"기 위한, 그리하여 "여성개화 신천지 씨앗을 뿌리"

기 위한 것이기도 하다. 이처럼 여성의 사건과 역사에 대한 공시적 접근
은 오히려 그 암울한 '예감'의 통시성을 발견하게 할뿐만 아니라, 그것의
결과로서 다른 무엇보다 지금-여기의 여성의 현실에 집중하게 한다. 이
들이 해방을 위해 뛰어드는 역사적 행위들은 현실의 여성을 위한 것이고,
그것은 과거와 현재 그리고 미래의 여성들을 위한 행동이며 동시에 그
자체로 더 나은 사회를 위한 도약이기도 하다. 거대한 역사의 물줄기에
여성을 그 일환으로 '할당'하는 방식의 해결책이 아니라, 거대 역사와 여
성의 역사를 동시적으로 묘사함으로써 '구성적 외부the constitutive exlusion'로
서의 여성의 위상을 지속적으로 가시화하는 것이다. 이 과정에서 '역사'
의 구성원이 누구이며, '인간'이 무엇인지에 대한 질문이 심화될 수 있는
가능성이 마련된다.

2) '여성은 정치적 주체다' 라는 명제의 불가능성 사유하기

하지만 재-선언의 자리가 문제적인 것은 그것이 또 다른 배제의 원리
로서만 작동되기 때문이다. 역사적 시기 전반을 통과해 현실 속 여성 모
두의 것인 것만 같았던 "불길한 예감"은 '여성'이라는 집단적 정체성을 선
언하는 과정 속에서 포섭 불가능한 잔여물들만을 남긴다. 그것은 '말'과
관련된 것으로서, '여성은 정치적·역사적 주체다'라는 명제가 선언만으
로 완료되지 않는 불일치의 자리이다.

비정하게 저무는 낯선 거리에서
그대는 저쪽으로 나는 이쪽으로
운명을 수락하듯
우리는 서로 다른 길을 향해 갑니다

당신을 사랑해, 라고 말하고 싶을 때조차

왜 우리는 단순하게 손잡지 못할까요

왜 우리는 질투하는 두 짐승처럼

함께 가는 길에 퉤퉤 소금을 뿌리는 것일까요

때로 나는 내 자신 속에서

그대와 나를 갈라놓은 내 적을 발견합니다

너는 검은색이고 나는 흰색이야

당신을 향하여 금을 긋는 순간

나는 내 자신의 적을 봅니다[36]

'여성사 연구'라는 주제 하에 다양한 역사적, 계층적 여성들의 목소리를 '나'의 발화로 이행했던 고정희의 시적 주체는 돌연 그런 '나'와 '그대' 사이에 굳건히 존재하는 간극을 고백한다. "그대는 저쪽으로 나는 이쪽으로" 향하게 된 이 비정하고 낯선 거리에서 화자가 앞세우는 것은 시공간을 초월하여 연대의 영속적인 동력이 되어줄 것이라 믿었던 공통의 '불길함'이 아니다. 그것은 당신과 '나' 사이에 각기 다른 형태로 존재하는 "적"과 "금"이다. 시인의 이러한 인식 변화는 80년대 후반에 이르러 본격적으로 점화되었던 여성주의 진영들 간의 충돌과 논쟁의 영향과 무관하지 않을 것이다.

그러나 연대의 공통 지반으로 특정 계층 여성만의 독자적인 경험을 중시했던 '또문' 진영의 입장에 그가 내보였던 초기의 의구심을 상기한다

36　고정희, 「무엇이 그대와 나를 갈라 놓았는가」, 『또 하나의 문화 제6호―주부, 그 막힘과 트임』, 236~240쪽.

면, 이는 동일한 비판 의식이 시적 형식을 거쳐 단계적으로 발현된 사례로 볼 수도 있다. 그가 여성 역사화의 과정에서 '민중' 선언이 배제한 자리를 중요한 거점으로 삼을 수 있었다면, '여성'이라는 선언의 과정에서도 동일하게 존재론적 조건지금·여기과 '말'의 분배가 지닌 불평등 역시 고민할 수밖에 없었을 것이다. 그런데 고정희의 작업이 여성주의 운동의 활자 형식으로서 중요한 의미를 지니는 지점은 그러한 의구심 이후 재-선언의 자리에서 발생한다. 시인은 그와 같은 여성 간 차이, 간극을 인식함에도 불구하고 그 과정을 거쳐 결국 다시 '모든 여자'의 권리와 의무를 선언하는 것이다.

여자가 뭉치면 무엇이 되나?
여자가 뭉치면 사랑을 낳는다네

모든 여자는 생명을 낳네
모든 생명은 자유를 낳네
(…중략…)

여자가 뭉치면 무엇이 되나?
여자가 뭉치면 새 세상 된다네 [37]

여성의 체험을 말하자, 깊이 생각하자, 그리고 행동하자,

37　고정희, 「여자가 뭉치면 새 세상 된다네」, 『또 하나의 문화 제6호 – 주부, 그 막힘과 트임』, 242~243쪽.

이것이 우리 하자-편의 토론 시각입니다

(…중략…)

지당한 말씀처럼 들립니다

그러나 문제제기의 당위성에 집착한 나머지

환상깨기……는 여성에서 다양한 삶을 거세해 버렸고

성문화……는 남성에서 사회변혁 의지를 소외시켜 버렸습니다

이러한 이분법적 분류는

이분법적 대립이 불가피해집니다

반목의 역사를 딛고

함께 사는 세계로 나가는 신명,

그 화두 하나를 다시 천명합니다

체험을 말하라, 깊이 생각하라, 그리고 행동하라[38]

이 두 편의 시에서 고정희의 시적 주체가 다시금 도달하는 곳은 이전
보다 더욱 확신에 찬, 강한 어조로 수행하는 언명이다. 이제 그의 시에서
"여자"는 "모든 여자"로, 모든 여자의 '뭉침'은 "새 세상"으로 다소 과감하
게 선언된다. 또한 "여성의 체험을 말하자, 깊이 생각하자, 그리고 행동하
자"와 같은 청유형의 어미는 "체험을 말하라, 깊이 생각하라, 그리고 행동
하라"와 같은 명령형의 어미로 종결된다. 언표와 실천 간의 근본적인 간
극은 시인에게 '운동'으로서의 실패를 상기하는 것이 아니라, 외려 정치
적 동력의 장으로서 활용된 것이다. 그가 더욱더 강하고 직접적인 발화의

---

38 고정희, 「말하자, 생각하자, 행동하자」, 『또 하나의 문화 제8호─새로 쓰는 성 이야기』,
310쪽.

형태를 취한 것이 메시지의 진실한 전달을 목표로 하는 것이 아니라, 선언의 형식이 지닌 모순에 집중한 결과라고 말할 수 있는 이유는 그가 그 당시 몰두했던 '굿시'와 '빙의' 등 시적 형식에 관한 실험과도 관련된다.

고정희가 한恨에서 비롯된 마음의 응어리를 해소하고 새로운 에너지의 충전을 가능케 하는 '마당굿시'의 전통을 가장 적극적으로 활용한 사례는 시집 『저 무덤 위에 푸른 잔디』창작과비평, 1989이다. 시집의 후기에서 시인은 "어머니의 혼과 정신을 해방된 인간성의 본으로 삼았고 역사적 수난자요, 초월성의 주체인 어머니를 천지신명의 구체적인 현실로 파악하였다. (…중략…) 잘못된 역사의 회개와 치유와 화해에 이르는 큰 씻김굿이 이 시집의 주제이며 그 인간성의 주체에 어머니의 힘이 놓여있다"고 밝힌다. 이러한 발언에서 문제적인 용어는 '씻김굿'과 그 효과로서의 치유와 화해일 것이다. 말하자면, 고정희는 시집의 주된 핵심으로서 시적 발화 내용이 아닌 형식에 주목해야 한다고 말하고 있는 셈이다.

> 진달래 온 산에 붉게 물들어
> 그날의 피눈물 산천에 물들어
> 꽃울음 가슴에 문지르는 어머니
> 그대 이름 호명하며 눈물이 나네
> 목숨 바친 역사 뒤에 자유는 남는 것
> 시대는 사라져도 민주꽃 만발하리
> 너 떠난 길 위에 통일의 바람 부니
> 겨레해방 봄소식 눈물이 나네
>
> —「넋이여, 망월동에 잠든 넋이여」 부분

벙어리 삼년 세월 듣자판

귀머거리 삼년 세월 참자판

눈멀어 삼년 세월 말자판

여자 한 몸에 이고지고 세상 시름 넘어갈세

만석꾼이들 무엇하며 금은보화면 무엇하리

먹어를 보았나 입어를 보았나

—「둘째 거리—본풀이 마당」 부분

아가 아가 며늘 아가

내 말 좀 들어봐라

나 죽거든 제일 먼저 이내 가슴 열어봐라

간이 녹아 한강수요

쓸개 녹아 벽계수라

간과 쓸개 무사한가 어디 한 번 꺼내봐라

여자 평생 살림 평생 아니더냐

뒷방 살림 안방 살림 부엌 살림 광방 살림

돌밭 살림 허드렛 살림 집안 살림 바깥 살림

나 죽거든 저승까지 살림 뒤따라 나오나 봐라

—「둘째 거리—본풀이 마당」 부분[39]

하지만 시인이 '의도한' 바와 달리 억압 주체의 목소리와 그 내용을 직

---

39   고정희, 『저 무덤 위에 푸른 잔디』, 창작과비평, 1989.

접 발화하는 방식은 곧바로 치유와 화해로 나아가지 않는다. 이는 '마당 굿', '씻김굿'이라는 현장성을 담보한 제의적 행위가 말 그대로 언어형식 적 측면으로 전환될 때 발생하는 차이와 관련된다. '굿'의 현장성은 말 그 대로 발화자와 재현^{무당의} 육체의 신체적 합일에서 일어나며, 가장 극대화된 일치감의 매개로서 생생하게 전달되는 '목소리'를 활용한다. 발화자의 발 화 내용이 재현된 표상과 불일치하는 지점을 무화시키는 역할로서 목소 리가 지닌 현장의 효과는 상당하다. 목소리가 지닌 힘은 때로는 같은 집 의 '며느리'에서 '시어머니'로 인물과 인물 사이를 넘나들기도 하지만 '한 국전쟁'에서 '광주민중항쟁'으로 시공간을 넘나들며 말 그대로 일체감 그 자체를 물질적으로 구현한다. 이때 육성에 첨가되는 한의 정념과 울음, 말을 둘러싼 주변의 소음 등은 발화 주체와 발화 매개체^{표상}의 일치를 '작 동'하게 한다. 이것이 '굿'을 곧 치유와 화해로 이해할 수 있는 가장 큰 원 리인 것이다.

그런데 이와 같은 '씻김굿'의 발화 내용이 '굿시'의 형태가 되어 텍스트 로 전환될 때, 살아 있는 목소리로서 타당성을 담보 받았던 발화자와 재 현 사이의 이질감이 두드러지기 시작한다. 이는 언어가 지닌 근본적 한계 이자 특성이기도 하며, 활자매체로서의 운동이 도달할 수밖에 없는 문제 적 지점이기도 하다. 그러나 동시에 이 같은 한계는 오히려 '여성'과 현실 의 여성 사이에 분명히 내재하고 있는 간극을 가시화함으로써 '여성'의 언어에 대한 보다 냉정한 성찰과 간극을 거점으로 삼을 다음의 선언을 예비하게 한다.

위와 같은 시적 실험에서 얻은 통찰을 바탕으로, 고정희는 정치적·역 사적 주체가 될 권리를 요구하는 '선언'의 형식과 여성주의적 의제를 연 결시킨다. 그의 텍스트 속에서 선언된 무수한 '여성들'은 공표와 동시에 다시 무수한 비여성들을 생성하며, 그들로 하여금 다음의 선언을 자극하고 지속하게 한다. 위계와 권력을 단일한 방향으로 사유하지 말자는 '또문'의 기본적 입장과 주장은 선언의 내용이 아니라 형식으로 지속되는 것이다. '인간=민중' 명제와 '여성=정치적 주체'라는 명제를 과감히 선언한 고정희의 텍스트들은 비민중, 비여성이 처한 자리를 지시하는 문제적 장소이자, 동시에 그들의 저항의 기점이 되는, 여전히 존속 중인 운동의 장이다.

참고문헌

1. 기본 자료

고정희, 『누가 홀로 술틀을 밟고 있는가』, 배재서관, 1979.

_____, 『실락원 기행』, 인문당, 1981

_____, 『초혼제』, 창작과비평사, 1983.

_____, 『이 시대의 아벨』, 문학과지성사, 1983.

_____, 『눈물꽃』, 실천문학사, 1986.

_____, 『지리산의 봄』, 문학과지성사, 1987.

_____, 『저 무덤 위에 푸른 잔디』, 창작과비평사, 1989.

_____, 『광주의 눈물비』, 도서출판 동아, 1990.

_____, 『아름다운 사람 하나』, 들꽃세상, 1990.

_____, 『여성해방출사표』, 동광출판사, 1990.

_____, 『모든 사라지는 것들은 뒤에 여백을 남긴다』, 창작과비평사, 1992.

_____, 『뱀사골에서 쓴 편지』, 미래사, 1991.

_____, 『고정희 시전집』 1 · 2, 또하나의문화, 2011.

고정희, 「詩를 어떻게 쓸 것인가?-시의 이해를 위한 創作法」, 『동인회보』 2, 또하나의문화, 1984.12.9.

_____, 「하나되는 힘을 위한 결속」, 『동인회보』 2, 또하나의문화, 1984.12.9.

_____, 「광주민중항쟁과 여성의 역할-광주여성들, 이렇게 싸웠다」, 『월간중앙』, 1988.5.

_____, 「'성폭행'은 부패한 권력의 현주소-자매애의 승리 보여준 '피고인'을 보고」, 『동인회보』 31, 또하나의문화, 1989.7.10.

_____, 「김지하의 시와 예수, 그리고 밥-70년대 우리 땅에 오신 하느님 어머니(1)」, 『살림』 10, 한국신학연구소, 1989.9.

_____, 「김지하의 민중시는 남성중심적인가-70년대 우리 땅에 오신 하느님 어머니(2)」, 『살림』 11, 한국신학연구소, 1989.10.

_____, 「소재주의를 넘어 새로운 인간성의 실현으로」, 『문학사상』, 문학사상사, 1990.2.

_____, 「여성주의 문학 어디까지 왔는가? 소재주의를 넘어 새로운 인간성의 실현으로」, 『너의 침묵에 메마른 나의 입술-여성해방문학가 고정희의 삶과 글』, 또하나의문화, 1993.

고정희 · 지영선, 「0호를 내면서-한국여성 현실과 언론매체」, 『여성신문』 창간준비호, 1988.10.28.

조형 외편, 『너의 침묵에 메마른 나의 입술 – 여성해방문학가 고정희의 삶과 글』, 또하나의문화, 1993.

또하나의문화 편집부, 『또 하나의 문화』 제1호, 1984.
＿＿＿＿＿＿＿＿, 『또 하나의 문화』 제2호, 1986.
＿＿＿＿＿＿＿＿, 『또 하나의 문화』 제3호, 1987.
＿＿＿＿＿＿＿＿, 『또 하나의 문화』 제4호, 1988.
＿＿＿＿＿＿＿＿, 『또 하나의 문화』 제6호, 1990.
＿＿＿＿＿＿＿＿, 『또 하나의 문화』 제7호, 1991.
＿＿＿＿＿＿＿＿, 『또 하나의 문화』 제8호, 1991.
＿＿＿＿＿＿＿＿, 『또 하나의 문화』, 제9호, 1992.

「동인모임의 짜임새와 구체적 활동」, 『동인회보』 2, 또하나의문화, 1984.12.9.
「동인지 3호가 나왔습니다」, 『동인회보』 15, 또하나의문화, 1987.4.27.
「또 하나의 문화를 창조하는 동인들의 모임」, 『동인회보』 3, 또하나의문화, 1985.4.20.
「성차별 시에 나타난 공동연구를 마련합니다」, 『동인회보』 8, 또하나의문화, 1986.4.19.
「여성해방 한마당, 시화전 "우리 봇물을 트자" 열려」, 『동인회보』 27, 또하나의문화, 1988.12.27.
『경향신문』, 『동아일보』, 『매일경제』, 『여성신문』, 『조선일보』, 『중앙일보』, 『한겨레』.
『성경전서 개역개정판』(4판), 대한성서공회, 2005.

2. 논문 및 평론

강정인, 「정치·죽음·진실 – 1991년 5월 투쟁을 중심으로」, 『한국정치학회보』 36(3), 한국
　　정치학회, 2002.
고미라, 「양성성과 여성성」, 『여성과 사회』 7, 한국여성연구소, 1996.
곽명숙, 「1970년대 시의 젠더화된 하위주체」, 『여성문학연구』 19, 한국여성문학학회, 2008.
구명숙, 「80년대 한국 여성시 연구 – 고정희 시에 나타난 여성성 일탈 양상을 중심으로」, 『한
　　국학연구』 6, 숙명여대한국학연구소, 1996.
권성훈, 「고정희 종교시의 폭력적 이미지 연구」, 『종교문화연구』 21, 한신대 종교와문화연구
　　소, 2013.
권한라, 「한국 여성주의 미술에 나타난 여성주의 문학과의 관련성」, 이화여대 석사논문,
　　2018.

김균영 외, 「썩지 않는 것은 뿌리에 닿지 못하리」, 『청파문학』, 숙명여대, 1994.

김나현, 「1970년대 민중시의 주체 구성-민중시를 둘러싼 몇 가지 분할에 대하여」, 『한국시학회』 53, 한국시학회, 2018.

김난희, 「한국 민중시의 언어적 실천 연구-1970-80년대 민중시에 나타난 '부정성'의 의미화 양상을 중심으로」, 서강대 박사논문, 2010.

_____, 「고정희 "굿시"에 나타난 기호적 코라의 특성-『저 무덤 위에 푸른 잔디』를 대상으로」, 『비교한국학』 19(2), 국제비교한국학회, 2011.

김대성, 「제도의 해체와 확산, 그리고 문학의 정치」, 『동서인문학』 45, 계명대 인문과학연구소, 2011.

김문주, 「고정희 시의 종교적 영성과 '어머니 하느님'」, 『비교한국학』 19(2), 국제비교한국학회, 2011.

김민구, 「고정희 연작 「밥과 자본주의」에 나타난 정의의 결정행위 연구」, 『현대문학이론연구』 77, 현대문학이론학회, 2019.

김보경, 「『또 하나의 문화』의 여성시에 나타난 '차이'라는 여성 연대의 조건과 가능성」, 『한국현대문학연구』 60, 한국현대문학회, 2020.

김보명, 「급진 페미니즘의 과거와 현재」, 『문화과학』 104, 문화과학사, 2020.

_____, 「급진-문화 페미니즘과 트랜스-퀴어 정치학 사이-1960년대 이후 미국 여성운동 사례를 중심으로」, 『페미니즘 연구』 18(1), 한국여성연구소, 2018.

_____, 「페미니즘 정치학, 역사적 시간, 그리고 인종적 차이」, 『한국여성학』 32(4), 한국여성학회, 2016.

김성례, 「여성의 자기 진술의 양식과 문체의 발견을 위하여」, 김경수 외 『페미니즘과 문학비평』, 고려원, 1994.

김승구, 「고정희 초기시의 민중신학적 인식」, 『한국문학이론과비평』 11(4), 한국문학이론과비평학회, 2007.

_____, 「고정희 초기시의 음악적 모티프 수용 양상」, 『동아시아문화연구』 60, 한양대 동아시아문화연구소, 2015.

김승희, 「고정희 시의 카니발적 상상력과 다성적 발화의 양식」, 『비교한국학』 19(3), 국제비교한국학회, 2011.

_____, 「발문-근대성의 판도라 상자를 열었던 시인 고정희」, 『고정희 시전집』 2, 또하나의문화, 2011.

_____, 「상징 질서에 도전하는 여성시의 목소리, 그 전복의 전략들」, 『여성문학연구』 2, 한국여성문학학회, 1999.

_____, 「한국 현대 여성시에 나타난 제국주의의 남근 읽기」, 『여성문학연구』 7, 한국여성문학학회, 2002.

김양선, 「486세대 여성의 고정희 문학체험 – 80년대 문학담론과의 길항관계를 중심으로」, 『비교한국학』 19(3), 국제비교한국학회, 2011.

_____, 「동일성과 차이의 젠더정치학 – 197~80년대 진보적 민족문학론과 여성해방문학론을 중심으로」, 『한국근대문학연구』 6(1), 한국근대문학회, 2005.

김영순, 「고정희의 페미니즘 시 연구 – 형식적 특성을 중심으로」, 동국대 석사논문, 2000.

김영혜, 「고독과 사랑, 해방에의 절규 – 故고정희의 시세계」, 『문예중앙』, 중앙일보사, 1991년 가을.

김영희, 「포스트 시대 인문교육에서 리비스의 효용 – 테리 이글턴의 『비평의 기능』과 관련하여」, 『영미문학교육』 17(3), 한국영미문학교육학회, 2013.

김은하, 「1980년대, 바리케이트 뒤편의 성(性) 전쟁과 여성해방문학운동」, 『상허학보』 51, 상허학회, 2017.

김정은, 「'광장에 선 여성'과 말할 권리 – 1980년대 고정희의 글쓰기에 나타난 '젠더'와 '정치'」, 『여성문학연구』 44, 한국여성문학학회, 2018.

_____, 「또 하나의 집회」, 『구보학보』 27, 구보학회, 2021.

김정환, 「고통과 일상성의 변증법」, 고정희, 『초혼제』, 창작과비평사, 1983.

김주연, 「高靜熙의 의지와 사랑」, 『이 시대의 아벨』, 문학과지성사, 1983.

김주희, 「코로나 시대, '마스크 시위'와 페미니즘의 얼굴성을 질문하다」, 『페미니즘 연구』 21(1), 한국여성연구소, 2021.

김지하, 「민중문학의 형식문제」, 『남녘땅 뱃노래』, 두레, 1985.

김진희, 「서정의 확장과 詩로 쓰는 역사」, 『비교한국학』 19(2), 국제비교한국학회, 2011.

김혜순, 「내면과 내면의 진솔한 이야기는 오갔으나」, 『동인회보』, 또하나의문화, 1988.12.27.

나영, 「지금 한국에서, TERF와 보수 개신교계의 혐오선동은 어떻게 조우하고 있나」, 『문화과학』 93, 문화과학사, 2018.

나희덕, 「시대의 염의(殮衣)를 마름질하는 손」, 『창작과비평』, 창비, 2001년 여름.

류도향, 「아도르노의 사물화 개념과 미학적 우리」, 『철학논총』 51, 새한철학회, 2008.

류석진·방인혁, 「한국적 급진민주주의론의 급진성과 주체성 연구」, 『경제와 사회』 93, 비판사회학회, 2012.

문혜원, 「고정희 연시의 창작 방식과 의미 – 『아름다운 사람하나』를 중심으로」, 『비교한국학』 19(2), 국제비교한국학회, 2011.

민중예술위원회 편, 「민중예술의 아름다움」, 『삶과 멋』, 공동체, 1985.

박기순, 「랑시에르와 민중개념 – 민중에 대한 낭만주의적 해석과 그 대안의 모색」, 『진보평론』 59, 2014.

박동수, 「페미니즘 세대 선언」, 『인문잡지 한편』 1, 민음사, 2020.

박선영, 「고정희 論 – 정신의 수직운동을 중심으로」, 『돈암어문학』 14, 돈암어문학회, 2001.

박송이, 「시대에 대응하는 전략적 방식으로써 되받아 쓰기(writing back) 고찰 – 고정희 『초혼제』(1983) 장시를 중심으로」, 『한국현대문예비평학회』 33, 2010.

박인배, 「공동체 문화와 민중적 신명」, 민족굿회 편, 『민족과 굿』, 학민사, 1987.

박인혜, 「1980년대 한국의 '새로운' 여성운동의 주체 형성 요인 연구 – 크리스챤 아카데미의 '여성의 인간화' 담론과 '여성사회교육'을 중심으로」, 『한국여성학』 25(4), 한국여성학회, 2009.12.

박정수, 「신약 외경이란 무엇인가?」, 『성서마당』, 한국성서학연구소, 2006.

박주영, 「애드리엔 리치의 페미니스트 시론」, 『현대시』, 2005.9.

박죽심, 「고정희 시의 탈식민성 연구」, 『어문논집』 31, 중앙어문학회, 2003.

박혜경, 「연시와 통속성의 문제」, 『한길문학』 8, 한길사, 1991.3.

박혜란, 「토악질하듯 어루만지듯 가슴으로 읽은 고정희」, 『또 하나의 문화』 제9호, 또하나의 문화, 1992.

방현석, 「김지하에게 보내는 공개 서한」, 『월간 말』, 월간 말, 1991.6.

배덕만, 「한국 개신교회와 근본주의」, 『한국종교연구』 10, 서강대 종교연구소, 2008.

배성인, 「91년 5월 투쟁과 기억의 정치 – 단절과 연속의 변증법」, 『진보평론』 50, 진보평론, 2011.12.

백영경, 「복지와 커먼즈」, 『창작과비평』, 창비, 2017년 가을.

서석화, 「고정희 연시 연구」, 동국대 석사논문, 2003.

서중석, 「〈발제〉 광주학살·광주항쟁은 민족사의 분수령이었다」, 『역사비평』 7, 1989.5.

성민엽, 「갈망하는 자의 슬픔과 기쁨」, 고정희, 『지리산의 봄』, 문학과지성사, 1987.

손유경, 「1980년대 학술운동과 문학운동의 교착(交錯)/膠着)」, 『상허학보』 45, 상허학회, 2015.

송명희, 「고정희의 페미니즘 시」, 『비평문학』 9, 한국비평문학회, 1995.

송영순, 「고정희 장시의 창작과정과 특성」, 『한국문예비평연구』 44, 한국문예비평학회, 2014.

송주영, 「고정희 굿시의 여성적 글쓰기 – 『저 무덤 위에 푸른 잔디』를 중심으로 -」, 『청람어문교육』 56, 청람어문교육학회, 2015.

송지현, 「불의 魂, 물의 詩 – 고정희 論」, 『韓國言語文學』 42, 한국언어문학회, 1999.

송효섭,「횡단의 기호학과 횡단의 세미오시스-뮈토스에서 세미오시스로 -신화 담론과 탈
　　　경계의 기호작용-」,『기호학연구』27, 한국기호학회, 2010.

＿＿＿,「매체, 신화, 스토리텔링-매체의 통합, 분리, 횡단에 따른 뮈토-세미오시스의 지형」,
　　　『기호학연구』45, 한국기호학회, 2015.

신지연,「오월광주-시의 주체 구성 메커니즘과 젠더 역학」,『여성문학연구』17, 한국여성문
　　　학회, 2007.6.

안지영,「'여성적 글쓰기'와 재현의 문제-고정희와 김혜순의 시를 중심으로」,『한국현대문
　　　학연구』54, 한국현대문학회, 2018.

＿＿＿,「'여성주의 리얼리즘'의 문화정치학-『또하나의 문화』의 발간 주체와 실천을 중심으
　　　로」,『한국현대문학연구』63, 한국현대문학회, 2021.

양경언,「고정희 시에 나타난 의인화 시학 연구」, 서강대 석사논문, 2010.

＿＿＿,「억압의 하중을 넘어 새로운 사회 구성원리를 향해-고정희 시에 나타나는 생태학적
　　　정체성을 중심으로」,『상허학보』55, 상허학회, 2019.2.

양종승,「대전굿의 경문」,『한국무속학』창간호, 한국무속학회, 1999.

유성호,「고정희 시에 나타난 종교의식과 현실인식」,『한국문예비평연구』1, 한국현대문예
　　　비평학회, 1997.

＿＿＿,「민중적 서정과 존재 탐색의 공존과 통합-1980년대의 시적 지형」,『작가연구』15,
　　　깊은샘, 2003.

유인실,「고정희 시의 탈식민주의 연구」,『비평문학』36, 한국비평문학회, 2010.6.

윤은성·이경수,「고정희의 초기시에 나타난 공간 표상」,『어문론집』80, 중앙어문학회,
　　　2019.12.

윤인선,「『저 무덤 위에 푸른 잔디』에 나타난 자서전적 텍스트성 연구」,『여성문학연구』27,
　　　한국여성문학회, 2012.

이경수,「고정희 전기시에 나타난 숭고와 그 의미」,『비교한국학』19(3), 국제비교한국학회,
　　　2011.

이경엽,「씻김굿 무가의 연행 방식과 그 특징」,『비교민속학』29, 비교민속학회, 2005.

이경자,「그리움과 추억으로 다리를 놓다」,『문화+서울』, 2020.3.

이경희,「고정희 연시 연구」,『돈암어문학』20, 돈암어문학회, 2008.

＿＿＿,「고정희 시의 여성주의 시각 연구」,『돈암어문학』21, 돈암어문학회, 2008.

이나영,「급진주의 페미니즘과 섹슈얼리티-역사와 정치학의 이론화」,『경제와사회』82, 비
　　　판사회학회, 2009.

이대우,「도발의 언어, 주술의 언어-고정희론」,『문예미학』11, 문예미학회, 2005.

이명규, 「고정희 시 연구」, 명지대 석사논문, 2000.

이명호·김희숙·김양선, 「여성해방문학론에서 본 80년대의 문학」, 『창작과비평』 67, 창비, 1990년 봄.

이소희, 「"고정희"를 둘러싼 페미니즘 문화정치학−여성주의 연대와 역사성의 관점에서」, 『젠더와 사회』 6(1), 한양대 여성연구소, 2007.

_____, 「〈밥과 자본주의〉에 나타난 '여성민중주의적 현실주의'와 문체혁명−「몸바쳐 밥을 사는 사람 내력 한마당」을 중심으로」, 『비교한국학』 19(3), 국제비교한국학회, 2011.

_____, 「고정희 글쓰기에 나타난 여성주의 창조적 자아의 발전과정 연구−80년대 사회운동 및 사회문화적 담론과의 영향을 중심으로」, 『여성문학연구』 30, 한국여성문학학회, 2013.

_____, 「엘리자베스 바렛 브라우닝과 고정희 비교 연구−사회비평으로서 페미니스트 시 쓰기」, 『영어영문학 21』 19(2), 21세기영어영문학회, 2006.

_____, 「침묵과 기억의 성 정치학−『나는 새장 안의 새가 왜 노래하는지를 안다』와 『컬러 퍼플』을 중심으로」, 『영어영문학』 13(2), 미래영어영문학회, 2008.

이시영, 「편집 후기」, 고정희, 『모든 사라지는 것들은 뒤에 여백을 남긴다』, 창작과비평사, 1992.

이은영, 「1980년대 시에 나타난 자본주의적 세계에 대한 재현과 부정성-고정희, 허수경의 시를 중심으로」, 『한국문예비평연구』 59, 한국문예비평학회, 2018.

_____, 「고정희 시의 공동체 인식 변화 양상」, 『여성문학연구』 38, 한국여성문학학회, 2016.

_____, 「고정희 시의 역사성 연구」, 아주대 박사논문, 2015.

_____, 「고정희의 시에 나타나는 역사에 대한 인식의 양상」, 『여성문학연구』 36, 한국여성문학학회, 2015.

이정은, 「인권의 역린, 여성의 정치적 권리−에티엔 발리바르의 '인권정치'에서 「인권선언문」에 대한 독해」, 『한국여성철학』 32, 한국여성철학회, 2019.

이진옥, 「여성사 연구의 현주소 그리고 희망」, 『역사와 경계』 66, 부산경남사학회, 2008.

이한나, 「1980년대 가족법 개정 투쟁과 박완서의 소설−박완서, 『그대 아직도 꿈꾸고 있는가』를 중심으로」, 『인문과학연구논총』 38(4), 명지대 인문과학연구소, 2017.

이혜령, 「빛나는 성좌들−1980년대, 여성해방문학의 탄생」, 『상허학보』 47, 상허학회, 2016.

_____, 「그녀와 소녀들−일본군 '위안부' 문학/영화를 커밍아웃 서사로 읽기」, 『반교어문연구』 47, 반교어문학회, 2017.

_____, 「기형도라는 페르소나」, 『상허학보』 56, 상허학회, 2019.

이혜원, 「한국 여성시의 탈식민주의 페미니즘 연구」, 『여성문학연구』 41, 한국여성문학학회, 2017.8.

임미리, 「한국 학생운동에서 대학생의 저항적 자살에 관한 연구」, 『기억과 전망』 34, 민주화운동기념사업회 한국민주주의연구소, 2016.

임진택, 「80년대 연희예술운동의 전개-마당극·마당굿·민족극을 중심으로」, 『창작과비평』 18(3), 1990.9.

임태훈, 「국가의 사운드스케이프와 붉은 소음의 상상력-1960년대 소리의 문화사 연구를 위하여(1)」, 『대중서사연구』 25, 대중서사학회, 2011.6.

임형진, 「고정희 시에 나타난 에코페미니즘 고찰」, 『한국문예창작』 20(1), 한국문예창작학회, 2021.4.

장서란, 「고정희 굿시의 재매개 양상 연구-『저 무덤 위에 푸른 잔디』를 대상으로」, 『서강인문논총』 58, 서강대 인문과학연구소, 2020.8.

장필화, 「"성(sexuality)" 주제의 강의지침」, 『여성학논집』 2, 이화여대 한국여성연구소, 1985.

전의령, 「타자의 본질화 안에서의 우연한 연대-한국의 반다문화와 난민 반대의 젠더정치」, 『경제와사회』 125, 비판사회학회, 2020년 봄.

정남영, 「리비스의 작품 비평과 언어의 창조적 사용」, 『영미문학연구』 6, 영미문학연구회, 2004.

정영신, 「한국의 커먼즈론의 쟁점과 커먼즈의 정치」, 『아시아연구』 23(4), 한국아시아학회, 2020.

정종기, 「고정희 시 연구」, 한국교원대 석사논문, 2005.

정진경, 「"심리적 성차이" 주제의 강의지침」, 『여성학논집』 2, 이화여대 한국여성연구소, 1985.

_____, 「성역할 연구의 양성적 시각」, 『한국여성학』 3, 한국여성학회, 1987.

정혜진, 「광주의 죽은 자들의 부활을 어떻게 쓸 것인가?-고정희의 제3세계 휴머니즘 수용과 민중시의 재구성(1)」, 『여성문학연구』 48, 한국여성문학학회, 2019.

정효구, 「고정희論; 살림의 시, 불의 상상력」, 『現代詩學』, 現代詩學社, 1991.10.

_____, 「고정희 시에 나타난 여성의식」, 『인문학지』 17, 충북대인문학연구소, 1999.

조선아, 「구스타프 말러 연가곡 《방황하는 젊은이의 노래》에 대한 분석 연구」, 한양대 석사논문, 2020.

조연정, 「1980년대 문학에서 여성운동과 민중운동의 접점-고정희 시를 읽기 위한 시론(試論)」, 『우리말글』 71, 우리말글학회, 2016.

조옥라, 「발문-고정희와의 만남」, 고정희, 『모든 사라지는 것들은 뒤에 여백을 남긴다』, 창작과비평사, 1992.

조항구, 「루카치와 마르크스 소외론」, 『철학연구』 70, 대한철학회, 1995.

조혜정, 「86년도 회고와 전망-또 한 걸음…」, 『동인회보』 12, 또하나의문화, 1986.12.27.

_____, 「한국의 페미니즘 문학 어디까지 왔나」, 『또 하나의 문화 3호-여성해방의 문학』, 또하나의문화, 1987.

_____, 「그대, 쉬임없는 강물로 다시 오리라」, 조형 외편, 『너의 침묵에 메마른 나의 입술-여성해방문학가 고정희의 삶과 글』, 또하나의문화, 1993.

_____, 「시인 고정희를 보내며…」, 『한국인』 1992년 8월호.

_____, 「시인 고정희를 보내며…」, 조형 외편, 『너의 침묵에 메마른 나의 입술-여성해방문학가 고정희의 삶과 글』, 또하나의문화, 1993.

_____ · 김미숙 · 최현희, 「지식인 여성들의 글쓰기-진이에서 J까지」, 『또 하나의 문화』 제9호, 1992.

채희완 · 임진택, 「마당극에서 마당굿으로」, 정이담 외, 『문화운동론』, 공동체, 1985.

천성림, 「새로운 여성사-쟁점과 전망」, 『역사학보』 200, 역사학회, 2008.

천유철, 「5 · 18 광주 민중항쟁 '현장'의 사운드스케이프(Soundscape)」, 『기억과 전망』 34, 한국민주주의연구소, 2016.6.

천정환, 「1980년대와 '민주화운동'에 대한 '세대 기억'의 정치」, 『대중서사연구』 33, 대중서사학회, 2014.

최병두, 「행위자-네트워크이론과 위상학적 공간 개념」, 『공간과사회』 25(3), 한국공간환경학회, 2015.

최석무, 「식민지하의 여성과 성 담론-조이스 작품에 나타난 아일랜드의 경우」, 『영어영문학』 51(1), 한국영어영문학회, 2005.

최원식, 「여성해방문학의 대두」, 『동인회보』 16, 또하나의문화, 1987.5.31.

하빈, 「(공동의 인식기반) '이미 시작되었고 아직 완성되지 않은 민주화' 대행진」, 『동인회보』 17, 또하나의문화, 1987.7.4.

한우리, 「교차로에 선 여자들, 1968년, 미국」, 한우리 · 김보명 · 나영 · 황주영, 『교차성×페미니즘』, 여이연, 2018.

한지희, 「『역사 밖에서』(Outside History)와 이반 볼랜드(Evan Boland)의 몸의 시학」, 『한국예이츠 저널』 26, 한국예이츠학회, 2006.

한향자, 「고정희 시에 나타난 기독교 의식」, 전북대 석사논문, 2007.

허윤, 「1980년대 여성해방운동과 번역의 역설」, 『여성문학연구』 28, 한국여성문학학회, 2012.

허현숙, 「잃어버린 것들을 찾아서—이반 볼란드 시에서의 개인과 역사」, 『한국 예이츠 저널』 28, 한국예이츠학회, 2007.

허혜정, 「유신여성과 민중시의 성담론 연구」, 『한국근대문학연구』 18, 한국근대문학회, 2008.

황보종우, 「1960년대 미국 신좌파의 형성과 변천—SDS를 중심으로」, 단국대 석사논문, 1996.

황정아, 「문학성과 커먼즈」, 『창작과비평』 여름호, 창비, 2018.

Adamson, Joni. *American Indian Literature, Environmental Justice, and Ecocriticism : the Middle Place*. Tucson : Uni. of Arizona P, 2001.

Allan, Thomas, "Beyond Efficiency : Care and the Commons", Centre for Welfare Reform (www.centreforwelfarereform.org) 2016.10.6.

Allen, Paula Gunn, "The Sacred Hoop", *The Ecocriticism Reader*. Ed. Cherull Glotfelty & Harold Fromm. Athens : U of Georgia P, 1996.

_____, *The Sacred Hoop : Recovering the Feminine in American Indian Traditions*. Boston : Beacon P, 1986.

Andrews, Jennifer. "In the belly of a laughing God : Reading Humor and Irony in the Poetry of Joy Harjo", *American Indian Quarterly*. 24.2 (Spring 2000) : 200-218.

Boland, Evan, "Letter to a Young Woman Poet", *American Poetry Review*. 26.3, 1997.

_____, "Writing the Political poem in Ireland", *Southern Review*. 31.3, 1995.

_____, "An Un-Romantic American", *Parnassus*, 14.2, 1988.

_____, "Eavan Boland and Kathleen Fraser : A Conversation", *Parnassus* 23.1-2, 1998.

_____, *New Collected Poems*. New York : W.W.Norton, 2008.

_____, *Object Lessons : The Life of the Woman and the Poet in Our Time*, Manchester : Carcanet Press, 1995.

Bryson, J. Scott. "Finding the Way Back : Place and Space in the Ecological Poetry of Joy Harjo", *MELUS* 27.3 (2001) : 169-96.

Burns, Christy. "Beautiful Labors : Lyricism and Feminist Revisions in Evan Boland's Poetry", *Tulsa Studies in Women's Literature*. vol.20, no.2, Autumn, 2001.

Castro, Jan Garden. "Mad Ireland Hurts Her Too", *The Nation*. June 6, 1994.

Coltelli, Laura, "Joy Harjo's Poetry", *The Cambridge Companion to Native American Literature*, Ed. Joy Porter and Kenneth M. Roemer. Cambridge : Cambridge UP, 2005.

_____ ed., *The Spiral of Memory : Interviews.* Ann Arbor : U of Michigan P, 1996.

_____, *Winged Words : American Indian Writers Speak.* Lincoln : U of Nebraska P, 1990.

Donovan, Katie, "Hag Mothers and New Horizons", *Southern Review.* 31.3, 1995.

Fyfe, Anne-Marie, "Women and Mother Ireland", *Image and Power : women in fiction in the twentieth century.* Sarah Scents. New York : Longman, 1999.

Harjo, Joy, *How We Became Human : New and Selected Poems : 1975-2001.* New York, W. W. Norton, 2002.

_____, *She Had Some Horses.* New York : Thunder's Mouth P, 1983.

Hussain, Azfar. "Joy Harjo and Her Poetics as Praxis : A 'Postcolonial' Political Economy of the Body, Land, Labor, and Language", *Wicazo Sa Review.* 15.2, Fall 2000.

Jaskoski, Helen & Joy Harjo. "A MELUS Interview : Joy Harjo", *MELUS.* 16.1, 1990.

Lang, Nancy. "'Twin Gods Bending Over' : Joy Harjo and Poetic Memory", *MELUS* 18.3, 1993.

Lee, So-Hee, "Diasporic Narratives in Korean Wianbu Literature", Comparative Korean Studies, 11(2), 2003.12.

Lincoln, Kenneth, *Native American Renaissance.* Berkeley : U of California P, 1983.

McCallum, Shara, "Eavan Boland's Gift : Sex, History, and Myth", *Antioch Review.* 62.1, 2004.

Murray, David, "Translation and meditation", *The Cambridge Companion to Native American Literature.* Ed. Joy Porter and Kenneth M. Roemer. Cambridge : Cambridge UP, 2005.

Nixon, Angelique V., "Poem and Tale as Double Helix in Joy Harjo's *A Map to the Next World*", *Studies in American Indian Literatures.* 18:1, Spring 2006.

Randolph, "A Backward Look : An Interview With Eavan Boland", *PN Review.* 26.5, 2000.

Randolph, Jody Allen, "An Interview with Eavan Boland", *Irish University Review,* 23.1, 1993.

Rich, Adrienne, "When We Dead Awaken : Writing as Re-Vision", *On Lies, Secrets, and Silence: Selected Prose 1966-1978.* New York : W.W. Norton & Company, 1979.

Robertson, Kerry E., "Anxiety, Influence, Tradition and Subversion in the Poetry of Eavan Boland", *Colby Quarterly.* 30.4, 1994.

3. 단행본

1) 국내 저서

강은교 외,『하나보다 더 좋은 백의 얼굴이어라─여성해방 시 모음』, 또하나의문화, 1988.

강준만,『한류의 역사』, 인물과사상사, 2020.

고정희 편,『예수와 민중과 사랑 그리고 詩』, 기민사, 1985.

고현철,『한국 현대시와 장르 패러디』, 현대미학사, 1996.

_____,『현대시의 패러디와 장르이론』, 태학사, 1997.

권인숙,『대한민국은 군대다』, 청년사, 2005.

길희성,『마이스터 엑카르트의 영성사상』, 분도출판사, 2003

김승희,『현대시 텍스트 읽기』, 태학사, 2001.

김연숙,『타자윤리학』, 인간사랑, 2001.

김욱동,『대화적 상상력, 바흐친의 문학 이론』, 문학과지성사, 1988.

_____,『은유와 환유』, 민음사, 2004.

김종엽 편,『87년 체제론』, 창비, 2009.

김종철,『大地의 상상력』, 녹색평론사, 2020.

김준오,『한국 현대 장르 비평론』, 문학과지성사, 1990.

_____,『시론』, 삼지원, 1997.

김항,『종말론 사무소─인간의 운명과 정치적인 것의 자리』, 문학과지성사, 2016.

나병철,『문학의 이해』, 문예출판사, 2004.

민족굿학회 편,『민족과 굿』, 학민글밭, 1997.

민족문학작가회의 여성문학분과위원회 편,『여성운동과 문학』2, 풀빛, 1990.

박완서,『박완서의 말』, 마음산책, 2018.

박형섭·신형숙 외,『아르또와 잔혹 연극론』, 연극과 인간, 2003.

서대석 외,『한국인의 삶과 구비문학』, 집문당, 2007.

송효섭,『탈신화시대의 신화들』, 기파랑, 2005.

안병무,『민중과 성서』, 한길사, 1993.

안병무,『역사와 해석』, 한길사, 1993.

여성문학 편집위원회,『여성문학』, 전예원, 1984.

여성신문사,『세상을 바꾼 101가지 사건』, 여성신문사, 2019.

여홍상,『바흐친과 문학 이론』, 문학과지성사, 1997.

오성호,『서정시의 이론』, 실천문학사, 2006.

오세정, 『신화, 제의, 문학―한국문학의 제의적 기호작용』, 제이앤씨, 2007.

이남희, 유리·이경희 역, 『민중 만들기―한국의 민주화운동과 재현의 정치학』, 후마니타스, 2015.

이라영, 『정치적인 식탁』, 동녘, 2019.

이상일, 『한국의 굿과 놀이』, 문음사, 1987.

이소희, 『여성주의 문학의 선구자 고정희의 삶과 문학』, 국학자료원, 2018.

이은영, 『고정희 시의 역사성』, 국학자료원, 2018.

이혜원, 『생명의 거미줄―현대시와 에코페미니즘』, 소명출판, 2007.

정이담 외, 『문화운동론』, 도서출판 공동체, 1985.

정현곤 편, 『변혁적 중도론』, 창비, 2016.

조한혜정·우에노 치즈코, 김찬호·사사키 노리코 역, 『경계에서 말한다』, 생각의나무, 2004.

조혜정, 『한국의 여성과 남성』, 문학과지성사, 1988.

황루시·최길성, 『전라도 씻김굿』, 열화당, 1992.

황정아 외, 『코로나 팬데믹과 한국의 길』, 창비, 2020.

91년 5월 투쟁 청년모임, 『그러나 지난 밤 꿈속에서 이 친구들이 나에 대하여 이야기하는 소리가 들려왔다 1991년 5월』, 도서출판 이후, 2002.

2) 국내 역서

Beechy, Veronica 외, 여성평우회 편역, 『제3세계 여성노동』, 창작과비평사, 1985.

Butler, Judith, 양효실 역, 『지상에서 함께 산다는 것』, 시대의창, 2016.

Butler, Judith, 조현준 역, 『젠더 트러블』, 문학동네, 2008.

Cixous, Helene, 이봉지 역, 『새로 태어난 여성』, 나남출판, 2008.

Echols, Alice, 유강은 역, 『나쁜 여자 전성시대―급진 페미니즘의 오래된 현재, 1967~1975』, 이매진, 2017.

Fraser, Nancy, and Olson, Kevin 편, 문현아·박건·이현재 역, 『불평등과 모욕을 넘어』, 그린비, 2016.

Hamilton, Roberta, 최민지 역, 『여성해방논쟁』, 풀빛, 1982.

Hartmann, Heidi 외, 김혜경·김애령 편역, 『여성해방이론의 쟁점』, 태암, 1989.

Horvat, Srecko, 변진경 역, 『사랑의 급진성』, 오월의봄, 2017.

J. David Bolter & Richard Grusin, 이재현 역, 『재매개―뉴미디어의 계보학』, 커뮤니케이션북스, 2006.

J.K. 깁슨-그레이엄, 제니 캐머런, 스티븐 힐리, 황성원 역, 『타자를 위한 경제는 있다』, 동녘, 2015.

Julia Kristeva, 유복렬 역, 『반항의 의미와 무의미』, 푸른숲, 1998.

McAfee, Noealle, 이부순 역, 『경계에 선 줄리아 크리스테바』, 앨피, 2007.

Reuther, Rosemary 외, 최광복 편, 『여성해방과 성의 혁명』, 일월서각, 1983.

가다 러너, 강정하 역, 『왜 여성사인가』, 푸른역사. 2006.

가이 스탠딩, 안효상 역, 『공유지의 약탈』, 창비, 2021.

더 케어 컬렉티브, 정소영 역, 『돌봄선언』, 니케북스, 2021.

도널드 고다드, 김종철 역, 『죽음 앞에서』, 청년사, 1977.

린다 허천, 장성희 역, 『포스트모더니즘의 이론과 전략』, 현대미학사, 1998.

마단 사럽 외, 임현규 편역, 『데리다와 푸꼬, 그리고 포스트 모더니즘』, 인간사랑, 1994.

매튜 폭스, 김순현 역, 『영성―자비의 힘』, 이화여대 출판부, 2006.

멜바 커디-킨, 「모더니즘의 소리풍경과 지적인 귀」, 제임스 펠란 · 피터 J. 라비노비츠 편, 최라영 역, 『서술이론』 II, 소명출판, 2016.

버지니아 울프, 오진숙 역, 『자기만의 방』, 솔, 1996.

샬럿 번치 · 앤 코트 · 에이드리언 리치 · 모니크 비티그, 나영 편역, 『레즈비언 페미니즘 선언―반란, 연대, 전복의 현장들』, 현실문화, 2019.

샹탈 무페 · 에르네스토 라클라우, 이승원 역, 『헤게모니와 사회주의 전략』, 후마니타스, 2012.

스튜어트 홀, 임영호 편역, 『문화, 이데올로기, 정체성』, 컬처룩, 2015.

야콥슨, 「언어학과 시학」, 이정민 외편, 『언어과학이란 무엇인가』, 문학과지성사, 1977.

이우정 편역, 『여성들을 위한 신학』, 한국신학연구소, 1985.

에티엔 발리바르 외, 윤소영 역, 『'인권의 정치'와 성적 차이』, 공감, 2003.

자크 랑시에르, 양창렬 역, 『정치적인 것의 가장자리에서』, 도서출판 길, 2008.

_____, 오윤성 역, 『감성의 분할-미학과 정치』, 도서출판b, 2008.

_____, 유재홍 역, 『문학의 정치』, 인간사랑, 2009.

_____, 주형일 역, 『미학 안의 불편함』, 인간사랑, 2012.

_____, 진태원 역, 『불화-정치와 철학』, 도서출판 길, 2015.

조앤 W. 스콧, 공임순 · 이화진 · 최영석 역, 『페미니즘 위대한 역사』, 앨피, 2017,

주디스 버틀러, 김응산 · 양효실 역, 『연대하는 신체들과 거리의 정치』, 창비, 2020.

크리스테바 외, 김열규 편, 『페미니즘과 문학』, 문예출판사, 1988.

폴 헤르나디, 김준오 역, 『장르론』, 문장, 1983.

한나 아렌트, 이진우 · 박미애 역, 『전체주의의 기원』 1, 한길사, 2007.

3) 국외 저서

Adorno, Theodor W. *Kulturkritik und Gesellschaft*, Frankfurt a. M. 1973, S. 30.

Assmann, Aleida. *Erinnerungsräume : Formen und Wandlungen des kulturellen Gedächtnisses*. München, 1991.

Assmann, Aleida. *Texte, Spuren, Abfall : die wechselnden Medien des kulturellen Gedächtnisses*, in : H. Böhme/ K. R. Scherpe (Hg.); Literatur und Kulturwissenschaften. Positionen, Theorien, Modelle, Hamburg 1996.

Assmann, Jan. *Das kulturelle Gedächtnis. Schrift, Erinnerung und politische Identität in frühen Hochkulturen*, München, 1999.

Ders. *Das Gedicht als Augenblick von Freiheit*, Frankfurt a. M. 1999.

Ders. (hrsg.) *Doppel Interpretationen. Das zeitgenössische deutsche Gedicht zwischen Autor und Leser*, Frankfurt a. M. 1986.

Domin, Hilde, *Sämtliche Gedichte*, hrs. v. N. Herweg u. M. Reinhold, Frankfurt a. M. 2009.

Domin, Hilde. *Wozu Lyrik heute*, München, 1968, S. 11.

Freud, Sigmund. *Erinnern, Wiederholen, Durcharbeiten*, in : Gesammelte Werke, Bd. 10.

Halbwachs, Maurice. *Das Gedächtnis und seine sozialen Bedingungen*. Frankfurt a. M. 1985.

Hinck, Walter. *Einleitung : Über Geschichtslyrik*. In : ders. (Hg.) : Geschichte im Gedicht. Texte und Interpretationen. Protestlied, Bänkelsang, Ballade, Chronik. Frankfurt a. M. 1979, S. 7.

Holquist, Michael. Ed. and trans. Holquist, Michael & Emerson, Caryl, *Dialogic Imagination : Four Essays/M.M. Bakhtin*, University of Texas Press, 1982

Hutcheon, Linda. *IRONY'S EDGE*, Routledge, 1994.

Hölscher, Lucian. *Neue Annalistik. Umrisse einer Theorie der Geschichte*. Göttingen, 2003, S. 60.

Koselleck, Reinhart. *Vergangene Zukunft. Zur Semantik geschichtlicher Zeiten*, Frankfurt am Main, 1989.

Kristeva, Julia. *Revolution in Poetic Language*, trans. M. Waller, Columbia University Press, New York, 1984.

Kuberski, Philip. *Chaosmos*, State University of New York Press, 1994.

Leavis, F. R. *Nor Shall My Sword : Discourses on Pluralism, Compassion and Social Hope*, Chatto & Windus, 1972.

Nora, Pierre. *Zwischen Geschichte und Gedächtnis*, hg. v. Ulrich Raulff, Berlin, 1990.

Rapparport, Roy. A. *Ritual and Religion in the making of humanity*, New York : Cambridge Press, 1999.

Ryan, Marie-Laure. *Narrative across media : The language of storytelling*, Lincoln : University of Nebraska Press, 2004.

Weinrich, Harald. *Lethe. Kunst und Technik des Vergessens*, München, 1997.

Yelle, Robert. A. *the poetic of ritual performance, Semiotics of Religion : Signs of the Sacred in History*, London : Bloomsbury Publishing, 2013.

4. 기타 자료

강성호, 「천세용의 분신자살과 성공회─자살한 신자는 교회에서 장례식을 거행할 수 없을까?」, https://cairos.tistory.com/288, 2021.5.25 접속.

민주화운동기념사업회 오픈 아카이브, 「1990년대」, https://archives.kdemo.or.kr/collections/view/10000104, 2021.5.25 접속.

「민중미학 심포지움」, 『공동체 문화』, 제3집, 1986.

안호덕, 「'전태일 형' 부르고 싶었던 영균이…… 스무 살로 남았다」, 오마이뉴스, 2021.5.3; http://www.ohmynews.com/NWS_Web/View/at_pg.aspx?CNTN_CD=A0002739211, 2021.5.25 접속.

윤소이, 「"Fwd Vol.4 정체성, 정치" 기획의 변」, 2020.8.19; https://fwdfeminist.com/2020/08/19/vol-4-1/ (검색일 : 2021. 07.25).

이길보라, 「나의 뿌리인 당신에게」, 2014; http://www.tomoon.com/index.php?pgurl=board/bd_write&brno=25&member=&mode=V&wrno=55916&page=1&head=&s-type=&skey=&sumnum=56 (검색일 : 2021.7.25).

항상민중과함께, 노태우정권타도, 민중권력쟁취로나아가는상명여자대학교 제18대총학생회, 「핏빛 광주의 함성으로 파쇼 노태우 정권을 심판합시다」; https://archives.kdemo.or.kr/isad/view/00901855, 2021.5.25 접속.

수록 글 최초 발표 지면

김승희, 「고정희 시의 카니발적 상상력과 다성적 발화의 양식」, 『비교한국학』 19(3), 국제비교한국학회, 2011.12.

김진희, 「서정의 확장과 詩로 쓰는 역사」, 『비교한국학』 19(2), 국제비교한국학회, 2011.8.

김문주, 「고정희 시의 종교적 영성과 '어머니 하느님'」, 『비교한국학』 19(2), 국제비교한국학회, 2011.8.

김난희, 「고정희 "굿시"에 나타난 기호적 코라의 특성—『저 무덤 위에 푸른 잔디』를 대상으로」, 『비교한국학』 19(2), 국제비교한국학회, 2011.8.

윤인선, 「고정희 시에 나타난 현실에 대한 재현적 발화 양상 연구—시적 발화에 나타난 아이러니적 기호작용을 중심으로」, 『비교한국학』 19(2), 국제비교한국학회, 2011.8.

문혜원, 「고정희 연시의 창작 방식과 의미—『아름다운 사람 하나』를 중심으로」, 『비교한국학』 19(2), 국제비교한국학회, 2011.8.

이소희, 「『밥과 자본주의』에 나타난 '여성민중주의적 현실주의'와 문체혁명—「몸바쳐 밥을 사는 사람 내력 한마당」을 중심으로」, 『비교한국학』 19(3), 국제비교한국학회, 2011.12.

양경언, 「고정희의 「밥과 자본주의」 연작시와 커먼즈 연구」, 『여성문학연구』 53, 한국여성문학학회, 2021.8.

이은영, 「고정희 시에 나타난 불화의 정치성—마당굿시를 중심으로」, 『여성문학연구』 53, 한국여성문학학회, 2021.8.

장서란, 「고정희 굿시의 재매개 양상 연구」, 『서강인문논총』 58, 인문과학연구소, 2020.8.

이경수, 「고정희 시의 청각적 지각과 소리 풍경」, 『우리어문연구』 71, 우리어문학회, 2021.9.

김정은, 「1980년대 여성주의 출판문화운동의 네트워킹 행위자로서 고정희의 문화적 실천」, 『아시아여성연구』 60(2), 아시아여성연구원, 2021.8.

정혜진, 「고정희 시와 '페미니즘의 급진성'」, 『구보학보』 29, 구보학회, 2021.12.

박주영, 「신화·역사·여성성—이반 볼랜드와 고정희의 다시 쓰는 여성 이야기」, 『비교한국학』 19(2), 국제비교한국학회, 2011.8.

정은귀, 「땅의 사람들, 대지의 언어—고정희와 조이 하조의 또 하나의 생태시학」, 『비교한국학』 19(2), 국제비교한국학회, 2011.8.

김양선, 「486세대 여성의 고정희 문학 체험—1980년대 문학 담론과의 길항관계를 중심으로」, 『비교한국학』 19(3), 국제비교한국학회, 2011.12.

채연숙, 「문화적 기억과 문학적 기억으로서의 여성시—독일의 힐데 도민과 한국의 고정희 시를 사례로」, 『비교한국학』 19(3), 국제비교한국학회, 2011.12.

최가은, 「여성-민중, 선언—『또 하나의 문화』와 고정희」, 『한국시학연구』 66, 한국시학회, 2021.5.

김난희 金蘭姬, Kim Nan-hee
순천향대학교 인문교양학부 강사. 주요 저서『부정성의 시학과 한국 현대시』,『천일의 순이』,『삶의 성찰, 죽음에게 묻다』(공저),『애타도록 서둘지 말라 나의 빛이여』(공저) 등.

김문주 金文柱, Kim Moon-joo
문학평론가. 시인. 영남대학교 국어국문학과 교수. 주요 저서『형상과 전통』,『소통과 미래』,『수런거리는 시, 분기하는 비평들』,『낯섦과 환대』,『백석문학전집』(공편) 등.

김승희 金勝熙, Kim Seung-hee
시인. 서강대학교 명예교수. 시집『냄비는 둥둥』,『희망이 외롭다』,『단무지와 베이컨의 진실한 사람』등. 저서『이상 시 연구』,『현대시 텍스트 읽기』,『코라 기호학과 한국시』,『애도와 우울(증)의 현대시』등. 편저『이상시 평전과 전집－제13의 아해도 위독하오』,『남자들은 모른다』등.

김양선 金良宣, Kim Yang-sun
한림대학교 일송자유교양대학 교수. 한국여성문학학회 회장 역임. 주요 저서『한국 근·현대 여성문학 장의 형성－문학제도와 양식』,『1930년대 소설과 근대성의 지형학』,『근대문학의 탈식민성과 젠더정치학』,『경계에 선 여성문학』,『젠더와 사회』(공저) 등.

김정은 金貞恩, Kim Jeong-eun
서울대학교 국어국문학과 박사과정 수료. 서울대학교 강사. 주요 논문「'광장에 선 여성'과 말할 권리」,「누구의 문학인가」등.

김진희 金眞禧, Kim Jin-hee
문학평론가. 이화여자대학교 이화인문과학원 교수. 주요 저서『근대문학의 장(場)과 시인의 선택』,『회화로 읽는 1930년대 시문학사』,『한국 근대시의 과제와 문학사의 주체들』,『시에 관한 각서』,『기억의 수사학』,『미래의 서정과 감각』등.

문혜원 文惠園, Mun Hye-won
문학평론가. 아주대 국어국문학과 교수. 주요 저서『한국근현대시론사』,『존재와 현상』,『1980년대 한국시인론』,『비평, 문화의 스펙트럼』,『문학의 영감이 흐르는 여울』등.

박주영 朴珠瑩, Park Joo-young
순천향대학교 영미학과 교수. 번역 시집『실비아 플라스 시 전집』, 대표 논문「친밀함과 낯설음-
이반 볼랜드의 유목적 주체로서 시 쓰기」,「실비아 플라스의 유산-사생활과 폭로의 정치」「상상
력과 실천-애드리안 리치의 혐오를 초월하는 "공통언어의 꿈"」등.

양경언 梁景彦, Yang Kyung-eon
문학평론가. 서강대 국문과 박사 졸업. 한국열린사이버대학교 객원교수. 서울예대, 경희대 출강.
주요 저서『안녕을 묻는 방식』,『#문학은_위험하다』(공저) 등. 제37회 신동엽문학상 평론부문 수상.

윤인선 尹寅善, Yoon In-sun
국립 한밭대학교 인문교양학부 조교수. 주요 논문「로고테라피의 실천으로서『학초전』에 나타
나는 자서전적 글쓰기」,「여행 경험 서사를 활용한 트랜스미디어 스토리텔링 연구」,「유배실기에
나타나는 유배 경험에 대한 글쓰기와 삶 살기」등.

이경수 李京洙, Lee Kyung-soo
문학평론가. 중앙대학교 국어국문학과 교수. 주요 저서『불온한 상상의 축제』,『바벨의 후예들 폐
허를 걷다』,『춤추는 그림자』,『다시 읽는 백석 시』(공저),『이후의 시』,『백석 시를 읽는 시간』,『아
직 오지 않은 시』(공저) 등.

이소희 李所姬, Lee So-hee
한양여자대학교 교수. 주요 저서『여성주의 문학의 선구자 고정희의 삶과 문학』,『브론테 자매와
가정교사 소설』,『다문화사회,이주와 트랜스내셔널리즘』(편저)『상처와 치유의 서사』(공저) 등.

이은영 李恩暎, Lee Eun-young
아주대 국문과 박사 졸업. 아주대학교, 경희대학교, 경기대학교 강사. 주요 저서『고정희 시의 역
사성』,『외국인 유학생을 위한 대학 글쓰기』.

장서란 張瑞蘭, Jang Seo-lan
서강대학교 국어국문학과 대우교수. 가톨릭대학교 출강. 주요 논문「이상 문학에 나타나는 은유
치유 양상 연구」,「긍정적 숭고와 탈식민주의적 정체성 연구」등.

정은귀 鄭恩龜, Chung Eun-gwi

한국외국어대학교 영미문학문화학과 교수. 산문집『딸기 따러 가자』,『바람이 부는 시간』 외, 번역 시집『패터슨』,『꽃의 연약함이 공간을 관통한다』,『밤엔 더 용감하지』 *Fifteen Seconds Without Sorrow* 등 다수.

정혜진 鄭惠珍 Jung Hye-jin

성균관대학교 국어국문학과 박사 수료. 제3시대그리스도교연구소 연구원. 주요 논문「고정희 전기시 연구」,「광주의 죽은 자들의 부활을 어떻게 쓸 것인가? – 고정희의 제3세계 휴머니즘 수용과 민중시의 재구성 (1)」등.

채연숙 蔡蓮淑, Chae Yon-suk

문학치료 트레이너 & 수퍼바이저. 경북대학교 사범대학 유럽어교육학부 독어교육과 & 문학치료 대학원 교수. 주요 저서『서정의 침몰』,『글쓰기치료』,『'형상화된 언어', 치유적 삶』,『통합문학치료 수퍼비전의 이론과 실제(공저)』,『*Wenn Sprache heilt*(공저)』등. 번역서『기억의 공간』(공역)

최가은 崔佳垠, Choi Ga-eun

문학평론가. 한국 여성문학 연구자. 대표 논문「'90년대'와 '여성문학특집' –『문학동네』 1995년 여성문학특집을 중심으로」,「여성해방문학의 여성 독자 만들기」등.